DEIRDRE PURCELL

Nur ein kleiner Traum

Roman

Aus dem Amerikanischen
von Uta Hege

BLANVALET

Die Originalausgabe erschien 1993
unter dem Titel »Falling For a Dancer«
bei Pan Macmillan Publishers Ltd., London

Umwelthinweis:
Alle bedruckten Materialien dieses Taschenbuches
sind chlorfrei und umweltschonend.
Das Papier enthält Recycling-Anteile.

Blanvalet Taschenbücher erscheinen im Goldmann Verlag,
einem Unternehmen der Verlagsgruppe Bertelsmann GmbH.

Deutsche Erstveröffentlichung August 1999

Umschlaggestaltung; Design Team München
Umschlagillustration: Schlück/Arena/Miller
Satz: Uhl+Massopust, Aalen
Druck: Elsnerdruck, Berlin
Verlagsnummer: 35135
Lektorat: Maria Dürig
Redaktion: Barbara Gernet
Herstellung: Heidrun Nawrot
Made in Germany
ISBN 3-442-35135-9

1 3 5 7 9 10 8 6 4 2

Meinem Vater Bill

1

»Tja, Herrschaften, tut mir leid. Anscheinend will die Benzinpumpe nicht mehr. Am besten rufe ich in Maryborough an – aber ich mache, so schnell ich kann.« Das besorgte Gesicht des Fahrers verschwand wieder von der Bildfläche.

Die Passagiere stöhnten. Die meisten von ihnen stiegen zum zweiten Mal aus und bezogen auf dem Gehweg Posten, ein paar von ihnen kehrten in Sheerans Pub zurück. Das Dorf Durrow war ein traditioneller Zwischenstop für Reisende entlang der Hauptstraße zwischen Dublin und Cork; als der Bus wie gewöhnlich hier anhielt, deutete nichts darauf hin, daß etwas mit dem Fahrzeug nicht in Ordnung war.

Aber nach der normalen zwanzigminütigen Rast wehrte es sich gegen sämtliche Versuche des Fahrers, es wieder flottzukriegen, erfolgreich.

»Sollten wir uns die Mühe machen und auch noch mal aussteigen? Brauchst du denn unbedingt eine Limonade?« Durch ihre Ausdrucksweise versuchte Elizabeth Sullivan, ihrer Freundin deutlich zu machen, daß sie eigentlich keine Lust hatte, sich noch einmal hochzurappeln.

Aber Ida sprang auf und zog ihre Handtasche unter dem Sitz hervor. »Warum vertreten wir uns nicht einfach noch ein bißchen die Beine, ehe es weitergeht? Es ist ein wunderbarer Tag. Komm, wir gehen zum Marktplatz und sehen uns die Wanderbühne an.« Ihre Stimme verriet die Entschlossenheit, vor der sich Elizabeth inzwischen fürchtete. Sie und Ida waren seit ihrer gemeinsamen Schulzeit Freundinnen; aber während dieser Reise zum Dubliner Pferdemarkt – ein Geschenk ihrer Eltern zu ihrem neunzehnten Geburtstag – hatte sie zum ersten Mal vierundzwanzig Stunden am Tag mit ihr zu tun.

Bereits in der Schule hatte sie festgestellt, daß Ida sehr stürmisch war; aber als externe Schülerinnen trennten sie sich abends immer wieder, so daß ihr die erstaunliche Konstitution und Unternehmungslust der Freundin verborgen geblieben war. Bei all den Terminen, zu denen Ida sie von dem Augenblick an, in dem der Bus Dublin erreichte, schleppte, hätte sicher selbst ein Marathonläufer schlapp gemacht. Elizabeths Eltern hatten sie beide im Shelbourne Hotel einquartiert, das während des einwöchigen Pferdemarktes Treffpunkt der sogenannten besseren Gesellschaft war; da beide Familien Freunde in der Stadt besaßen, hatten sie die Mädchen vorsichtshalber noch mit endlosen Namenslisten ausstaffiert. Ida hatte sämtliche Personen auf beiden Listen kontaktiert, so daß ihrer beider Dublinaufenthalt eine einzige Jagd von Mittagessen zu Teegesellschaft und von Festen zu Bällen gewesen war.

Das immer gleiche Geplauder hatte Elizabeth nicht interessiert, und nachdem die Aufregung darüber, zum ersten Mal ohne Eltern in Dublin zu sein, verflogen war, merkte sie, daß sie die Ferien nicht genoß, sondern lediglich ertrug. Jetzt zwang sie sich zähneknirschend von ihrem Sitz, um Ida zu folgen, die, als finge die Reise für sie gerade erst an, fröhlich den Gang hinunterhüpfte.

»Puh! Es scheint, als hätte sich die Hitze während der letzten fünf Minuten noch verdoppelt.« Auf der sonnenüberfluteten Straße marschierte Ida wohlgemut los und Elizabeth schleppte sich auf bleischweren Füßen mühsam hinterher.

»Nun komm schon, du Schnecke!« Am Rand des Dorfangers wartete Ida auf die Freundin und packte sie am Arm. »Vergiß nicht, deinen Eltern zu erzählen, wie wunderbar die Woche war und wie dankbar ich ihnen dafür bin, daß ...«

Elizabeth hörte ihr kaum zu. Sie hatte es sich angewöhnt, Idas Geplapper nur mit einem Teil ihres Hirns zu verarbeiten, während sich der andere Teil geruhsameren Aufgaben widmete wie zum Beispiel der Aufnahme der Bilder und Geräusche, die sie umgaben. Auch wenn sie Durrow bereits von vielen Durchfahrten – entweder im Wagen ihrer Eltern oder aber im Bus –

kannte, hatte sie dem hübschen Marktplatz bisher noch nie die geringste Aufmerksamkeit geschenkt. Während das Zentrum der meisten Dörfer und Kleinstädte in Irland so eng und verwinkelt war, daß man kaum Luft bekam, wies Durrow unterhalb der hohen Steinmauer, die die alte Burg einfriedete, eine große, von eleganten Häusern und einem alten Gasthof gerahmte Rasenfläche auf. Sie war frisch gemäht, das Gras, das sich bereits in Heu verwandelte, verlieh der feuchten Luft eine gewisse Würze, und die Umgebung, die an diesem spätsommerlichen Sonntagnachmittag schläfrig vor sich hin döste, erinnerte Elizabeth, die eine begeisterte Leserin war, an die Orte, die Jane Austen in ihren Romanen schilderte.

Sie fuhr zusammen, als Ida ihr vorwurfsvoll den Ellenbogen zwischen die Rippen stieß. »Beth, du hörst mir schon wieder nicht zu.«

Elizabeth wandte sich der Freundin zu. »Tut mir leid, was hast du gesagt?«

»Ich habe dich gefragt, ob du je etwas gehört hast von dieser Truppe?«

Sie hatten das Theater erreicht. Es war mausgrau, doch geschmückt mit zerlumpten Wimpeln; in der Mitte hing es ein wenig durch, aber der Baldachin über dem Eingang war frisch mit einer tragischen und einer komödiantischen Maske sowie einem leuchtend roten Text verziert – *Vivian Mellors' Wanderbühne, England, Irland und das Commonwealth* –, wobei das Wort »Irland« smaragdgrün aufleuchtete.

»Nein, leider nicht, aber in diesem Jahr sind jede Menge englischer Wanderbühnen unterwegs.« Elizabeth hatte keine Ahnung, ob diese Behauptung stimmte oder nicht.

»Und was ist mit dem Stück?« Ida wies auf das Plakat, das neben dem Eingang des Zeltes hing.

Elizabeth überflog die handgeschriebene Vorankündigung:

Heute abend! 20.30 Uhr!
Großes Varieté, Schauspiel und Sketch
wiederholt gewünschte Aufführung vom Publikum!

Mr. Dion Boucicaults witzige Komödie
CONN, DER SHAUGHRAUN
(eine ZEITGENÖSSISCHE, NEUE Produktion extra FÜR DIESES JAHR 1937, mit SPEZIALEFFEKTEN, die es in Irland noch nie zu sehen gab)

mit VOLLER Besetzung

in der HAUPTROLLE (als der Shaughraun persönlich)
Mr. Vivian Mellors
(erneut zu sehen in der Rolle, womit er ganz Irland und zahlreiche der gekrönten Häupter Europas begeistert hat!)

Weitere Darsteller:
Mr. George Gallaher als schneidiger Hauptmann Molyneaux
Mrs. Lydia Smythe-Mellors als wunderschöne Arte O'Neal
und
Miss Claudette Latimer als ihre hübsche Cousine, Claire Folliott
sowie Durrows eigenem neuen Hundestar
RODDY
in der Rolle des kleinen Hundes Tatters.

Auf einem zweiten Zettel am Ende der Vorankündigung stand:
Dieses Stück ist garantiert frei von jeder Unsittlichkeit.

»Ich habe vom *Shaughraun* gehört«, sagte Elizabeth, »aber das Stück noch nie gesehen.«

»Und wovon handelt es?«

»Sag ich doch, ich kenne es nicht!« Sie versuchte, sich ihre Ungeduld nicht anmerken zu lassen. »Ich glaube, es hat irgend etwas mit der britischen Armee in Irland zu tun.«

»He!« Wie so oft machte Ida einen erneuten Gedankensprung. »Apropos Armee, was hast du *wirklich* davon gehalten, daß *Mister* DeValera wieder mal mit großem Gefolge auf dem

Pferdemarkt erschienen ist? Ich frage mich, wie viele Jahre wir ihn noch ertragen sollen.«

»Hör zu, vielleicht sollten wir langsam zum Bus zurückgehen. Was meinst du?« Elizabeth interessierte sich nicht für Politik, und sie wollte eine Diskussion unbedingt vermeiden. »Der Fahrer hat gesagt, daß es sicher nicht allzu lange dauern wird«, fuhr sie, wenn auch ohne große Hoffnung, fort. Idas Familie, der der wiedergewählte Premierminister mehr als ein Dorn im Auge war, und ihre eigene hatten während des 1923 beendeten Bürgerkriegs verschiedene Seiten unterstützt, und während der letzten Woche kam es zwischen den beiden Mädchen mehrere Male über DeValeras Wiederwahl zum Steit.

Dieses Mal jedoch hatte sie tatsächlich Glück. Ida starrte immer noch auf das Plakat. »Hm! Wahrscheinlich hast du recht«, murmelte sie. »Ich liebe Komödien. Schade, daß wir nicht bleiben können, um uns diese hier anzusehen.«

»So, wie es aussieht, kommen wir heute vielleicht gar nicht mehr von hier weg.« Der erschreckende Gedanke, weitere vierundzwanzig Stunden mit ihrer hyperaktiven Freundin zusammenzusein, rief in Elizabeth einen gewissen Kampfgeist wach. »Aber wenn wir tatsächlich zum Bleiben gezwungen sind«, sagte sie mit aller Entschiedenheit, »dann möchte ich möglichst früh ins Bett.«

»Mach dir darüber keine Gedanken, Beth. Ich bin sicher, daß es heute noch weitergeht. Der Fahrer kriegt den Motor bestimmt wieder hin, Busfahrer können so etwas … Laß uns mal gucken, was es in dem Zelt zu sehen gibt.« Ich versuchte, die Eingangsklappe des Zeltes aufzuziehen, und Elizabeth stieß einen Seufzer aus.

Hinter der Klappe versperrte ihnen eine zweite, fest verschlossene Tür die Sicht.

»Kann ich etwas für Sie tun?« Beim Klang der melodiösen Stimme fuhren die beiden Mädchen erschreckt herum.

Selbst Ida verstummte, als sie den Sprecher erblickte. Elizabeth, die größer als die meisten Mädchen und obendrein mit hochhackigen Schuhen ausgestattet war, reichte ihm gerade bis zur Brust. Der Mann in einem seltsam geschnittenen hellen Anzug mit hohem Kragen und breiter, grüner, mit einer Palme verzierten Krawatte, mußte mindestens einen Meter neunzig sein. »Die Vorführung beginnt erst um halb neun«, fuhr er fort, als wäre er sich seiner Wirkung auf sie nicht im mindesten bewußt. »Aber es wäre mir ein Vergnügen, zwei so reizenden jungen Damen wie Ihnen vorher eine Führung zu ermöglichen.«

»V-vielen Dank!« Ida räusperte sich. »Aber ich fürchte, dazu reicht unsere Zeit nicht. Wir sind nur auf der Durchreise.«

»Wie schade!« Der Schauspieler legte sich eine Hand aufs Herz und setzte mit lauter Stimme an:

»Rätselhaftes Schicksal, wer kann sagen mir,
was dein Besuch bedeutet hier,
weshalb du kamst – wer weiß,
auf wess' Geheiß?«

Er lächelte, als er ihre verblüfften Gesichter sah. »Charles Lamb«, erklärte er, ehe er die Daumen in den Bund seiner Hose schob – wodurch eine gestopfte Stelle in seiner Weste zutage trat – und mit normaler Stimme weitersprach: »Sind Sie sicher, daß Sie es sich nicht doch noch anders überlegen und bleiben zur Vorführung?«

»Ich glaube nicht, Mister – eh ...« Ida warf einen Blick auf das Plakat. »Mellors?«

»Leider nein«, sagte der Mann. »Noch bin ich hier nicht der Boß – auch wenn ich hoffe, es eines Tages zu werden!« Er verbeugte sich und meldete fröhlich: »George Gallaher. Stets zu Diensten, junge Frau!«

Elizabeth merkte, daß die Größe, das gute Aussehen und der Charme des Schauspielers auf Ida dieselbe Wirkung hatte wie auf sie. Nie zuvor war ihr ein derart prachtvolles Geschöpf begegnet. Sie räusperte sich ebenfalls. »Sie spielen den Hauptmann in dem Stück?«

»Ja. Und ich bin wirklich gut. Wie schade, daß Sie mich nicht sehen werden, Miss ...?«

»Sullivan«, stellte Elizabeth sich vor. »Elizabeth Sullivan.

Und das ist meine Freundin«, ergänzte sie, »Ida Healy. Wir kommen aus Cork.«

»Ah ja, Cork!« Er stieß einen Seufzer aus. »Am wunderhübschen Lee. Ich kenne mich dort aus. Hätte mir denken sollen, daß Sie Corkerinnen sind. Schließlich leben die schönsten Frauen von Irland dort!«

Elizabeth versuchte sein Alter zu erraten. Sein Gesicht zeigte keine Falten; aber bei so viel Selbstbewußtsein mußte er sicher die Vierzig bereits überschritten haben. Und sein Akzent und seine Wortwahl klangen seltsam fremd. »Sie sind kein Ire?« fragte sie.

»Warum fragen Sie? Mögen Sie die irischen Männer vielleicht nicht?« Er unterzog sie einer derart unverhohlenen Musterung, daß sie spürte, wie sie unter seinem Blick errötete.

»Ich bin Schotte«, erklärte er dann. »Auch wenn dies bereits meine zweite Saison in Irland ist. Herrliches Land. Köstliches Bier« – seine blauen, beinahe violetten Augen blitzten übermütig auf – »und vor allem hinreißende Frauen.« Ähnlich einer Apotheke an einem warmen Sommertag verstömte er einen Geruch nach alten Kleidern und Rasierwasser. Seine Art zu reden allerdings schloß den Geruch und die Umgebung – das alte Zelt, den Rasen und den Sonnenschein, ja, sogar Ida – völlig aus.

Elizabeth war konsterniert, zugleich jedoch seltsam erfreut, weil sie ihr »gutes« Kleid aus gelbem Crêpe-de-Chine trug.

Sie merkte, daß Ida leicht an ihrem Ärmel zupfte. »Es war sehr nett, Sie kennenzulernen, Mr. Gallaher«, sagte sie in hohem, beinahe schrillem Ton. »Aber ich fürchte, jetzt müssen wir zu unserem Bus zurück.« Es stimmte, erkannte Elizabeth, woraufhin sich ihre Nervosität noch steigerte. Ida hatte offenbar gemerkt, daß sie ausgeschlossen war, und das ertrug sie nicht.

»Wirklich bedauerlich.« Der Schauspieler grinste Elizabeth freundlich zu. »Es hätte mich wirklich gefreut, heute abend vor Ihnen zu spielen.« Herausfordernd riß er die Augen auf; doch ehe Elizabeth Gelegenheit zu einer Erwiderung bekam, wandte er sich bereits an Ida. »Dann erlauben Sie mir wenigstens, Sie zu begleiten, ja?« Er bot jeder der beiden Mädchen einen Arm.

Obgleich sie wußte, daß er schauspielerte, war Elizabeth, die bisher immer gedacht hatte, in gesundem Maße skeptisch und gleichzeitig durchaus weltklug zu sein, beeindruckt wie ein Kind. Nie zuvor hatte sie einen derart außergewöhnlichen und direkten Menschen kennengelernt. Ehe sie sich jedoch bei ihm einhaken konnte, zog Ida sie zurück. »Vielen Dank, aber das ist nicht nötig!«

»Ida, Ida«, schalt er sanft. »Ich möchte doch nicht, daß Sie einem der hier herumlaufenden Taugenichtse in die Fänge geraten. Haben Sie etwa noch nie etwas vom Durrow Ripper gehört?«

Ida fühlte sich etwas besänftigt. »Also bitte, Mr. Gallaher, jetzt übertreiben Sie aber!«

Er sah die beiden jungen Frauen wie ein kleiner Junge an, der mit der Nachsicht seiner Eltern rechnen konnte. »Tja, dann wollen wir mal. Was meinen Sie?«

Tatsächlich nahm Ida den ihr gebotenen Arm. »Aus welchem Teil von Schottland kommen Sie, Mr. Gallaher?« erkundigte sie sich, und Elizabeth war froh, eine leichte Unsicherheit in ihrem Ton wahrzunehmen.

»Glasgow.« Der Schauspieler paßte die Schritte seiner langen Beine an ihr Tempo an.

»Aber Sie haben keinen schottischen Akzent.« Inzwischen hatte Ida sich wieder erholt.

Während sie über den Rasen gingen, bemerkte Elizabeth, daß George Gallaher, auch wenn er weiter mit Ida plauderte, etwas geradezu Unglaubliches tat. Er drückte ihren Arm immer stärker und stärker, bis sie zu engem Kontakt mit ihm gezwungen war, bis ihre Hüfte und ihre Brust an seiner Seite lag.

Verstohlen schielte sie zu Ida hinüber, aber deren lebhaftes Gespräch war der Beweis dafür, daß mit ihr keineswegs dasselbe geschah.

Da der Bus inzwischen weniger als vierzig Meter vor ihnen wartete, hatte sie den Eindruck, etwas tun zu müssen, damit die intime Berührung ein Ende nahm. Allerdings war ihr die Nähe seltsamerweise alles andere als unangenehm.

Mit hochrotem Gesicht überlegte Elizabeth sich die richtige Vorgehensweise. Doch schon nahm er ihr die Entscheidung ab. »Hier sind wir!« Obgleich er ihren Arm nicht losließ, verringerte er mit einer derart überraschenden Plötzlichkeit den Druck, daß sie beinahe ins Wanken geriet. »Allerdings scheint außer uns noch niemand da zu sein«, fuhr er gelassen fort, wobei er so ruhig an das leere Fahrzeug trat, als wäre der enge körperliche Kontakt zwischen ihm und dem Mädchen, das er vor höchstens fünf Minuten kennengelernt hatte, normaler Bestandteil eines sonntagnachmittäglichen Spazierganges.

Er blickte über seine Schulter in Richtung des Pubs. »Ganz offensichtlich haben Ihre Mitreisenden begriffen, daß dies eine vom Himmel geschickte Gelegenheit ist.« Dann zwinkerte er Elizabeth zu.

Schwindelig vor Erregung peilte sie die Stufen des Busses an, doch er hielt sie zurück. »Warten Sie – statt an einem so schönen Tag ganz allein in diesem verrosteten Kasten zu sitzen, genießen Sie doch sicherlich auch lieber noch ein bißchen länger unsere Gesellschaft oder etwa nicht?«

»Gute Idee«, rief Ida aus. »Laßt uns zusammen etwas trinken gehen.«

»In dem Pub? Aber das geht nicht.« Elizabeth starrte die Freundin entgeistert an. Ida wußte sehr wohl, daß es in Pubs eine, wenn auch nicht offizielle, so doch eisern eingehaltene Geschlechtertrennung gab. Frauen wurden, wenn man sie überhaupt duldete, entweder in dunklen Ecken oder, wie zum Beispiel im Sheeran, im »Damensalon« zusammengepfercht.

»Na los!« Der Schauspieler setzte sein verruchtestes Grinsen auf. »Trinken wir drei etwas. Sorgen wir für einen hübschen, kleinen Skandal. Was kann schon passieren? Schlimmstenfalls ziehen die Leute über uns her, und Sie beide setzen Ihre Reise schließlich bereits in wenigen Minuten fort. Was interessiert es Sie also, wer Sie eventuell durch die Mangel dreht?«

Elizabeth sah ihn mit großen Augen an. »Aber was ist mit Ihnen? Sie müssen hierbleiben – Sie haben doch heute abend noch eine Vorstellung.«

»Schauspieler sind verlorene Seelen, das weiß alle Welt. Und davon abgesehen«, fuhr er unbekümmert fort, »genieße ich sozusagen einen Sonderstatus. Alle lieben mich. Ich nehme an, mir würde man sogar Ruchlosigkeit verzeihen.« Er nahm ihre Hand und küßte sie, ohne daß er Elizabeth auch nur für eine Sekunde aus den Augen ließ. »Lieben Sie mich nicht auch schon, Elizabeth?«

»Also bitte, Beth, sei doch keine Spielverderberin«, mischte sich Ida ein. »Außerdem hat er recht, was kann es schon schaden? Um Himmels willen, wir befinden uns im Jahr neunzehnhundertsiebenunddreißig und nicht im Mittelalter. Selbst wenn man sich über uns das Maul zerreißt, was macht das schon? Er hat recht, wir kennen diese Leute nicht, und wahrscheinlich werden wir niemanden davon jemals wiedersehen.«

Aber als sie hinter Ida das Pub betrat, verlor Elizabeth ihren Mut. »Tut mir leid«, flüsterte sie und schob sich an George Gallaher vorbei auf die Straße zurück. »Geht ihr beiden nur. Ich – ich bin sehr müde und kehre lieber doch zum Bus zurück, wo ich mich hinsetzen kann.«

»Sie haben ja so recht, Elizabeth.« Zu ihrer Verwirrung machte Gallaher auf dem Absatz kehrt und folgte ihr. »Es ist ein viel zu schöner Tag, als ihn in einer stickigen Bar zu vergeuden. Was schlagen Sie also statt dessen vor?« Es schien, als hätte George Gallaher sie mühelos zu einem Dreiergespann gemacht.

Elizabeth entdeckte den Busfahrer, der zusammen mit einem anderen Mann in ihre Richtung kam, und wußte nicht, ob ihre Erleichterung oder ihre Enttäuschung überwog. »Am besten warten wir erst mal ab und hören, was der Fahrer zu sagen hat«, meinte sie geistesgegenwärtig.

Der Begleiter des Fahrers, der sich gerade aus seiner Sonntagsjacke schälte, entpuppte sich als der Dorfschmied. Einzeln oder zu zweit kamen auch die anderen Passagiere aus dem Pub, gesellten sich zu Elizabeth, Ida und George; alle schauten zu, wie der Schmied den Motor zu untersuchen begann. Als die Zahl der Zuschauer groß genug war, um als Menschenansammlung zu gelten, richtete sich Gallaher, der bis dahin augenscheinlich ebenfalls in die Betrachtung des Motorraums versunken gewesen war, zu seiner ganzen Größe auf. »Guten Tag, Ladies und Gentlemen!« sagte er so laut, daß ein Teil der Umstehenden erschrocken zur Seite trat.

»Ich bin ein Vertreter von Vivian Mellors' Wanderbühne, die augenblicklich hier gastiert«, fuhr George mit wohltönender Stimme fort. »Vielleicht kommen wir eines Tages ja auch einmal in Ihre Stadt.« Aus seiner Westentasche zog er eine Handvoll kleiner, schlicht gedruckter Programmzettel hervor. »Und vielleicht« – beflissen teilte er die Zettel aus – »schickt der liebe Gott Sie ja bereits heute abend in unser Zelt...«

»Ich, Madam« – er küßte die Hand einer älteren, zugeknöpften Dame –, »spiele den Hauptmann Molyneaux. Als ehrenwerter Freier werbe ich um die Hand eines jungen, unschuldigen Fräuleins und trage eine *Uniform*...« Er blinzelte die Frau dermaßen unverhohlen an, daß sie nervös kicherte. »Außerdem« – er trat einen Schritt zurück und wandte sich wieder sämtlichen Umstehenden zu – »veranstalten wir, da Sonntag und zugleich unser letzter Spieltag in Durrow ist, heute abend eine Tombola, bei der es *zehn Pfund* zu gewinnen gibt... Ladies und Gentlemen, vielleicht wird einer von Ihnen plötzlich reich!«

Während Elizabeth George Gallahers Auftritt beobachtete, wünschte sie sich von ganzem Herzen, daß die Reparatur des Motors nicht gelang. Obgleich sie, wie die meisten ihrer Freundinnen, gelegentlich mit einem der Jungen aus Cork oder aber während der Sommerfrische in Crollhaven mit einem der anderen jungen Gäste flirtete, war dieser Anstrum auf ihre Sinne vollkommen neu für sie. Da sie von Natur aus zu Aberglauben neigte, sah sie sich verstohlen nach einem passenden Omen um.

Das sich sofort in Gestalt des vor die Gruppe tretenden Fahrers fand. »Bedauerlicherweise habe ich schlechte Nachrichten für Sie«, erklärte er. »Ich dachte, daß sich der Motor vielleicht provisorisch reparieren ließe – aber das scheint nicht der Fall zu sein.« Hinter ihm wischte sich der Schmied die Hände an einem Lumpen ab und nickte betreten. »Inzwischen habe ich auch mit Maryborough telephoniert«, fuhr der Fahrer fort. »Aber der

Hilfsbus ist ebenfalls kaputt. Eigentlich wollten sie uns ein Ersatzteil besorgen; leider besteht nun effektiv die einzige Hoffnung darin, nach Dublin zu fahren und ein anderes Fahrzeug zu holen. Da jedoch Sonntag ist, fürchte ich, wird es trotz aller Bemühungen bis zur Weiterfahrt noch mindestens ein paar Stunden dauern.«

»Und wann fährt der nächste Zug?« fragte einer der Fahrgäste.

»Den aus Maryborough haben Sie bereits verpaßt«, gab der Schmied Auskunft. »Aber gegen sieben hält in Attanah noch ein Bummelzug.«

Als die Passagiere begannen, miteinander zu beratschlagen, was jetzt zu unternehmen wäre, hob George Gallaher die Hand. »Ladies, Gentlemen, bitte! Warum bleiben Sie nicht einfach in einer der netten Privatunterkünfte, die es in Durrow gibt, und vervollständigen Ihr abendliches Unterhaltungsprogramm durch einen Besuch in unserem Zelt?«

»Ein paar von uns müssen morgen früh arbeiten«, gab ein junger Mann zu bedenken.

»Wenn das Schicksal ruft, müssen sogar Könige folgen.« Gallaher vollführte eine ausholende Armbewegung, mit der er der Frau zu seiner Rechten beinahe den Hut herunterschlug.

Die meisten Passagiere waren jedoch am Schicksal oder Schauspiel nur wenig interessiert, so daß sich abermals eine Diskussion darüber, wie man nun nach Hause gelangte, entspann. George gab nach und wandte sich schulterzuckend Elizabeth und Ida zu, als wären sie die einzigen der Gruppe, die aufgrund ihres Feinsinns verstanden, welche Gelegenheit sich ihnen durch die Motorpanne bot.

Am Ende wurde beschlossen, mit der im Ort erhältlichen Mietdroschke bis zum Bahnhof nach Attanah zu fahren und dort auf den Bummelzug zu warten. Der Schmied verabschiedete sich, und während man mit dem Busfahrer darüber verhandelte, wer die Kosten für die Droschke übernähme, führte George die beiden Mädchen beiseite. »Sie bleiben doch sicher hier, nicht wahr? Morgen gibt es bestimmt eine andere Fahrgelegenheit.«

»Was meinst du?« Im Gegensatz zu ihrem noch vor einer halben Stunde empfundenen Wunsch hoffte Elizabeth, daß Idas Begeisterung für Abenteuer nicht geschwunden war.

Doch Ida zögerte. »Oh, ich weiß nicht«, sagte sie. »Wie zum Beispiel sagen wir in Cork Bescheid? Wenn wir heute abend nicht auftauchen, machen sie sich bestimmt Sorgen um uns.«

»Sicher sind die Menschen, die diese Strecke regelmäßig fahren, derartige Verspätungen, Pannen und Verzögerungen gewohnt. Haben Ihre Familien Telephon?«

George Gallaher übernahm so selbstverständlich die Führung, daß Elizabeth sich vorkam wie Alice im Wunderland, als sie dem Weißen Kaninchen begegnete. »Sowohl Idas als auch meine Eltern haben eines«, brachte sie schwach heraus.

»Na wunderbar«, flötete George. »Dann begleite ich Sie zum Postbüro. Es mag zwar Sonntag sein, aber ich kenne die Postmeisterin.« Wieder zwinkerte er Elizabeth verstohlen zu.

»Denk nur, Ida«, sagte Elizabeth, wobei sie versuchte, sich nicht anmerken zu lassen, wie wichtig ihr eine Verlängerung des Aufenthalts in Durrow war. »Das brächte uns einen zusätzlichen arbeitsfreien Tag.« Sie wußte, Ida haßte ihre Arbeit als Kontoristin. »Und wir hätten eine perfekte Entschuldigung«, fügte sie eilig hinzu. »Niemand könnte uns etwas vorwerfen.«

»Vorhin hast du doch noch behauptet, daß du furchtbar müde bist.« Ida machte es ihr wirklich schwer.

»Ich fühle mich wieder absolut auf dem Damm.« Zu ihrer eigenen Überraschung sagte Elizabeth damit die Wahrheit. Sie war voller Energie, hellwach und aufnahmebereit.

»Dann wäre es also abgemacht.« George zog die beiden Mädchen von der Gruppe fort, die immer noch über die Mängel der Catherwood-Busgesellschaft jammerte.

»Aber nur, wenn wir eine anständige Pension finden«, schränkte Ida ein.

»Hand aufs Herz!« Er spreizte seine Finger über seiner Brust. »Sie können mir vertrauen. Ich würde *niemals* zulassen, daß es zwei so hübschen jungen Debütantinnen an irgend etwas fehlt.«

»Das will ich hoffen!« gab sich Ida streng, doch dann setzte sie ein Lächeln auf.

Sie holten ihre beiden kleinen Koffer aus dem Bus und wanderten zur Post.

Die Postmeisterin, die Georges Charme eindeutig längst erlegen war, rief bereitwillig bei ihren Eltern an, doch in Cork war niemand zu Hause. »Es ist ein wunderbarer Sonntagnachmittag, da sind sie sicher an der frischen Luft«, meinte Gallaher vergnügt. »Versuchen wir es später noch mal.«

Er führte sie zu einigen der Privatpensionen, die es in Durrow gab, bis sie schließlich vor einem soliden, zweistöckigen Gebäude in der Nähe des Marktplatzes landeten; es bot den Vorteil, daß man durch die Fenster nicht nur die Burg, sondern obendrein das Zelt der Wanderbühne sah. Die Wirtin jedoch zögerte. »Wollen Sie sich hier die Haare waschen?« brummte sie.

»Für gewöhnlich nimmt Mrs. Cahill lieber männliche Gäste auf«, erklärte Gallaher. »Wissen Sie, sie muß ihr gesamtes Wasser von der Pumpe holen, so daß ihr die Aufnahme von Schauspielerinnen ein wenig lästig ist. Mrs. Cahill, diese beiden jungen Damen gehören nicht zu unserer Truppe«, wandte er sich gewinnend an die Frau. »Sie sind ganz überraschend hier, weil ihr Bus unterwegs kaputt gegangen ist.«

»Meinetwegen«, sagte Mrs. Cahill, ehe sie zur Seite trat und sie an sich vorbei in den winzigen Flur ließ.

»Ich lege Ihnen zwei Karten für die Vorstellung zurück. *A bientôt*!« Ehe er Ida und Elizabeth verließ, verabschiedete er sich nach französischer Mode mit züchtigen Wangenküssen. Als allerdings Elizabeth an der Reihe war, schob er ihr verstohlen die Hand unter das Haar und strich mit den Fingerspitzen so sanft über ihren Nacken, daß es prickelte. »Du bist wunderschön«, flüsterte er so schnell und leise, daß sie hätte meinen können, sie hätte es sich eingebildet, zumal seine Miene, als sie ihn musterte, sanft und arglos blieb. »Bis heute abend dann!« Dieses Mal schloß er auch Ida ein. »Und laufen Sie bitte nach der Aufführung nicht sofort davon, sondern warten vor dem Zelt auf mich.« Trällernd ging er seiner Wege.

Elizabeth folgte der Wirtin in einen Raum am Ende des Korridors. Das Zimmer duftete nach Lavendel und Bienenwachs, das Messingbett, der Waschtisch und der Mahagonischrank waren blank geputzt, und die schattige Kühle senkte sich wie sanfter Regen auf ihr glühendes Gesicht. Nachdem die Frau gegangen war, stellte Elizabeth ihre Tasche ab, stieg aus ihrem Kleid und hängte es sorgsam über die Lehne eines Stuhls. Dann sah sie Ida an, die durch das Zimmer lief und verschiedene Gegenstände – eine Öllampe aus Porzellan, einen kleinen Dudelsack und zwei Porzellanhunde – in die Hände nahm und begutachtete, als wäre sie auf einem Trödelmarkt. Auch wenn sie nicht wußte, aus welchem Grund, wollte Elizabeth nicht, daß Ida auf George Gallaher zu sprechen kam. »Ich bin hundemüde«, sagte sie, »und lege mich gerne kurz hin.« Sie zog die Überdecke aus Brokat vom Bett, sank in die Federn und drehte ihr Gesicht zur Wand.

»Schlafen ist langweilig.« Ida stellte die Porzellanhunde auf die Anrichte zurück. »Ich mache noch einen Spaziergang, wenn du nichts dagegen hast. Vielleicht gucke ich auch, ob ich unsere Eltern jetzt erreichen kann.«

»In Ordnung«, murmelte Elizabeth und versuchte, so zu tun, als schlummere sie bereits halbwegs.

Sobald indessen die Tür hinter Ida ins Schloß gefallen war, rollte sie sich auf den Rücken und starrte reglos an die Decke. Bilder der letzten Stunde liefen vor ihrem inneren Auge ab: George Gallahers eleganter Gang, seine violetten Augen und vor allem das Gefühl von seinem Arm an ihrer Brust und seiner Hand an ihrem Hals ...

Das Haar des Schauspielers, dicht und länger als derzeit in Mode, wies einen seltsam gleichförmigen, rötlichbraunen Schimmer auf. Färbte er es vielleicht? Und die Gamaschen, die er trug: um die Knöpfe herum befanden sich tatsächlich Rüschen. In seinem hellen, altmodischen Anzug mit der Weste, die durch eine Stopfstelle, und der Krawatte, die durch eine grüne Palme verunziert war, entsprach er nicht gerade dem Typ Mann, den sie problemlos im Büro ihres Vaters in der South Mall vorführen konnte. Lieber dächte sie gar nicht weiter über diesen Menschen nach...

Aber ihre Sinne hörten nicht auf die Vernunft.

Durch die sonnenbeschienenen Spitzenvorhänge an den Fenstern drangen gedämpfte Geräusche an ihr Ohr: Quietschen der Pumpe, die sich unmittelbar vor dem Haus befand, das ruhige Plaudern zweier Nachbarinnen, während das Wasser in die Eimer lief, das leise Grunzen eines Schweins und das fröhliche Gackern von Hühnern aus dem Hinterhof. Elizabeth versuchte, sich zu beruhigen, indem sie den Frieden der Umgebung auf sich wirken ließ. Sie rollte sich auf die Seite, gab sich Mühe einzuschlafen; da das mißlang, stellte sie sich vor, wie sie als adrette zweite Assistentin am Schreibtisch im Büro ihres Vaters saß.

Trotzdem war Elizabeth, als Ida nach dem Spaziergang abermals den Raum betrat, noch aufgeregter als zuvor. Da Ida ihre Nervosität nicht merken sollte, reckte sie sich, als wäre sie soeben erst erwacht, und erkundigte sich angelegentlich: »Nun, hast du etwas Aufregendes erlebt?«

»Sonntagnachmittag. Du weißt, wie Sonntagnachmittage in Käffern wie diesem sind.« Doch zumindest hatte der Ausflug Idas gute Laune wiederhergestellt. »Ohne diese Wanderbühne wäre der Ort vollkommen trostlos. Tja, zumindest habe ich meine Eltern erreicht – Daddy sagt, daß er deiner Familie Bescheid geben wird. Die Postmeisterin war wirklich anständig, daß sie uns, obwohl Sonntag ist, geholfen hat, findest du nicht?«

»Ja. Danke für deine Mühe!«

»Gern geschehen.« Ida machte ihre Tasche auf und durchwühlte ihre Sachen.

»Hast du noch andere Schauspieler getroffen?« fragte Elizabeth in möglichst beiläufigem Ton.

»Nur von ferne gesehen. Noch einen Mann und eine Frau.« Ida nahm auf dem Rand des Bettes Platz. »Man sollte es nicht glauben, Beth. Du weißt doch, wie heiß und stickig es draußen ist...«

»Hmmm...« Elizabeth tat, als gähne sie.

»Und die Frau stolziert mit einem Fuchspelz um die Schultern die Straße auf und ab.«

»Stolziert?«

»Du weißt schon, was ich meine. Dann gingen sie zusammen ins Pub!«

»Schön für sie. Wie spät haben wir? Meine Uhr ist stehengeblieben.« Elizabeths Armbanduhr, ein Geschenk ihrer Eltern zu ihrem achtzehnten Geburtstag, funktionierte perfekt, aber der Gesprächsverlauf gefiel ihr nicht.

»Fast sieben.« Ida zog ihre Schuhe aus und massierte sich die Zehen. »Hast du Hunger?«

»Nein, zum Essen ist es viel zu heiß. Aber ich denke, ich wasche mich erst mal und mache mich dann langsam zurecht. Für den Theaterbesuch, meine ich.« Elizabeth rollte sich vom Bett und trat an den Waschtisch, wo sie geräuschvoll Wasser aus dem Krug in die Schüssel goß.

2

Eine Stunde später stand Elizabeth mit Ida auf dem Fußweg gegenüber der hohen Steinmauer der Burg und merkte deutlich die veränderte Atmosphäre. Kinder rannten auf dem Rasenplatz herum, eine kleine Gruppe von Männern lungerte an der Ecke ihrer Pension, und auf der gegenüberliegenden Straßenseite tratschten ein paar Frauen vor dem Burgtor. Der Marktplatz wurde durch die Hauptstraße nach Cork in zwei Hälften geteilt, und am anderen Ende, ungefähr zweihundert Meter von der Stelle, an der sie mit Ida stand, hatte sich ein Dutzend Männer so plaziert, daß sie alles, was in der Umgebung des Zeltes geschah, aus nächster Nähe mitbekamen.

Bisher sah man, obgleich die Eingangstür weit offenstand, noch keinen der Schauspieler.

»Was meinst du, haben sie den Bus wohl inzwischen repariert?« In Elizabeths Magen flatterten zahllose Schmetterlinge, aber sie war fest entschlossen, sich nicht anmerken zu lassen, wie aufgeregt sie war.

»Schauen wir doch einfach nach«, schlug Ida sofort vor; als sie um die Ecke schlenderten und sahen, daß der Bus immer noch unverändert an der alten Stelle stand, bekam ihre Stimme einen scharfen Klang. »Ich frage mich, ob nur wir Trottel hiergeblieben sind – he! Was ist denn da los?« Sämtliche Kinder rannten mit einem Mal in dieselbe Richtung.

Aus der Straße, aus der sie eben gekommen waren, erscholl blecherne Musik. Elizabeth und Ida kehrten eilig zurück und entdeckten, daß Vivian Mellors' Schauspieltruppe Aufstellung für die Eingangsparade nahm.

Als erstes kam ein Mädchen mit einem Akkordeon, gefolgt von einem kleinen Laster, der langsam die Straße herunterfuhr und auf dessen Ladefläche vor einem Klavier eine Pianistin mit roten Haaren, leuchtend wie ein Feuermelder, saß. Ihre Lippen und Wangen waren grell geschminkt, ihre plumpen, von zahllosen Reifen verzierten Arme waren nackt, und um ihren Hals und ihre Brust hatte sie einen Fuchspelz drapiert. Auf einem Hocker neben ihr hockte ein kleiner, fetter Mann in einem weißen Rüschenhemd, weiten Hosen und einer Schärpe aus mitternachtsblauem Satin. Es schien, als stütze er sich auf eine Krücke.

Zwei junge Männer in Soldatenuniformen marschierten hinter dem Laster, und in ihrem Gefolge kam ein Paar, bei dem es sich, so dachte Elizabeth, sicher um Mr. Vivian Mellors und seine Gattin handelte. Mr. Mellors, in einem shakespeareähnlichen, vielleicht sogar geistlichen Gewand, marschierte im Takt der Musik. Auch wenn die Straße nicht gerade dicht bevölkert war, grüßte er erhaben erst nach links, dann nach rechts. Die Frau an seiner Seite hatte ihr Haar hoch aufgetürmt, und ihr langes, wallendes, mit Glasperlen und Halbedelsteinen besetztes Kleid schimmerte im Abendlicht. Sie versuchte nicht, im Takt der Musik zu gehen, sondern glitt wie auf Rollen den Weg hinab, wobei sie den Rock ihres Kleides mit beiden Händen in die Höhe hielt, damit er keinen Staub abbekam.

Als nächstes kam Robby, Durrows neuer Hundestar. Ein munterer, übergewichtiger, kleiner Spitz, der, von seinem strahlenden Besitzer an der Leine geführt, dem letzten Abend seines Ruhms entgegenhechelte.

Dann folgten zwei Mädchen, schlichter gekleidet als die Dame, aber auch sie in lange, glitzernde Kleider gehüllt. Eine war groß und hübsch, während die andere, wesentlich jünger, noch unausgegoren wirkte; aber beide lächelten mit größter Entschlossenheit und schwenkten im Rhythmus der Marschmusik zwei große Tamburine.

Elizabeth jedoch hatte nur Augen für den Mann, der das Ende des Zuges bildete. George Gallaher stolzierte mit langsamem Schritt in glänzenden Stiefeln über das Pflaster, wobei ein schwerer Samtumhang von seinen Schultern floß. In seinem Gesicht prangte ein üppiger Schnurrbart, von seiner Hüfte hing ein schimmernder Säbel herab, die Messingknöpfe des roten Rocks seiner Uniform waren blank poliert, und auf dem vollkommen unzeitgemäßen napoleonischen Dreispitz wippten ein paar Straußenfedern. Der einzige andere Anlaß, bei dem Elizabeth ein derart strahlendes Selbstvertrauen miterlebte, war die Versammlung der zahlreichen Bischöfe gewesen auf dem eucharistischen Kongreß in Dublin fünf Jahre zuvor.

»Mein Gott«, flüsterte Ida neben ihr, »sieh dir bloß mal den…«

Gallaher erblickte die beiden, als er auf ihre Höhe kam, lüftete seinen federbesetzten Hut und winkte ihnen zu. Es entsetzte Elizabeth, daß er sie stärker als die anderen Zuschauer beachtete. Sie wagte nicht, sich umzusehen, um zu ergründen, ob seine Aufmerksamkeit ihnen beiden gegenüber allgemein aufgefallen war; doch zugleich war er von einer derart spektakulären Attraktivität, daß sie, als Ida sie auf die Straße zog, um sich der kleinen Menschenmenge anzuschließen, die im Gefolge der Prozession auf das Zelt zulief, keinerlei Widerstand aufbrachte.

Als vierzig Minuten später die Vorstellung begann, war das Zelt bis auf den letzten Platz besetzt. Während des Varietés vor

Beginn der eigentlichen Aufführung merkte Elizabeth, daß sich ihre Anspannung noch steigerte – da zugegebenermaßen die Vivian Mellors' Wanderbühne in der Tat wirklich vielseitig war. Der Mann mit der Krücke – er hatte nur ein Bein – stellte sich als Tenor von gewaltiger Lungenkraft, wenn auch geringer Subtilität, heraus; das junge Mädchen begleitete seine populären Lieder auf dem Akkordeon.

Als der Sänger fertig war, setzte das Mädchen unter dem Applaus des Publikums zu einer schottischen Weise an, worauf George Gallaher mit großem Ernst die Bühne betrat.

Er hatte seine strahlende Uniform gegen einen Kilt und die dazugehörige beschlagene Felltasche eingetauscht, legte zwei Schwerter übereinander gekreuzt vor seinen Füßen ab, hob beide Arme in Schulterhöhe an und tanzte mit mehr Energie als Behendigkeit um sie herum und über sie hinweg. Wahrscheinlich lag die mangelnde Eleganz der Bewegung zum Teil daran, daß er wegen der niedrigen Zeltdecke ständig gezwungen war, den Kopf einzuziehen. Von ihrem Platz in einer der hinteren Reihen nahm Elizabeth nur seinen auf und ab hüpfenden Torso wahr – er trug kein Jackett, so daß sie sich lebhaft an ihren Körperkontakt vom Nachmittag erinnerte und merkte, wie ihr Herz lauthals gegen ihre Rippen pochte.

Die auf den Schwerttanz folgenden Vorführungen bekam sie nur verschwommen mit; die junge Akkordeonspielerin jonglierte ein paar Bälle durch die Luft, die beiden jüngeren Schauspielerinnen traten mit geschwärzten Gesichtern auf und trugen einige Gospellieder vor und der Tenor sang ein neapolitanisches Liebeslied, ehe Mrs. Lydia Smythe-Mellors »The Rose of Mooncoin« und anschließend Mr. Vivian Mellors persönlich mit sonorer Stimme »Dangerous Dan McGrew« zum Besten gab.

Beim Vorfinale erschien George Gallaher zusammen mit allen anderen ein zweites Mal auf der Bühne, wo man gemeinsam Percy Frenchs »Abdul A Bul Bul Emir« sang. Größer als alle anderen, hatte er sich in der hinteren Reihe aufgebaut, doch obwohl Elizabeth die Bewegung seiner Lippen sah, wurde seine Stimme vom Dröhnen des einbeinigen Tenors übertönt.

Während der kurzen Pause nach dem Varieté kaufte sie einem der Mädchen auf Idas Drängen – »Zehn *Pfund*, Beth!« – eine Handvoll Tombolalose ab, ehe sich der Vorhang für die Komödie öffnete.

Conn, The Shaughraun, war dem Puplikum bestens bekannt. Man rief dem patriotischen Helden Ermunterungen zu, pfiff die Schurken aus, brüllte vor Begeisterung, als die Gruppe der Heldinnen George alias den englischen Hauptmann Molyneaux in symbolischen irischen Ringen gefangennahm. Und als Conn mit Tatters/Robby auf dem Arm von der Seite auf die Bühne sprang, wurde ihm eine volle Minute lang applaudiert, ehe er zum Sprechen kam.

Selbst in Elizabeths relativ unerfahrenen Augen war George Gallaher, auch wenn er in seinem Kostüm prachtvoll wie ein Pfau aussah, ein grauenhafter Schauspieler. Genaugenommen mußte sie sich eingestehen, daß auch keiner der anderen, vor allem nicht der Tenor, der den Verräter, Harvey Duff, verkörperte, besonders begnadet war; aber sie alle spielten mit ehrlicher Begeisterung. Gallahers wunderbare Stimme hallte herrlich durch das Zelt, und er nahm meistens die richtigen Posen ein; bloß als Darsteller war er ungefähr so natürlich wie ein Hühnerzahn.

Darüber empfand Elizabeth eine unendliche Erleichterung. Wenn auch unfreiwillig, hatte sie sich bereits gefragt, weshalb ein so gutaussehender, ungewöhnlicher Mensch bei einer Wanderbühne, die einzig in den Dörfern und Kleinstädten Irlands auftrat, arbeitete und nicht an einer Bühne in Dublin oder sogar London beschäftigt war. Es hatte sie sogar kurz der Verdacht gestreift, daß vielleicht Grund für ihn bestand, sich hier auf dem Land zu verstecken.

Nun aber, da sie seine ausladenden Bewegungen sah, wurde offensichtlich, daß in George Gallaher nichts weiter als ein großer, gutaussehender Schmierenkomödiant steckte.

Das auf fünfzig Minuten verkürzte Stück endete unter dem wilden Applaus des Publikums. »Wie fandest du es?« Ida stieß Elizabeth mit dem Ellbogen an, als sie auf den letzten Teil der Show, den »Sketch«, warteten.

»Ich fand es wirklich gut.« Elizabeth zögerte. »Vivian Mellors war in der Rolle des Conn wirklich wunderbar, und seine Frau, die die Arte O'Neal verkörpert hat...«

»Ja«, unterbrach Ida sie. »Aber wie fandest du unseren Freund, den wunderbaren Gallaher?«

»Och, nicht schlecht.« Elizabeth senkte den Blick auf die Holzplanken unter ihrem Sitz. »Auch wenn er als Schauspieler nicht unbedingt überzeugte...«

Halb zu ihrer Erleichterung fiel George bei dem Abschluß-Sketch – einem komödiantischen Routinestück, das aufgrund der Pointen, die nur die Bevölkerung des Dorfes verstand, großen Beifall fand – keine Rolle zu. Am Ende der Vorstellung verließ Elizabeth unter dem Vorwand, in dem stickigen Zelt kaum noch Luft zu bekommen, eilig ihren Platz.

»Ich für meinen Teil bleibe noch zur Tombola. Die zehn Pfund kämen mir gerade recht. Gib mir deine Lose, ja?« Ida nahm Elizabeth die Lose aus der Hand und breitete sie zusammen mit ihren eigenen Losen vor sich aus. »Wir sehen uns dann draußen, ja?«

Abgesehen von ein paar Menschen, die das Pech hatten, die Sixpence für den Eintritt nicht bezahlen zu können, war niemand mehr auf dem Rasenplatz. Diese Menschen hatten, wenn sie schon nichts sehen konnten, halt wenigstens draußen gelauscht.

Und es war auch gar nicht notwendig, im Zelt zu sein, um mitzubekommen, wie der Tenor ein letztes »O Sole Mio« schmetterte, während man den Zuschauern die Pennies für die »wenigen noch verbliebenen« Lose aus den Taschen zog. Die dröhnende Stimme verfolgte Elizabeth, als sie langsam über den dunklen Rasen ging.

Als sie in die Nähe des Busses kam, kroch gerade eine Katze unter dem Gefährt hervor, und Elizabeth beobachtete, wie das Tier über die Straße lief und durch die Öffnung eines halb verrotteten, hölzernen Gartentors entschwand. Dann lehnte sie sich gegen das kühle Metall, versuchte, sich zu beruhigen, und hoffte, auf diese Weise wieder zur Besinnung zu kommen.

Du wirst ihn nie wiedersehen... Wie sollte sich jemand wie er ernsthaft interessieren für jemanden wie dich? ... Er sieht die Sache sicher nur als amüsanten Zeitvertreib... Wahrscheinlich treibt er so etwas in jeder Stadt mit einer anderen jungen Gans...

Als das Lied beendet war und der Applaus langsam erstarb, nahm Elizabeth mit einem Mal die Geräusche hinter den ruhigen Fassaden der Häuser wahr: das Bellen eines Hundes, das Wiehern eines Pferdes, das gutturale Gackern einer Henne, die eine bequemere Position auf ihrer Hühnerstange suchte.

Es war Neumond, aber der sternenübersäte Himmel schimmerte wie ein umgedrehter Kelch über den Dächern und Schornsteinen der Ortschaft. Vor dem solcherart erhellten Hintergrund erhoben sich die mit Zinnen versehenen Tore und die hohen Mauern der Burg ebenso wie die soliden Häuserreihen. Aus deren Fenstern oder Türen ergoß sich nur hier und da das Licht einer Lampe auf den Marktplatz, der eine theatralisch gemalte Kulisse abgab. Aber keine Kulisse, dachte Elizabeth, bot einem so vertraute Düfte dar.

Auch wenn sie in Cork geboren und aufgewachsen war, erkannte Elizabeth die Ausdünstungen jeder irischen Kleinstadt: Gras, Dung und Heu, Pferde, Lampenparaffin, Torfrauch, Hühnerkot und der besondere Geruch des Straßenpflasters vermischt sich zu einem süßlichen Cocktail. Während ihr dies alles in die Nase stieg, blickte sie unverwandt auf das Theaterzelt, das mit seinen dunklen Vertäuungen wie eine umfangreiche Yacht auf dem Rasen verankert war und hinter dessen gelblichen Wänden man die Schatten der verbliebenen Zuhörer sah.

Sie erkannte Gallaher, sobald das Publikum aus dem Zelt nach draußen trat. Er hatte seine Uniform abgelegt, aber hielt sie, komplett mit Umhang und Federhut, noch in den Armen.

Hinter dem Zelt hervor schlenderte er bis zur Mitte der Rasenfläche, wo er stehenblieb und in ihre Richtung sah. Ihr Herz machte einen erschreckten Satz. Hatte er sie etwa erblickt?

Offensichtlich ja, denn er kam direkt auf sie zu. »Hallo«,

sagte er, »ich habe Sie und Ihre Freundin gesehen. Hat Ihnen die Vorstellung gefallen?«

»S-sehr sogar«, stammelte Elizabeth. »Danke für die Eintrittskarten.«

»Nichts zu danken!« Suchend wandte er sich um. »Übrigens, wo ist denn Ida, wenn ich fragen darf?«

»Sie wollte noch auf die Verlosung warten. Mir – mir war zu warm. Also bin ich schon mal vorgegangen. In dem Zelt herrscht wirklich eine furchtbare Hitze.« Elizabeth merkte, was sie für einen Unsinn sprach, und hätte sich am liebsten einen Tritt versetzt. »Sie haben sehr gut gespielt«, lobte sie nun mit größerer Entschiedenheit. »Ich – wir hatten wahrhaftig einen Riesenspaß.«

»Genau wie auch schon zahlreiche gekrönte Häupter Europas bei unseren Vorstellungen«, sagte er, wobei die Ironie so deutlich war, daß sie lächelte. »Hören Sie zu, es ist ein wunderbarer Abend. Hätten Sie vielleicht Lust, ein wenig mit mir spazierenzugehen?« Er sah sie fragend an.

»Sehr gern. Ich gehe nur schnell los und sage Id …«

»Nur Sie und ich.« Er nahm ihre Hände und beugte sich so dicht über sie, daß sein Gesicht sich nur mehr wenige Zentimeter über dem ihren befand. »Genug von dem Zwillingsschwestern-Spiel!« Die Uniform über seinem Arm roch noch muffiger als sein Anzug vom Nachmittag, aber sein Atem duftete nach Pfefferminz. »Bitte verstehen Sie mich nicht falsch«, fuhr er eilig fort. »Ida ist sehr nett, ich mag sie. Aber Sie sind diejenige, die mich interessiert.«

In Elizabeth wallten Freude und Panik auf. »Ich – ich weiß nicht, wie …«

»… Sie es ihr sagen sollen? Überlassen Sie das einfach mir.«

»Nein, das war es nicht, was ich meinte.«

»Was dann, Elizabeth?« Ringsum sah Elizabeth, wie die Menge über den Rasen kam. Nur noch wenige Sekunden und Ida hätte sie erreicht. Was sie hatte sagen wollen, war kindisch und lächerlich, die stereotype Frage: weshalb jemand wie sie bei jemandem wie ihm Interesse wecken konnte.

»Elizabeth?« wiederholte er. »Was wollten Sie sagen?«

»Ich – ich würde sehr gern mit Ihnen spazierengehen.« Für den Bruchteil einer Sekunde tauchte vor Elizabeths innerem Auge Idas wütende Miene auf. »Wenn auch nur ein kurzes Stück!« fügte sie etwas lahm hinzu.

»Sehr schön! Es ist ein so warmer Abend, da gehen wir am besten hinunter an den Fluß. Warten Sie hier auf mich. Ich suche Ida und sage ihr Bescheid.«

Schwindlig vor Erwartung beobachtete Elizabeth, wie er sich durch die Menschenmenge schob, wobei er gelegentlich stehenblieb und die Gratulationen der Zuschauer entgegennahm.

Sie entdeckte Ida, noch ehe George sie sah. Ihre Freundin stand vor dem erleuchteten Zelteingang und sah sich suchend um. Wie eine Diebin zog sich Elizabeth tiefer in die Dunkelheit zurück.

Dann entdeckte George Gallaher Ida ebenfalls, und während Elizabeth ihn beobachtete, trat er auf sie zu und unterhielt sich eine schmerzliche Ewigkeit mit ihr.

Elizabeth hatte das Gefühl, daß ihr der Boden unter den Füßen schwand, als sie sah, wie Idas Kopf in ihre Richtung fuhr. *Hör endlich auf!* schalt sie sich selbst. Wenn sie an deiner Stelle wäre, dächte sie nicht eine Sekunde lang an dich …

Sie sah, wie Gallaher Ida den Arm um die Schulter legte und ein paar Schritte in ihre Richtung tat. Einen Augenblick lang dachte sie, die beiden kämen auf sie zu, so daß sie ein wenig vorrückte. Dann jedoch blieben sie plötzlich stehen, er küßte Ida auf die Wange, und Ida ging ohne einen Blick rundum auf ihre Pension zu.

»Was haben Sie zu ihr gesagt?« Elizabeth gestattete Gallaher, ihren Arm zu nehmen und sie über den Marktplatz zu geleiten.

»Ich habe gesagt, daß ich mit Ihnen ein Verhältnis anfangen will. Guten Abend!« Gallaher wandte sich mit einer Verbeugung einem Gratulanten zu.

»Das haben Sie nicht getan!«

»Sie haben recht. Ich habe ihr gesagt, ich hätte mich in Sie verliebt, könnte es nicht abwarten, Sie endlich allein zu sehen, und würde dafür sorgen, daß sie uns beiden nicht länger im Wege steht.«

»Mr. Gallaher! Bitte – was haben Sie wirklich zu ihr gesagt?«

»Abend!« Erhaben wie in einer königlichen Sänfte glitt George an einer kleinen Gruppe Durrower Bürger vorbei, die dem Paar neugierig über die offene Fläche vor der Bogenbrücke bis zum Ende des Dorfes nachschaute. »Verzeihung...?«

»Bitte spannen Sie mich nicht länger auf die Folter. Was haben Sie zu ihr gesagt?«

Oben auf der Brücke stand ein junges Paar, das statt in die Betrachtung des Flusses ganz ineinander versunken war. »Wunderbarer Abend, nicht wahr?« Immer noch vollkommen ungerührt lüftete Gallaher seinen Hut, ehe er zusammen mit Elizabeth am Ende der Brücke zum Ufer hinunterstieg.

Wenige Meter über dem Wasser zog sich ein kleiner, ausgetretener Treidelpfad am Rande der Felder entlang. Von dort aus, wo sie stand, sah Elizabeth, daß das Ufer bereits von zwei Paaren beschlagnahmt war. Entsetzt löste sie sich von Gallahers Arm. Hatte er etwa die Absicht, sie zu kompromittieren, indem er in aller Öffentlichkeit Avancen unternahm?

»Beruhigen Sie sich.« Er hakte sie erneut bei sich unter. »Wie schrecklich! Manche Menschen haben einfach keinen Sinn für Anstand.«

Sie sah ihn fragend an, aber es war nicht zu erkennen, ob er sich über sie lustig machte oder nicht. »Ich habe nicht...«

»Natürlich haben Sie. Und ich gebe Ihnen vollkommen recht! Kommen Sie mit.«

Sie gingen den schmalen Weg entlang, und während das Dorf langsam hinter ihnen entschwand, hatte Elizabeth das Gefühl, als ob sich die Stille zwischen ihnen – in der einzig das Tappen ihrer Füße auf der trockenen Erde erklang – immer weiter ausbreitete. Sosehr sie sich auch bemühte, fiel ihr beim besten Willen keine unverfängliche Bemerkung ein.

Doch das schien George Gallaher nicht anzufechten. Er führte sie vom Weg auf eine Wiese neben einem seltsamen Steinmonument, das wie eine stumpfe Nadel in den sternenübersäten Himmel ragte. »Ich weiß, der Stein ist rund und sieht auch sonst nicht so aus, aber das ist der Obelisk.« Er drehte sie herum, so daß sie den Felsen ins Blickfeld bekam, stellte sich hinter sie, ließ sein Kostüm auf den Boden fallen und schlang seine Arme um ihren Leib. »Hallo«, flüsterte er.

»Ich verstehe.« Elizabeth, die stocksteif dastand, hatte das Gefühl, vor lauter Anspannung jeden Augenblick zu bersten. »Weshalb – weshalb wurde er hier aufgestellt?«

»Offenbar zur Erinnerung an den Tod irgendeines Mädchens hier an dieser Stelle.«

Er hob den schweren Umhang vom Boden auf, schüttelte ihn vor ihr aus und band sie mit dem Kleidungsstück wie mit einem Seil an sich. »Es heißt, daß ihr Geist regelmäßig hier erscheint«, hauchte er ihr ins Ohr. »Und weiter heißt es, erscheint sie immer ganz in Weiß.«

»Ich verstehe.« In dem Umhang gefangen, stand Elizabeth nach wie vor vollkommen reglos da. Sie wußte, es war nur eine Frage der Zeit, bis sie seinen Mund zu kosten bekam. Beinahe hätte sie sich bei dem Gedanken die Lippen geleckt.

Dann jedoch überraschte er sie, indem er sie hochhob und wie ein Kind über das Gras in Richtung zweier miteinander verschlungener Eschen trug. Unsicher, was sie tun sollte, ließ sie es geschehen, wobei sie erschauernd die Kälte des Knopfes, der über ihre Wange strich, zur Kenntnis nahm.

»Elizabeth«, sagte er und stellte sie wieder auf ihre Füße. »Sieh mich an!« Sein Gesicht lag im Schatten, aber sie nahm das schwache Blitzen in seinen Augen wahr, als er sich ihr näherte.

Sein Kuß war sanft, seine Lippen weich und ruhig. Weder dehnte er die Berührung weiter aus, noch erzwang er irgendeine Reaktion von ihr, ehe er einen Schritt nach hinten trat und sie mit in der Dunkelheit schwarzen Augen musterte. »Du bist eine mehr als liebreizende gelbe Blume, Elizabeth.« Seine Stimme klang ernst und voller Zärtlichkeit. Er schüttelte den Umhang aus und breitete ihn in einer Mulde zwischen den Stämmen der Bäume aus. »Komm, setz dich zu mir. Keine Angst.« Er nahm Platz und klopfte auf die Stelle neben sich.

Vor Nervosität – und Erregung – spannte sich Elizabeths Körper noch stärker an. Sie wußte, es gab kein Zurück, ohne daß sie dabei ihr Gesicht verlor. Also setzte sie sich zögernd hin, woraufhin er sie an sich drückte. Langsam zog er sie mit sich zurück, bis er, seinen Kopf gegen den Baum und ihren gegen seine Brust gelehnt, zum Liegen kam. »Eliza-beth, Elizabeth.« Seine Stimme streichelte ihren Namen wie ein Bogen die Saiten eines Cellos, während er mit seinen Fingern durch das Haar in ihrem Nacken fuhr und es dann sanft wieder über ihre Schultern fallen ließ. »Dieses wunderbare Haar darfst du niemals abschneiden«, flüsterte er ihr ins Ohr. »Im Mondlicht sieht es weich und strahlend wie flüssiges Silber aus.«

»Es ist – es ist zu dick.« Elizabeth hatte strohblondes Haar, das sämtlichen Versuchen, es zu locken oder in Wellen zu legen, hartnäckigen Widerstand leistete.

»So etwas zu sagen ist ein Sakrileg.« Er zog weiter spielerisch an einer Strähne, und sie spürte, wie sie sich wohlig zu sträuben begann. Bereits früher hatte sie hin und wieder Küsse ausgetauscht, doch bisher war jeder Körperkontakt zwischen ihr und irgendwelchen Jungen unbeholfen gewesen, übereilt – nie hatte er derart herrliche Gefühle in ihr geweckt.

Unter George Gallahers streichelnder Hand nahm ihre Anspannung Stückchen für Stückchen langsam ab. Dann umfaßte er ihr Gesicht und küßte sie erneut, länger und etwas eindringlicher als beim ersten Mal, doch immer noch so harmlos, daß sie ihre Lippen öffnete. Kurz schob er seine Zunge in ihren Mund; plötzlich löste er sich von ihr. »Eliza-beth, süßes kleines Ding …« Er küßte ihren Hals und seine Zunge flatterte wie ein Schmetterling über ihr Ohr, woraufhin Elizabeth reflexartig den Rücken durchbog und ihre Finger in seinem Haarschopf vergrub. Hoffentlich hörte er niemals damit auf.

Doch dann legte er seinen Kopf zurück, so daß er flach auf dem Boden lag. »Hast du etwas dagegen?« wisperte er.

Vor Panik und Erregung wie betäubt schüttelte sie den Kopf.

»Bist du sicher?«

»Ja«, flüsterte sie zurück.

»In dem Fall bist jetzt du an der Reihe, Elizabeth – ich möchte, daß du mich küßt.«

Sie beugte sich unsicher über ihn, und er hielt seine Hände von ihr fern, reagierte einzig mit dem Mund, bis er plötzlich ihren Leib umfing, und sie, eine Hand auf ihrer Schulter, die andere um ihre Taille gelegt, auf sich zog.

»Oh!«

Sofort lockerte er seinen Griff. »Keine Angst, es passiert nichts. Ich verspreche, dir nichts Schlimmes anzutun.« Er strich ihr leicht über das Haar. »Alles, was ich möchte, ist ein Kuß. Küß mich noch einmal, Elizabeth...«

Nach ein, zwei Sekunden küßte sie ihn ein zweites Mal, und als er jetzt die Arme um sie schlang, wehrte sie sich nicht. Durch den Stoff seiner Jacke und seiner Weste und durch ihr dünnes, gelbes Kleid hindurch spürte sie die Wärme seines Körpers. »So«, murmelte er. »Ist das nicht schön? Überhaupt nicht schlimm, sondern ruhig und süß.« Der Rücken ihres Kleides wies eine lange Einlegefalte auf. Seine Finger fanden sie und glitten darin ihre Wirbelsäule hinab, bis er in Höhe ihrer Taille anlangte. »Ist das schön? Gefällt es dir?«

»Ja«, flüsterte sie und schloß die Augen.

»Dann mach den Gürtel deines Kleides auf, damit ich die Bewegung nicht unterbrechen muß.«

Auch wenn sie ahnte, daß sie wahrscheinlich das Falsche tat, erhob sie sich, damit er an die Schnalle ihres Gürtels kam. Er öffnete sie, zog den Gürtel aus den Schlaufen und warf ihn beiseite. »Ist es nicht viel besser so? Und jetzt komm zu mir zurück...« Wieder zog er sie auf seine Brust und setzte abermals zu dem langsamen, beinahe hypnotisierenden Lauf seiner Finger an, wobei er immer tiefer glitt, bis er jeden Zentimeter ihrer Wirbelsäule, vom Hals bis zum Steißbein, einer sanften Massage unterzog. »Wir tun nur, was du willst, Elizabeth«, beteuerte er. »Gefällt dir das?«

»Ja«, wisperte sie, voll der Scham darüber, wie sehr es ihr gefiel.

Er rollte sie neben sich, so daß sie ihm gegenüber in der Beuge seines rechten Armes lag. Mit der linken Hand behielt er die Rückenmassage bei, ehe er, ohne ihr Gesicht aus den Augen zu lassen, sanft den Rock ihres Kleides nach oben schob und ihr bestrumpftes Bein zu streicheln begann. »Nichts, was du nicht willst, Elizabeth«, flüsterte er. »Vergiß das nicht!«

Sie nickte und vergrub ihren Kopf an der Schulter seines Jacketts. Die Berührung ihres Schenkels rief, wenn es denn überhaupt möglich war, einen noch wohligeren Schauder als die Liebkosung ihres Rückens in ihr wach.

Sanft, ganz sanft streichelte er ihr Bein, wobei seine Hand langsam immer höher fuhr, bis sie auf das Fleisch zwischen ihrem Strumpf und ihrem Höschen traf. »Huch! Was haben wir denn da?« schmeichelte er. »Echte Haut!« Ehe sie etwas sagen konnte, fuhr er mit seiner Hand bereits wieder auf die Seide ihres Strumpfes hinab.

»Das mag ich.« Die skandalösen Worte waren heraus, ehe sie überhaupt wußte, daß sie es so empfand.

»Bist du sicher?« Nur mit den Fingerspitzen betastete er die wenigen Zentimeter Haut, als waren sie die Schale eines besonders zerbrechlichen Eis. Wieder nickte sie, und dann spürte sie, wie er an ihrem Strumpfhalter zupfte. »Oh, wie ist denn das passiert?« Seine Stimme klang spielerisch. »Soll ich ihn wieder zumachen?«

»Wenn du willst...«

»Was willst denn *du*?«

»Du kannst es so lassen, wenn du willst. Es ist mir egal.«

»Tja, mit einem Flügel kommt kein Vogel weit, nicht wahr? Also braucht er ihn auch gar nicht erst... Ist es gut so?« Elizabeth spürte, wie seine Finger den anderen Strumpfhalter betasteten und ihn ebenfalls öffneten, so daß ihr Strumpf an ihrem Schenkel heruntergIitt. Er schob ihn bis zu ihrem Knie. »So geht es besser, nicht wahr? Du hast wunderschöne Beine, Elizabeth. Du solltest sie nicht verstecken, nicht mal in Seide. Vielleicht ziehen wir diese alten Dinger am besten ganz aus?«

Sie setzte sich auf und streifte die Strümpfe mit zitternden Händen ab.

»Elizabeth«, wisperte er. »Bitte sei nicht nervös. Alles, was ich will, ist, dir Vergnügen zu bereiten. Nichts anderes. Hier...« Eilig setzte auch er sich auf, entledigte sich seiner Jacke, hüllte sie in den Stoff und hielt sie in einem festen, doch zugleich sanften Griff, als wäre sie ein zerbrechlicher Gegenstand. »So!« Zärtlich wiegte er sie hin und her. »Ist das gut? Ganz ruhig, meine kleine, gelbe Blume, ganz ruhig.« Er küßte leicht ihr Haar.

Wie von selbst krochen Elizabeths Arme an seiner Brust hinauf, ehe sie sie ihm um den Nacken schlang. Dann suchten ihre Lippen seinen Mund und sie küßten sich erneut, drängender als zuvor, wobei seine Zunge frei über ihre Zähne fuhr.

Schließlich zog er sie rittlings auf seinen Schoß und glitt mit seinen Händen um sie herum unter ihr Kleid, bis er ihr Hinterteil zu faßen bekam. »Ist das gut? Ist es so für dich bequem?« Sie machte die Augen zu und küßte ihn; als sie spürte, wie seine Hände nach dem Bund ihres Höschens tasteten und es nach unten schoben, ließ sie es gerne geschehen.

Seine Hände waren so groß, daß sie das Gefühl hatte, sie wären überall zugleich, als er zuerst ihre Hüften und ihr Hinterteil knetete, ehe er, einem zufälligen Muster folgend, an ihren Seiten und ihrem Rücken, ihren Schultern und ihren Brüsten Flammen auflodern ließ. Allmählich hatte sie das Gefühl, kaum noch Luft zu bekommen, und preßte sich an ihn, als erhielte sie von ihm den rettenden Sauerstoff.

Als er sie von sich herunterschob und auf den Rücken legte, tat ihr die Trennung von ihm so weh, daß sie die Knie anzog wie ein Embryo, während er die Knöpfe ihres Kleides öffnete. Dann allerdings half sie ihm und schüttelte den Stoff von ihren Schultern ab, so daß er sie in Slip und Büstenhalter vor sich sah.

Er zog die Körbchen ein Stück herab und griff mit beiden Händen zärtlich zu. »Wunderschön!« flüsterte er, während er ihre Brüste für eine Sekunde in Händen hielt, ehe er seine Zunge in die schmale Spalte zwischen ihnen gleiten ließ. Dann fuhr er mit leichten, leckenden Küssen über sie hinweg und zupfte mit seinen Zähnen so hart an ihren Nippeln, daß Elizabeth schmerzliche Freude dabei empfand.

Eilig richtete er sich auf, hob ihr Hinterteil, wie eine Mutter es bei einem Baby tat, und zog ihr mit einer einzigen, schnellen Bewegung das Höschen aus. Ehe Elizabeth reagieren konnte, hatte er seinen Mund bereits abermals auf eine ihrer Brüste gesenkt; aber dieses Mal wurde der Schauder, der über ihren Rücken lief, von dem unvorstellbaren Gefühl seiner Finger in den cremigen Tiefen dessen, was ihre Mutter immer als »da unten« bezeichnete, unerträglich verstärkt.

»Allmächtiger«, schrie sie vor Schmerz, Vergnügen oder Scham – was auch immer.

»Pst«, beschwichtigte er, ohne in der Liebkosung innezuhalten. »Pst! Sobald du willst, hören wir auf.« Sie lag mit geschlossenen Augen da, aber sie spürte, wie er sich auf sie schob, und hörte, daß sich sein Atem beschleunigte. »Du liebe Güte!« Sie schob einen ihrer Arme vor ihre Augen, als wolle sie nicht sehen, was als nächstes kam.

Er bewegte seine Finger schneller und schneller in ihrem Inneren, und zu gleicher Zeit glitt seine Zunge wie eine Schlange über ihren Hals und ihre Brust. »Willst du, daß ich aufhöre, meine Süße? Sag mir, wenn ich aufhören soll.«

»Nein, nein!« schluchzte sie mehr, als daß sie sprach.

»Spreiz deine Beine, ja?«

Ohne daß sie es wollte, spürte sie, wie sich ihre treulosen Schenkel öffneten.

»So ist's brav, Allerschönste«, stellte er heiser fest. »Noch ein bißchen weiter, ja?«

Sie gehorchte ihm, und er entfachte durch seine Berührungen eine immer größere Hitze in ihr. Er küßte ihren Mund, und dann, als sie den Kuß erwiderte, spürte sie, wie statt seines Fingers etwas Dickes, Kühles und Trockenes in sie drang. Wieder schrie sie auf. »Bitte!«

»Ich habe dir gesagt, daß wir nichts tun werden, was du nicht willst...« Sein herrliches Timbre verwandelte sich in ein Keuchen.

»Nein, es ist schon gut. Aber weil...«

»Weiß ich! Ich werde ganz sanft und sehr, sehr vorsichtig

sein... Du bist so wunder-, wunderschön.« Er kniete sich zwischen ihre gespreizten Schenkel, legte sich auf ihren Bauch und versiegelte ihre Lippen mit seinem Mund.

Als sie spürte, daß sich der Druck vergrößerte, klammerte sie sich wie eine Ertrinkende an seine Schultern. »Ich will schon, aber ich habe Angst...«

»Hab keine Angst, es gibt nichts, wovor du dich fürchten mußt, du kleines Ding...« Er schob sich mit einer Hand in sie. »Du bist wunderbar, es ist vollkommen normal, am Anfang nervös zu sein; aber du bist einfach herrlich...« Sie wimmerte, als ihr Jungfernhäutchen riß.

Sofort erstarrte er. »Jetzt ist es geschafft. Hab keine Angst. Ich werde dir nicht weh tun. Gib mir einen Kuß!«

Als Elizabeth seinen Kuß erwiderte, wallte unter der Berührung seiner Zunge und seiner Lippen erneut Erregung in ihr auf. Als er an ihr herunterglitt und ihre Brüste zu liebkosen begann, stöhnte sie leise auf.

»Ich tue dir doch wohl nicht weh?« Wieder hielt er inne.

»Nein! Mir geht es gut.«

»Ach, mein Schätzchen, du machst deine Sache wunderbar.« Er begann, sich vorsichtig in ihr zu bewegen, und obgleich sie einen leichten Schmerz empfand, paßte sie sich, schneller und immer schneller, an ihn an. Dann wurde er mit einem Mal stocksteif.

Elizabeth riß die Augen auf, als er sein Glied aus ihrer Weichheit riß, und erschauderte. Es war das erste Mal, daß er zur Gänze auf ihr lag, so daß sie kaum noch atmen konnte. Trotzdem klammerte sie sich weiterhin an ihn, während er wieder und wieder zusammenzuckte und sich seine heiße Flüssigkeit auf ihrem nackten Bauch ergoß.

Ihr schwindelte. Es war ihr alles zu schnell gegangen, was sollte sie jetzt tun? Gesichter, vorwurfsvolle Gesichter – das Idas, das ihrer Mutter, die der Nonnen, die sie stets vor diesen Dingen gewarnt hatten – tauchten vor ihrem inneren Auge auf, als sie über George Gallahers Kopf hinweg auf das dichte Blattwerk der Eschen vor dem funkelnden Nachthimmel sah.

Sie streichelte ihm sanft den Hinterkopf, als sie spürte, wie er allmählich zur Ruhe kam. Es schien ihr die richtige Reaktion zu sein. Keuchend rollte er sich neben sie. Am liebsten wäre sie umgehend wieder in ihre Kleider geschlüpft, hatte jedoch das Gefühl, daß ihn dieses Verhalten vielleicht kränkte.

»Ist alles in Ordnung, Elizabeth?« fragte er, ohne sie auch nur anzusehen.

»Jaha.« Aber am liebsten hätte sie geweint.

Er zog ein zerknülltes Taschentuch hervor, rollte sich auf die Seite und trocknete zärtlich ihren Bauch. »Ich sollte fragen, ob es schön für dich war, aber ich weiß, das wäre dumm. Hoffentlich hat es dir nicht allzu weh getan? Hast du Schmerzen irgendwo? Hier vielleicht?« Er zeigte vorsichtig auf ihren Unterleib.

»Ein bißchen.« Hinter ihren Lidern wallten Tränen auf und sie wandte sich eilig von ihm ab. Es war nicht das Wundsein, das sie weinen ließ; ihre Intimität kam ihr nur zu abrupt vor, das Ende zu plötzlich und die folgende Unsicherheit zu unerwartet. Elizabeth hätte nicht sagen können, woher diese Bestürztheit rührte – aber sie hüllte sie ein wie ein schweres, dunkles Leintuch.

»Warte eine Sekunde.« Er stand auf, knöpfte seine Hose zu und ließ sie für einen Augenblick allein. Elizabeth lag weiter reglos da. Immer noch hatte sie das Gefühl, daß etwas anderes vielleicht unhöflich war.

Zurück kehrte er mit einem tropfnassen Taschentuch. »Ich habe es in den Fluß getaucht«, erklärte er und kniete sich vorsichtig neben sie. »Hier!« Zärtlich tupfte er die Stelle zwischen ihren Beinen ab.

Sie rang nach Luft, doch die reinigende Kälte des Wassers war angenehm. »Beim nächsten Mal wird es viel besser sein – glaube mir!« Er beendete die Reinigung, warf das Taschentuch hinter sich ins Gebüsch, zog ihr sanft das Kleid über den Bauch glatt und gab ihr einen Kuß. »Du hast ein natürliches Talent dafür. Es wird dir gefallen, wart's nur ab.«

Jetzt brachen sich die Tränen Bahn. »Es tut mir leid …«, stieß sie schluchzend hervor, da ihr ihr Mangel an Erfahrung furchtbar peinlich war.

»Komm, komm her!« Er zog sie an seine Brust. »Nicht weinen, ja? Bitte weine nicht. Wenn du Angst davor hast, vielleicht schwanger geworden zu sein, kann ich dich beruhigen. Ich habe sehr gut aufgepaßt.«

Elizabeth, der dieser Gedanke bisher noch gar nicht gekommen war, starrte ihn entgeistert an. Doch er verstand ihr Entsetzen falsch. »Ich habe mich rechtzeitig aus dir zurückgezogen«, erklärte er, wobei er ihre beiden Hände nahm. »So etwas heißt *coitus interruptus.*«

Elizabeth gelangte zu der Erkenntnis, daß es für sie nichts mehr zu verlieren gab. »Das ist es nicht«, erklärte sie. »Es ist nur so, daß du jetzt sicher gehst. Ich habe es mit dir getan, ich habe mich – und dich – und jetzt verläßt du mich einfach...« Erneut flossen die Tränen.

Er streichelte ihr zärtlich das Gesicht. »Solche Dinge wirst du in Zukunft noch öfter und noch wunderbarer erleben, Elizabeth, so daß du wohl schon sehr bald gar nicht mehr an mich denkst. Ich verspreche dir, daß du mich bestimmt baldigst vergißt. Einen alten Schweinehund wie mich. Du bist jung und wunderschön.« Er wiegte sie, während sie heiße Tränen der Trauer und der Scham vergoß.

Nach einer Weile raffte sie sich jedoch zusammen. »Jetzt geht es wieder«, murmelte sie, auch wenn es nicht sehr überzeugend klang.

»So ist's brav!« Er küßte sie. »Also, Kopf hoch – versuch am besten, die Sache von der schönen Seite zu sehen.« Er schob sie ein Stückchen von sich und schloß die Knöpfe ihres Kleides. »Und endlich hast du Gelegenheit, mir zu sagen, wie dir die Vorstellung heute abend *tatsächlich* gefallen hat. Zum Beispiel mein Tanzen. Du fandest meinen Schwerttanz doch sicher beeindruckend, nicht wahr? Sei ehrlich.« Seine spöttische gute Laune war ansteckend, und außerdem schnitt er eine so lustige Grimasse, daß sie tatsächlich zu lachen begann.

»Tja...«

»Meinst du, ich hätte eine Zukunft beim Ballett?«

»Zweifellos.« Elizabeth wischte sich die letzten Tränen fort.

»Komm, laß uns tanzen!« Behende sprang er auf.

»Was? Hier?«

»Warum denn nicht? Mit der von Gott geschaffenen Natur als Publikum!« Er streckte seine Arme aus.

Wieder getröstet erhob sich auch Elizabeth und strich ihre Garderobe glatt.

»Mylady!« Der Schotte machte eine Verbeugung und reichte ihr seine Rechte. »Eins-zwei-drei, *eins*-zwei-drei«, und zur sanften Musik des Flusses führte er sie langsam im Walzerschritt von den Bäumen auf einen Flecken hartes Gras.

Sein abendlicher Auftritt mit den Schwertern hatte Elizabeth nicht darauf vorbereitet, was für ein hervorragender Tänzer George Gallaher zweifellos war. Während er langsam große Kreise mit ihr zog, führte er sie auf eine subtile Art, die ihre Bewegungen vorherzusehen schien, und die winzigen Korrekturen, die er an ihr vornahm, lockerten sie von Kopf bis Fuß unmerklich, bis ihr Körper geradezu mit seinem Leib verschmolz. Und während das Tanzen so natürlich wie das Atmen wurde für Elizabeth, während sie die raschelnde Berührung zwischen ihrem weichen Kleid und ihren nackten Beinen genoß, vergaß sie die anstößige Situation. Sie hatte schon immer gern getanzt, also schloß sie die Augen und schwebte federleicht über das kühle, feuchte Gras. In Georges Armen fühlte sie sich so schwerelos wie eine Fee.

Dann sang Gallaher leise an ihrem Ohr:

»In deinem süßen, kleinen, blauen Kleid
bist du für mich die schönste Maid…«

Und während er summend die alte Weise zum Besten gab, tauchte mit einem Mal ein Fragment aus Elizabeths frühester Kindheit in ihrem Gedächtnis auf. Eines Nachts war sie im Dunkeln aufgewacht, aus ihrem Kinderbett geklettert und hatte sich auf die Suche nach Trost gemacht. Thumper, ihren alten Schmusehund, im Arm, war sie die Treppe hinuntergeklettert, hatte die kalte, dämmrige Eingangshalle des Hauses durchquert, plötzlich leise Musik gehört und die Tür des Wohnzimmers geöffnet. Dort saß ihre Mutter in einem kornblumenblauen Kleid am Klavier und spielte für ihren Vater, der auf einem Kissen zu ihren Füßen saß. Als sie sie erblickten, waren beide aufgestanden und hatten den Raum mit ausgestreckten Armen durchquert, um sie hochzuheben und ihr liebevoll zu bestätigen, daß sie nicht alleine war...

Sie erinnerte sich einzig an dieses kurze, bittersüße Bild; aber gefühlvoll, wie sie gerade war, vergrub sie ihren Kopf an George Gallahers breiter Brust, damit er sie nicht abermals weinen sah. Er reagierte, indem er noch leiser sang, so daß die Melodie, ähnlich den Klängen eines entfernten Orgelspiels, nur noch bruchstückhaft an ihre Ohren drang. Gleichzeitig verlangsamte er seinen Walzerschritt und hielt sie mit einer solchen Sanftheit fest, als wäre sie aus feinstem Porzellan.

Das Lied verklang, und einige Sekunden blieben sie beide, einander umarmend, reglos stehen. Dann trat George einen Schritt zurück, hielt sie von sich und sah auf sie herab. »Meine entzückende Elizabeth in dem süßen, kleinen, gelben Kleid. Wirst du an mich denken, wenn ich gegangen bin?«

Hätte Elizabeth es nicht besser gewußt, hätte sie gedacht, daß George Gallaher traurig war. Aber entschlossen, nicht noch einmal zu weinen, machte sie sich von ihm los und tat, als blicke sie auf das große Haus jenseits des Flusses, das sich dunkel in den Himmel hob. Er trat neben sie und zog ihren Kopf an seine Brust. »Auf Castledurrow hat inzwischen eine Klosterschule aufgemacht«, sagte er in dem scherzhaften Ton, der sie inzwischen miteinander verband. »Ich hoffe nur, daß keine der braven Nonnen jetzt voreilige Schlüsse zieht.«

»Werde ich dich jemals wiedersehen?« Sie hatte genug vom Scherzen, und ehe sie sich's versah, waren die Worte heraus.

»*Malesh*«, sagte er leise. »Das ist arabisch. Es bedeutet, wenn Allah es will!«

»Willst du es denn?« Elizabeth hörte sich selbst, als wäre sie eine andere.

»Ich bin ein Nomade – und ein Taugenichts. Also trauere nicht um mich.« Er hatte die Maske und das Benehmen des Schauspielers gänzlich abgelegt, als er ihr Gesicht zwischen seine Hände nahm. »Außerdem bin ich zu alt für dich. Eine junge Frau braucht einen jungen Mann.«

Er küßte sie mit großer Zärtlichkeit und hielt sie eng an sich gepreßt. »Aber ich bin glücklich, daß ich heute abend mit dir zusammensein durfte. Was wir miteinander hatten, ist ein Genuß. Laß dir nie etwas anderes einreden, egal, von wem. Ich kann nur hoffen, daß du dich an meine Sanftheit erinnern wirst und daß du nie wieder Angst davor haben wirst, dich mit einem Mann zu vereinen. Vergnügen ist nichts Schändliches. Liebe zwischen einem Mann und einer Frau gehört dazu, Elizabeth!«

3

In den sieben Wochen, seit sie George Gallaher zum ersten Mal begegnet war, wurde Elizabeth nicht nur mit *Conn, dem Shaughraun,* sondern obendrein noch mit *Mord in der roten Scheune, East Lynne,* der *Gaslaterne,* der *Lilie von Killarney* und allen anderen Komödien und Melodramen im Repertoire von Vivian Mellors' Wanderbühne bestens vertraut.

Außerdem lernte sie allmählich die Fahrpläne und Launen sämtlicher Busse in Munster auswendig, da sie, auch wenn ihre Eltern ihr Tun aufs heftigste mißbilligten, jede Woche dorthin reiste, wo die Wanderbühne in Kilkenny, Waterford, Tipperary oder in letzter Zeit nun auch in der Grafschaft Cork ihr Zelt aufschlug. In Middleton gewann sie sogar den zweiten Preis bei der allabendlichen Tombola und investierte die zwei Pfund umgehend in ein Geschenk für Gallaher, ein kleines Reiseset von mit Zinnstopfen versehenen Glasfläschchen für seine Pomaden. Nicht nur ihre Eltern hießen das, was sie tat, nicht gut: von Anfang an hatte auch Ida versucht, Elizabeth abzubringen von ihrer »verrückten Leidenschaft«. Nach jenem ersten Abend hatte

Elizabeth Tage gebraucht, um ihre Freundschaft mit Ida zu kitten. Und erst nach Wochen gestand Ida ein, daß sie eifersüchtig gewesen war, weil George Gallaher sie, wenn auch auf durchaus charmante Art, abgewiesen hatte. Offenbar hatte er ihr während des zweiminütigen Gesprächs vor dem Zelt auseinandergesetzt, daß er sich nicht zwischen ihr und der Freundin entschied, sondern er appellierte an ihr kultiviertes Wesen und schmeichelte ihr auf diese Weise derart, daß eine Ablehnung seiner Bitte sie als hoffnungslos zänkisches Weib gestempelt hätte.

Der Gerechtigkeit halber mußte Elizabeth zugeben, daß zu Beginn selbst Gallaher den, wenn auch halbherzigen, Versuch unternommen hatte, sie zu entmutigen. Offenbar erschrocken am folgenden Samstagabend nach der Vorstellung über ihren neuerlichen Besuch, hatte er sie zu einem »Gespräch« an einen stillen Ort geführt. Aber während des Gesprächs kam eins zum anderen, und schließlich schmuggelte George sie in sein Pensionszimmer. Auf diese Weise geriet die verzauberte Elizabeth in das erste Liebesverhältnis ihres Lebens.

Während der magischen sieben Wochen seit ihrem Kennenlernen brauchte sie keinen Schlaf und aß kaum etwas. Trotzdem platzte sie beinahe vor Energie, und selbst den Mitarbeitern ihres Vaters blieb nicht verborgen, welches Pensum sie plötzlich an einem Tag bewältigte. Es schien, als ob sie den Glanz ihres Glückes ausstrahlte, da mit einem Mal alle möglichen Männer von siebzehn bis sechzig, Botenjungen, Büroangestellte, Geschäftsleute, ja selbst der Postbote, sie mit Komplimenten geradezu überschütteten und unverhohlen mit ihr flirteten.

Und jedesmal, wenn sie Gallaher traf, lernte sie mehr darüber, wie man Liebe gab und nahm.

Am letzten Abend, an dem die Wanderbühne in Mallow war, saß sie auf ihrem Platz in der letzten Reihe des Zelts und umklammerte ihr Abschiedsgeschenk für ihn, ein Paar Manschettenknöpfe, in die eine traurige und eine lustige Maske eingraviert war. Sie schämte sich ein wenig, weil sie mit einem derart prosaischen Geschenk zu ihm kam; aber sie hatte trotz intensivster Suche während sämtlicher Mittagspausen einfach nichts Originelleres in der Stadt entdeckt. Doch inzwischen war es beinahe egal, dachte sie und kämpfte gegen die Woge der Bitterkeit an, die sie überrollen wollte. George Gallaher kehrte nach England zurück, und nur der Himmel wußte, wann sie ihn wiedersah.

Das Trommeln des Regens auf dem Zeltdach isolierte die Schauspieler und das Publikum von der Außenwelt. Elizabeth sah sich gründlich in dieser kleinen abgeschlossenen Welt um und prägte sich jede Kleinigkeit für alle Zeiten ein. Der Reihe nach betrachtete sie die Zubehörteile des Zeltes, die Stützpfeiler, die winzige Bühne, die sich nur wenige Zentimeter über dem unebenen Holzboden erhob, die farbigen Lichter, die leuchtenden Vorhänge, den sich drehenden Globus, der, wenn er angestellt war, ein wahres Kaleidoskop an Farben auf die Menschen warf, die unbequemen Sitzmöglichkeiten für das Publikum und die einzelne Stuhlreihe ganz vorne für Kirchenmänner, andere Würdenträger oder bedeutende Geschäftsleute, die geröteten Wangen und geschwärzten Augen der Schauspieler – ja selbst den Flicken in der Zeltdecke, die bedrohlich tief über ihren Köpfen hing.

Auch die Geräusche wollte sie nicht vergessen: das Deklamieren und den Akzent der verschiedenen Schauspieler, das verstimmte Klavier, den bellenden Husten des älteren Mannes, der neben ihr saß. Genausowenig wie die Gerüche nach Dieselöl, mit dem der Generator betrieben würde, nach Schweiß und Füßen, Mottenkugeln und muffigem Segeltuch, nach Menschen, die so dicht gedrängt saßen, daß es aufgrund ihrer Ausdünstungen und ihrer feuchten Kleider im Inneren des Zeltes beinahe ebenso naß war wie draußen.

Dann trat Hauptmann Molyneaux auf, und als Elizabeth spürte, wie sich der Herzschlag sämtlicher Zuschauerinnen bei seinem Anblick beschleunigte, war es um ihre Konzentration geschehen. Ida hatte ihn den »prachtvollen George« getauft, womit sie keineswegs übertrieb. Als Elizabeth ihn nun zum letzten Mal auf der Bühne sah, wallten gleichzeitig Stolz, Eifersucht und Verzweiflung in ihr auf. Diese anderen Frauen mochten ihn ansehen und sich in Phantasien über ihn ergehen; aber ihr hatte dieser Mann gehört, zuletzt auch heute nacht. Ihre Haut prickelte bereits, wenn sie daran dachte, was sie erwartete, aber von morgen an würde sie wieder alleine sein.

Sie erinnerte sich daran, daß George nie mit falschen Versprechungen an sie herangetreten war. In der Tat gab er sich eher Mühe, sich so unattraktiv wie möglich zu machen für sie. Zum Beispiel hatte er ihr erklärt, daß er beinahe fünfzig war; niemals hatte er die Zukunft erwähnt, niemals von irgendeiner Existenz gesprochen, die es für ihn außerhalb des Theaters gab. Und aus lauter Furcht vor seinen eventuellen Antworten hatte sie auch nie danach gefragt.

Zu Beginn bildete sie sich angesichts der Leichtigkeit, mit der sämtliche anderen Mitglieder der Mellors'schen Wanderbühne sie kommentarlos als George Gallahers Wochenendbegleiterin zu akzeptieren schienen, beinahe ein, daß dies das wahre Leben sei. Aber am meisten überraschte sie die Entdeckung, wie natürlich und richtig es sich anfühlte, mit einem Mann intim zu sein. Sie schämte sich nicht im geringsten für ihr sündiges Treiben mit George Gallaher, und eine Erforschung ihres Gewissens ergab, daß sie höchstens Scham empfand bezüglich ihrer Gleichgültigkeit gegenüber angeblichen Todsünden. In der Tat stellte sie fest, daß sie das Ganze eigentlich überhaupt nicht als Sünde sah.

Allerdings gab sie, auch wenn sie weiterhin allsonntäglich in die Messe ging, die Sakramente auf. Es machte keinen Sinn, zur Beichte zu gehen, solange man nicht die Absicht hatte, Buße zu tun; und Elizabeth plante keinesfalls, ihre Liebesbeziehung zu George Gallaher zu beenden, ehe es unvermeidlich würde. Ihr einziges Sakrament war die Liebe, mit der sie ihm begegnete. In Georges Gegenwart vergaß sie alles außer ihm. Doch nun war der Abschied in erschreckende Nähe gerückt – nun galt es zu bezahlen, was sie genossen hatte. Elizabeths Finger legten sich noch fester um die kleine Schachtel mit den Manschettenknöpfen, ehe sie sie aus Angst, sie würde sie beschmutzen, nach einer Weile in ihre Jackentasche schob.

Sobald das Stück beendet war, verließ sie ihren Platz. George hatte keine Rolle in dem Sketch, und auch wenn man ihn zum Finale nochmals erwartete, wollte er jede letzte freie Minute mit ihr zusammensein.

Da Elizabeth wußte, nach welchen Regeln man bei der Wanderbühne antrat, war ihr klar, daß George nach dem abendlichen Spaziergang in Durrow von Vivian Mellors sicher heftige Schelte hinnehmen mußte. Sämtliche Mitglieder der Truppe, unabhängig von ihrer Position bei dem Unternehmen, trugen ihren Teil zur allgemeinen Arbeit bei – zum Errichten des Zelts, Aufbau der Bühne und zur Errichtung des Zuschauerraums, zum Be- und Entladen, Verkauf der Eintrittskarten, zur Werbung, ja selbst zu Reparaturen und zum Aufräumen nach jeder Vorstellung. Es hatte ihr geschmeichelt, daß er seine Anstellung riskiert hatte, um sie zu treffen; aber nun akzeptierte sie, daß eine Wiederholung solcher Eigenmächtigkeiten unmöglich war. Also hatte auch sie es sich angewöhnt, so weit es ging, behilflich zu sein.

Der Regen hatte sich verstärkt, daher öffnete sie ihren Schirm. Um keine Aufmerksamkeit zu erregen, trat sie aus dem dampfenden Lichtdreieck vor dem Eingang des Zelts auf das flache Feld, das gegenüber einem dichten Wald ungefähr eine Meile außerhalb der Stadt lag. Das Gelächter und die Musik im Inneren standen in krassem Gegensatz zu der schwarzen Masse von Bäumen, die sich in dem dunklen Regen ringsum erhoben. Zitternd hob sie ihr kleines Dach über sich, bis sie nur noch den straff gespannten Stoff und das Gestänge sah.

»Hallo! Naß genug für dich?« Dort war er, den Koffer in der Hand, in dem sich sein Kostüm und seine Schminkutensilien befanden.

»Als ob ich eine Ente wäre«, antwortete sie, ehe sie den Schirm zu Boden fallen ließ und ihm die Arme um den Nacken schlang. »Oh, George!«

»Himmel!« protestierte er an ihrem Hals. »Laß uns irgendwohin gehen, wo es ein wenig trockener ist. Da drüben.« Er zeigte auf den ungefähr dreißig Meter weiter stehenden Lastwagen der Wanderbühne, ehe er ihren Schirm nahm und ihn schützend über ihre Köpfe hielt. »Na komm!«

Auf halbem Weg trat Elizabeth in einen glitschigen Kuhfladen; aber er fing sie gerade noch rechtzeitig auf, so daß sie am Ende unbeschadet bis zur Tür des Fahrzeugs gelangten. »Schnell rein mit dir!« Er öffnete den Schlag und hob sie auf den Fahrersitz. Sie rutschte ein Stück und er schob sich eilig neben sie.

»So!« Krachend flog die Tür ins Schloß. »So ist's schon besser, finde ich.«

Sie lächelten einander an, ehe Elizabeth die Fassung verlor. Nun, da er so dicht bei ihr war, wallte erneut das Gefühl des Verlusts in ihr auf. Aus Angst, er sähe ihren Kummer, senkte sie den Blick. Hätte sie gewußt, daß sie sich beim Abschied so elend fühlen würde, dachte sie, dann wäre es ihr beinahe lieber gewesen, sie hätte ihn gar nicht erst kennengelernt.

»Alles in Ordnung?« Sanft umfaßte er ihr Kinn.

Sie nickte, aber immer noch wagte sie nicht, ihn anzuschauen.

»Anscheinend nicht – was ist los?«

»Mußt du da noch fragen?« Auch wenn ihr die Unlogik aufging, empfand sie mit einem Mal einen grenzenlosen Zorn.

»Hör zu, du kennst die Spielregeln – ich kann nicht ...«

»Ja, ich kenne die Spielregeln!« fauchte sie, und sofort bereute sie es. »Oh, George, es tut mir leid, es tut mir leid. Bitte, ich weiß nicht, was in mich gefahren ist.« Wieder schlang sie ihm die Arme um den Hals. »Natürlich kenne ich die Spielregeln, ich habe sie die ganze Zeit gekannt. Es ist nur so, ich wünschte mir ...« Sie brach ab. Was wünschte sie sich überhaupt? Daß er sie mit sich nahm? Daß er sie vielleicht sogar heiratete? Daß sie ihre Arbeit aufgeben und ihm folgen könnte, während er zusammen mit den anderen Kollegen über die Britischen Inseln tingelte? Nicht einmal, was George Gallaher während des Winters tat, wußte sie.

»Was stellst du dir denn vor, Elizabeth?«

»Ich wünschte mir, daß alles anders wäre. Du bist mein Leben!« Schluchzend vergrub sie ihren Kopf an seiner Brust.

»Aber nicht doch, mein Schatz! Ich bin nur der erste Teil

eines Lebens, das ebenso aufregend und herrlich sein wird, wie du es verdienst.«

»Hör auf, laß dieses pompöse Gerede sein!« Abermals zornig zog sie sich zurück. »Rede doch bitte nur ein einziges Mal wie ein normaler Mensch, und nicht ein solches – ein solches ...«

»Ein solches was?« fragte er nach einem Augenblick. »Ein solches was, Elizabeth? Nun, spuck's schon aus!«

Dies war ihre erste Auseinandersetzung, und Elizabeth starrte ihn entgeistert an.

»Ich frage dich jetzt zum dritten Mal. Ein solches was?« fuhr er unerbittlich fort. »Bisher hast du immer so getan, als hörtest du mir gerne zu.«

»Das tue ich auch.« Elizabeth merkte, daß der Regen zwei verschiedene Melodien trommelte, eine an die Windschutzscheibe und die andere auf das Dach. »Tut mir leid«, flüsterte sie. »George, verzeih mir!«

»Du bist durcheinander.« Er lächelte. »Was angesichts der einzigartigen Vorstellung, die du soeben miterleben durftest, nur allzu verständlich ist.«

Sie sah, daß er sie beobachtete und hob den Kopf. »Natürlich«, sagte sie möglichst obenhin. »Vor allem hinsichtlich der Vorstellung eines unumstrittenen Stars.«

»Ah! Ich nehme an, du sprichst von Mr. Mellors?«

»Ich spreche von einem gewissen Mr. Gallaher.«

»Olala!« Er verbeugte sich, so gut es im Sitzen möglich war. »Von dem Mr. Gallaher, der bereits so viele ...«

»... Gekrönte Häupter Europas unterhalten hat«, beendete sie seinen Satz, während sie an der Windschutzscheibe rieb, um in den inzwischen strömenden Regen hinauszusehen. »Hör mal, der heilige Patrick soll damals ein Abkommen mit Gott getroffen haben, daß Irland sieben Tage vor dem Rest der Welt untergeht! Vielleicht ist es jetzt soweit.« Sie sah ihn an. Er lächelte, was bedeutete, daß die Gefahr gebannt war.

»Und wußtest du«, übernahm er in immer noch spaßigem Ton das Wort, »daß Vivian Mellors mit richtigem Namen Sid Thornberry heißt?«

»Nein, das habe ich nicht gewußt. Aber es überrascht mich nicht.«

»Komm her, du.« Er nahm sie in den Arm. »Dummes, kleines Ding!«

»Ich bin nicht dumm!«

»Und ich bin keine fünfzig Jahre alt!«

»Was? Hast du aber behauptet…«

»Das war nur, um dich abzuschrecken – um dich zu beschützen vor einem Kerl wie mir. Du siehst, ich bin also ein durchaus sensibler Mensch! Außerdem habe ich, falls du dich erinnerst, gesagt, daß ich *beinahe* fünfzig bin. Du warst diejenige, die daraus ihre übereilten Schlüsse zog!«

»Und wie alt bist du wirklich, wenn ich fragen darf?« In Elizabeth blitzte ein Funken Hoffnung auf. Vielleicht würde er sie doch noch darum bitten, ein Teil seines zukünftigen Lebens zu werden.

»Sechsundvierzig.«

Eng an ihn geschmiegt verdaute sie diese Information. »Das ist ja wohl nicht alt«, brachte sie schließlich langsam vor. »Aber warum sagst du es mir jetzt? Was macht das jetzt noch für einen Unterschied?«

»Ich bin mehr als doppelt so alt wie du«, flüsterte er in ihr Haar, wodurch er ihre Hoffnungen begrub. »Wesentlich mehr! Und ich will dir gegenüber ehrlich sein.«

»Aber das ist noch nicht alles, stimmt's?« Instinktiv wußte sie, daß da noch etwas im Hintergrund lauerte.

»Was willst du damit sagen?«

»Veranstalte bitte keine Spielchen mehr mit mir, George, dazu haben wir zu wenig Zeit. Es ist nicht nur dein Alter. Du versuchst schon wieder, mich abzuschrecken.«

»Tue ich das?«

»Jawohl!« Sie wartete, daß er weitersprach.

»Irrtum! Du bildest dir etwas ein.« Er nestelte an ihrer Bluse, um ihre Schulter zu küssen; aber sie schüttelte ihn ab und zog sich ein Stück von ihm zurück. »George, du hast gesagt, du willst mir gegenüber ehrlich sein.«

Einen Moment lang starrte er sie an, doch dann wandte er sich ab. »Ich habe dich unterschätzt.«

»Sag mir, worum es geht, George. Um Himmels willen, ich habe deine Aufrichtigkeit verdient.«

»Wenn du ein bißchen nachdenkst, kommst du wahrscheinlich von ganz alleine drauf.«

»Ich will, daß du es sagst.« Neben dem Trommeln des Regens nahm Elizabeth mit einem Mal ein Knistern wahr, als wäre die Luft von einer alarmierenden elektrischen Spannung erfüllt.

Sie wartete und beobachtete, wie er mit sich rang. Schließlich drehte er sich, beinahe trotzig, wieder um. »Ich gehe nach Amerika, Elizabeth. Für immer – um mein Glück in Hollywood beim Film zu versuchen. Außerdem haben sich in England verschiedene Möglichkeiten für mich aufgetan. Du weißt doch, daß die BBC inzwischen über ihre neue Fernmeldetechnik Geräusche und Bilder gleichzeitig überträgt?«

Mit großen Augen starrte sie ihn an. Seiner Ausdrucksweise entnahm sie, daß diese Rede zweifellos nicht dem entsprach, was ihn augenblicklich beschäftigte. Aber die Botschaft war eindeutig: ob er nun fortging oder nicht, George Gallaher sagte auf diese Weise Lebewohl. Das bisher rhythmische Trommeln des Regens auf den alten Lkw verwandelte sich in unrhythmischen Lärm, und erst als sie die Griffe des Fensters und der Tür in ihrem Rücken bemerkte, fiel ihr auf, daß sie unbewußt vor ihm zurückgewichen war.

Würde. Auf keinen Fall durfte sie ihre Würde verlieren. »Nun, da gratuliere ich!« Sie bemühte sich um Haltung. »Das ist eine hervorragende Idee. Dann wünsche ich dir alles Glück der Welt!«

»Elizabeth, bitte. Es tut mir leid.« Er versuchte, sie an sich zu ziehen, aber sie schob seinen Arm zurück.

»Ich finde es auch schade«, antwortete sie, wobei sie ihm über die Schulter sah. »Hör zu. Die Vorstellung ist vorbei. Die Leute kommen schon heraus.«

»Laß sie ruhig. Wir müssen miteinander reden. Das ist jetzt wichtiger!« Dieses Mal ließ sie es geschehen, daß er sie in seine

Arme zog. »Nichts kann uns etwas davon nehmen, was während der letzten paar Wochen zwischen uns gewesen ist. Das mußt du mir glauben, Elizabeth. Was du und ich gehabt und getan haben, war etwas ganz Besonderes!«

»Ach, übrigens ...« Elizabeth machte sich von ihm los und merkte, daß ihre Stimme überraschend locker klang, während sie in ihrer Tasche nach den Manschettenknöpfen tastete. »Die sind für dich ...«

Er nahm das kleine Päckchen, ohne es auch nur anzusehen. »Elizabeth!«

»Ja?« Vor lauter Zorn bekam sie kaum noch Luft.

»Kannst du nicht versuchen, die Sache auch einmal von meinem Standpunkt aus zu betrachten?«

»Natürlich kann ich das. Du gehst fort – einfach alles laufen lassen! Ich habe kein Recht, Genaueres zu erfahren, habe einfach nicht nachgedacht ... was für eine komplette Närrin ich doch bin. Ende, aus!«

»Nein. So ist es nicht. Gib mir deine Hand ...«

»Niemals!«

Die Heftigkeit ihrer Reaktion erschreckte ihn, aber er erholte sich weit genug, um darauf zu bestehen und ihre Hand von der Stelle zu lösen, wo sie das Lenkrad umklammert hielt. »Im Grunde hat sich nichts geändert. Ich bin immer noch derselbe Mensch, du bist immer noch derselbe Mensch ...«

»Es hat sich nichts geändert? Das kann unmöglich dein Ernst sein!« Beinahe hätte sie über seine Dreistigkeit aufgeschrien.

»Hast du dir etwa eingebildet, daß es zwischen uns so weitergehen kann? Daß wir eines Tages vielleicht sogar heiraten?« Immer noch sah er sie offen an. »Stell dir das nur einmal kurz vor, Elizabeth. Was für ein Leben würde dich schon mit mir erwarten?«

»Oh, dasselbe Leben aller Schauspielerfrauen, nehme ich an.« Doppelt beschämt wischte sie sich kräftig die Augen, damit sie nicht auch noch in Tränen ausbrach ob seiner Unverfrorenheit. Jetzt hatte er sie in die Falle gelockt. Natürlich war sie voller Hoffnungen und Erwartungen gewesen.

»Hoffentlich bist du nicht von allen guten Geistern verlassen, Elizabeth.« Und als sie ihn mit bösen Blicken maß, wurde er noch deutlicher. »Sarkasmus. Er steht dir nicht.«

In diesem Augenblick gewann ihr Zorn endgültig die Oberhand, so daß sie ihm ihre Hand entriß und eilig nach dem Türgriff tastete. »Ich muß hier raus.« Mit einem entschuldigenden »Plop« fiel der Griff aus seiner Verankerung.

Sie sah ihn an und Tränen der Erniedrigung rannen ihr über die Wangen. Was war nur mit ihr los, überlegte sie. Sie hatte immer gewußt, daß er Irland zum Ende der Saison verließ und hatte stets versucht, realistisch zu bleiben. *O nein, das stimmt nicht.* Irgendwo in ihrem Hirn verströmte eine tödliche Stimme ihr Gift: *Du hast immer gehofft, daß es irgendwie weitergeht.*

»Dem Himmel sei Dank für diesen Schrottkarren«, sagte Gallaher und nahm ihr sanft den Türgriff ab. »Jetzt bist du meine Gefangene. Komm her und küss mich, ja? Wirst du mir verzeihen, Elizabeth? Ich habe dich so sehr begehrt und hatte solche Angst, daß du vor mir davonlaufen würdest, wenn du die Wahrheit erführst. Diesen wunderbaren Sommer sollte nichts trüben. Gibst du mir einen Kuß? Es ist furchtbar wichtig für mich, daß du mir nicht mehr böse bist.«

Dann sag, daß du mich mitnimmst. Irgendwie hielt Elizabeth den Satz zurück, ehe er ihr über die Lippen kam. »Laß mich in Ruhe!« Da sie nicht wußte, auf wen von ihnen beiden sie wütend war – ob nun auf ihn oder sich selbst –, schob sie ihn vehement zurück.

Er blickte sie einen Augenblick lang reglos an, ehe er auf den Türgriff sah. »Ich bin nun einmal, wie ich bin, mein Schatz.« Er legte den Griff vorsichtig neben sich auf den Sitz.

»Ist diese Ruhelosigkeit doch Teil von mir,
ein Teil, den du bewundert hast.
Und falls zu wenig Liebe gab ich dir,
so botest du mir dennoch Rast!«

Die Empörung über diesen Trick, sich mit einem billigen Zitat zu rechtfertigen, schnürte Elizabeth die Kehle zu. »Noch etwas!

Du bist mir einfach zu banal! Zwar hast du für alle Gelegenheiten den passenden Spruch parat, aber es sind immer nur Worte, Worte, Worte, weiter nichts. Wo kommen die bloß alle her? Sicher sitzt du die ganze Nacht im Bett und liest all diese Verse von Shakespeare, bis du sie auswendig kannst …«

»Das war Richard Lovelace, wenn ich mir die Bemerkung erlauben darf …«

»Es schert mich wenig, von wem du diese Phrasen hast. Meinetwegen stammen sie von Attila dem Hunnen! Himmel, halt doch endlich einmal den Mund …«

Er ließ sie sich ausweinen, ehe er sie sanft bei der Schulter nahm.

Sie riß sich wieder los, doch er gab nicht nach. Starrsinnig entzog sie sich erneut; doch dann wurde sie allmählich schwach, als er anfing, ihren Nacken zu streicheln und ihr schließlich mit seinen Fingern wie in jener ersten Nacht auf der Wiese von Castledurrow durchs Haar fuhr.

»So ist's brav«, lobte er sie und suchte mit der Zunge die zarte Stelle hinter ihrem Ohr. »Laß uns die wenigen Stunden genießen, die uns noch beschieden sind.«

Elizabeth spürte, wie ihr Ärger schwand und ihr Verlangen nach ihm wuchs. »Aber der heutige Abend gehört noch uns. Lebe in der Gegenwart, Elizabeth, sie ist alles, was du je besitzen wirst. Und am besten fängst du auf der Stelle damit an.«

Sie hob den Kopf. »Das ist so furchtbar schwer.«

»Auch mir fällt es nicht leicht.« Er gab ihr einen züchtigen Kuß. »Darf ich mir jetzt mein Geschenk ansehen?«

»Es ist nichts Großartiges. Nur ein Paar Manschettenknöpfe.«

Strahlend nahm er die Schmuckstücke in Augenschein. »Sie sind herrlich, einfach wunderbar.« Sekunden später fuhr Elizabeth erschreckt zurück, als sich mit einem Mal die Tür des Lasters öffnete und der Klavierspieler in die Kabine schaute. Es schien ihm vollkommen egal zu sein, daß er in eine intime Umarmung platzte. »Die Verlosung fängt an.«

»Alles klar. Ich bin gleich zurück, Elizabeth.« Gallaher öffnete die Tür auf seiner Seite und war sofort in den dunklen Regen eingehüllt, der sich nun, da Elizabeth alleine in der Dämmerung der feuchten Fahrerkabine saß, noch zu verstärken schien. Sie versuchte, sich zu sammeln, logisch zu denken und nicht voller Gefühl: Wieso war sie eigentlich so böse auf George Gallaher? Alles, was er gesagt hatte, stimmte – sie waren zwei Schiffe, die sich in der Dunkelheit der Nacht begegneten zu einer Urlaubsromanze. Sie mußte vernünftig und erwachsen sein!

In der nächsten Sekunde jedoch entglitt ihr die Vernunft ebenso rasch wie der Regen einer Faust, und sie schob sich hinüber auf den eben noch von George besetzten Platz. Elizabeth schloß die Augen, die Stelle war noch warm. Und auch sein Duft erfüllte noch die Luft, stärker als die Gerüche von Metall, abgewetztem Kunstleder und Öl. Um seine Lebendigkeit besser fühlen zu können, schob sie ihre Hände unter sich. Dann atmete sie tief und langsam seinen Geruch ein, der durch ihre Nase, ihren Hals in ihre Lungen drang.

Plötzlich stieß sie mit dem Fuß an einen Gegenstand: sein Koffer war noch da. Obgleich sie wußte, daß es sich nicht gehörte, zog sie ihn auf den Sitz und klappte ihn entschlossen auf. Sein Kostüm hatte er einfach achtlos hineingestopft, so daß sie erst nach dem Umhang, dann nach dem Jackett, der Hose, dem Patronengurt und schließlich auch dem Gürtel griff – alles, so gut es in der Enge der Kabine ging, ausschüttelte und sorgsam wieder zurücklegte.

Unter seinen Kleidern fanden sich der kleine Kasten mit den Lotionen – ihr Geschenk an ihn – und eine abgewetzte Zigarrenschachtel ohne Etikett. Als sie sie öffnete, entströmten ihr die abenteuerlichen Gerüche diverser Make-ups, falschen Haars, von Schuhwichse, Gummi, Zahnbürsten, Pfeifenreinigern und der Kohle angebrannter Streichhölzer. Nun öffnete sie eine große, runde Blechdose und tauchte einen Finger in eine weiche, fettige Substanz. Verwundert schnupperte sie daran: es roch ähnlich wie Speck, nur etwas süßlicher.

»Habe ich dich auf frischer Tat ertappt!« Die Tür wurde aufgerissen, und Gallaher sprang auf den Nebensitz. »Falls du dich fragst, was das ist – Kokosfett«, erklärte er unbekümmert. Offenbar machte ihm ihre Spionage nicht das geringste aus.

»Ich hätte nicht gedacht, daß du so schnell wiederkommst.«

»Das sehe ich.« Immer noch grinste er sie fröhlich an. »Sie haben mich nicht gebraucht – als ich kam, waren die meisten Lose bereits verkauft. Es ist der letzte Abend mit einem tollen Preis – stolze zwölf Pfund!«

Sie hatten den Koffer gerade wieder zugemacht, als sich die Fahrertür öffnete und der Klavierspieler zu ihnen in die Kabine stieg. »Furchtbares Wetter, was? Na los, rückt mal ein Stückchen, ja?« Elizabeth und Gallaher machten Platz für ihn, und mit einigen Schwierigkeiten schloß er die grifflose Tür, ehe er den Motor startete. »Kommt ihr noch mit ins Pub?« fragte er gut gelaunt, während der Laster schaukelnd zum Leben erwachte. »Wir gehen alle hin.«

»Ich weiß nicht.« Elizabeth sah auf Gallaher.

»Wie ihr wollt!« Der Klavierspieler zuckte mit den Schultern. »Aber dieser Bolide fährt heute abend sonst nirgendwo mehr hin.« Er war der einzige Ire im ganzen Trupp. Man hatte ihn weniger aufgrund seiner überragenden, musikalischen Fähigkeiten angestellt als vielmehr deshalb, weil er diesen Lkw besaß. Das Fahrzeug der Wanderbühne hatte man gezwungenermaßen eine Woche nach Ankunft auf der Insel dem Schrotthändler verkauft.

»Natürlich kommen wir mit, nicht wahr, Elizabeth?« Gallaher legte ihr den Arm um die Schulter, und obgleich sie es bereitwillig geschehen ließ, ärgerte sie sich aufs neue über ihn, weil er so bereitwillig ihren letzten gemeinsamen Abend opferte. Das Schiff, das die Truppe nach Liverpool bringen würde, verließ Cork erst am späten Nachmittag, so daß das Packen auf den nächsten Vormittag verschoben war. Weshalb nutzte er da die letzten Stunden mit ihr nicht besser?

Während sie im Lichtkegel der Scheinwerfer auf die regenverhangene Straße sah, erkannte sie ihre Sentimentalität. Er hatte kein Interesse daran zu erfahren, was sie empfand. Für ihn war sie nichts weiter als ein beiläufiger Flirt. Sie hatte nicht das Recht, auch nur für eine Nacht irgendwelche Ansprüche zu stellen. In dieser Situation steckte sie durch eigene Schuld, und so sollte sie das wenige, das sich ihr vielleicht jetzt noch bot, lieber dankbar annehmen.

Er schien zu spüren, wie erregt sie war, denn er flüsterte: »Ist alles in Ordnung, Elizabeth?«

Froh, daß eine normale Unterhaltung wegen des Kreischens der Scheibenwischer und des Motorratterns unmöglich war, nickte sie stumm.

Eine Stunde später war sie, wie inzwischen so oft zuvor, Teil des bunt zusammengewürfelten Haufens, der Vivian Mellors stets umgab. Ihre Gesichtsmuskeln taten ihr vom angestrengten Lächeln bereits weh, und so zupfte sie Gallaher am Ärmel und flüsterte: »Könnten wir vielleicht bald gehen?«

»Sicher, in ein paar Minuten, ja?« Gallaher tätschelte ihr begütigend den Arm.

Da sie bei ihrer Konfirmation das Gelübde abgelegt hatte, erst Alkohol zu trinken, wenn sie einundzwanzig war, nippte Elizabeth an ihrer Limonade und verfolgte voller Ungeduld, wie ihre kostbare Zeit mit Gallaher verrann, während das joviale Geplauder und das allgemeine Scherzen um sie herum an Derbheit gewann. »Macht das Pub nicht irgendwann mal zu?« fragte sie, als eine von Mellors ausgedehnten Geschichten zu ihrem Ende kam. »Es ist fast Mitternacht.«

»Pst, mein Schatz«, flüsterte Gallaher zurück. »Wir gehen gleich. Das verspreche ich.«

Aber es war fast eins, als der Besitzer des Ladens sie endlich unter vielen Späßchen darüber, daß er ihretwegen sicher noch seine Lizenz verlöre, in die Nacht entließ. Wie durch ein Wunder hatte endlich der Regen aufgehört, so daß die Sichel des Mondes hell am Himmel stand. Während der Großteil der Truppe sich zu ihren Pensionen begab, hatte Gallaher ein Doppelzimmer im Hotel des Dorfes gebucht. Leicht angetrunken zog er sie in seinen Arm, während er mit ihr die leere Straße hinunterwackelte. »Wie friedlich der Himmel plötzlich ist, erleuchtet von dem hellen Mond … Huch!« Er schlug sich an die Brust. »Tut mir leid – ich hatte vergessen, daß du Zitate nicht magst.«

Nun, da sie endlich mit ihm alleine war, entspannte Elizabeth sich. Sie war fest entschlossen, sich durch nichts und niemanden – weder die Tatsache, daß er sie verließ, noch ihren zurückliegenden Streit – die Nacht verderben zu lassen. »Meinetwegen kannst du die Bibel zitieren, Shakespeare oder sogar Vivian Mellors, wenn du willst«, sagte sie, zog seinen Kopf zu sich herab und küßte ihn. »Zitiere nur fleißig! Ich versichere dir, daß es wie Musik in meinen Ohren klingt.« Für Elizabeth war dies einer der seltenen Augenblicke, in denen ein Mensch die Szene, an der er teilnimmt, verläßt, und sich selbst von außen sieht. Welche Veränderung hatte sie in den vergangenen sieben Wochen durchgemacht! Es gab nicht mehr die Elizabeth Sullivan, die zusammen mit ihrer Freundin Ida Healy per Omnibus zum Pferdemarkt gefahren war. Jene junge Dame hätte es niemals gewagt, einen Mann zu küssen, irgendwelche Forderungen zu stellen oder ihn auch nur indirekt darum zu bitten, ihretwegen ein Pub zu verlassen.

Gallaher erwiderte den Kuß. »So ist's brav«, wiederholte er, wobei er ihr seinen nicht unangenehm nach Hopfen riechenden Atem entgegenblies.

Um Elizabeth ihren ersten Auftritt als angeblich verheiratete Frau zu erleichtern, hatte er das Zimmer bereits am Nachmittag gebucht. Trotzdem holte sie erschrocken Luft, als der Nachtportier ihnen auf ihr Klopfen hin öffnete. Und obgleich es ihr gelang, den Kopf hoch zu halten, als sie an dem Mann vorbei das Foyer betrat, war sie überzeugt, daß er ihr geradewegs in die sündige Seele sah – während er jeden einzelnen ihrer Schritte hinauf in den Eheleuten vorbehaltenen Raum beobachtete.

Sobald die Tür hinter Gallaher ins Schloß gefallen war, warf sie sich auf das Bett. »So etwas will ich nicht noch einmal mitmachen!« Dann wurde ihr klar, daß sie wahrscheinlich tatsächlich gar keine zweite Gelegenheit dazu bekam, so daß sie sich auf den Rücken drehte und ihn mit traurigen Blicken maß. »Ich werde dich vermissen«, flüsterte sie in ersticktem Ton.

»Mir wird es genauso gehen.« Innerhalb einer Sekunde war er neben ihr und küßte ihr Gesicht und ihren Hals. »Es ist kalt hier«, sagte er und setzte sich wieder auf. »Ziehen wir uns doch aus und legen uns unter die Decke, ja?«

Abermals wallte in Elizabeth Enttäuschung auf. Sie hatte sich diese letzte Nacht als eine Art Zeremonie vorgestellt, als Ritual, das sich ihr für den Rest ihres Lebens ins Gedächtnis graben würde. Da dies ihr erster Abend zusammen mit ihm in einem richtigen Schlafzimmer war, hatte sie sich vorgestellt, sie zögen sich ganz langsam, gegenseitig aus und nährten durch die allmähliche Darbietung diverser Teile ihrer Leiber die gegenseitige Phantasie.

Aber sie sagte nichts, als sie aus ihren Kleidern stieg und sich eine Minute später neben Gallahers warmem Körper auf das Laken schob. Er zog sie an sich, stützte sich auf einen Ellbogen und sah sie mit seinen violetten Augen an. »Du hast dich verändert«, stellte er reglos fest.

»Inwiefern?« Sie zwang sich zur Zurückhaltung. Angesichts der Umstände mußte sie sich schützen, indem sie der Versuchung widerstand, ihm ein Seil zu reichen, das noch stärker war als das, an dem sie bereits baumelte.

»Ich weiß nicht. Auf eine Weise, die ich nicht erklären kann.« Er gab ihr einen sanften Kuß auf die nackte Schulter. »Irgendwie kommst du mir mit einem Mal älter, selbstbewußter vor.«

»Liegt auf der Hand, was du meinst! Schließlich ist in den letzten sieben Wochen eine Menge passiert.« Erleichtert leckte sie sich einen Weg in seinen Mund. »Und, gefällt dir die Veränderung?«

»Mir gefällt alles an dir.« Er schob die Decke fort, nahm eine ihrer Brüste zwischen die Lippen und saugte daran, daß ihr ein überraschter Schmerzschrei entfuhr.

Dann begannen sie mit ihrem Liebesspiel, und Elizabeth wollte ganz bewußt jede Sekunde des Zusammenseins genießen. In diesem Bett gab es weder Zukunft noch Vergangenheit.

Wie eine Python schlang sie sich um seinen Leib, doch statt

auf ihre Nähe einzugehen, zog er sich verwirrt von ihr zurück. »Was ist nur in dich gefahren?«

»Wie meinst du das?«

»Du verhältst dich nicht wie sonst, Elizabeth – ich glaube fast, daß die Schülerin den Lehrer überflügelt hat.«

»Und du klingst beinahe enttäuscht.« Sie versuchte, ihn herauszufordern, seine Verwirrung als Teil ihres Spiels anzusehen. »Mein Verhalten ist doch nur der Beweis für deinen guten Unterricht.«

Sie preßte ihre Beine gegen seinen Unterleib, doch er reagierte nicht. Immer noch sah er sie verwundert an. »Warst du vielleicht mit einem anderen im Bett?«

»Wie bitte?«

»Ich habe gefragt, ob du es mit einem anderen ausprobiert hast.«

»Aber George!«

»Nun, ich finde, daß du auf einmal ganz anders bist.«

»Das hast du eben schon gesagt.«

Er sah sie distanziert an, und da es für sie nichts mehr zu verlieren gab, erwiderte Elizabeth den kühlen Blick. Und sie schien die Gewinnerin dieses bizarren Wettbewerbs zu sein, denn mit einem Mal gab er ihr einen Kuß. »Das hätte ich nicht sagen sollen. Tut mir leid.«

»Hoffentlich.« Doch zum ersten Mal, seit sie ihm begegnet war, ließ seine Zärtlichkeit sie kalt. Wieder wurde ein Teil von ihr zur Zuschauerin und sah ihnen bei der Liebe zu, einer Liebe voller Drängen und Gier – bei der es einzig darum ging, wer von ihnen beiden mehr Vergnügen gab und nahm. Kurz bevor er kam, lag sie plötzlich reglos da. »George?« Sie sah ihn fragend an.

»Ja?« Auch er bewegte sich nicht mehr, obgleich er wie ein Pferd unter dem Striegel innerlich zu beben schien.

»Zieh dich nicht zurück. Ich möchte, daß du heute abend in mir bleibst.«

»Meinst du denn, daß es sicher ist?«

»Ja.« Elizabeth wußte das keineswegs. Informationen dieser

Art bekam man nur sehr schwer. Aber inzwischen haßte sie das gewaltsame Ende, das ihre Liebe für gewöhnlich nahm. Nur eimal wollte sie erfahren, wie sich der natürliche Schluß des Aktes anfühlte.

»Nun, sei es drum...« Er gab ihr einen harten Kuß, worauf sie seinen Leib umschlang und mit ihm in ungeahnte Höhen stieg.

Keuchend und ächzend ergoß er sich sekundenlang mit einer solchen Vehemenz in ihrem Inneren, daß sie ebenfalls erschauerte. Als er dann in sich zusammensank, glitten ihre Hände sanft an seinem schweißbedeckten Leib hinab. Leichte Enttäuschung wallte in ihr auf. Auch wenn sie froh war, dieses Gefühl jetzt zu kennen, mußte sie sich eingestehen, daß die Vollendung des Aktes ihr eigenes Vergnügen nicht im geringsten steigerte.

Immer noch in ihr, hob er den Kopf und sah auf sie hinab. »Und wie steht es mit dir?«

»Mir geht es gut.«

»Jetzt bist du an der Reihe, Elizabeth!«

»Wirklich, ich bin in Ordnung.«

»Pst. Vertrau mir.« Sanft zog er sich aus ihr zurück. »Spreiz deine Arme und Beine, und berühr mich nicht!« Behutsam breitete er ihre Glieder auf dem Laken aus. »Mach einfach die Augen zu und überlaß alles mir.«

Der innere Schutzwall, den sie errichtet hatte, zerbrach, und sie kam sich plötzlich nackt und wehrlos vor. Trotzdem kam sie seiner Bitte nach, und während er sie langsam und gründlich zu erforschen begann, machte ihre Verwundbarkeit einer zitternden Erregung Platz. Sie wollte, daß er mehr und es schneller tat. Doch jedesmal, wenn sie die Beine über seine Finger schloß oder instinktiv nach seinem Körper tastete, schob er sie entschlossen in die ursprüngliche Position zurück. »Nein, nein, noch nicht, vertrau mir, spür mich, spür mich hier... dort... nein, laß die Augen zu...«

Sie merkte, daß auch seine Leidenschaft neu entflammte. Und als er sich schließlich in sie schob, widerstand sie der Versuchung, sich zu rühren oder ihn anzusehen. Statt dessen schwamm sie weiter auf den Wogen ihrer eigenen Empfindungen, während er erst zärtlich und dann immer härter auf ihr ritt, bis schließlich ihr Körper in einer grellen Explosion zerbarst. Gerade noch rechtzeitig erinnerte sie sich daran, wo sie sich befand, sonst hätte sie vor überraschter Freude laut geschrien.

Nachdem er sich fast gleichzeitig in ihr ergoß, hielten sie einander zitternd fest, bis die Flut der Gefühle abzuebben begann.

Zu ihrem Entsetzen brach Elizabeth mit einem Mal in Tränen aus. Glück, Elend, der drohende Verlust, Liebe und Haß waren einfach stärker als ihre natürliche Zurückhaltung. »Tut mir leid«, schluchzte sie jämmerlich. »Tut mir leid. Es ist mir völlig schleierhaft, warum ich weine, es war wunderbar...«

»Natürlich war es das!« Er zog sich aus ihr zurück und hielt sie fest, bis der Sturm ihrer Gefühle unter seiner Wärme verklang. »Schön ruhig, nana, pst...« Zum zweiten Mal in wenigen Stunden saß er abwartend neben ihr, während sie sich zitternd und schluchzend ihrem Leid ergab.

»Meine Schultern tun mir weh.« Unter Tränen lachte sie. Die Bemerkung war einfach absurd. »Allmächtiger!« Wie eine Ertrinkende klammerte sie sich an ihn. »Was für eine lächerliche Feststellung!«

»Pst.« Er lachte nicht. »Nein, sondern eine vollkommen natürliche. Es ist all die Spannung, die aus deinen Muskeln weicht. Und jetzt beruhige dich, mein kleiner Schatz.«

Als sie endlich wieder bei sich war, machte sie sich von ihm los und sah, daß er sie mit einem triumphierenden Blick betrachtete. »Du siehst aus wie eine Katze, die eine ganze Schüssel Sahne bekommen hat«, sagte sie, wischte sich die Augen und lachte fast normal.

»Tja, habe ich ja auch, oder etwa nicht?« Er legte seine Hand auf ihren Unterleib und trotz dessen, was soeben zwischen ihnen vorgefallen war, empfand sie plötzlich eine gewisse Schüchternheit.

»Ich wußte nicht, daß so etwas möglich ist«, flüsterte sie.

»Wie hättest du das auch wissen sollen? Schließlich hast du mich erst vor sieben Wochen kennengelernt.«

»Ach, sei doch still!« Aber gleichzeitig lächelte sie über seinen Stolz. Sie fühlte sich ungebunden, frei und schwerelos.

Während er mit seinen Fingern langsam Muster über ihren Körper zog, streckte sie sich genüßlich aus und sah sich zum ersten Mal, seit sie heraufgekommen war, im Raum um. Brauntöne herrschten vor – ein dunkelbrauner Teppich mit hellbraunen Vierecken, rehbraune Tapeten mit rötlichbraunen Streifen, schlicht braune Vorhänge, ein mahagonifarbener Ankleidetisch und Kleiderschrank, ja selbst das zerwühlte Bett wies eine goldbraune Tagesdecke auf. »Eine Studie in Kastanie!« stellte sie kichernd fest. Elizabeth war überzeugt davon, daß nie zuvor in dieser Welt ein Mensch eine solche Seligkeit erlebt hatte.

Gallaher gähnte und lächelte. »Ach, wenn ich doch nur...«, setzte er an, ehe er sich unterbrach.

»Wenn du doch nur«, wiederholte sie, »ach wenn du doch nur...« Immer noch aalte sie sich in ihrer neuen Erfahrung. »Wen interessiert denn schon ein Wenn?« Dies war nicht die Zeit für derartige Überlegungen. »Wenn, wenn«, sie küßte seinen Hals. »Wenn zwei Männer erfrieren und einer von beiden stirbt, wie viele überleben dann?«

»Hör auf damit! Du kitzelst mich – wie bitte?« Er streckte die Hände nach ihr aus, aber sie waren beide naß vom Schweiß, so daß sie ihm entglitt. »Das ist ein Rätsel, alter Junge!« sagte sie, während sie ihn in die Rippen boxte. »Wenn, wenn...«

»Ich gebe auf!«

»Spielverderber.« Sie lachte vergnügt. »Also los, nun sag schon, wie viele überleben dann?«

»Einer?«

»Keiner. Wenn beide erfrieren, sind doch beide tot!« Statt wie zuvor von Trauer war sie mit einem Mal von einem geradezu schwindelerregenden Übermut erfüllt. »Himmel! Glaubst du, daß man beim Sex den Verstand verlieren kann?« Schlagartig wurde sie wieder ernst. »Entschuldigung, ich habe dich unterbrochen. Was wolltest du sagen? Wenn du doch nur...«

»Nichts. Das war nichts Wichtiges.«

»Ach bitte«, drängte sie. »Wir haben nicht mehr viel Zeit.«

»Ich schwöre dir, es war Unsinn. Nur eine dumme Gedankenspielerei. Laß uns schlafen. Mir fallen schon die Augen zu. Siehst du, wie fertig du mich machst?« Er wollte sie küssen, aber mit einem Mal stieg der alte Argwohn in ihr empor.

»Sag es mir!« Wieder knisterte plötzlich die Luft derartig, daß sich ihr die Nackenhaare sträubten. Gleich geschähe etwas...

»Elizabeth!« Er zögerte. »Ich...«

Vollkommen reglos lag sie da. Am liebsten hätte sie ihn angeschrien, daß er endlich mit der Sprache herausrücken sollte. Aber sie hatte das Gefühl, mit diesen Worten ihre Glückseligkeit zu ruinieren.

Die Vorhänge vor dem Fenster flatterten, als unten im Erdgeschoß eine Tür zuschlug. »Ich wünschte, ich könnte dich mitnehmen. Nach Hollywood.«

Elizabeth schnürte es die Kehle zu. Deutlich merkte sie, daß das noch nicht alles war. Er hielt sich einen Ellbogen vors Gesicht, machte die Augen zu, und sie spürte, wie er mit sich rang. Auch wenn sie die Spannung kaum noch ertrug, wußte sie, daß Geduld geboten war. Schließlich klappte er die Augen wieder auf, deren violette Tiefe ihr vor all dem Braun beinahe schwarz erschien. Um ihre Panik zu verbergen, gab sie ihm einen Kuß. »Laß uns doch einfach noch einmal von vorne beginnen«, schlug sie vor und brach abermals in Tränen aus. »Du hast gesagt, ach wenn doch... Wenn doch *was*?«

Mit brutaler Endgültigkeit wandte er sich ab. »Ich bin verheiratet.«

4

Ehebrecherin, Ehebrecherin, Ehe-bre-che-rin, Ehe-bre-che-rin... Das Wort erklang im Takt der Scheibenwischer des Busses nach Cork.

Elizabeth starrte blind in den Regen hinaus, der, nach einer kurzen Pause während der vergangenen Nacht, bereits seit den frühen Morgenstunden wieder auf die Erde prasselte. Schließlich wischte sie eine halbmondförmige Stelle an der beschlagenen Scheibe frei, so daß sie den reißenden Lee und die traurig von den Bäumen herabhängenden Blätter erblickte. Inzwischen hatte der Bus den Stadtrand erreicht.

Was sollte sie nur ihren Eltern sagen? Auf keinen Fall die Wahrheit, soviel stand fest: *Hallo, Mutter. Tja, du hattest recht mit deiner Warnung – er ist verheiratet und ich habe mich zur Närrin gemacht!*

Der Bus erreichte den Bahnhof und Elizabeth stieg aus, öffnete ihren Regenschirm und schleppte sich über die nassen Straßen in Richtung South Mall, wo das Büro ihres Vaters lag. Die kleine Tasche, die sie trug, verdoppelte ihr Gewicht mit jedem Schritt und sie hatte das Gefühl, mindestens hundert Jahre alt zu sein. Wegen des schlechten Wetters hatte der Bus Verspätung, so daß sie noch später als nach den anderen Wochenenden mit Gallaher ihre Arbeit antrat: inzwischen waren auf den Straßen nur noch wenige Radfahrer und Fußgänger zu sehen. Na wunderbar, dachte sie niedergeschlagen, das hat mir gerade noch gefehlt...

Während sie ging, lief vor ihrem geistigen Auge wieder und wieder jedes Detail der vergangenen acht Stunden ab. Nach Gallahers schrecklicher Enthüllung war sie aus dem Bett gesprungen; ihr erster Instinkt trieb sie, vor ihm zu fliehen, so weit fortzukommen wie nur irgend möglich. Aber dann hatte ihre Vernunft gesiegt. Wo gäbe es um zwei Uhr morgens in einem Ort wie Mallow schon einen Unterschlupf?

Also hatte sie ihr Nachthemd aus ihrer Tasche gezerrt, es angezogen und sich in dem zerschlissenen braunen Sessel wie ein Igel zusammengerollt.

Zitternd vor Zorn und Angst und einer Mischung aus Gefühlen, die sie lieber keiner genaueren Betrachtung unterzog, lag sie dort. Verzweifelte Fragen schwirrten ihr durch den Kopf. Warum hatte er es ihr nicht schon viel eher gesagt? Weshalb tat er es jetzt?

Dann drängten sich ihr verstohlen andere Fragen auf. Wer

war seine Frau? Welchen Namen trug sie? Wie alt war sie? War sie schön? Aber ihr kam lediglich über die Lippen: »Nimmst du deine Frau mit nach Hollywood?«

»Nein.« Er befand sich immer noch auf dem Bett und wagte nicht, sie anzusehen.

»Warum nicht?« Elizabeth hatte ihre Stimme erstaunlich fest in der Gewalt gehabt. Unter den gegebenen Umständen verhielt sie sich ziemlich tapfer. Zumindest erreichte sie es schließlich, daß er ihr in die Augen blickte.

»Sie will nicht mit«, er starrte weiterhin auf die braune Tagesdecke, »sondern will bei den Kindern bleiben.«

»Oh!« Mehr zu sagen hatte sie sich nicht zugetraut. Das Beben ihres Körpers dehnte sich in konzentrischen Wellen im gesamten Raum aus, bis es schien, als zittere der Boden, die Wände, die Möbel ebenfalls. Mit einem Mal wurde ihr schlecht. »Ich muß ins Bad«, hatte sie gekeucht und war zur Tür gestürzt.

Obgleich das zu ihrem Zimmer gehörige Bad am Ende des kurzen Korridors lag, hatte Elizabeth es noch bis zum Waschbecken geschafft. Dann allerdings mußte sie unentwegt würgen, bis nichts mehr von ihr übrig, ihre Kehle rauh und trocken und sie auf dem kalten Linoleum zusammengesunken war. Sie hatte ihre Wange an den Rand der Badewanne gelehnt, und ihr Gesicht kam ihr eisig und bleich vor.

Ein paar Minuten lang hatte sie reglos dort verharrt, während ihr der kalte Schweiß über die Wangen, zwischen den Brüsten und den Rücken hinabrann. Allmählich jedoch kam ihr der Geruch in dem gefliesten Raum zu Bewußtsein – von Erbrochenem, aber auch der Gestank, der ihrem eigenen Körper entstieg, Schweiß und noch etwas: der frische Geruch von Sex. Von nun an, schoß es ihr durch den Kopf, bedeutete diese Sache bis an ihr Lebensende Verrat und Schmerz.

Plötzlich bemerkte sie ein Geräusch und blickte auf. Gallahers riesige Gestalt hatte den Türrahmen ganz ausgefüllt und das dämmrige Licht aus dem Korridor verdeckt. »Ist alles in Ordnung?«

Elizabeth hatte keine Energie zum Sprechen gehabt und lediglich genickt. Dann war er in den Raum gekommen und hatte ihr geholfen aufzustehen. »Bist du sicher, daß alles in Ordnung ist? Soll ich einen Arzt holen oder kann ich sonst etwas für dich tun?«

Beinahe hätte sie gelacht. *Ja, Doktor, ich fühle mich schwach und mir ist furchtbar schlecht. Denn mein Geliebter hat mir soeben gestanden, daß er verheiratet ist…* Statt dessen hatte sie ihn rüde abgewehrt. »Alles in Ordnung. Laß mich einfach noch eine Minute alleine, George. Ich wasche mich nur schnell.«

»Nun, wenn du meinst…« Wie ein Zugpferd, das nicht sicher war, was sein Herr von ihm erwartete, hatte er sich zurückgezogen, so daß sie wieder aufatmen konnte.

Energisch hatte sie abgesperrt, die Lampe aufgedreht, das Waschbecken gesäubert und schließlich das Wasser angestellt, gleichgültig, ob das laute Rauschen die anderen Gäste des Hotels vielleicht störte. Da sie ohne Seife und Waschlappen gekommen war, mußte sie mit ihren Händen und dem eiskalten Wasser vorliebnehmen. Doch obwohl sie wegen der Kälte zusammenfuhr, begrüßte sie diese Tortur. Sie war die gerechte Strafe für ihre unsägliche Dummheit.

Bei der Rückkehr ins Schlafzimmer hatte sie sich – zumindest körperlich – ein wenig besser gefühlt.

Gallaher lag bereits wieder in den Kissen und schaute sie fragend an, als sie entschlossen an die andere Seite des Bettes trat. »Mir ist kalt«, hatte sie gesagt. »Ich muß unter die Decke, tut mir leid.« Er rückte ein Stück zur Seite, damit sie ebenfalls Platz bekam; doch als er versuchte, sie an seine Brust zu ziehen, hatte sie ihn abgewehrt.

Gallaher mobilisierte all seinen Charme, all seine Reize, um zu retten, was von ihrer Beziehung noch verblieben war; aber sie blieb standhaft, hatte kalt wie Marmor am äußersten Rande des Bettes ausgeharrt. Irgendwann wandte er sich enttäuscht ab und schloß die Augen.

Der Rest der Nacht hing in Elizabeths Erinnerung wie ein Nebel des Elends. Unfähig und unwillens, auch nur zu weinen, hatte sie in der Dunkelheit stillgelegen, bis durch den Spalt zwischen den Vorhängen erst ein grauer, dann ein milchig weißer Schimmer hereindrang. Schließlich hatten einige Sonnenstrahlen durch den Stoff ein goldenes Licht geschickt, ehe abermals dichter Regen herabrauschte. Sie hatte sich nur dann bewegt, wenn sie die Krämpfe in den Zehen nicht mehr ertrug; und auch dann stemmte sie lediglich die Füße gegen das Fußende des Betts, bis sie schließlich gegen halb acht aus dem Bett glitt.

Auch wenn ein Teil von ihr verzweifelt gewünscht hatte, weiter bei ihm zu sein, ihn zu küssen, sich mit ihm zu vereinigen, so zu tun, als wäre nichts geschehen, mißfiel einem anderen Teil von ihr bereits seine Nähe. Sie mußte fort von jenem Ort, brauchte soviel räumlichen Abstand zwischen sich und George Gallaher wie nur möglich.

»Elizabeth, bitte!« Als sie ihr Kleid über den Kopf gezogen hatte, war er aufgewacht.

»Nicht, George, laß es gut sein.« Sie hatte ihm den Rücken zugewandt.

»Wenn du mich doch nur erklären lassen würdest…«

»Ich brauche keine Erklärung.« Wieder einmal ging es ihr um ihre Würde. »Wirklich, es ist mein Ernst.«

Sie hatte ihr Kleid zurechtgezupft. »Es war falsch von dir, mir nicht gleich die Wahrheit zu sagen.« Nun kamen ihre Strümpfe an die Reihe. »Aber zumindest hast du mir auch keine Lügen aufgetischt. Hier habe ich mir einfach einen Irrtum erlaubt. Und dies ist eben die Rechnung für meinen Fehler.«

»Wir sollten uns wenigstens voneinander verabschieden. Könnten wir nicht weiter Freunde sein? Bitte!«

»Ehrlich gesagt, George, ich weiß es nicht.« Endlich hatte sie sich ihm zugewandt. Der körperliche Schmerz in ihrer Brust nahm zu, aber dies mußte sie durchstehen. »Es macht ja wohl nicht viel Sinn, mit einem Menschen befreundet zu sein, den man niemals wiedersieht. Oder?« Ehe er antworten konnte, hatte sie abwehrend die Hand gehoben und so getan, als suche sie unter dem Bett nach einem Schuh.

Als sie sich wieder aufrichtete, lag abermals sein seltsamer Blick auf ihr; aber sie wollte ihr Elend nicht noch verlängern, indem sie versuchte, seine Empfindungen zu ergründen. »Keine Sorge, George. Ich bin eine erwachsene Frau.«

»Sollten wir nicht wenigstens Adressen austauschen, Elizabeth?«

»Wozu? Außerdem, weißt du denn überhaupt schon, wo du mit deiner – deiner Familie…« Ihre Stimme war am Kippen, und um ihre Erregung zu verbergen, hatte sie sich abermals nach ihrem Schuh gebückt. »Wo du mit deiner Familie in Hollywood wohnen wirst?«

»Sie kommen nicht mit. Das habe ich dir doch schon gesagt.« Er hatte sie reglos fixiert. »Zumindest könntest du mir deine Adresse geben für eine Postkarte, wenn ich angekommen bin.«

Elizabeth stopfte ihr Nachthemd in die Reisetasche. »Nein, ich glaube nicht, George.« Sie blickte sich im Zimmer um. »Tja, das wäre dann alles, glaube ich. Ich möchte den nächsten Bus erreichen.« Mallow befand sich zwanzig Meilen von Cork entfernt und die Verkehrsverbindungen waren hervorragend. Die nächste Fahrgelegenheit bot sich um Punkt acht.

»Bitte, komm her.« Seine Stimme hatte einen beinahe flehenden Klang, er streckte die Arme nach ihr aus und eine gefährliche Sekunde lang hatte sie geschwankt. Dann allerdings prasselte der Regen mit erneuter Kraft gegen das Fenster und lieferte ihr eine plausible Begründung. »Ein schrecklicher Morgen«, hatte sie gesagt. »Du weißt, wie sehr diese Wolkenbrüche die Geschwindigkeit der alten Busse beeinträchtigen, und ich muß pünktlich anfangen.« Die Normalität ihrer Worte hatte sie erschreckt.

»Also gut, wenn du darauf bestehst!« Er hatte sich wieder hingelegt und die Augen zugemacht.

Sie hingegen tat schließlich das, was ein wissentlicher Fehler war: zögernd stellte sie die Tasche wieder ab, stürzte an den Rand des Bettes, umfaßte seinen Kopf und küßte ihn eilig auf den Mund. »George, ich liebe dich!« Ehe er auch nur reagieren konnte, hatte sie ihre Tasche geschnappt, war hinausgelaufen und blindlings den Korridor entlanggerannt, wobei ihre Tasche gegen die beige Wand schlug.

Als sie nun durch die Straßen von Cork auf das Büro ihres Vaters zuging, brannten ihre Wangen bei der Erinnerung an den grauenhaften Lapsus, der ihr unterlaufen war. In all den Wochen ihres Verhältnisses hatte keiner von ihnen das Wort Liebe je auch nur erwähnt.

Der Wind fuhr unter ihren Regenschirm, so daß er heftig am Gestänge riß; aber wie eine Yacht in feindlichem Gewässer pflügte sie sich mit gesenktem Kopf durch das tosende Unwetter, bis sie schließlich triefend und tropfend vor dem beeindruckenden Gebäude stand, das die Kanzlei ihres Vaters beherbergte. Zu ihrer Erleichterung stellte sie fest, daß ausnahmsweise auch ihr Vater nicht so früh wie sonst angetreten war.

Elizabeth fungierte als eine Art Assistentin der beiden Sekretärinnen der Kanzlei, die beide bereits, jeweils mit einer gemütlichen Tasse Tee versehen, Stapel von Akten bearbeiteten. »Morgen«, sagten die beiden ohne Strenge oder auch nur Interesse, als sie unter einer Entschuldigung an die Garderobe trat, ihren Mantel ablegte, den Schirm ausschüttelte und in einer Ecke neben dem Heizkörper zum Trocknen aufstellte.

Den quadratischen, hohen Raum hatte Elizabeths Mutter mit Möbeln von diversen Auktionen bestückt in einem Stil, der gemessen an dem, was 1937 in Mode war, altmodisch erschien. Groß genug für sechs riesige Schreibtische, neben denen jeweils ein Kleiderständer aus Mahagoni und ein persönliches verschließbares Schränkchen stand, spiegelte er Corinne Sullivans Vorstellung von anwaltlicher Seriosität wider. Die beiden riesigen Fenster, durch die man hinunter auf die Straße sah, hatte sie mit braunen Quastenvorhängen aus Samt geschmückt; drei Wände waren hinter Aktenschränken aus glänzend poliertem Holz sowie gefüllten Bücherregalen nahezu unsichtbar geworden. Obgleich Elizabeths Schreibtisch in einer Ecke direkt neben einem der Fenster stand, hatte sie heute wenig Licht; und auch wenn die gußeisernen Heizkörper eifrig blubberten, war es im Zimmer kühl und feucht – zurückzuführen auf ein undichtes, tropfendes Exemplar, das hartnäckig Wasser auf ein metallenes Tablett plätschern ließ.

Zitternd zog Elizabeth die Schutzhülle von ihrer Schreibmaschine ab und machte sich mit grimmiger Entschlossenheit ans Werk. Arbeit. Beschäftigung wäre ihr einziger Trost. Am besten vertrieb sie jeden Gedanken an George Gallaher, seine Schönheit, seine Eloquenz durch Arbeit. Sie zog den Korb mit Briefen zu sich heran und begann, die Tasten ihrer Maschine zu bearbeiten, als würde sie von einer Lokomotive verfolgt.

Einiges hatte sie bereits geschafft, als endlich auch ihr Vater eintraf. »Morgen allerseits!«

St. John Sullivan war ein Mann mit einem Bauch, den er eitel unter gut geschnittenen Anzügen, Uhrenketten und etwas zu großen Hemden verbarg. Er galt als harter Arbeiter, dessen Akribie den Beifall seiner Klienten, seiner Partner und der öffentlichen Meinung fand.

»Morgen!« erwiderten die beiden Sekretärinnen und der Anwaltsgehilfe wie aus einem Mund.

»Guten Morgen, Daddy«, sagte Elizabeth, ohne von ihrer Arbeit aufzuschauen.

»Scheußliches Wetter, nicht wahr?« Elizabeths Vater legte seinen Regenmantel ab.

Sie spürte, daß er in ihre Richtung sah, aber St. John Sullivan war stolz darauf, all seine Angestellten gleich zu behandeln; daher sprach er im Büro nur selten private Dinge an. Heute morgen jedoch machte er eine Ausnahme. »Ach, übrigens, Elizabeth«, begann er, ehe er an ihr vorbei durch die inmitten der Bücherregale gelegene Tür seines Raumes trat. »Deine Mutter hofft, daß du ihr heute bei der Vorbereitung ihres Bridgeabends behilflich bist.«

»Ja, Daddy.« Elizabeth fuhr ohne Unterbrechung mit dem Tippen fort. Trotz seines freundlichen Tons hatte er ihr unmißverständlich klargemacht, daß sie nach diesem aushäusigen Wochenende seiner Bitte tunlichst Folge leistete.

Als ihr Vater die Tür seines Büros hinter sich schloß, verschwamm das Dokument, das sie gerade las, vor ihrem Blick. Verzweifelt suchte sie nach einem Taschentuch und schneuzte sich. »Entschuldigung. Liegt bestimmt an dem elenden Regen«, erklärte sie aufs Geratewohl. »Scheint's kriege ich eine Erkältung. Tut mir leid.«

Ihr Vater und ihre Mutter brauchten sich keine Sorgen mehr zu machen, dachte sie. So, wie sie sich fühlte, ginge sie sicher während der nächsten zehn Jahre nicht mehr aus dem Haus.

Doch dann nahm das Schicksal seinen Lauf. Um die Weihnachtszeit herum fand sie heraus, daß sie schwanger war.

Bereits Anfang Dezember regte sich in ihr ein derartiger Verdacht, vertraute sich jedoch niemandem an, sondern wälzte sich Nacht um Nacht schlaflos vor Sorge und Panik in ihrem Bett, bis sie schließlich am Freitag, dem dreizehnten, verkündete, daß sie am nächsten Tag zum Einkaufen nach Dublin zu fahren beabsichtigte. Der wahre Grund für ihre Fahrt war der Besuch bei einem Arzt, der weder sie noch ihre Familie kannte.

»Was stimmt denn nicht mit den Geschäften hier in Cork?« Elizabeths Mutter, Tochter eines der bedeutendsten Kaufleute der Stadt, hegte eine kaum verhohlene Antipathie gegen die Hauptstadt und besuchte sie nur, wenn es sich nicht vermeiden ließ. Sie saßen in der großen gemütlichen Küche des Hauses in Blackrock, einem wohlhabenden Vorort Corks. An diesem Abend speisten sie allein, da Elizabeths Vater mit einem Klienten in der Oyster Tavern aß.

Corinne Sullivan nahm ihre beiden Teller und erhob sich von ihrem Platz. Sie war gertenschlank, geschmeidig und ebenso blond wie Elizabeth, kleidete sich geschmackvoll elegant und besuchte regelmäßig den besten Frisör der Stadt. Elizabeth hegte stets eine gewisse Furcht vor ihr. Ihr Leben lang hatte sie das Gefühl, daß ihre Mutter bei jedem Gespräch das, was ihr wirklich am Herzen lag, verschwieg. Durch ihre Treffen mit Gallaher hatte sie Corinne zum ersten Mal in ihrem Leben ernsthaft getrotzt, und auch das war ihr nur deshalb gelungen, weil damals neben ihm nichts auf der Welt mehr etwas bedeutete.

Zunächst hatte Corinne versucht, ihr die Wochenenden auszureden, und dann nur noch geschwiegen. Doch auch wenn

Elizabeth darüber froh gewesen war, hatte sie es nicht mehr geschafft, ihrer Mutter jemals offen ins Gesicht zu sehen.

»Du hast dein Essen kaum angerührt«, sagte Mrs. Sullivan jetzt, während sie die beiden Teller zur Spüle trug und die Reste in zwei Prozellanschüsseln für die beiden Cockerspaniels der Familie gab. »Was ist los mit dir, Beth? Ich hoffe nur, daß du nicht noch mehr Gewicht verlierst. Das wäre nicht besonders attraktiv.« Corinne hielt Attraktivität für eines der wichtigsten Attribute einer Frau. »Maeve hat kiloweise Pudding gekocht«, fuhr sie nach einer kutzen Pause fort. »Möchtest du vielleicht auch ein Schüsselchen?« Maeve war die Haushälterin der Sullivans, die heute frei hatte.

»Aber sicher doch.« Elizabeth wollte ihrer Mutter unbedingt gefällig sein. »Mit dem Lamm war nichts verkehrt, Mutter, es hat wunderbar geschmeckt – nur – irgendwie habe ich in letzter Zeit keinen besonderen Appetit auf Fleisch.«

»Na ja, am besten genießt man alles in Maßen.« Ihre Mutter stellte den Pudding auf den Tisch.

Elizabeth gab sich redliche Mühe, so zu tun, als schmecke ihr der Nachtisch. Allerdings schien ihr Magen auf die Größe einer Pflaume geschrumpft zu sein, so daß sie kaum etwas hinunterbekam. »Einfach köstlich«, sagte sie und widmete sich lustlos dem sahneweichen Pudding.

»Ist ja schon gut, Elizabeth«, sagte ihre Mutter, ehe sie einen eleganten, kleinen Bissen von ihrem eigenen Pudding zwischen ihre Lippen schob; doch ehe die Tochter etwas darauf erwidern konnte, wandte sie sich bereits einem anderen Thema zu. »Was für Einkäufe willst du denn in Dublin tätigen?«

Elizabeth sah sie scharf an; war es ihr schlechtes Gewissen, das den Worten ihrer Mutter eine tiefere Bedeutung verlieh, oder sollten sie tatsächlich eine Fangfrage sein? Corinnes Miene war vollkommen ausdruckslos. Also schob sich Elizabeth einen weiteren Löffel voll in den Mund und schluckte, bevor sie antwortete: »Oh, bloß – du weißt schon – Weihnachtsgeschenke und so«, sagte sie wie nebenbei. »Apropos Weihnachtsgeschenke, was hättest du denn gern?«

»Oh, irgend etwas, Schatz. Du kennst mich doch. Schließlich ist es vor allem der gute Wille, der zählt, nicht wahr?« Corinne schob ihr halbvolles Puddingschälchen von sich und Elizabeth setzte ein grimmiges Lächeln auf. Sie wußte ganz genau, daß ihrer Mutter die Art des Geschenkes – und die Herkunft – wesentlich wichtiger war als die Überlegung, die dahinterstand.

»Tja, dann überrasche ich dich wohl am besten. Was meinst du?«

»Ja, Liebes, das wäre nett. Noch eine Tasse Tee?«

Sie tranken schweigend aus. Die Küche lag im hinteren Teil des Hauses im Souterrain, so daß man durch die Fenster in den Garten sah, der trotz des frühen Abends bereits frostig glitzerte. Der solide Kamin im Raum strahlte ruhige Wärme aus. Eine alte Katze, inzwischen beinahe vierzehn Jahre bei den Sullivans, verträumte den Rest ihres Lebens an diesem warmen Ort. »Wenn du in Dublin bist, mein Schatz«, Elizabeths Mutter stellte ihre Teetasse ab, »könntest du dann bitte für mich zu Bewleys gehen? Maeve mag die Obstkuchen von dort so gern.«

Dies, so wußte Elizabeth, war die subtile Art, auf die ihre Mutter überprüfte, ob sie tatsächlich nach Dublin und nicht vielleicht irgendwo aufs Land zu George Gallaher zu reisen beabsichtigte. Nachdem die Wochenendfahrten beendet waren, erkundigte sich weder Corinne noch St. John sich je nach ihren Absichten in bezug auf diesen Mann; aber sie wußte, daß sie unter ständiger, wenn auch diskreter Überwachung stand.

»Obstkuchen?« wiederholte sie. »Kein Problem.« Dann fügte sie allerdings boshaft hinzu: »Das heißt natürlich nur, wenn es mir von der Zeit her möglich ist.« Ihre Mutter hatte kein Recht, ihre Ehrlichkeit derart in Zweifel zu ziehen.

Zu spät wurde ihr klar, daß Corinne ihrer Tochter nicht ohne Grund mißtraute. »Natürlich bringe ich den Kuchen mit, Mutter«, sagte sie, während sie sich von ihrem Platz erhob. »Am besten besorge ich gleich drei, zwei für Maeve und einen für uns. Wie wäre das?«

»Danke, du bist ein gutes Kind, Beth!«

Beinahe fluchtartig verließ Elizabeth den Raum.

Am nächsten Tag kam ihr die Hundertsechzig-Meilen-Fahrt, obgleich sie im Expreßzug saß, ewig vor. Doch um die Mittagszeit langte sie endlich in Dublin an.

Und am späten Nachmittag verließ sie, mit drei Kuchen im Gepäck, Bewleys in der Westmoreland Street. Nun, da der Arztbesuch vorüber war, fühlte sie sich erschöpft.

Dabei hatte sich die gefürchtete Konsultation als überraschend unkompliziert herausgestellt. Der Arzt war brüsk und geschäftsmäßig gewesen, hatte sie während der gesamten Untersuchung »Mrs. Sullivan« genannt und es sich nicht anmerken lassen, falls ihm an ihrem Ehering von Woolworth's irgend etwas verdächtig vorgekommen war. Er hatte ihr versichert, die Ergebnisse des Schwangerschaftstests wären spätestens am nächsten Dienstag da.

Es dunkelte bereits vor dem Café, vor dem sich eine kleine Gruppe weihnachtlich gestimmter Zuhörer um zwei Straßenmusiker scharte, einen Mann, dessen wettergegerbtes Gesicht nicht erkennen ließ, ob er fünfunddreißig oder vielleicht fünfundsechzig war, und einen kleinen Jungen, dessen nackte Füße vor Dreck starrten. Der Mann spielte auf einer Blechpfeife, während der Junge »Adeste Fiseles« mit einer schrillen Sopranstimme zum besten gab. Er sang so schnell, als wolle er möglichst rasch fertig werden, wobei er im Rhythmus von einem Fuß auf den anderen sprang. Als das Lied endete, hielt der Junge, während die Menge halbe Pennies und Farthings in die auf dem Boden liegenden Mützen warf, die zitternden Arme vor die Brust. Trotz der Eiseskälte hatte er nur kurze Hosen, ein dünnes Hemd und einen zerrissenen Pullover an.

Elizabeth nahm einen Schein aus ihrem Portemonnaie und drückte ihn dem überraschten Knaben eilig in die Hand; doch ehe er sich's versah, hatte der Mann bereits gierig die Finger nach der Banknote ausgestreckt. Sie wartete nicht, um zu sehen, wie es weiterging, sondern entfernte sich gehetzt aus dem Kreis der Zuschauer.

Sie durfte nicht weinen, nein. »Nur noch fünf Tage«, sagte sie sich ein ums andere Mal. »Nur noch fünf Tage, und dann weißt du es genau.« In ihrem Herzen wußte sie bereits Bescheid, aber trotzdem glimmten immer wieder kleine Funken Hoffnung in ihr auf.

An der O'Connell-Brücke bog sie in den Aston Quai, wo sie einen weiten Bogen um eine Gruppe Bettler schlug. Sie wäre froh, aus Dublin fort zu sein, dachte sie. Kaum zu glauben, daß sie erst vor kurzen sechs Monaten hier zusammen mit Ida von einem Fest zum nächsten gezogen war. Jetzt betäubte und erstickte das hektische Treiben der Hauptstadt sie: die Schwaden von Kohlenrauch und Abgase, unter denen selbst der Gestank des Liffy kaum noch ins Gewicht fiel, das Gedränge der Fußgänger und Radfahrer, die Automobile, die schweren, klappernden Pferdetransporte und Rollwagen – über allem dann noch das Funkensprühen und Klingeln der Straßenbahn, die schwankend um die Ecken bog und mit der Erhabenheit einer königlichen Barkasse durch das Tohuwabohu pflügte.

Ein paar Meter weiter blieb sie vor den Schaufenstern von McBirney's stehen. Die farbigen Glühbirnen über ihrem Kopf, in deren Licht ein strahlender Weihnachtsmann auf seinem Schlitten an den oberen Etagen des Gebäudes vorüberfuhr, hatten im Nebel wie Heiligenscheine gewirkt. Nun, aus der Nähe, blitzten und blinkten sie geradezu beängstigend. Der Dekorateur des Ladens hatte ein Meisterwerk vollbracht: eine ausgewachsene Tanne, unter der sich ein Berg bunter Pakete fand, füllte das eine Fenster aus; die anderen waren mit roten und grünen Girlanden geschmückt, zwischen denen hier und da ein wenig Weiß oder leuchtendes Schottenkaro hervorlugte. Dichte Reihen von Pullovern in Rot und Grün ließen aus ihren sorgsam gefalteten Ärmeln Kaskaden gleichfarbiger Socken, Fingerhandschuhe und Fäustlinge quellen; karierte Schals und Haarbänder waren über roten und grünen Kleidern drapiert. Zu allem Überfluß und dem Fest der Feste hatte man großzügig Stechpalmzweige und Bällchen weißer Watte über dem ganzen Szenarium verteilt.

Zahllose Menschen strömten, die Arme mit Paketen und Papiertüten gefüllt, hinein und heraus; Mütter zerrten widerstrebende Kleinkinder an den farbenfrohen Schaufenstern vorbei; ein Mann, der offenbar betrunken war, stolperte gegen eine Scheibe. Alles wirkte so unschuldig und sorgenfrei. Was immer auch geschah, dachte Elizabeth, nie in ihrem Leben wäre sie je wieder unbeschwert. Ach, könnten doch die Menschen in die Zukunft sehen! Dann würden sie es vielleicht mehr zu schätzen wissen, solange es ihnen gutging.

Sofort jedoch verwarf Elizabeth ihre Rührseligkeit. Selbstmitleid war ein Luxus, den sie sich nicht leisten konnte, wollte sie in der Zukunft noch jemals Chancen erkennen.

Die Luft, die der Nebel auf seinen Tentakeln vom Liffy herübertrug, brannte ihr schmerzlich im Gesicht, so daß sie froh war, als sie endlich in die Wärme von McBirney's trat. Während der nächsten halben Stunde kaufte sie schnell und ohne jede Überlegung ein: eine Flasche Parfüm für ihre Mutter, eine Pfeife für ihren Vater, ein Paar Pantoffeln für Maeve. Elizabeths Familie zählte nur wenige Mitglieder und auch ihr Freundeskreis war in den zweieinhalb Jahren, seit sie nicht mehr zur Schule ging, merklich geschrumpft. Sie wählte einen Spitzenkragen für Ida, mehrere leuchtende Schals für verschiedene Verwandte und ehe sie das Geschäft verließ einen kleinen Flickenteppich für Bella, die alte Katze.

Was bedeuteten schon ihre Geschenke, dachte sie, als sie wieder draußen war und dem Bahnhof zustrebte. Sie hatte eine ziemlich genaue Vorstellung davon, wie sie alle auf die Neuigkeit ihres Babys reagieren würden.

Hinter der Halfpenny Bridge nahm das weihnachtliche Treiben merklich ab; die Uferstraßen waren ruhig, und es gab kaum Verkehr. Unten auf dem Wasser tuckerten ein Guinness-Schiff vorbei, dessen Motorlärm und Licht durch den Nebel kaum bis zu ihr drang.

Elizabeth kam zu Adam-and-Eve's, der Franziskanerkirche am Merchants Quay, und ehe sie wußte, was sie tat, war sie bereits die vier flachen Stufen zur hölzernen Eingangstür emporgeklommen. Bevor sie allerdings das Gotteshaus betrat, blieb sie zögernd stehen.

Eine alte Frau, von Kopf bis Fuß in Schwarz gehüllt, humpelte an ihr vorbei, öffnete das Portal, hielt sie mit ihren arthritischen Fingern fest und wandte sich zu ihr um: »Kommst du herein, mein Kind, oder bleibst du lieber draußen?«

Elizabeth betrachtete dies als ein Omen. »Vielen Dank!« Entschlossen folgte sie dem Mütterchen, bis sie am Ende des Vorraumes durch eine zweite Tür in eins der Querschiffe der Kirche gelangte. Der Raum war in friedliches Dämmerlicht getaucht, die Luft diesig von dem Nebel, der durch die Tür hereinwogte und die Gräusche – das Scharren von Füßen, das leise Klappern von Rosenkränzen und winterliches Husten – zu dämpfen schien.

An diesen Adventsamstagen waren sämtliche Beichtstühle besetzt, und mehrere Menschen liefen die, eigenwillig in blauer und weißer Keramik gehaltenen, Kreuzwegstationen ab. In den vier Beichtstühlen auf Elizabeths Seite herrschte Hochbetrieb. Sie sah sich die Namen der Priester an: Pater Leonard, Pater Victor, Pater Bernardine und Pater Livius. Der Beichtstuhl von Livius wies die längste Warteschlange auf, was sicher ein Zeichen dafür war, daß die Büßer ihn als besonders gütig einschätzten.

Offenbar hatte sie richtig gewählt: Livius' Schlange bewegte sich schneller als die anderen, und nach ungefähr zehn Minuten brach Elizabeth, da sie nunmehr als fünfte an der Reihe war, in Panik aus. Was sollte sie denn eigentlich sagen, wenn sie vor dem Priester saß? Aber sie konnte unmöglich aufstehen und gehen. Dann sähe ihr jeder in der Kirche an, daß sie vor sich selbst kapitulierte. Jedermann schlösse daraus, daß das, was sie zu beichten hatte, einfach zu abscheulich selbst für die Ohren eines Priesters war.

Inzwischen rückte die Schlange weiter vor. Könnte sie vielleicht so tun, als wäre ihr nicht gut? Die Person, die soeben an der Reihe gewesen war, verließ das Häuschen, so daß sie nunmehr als Dritte drankäme. Es gab keine Wahl mehr.

Mit einem Mal wartete da nur noch einer vor ihr...

Sie hörte, wie sich die Tür des Beichtstuhls schloß, was bedeutete, daß es für sie gleich ernst würde. »O Gott«, betete sie.

»Steh mir bitte bei!« Dann jedoch erinnerte sie sich daran, daß sie einer der Todsünden schuldig und somit Gottes Hilfe nicht mehr würdig war.

Mit zusammengeschnürter Kehle zog sie die Tür des Beichtstuhls zu und kniete auf dem harten Holz nieder. Sie fühlte sich beengt, als hätten bereits die zahllosen vor ihr Beichtenden sämtlichen Sauerstoff in dem winzigen Kabuff verbraucht. Das Blut trommelte in ihren Ohren, als sie durch die geschlossene hölzerne Schiebetür die gemurmelte Beichte des Büßers auf der anderen Seite und die geflüsterte, leicht gelispelte Antwort des Priesters vernahm.

Das gesamte Mobiliar zitterte, als sich der andere Sünder erhob und sich die Schiebetür hinter dem Sprechgitter auf ihrer Seite öffnete.

»Segne mich, Pater, denn ich habe gesündigt...« Elizabeth wurde starr vor Schreck. Sie konnte die Formel nicht beenden, konnte nicht sagen, wann sie zum letzten Mal zur Beichte gegangen war – hatte sich nicht vorbereitet! Ihr armer Kopf wußte nicht mehr, welche Worte... sie benutzen sollte.

Durch die Schiebetür nahm sie nur das Profil des Franziskaners wahr. Es verschwamm, sicher hatte er sich ihr jetzt zugewandt. »Es tut mir leid, Pater«, wisperte sie.

»Wann hast du das letzte Mal gebeichtet?« Seine Stimme war kein Flüstern, sondern ein klares Murmeln, das dem Beichtenden Vertrauen gab, daß es eindeutig um ihn persönlich ging.

Verzweifelt durchforstete Elizabeth ihr Gedächtnis. »Ich weiß es nicht mehr, Pater«, flüsterte sie, »irgendwann in diesem Sommer muß es gewesen sein.«

»Mach dir darüber keine Gedanken, mein Kind. Jetzt bist du ja hier. Was ist es, was dich zu mir führt?«

»Ich – tu mich schwer, es in Worte zu kleiden, Pater.« Mit seiner Milde hatte der Priester Elizabeth auf dem falschen Fuß erwischt. Sie war eher auf eine verbale Attacke des Kirchenmannes gefaßt.

»Laß mich dir helfen, ja? Hat es etwas mit fleischlicher Liebe zu tun?«

»Ja, Pater.« In der Dunkelheit spürte sie, wie die Hitze in ihre Wangen stieg.

»Ich verstehe. Unser Herr wird dir verzeihen, wie er Maria Magdalena verzieh...«

»Es könnte sein, daß ich schwanger bin, Pater!« entfuhr es ihr vorschnell.

»Und du bist nicht verheiratet?«

»Nein.«

»Verlobt?« Und als sie nicht antwortete, fuhr er leise fort: »Ist es dir möglich, zu heiraten?«

Wieder wartete er auf eine Antwort, aber Elizabeth brachte keinen Ton heraus.

»Ich verstehe«, wiederholte der Franziskaner. »Liebst du den Mann, meine Tochter?«

»Vielleicht – oder auch nicht. Ich dachte, ich liebe ihn, aber jetzt weiß ich es nicht mehr.« Dieses Eingeständnis erschien ihr grauenhaft. Es war das erste Mal, daß ihr dieser Gedanke kam. »Ich habe ihn geliebt, Pater«, fuhr sie hastig fort, »damals – ich meine, zu jener Zeit...«

»Wird deine Familie dir behilflich sein? Oder der Mann?«

»Möglicherweise. Bisher weiß noch niemand etwas davon, ich habe niemandem etwas gesagt.«

»Dann weihst du am besten erst einmal deine Familie ein. Du könntest überrascht sein von ihrer Reaktion. Doch selbst wenn sie dir böse sind, denk dran, daß du sie als Christin trotzdem lieben sollst. Aber deine Hauptsorge gilt jetzt natürlich dem kleinen Wesen, das du in dir trägst. Für dich ist dieses Baby der wichtigste Mensch in deinem Leben, auf der ganzen Welt. Bitte Gott und unsere Gesegnete Mutter, dir beizustehen. Sie lassen dich ganz sicher nicht im Stich, mein Kind. Ich werde jeden Tag zum heiligen Franziskus beten, daß er dich in seine Obhut nimmt. Du wirst tapfer sein. Dein Baby gibt dir sicher großen Mut. Und bedenke, die Engel im Himmel werden frohlocken, wenn dein Kind das Licht der Welt erblickt – also mußt du ebenfalls glücklich sein. Wenn du auf Gott vertraust, wird das Kleine für den Rest deines Lebens deine Stärke, dein Trost und deine Freude sein. Gibt es sonst noch etwas, was du mir sagen willst?«

»Nein, Pater.«

»Dann geh in Frieden, mein Kind. Und selbst wenn es dir so vorkommt, vergiß nicht, daß du nie alleine bist. Sag zu Hause das Magnifikat. Und denk über die Worte nach, während du sie sprichst. Jetzt beginne dein Bußgebet. Es freut mich, daß du wieder ein Teil von Gottes Familie bist, mein Kind.«

Während Elizabeth die abgenutzte Beichtformel sprach, geschah etwas Ungewöhnliches: Sie spürte, wie ihr Körper leichter und leichter wurde, bis sie beinahe schwerelos in der Kabine zu schweben schien. Am liebsten hätte sie gesungen, das Gitter zwischen sich und dem alten Mann durchbrochen und ihn umarmt.

Sie merkte, daß er mit seiner Absolution am Ende war. »Danke, Pater«, flüsterte sie und hätte es gerne wie einen fröhlichen Refrain endlos wiederholt: dankedankedanke – *vielen Dank!*

»Gleichfalls, mein Kind. Lebe wohl. Gott stehe dir und dem neuen Erdenbürger bei.« Das Türchen hinter dem Gitter glitt beinahe lautlos zu, und Elizabeth hörte, wie Vater Livius flüsternd den nächsten Büßer willkommen hieß.

Obwohl die Kirche nur spärlich beleuchtet war, blinzelte Elizabeth, als sie, ihre Pakete unter den Armen, aus dem Beichtstuhl trat. Der Schimmer der Lampe im Sanktuarium erschien ihr wie ein loderndes Feuerwerk, die Messingketten, an denen sie hing, blitzten golden auf, und selbst die Kleider der armen Dubliner kamen ihr plötzlich nicht mehr schäbig, sondern wie eine wahre Augenweide vor. Sie schalt sich, daß es verrückt war zu tun, als wären all ihre Probleme mit einem Mal gelöst – aber ihre Euphorie behielt die Oberhand; sie strömte durch ihre Adern wie ein siegesgewisser Fluß, der alles mit sich riß.

Sie kniete in einer Bank nieder und begann ihr Bußgebet, doch nach den ersten paar Worten – Meine Seele preist die Größe des Herrn – stockte sie. Nun, sie wußte, daß das Gebet zu Hause entweder in einem Meßbuch oder in ihrem *Handbuch für die Kinder Mariens* zu finden war, das seit dem Ende ihrer Schulzeit achtlos in irgendeiner Ecke lag. Also sprach sie ein eiliges »Ave Maria« machte einen Knicks vor dem Altar und verließ das Gotteshaus.

Draußen herrschte inzwischen vollkommene Dunkelheit, und der Nebel war noch dichter als zuvor. Sie schlang ihren Schal um ihren Mund, hielt sich dicht an die Gebäude zu ihrer Linken und ging langsam am Ufer des Liffy entlang auf den Bahnhof zu. Durch den Nebel war die Stadt so gut wie unsichtbar, wie eine Erscheinung, die nur am Rande in ihr Bewußtsein drang. Von Zeit zu Zeit tauchte ein anderes menschliches Wesen als verschwommene geschlechtslose Masse vor ihr auf; gelegentlich drang das Klappern eines Pferdewagens oder das Tuckern eines Motors an ihr Ohr, aber alles in allem war Elizabeth von einem Gefühl der Schwerelosigkeit erfüllt sowie von der Entschlossenheit, daß sie sich – gleich, welche Zukunft vor ihr lag – nicht unterkriegen ließ. Weshalb nur hatte sie so lange gezögert, zur Beichte zu gehen? Wenn das Resultat der göttlichen Vergebung eine solche Freude war, überlegte sie und hätte um ein Haar gelacht, dann lohnte sich das Begehen einer Todsünde ja direkt.

Ihr Gefühl der Seligkeit hielt noch eine ganze Weile an.

Bald erreichte sie den Bahnhof und bestieg den Zug, der sich kurz darauf mit lautem Zischen in Bewegung setzte. Während er dampfend und ächzend an Geschwindigkeit gewann, öffnete Elizabeth, die in ihrem Abteil alleine war, das Fenster, lehnte sich hinaus und pumpte die frische Luft in ihre Lungen. Hier draußen auf dem Land, fern von den Städten, gab es keinen Nebel, wie er beinahe ständig über Dublin hing. Der Himmel war mit leuchtenden Sternen übersät, und der Mond schien mit einer Helligkeit, die Elizabeth die Hecken, die leeren Felder und Gräben der Umgebung sowie die Umrisse des Zuges genau erkennen ließ.

Ohne auf die Kälte zu achten, die ihr die Tränen in die Augen trieb, verharrte Elizabeth an ihrem Platz, bis der Zug um eine lange Kurve fuhr und sie einen Schwall warmen Ruß ins Gesicht bekam. Erst dann zog sie den Kopf zurück, schloß das Fenster wieder, setzte sich und stellte fest, daß sie nicht mehr alleine war. Eine Frau saß zusammen mit zwei kleinen Kindern auf den Plätzen gegenüber.

Sie lächelte; aber da ihr nicht der Sinn nach einer Unterhaltung stand, zog sie eine Ausgabe von *Womans's Weekly* aus ihrer Einkaufstasche und schlug einen Artikel über Schönheitspflege auf. Gleichzeitig jedoch beobachtete sie verstohlen, was im Abteil geschah. Eins der Kinder, ein kleines Mädchen von ungefähr achtzehn Monaten, schluchzte leise vor sich hin, bis die Mutter ein winziges Stofftuch aus ihrer Tasche zog und es ihr in die Finger drückte. Sofort griff die Kleine zu, schob sich einen Zipfel des Tuches in den Mund und schlief auf der Stelle ein. Die Frau warf Elizabeth einen Blick zu und schlug – Frauen unter sich – die Augen gen Himmel. *So ist es nun einmal, wenn man Kinder hat, nicht wahr?*

Elizabeth lächelte abermals, doch ihre Heiterkeit verflog abrupt. Dies war die Kehrseite des Mutterglücks: Windeln wechseln, ständiges Geschrei und Nächte, in denen man nicht zum Schlafen kam. Ihre Euphorie nach dem Gespräch mit dem Priester erschien ihr plötzlich lächerlich. Der rettende Strohhalm der Sentimentalität, an den sie sich geklammert hatte, spendete weniger Halt als der Zipfel des Tuchs, an dem die Kleine ihr gegenüber nuckelte.

Jetzt empfand sie nur noch Groll auf sich und den Pater, der sie so grausam mit trügerischer Freude erfüllt hatte. Für einen Bettelmönch und zölibatären Bruder war es sicher kein Problem, im schützenden Kokon seines Mahagonikämmerchens zu sitzen und eine Predigt über Mut zu halten, wenn man ein Kind bekam. Was wußte der schon davon?

Als der Zug in den Corker Bahnhof einfuhr, war Elizabeth deprimierter als je zuvor.

Und wer hatte je davon gehört, zur Buße das Magnifikat zu beten?

Trotzdem war sie zu katholisch, um diese Anordnung zu übergehen; und da das Magnifikat nicht in ihrem Meßbuch stand, machte sie sich spätabends auf die Jagd nach ihrem *Handbuch für die Kinder Mariens*, was bei dem für sie typischen Verhau in ihrem Zimmer ein Kunststück darstellte. Auf ihren Wunsch hin bewohnte sie mittlerweile die Dachmansarde, und da Maeve sich rundheraus weigerte, »all die Treppen« zu steigen für einen gründlichen Hausputz, räumte nie jemand das Chaos auf. Nur die Kostüme und gestärkten Blusen, die Elizabeth im Büro trug, hingen halbwegs ordentlich an einer Kleiderstange; ihre übrige Garderobe verteilte sich zwischen diversen Hockey- und Tennisschlägern, ihrer ersten Schreibmaschine, Photoalben, den Teddybären und Puppen aus der Kinderzeit, ja bis auf den Rücken ihres alten Schaukelpferds. Sie hatte sich noch nie von irgendwas getrennt.

Hier oben nahm man die Geräusche aus den anderen Räumen des Hauses nur als entfernte Schwingungen wahr; aber sie hatte das Zimmer auf dem Speicher nicht nur wegen der Ungestörtheit, sondern auch wegen seiner Größe und seiner hübschen Oberlichter gewählt. An diesem heimeligen Ort fühlte sich Elizabeth nicht nur der Welt, sondern dem ganzen Universum nahe. Im Sommer machte sie immer die Fenster weit auf und bildete sich ein, sie schliefe unmittelbar unter dem Sternenzelt.

Neben dem großen Bett beherrschten den Raum Bücherstapel, da Elizabeth jedes Buch, das ihr seit ihrer Kinderzeit je in die Hände gefallen war, ohne jedes System hortete. Überall an den Wänden, auf den Möbeln, ja selbst unter dem Bett fand sich Lesematerial. Während sie nun die Stapel sichtete, nahm ihr Zorn minütlich zu. Wollte sie denn überhaupt Buße tun? Inzwischen wünschte sie, sie hätte sich die Beichte verkniffen. Sie war eine Närrin gewesen, diesem ahnungslosen Franziskaner überhaupt ihr Ohr zu leihen. Nun gut, sie brauchte Mut, aber sicher flöge der ihr nicht durch ein Gebet zu.

»Wo steckt das blöde Ding bloß?« murmelte sie laut. Dann entdeckte sie in einer Ecke einen Stapel alter Schulbücher. Eilig durchforstete sie ihn und fand endlich den verstaubten, schmalen Band, dessen Einband von ehemals fleißiger Benutzung bereits zerschlissen war. »Genau«, sagte sie, suchte die Seite und setzte zum Sprechen an: »Meine Seele preist die Größe des Herrn…«

Dann erinnerte sie sich an die Mahnung des Priesters, sich auf die Worte zu konzentrieren, während sie sie betete, rutschte auf Knien durch den Raum und nahm neben ihrem Bett eine demütige Haltung ein. »… und mein Geist jubelt über Gott, meinen Retter. Denn auf die Niedrigkeit seiner Magd hat er geschaut. Siehe, von nun an preisen mich selig alle Geschlechter…«

Die Worte schnürten Elizabeth die Kehle zu. Entweder hatte Pater Livius gewußt, was er sagte, oder er hatte ihr einen üblen Streich gespielt. Jetzt kam es ihr wieder, das Magnifikat stellte ja die Antwort von Jesus' Mutter auf die Botschaft des Engels dar.

Langsam, beinahe ungläubig, las sie den Rest der Worte, formten ihre Lippen sie geräuschlos:

»Denn der Mächtige hat Großes an mir getan,
und sein Name ist heilig.
Er erbarmt sich von Geschlecht zu Geschlecht
über alle, die ihn fürchten;
er vollbringt mit seinem Arm machtvolle Taten;
er zerstreut, die im Herzen voll Hochmut sind;
er stürzt die Mächtigen vom Thron
und erhöht die Niedrigen.
Die Hungernden beschenkt er mit seinen Gaben
und läßt die Reichen leer ausgehn.
Er nimmt sich seines Knechtes Israel an
und denkt an sein Erbarmen,
das er unseren Vätern verheißen hat,
Abraham und seinen Nachkommen auf ewig.«

»Amen«, flüsterte sie halb erstickt.

Sie las das Gebet ein zweites Mal. Es war ein Gesang von einer solchen Bejahung und einer solchen Freude, daß er ihr mitten in die Seele drang. Als sie fertig war, fühlte sie sich ruhig und leer. Sie stand auf, zog langsam ihre Kleider aus, löschte das Licht, legte sich ins Bett und blickte durch das Oberlicht über ihrem Kopf. Wie Zuckerwatte überzog der Frost das Glas, das in der Helligkeit des Mondes blinkte. Vielleicht bestand wirklich keine Veranlassung, so traurig und besorgt zu sein? Vielleicht hätte der Arzt, wenn sie ihn anrief, ja einen guten Bescheid für sie? Vorübergehend flackerte die winzige Flamme der Hoffnung in ihr auf.

Doch sofort löschte Elizabeth sie. Sie wußte, daß sie schwanger war und es keinen Ausweg für sie gab.

In diesem Augenblick faßte sie den Entschluß, nichts mehr zu verheimlichen und auch keine Tatsachen zu verdrehen. Jammern hätte keinen Sinn. Am besten sähe sie die Sache positiv, sagte sie sich. Egal, wie schwierig es würde, nichts konnte so schlimm sein wie das, was der Mutter von Jesus vor zweitausend Jahren widerfahren war. Wie zum Beispiel hatte Marias Mutter auf die Nachricht reagiert, daß ihre sechzehnjährige unverheiratete Tochter nicht nur ein Kind erwartete, sondern das auch noch infolge einer überirdischen Fügung?

Wie erklärte man wohl so etwas? überlegte Elizabeth voll grimmigen Humors. Nun, zumindest, dachte sie, ehe sie die Augen schloß, würde man ihr sicherlich nicht den Kopf abreißen.

5

Natürlich brachte niemand sie um – aber während der folgenden zwei Wochen wünschte sich Elizabeth bei aller Entschlossenheit gelegentlich, man hätte es getan. Sie sehnte sich danach, sich einem Menschen anzuvertrauen; aber Ida, die die geeigneteste Kandidatin gewesen wäre, hatte ihren langweiligen Job in Cork aufgegeben und zog auf der Suche nach Abenteuern durch die Vereinigten Staaten. Sie schrieben einander, Elizabeth brachte es jedoch nicht über sich, die Nachricht von ihrer Schwangerschaft auf Papier zu bannen. Irgendwie hätte das die Sache allzu real und unumstößlich für sie gemacht.

Obgleich sie gewußt hatte, daß der Telephonanruf am folgenden Donnerstag bei dem Arzt reine Formsache sein würde, gab sie einen letzten Rest Hoffnung immer noch nicht auf. Dieses Quentchen hielt sie bis Donnerstag morgen aufrecht, als zu ihrem Entsetzten beim Aufwachen das Krächzen einer einzelnen Elster an ihre Ohren drang. Wenn man einer einzelnen Elster begegnete, machte man sich besser auf großes Unglück gefaßt. Sofort wandte sie sämtliche gängigen Gegenmittel an – sie spuckte aus, begegnete dem verdammten Vogel mit einem militärischen Gruß, rief ihm ein lautes Guten Morgen zu – doch ihre innere Stimme sagte ihr, daß sie damit nur Zeit vergeudete.

Irgendwie überstand sie dann den Tag und schließlich wartete sie bis nach dem Aufbruch ihrer Kolleginnen, ehe sie den Telephonhörer von der Gabel nahm.

»So sieht es also aus«, sagte der Arzt, nachdem er ihr das von ihm errechnete ungefähre Geburtsdatum des Kindes genannt hatte. »Vermutlich wenden Sie sich jetzt an Ihren Hausarzt in Cork?«

»Ja.« Obgleich sich Elizabeth im Grunde darauf eingestellt hatte, traf die Bestätigung der Sachlage sie wie ein Hieb.

»Gratuliere, Mrs. Sullivan!« Falls diese Bemerkung des Doktors ironisch gemeint gewesen war, so verbarg er das hinter seinem gewohnten, trockenen Ton.

»Vielen Dank.« Mit zitternden Händen legte Elizabeth den Hörer auf. Spontan blickte sie auf die geschlossene Tür, hinter der St. John Sullivan noch arbeitete. Wie, in aller Welt, sollte sie den Eltern ihre Schwangerschaft gestehen?

Er war ganz nah. Weshalb beichtete sie es ihm nicht sofort? Sie erinnerte sich an Pater Livius und seinen Trost: *Vielleicht wirst du überrascht sein von ihrer Reaktion…*

»Also gut, heiliger Franziskus oder wer auch immer«, flüsterte sie. »Dies ist deine Chance. Mal sehen, wie effektiv du bist…«

Aber als sie vor der gebieterischen Bürotür ihres Vaters stand, erfaßte sie eine solche Panik, daß sie kaum noch Luft bekam. Sie wäre nicht in der Lage, es St. John zu sagen. Oder überhaupt jemandem ...

Hastig schnappte sie sich ihren Mantel und Hut, und rannte hinaus.

Die nächsten paar Tage vergingen in einem Nebel von Schmerz und Unentschlossenheit. Sie schaffte kaum ihre normalen Aufgaben; ihre Konzentrationsfähigkeit war derart eingeschränkt, daß sie alles, was sie las, sofort wieder vergaß und ständig von vorn beginnen mußte. Außerdem erschienen ihr angesichts der Last dessen, womit sie sich augenblicklich quälte, die aufgeblasenen Phrasen in den juristischen Dokumenten vollkommen lächerlich wie eine groteske Ausschaltung der Realität. Ihr Hirn rang mit dem, was sie diktiert bekam, und regelmäßig verlor sie diesen Kampf.

Zumindest einen Entschluß hatte sie gefaßt: sie würde ihren Eltern nicht das Weihnachtsfest verderben, indem sie ihnen ihren Fehltritt vorher beichtete. Aber während sie sich im Verlauf des Festes an all den gewohnten Ritualen beteiligte, schwankte sie ununterbrochen zwischen Hoffnung und Verzweiflung.

Sie hätte eine Fehlgeburt, so etwas kam alle Tage vor. Nein, nicht sie, bei ihrem sprichwörtlichen Pech! Oder sie würde in einem Heim für ledige Mütter eingesperrt, zusammen mit den anderen ausgestoßenen jungen Frauen, die es in Irland gab.

Und die ganze Zeit über wuchs das *Ding* in ihrem Inneren. Sie empfand es als einen fremden, bösartigen, unförmigen Eindringling. Nachts, wenn sie wach lag und durch das Oberlicht in den dunklen Himmel starrte, stellte sie sich vor, wie es ähnlich einem Blutegel an der Wand ihrer Gebärmutter haftete.

Wie hatte sie so dumm sein können, sich einzubilden, sie liebe diesen Mann? Doch trotz ihres Entsetzens, trotz allem, was vorgefallen war und sicher noch geschah, schwelgten ihr fiebriges Hirn und ihr ebenso fiebriger Leib immer wieder in der Erinnerung an den Sinnesrausch mit George. Natürlich liebte sie ihn, jawohl. Doch im nächsten Augenblick wallte Widerwillen in ihr auf. Sie haßte ihn. Wie hätte sie sich je in seine Arme kuscheln können?

Einmal, während einer dieser grauenhaften schlaflosen Nächte, faßte sie den Entschluß, George Gallaher zu kontaktieren – schließlich hatte er durchaus seinen Anteil an ihrem Unglück. Aber am nächsten Morgen gestand sie sich ein, daß sie nicht einmal ahnte, wie sie George finden sollte, selbst wenn er sich nach wie vor in Großbritannien befand. Darüber hinaus hatte sie auch kein Recht, Georges armer Frau das Leben noch schwerer zu machen, als es zweifellos ohnehin bereits seit Jahren für sie war.

Allmählich senkte sich eine Art verzweifelten Gleichmuts über sie.

Nun, zumindest stellte sich die Konfrontation mit ihren Eltern, die sie bis Neujahr hinausgezögert hatte, als halb so schlimm heraus. Es war ein relativ ruhiges Gespräch, in dessen Verlauf ihre Mutter seufzend ein paar Tränen vergoß, während ihr Vater sie mit traurigen Blicken maß.

Da in dem kleinen Cork jedermann innerhalb kürzester Zeit davon erführe, suchte Elizabeth zwei Tage später in Begleitung ihrer Mutter abermals einen Gynäkologen in Dublin auf, der allerdings die Diagnose des ersten ohne zu zögern bestätigte. Während der gesamten Fahrt, während der Zeit im Wartezimmer, ja während des ganzen Tages sah Corinne ihrer Tochter nicht ein einziges Mal ins Gesicht.

In der darauffolgenden Woche lebte der kleine Haushalt wie unter einem hauchdünnen Schleier der Unwirklichkeit, unter dem jeder, selbst Maeve, die Haushälterin – die natürlich sofort herausgefunden hatte, was vorgefallen war –, so tat, als wäre alles ganz normal. Doch gleichzeitig spürte Elizabeth, daß unter dieser Oberfläche ein vielarmiges Monster seine Tentakeln um sie schlang und nur noch lauerte, wann es am besten sein Opfer ersticken könnte. Am schlimmsten war es bei den Mahlzeiten: die warme Küche, in der sie eine so angenehme Kindheit verbracht hatte, wurde zu einer Folterkammer, wo sie sich den stummen Vorwürfen ihrer Familie hilflos ausgeliefert fühlte.

In der zweiten Woche des neuen Jahres wurde sie plötzlich in den Salon bestellt. Als sie die Tür öffnete, sträubten sich ihre

Nackenhaare, was ein deutliches Zeichen dafür war, daß etwas Bedeutsames geschah. Ihre Eltern hatten sich reglos wie zwei eiserne Schürhaken links und rechts des marmornen Kamins aufgebaut. Auf dem Sofa, im rechten Winkel zu ihnen, saß ein Mann, den Elizabeth zunächst nicht erkannte, und von dem sie in ihrer Verwirrung keine Notiz nahm.

»Komm herein, Elizabeth.« Ihr Vater sprach in seinem ernsten Anwaltston. »Du kennst doch Pater Young?« Er zeigte auf den Besucher.

»O ja, jetzt erinnere ich mich...« Der Priester, der ursprünglich aus Bantry kam, einem Fischerort im Westen der Grafschaft Cork, war ein Jagdfreund von St. John Sullivan. Elizabeth hatte ihn seit Jahren nicht mehr gesehen und ihn nicht gleich erkannt, weil sich der Kragen seines Rocks hinter einem dicken Wollschal verbarg. »Tut mir leid, Pater, guten Tag.« Sie straffte die Schultern, da ihre Stimme merklich zitterte. »Es ist lange her, seit wir uns zum letzten Mal begegnet sind, nicht wahr?« sagte sie, trat höflich auf ihn zu und streckte ihm die Hand wie eine Lanze entgegen.

Er stand auf und schüttelte sie äußerst reserviert, damit sie die Geste ja nicht als allzu vertraulich auffaßte. »Allerdings, Elizabeth«, sagte er. »Bestimmt etliche Jahre... wie groß du inzwischen geworden bist!«

Abermals senkte sich Stille über den Raum.

»Setzen wir uns doch.« Mr. Sullivan ging hinüber zu einer zweiten Couch.

Elizabeth, die sich fühlte wie eine Schauspielerin in einem der Stücke von Vivian Mellors' Truppe, nahm möglichst weit von dem Priester entfernt in einer Ecke Platz. Obgleich der heftige Januarwind an den Fensterläden rüttelte, war ihr heißer als an einem Sommertag. Ein Priester! Außer wenn man mit ihnen verwandt war oder sie als Gäste zu einer förmlichen Dinnerparty lud, rief man Priester nur in äußersten Notfällen zu sich ins Haus.

Der schreckliche Tag war da.

Ihr Vater räusperte sich. »Elizabeth«, setzte er an, worauf die

Tochter zu Boden sah. »Wir haben uns an Pater Young gewandt, weil wir ihm vertrauen und weil man sich auf seine Diskretion verlassen kann. Nichts von dem, was wir zwischen diesen vier Wänden besprechen oder beschließen, wird je nach außen dringen. Ist das klar?«

Elizabeth nickte stumm.

»Beth, deine Mutter und ich haben sämtliche Möglichkeiten, die es gibt, gründlich erörtert.«

Es war da, sie spürte es genau. Das gefürchtete Monster schnürte ihr erneut die Kehle zu.

»Und du weißt, wir wollen nur das Beste für dich.« Elizabeth erkannte an seinem Gesichtsausdruck, daß ihm trotz des pompösen Tons, den er anschlug, jämmerlich zumute war. Plötzlich empfand sie ein solches Mitleid mit ihm und auch sich selbst, daß sie am liebsten das Wort ergriffen hätte: alles sei zwar ein schrecklicher Fehler gewesen, aber sie müßten sich keine Sorgen machen um sie, denn sie ginge einfach fort und ertränkte sich im Lee. Sie sah ihre Mutter an – aber Corinne starrte reglos in den Kamin. Sie hatte sich von der Szene abgewandt, als beträfe sie sie nicht. In Augenblicken wie diesem meinte Elizabeth zu verstehen, weshalb sie ohne Geschwister aufgewachsen war; sie hatte sich nämlich oft gefragt, wie diese anspruchsvolle, distanzierte Frau es über sich gebracht hatte, auch nur ein einziges Mal mit ihrem Vater ins Bett zu gehen…

Dieser bittere Gedanke hielt die hinter ihren Augen aufsteigenden Tränen zurück.

Sie saß vollkommen reglos da, als sich ihr Vater ein zweites Mal räusperte. Die Daumen in die Taschen seiner Weste geschoben – was eine Geste des Selbstbewußtseins war, die in krassem Gegensatz zu seinen geröteten Wangen stand –, fing er eilig an: »Ich werde keine Zeit verlieren, indem ich ausführe, welche Möglichkeiten bestehen; du bist ein intelligentes Mädchen, sicher hast du bereits selbst alles genau erwogen. Nur soviel sei gesagt. Ich glaube – das heißt, wir *alle* glauben, Beth –, daß es die beste Lösung ist, wenn du so schnell wie möglich heiratest.«

»Aber – aber das kann ich nicht, Daddy!« Elizabeth war wie betäubt. In ihren schlimmsten Alpträumen hatte sie an etwas Derartiges niemals gedacht.

Der Priester faltete seine Hände in seinem Schoß. »Warum nicht, Elizabeth?«

»Weil – weil ich es einfach nicht kann. Der Mann – George, ich meine, er ist – er ist...«

»Bereits verheiratet«, beendete der Priester leise ihren Satz. »Das wissen wir, Elizabeth. Nein, wir meinen, daß du einen braven Mann zu Hause nehmen sollst. Oder besser gesagt, nicht weit von hier«, korrigierte er sich.

»Was meinen Sie damit, nicht weit von hier?« Die Höflichkeit gebot es, ihrer wachsenden Empörung vorläufig noch Einhalt zu gebieten.

»West Cork. Es ist dieselbe Grafschaft, so daß du problemlos nach Hause kommen kannst. Sooft du willst. Zu Besuch.«

»Und Sie haben schon den passenden Kandidaten für mich ausgesucht? Das heißt, ihr habt ihn gemeinsam für mich ausgesucht.« Um ein Haar wäre es um Elizabeths Beherrschung geschehen, als sie die drei nacheinander mit zornigen Blicken maß.

»Fasse es doch wenigstens mal ins Auge.« Immer noch blickte Corinne in den Kamin.

Elizabeth nahm einen Anlauf. »Und was ist, wenn ich euch erkläre, daß ich bereits darüber nachgedacht habe und daß ich es nicht will?« Wieder sah sie die drei Autoritäten nacheinander an. Doch keiner von ihnen erwiderte ihren Blick.

Sie sprang vom Sofa auf. »Angenommen, ich sage, daß ich dieses Baby einfach bekommen möchte. Hier in diesem Haus!«

Ehe sie ausgesprochen wurde, wußte sie die Antwort, da immer noch niemand in ihre Richtung sah. Ganz offensichtlich hatten sie die Möglichkeit einer derartigen Reaktion vorausgesehen.

Der Priester ergriff das Wort, womit er ihre Annahme, daß alles bereits abgemacht war, bestätigte. »Das wird nicht möglich sein«, sagte er, erhob sich und trat vor sie. »Ich habe etwas, was ich dir zeigen möchte.« Er zog ein Photo aus der Tasche seines

Rocks und drückte es ihr in die Hand. »Sieh es dir an«, bat er sie nachdrücklich, »bitte – wenigstens einmal, Elizabeth!«

Deprimiert grübelte Elizabeth nach einer anderen Lösung. Das Gesicht ihres Vaters war kreidebleich, und ihre Mutter zupfte nervös an ihrem Rock. Sie sah, daß sich wohl keiner von ihnen erweichen ließ.

Würde, ertönte in ihrem Hirn der alte Trommelschlag. Würde. Würde war alles, was sie noch besaß.

Sie wandte sich von dem Priester ab, trat ans Fenster und schaute hinaus.

Die Äste der Bäume, die zu beiden Seiten der Straße standen, schienen sich ihr wie bettelnde Arme entgegenzurecken im peitschenden Wind. Ein junges Paar spazierte lachend den Fußweg hinauf, sie hielten jeweils mit der einen Hand einen Hut und mit der anderen einander fest. Während Elizabeth die Leute beobachtete, machten sie kehrt und kamen den Weg zurück, wobei der Sturm ihre Schals lockerte, so daß sie wie fröhliche Wimpel flatterten. Ein ganz normaler Spaziergang an einem ganz normalen Sonntag nachmittag. Wieder stiegen hinter Elizabeths Augen heiße Tränen auf. Würde. Sie mußte darauf achten, daß sie ihre Würde nicht verlor.

Langsam hob sie das Photo vor ihr Gesicht und sah es an.

Der Priester bemerkte, was sie tat. »Er ist Witwer, Elizabeth. Und ein anständiger Mann.«

Bei dem Photo handelte es sich um eine Aufnahme aus einem Studio. Zwei kleine Mädchen saßen zusammen auf einem schmalen Stuhl. Ein Mann, wahrscheinlich ihr Vater, stand dahinter. Er hielt ein Baby von ungefähr zehn oder elf Monaten in den Armen und neben ihm stand ein weiteres Mädchen, das, wie Elizabeth dachte, ungefähr sieben oder acht Jahre alt war. Die Kinder auf dem Stuhl schätzte sie jünger ein, vielleicht auf sechs und fünf.

Sie spürte, daß der Priester sie beobachtete. »Er hat einen Hof in West Cork, auf der Halbinsel Béara«, sagte er. »Im Bezirk Lahersheen, zwischen den Dörfern Eyeries und Ardgroom.« Die Namen klangen fremd, ja heidnisch für Elizabeth. Béara war eine andere Welt; aber nun, da man mit dem Zug so schnell und zuverlässig von einer Stadt in die andere gelangte, war es hinsichtlich der Reisezeit nicht weiter als Dublin von Cork entfernt. Ein paarmal hatte sie mit ihren Eltern Bantry besichtigt und einmal Freunde im Yachthafen von Crookhaven auf der Halbinsel Mizen besucht; aber nie zuvor war sie bis nach Béara vorgedrungen.

Elizabeth wußte nicht, was sie tun oder sagen sollte, und so sah sie sich, um Zeit zu gewinnen, weiter das Photo an. Die kleinen Mädchen trugen Spangen und gestärkte Schleifen in ihrem glatten Haar; das Baby hatte ein rüschenverziertes Mützchen auf dem Kopf.

Der Mann trug einen Anzug, sein Haar war glänzend eingeölt, und sein hoher Kragen sah aus wie ein Schraubstock.

In der Tat schien allen fünf Menschen auf dem Bild unbehaglich zumute zu sein. Sie blickten mit ernsten Mienen in die Kamera, und offensichtlich zwängten sie sich extra für den Anlaß in ihre besten Kleider. Mit einem Mal empfand Elizabeth so etwas wie Mitleid. All diese kleinen Gestalten hatten keine Mutter mehr. Dem Alter des Babys nach zu urteilen schien deren Mammy erst vor kurzem verstorben zu sein.

Und der Mann? Soweit Elizabeth erkennen konnte, war er dünn und mittelgroß. Sie sah sich das lange, schmale Gesicht mit den hohen Wangenknochen und die großen Hände an, mit denen er das Baby hielt. Doch die Förmlichkeit seiner Pose und seines Gesichtsausdrucks ließ keinen Schluß auf seinen Charakter zu.

Diesen Fremden sollte sie tatsächlich heiraten?

»Das kann doch nicht euer Ernst sein!« Entschlossen reichte sie dem Priester die Photographie zurück.

»Wir erwarten nicht, daß du uns sofort eine Antwort gibst, Elizabeth.« Der Priester sah nicht im geringsten erschüttert aus. »Wir bitten dich lediglich darum, daß du es dir überlegst.«

»Wir? *Wir*?« Inzwischen empfand Elizabeth einen gerechten Zorn. »Wer ist ›wir‹, wenn ich fragen darf? Sie wandte sich hilfesuchend ihren Eltern zu, aber Corinne starrte nach wie vor in den Kamin, und auch ihr Vater hatte sich feige von ihr abgewandt.

»Deine Eltern sind sich einig in dieser Angelegenheit«, gab der Priester milde Auskunft. »Sie haben mich um Hilfe gebeten, weil ich in derartigen Dingen über eine gewisse Erfahrung verfüge. Du siehst doch sicher ein, daß das, was du eben vorgeschlagen hast, nicht in Frage kommt, Elizabeth? Du kannst ja wohl unmöglich ernsthaft in Erwägung ziehen, hier in diesem Haus zu bleiben, dein Baby zu bekommen und dadurch nicht nur Gottes Geboten zu trotzen, sondern ferner deinen Eltern Schande zu bereiten vor der ganzen Stadt.«

Elizabeth schob sich an ihm vorbei, durchquerte den Raum und baute sich vor ihrem Vater auf. »Ist das der Fall, Daddy? Schämst du dich für mich?«

Er sah sie traurig an. »Ich schäme mich nicht für dich, Elizabeth, aber ich sehe einfach keinen anderen Weg.«

»Warum kannst du nicht zu mir halten?«

»Deine Mutter – die Kanzlei...« Elend brach er ab.

»Und du, Mutter?« wandte sich Elizabeth an Corinne. »Wie steht's mit dir? Schämst du dich für mich?«

Corinne sah sie mit einem vagen Lächeln an. »Natürlich schäme ich mich nicht für dich persönlich, Elizabeth; aber wir haben dich vor Schauspielern und ihresgleichen oft genug gewarnt. Oh, es ist alles so schwierig für mich!« Sie schnipste ein unsichtbares Staubkorn von der Lehne der Couch.

»Welche Bedeutung hat es denn bitte, daß George Gallaher Schauspieler ist?« Absurderweise hatte Elizabeth das Gefühl, ihren ehemaligen Geliebten verteidigen zu müssen gegenüber Corinne. »Es gehören zwei Menschen dazu, damit ein Baby entsteht, Mutter. Weißt du, ich hatte ebenfalls etwas damit zu tun. Eigentlich sogar recht viel.« Sie wollte ihre Mutter bestrafen, wollte sie alle bestrafen dafür, daß sie sie im Stich ließen.

»Erspar uns die Einzelheiten, Beth. Leg doch bitte wenigstens ein bißchen guten Geschmack an den Tag.«

Angesichts des schmerzlichen Gesichtsausdrucks ihrer Mutter hätte Elizabeth beinahe gelacht. »Nun, Mutter«, äußerte sie.

»Dein netter Lösungsvorschlag für *unser* kleines Problem wird nicht praktikabel sein. Nur weil es für dich am bequemsten wäre, werde ich diesen Mann ganz sicher nicht heiraten – Schluß jetzt.« Und ohne sich noch einmal umzudrehen, stürmte sie aus dem Raum.

Am folgenden Sonntag mußte Elizabeth sich jedoch eingestehen, daß ihr Widerstand gebrochen war.

Während der Woche tauchte der Priester noch zweimal bei ihnen auf. Beim ersten Mal hatte sich Elizabeth geweigert, mit ihm zu sprechen und verschanzte sich in ihrem Zimmer auf dem Dachboden. Beim zweiten Mal hatte er sie dann im Wohnzimmer überrascht, sich im Türrahmen aufgebaut und ihr den Weg versperrt. Also mußte sie sich fünf Minuten lang seinen Sermon anhören, daß die Heirat mit dem Witwer aus Béara sowohl für sie als auch für ihre Eltern – und vor allem für ihr eigenes Baby – das Beste sei. »Und denk an die vier kleinen Mädchen, Elizabeth«, steigerte er sich noch. »Vier Kinder, denen die Mutter fehlt. Aus deiner Schande hat Gott eine Chance gemacht. Er wird dich segnen, wenn du auf ihn hörst.«

Schließlich hatte sich Elizabeth an ihm vorbeigemogelt und war die Treppe zu ihrem Zimmer hinaufgejagt. Gott quälte sie. Sie quälten sie mit Gott. Erst der Franziskaner in Dublin und jetzt dieser Prediger vom Land.

Mut. Sie mußte dafür sorgen, daß sie nicht ihr letztes Quentchen Mut verlor.

Doch am Freitag und Sonnabend jener Woche hatte sie zum ersten Mal morgendliche Übelkeit verspürt, und am Sonntag, als der Priester auf Einladung ihrer Eltern zum dritten Mal erschien und mit ihnen zu Mittag aß, war sie zu müde, zu krank und zu traurig für weiteren Widerstand. Denn es war ihr nicht nur übel, obendrein hatte sie heimlich am Vortag das Heim für ledige Mütter aufgesucht: die Institution, in der man die entehrten Mädchen und Frauen der Stadt ihre in Sünde empfangenen Kinder gebären ließ. Sie hatte sich auf der gegenüberliegenden Straßenseite postiert und versucht, sich vorzustellen, wie das Leben wohl im Inneren dieses Gebäudes aussah; aber obgleich sie eine ganze Weile stehenblieb, hatte sie niemanden durch die massiven Tore gehen, kein Gesicht durch eines der Fenster blicken sehen, und nicht das leiseste Geräusch drang durch die dicken Mauern nach außen. Das Haus lag wie ein riesiger Leichnam an einer Ecke der Stadt und löschte jeden in seine Richtung zielenden Hoffnungsfunken.

Elizabeth hatte gemerkt, daß zufällig vorüberkommende Passanten sie argwöhnisch musterten, und so hatte sie sich eilig abgewandt. Der Anblick dieses grauenhaften Orts bestätigte ihr ein weiteres Mal, daß sie keine Wahl hatte.

Trotzdem wandte sie sich während des sonntäglichen Mittagessens, als der Priester abermals auf den Witwer aus Béara zu sprechen kam, ein letztes Mal hilfesuchend an ihre Eltern. »Daddy? Mutter?«

»Um Himmels willen, wir würden dir diesen Vorschlag nicht machen, wenn wir es nicht für die beste Lösung hielten. Die *einzige.*« Dies war das erste Mal, daß Corinne ihrer Tochter gegenüber mit Bestimmtheit sprach.

Ihr Vater sah sie unglücklich an. »Beth, was könnten wir sonst tun? Wenn es eine Alternative gäbe, bitte glaube mir...«

Elizabeth schaute einige Augenblicke reglos auf und hoffte, er führe fort, würde sagen, er hätte es sich anders überlegt – am besten bliebe sie daheim! Doch statt dessen wandte er sich verlegen ab. Sie blickte aus dem Fenster in den Garten hinaus, der verloren unter einem grauen Hagelschauer lag. Der Januar hatte die Kräuter und Gemüsebeete jeder Farbe beraubt, der Rasen wirkte rauh und ungepflegt, und die Apfelbäume und entlaubten Büsche ragten leblos wie Skelette in die Gegend. Elizabeth fühlte sich ebenso müde und zerzaust, zu erschöpft sogar, um sich nach einem Zeichen oder Omen umzusehen. »Wie heißt er?« fragte sie. »Wie alt ist er?«

»Neeley Scollard«, erteilte der Priester Auskunft. »Er ist einundvierzig Jahre alt.«

Pater Young sorgte dafür, daß das Aufgebot in Bantry ausgehängt wurde, und so fand die Trauung eines späten Nachmittags in Anwesenheit von nur einer Handvoll Gäste in dem kleinen Hafenstädtchen statt. Es gab keine Musik.

Nachdem sie vergeblich versucht hatte, Elizabeth dazu zu überreden, sich ihren Eltern zu widersetzen und nach Dublin oder gar London zu gehen, fungierte Ida Healey, die infolge unerträglichen Heimwehs aus Amerika zurückgekommen war, wenn auch widerwillig, als Brautjungfer. Doch bis vor der Kirchentür gab Ida die Hoffnung, die Freundin überlege es sich anders, nicht auf. »Es ist noch nicht zu spät, Beth«, flüsterte sie. »Wir können immer noch kehrtmachen und davonlaufen, wenn du willst.«

Elizabeth schüttelte stumm den Kopf. Seit sie sich einverstanden erklärt hatte, Neeley Scollard zu heiraten, lebte sie in einer Art selbstverordneter Trance. Dies war die Strafe für die Sünden der Vergangenheit. Aus Leichtsinn hatte sie ihrer Leidenschaft gefrönt; jetzt mußte sie dafür bezahlen und am besten brächte sie es so schnell wie möglich hinter sich.

Es hatte sie nicht im geringsten interessiert, in welcher Aufmachung sie zu ihrer Hochzeit erschien; daher war sie ziellos zwischen den Garderobenständern bei Cash's herumspaziert, während ihre Mutter ausgewählt hatte, was ihr passend erschien.

Corinne hatte Elizabeths Gesichtsausdruck wie so häufig falsch interpretiert, als sie mit den von ihr ausgesuchten Kleidern auf sie zukam. »Nun, meine Liebe, weiß wäre wohl etwas deplaziert, findest du nicht?«

Elizabeth hatte sich nicht einmal die Mühe gemacht, darauf zu antworten. »Das tut es schon«, hatte sie gesagt und auf eins der Ensembles, die ihre Mutter in Armen hielt – ein taubengraues Seidenkostüm –, gezeigt.

»Wie wäre es mit dem gelben?« Nach Bridge war Einkaufen Corinnes zweitgrößte Leidenschaft.

»Was immer du meinst, Mutter, es ist mir wirklich einerlei.«

»Um Himmels willen, Beth, reiß dich zusammen und nimm doch wenigstens der Form halber Anteil.« Corinne hatte darauf bestanden, daß sie mit beiden Kostümen in der Umkleidekabine verschwand, und sie hätte sicher noch mehr Modelle angeschleppt, hätte Elizabeth sie nicht davon überzeugt, daß sie von dem grauen Kostüm geradezu begeistert war. Anschließend hatte sie sich ohne jeden Protest in ihr Schicksal gefügt, als ihre Mutter, passend zu dem Kostüm, noch einen kecken Hut erstand.

Jetzt erschauerte Elizabeth, als sie zusammen mit ihrem Vater und Ida über die Schwelle der Kirche trat. Seide, dachte sie, war offenbar nicht gerade der angemessene Stoff, wenn man im Februar nach West Cork zu reisen gezwungen war. »Überleg es dir noch einmal, Beth, überleg es dir!« flüsterte Ida ihr immer noch ins Ohr. »Ich würde dir helfen. Du kennst diesen Mann doch nicht einmal.«

»Bitte, Ida, laß uns damit möglichst rasch fertig werden.« Elizabeth hakte sich bei ihrem Vater ein und zog ihn vor ihrer Freundin durch das Portal. Als ihre Schritte auf dem gefliesten Boden hallten, merkte sie, daß Neeley Scollard in ihre Richtung sah und dann, dicht gefolgt von einem anderen Mann, seinen Platz verließ. Pater Young stand bereits, ihnen zugewandt, vor dem Altar. In letzter Minute hatte Maeve, die Haushälterin – mit einem Schnupfen als Entschuldigung –, ihre Teilnahme an der Trauung abgesagt, so daß der einzig andere Mensch in der Kirche Elizabeths Mutter war, die mit undurchsichtiger Miene in einer der ersten Bankreihen stand. In ihrem Mantel aus türkisfarbener Wolle und ihrem farblich passenden, mit aquamarinblauen Federn besetzten Hut hob sie sich wie ein exotisches Juwel von der tristen Umgebung ab.

Den ganzen Weg durch das Kirchenschiff spürte Elizabeth, daß Ida hoffte, sie mache in letzter Sekunde doch noch auf dem Absatz kehrt. Und um ein Haar war es tatsächlich um ihre Fassung geschehen, als ihr Vater sie ansah und fragte: »Ist alles in Ordnung, Beth?«

»Alles bestens, Daddy.« Doch während sie das sagte, blinzelte sie mühsam die hinter ihren Lidern aufsteigenden Tränen zurück.

Neeley Scollard wirkte in seiner Garderobe beinahe elegant.

Er trug einen dunklen Nadelstreifenanzug, dem in der Dunkelheit der Kirche der genaue Farbton nicht anzusehen war, blitzende braune Schuhe und ein strahlend weißes Hemd, das so steif war, daß Elizabeth ein leises Knistern hörte, als er ihren Arm ergriff.

Sie lächelte ihn unverbindlich an und wandte sich dann dem Priester zu. Es war wie an jenem Tag, an dem sie von ihrem letzten Treffen mit Gallaher nach Cork zurückgefahren war – als kämpfe sie verzweifelt gegen einen starken Gegenwind.

Da es keine Messe gab, war die Zeremonie sehr kurz. Auf vorheriges Befragen des Priesters, ob sie irgendwelche Wünsche habe, hatte Elizabeth spontan darum gebeten, daß er am Ende das Magnifikat verlas. Die Bitte hatte sie instinktiv aus dem Bedürfnis heraus geäußert, daß es während der Trauung einen bescheidenen persönlichen Akt geben sollte, der unabhängig von dem Geschehen nur für sie selbst von Bedeutung war. Es hatte mit dem Ding in ihrem Inneren zu tun – immer noch konnte sie es nicht als Baby akzeptieren –, mit der Art, in der es entstanden war, und dem Gefühl der Euphorie, die sie nach ihrer Beichte in der Kirche Adam-and-Eve's erfüllt hatte. Irgendwie gehörte es für sie auch, auf eine Weise, die sich nicht erklären ließ, zu einer zeitlosen Feier dessen, was zwischen ihr und George gewesen war.

Neeley Scollards schmalen, goldenen Ring am Finger, folgte sie den Worten in ihrem Gebetbuch, während der Priester sie laut zitierte:

»Meine Seele preist die Größe des Herrn
und mein Geist jubelt über Gott, meinen Retter.
Denn auf die Niedrigkeit seiner Magd hat er geschaut.
Siehe, von nun an preisen mich selig alle Geschlechter.
Denn der Mächtige hat Großes an mir getan…«

Während die Worte erklangen, erkannte Elizabeth, daß das, was sie empfand, der überstürzten Heirat mit einem Mann, den sie nicht liebte und der für sie ein Fremder war, nicht angemessen war. Sie kam sich wie jemand Besonderes, wie eine Heldin, die Protagonistin in einem großen Drama, vor.

»... und denkt an sein Erbarmen,
das er unsern Vätern verheißen hat,
Abraham und seinen Nachkommen auf ewig ...
Amen.«

Während des folgenden »Ehre sei dem Vater und dem Sohn« erkannte sie, weshalb sie sich gerade dieses Gebet gewünscht hatte: sie war Teil einer Kette, die nie zerriß. Jedesmal, wenn der Samen weitergegeben wurde, fand ein Fest statt, der diese Kette fortsetzte; körperliche Liebe war ein Geschenk des Lebens und für den Menschen ebenso natürlich wie für Pflanzen, Vögel, Säugetiere aller Art. Bis zu ihrer Begegnung mit George Gallaher war Sex etwas gewesen, über das man sich flüsternd und kichernd unterhielt, ein Tabu- und Gefahrenthema, aber jetzt wußte sie – George hatte es ihr beigebracht –, daß Gott dies sicherlich nicht beabsichtigt hatte.

Elizabeth bedauerte nicht, mit George Gallaher ins Bett gegangen zu sein, ebensowenig, wie sie seinen anschaulichen Unterricht bedauerte. Ihr Zusammensein mit George war nichts, was es zu bereuen galt. Ganz im Gegenteil: sie fühlte sich wie eine Siegerin, als hätte sie etwas gewonnen, das ihr niemand nehmen konnte.

Amen. Diese Schlußformel beendete die Zeremonie.

Elizabeth lächelte Neeley an, nachdem sie die Heiratsurkunde unterzeichnet hatten. »Komm«, sagte sie und griff nach seinem Arm. »Es ist sehr kalt. Ich kann es kaum erwarten, endlich diesen Eiskeller zu verlassen und etwas Warmes zu essen zu bekommen.« Er errötete, und als sie spürte, daß er vor lauter Anspannung zitterte, empfand Elizabeth plötzlich so etwas wie Sympathie für ihn.

Sie hatte ihren frisch gebackenen Ehemann zuvor nur ein einziges Mal gesehen. Da die Entfernung zu groß war, sich entweder bei ihm oder bei ihr in Cork zu treffen, hatten sie sich im

Eccles Hotel in Glengarriff, einem kleinen Ferienort an der Kreuzung zwischen den Halbinseln Béara und Iveragh, verabredet. Für Elizabeth war diese Begegnung beinahe surreal gewesen und außer daran, daß Neeleys Hand bei der Begrüßung furchtbar schwitzte, erinnerte sie sich an kein Detail. Ihr zukünftiger Ehemann trat sehr höflich auf, war größer, als aus dem Photo ersichtlich, und hatte eine kahle Stelle mitten auf dem Kopf. Trotz seiner offensichtlichen Schüchternheit war er auf beinahe komische Weise eifrig bemüht darum, einen guten Eindruck zu machen bei seiner zukünftigen Braut. Aber, so erinnerte sie sich, er war bereits einmal verheiratet gewesen und hatte vier Kinder gezeugt, so daß wahrscheinlich eine *geringe* Hoffnung bestand...

Ihr Gefühl der Unwirklichkeit hatte sich noch dadurch verstärkt, daß er einen merkwürdigen Dialekt sprach: wie bei so vielen Menschen aus West Cork schossen auch bei ihm die Worte wie Kugeln aus einem der Vickers Maschinengewehre, die sie einmal bei einer Vorführung der Armee erlebt hatte, hervor.

Als sie nun an seiner Seite ging, erkannte Elizabeth, daß sie bis jetzt diese ganz reale Verehelichung verdrängt hatte. In dem Kreisen um sich selbst und ihre Notsituation hatte sie die Tatsache übersehen, daß die Hochzeit auch für Neeley Scollard sicher alles andere als einfach war. Bis zu diesem Augenblick hatte sie ihn behandelt, als gäbe es ihn nur auf dem Papier, als wäre er ohne Substanz, wie die leicht zerreißbaren Figuren, die sie früher aus Zeitschriften ausgeschnitten und in möglichst lebendigen Posen an den Wänden ihres Zimmers aufgehängt hatte – damit sie als Einzelkind ein wenig Gesellschaft bekam.

Neeley war kein George Gallaher, dachte sie und drückte seinen Arm, aber trotzdem ein menschliches Wesen aus Fleisch und Blut. Also gut, doppelt so alt wie sie, verfügte er weder über Reichtum noch über Charme. Er hatte vier Kinder und lebte irgendwo am Ende der zivilisierten Welt. Aber diese Ehe war real, Neeley war real. Die Vorstellung, den Rest ihres Lebens mit ihm zusammen zu verbringen, ängstigte sie, doch gleichzeitig betrachtete sie es als Herausforderung. Es lag an ihr, etwas daraus zu machen, sollte ihr eigenes Leben noch von irgendeiner Bedeutung sein.

Und das gelobte sie.

»Hör zu«, flüsterte sie, als sie zusammen mit ihrem Ehemann aus der Kirche trat. »Vergeuden wir bitte nicht allzuviel Zeit mit dem Essen, ja? Schauen wir, daß wir uns so bald wie möglich verabschieden.«

»Wenn du meinst...« Neeley sah sie unsicher an.

Die winzige Gruppe stand stumm auf dem Hof vor der Kirche im kalten Wind, und da niemand die Initiative übernahm, zupfte Elizabeth an Neeleys Ärmel und wandte sich entschlossen dem bescheidenen Gasthaus zu, in dem das Essen stattfinden sollte.

Das Hochzeitsfrühstück, oder besser Mittagessen, war eine kurze, peinliche Angelegenheit. Elizabeths Vater wollte noch vor Anbruch der Dunkelheit zurück nach Cork, und Elizabeth und Neeley hatten für die Hochzeitsnacht ein Zimmer im Eccles-Hotel in Glengarriff gebucht, wo sie sich auch zum ersten Mal begegneten; bis dorthin würden sie mit der von Neeley und seinem Freund für die Fahrt nach Bantry gemieteten Droschke ebenfalls eine Weile brauchen.

Niemand sprach einen Toast, aber während die übrige Gesellschaft zuhörte, wie St. John Sullivan mit nervösen Pausen eine weitschweifige Anekdote über das Los der Anwälte in der Stadt zum besten gab, hob die neben Elizabeth sitzende Ida verstohlen ihre Tasse Tee. »Tut mir leid, wenn es nicht gerade überschwenglich klingt«, flüsterte sie. »Aber du weißt, ich wünsche dir alles Glück der Welt. Und er scheint kein allzu schlechter Kerl zu sein.«

»Nein«, flüsterte Elizabeth zurück. »Es sieht glimpflich aus. Danke, Ida!«

»Wir bleiben doch in Verbindung, ja?«

»Unbedingt. Außerdem kommst du hoffentlich demnächst einmal zu uns zu Besuch.«

»Worauf du dich verlassen kannst! Ich komme, sobald es

geht.« Elizabeth merkte, daß ihr Vater seine Geschichte beendet hatte. Sie wandte sich von Ida ab. »Dann brechen wir jetzt vielleicht langsam auf!«

Als hätte sie einen Startschuß aus einer Pistole abgegeben, schob St. John Sullivan seinen Stuhl zurück. »Wo steckt denn nur der Ober?« Seine Worte kamen etwas zu laut, und weil er sich deswegen genierte, zog er ostentativ seine Brieftasche hervor.

»Jetzt mach doch kein solches Aufheben von diesem Herren, St. John«, näselte Corinne.

»Um Himmels willen, Corinne, was meinst du bloß? Schließlich sind diese Kerle grundsätzlich nicht in der Nähe, wenn man sie braucht, nicht wahr?« Hilfesuchend wandte sich St. John an seinen frisch gebackenen Schwiegersohn.

Elizabeth sah, daß die Hände, die die Brieftasche endlich gefunden hatten, zitterten, und wieder einmal wäre es fast um ihre Beherrschung geschehen gewesen. Sie faltete ihre Hände im Schoß und wünschte sich von ganzem Herzen ein paar Stunden weiter.

Nach dem Bezahlen trat die kleine Gruppe auf den großen Platz, einen der hübschesten Aspekte Bantrys, hinaus. Heute jedoch, unter dem düsteren, wolkenverhangenen Himmel, schaukelten die von hier aus zu sehenden Fischer- und Vergnügungsboote unruhig auf den peitschenden Wogen. »Oje, das Wetter ist einfach grauenhaft.« Corinne schüttelte sich.

Da weder sie noch St. John ihrer Tochter in die Augen sah, schlang Elizabeth ihren Mantel enger um den Leib und sagte ziemlich tonlos: »Hört zu, Mutter, Daddy, verlieren wir keine weitere Zeit. Schließlich gibt es sowieso nicht mehr viel zu sagen, was meint ihr?«

Statt ihr zu antworten zog ihr Vater einen kleinen Umschlag aus der Tasche seines Mantels. »Dies ist für dich – und – und Neeley«, sagte er sichtlich bewegt. »Nein, mach es erst später auf«, fügte er eilends hinzu, als Elizabeth das Kuvert öffnen wollte. »Dazu hast du auch später noch Gelegenheit.«

Angesichts seiner kummervollen Miene hätte Elizabeth am

liebsten ihre Arme um seinen Hals geschlungen und ihn darum gebeten, diesen grauenhaften Tag einfach zu vergessen und sie wieder mit nach Hause zu nehmen. Statt dessen schob sie den Umschlag in ihre Tasche und hob tapfer den Kopf. »Danke, Daddy«, sagte sie ruhig. »Habe ich das verdient?«

»Mir ist *kalt*, St. John!« Corinne blickte aufs Meer hinaus, als hätte diese Familienszene nichts mit ihr zu tun.

»Auch dir vielen Dank für alles, Mutter.« Elizabeth klopfte ihrer Mutter den Arm und zwang sie damit ins Geschehen zurück.

»Nichts zu danken, Beth.« Eine Sekunde lang sah Elizabeth ihrer Mutter an, wie groß ihre Enttäuschung war. Aber ebenso überraschend, wie Corinnes Fassade wankte, hatte sie sie schon wieder im Griff. »Ich wünsche dir alles Gute für dein neues Leben, Beth«, sagte sie förmlich. »Versuch, mit uns in Verbindung zu bleiben, ja?« Sie küßte Elizabeth flüchtig auf die Wange und ließ sie mit einem Gefühl der Kühle und dem Duft von Rosenparfüm zurück. Dann wandte sie sich mit ausgestreckter Hand an ihren Schwiegersohn. »Gratuliere, Neeley. Tut mir leid, daß der Beginn eurer Ehe nicht unter einem, nun günstigeren Stern steht...«

»Paß gut auf sie auf, Neeley!« Elizabeths Vater wandte sich aufgewühlt ab und eilte mit großen Schritten auf seinen Wagen zu.

Corinne sah ihm zwei Sekunden lang nach, ehe sie die Hand ausstreckte und sich erst von dem Priester – »Auf Wiedersehen, Pater, vielen Dank für alles« – und dann von dem Trauzeugen verabschiedete, der unbehaglich von einem Fuß auf den anderen trat. »Auf Wiedersehen, Mr. – eh...«

»Harrington«, stellte sich der Mann vor, ehe er Corinnes Hand ergriff und sie kräftig schüttelte.

Während eines quälenden Augenblicks zögerte Corinne, unsicher, wie sie den Abschied von ihrer Tochter gestalten sollte. Elizabeth sprang helfend ein. »Auf Wiedersehen, Mutter«, sagte sie mit fester Stimme und gab ihr einen flüchtigen Kuß.

»Kopf hoch, Elizabeth...« Als Corinne mit kerzengeradem

Rücken über den Platz auf den Wagen zuging, wäre Elizabeth ihr am liebsten nachgerannt. Zum ersten Mal seit vielen Jahren hätte sie sich ihrer Mutter gerne in die Arme geworfen und sich wie ein Kind an ihrer Schulter ausgeweint.

Ida war die letzte des Corkschen Dreigespanns, die sie verließ. Lächelnd umarmte sie Elizabeth und hatte das Auto bereits beinahe erreicht, als sie in letzter Sekunde noch einmal kehrt machte und der Freundin ein zweites Mal die Arme um den Nacken schlang. »Du bist eine dumme Ziege, weißt du das?« Sie brach in Tränen aus. »Warum hast du dich nicht einfach nach England abgesetzt? Irgend etwas hätten wir schon organisiert...«

»Tatsächlich?« Elizabeth drückte sie ebenfalls an sich. »Bitte, Ida! Du weißt ebensogut wie ich, daß ich in der Falle saß.«

»Tut mir leid, daß ich all diesen Unsinn gesagt habe, von wegen der verdammten Dummheit und so. Du bist nicht dumm, sondern hast viel mehr Mut als ich.«

»Oh, rede nicht so, Ida...« Elizabeth brachte kaum noch einen Ton heraus. Auch wenn sie wußte, daß Idas Zuneigung und Unterstützung von Herzen kam, hatten sie beide während der Tage vor der Hochzeit wiederholte Male miteinander gezankt. »Hör zu«, sagte sie und verstärkte ihre Umarmung noch. »Ich halte es einfach nicht mehr aus. Laß uns rasch auf Wiedersehen sagen, ja? Ich hoffe, wir sehen uns bald. Schließlich ziehe ich ja nicht ans Ende der Welt!« Sie ließ Ida los und erlaubte sich nicht, noch einen Blick zu ihrer Freundin oder zu ihren Eltern zurückzuwerfen, als sie neben Neeley auf die Rückbank der Droschke kletterte. »Bitte, fahren wir«, flüsterte sie dem Fahrer mit erstickter Stimme zu; doch als der große Dodge mit lautem Getöse den Marktplatz von Bantry verließ, gelang es ihr nur unter Aufbietung sämtlicher Willensstärke nach Westen, ihrer neuen Zukunft entgegenzuschauen.

6

An ihrem Hochzeitsabend saßen sich Elizabeth und Neeley, fremd, wie sie sich nun einmal waren, beim Dinner gegenüber und führten eine höfliche, wenn auch angestrengte Unterhaltung. Trotz des kurzen Augenblicks in der Kirche, in dem sie Neeley recht nahe gewesen war, gelang es Elizabeth beim besten Willen nicht, ihre gegenwärtige Situation zu erfassen.

Das Essen war gute Hausmannskost und wurde in großzügigen Mengen serviert, aber sie hatte keinerlei Appetit. Außer ihnen gab es nur noch drei weitere Essensgäste, die am anderen Ende des Saals speisten. Ihrem Gespräch entnahm Elizabeth, daß es sich um Mitglieder der anglo-irischen Oberschicht – oder aber vielleicht um englische Besucher – im Jagdurlaub handelte. Im Gegensatz zu dem lauten, fröhlichen Geplauder, das von deren Tisch herüberdrang, kam ihr die Stelle, an der sie mit Neeley saß, wie eine Insel unfreiwilliger Stille vor.

Da das Hotel über einen Generator verfügte, war der Speisesaal in helles Licht getaucht, wodurch allerdings die Verlegenheit noch eine unangenehme Betonung erfuhr. Der Raum, der zugleich als Ballsaal zu fungieren schien, erstreckte sich über die gesamte Vorderfront des Hotels, und durch die Fenster drang, geradezu konträr zur Heiterkeit des zweiten besetzten Tisches, das gedämpfte Stöhnen der See. In dem verzweifelten Versuch, sich zu entspannen, unterzog Elizabeth das altmodische Muster des Teppichs einer genauen Musterung, als würde sie irgendwann einmal während einer schriftlichen Prüfung nach dem Verlauf der Linien und Verästelungen ausgefragt.

Schließlich legte sie Gabel und Messer sorgsam nebeneinander auf dem Teller ab. Immer noch machte sie Maeve alle Ehre, dachte sie, und ihrem Mund umspielte ein trauriges Lächeln. Ebenso wie ihre Eltern fehlte ihr bereits die alte Hausfee, die während ihrer Kindheit zugleich ihre Erzieherin gewesen war und die ihr korrektes Benehmen und ordentliche Tischmanieren eingetrichtert hatte. Sie blickte auf ihren Ehemann. Jetzt oder nie, sagte sie sich. Neeley und sie mußten zueinander durchdringen, damit ihre Verbindung nicht von vornherein scheiterte. Und da es nicht so aussah, als würde er die ersten Schritte unternehmen, traf es sie. Also atmete sie langsam ein und zählte lautlos bis drei. Dann hob sie den Kopf. »Wir müssen miteinander reden, Neeley«, begann sie. »Bisher hatten wir dazu noch keine Gelegenheit.«

»Ja.« Tapfer erwiderte er ihren Blick. »Jetzt sind wir verheiratet«, pflichtete er ihr bei. »Vor Gott und aller Welt. Also sollten wir doch in der Lage sein, uns zu unterhalten, wie es sich für anständige Christen geziemt.«

»Ich nehme an, Moslems unterhalten sich ebenfalls.«

Mit einem Mal verzogen sich seine Mundwinkel, worauf Elizabeth ein Seufzer der Erleichterung entfuhr. Ihr überraschender Ehemann mochte nicht allzu gebildet sein; aber ganz offensichtlich war er intelligent. Zwar wußte sie bereits, daß er keinerlei Interesse hegte an Literatur oder irgendeiner anderen Form von Kunst; aber dies lag vor allem daran, daß ihm das, was bisher Teil ihres Stadtlebens ausgemacht hatte, in der Einsamkeit Béaras nie geboten worden war. »Hör zu, Neeley«, sagte sie und beugte sich leicht nach vorn. »Ich denke, ich sollte ruhig mit der Sprache herausrücken. Der Gedanke an heute nacht macht mich nervös.«

Er sah sie lange an. »Dito!«

Das Wort kam Elizabeth unter den gegebenen Umständen derart lustig und gestelzt vor, daß sie laut zu lachen begann.

»Darf ich fragen, was daran so lustig ist?« Sein Lächeln wurde unsicher.

»Tut mir leid«, stotterte sie. »Es war nur das Wort und die Art, wie du es benutzt.«

»Dito?« Jetzt war er ehrlich verwirrt.

»So, wie du es aussprichst, klingt es nicht wie eine Feststellung, sondern eher wie ein Kommando – was ich angesichts des – hmm – Themas lustig finde. Das ist alles. Tut mir leid.«

Durch ihr Gelächter hatte sich die Spannung zwischen ihnen etwas gelegt, und jetzt saßen sie einander gegenüber und unterzogen einander einer gründlichen Musterung. »Meinst du, daß es funktionieren wird?« fragte Elizabeth im Flüsterton.

»Du meinst, heute nacht?«

»Ja, heute nacht, aber auch danach. Die ganze Ehe, meine ich.«

Er sah sie an, und sie spürte eine leichte Veränderung in ihm. Mit einem Mal kam er ihr selbstbewußter vor. »Wahrscheinlich sind die Chancen ebenso groß wie bei jeder anderen Eheschließung.«

»Dann gehen wir die Sache lieber langsam an.«

»Warum?«

»Übrigens – weiß alle Welt über mich Bescheid? Ich meine, in Lahersheen…«

»Worüber? Daß du ein Kind bekommst?«

»Über diese Muß-Heirat…« Elizabeth brachte es immer noch nicht über sich, das Ding in ihrem Inneren als Baby anzusehen.

»Das geht außer uns beide niemanden etwas an.«

»Aber werden sich die Leute nicht trotzdem einmischen – an einem so kleinen Ort?«

»Hör zu, Mädchen, bei uns gibt es keinen bösen Klatsch wie in der Stadt. Wir in Béara sind nicht so.«

»Keinen Klatsch?«

»Keinen, der uns stören wird.«

Mit einem Mal empfand Elizabeth einen gewissen Respekt für ihn. Dies war nicht der zugeknöpfte Bauer, dem sie vor einem Monat in diesem Hotel zum ersten Mal begegnet war, und auch nicht der errötende Bräutigam, der in seinem neuen Anzug zu ersticken schien, als sie im Kirchenschiff aufeinander zugingen.

Unvermittelt stellte er ihr eine Frage, die so plötzlich kam, daß sie sie nicht verstand. Also wiederholte er: »Stört es dich, daß ich so viel älter bin?«

Immer noch traf die Frage Elizabeth so unerwartet, daß sie vor lauter Überraschung ehrlich war. »Nun, es ist ein ziemlicher Altersunterschied«, gab sie leise zu.

»Ja, aber in meinem Herzen bin ich jung. Du wirst schon sehen!«

Er lächelte, aber Elizabeth fiel auf, daß seine Sicherheit etwas wankte. Offenbar erfüllte der Gedanke an die Hochzeitsnacht ihn mit derselben Furcht wie sie. Es ging ihr auf, wie schnell sie durch die Affäre mit George Gallaher erwachsen geworden war. Dieser Mann hatte bereits vier Kinder gezeugt; aber ohne ihm bisher jemals nahe gekommen zu sein, wußte sie mit absoluter Sicherheit, daß sie in Fragen der Liebe die Erfahrenere war. »Selbstverständlich bist du so jung, wie du aussiehst, Neeley«, versicherte sie ihm.

»Wir brauchen nicht – ich meine – heute nacht...« Voller Unbehagen brach er ab.

»Wie du meinst!« Sie saß vollkommen reglos da.

»O nein, ich wollte damit nicht sagen...« Eindeutig entsetzte ihn der Gedanke, daß sie glauben könnte, er fände sie nicht attraktiv.

»Ich weiß, was du meinst, und danke für das Kompliment.«

Sie waren Mann und Frau, so daß sich die Sache sicher nicht auf Dauer vermeiden ließ. »Am besten gehen wir einfach ins Bett und sehen, was passiert, Neeley.« Abermals unterzog Elizabeth ihren Bräutigam einer vorsichtigen Prüfung, sah die leicht gekrümmte Nase, die wettergegerbte Haut, das lange, schmale Gesicht und die abgebrochenen Fingernägel. Auch wenn Neeley sicher niemals einen Schönheitswettbewerb gewann, kam sie zu dem Schluß, daß er sie keineswegs abstieß. Sein Mund war voll und von einer überraschenden Beweglichkeit, seine Augen klar. Und nun, da er ohne Anzugjacke und mit gelockerte Krawatte vor ihr saß, entdeckte sie auch seine breiten, harten Schultern und die muskulösen Unterarme.

»Komm«, sagte sie und schob ihren Stuhl zurück.

Neeley folgte ihr aus dem Speisesaal, öffnete ihre Zimmertür und ließ Elizabeth an sich vorbei. Doch als sie den Raum betrat, verlor sie jeden Mut. Seit sie ihr Gepäck heraufgebracht hatten, schien der Raum geschrumpft zu sein; die Wände waren näher und die Decke hing tiefer als zuvor, so daß im Vergleich dazu das Bett, wie ein Schiff in einer Schleuse, den Raum geradezu monströs beherrschte.

Um ihre Fassung wiederzuerlangen, trat sie ans Fenster, zog die Vorhänge zurück und sah auf das Küstenviertel der Stadt hinaus. Es war kaum nach halb neun; aber jetzt, im Februar, trieben sich nur wenige Menschen auf der Straße herum. Die Wolken hatten sich gelichtet, so daß man gegenüber die Ruderboote und Vergnügungsschiffe ruhig wie Gondeln auf dem Wasser dümpeln sah, das unter dem frostgerandeten Mond sanft schimmerte. Im Westen kauerten die Kohleberge von Béara über ihren unterirdischen Schätzen; und draußen auf dem Meer ragte Garnish Island wie ein düsteres Mausoleum empor.

All diese Ruhe erstickte Elizabeth. »Ein wunderbarer Abend«, sagte sie über ihre Schulter, und als von Neeley keine Antwort kam, ließ sie den Vorhang los, atmete tief durch und wandte sich wieder ihrem Gatten zu.

Neeley saß auf dem Bettrand. »Sollen wir es heute abend vielleicht lassen?« fragte er zögernd. »Ich kann auf dem Sessel schlafen, wenn du willst…«

Die Absurdität, daß Neeley sich um halb neun abends auf einen Sessel schlafen legen wollte, war zuviel für Elizabeth. Beinahe hätte sie gesagt: »Warum stellen wir uns eigentlich so an«, aber gerade noch rechtzeitig hielt sie ihre Zunge im Zaum. Stattdessen ging sie langsam auf ihn zu und legte ihm vorsichtig die Hände auf die Schultern.

Durch den Stoff seines Hemdes spürte sie, daß er abermals zitterte; aber sie war selbst zu aufgeregt, um unterscheiden zu können, ob es aus Nervosität oder Verlangen war. Sie nahm seine Hände und legte sie auf ihre Hüften, wo er sie ein paar Sekunden lang unschlüssig liegenließ, ehe er sein Gesicht an ihren Bauch preßte.

Er verströmte einen leichten Schweißgeruch. Die Zeit blieb stehen, als sie ihm über die Haare strich. Wie eine Mutter bei einem Baby verteilte sie das Haar über die leicht kahlen Stellen, wobei die Weichheit der Strähnen sie überraschte. Jetzt hatte sie das Gefühl, Herr der Lage zu werden. Verwundert überlegte sie, ob es tatsächlich erst ein paar Monate her war, daß George Gallaher sie in seine Arme genommen und in einem herrlich, langsamen Walzer über die Wiese von Durrow geleitet hatte. Jene Elizabeth war eine ganz andere als die Frau, der die Führung dieser neuen Verbindung zufiel.

Die Seide auf ihren Hüften wurde unter seinen Händen, die er immer noch nicht zu bewegen wagte, heiß und feucht. Sanft machte sie sich von ihm los und öffnete den Rock ihres Kostüms, der raschelnd auf den Boden glitt. Nach wie vor saß er vollkommen reglos da, die Hände in der Luft, ehe er sie so eigenartig musterte, daß sie erschreckt zusammenfuhr. »Was ist los?«

»Nichts.«

»Natürlich ist etwas los, Neeley, das sehe ich.«

»Nichts, wirklich nichts...« Er war so erregt, daß sie sich neben ihn auf das Bett setzte und ihn sanft berührte. »Irgend etwas hast du, Neeley. Warum bist du so aufgeregt?«

»Bin ich nicht.«

Sie sah, daß er mit sich rang. Konnte es sein, daß die Erinnerung an seine erste Frau, die er vor weniger als zehn Monaten begraben hatte, zu schmerzlich für ihn war? Hatte sie die Situation vollkommen falsch interpretiert? Vielleicht wollte er gar keinen Sex? Vielleicht ging ihm einfach alles zu schnell?

»Ist es wegen Agnes, Neeley?« fragte sie spontan. »Ist es die Erinnerung an sie, die dich traurig macht?«

Statt zu antworten, sprang er plötzlich auf und rannte zu ihrem Entsetzen aus dem Raum. Wie betäubt starrte sie auf die Tür, die er lautstark zugeschlagen hatte. Ihre Wangen brannten vor Verlegenheit. Wie dumm sie doch gewesen war, sich einzubilden, sie wäre die Reifere. Aber ihr Abenteuer mit George Gallaher hatte die Überzeugung in ihr geweckt, daß allen Männern, vor allem älteren, an Sex gelegen war. Wie hatte sie übersehen können, daß sie für Neeley Scollard keine Bettgefährtin, sondern einfach eine kostenlose Haushälterin und Ersatzmutter für seine vier Kinder war?

Sie legte sich nieder, wobei es ihr egal war, daß die Jacke ihres

Kostüms Falten bekam. Und während sie dort lag, überrollte sie in ihrer Erniedrigung eine Woge der Einsamkeit und des Heimwehs, deren Intensität ihr geradezu den Atem nahm. Nicht einmal verabschiedet hatte sie sich richtig von Ida, Maeve und ihren Eltern. Sie stellte sich ihre Mutter und ihren Vater vor, wie sie, zweifellos längst wieder daheim, im Salon vor dem Kamin saßen, zwischen sich Bella zusammengerollt in ihrem Korb.

Und hier war sie, verheiratet mit einem Mann, den sie nicht kannte und der sie nicht wollte, kurz vor der Reise ans Ende der Welt.

Zehn Minuten lang rührte sie sich nicht vom Fleck, ehe sie sich entkleidete und in eins der neuen Nachthemden, die Corinne ihr als Teil der Ausstattung aufgenötigt hatte, stieg. Elizabeth war weder an irgendwelcher neuen Gardarobe noch an sonst etwas interessiert, doch nun dankbar für den kühlen, neuen Stoff und den sauberen Geruch, der ihr in die Nase stieg, als sie die Lampe löschte und unter die Decke glitt. Sie rollte sich so klein wie möglich am Rand des Bettes zusammen und verbat sich jegliches Grübeln.

Ungefähr eine halbe Stunde später betrat Neeley abermals den Raum. Obwohl das Zimmer weiterhin im Dunkeln lag, kniff sie die Augen zusammen und tat, als schliefe sie, während er sich entkleidete. Dann spürte sie, wie er das Plumeau nach hinten schlug und sich schwer atmend neben ihr auf die Matratze sinken ließ.

Besorgt hielt Elizabeth den Atem an. Sie kam sich starr und dunkel wie ein Klumpen Kohle vor. Dann spürte sie, daß Neeleys Hand nach ihrer Schulter tastete. »Tut mir leid, daß ich einfach so davongelaufen bin.«

»Schon gut.« Dies war nicht ihre Stimme, die da sprach. Sie gehörte jemand anderem, war gepreßt und schrill zugleich.

»Es ist nur so, daß ...«

»Schon gut, Neeley, wir reden morgen darüber, ja?«

»Nein, jetzt will ich es dir sagen, heute abend noch!« Er zog sie heftig an seine Brust, so daß sie ihm zuzuhören gezwungen war.

»Ich konnte einfach nicht – du weißt schon – mit dem – mit dem…« Sein Krächzen verhallte in der Dunkelheit.

Sie wandte sich ihm zu. Sein Gesicht war so gut wie nicht zu erkennen, doch jetzt nahm sie den Alkohol in seinem Atem wahr. »Mit dem was, Neeley?« Auch sie wisperte nur.

»Mit dem Baby von dem anderen Kerl!«

Dieser Ausbruch schockierte sie. Offensichtlich hatte er sich auf einen Kampf oder zumindest auf Protest gefaßt gemacht; denn als sie schwieg, gab er ihr einen Kuß, wobei sein Mund statt auf ihren Lippen irgendwo auf ihrer Wange landete.

»Aber jetzt ist alles gut, alles«, flüsterte er heiser, wobei sein Atem in seiner Lunge rasselte, und ehe sie wußte, wie ihr geschah, hatte er sie gepackt, sie zu sich herumgedreht, ihr neues Nachthemd hochgeschoben und ihren Bauch an seinen Unterleib gepresst. Auch er trug ein Nachthemd.

Instinktiv setzte sich Elizabeth zur Wehr, doch er war stärker – also schob er sich einfach auf sie und begrub sie unter seinem Leib. Das weiche Bett senkte sich unter ihrem gemeinsamen Gewicht, und Elizabeth hatte das Gefühl, als würde sie erdrückt. »Neeley, bitte!« weinte sie. »Ich kriege keine Luft!«

»Tut mir leid«, keuchte er und verschob ein wenig sein Gewicht; aber als sie versuchte, sich unter ihm hervorzukämpfen, nahm er unmißverständlich seinen Penis in die Hand.

Elizabeth kniff die Augen zu und ergab sich der Gewalt. Der Schock ließ nach, und sie kam zu dem Schluß, daß es, je weniger sie sich wehrte, um so schneller vorüber war. Also spreizte sie die Beine und führte ihn in sich ein.

Innerhalb von zwei Minuten hatte er es geschafft und ließ sich schwer atmend auf den Rücken rollen. Elizabeths Herz klopfte wie ein Preßlufthammer in ihrer Brust. Vorsichtig, aus Angst, er würde merken, was sie tat, schob sie ihr Nachthemd herunter und strich sich immer wieder über den Bauch, als beseitige diese Geste nicht nur die Falten des Stoffes, sondern auch die Spuren dessen, was er ihr angetan hatte.

»Gute Nacht, Elizabeth, bis morgen früh.« Neeley drehte ihr

den Rücken zu, und innerhalb von dreißig Sekunden zeigte ihr sein tiefer, ruhiger Atem an, daß er eingeschlafen war.

Elizabeth wandte sich von ihm ab. »O Himmel«, flüsterte sie in ihr Haar, das in wirren Strähnen auf ihren Wangen lag.

Neeley verhielt sich absolut ritterlich, als er am folgenden Morgen erwachte. Er sprach mit keinem Wort von dem, was zwischen ihnen vorgefallen war, sprang zielstrebig und ohne sie zu berühren auf; nachdem er sich eilig angezogen hatte, versprach er Tee zu besorgen.

Elizabeth, die vollkommen zerschlagen war, verspürte den heftigen Drang, auf die Toilette zu gehen. In der Tat quälte sie dieser Drang bereits seit Stunden; aber aus Angst, ihren Ehemann zu wecken und seine Aufmerksamkeit erneut auf sich zu ziehen, hatte sie während der Nacht nicht gewagt aufzustehen. Nur hin und wieder schloß sie für kurze Zeit die Augen. Einmal hatte sie sich im Halbschlaf eingebildet, sie läge neben George Gallaher und hatte sich an den breiten Rücken neben sich geschmiegt, ehe sie erschüttert ihren Irrtum bemerkte und – als hätte sie sich verbrannt – zurückfuhr. Neeleys Rücken war zwar hart und muskulös, aber nicht halb so mächtig oder gemütlich wie der ihres ehemaligen Liebhabers.

Sobald Neeley sich auf die Suche nach Tee begeben hatte, sprang sie aus dem Bett und rannte ins Bad. Als er nach einer Weile, nicht nur mit Tee, sondern obendrein mit Toast, auftauchte, lag sie bereits wieder unter der Decke und tat, als schliefe sie. Er beugte sich sanft über sie. »Hier, Elizabeth«, schmeichelte er. »Wach auf. Ich habe Frühstück mitgebracht!«

Langsam machte sie die Augen auf, gähnte und streckte sich. »Wieviel Uhr ist es?«

»Bereits nach acht«, sagte Neeley und sah sie fröhlich an. »Hast du gut geschlafen?«

»Ja, danke!« Gähnend, damit er nicht sah, wie schwer ihr diese Lüge fiel, nahm sie ihm das Tablett aus der Hand.

Während sie den heißen Tee in die Tasse goß, trat ihr Mann ans Fenster und schaute hinaus. »Es regnet. Schade!« sagte er.

»Hm!« Elizabeth unterzog ihn einer verstohlenen Musterung und hatte das Gefühl, als wäre ihr der Mann fremder als an dem Tag ihrer ersten Begegnung. Die groteske Paarung der letzten Nacht hatte nicht Vertrautheit und Intimität zwischen ihnen geweckt, sondern in ihr eine körperliche Abneigung geweckt, daß sie sich von nun an schwer täte, Neeley Scollard zu berühren oder sich gar abermals mit ihm zu vereinigen.

Andererseits hatte sie im Verlauf ihrer kurzen, zusammenhanglosen Gespräche den Eindruck gewonnen, Neeley wäre im Grunde seines Herzens ein guter Mann. Und irgendwann im Verlauf der Nacht faßte sie den Entschluß, sich, auch wenn der Gedanke sie ziemlich abstieß, einfach in ihr Schicksal zu fügen und das zu erfüllen, was man unter ehelicher Pflicht verstand. Schließlich hatte sie im Augenblick wohl kaum eine andere Wahl.

Vielleicht, wenn das Baby geboren ist... Irgendwann während der langen Nacht war dieser Gedanke verstohlen wie ein tödliches Samenkorn in ihr aufgekeimt, und auch wenn sie sich dagegen wehrte, hatte es sich in ihr festgesetzt. Auch jetzt, als sie ihren Tee nippte und ihr Gemahl herüberkam, um sich neben sie zu setzen, überlegte sie, ob es nicht vielleicht eines Tages doch eine Rettung gab. Um ein Haar wäre sie zusammengezuckt, als er, schüchtern und stolz zugleich, ihre Schulter berührte. »Wollen wir es noch einmal machen?« flüsterte er.

Ihr war, als erzähle er ihr einen schlechten Scherz. »Was machen?« Zum einen wollte sie Zeit gewinnen, und zum anderen wollte sie ihn zwingen auszusprechen, daß ihm an Sex gelegen war. Voll boshafter Freude sah sie, wie er bis unter die Haarwurzeln errötete.

»Du weißt schon...« Als hätte sie ihm den siedend heißen Tee über die Hand gekippt, zog er sie von ihrer Schulter zurück. Er wagte nicht, sie anzusehen.

»Nein, Neeley«, sagte sie kopfschüttelnd. »Ich weiß nicht, was du meinst...« Sie sah ihn mit großen Augen an, wobei sie sich dafür haßte, daß sie dieses alberne Theater derart genoß. Und tatsächlich war ihr Triumph sehr kurzlebig, denn abrupt erhob er sich, ging ans andere Ende des Zimmers, sammelte seine Socken ein und stopfte sie in seine Reisetasche.

Sofort erfüllte sie Reue. Das hatte sie nicht gewollt. »Neeley«, sagte sie sanft. »Es tut mir leid. Natürlich weiß ich, was du meinst. Es ist nur so …«

»Ich weiß auch, was du meinst«, fiel er ihr barsch ins Wort. Es war offensichtlich, daß er nur selten zuvor derart erniedrigt worden war.

»Es war ein Mißverständnis. Komm her zu mir.« Beinahe flehend streckte sie die Arme nach ihm aus. Schließlich gab es für sie nicht wirklich ein Zurück.

Er zögerte, doch dann bewegte er sich langsam auf das Bett zu, wo sie das Tablett zur Seite schob. »Hier, setz dich bitte neben mich.«

Argwöhnisch nahm er Platz.

»Es tut mir leid. Aber im Augenblick bin ich anscheinend etwas durcheinander. Ehrlich gesagt habe ich überhaupt nicht gut geschlafen heute nacht. Verzeihst du mir?« Elizabeth holte tief Luft, machte die Augen zu und hob ihm ihr Gesicht entgegen zu einem Kuß.

Einen Augenblick lang rührte er sich nicht, aber sie wandte sich ihm weiter mit gespitzten Lippen zu. »Du bist wunderschön. Ich liebe dein Haar«, murmelte er schließlich und küßte sie eilig auf die Stirn.

Weder öffnete sie die Augen, noch erwiderte sie den Kuß, aber zumindest schlang sie ihre Arme um seinen Leib und vergrub ihren Kopf an seiner Brust. Gleichzeitig beschwor sie vor ihrem geistigen Auge das Bild von George Gallaher herauf. Dies war Georges Herz, dessen Hämmern an ihre Ohren drang, dies waren Georges Hände, die ihren Rücken kneteten.

Und während der ganzen Zeit ihres zweiten körperlichen Zusammenseins öffnete sie nicht ein einziges Mal die Augen. Nur die Erinnerung an George half ihr durchzuhalten.

Ihr neues Zuhause erblickte Elizabeth zum ersten Mal am späten Nachmittag.

Den letzten Teil der Reise, von Castletownberehaven ab, empfand sie als absoluten Alptraum. Obgleich Neele sie in eine dicke Decke und eine Öljacke gehüllt hatte, war sie bis auf die Haut durchnäßt, litt an Übelkeit und zitterte. Die Droschke hatte sie nur bis in die Stadt gefahren, und dort mußten sie sich zusammen mit ihrem Gepäck in einen offenen Eselskarren zwängen, den ihnen einer von Neeleys Nachbarn ausgeliehen hatte. Während der gesamten zehn Meilen bis Lahersheen war der Regen, der seit dem Morgen ununterbrochen auf die Erde prasselte, sintflutartig auf sie niedergegangen, hatte die Berge vernebelt, die Täler mit Wasser angefüllt und die hohen Wellen und Schaumkronen des Meeres in alle Richtungen gepeitscht. Mit jeder Meile verstärkte sich die Intensität der Niederschläge, denen man auf der schmalen, an dieser Stelle weniger als eine Meile breiten und an drei Seiten vom Atlantik umgebenen Halbinsel besonders schutzlos ausgeliefert war, noch. Als erstes bemerkte Elizabeth, die umgeben vom üppigen Grün des nördlichen und östlichen Cork aufgewachsen war, die Kargheit der felsigen Landschaft, in der es so gut wie keine Bäume gab. Nie zuvor hatte sie einen derart wilden, feindseligen Ort erblickt.

Und dieser Eindruck nahm sogar zu, als der Karren auf der steil bergan führenden Straße um eine Kurve bog. Plötzlich waren vor ihnen, ähnlich vieräugigen Bestien, mehrere keltische Kreuze aufgetaucht. Als sich Elizabeth so unvermutet den hellgrau in den dunklen Himmel aufragenden Monumenten gegenüber fand, hätte sie um ein Haar geschrien. »Wohin fahren wir?« Verzweifelt hatte sie an Neeleys Mantel gezerrt. »Dies ist ein Friedhof...«

»...und heißt Kilcatherine«, brüllte er zurück. »Jetzt ist es nicht mehr weit.«

Elizabeth hatte sich fester in die durchtränkte Decke gewickelt; aber als der Karren knarrend weiterrumpelte, merkte sie, daß die Straße nicht geradewegs zwischen den Kreuzen verlief, sondern – wie Wege in anderen Teilen Irlands bogenförmig alte Feenhügel umrundeten – den Friedhof von Kilcatherine seitlich liegenließ. Trotzdem packte sei eine namenlose Furcht, als der Karren zwischen den Kreuzen und einem steil zum Atlantik abfallenden Stück Land, das mit seinen kargen Felsen eher einer Mondlandschaft ähnelte, hindurchbalancierte. Der gesamte Ort kam ihr wie ein böses Omen bezüglich des vor ihr liegenden Lebens vor. Auch wenn es sich bei den Kreuzen um christliche Symbole handelte, erschienen sie ihr hier an diesem fremdartigen Ort oberhalb des tosenden Meeres wie Überbleibsel eines viel älteren, bedrohlichen Heidentums.

Kaum hatten sie das letzte der Kreuze erreicht, verspürte Elizabeth unterhalb ihres Brustkorbes ein flüchtiges Flattern. Erst beim zweiten Mal hatte sie es erkannt: Das Gefühl war so außergewöhnlich, ja sogar intim, daß Elizabeth mit einem Mal bei aller Furcht ein warmes Glücksgefühl durchströmte. Vollkommen unerwartet meldete sich das Magnifikat zu Wort. Vor zweitausend Jahren hatte eine andere Frau ebenso plötzlich Leben in sich verspürt. Dann fuhr jedoch eine besonders starke Windböe über sie hinweg und ihre Freude war dahin. Den Rest der Fahrt hatte sie sich grimmig darauf konzentriert, die Reise lebend zu überstehen.

Beinahe hätte sie vor Erleichterung geweint, als der Karren endlich um die letzte Kurve der gewundenen Straße bog und Neeley aufgeregt durch den Regen brüllte: »Dort, Elizabeth, da ist es. Da drüben!«

Der Eselskarren wurde von der Straße in einen schmalen, schlammigen Weg gelenkt, über den man zu einem schmalen Hoftor gelangte. Elizabeth kniff die Augen zusammen, um durch den Wasserschleier ihr neues Zuhause, oder besser gesagt, die Rückseite ihres neuen Zuhauses, in den Blick zu bekommen. Das kleine, aufgestockte Bauernhaus war in Richtung Süden gebaut und sie reisten von Nordwesten her an. Mit seinem Schieferdach und den winzigen Fenstern ähnelte es zahlreichen Häusern, die sie unterwegs gesehen hatten, nur daß es frisch gekalkt erschien. Als hätte Neeley ihre Gedanken erraten, verkündete er stolz: »Ich habe es extra für dich herrichten lassen, Elizabeth.«

»Wie nett«, hauchte Elizabeth matt. Inzwischen war ihr alles egal. Wenigstens wies das Haus vier solide Wände und ein festes Dach auf.

»Am besten gehen wir erst mal hinein, damit du wieder trocken wirst«, fuhr Neeley fort. »Bestimmt sind die Kinder ganz versessen darauf, dich endlich kennenzulernen. Außerdem hättest du bestimmt nichts gegen eine Tasse Tee.« Elizabeth nickte, auch wenn es ihr vollkommen gleichgültig war, ob sie eine Tasse Tee oder sonst etwas bekam. Und auch ihre Nervosität angesichts der Vorstellung, gleich Neeleys Kindern gegenüberzustehen, wurde von dem Bedürfnis verdrängt, endlich dem gnadenlosen, salzigen Regen zu entrinnen, der ihr Gesicht derart brennen ließ, daß es wahrscheinlich bis an ihr Lebensende rissig bliebe.

Halbtot stolperte sie von dem Karren, als er auf dem unebenen, schlammigen Hinterhof zum Stehen kam. Das Haus war offenbar tatsächlich frisch gekalkt, denn überall liefen an den Wänden dünne graue Rinnsale herab.

Neeley nahm entschlossen ihren Arm, wehrte einen tropfnassen schwarzweißen Collie ab, der zur Begrüßung aus dem Haus raste, und führte sie eilig zur Tür, durch die er sie in die Wärme und Behaglichkeit der kleinen Küche schob.

Zuerst war Elizabeth derart damit beschäftigt, sich aus ihren nassen Kleidern zu schälen und sich das Wasser aus den Augen zu wischen, daß sie die kleine Gruppe von Beobachterinnen gar nicht bemerkte, die sie aus diversen Ecken des Raumes einer stummen Musterung unterzogen. Dann jedoch stand sie stocksteif da, während das Wasser aus ihren Kleidern eine kleine Pfütze auf dem Steinboden bildete. »Hallo«, sagte sie, an niemand Besonderen gewandt.

Nur eins der Kinder antwortete ihr. »Hallo!« echote eine der Kleineren, ehe sie einen Daumen zwischen ihre Lippen schob und schüchtern zu Boden sah. Die anderen, selbst das Baby, das in den Armen einer kräftigen Frau mit gekräuseltem Haar und roten Wangen lag, starrten sie unbewegt mit großen Augen an. Die kleinen Mädchen waren barfuß, aber sie steckten in ordentlichen, sauberen Kleidern. Alle trugen karierte Bänder in ihrem dichten, glatten Haar, das bei den drei älteren so kurz geschnitten war, daß es gerade über die Ohren ging. Nur um die Schultern der Jüngsten ringelten sich weiche Locken.

Während Elizabeth und ihre neue Familie einander beäugten, wurde ihr klar, was für ein seltsames Bild sie sicher mit der triefenden Nase und den in dunklen Strähnen am Kopf klebenden Haaren bot. Dann trat die Frau mit der Jüngsten freundlich auf sie zu. »Hallo«, sagte sie. »Ich bin Tilly Harrington. Herzlich willkommen hier bei uns!« Aus der Nähe betrachtet wirkten ihre Augen hell und ruhig, so daß sie plötzlich jünger aussah, als ihr Haar und ihr Körper es vermuten ließ. Elizabeth, die sie auf vielleicht Anfang Dreißig schätzte, mochte sie sofort. »Großer Gott«, fuhr Tilly fort. »Was für ein Unwetter! Es ist immer am schlimmsten, wenn der Wind aus Nordosten bläst. Kommen Sie erst mal rüber ans Feuer und wärmen Sie sich ein wenig auf, sonst holen Sie sich noch den Tod. Mary! Kathleen!« wies sie die beiden ältesten Mädchen an. »Stellt schon mal die Tassen auf den Tisch!«

Die beiden setzten sich in Bewegung, während sich Elizabeth dankbar an das offene, duftende Torfeuer führen ließ. Wie ein Hund schüttelte sie sich das Wasser aus dem Haar, so daß es in dicken Tropfen zischend in die Flammen fiel, und setzte sich auf einen kleinen Stuhl, der sicher der beste Platz im ganzen Haushalt war. »Vielen Dank, Mrs. Harrington«, sagte sie und fügte höflich hinzu: »Sie sind vielleicht eine Verwandte von Neeleys Trauzeuge? Auch er war ein Harrington.«

Die Frau setzte das Baby auf ihrer breiten Hüfte ab und hängte den Wasserkessel an den massiven Haken, der am Sims über dem Kamin befestigt war. »Himmel«, kicherte sie vergnügt. »Hier in der Umgebung heißen wir alle Harrington. Harrington oder McCarthy. Nein, wir sind nicht unmittelbar verwandt, obwohl ich glaube, daß ich durch meine Heirat sicher eine entfernte Cousine oder so etwas von ihm geworden bin. Ich gehöre zu den Sullivan Harringtons. Neeleys Trauzeuge stammt von den Danly Harringtons aus Urhan ab, und der Typ, der Neeley seinen Eselkarren geliehen hat, ist einer der Cain

Harringtons aus Arfgroom Inward. Aber keine Angst!« Wieder kicherte sie vergnügt. »Nicht lange, und Sie werden wissen, wie man uns auseinanderhält.« Energisch stocherte sie mit einem riesigen schwarzen Schürhaken in die Flammen.

Der Kessel pfiff, und während die Frau weiter das Feuer bearbeitete, hörte Elizabeth in ihrem Rücken das leise Klappern von Geschirr. Ihr schwindelte. Ihr modernes Haus in Cork und die gepflegte Stadtlandschaft erschienen ihr wie aus einer anderen Welt. Dies hier, überlegte sie enttäuscht und fasziniert zugleich, kam ihr vor das Eindringen in eine der Holzschnitt-Illustrationen eines Bilderbuchs aus dem letzten Jahrhundert.

Neeley schleppte das Gepäck herein. »Wo bleibt dein Benehmen?« brüllte er das Mädchen an, das immer noch mit offenem Mund in einer Ecke der Küche stand und Elizabeth musterte. »Guck nicht so! Ihr alle – kommt her und sagt euer neuen Mammy guten Tag!« Dies war ein anderer Neeley als der schüchterne Provinzler, dem Elizabeth soeben das Jawort gegeben hatte; aber die Kinder schienen seinen rauhen Befehlston gewöhnt zu sein. Das Kleinkind vergrub den Kopf an Mrs. Harringtons Brust, während sich die anderen drei gehorsam Elizabeth näherten. Das größte Mädchen drehte leicht den Kopf und sah seine Schwestern an, woraufhin alle zusammen flüsterten: »Hallo, Mammy, herzlich willkommen bei uns!«

Diese Begrüßung war so offensichtlich geprobt, daß Elizabeth bei aller Verwirrung warm wurde ums Herz. »Hallo!« Sie lächelte. »Ich heiße Elizabeth. Und wer seid ihr?«

Wieder war es die Älteste, die die Führung übernahm. »Mein Name ist Mary«, sagte sie. »Ich bin die Älteste und acht Jahre alt. Das hier sind meine Schwestern.« Nacheinander wies sie auf die anderen. »Kathleen ist sieben, Margaret fünfeinhalb ...«

»Fünfdreiviertel«, verbesserte Margaret eifrig.

»Und dann haben wir noch Goretti, die Jüngste.« Margaret zeigte auf das Kleine, das mit großen Augen an Mrs. Harrington vorbei die fremde Frau betrachtete.

Mary trat einen Schritt zurück. »Sie ist das Baby der Familie«, erläuterte sie, »und ein Jahr alt.«

Elizabeth merkte, daß jemand an ihrem Ärmel zupfte, und beugte sich hinab. Das Dingelchen sah sie fragend an. »Bist du aus Cork?«

»Ja, Goretti.« Elizabeths Lächeln geriet etwas angestrengt. »Warst du schon einmal dort?«

»Ich heiße Margaret«, stellte das Mädchen richtig. »Hast du schon einmal den Weihnachtsmann gesehen?«

»Der Weihnachtsmann wohnt nicht in Cork.« Mary versetzte ihrer jüngeren Schwester einen Schubs. »Ich habe dir schon tausendmal gesagt, daß er am Nordpol lebt.«

»Es reicht, laßt Mammy in Ruhe. Ist der Tee immer noch nicht fertig – was macht ihr bloß die ganze Zeit?« Neeley trat hinter die Mädchen und scheuchte sie alle zum Tisch.

»Tja, Neeley, ich gehe dann jetzt.« Mrs. Harrington setzte das Baby in einem aus verschiedenen Holzresten gezimmerten Laufstall von der Größe einer mittleren Kiste ab. »Der Tee zieht bereits«, fuhr sie fort. »Und auf der Anrichte habe ich frisches Brot und etwas Schinken bereitgelegt. Ich komme morgen vorbei, um Ihnen unter die Arme zu greifen.« Sie richtete sich langsam auf, als täte ihr der Rücken weh. »Nochmals herzlich willkommen in Béara, Elizabeth«, sagte sie. »Bestimmt gewöhnen Sie sich ebenso schnell an uns wie wir uns an Sie. Bis morgen dann. Tschüs, Neeley, tschüs, Kinder!« Sie zog sich einen Regenmantel sowie ein Paar Gummistiefel an und kämpfte sich durch die Hintertür in das Unwetter hinaus.

Dann fiel die Tür hinter ihr ins Schloß, so daß Elizabeth mit ihrer neuen Familie alleine war.

7

Im Laufe der Jahre entwickelte sich eine enge Freundschaft zwischen Elizabeth und Tilly Harrington, der Nachbarsfrau, die sie an ihrem ersten Abend in Lahersheen so herzlich willkommen hieß.

Aber als Tilly Ende Februar 1944 meinte, sie beide hätten sich eine Reise nach Glengarriff verdient, um sich eine Aufführung einer Wanderbühne namens Liffey Players anzusehen, widersetzte Elizabeth sich. Auch wenn die Entfernung zu dem Badeort nur dreißig Meilen betrug, war sie bereits bei dem Gedanken an die Fahrt dorthin völlig erschöpft.

Wegen der Benzinrationierung war es nicht möglich, einen Wagen zu mieten für eine derartige Vergnügungstour; obgleich der Krieg, der im übrigen Europa wütete, das neutrale Irland nur am Rande streifte, bekam man vor allem in entlegenen Regionen wie Béara zahlreiche Waren nicht oder höchstens rationiert. Und wenn sie sich nicht nach Glengarriff chauffieren lassen konnten, stünde ihnen beiden entweder eine Fahrt auf dem Dampfer *The Princess Béara* von Castletownbere über das winterliche Meer oder aber eine halbtägige Busfahrt über die Pässe der Berge bevor – welche Aussichten Elizabeth nicht gerade lockten.

Sechs Jahre des Gebärens, des Kindererziehens und einige Fehlgeburten unter ihren spartanischen Lebensbedingungen hatten ebenso wie das rauhe Klima ihren Tribut gefordert. Francey, George Gallahers Sohn, der während seines ersten Lebensjahres recht brav gewesen war, stellte sich nun mit sechs als ziemlich aufsässig heraus, und auch das jüngste Baby schrie häufig. Elizabeths Tage vergingen in einem Nebel endloser Müdigkeit. »Nein, ich kann nicht«, wehrte sie möglichst bestimmt ab. »Vielen Dank, aber es geht wirklich nicht. Ich bin sicher, daß du eine andere Reisebegleiterin finden wirst.«

Aber Tilly erwies sich nicht weniger bestimmt als sie. »Bitte!« beharrte sie. »Es wird dir guttun. Sieh dich doch nur einmal an, Lizzie – du bist erst sechsundzwanzig Jahre alt und gehst höchstens noch zur Messe aus dem Haus. Das ist nicht normal!« Hilfesuchend wandte sie sich an Neeley. »Stimmt's, Neeley? Du hast deinen Fußball und deine Karten, während sie mit nichts als ihren komischen Büchern und all den Kindern zu Hause sitzt. Du willst doch wohl nicht, daß deine Frau vorzeitig alt wird, oder?«

»Sicher hätte ich nichts dagegen, daß sie mit dir nach Glengarriff fährt – aber wer kümmert sich dann um die Kinder?« Offenbar wollte Neeley nicht den Eindruck erwecken, er führe ein allzu strenges Regiment.

»Das Baby ist doch bereits entwöhnt, nicht wahr?« argumentierte Tilly ungerührt. »Und die großen sind alt genug, um nach dem Rechten zu sehen. Außerdem bist du selbst ja auch noch da, Neeley!«

»Aber wir können es uns nicht leisten.« Jetzt wandte sich auch Elizabeth an ihren Mann. Sie hoffte inständig, er befehle ihr daheim zu bleiben. Sparsamkeit gehörte inzwischen zu ihrem Alltag. Der Hof war klein, und sie lebten gerade über dem Existenzminimum; denn abgesehen von dem Geld, von dem ein Badezimmer und eine Spülküche mit fließend Wassser angebaut worden waren, hatte Elizabeth jede Hilfe ihrer Eltern abgelehnt.

»Wer sagt denn, daß du es dir leisten können mußt? Ich lade dich ein, meine Liebe. Schließlich habe ich immer noch einen Haufen von dem amerikanischen Geld!« Sechs Monate zuvor fiel Tilly von einem Verwandten in Butte, Montana, ein recht beachtliches Erbe in den Schoß, und jeder ihrer Nachbarn in der Umgebung bekam davon letztes Weihnachten ein kleines Geschenk. »Und außerdem«, fügte sie jetzt hinzu, »möchte ich mir die Vorstellung unbedingt mit dir zusammen ansehen, Lizzie, drum sei kein solcher Egoist!«

Also gab Elizabeth nach langem Zögern nach. Tilly hatte recht. Sie kam sich inzwischen selbst vor wie das reinste Arbeitstier. Auch ihre Eltern hatte sie seit über einem Jahr nicht mehr in Cork besucht. Ohne die Bücher und Zeitschriften, die sie allwöchentlich von der treuen Maeve geschickt bekam, hätte sie vielleicht inzwischen den Kontakt zur Außenwelt vollkommen verloren, da sie stets bis zum Hals mit der Hausarbeit, den Kindern und Überlegungen, wo sich noch etwas einsparen ließ, zu tun hatte.

Tilly bestand darauf, diese Reise als »richtigen Urlaub« zu deklarieren – so daß sie nicht nur die Kosten für die Eintrittskarten, die Vorstellung und die Busfahrkarten bis Glengarriff übernahm, sondern auch für die Unterkunft in einem Gasthaus: »mit einem richtigen Speisesaal, Lizzie, los, treten wir nur ein einziges Mal wie zwei vornehme Ladies auf!« Am nächsten Tag wollten sie dann nach Bantry, nähmen den Zug nach Cork, träfen Elizabeths Eltern und übernachteten dort.

Nun, da sie im Zuschauerraum der Stadthalle von Glengarriff saß und die allgemeine Aufregung auf sie überging, war Elizabeth froh, daß die Freundin sie zu diesem Ausflug überredet hatte. Sie schaute in ihr Programm und stellte fest, daß der Trupp zwei offenbar für die Fastenzeit passende Stücke bot. Eins, das quasi religiöse Schauspiel *Das Zeichen des Kreuzes* kannte sie bereits; doch das erste, *Die Felsenkanzel*, war neu für sie.

Sie sah sich in der Halle um. Sämtliche Plätze und selbst die Seitenflügel waren zum Bersten mit Zuschauern gefüllt, und immer noch drängten sich wahre Menschenmassen durch die Tür im Hintergrund. Hin und wieder hellten kleine Farbtupfer die düstere Kriegskleidung auf – ein Kopftuch, der Kragen einer Bluse –, aber im großen und ganzen trugen die Frauen ebenso wie die Männer trübes Grau, Braun, Beige oder gar Schwarz. Als sie an ihrer eigenen Garderobe heruntersah – gleichfalls trostlos und sicher noch abgetragener als die Kleider der Umsitzenden – sehnte sich Elizabeth nach den Schmetterlingsfarben und dem frischen Duft ihrer Mädchenkleider zurück. Seit ihrer Hochzeit hatte sie sich derart an Armut gewöhnt, daß sie sich bis zu diesem Augenblick ihres schäbigen Aussehens niemals bewußt war.

Fünf Minuten später jedoch richtete sie sich kerzengerade auf, als sich der Vorhang für eine Küchenszene öffnete, in der ein Priester vor einem blonden Mädchen stand, das im Schaukelstuhl neben einem Kamin kauerte.

Tilly stieß sie an. »Dieses Mädchen sieht genauso aus wie du, Lizzie!«

Elizabeth hörte sie kaum. Sie blickte nicht auf die kleine

Schauspielerin, sondern auf den Mann, der den Priester verkörperte. Sie hatte ihn sofort erkannt. Allmächtiger, das war er!

»Findest du nicht?« flüsterte Tilly aufgeregt. »Habe ich nicht recht?« Dann sah sie Elizabeth ins Gesicht. »Ist etwas nicht in Ordnung, Lizzie?«

»Keine Sorge«, flüsterte Elizabeth zurück, doch es war ihr jede Farbe aus den Wangen gewichen. Sie hatte sich das Plakat vor dem Eingang nur flüchtig angesehen, aber ganz sicher hätte sie den Namen George Gallaher bemerkt. Doch selbst für den höchst unwahrscheinlichen Fall, daß es zwei Schauspieler von seiner Statur gab, besaß sicher kein zweiter eine solche Löwenmähne und ein derart schönes falkengleiches Profil.

»Du siehst ganz komisch aus. Bist du sicher, daß dir nicht schlecht ist?« Tillys besorgte Miene war nur wenige Zentimeter von ihr entfernt.

»Pst!« Überall um sie herum zischten die Leute böse.

»Es geht mir gut, Tilly, ich bin nur ein bißchen müde, mehr nicht.« Elizabeth genierte sich plötzlich, im Mittelpunkt des allgemeinen Interesses zu stehen. »Die Reise war ziemlich anstrengend.« Mit einem gezwungenen Lächeln wandte sie sich wieder der Bühne zu und tat, als konzentriere sie sich auf das Stück. Allerdings bekam sie ebensoviel von dem Dialog mit, als hätten die Schauspieler die Aufführung in Suaheli einstudiert.

Weshalb tauchte er denn hier wieder auf? Sie hatte gedacht, er wäre längst in Hollywood...

Hölzern saß sie auf ihrem Platz, während das Stück weiterplätscherte. Wenn sie ehrlich war, hatte sie Tillys Einladung zunächst vor allem wegen der religiösen Thematik des Abends abgelehnt. Die Tage waren längst vorüber, in denen das Magnifikat mit seinen ekstatischen Zeilen Elizabeth geistige Nahrung bot.

Und nun fragte sie sich, während sie zuschaute, wie George Gallaher im Gewand des Kirchenmannes den Soggarth Aroon verkörperte, ob sie froh über ihr Kommen war. All die gefährlichen Gefühle, die sie unter Kontrolle gehabt zu haben schien, wallten wieder in ihr auf, und ihr Blick haftete wie gebannt an der massigen Gestalt von George Gallaher, als wäre sie ein Kaninchen, das einer Schlange gegenübersaß. Die übrigen Schauspieler nahm sie überhaupt nicht wahr. Sie war wie elektrisiert, spürte, wie das Adrenalin mit einer solchen Macht durch ihren Körper schoß, daß er von Kopf bis Fuß prickelte.

Eigentlich hatte sie derartige körperliche Empfindungen für alle Zeit begraben in dem Mausoleum des Liebesakts, dem sie sich regelmäßig mit Neeley unterzog.

Neeley. Sie durfte nicht vergessen, daß es ihn gab.

Elizabeth beschwor Neeleys schmales, ernstes Gesicht, die zuverlässige Stärke seines breiten Rückens, seine Hände, deren Unbeholfenheit wegen sie oft eher mütterliche Gefühle für ihn hegte, vor ihrem geistigen Auge herauf. Ihr Sexualleben war ausreichend, sagte sie sich. Sie hatte nicht das Recht, mehr zu erwarten. Die Pflicht einer Frau galt gegenüber ihrem Ehemann, und auch wenn er hin und wieder einem Jähzorn erlag, war Neeley ihr gegenüber doch nie brutal. Ja, sagte sie sich, sie hatte wirklich Glück gehabt. Ihr Eheleben hatte sich als einigermaßen erträglich herausgestellt.

Dann, verstohlen wie ein Irrlicht, tauchte der Selbstvorwurf auf, ein Feigling zu sein…

Automatisch klatschte sie genau wie das übrige Publikum, als George mit wehender Soutane die Bühne verließ.

Sie hoffte nur, er würde sie nicht sehen…

Oder sie arrangierte eine zufällige Begegnung…

Nein, sie war eine verheiratete Frau!

Die Gedanken wirbelten durch ihr fieberheißes Hirn, doch immer wieder kam sie zu dem Resultat, daß sie sich, ob sie nun verheiratet oder was auch immer während der vergangenen fünf, sechs Jahre geschehen war, danach sehnte, noch einmal mit George Gallaher vereint zu sein…

Du bist ein verdorbenes, lüsternes Weib… schalt ihr Gewissen sie. *Außerdem wird er sowieso nichts mehr mit dir zu tun haben wollen* – zischte die unsichere Elizabeth aus der Vergangenheit. *Und selbst wenn, dann wird euer Treiben sicherlich entdeckt…* jammerte ihr kleinmütiges Inneres.

»Was ist mit dir, Lizzie?« Tilly berührte ihren Arm. »Du zitterst wie Espenlaub.«

Elizabeth drehte sich um zu ihr. »Tut mir leid, Tilly«, flüsterte sie. »Bitte mach dir keine Sorgen, ich fühle mich großartig.«

»Wir können auch gehen, wenn du willst«, schlug Tilly zweifelnd vor.

»Pst!« In der Reihe vor ihnen drohte ein Mann mit dem Zeigefinger.

Tilly streckte ihm die Zunge heraus, und eine Sekunde lang starrte er sie entgeistert an, ehe er sich wieder umdrehte, um weiterzuverfolgen, was auf der Bühne geschah. »Blödmann!« zischte Tilly, legte Elizabeth abermals die Hand auf den Arm und beugte sich über sie. »Bist du wirklich in Ordnung?« wiederholte sie, ehe George Gallaher erneut auf die Bühne kam. »O Himmel, ist das nicht ein hübscher Kerl!« Gutgelaunt stimmte die Freundin in die Beifallsrufe einiger anderer Zuschauerinnen ein.

Hatte es in Hollywood nicht funktioniert? Auch wenn man Kalifornien und Hollywood in Filmen immer nur schwarzweiß zu sehen bekam, hatte sich Elizabeth, deren Phantasie von Photographien in Zeitschriften und ihren eigenen Wünschen beflügelt worden war, George Gallaher entweder am Rand eines türkisfarbenen Swimmingpools, händchenhaltend mit ihr an einem goldenen Strand oder mit ihr zusammen nackt auf einem weichen, weißen Teppich tollend vorgestellt.

Sie wußte nur allzu gut, daß diese Bilder billigen Klischees entsprangen; aber wenn die Fensterläden ihres Häuschens in Lahersheen unter den Meeresstürmen klapperten und Neeley auf ihr schnaufte und keuchte, rief der Gedanke an einen braungebrannten, kraftvollen, lachenden George stets warme Hoffnung in ihr wach. Der George in ihrer Phantasie war so zärtlich, sanft und geduldig in seinem Liebesspiel, daß sie Neeleys plumpe, ideenlose Routine des Beischlafs nur resigniert ertrug.

Als sie George wie einen Pfau herumstolzieren sah, wußte Elizabeth genau, daß sicher die Hälfte der Frauenherzen im Publikum für ihn schlug. Doch während sie auf ihrem Holzstuhl neben Tilly saß, die dicken Vorhänge an den Fenstern musterte – da Irland neutral war, hatte die Regierung nur eine teilweise Verdunklung angeordnet –, und ihr der saure Geruch muffiger Wolle und alter Textilien in die Nase stieg, war es ihr egal, wer außer ihr etwas für ihn empfand. Zwischen ihren Beinen, auf ihren Brüsten, in ihrem Nacken machte sich feuchte Hitze breit.

Mit geballten Fäusten ermahnte sie sich: *Das geht vorbei, das geht vorbei!*

Doch es ging nicht vorbei, und am Ende der Vorstellung war sie derart außer sich, daß es sie erstaunte, wie Tilly nur so ahnungslos sein konnte. In dem krampfhaften Versuch, ihre Verwirrung zu verbergen, ahmte sie die naive Fröhlichkeit der Freundin nach und antwortete, so gut es ging, auf jeden Kommentar. Sie nickte sogar und lächelte, als Tilly von der Attraktivität des Hauptdarstellers schwärmte.

Und dann, während des Verkaufs der letzten Lotterielose, sah sie, daß George unaufhaltsam näher kam. Da sie am Rand der Reihe saß, gab es kein Entrinnen. In ihrer Not verwickelte sie Tilly in ein so künstliches Gespräch, daß Tilly nun doch wieder stutzte. »Was ist nur los, Lizzie? Du benimmst dich wie ein Huhn auf einem heißen Grill ...«

»Nichts, Tilly, nichts«, hörte Elizabeth sich stottern, ehe sie fortfuhr mit ihrem lächerlichen Geplapper. »Verstehst du, die Aufführung hat mir enorm gefallen. Ich fürchte beinahe, sie ist mir ein wenig zu Kopf gestiegen. Du weißt doch, ich komme kaum einmal heraus. Eigentlich ist ja alles deine Schuld ...«

Plötzlich verstummte sie. Sie spürte, daß George genau in ihrem Rücken stand.

»Himmel!« keuchte Tilly, als endlich der Groschen fiel.

»Lose die Damen?« Die Stimme hatte einen seidigen, verführerischen Klang. Keine der Frauen antwortete, so daß Elizabeth gezwungen war, sich zu ihm umzudrehen.

»Elizabeth!« Der Ausruf hatte einen theatralischen Unterton, doch sein Lächeln war eitel Sonnenschein. »Du liebe Güte! Es ist Jahre her ...«

»Ja«, flüsterte Elizabeth. Sie war nicht mehr verheiratet und Mutter einer ganzen Kinderschar. Mit einem Mal fühlte sie sich wieder als das frische, junge Mädchen von einst. Ehe sie es verhindern konnte, hatte sie die Finger ihrer linken Hand und somit ihren Ehering versteckt.

Sofort schämte sie sich ihres Tuns, aber falls George etwas aufgefallen war, so zeigte er es nicht. »Wie geht es dir, Elizabeth?« fragte er, als wäre er nichts weiter als ein alter Freund. »Vielleicht können wir uns ja nachher treffen, falls du es nicht zu eilig hast?«

Elizabeth meinte, sie sähe, wie er ihren Körper einer auffälligen Musterung unterzog, und es war, als blätterten ihre Kleider wie alte Farbe von ihr ab, so daß sie verwundbar wie am Abend ihrer ersten Begegnung vor ihm saß. »Ich – ich – warum nicht?« stammelte sie und schlug zaghaft die Augen auf.

»Wunderbar!« Sein Lächeln wurde breit. »Aber dürfte ich die beiden Damen zunächst überreden, an unserer Verlosung teilzunehmen? Elizabeth?« Mit einer kleinen Verbeugung wandte er sich Tilly zu. »Madam?«

»Ich kaufe für uns beide.« Vergnügt zog Tilly einen Schilling aus ihrem Portemonnaie und gab ihn ihm.

»So viel? Das ist wirklich großzügig!« Er zählte eine Reihe numerierter, rosafarbener und weißer Lose ab. »Ich wünsche den Damen viel Glück! Bis später dann, Elizabeth!« Er beugte sich über sie, um dem hinter ihnen sitzenden Paar ein paar Lose aufzuhängen, und kam ihr dabei so nahe, daß ihr sein Körpergeruch in die Nase stieg und sie durch den Ärmel der Toga, die er trug, bis hinab zu seiner Hüfte sah. Am liebsten hätte sie ihre Arme um seinen Hals gelegt und ihn geküßt.

Die Verlosung begann, und Tilly gewann zu ihrer Freude den vierten Preis, ein üppig mit roten Rosen dekoriertes Teeservice. Strahlend trat sie auf die Bühne und nahm das Geschirr von dem Schauspieldirektor in Empfang.

Applaudierend trat George neben Elizabeth. »Treffen wir uns in zehn Minuten vor dem Eingang?«

»Aber ich bringe meine Freundin mit«, erklärte sie mühsam.

»Es wird mir ein Vergnügen sein, sie kennenzulernen.« Er drehte sich um und schüttelte einer Frau, die ihm zu seiner schauspielerischen Leistung gratulierte, die Hand. Auch andere begeisterte Zuschauer umringten ihn, so daß er sich wie ein siegreicher Kaiser nach gewonnener Schlacht erhobenen Hauptes durch die Menge schob.

»Ist das nicht phantastisch? Ich habe in meinem ganzen Leben noch nichts gewonnen.« Tilly war zurück.

»Wunderbar«, pflichtete Elizabeth ihr bei, ehe sie blind in die Schachtel sah.

»Das nenne ich wirklich Glück!« Tilly nahm eine der Tassen heraus und hielt sie gegen das Licht. Der Gewinn hatte sie momentan abgelenkt, aber nun verfolgte sie applaudierend, wie die anderen Preise – bis hin zum fünfzehnten, der aus einer halben Krone bestand – ausgehändigt wurden.

Als sich Elizabeth am Ende der Verlosung zusammen mit dem Publikum zum Ausgang begeben wollte, spürte sie plötzlich Tillys Hand auf ihrem Arm. »Also gut«, flüsterte die Freundin ihr ins Ohr. »Er ist es, stimmt's?«

»Wer ist was?«

»Dieser Hüne von Schauspieler. Ich meine, er ist Franceys Vater.« Dies war so eindeutig keine Frage, sondern ein Feststellung, daß Elizabeth sich nicht mit Ausflüchten aufhalten wollte.

»Ich – ich…«, stotterte sie, aber Tilly lehnte sich zurück, ließ die anderen Zuschauer aus ihrer Reihe vorbei und fiel ihr leise ins Wort.

»Genau – du brauchst es nicht zu leugnen, Lizzie«, sagte sie in nüchternem Ton. »Francey ist ihm wie aus dem Gesicht geschnitten, und außerdem sieht man deiner Miene alles an.«

»Ich wäre niemals hierhergekommen…« Doch noch während sie den Satz begann, fragte sich Elizabeth, ob dies der Wahrheit entsprach.

Tilly glaubte ihr jedoch. »Aber das weiß ich natürlich! Ich käme niemals auf den Gedanken, daß du diese Begegnung absichtlich arrangiert hättest.«

»Es ist mir einfach schleierhaft, was ich jetzt machen soll.«

Elizabeth sehnte sich danach, die Führung an jemand anderes abzugeben.

In ihrer Reihe saß außer ihnen niemand mehr, aber immer noch hielt Tilly die Freundin am Arm fest. »Ich sage dazu nur eins«, begann sie in ernstem Ton.

Elizabeth fuhr zusammen, als hätte man ihr einen Schlag versetzt, ehe sie Tillys spitzbübisches Grinsen wahrnahm. »Auch ich hätte ihn nicht unbedingt von der Bettkante geschubst. Auf alle Fälle hast du wirklich einen guten Geschmack.«

Elizabeth blickte in Tillys freundliches, warmes Gesicht, betrachtete das drahtige Haar, das unter dem Rand der Mütze hervorquoll wie gebrauchte Stahlwolle. Irgendwie verlieh ihr allein die Tatsache, daß die Wahrheit endlich ans Licht gekommen war, neuen Mut. »Tut mir leid, Tilly«, sagte sie mit großer Entschlossenheit. »Ich habe diese Begegnung, so wahr mir Gott helfe, nicht geplant; aber nun, da es so gekommen ist, weiß ich, daß ich mit ihm sprechen muß, oder genauer, daß ich mit ihm sprechen *will*. Ich treffe ihn draußen vor dem Eingang.«

»Kein Problem.« Tilly tätschelte ihren Arm. »Aber achte darauf, daß niemand auf falsche Gedanken kommt!« Sie wies mit dem Kopf ans hintere Ende des Saals, wo der Rest der Besuchergruppe aus Castletownbere versammelt war und Pläne für den weiteren Verlauf des Abends schmiedete.

»Danke, Tilly, du bist einfach wunderbar. Es wird nicht lange dauern, das verspreche ich.«

»Laß dir Zeit, Lizzie.« Tilly zögerte. »Ich nehme erst mal ein langes, heißes Bad und dann gucke ich, was es zu essen gibt. Unsere Wirtin hat gesagt, sie richtet uns etwas her.« Verlegen senkte sie den Kopf.

Elizabeth verstand. Tilly gab ihr ihre stumme Einwilligung zu allem, was sie für richtig hielt. Sie bedankte sich mit einem gerührten Kuß.

Tilly legte die Hand an ihre Wange, wo sie geküßt worden war. »Bitte sei vorsichtig, Lizzie!« Sie sah Elizabeth eindringlich an.

»Versprochen«, flüsterte Elizabeth zurück. »Ich bin sicher bald zurück.«

Die Sterne am Himmel glitzerten wie Eiszapfen und verliehen der kleinen Stadt, in der es von fröhlichen, aufgeregten Menschen, die wegen der Vorstellung aus den entferntesten Winkeln von Cork und Kerry gekommen waren, nur so wimmelte, ein beinahe weihnachtliches Flair. Überall in der Umgebung des Gemeindehauses schlugen die Besucher einander auf den Rücken, lachten, stampften mit den Füßen und bliesen sich in die kalten Hände, während man alte Bekanntschaften erneuerte oder nahe Nachbarn begrüßte, als hätte man sich seit Jahrzehnten nicht gesehen.

Die Theaterbesucher hatten sich für die Anfahrt nach Glengarriff der eigenartigsten Transportmittel bedient: während Elizabeth auf George Gallaher wartete, zählte sie drei Traktoren, einen alten Zementtransporter, acht Privatwagen und ebenso viele Mietdroschken – einige mit riesigen Gaszylindern auf dem Dach – vor allem jedoch Gefährte, die man entweder von Tieren ziehen ließ oder mit Menschenkraft betrieb. Fahrräder lehnten dutzendweise an den Wänden von Häusern und Geschäften, Eselkarren und Ponykutschen reihten sich zu beiden Seiten der Straße hintereinander – die Tiere dösten mit den Nasen in ihren Futterbeuteln friedlich vor sich hin – und eine wagemutige Seele hatte einen alten Brougham aus der Versenkung hervorgeholt. Mit seinen mottenzerfressenen Vorhängen, dem ebenso mottenzerfressenen Gaul, der matt in seinem Zaumzeug hing, stand er in majestätischer Einsamkeit ganz allein an der Weggabelung, an der es von Béara nach Killarney ging.

Selbst wenn sie nicht ihren ganz persönlichen Grund gehabt hätte, feierlich gestimmt zu sein, hätte Elizabeth ganz sicher die unkomplizierte Festtagslaune der anderen geteilt.

Nach einer Weile nahm die Zahl der Herumstehenden deutlich ab. Viele Leute verschwanden bereits hinter den Türen des örtlichen Pubs, als Elizabeth endlich Georges beeindruckende Gestalt auftauchen sah. »Bleib bloß ruhig!« murmelte sie stumm, während sie ihm entgegensah.

»Elizabeth! Statt des Priestergewandes trug er einen prachtvollen Umhang, dessen Schnitt und Schwung an das vergangene Jahrhundert erinnerte, samt einem eleganten Zylinder auf dem Kopf.

Sie holte tief Luft. »Hallo, George!«

Die letzten noch verbliebenen Theaterbesucher musterten sie. Sollten sie doch schauen, dachte sie, schließlich tat sie nichts Verwerfliches. *Und trotzdem...* wurde ihr Gewissen laut. »Ich kann nicht lange bleiben, weil meine Freundin Tilly ...« Sie zögerte.

»Wenigstens zu einem kurzen Spaziergang hast du doch sicher Zeit. Es ist eine so wunderbare Nacht! Keine Angst, du bist in Sicherheit, Elizabeth. Die braven Bürger der Stadt sorgen schon dafür!« Sein Lächeln war so verrucht, daß Elizabeth unweigerlich kicherte. Mit einem Mal empfand sie ein Gefühl der Schwerelosigkeit, wie es ihr seit Jahren fremd geworden war.

»Na schön, aber nur ein kurzes Stück. Dann muß ich wirklich zurück.« Immer noch bohrten sich die Blicke der Umstehenden in ihren Rücken, so daß sie, ohne nach rechts oder nach links zu sehen, neben ihm die Straße hinunterwanderte.

Er paßte sich ihrem Schritt an, so daß er stets genau an ihrer Seite war. Wieder blieb seine körperliche Nähe nicht ganz ohne Wirkung auf Elizabeth. Sie hatte das Gefühl, als zöge er sie einfach mit sich. Abgesehen von der Kälte, die auf ihren Wangen und in ihren Augen brannte, war ihr wohlig warm.

Da sie erwartete, daß er sie ebenso heimlich berühren würde wie beim allerersten Mal, richtete sie sich zu ihrer ganzen Größe auf. »Und jetzt erzähl mir«, setzte sie munter an, »was du die ganze Zeit über getrieben hast. Ich dachte, du wärst in Hollywood?«

»Hollywood?« Er wirkte überrascht, doch dann erholte er sich und sah sie an. »Ach nein«, sagte er bedauernd, »leider wurde daraus nichts.«

»Aber hattest du es denn wenigstens versucht?«

»Tja, nein, weißt du, meine Verpflichtungen...«

»Du meinst, deine Frau?«

»Ja, meine Frau. Ja«, wiederholte er. »Die Familie – all das.«

Sein Ton verwirrte Elizabeth, aber sie ging nicht näher darauf ein. »Wie kommt es dann, daß du jetzt bei dieser Truppe bist? Was ist mit Mr. Mellors und den anderen passiert? Gehen sie immer noch auf Tournee?«

»Ich habe schon seit Jahren nichts mehr von ihnen gehört«, kam Georges vage Erwiderung. »Und bevor du weiterbohrst, Mr. Mellors und ich haben uns nicht gerade im Einvernehmen getrennt.«

»Ach so!« Elizabeth merkte, daß sie dieses Thema nicht weiterverfolgen sollte. »Und was hast du seither gemacht?«

»Oh, alles mögliche!« Er blickte fragend auf. »Hast du jemals von Ivan Eliovsky, dem russischen Kraftmenschen, gehört?«

»Von wem?«

»Das war ich, in einem Zirkus.«

»Es ist schwer vorstellbar, daß ...«

»Und von Condor, dem tätowierten Giganten vom Amazonas?«

»George!«

»Das war ich ebenfalls. Weißt du, die Schauspielerei in Großbritannien ist nicht mehr das, was sie früher einmal war. Bei einer Pantomime in Newcastle habe ich sogar den Teil eines Kamels dargestellt – nun, wenigstens den Kopf!«

Elizabeth verdaute diese Informationen. Selbst sie begriff, was für ein Abstieg diese Folge von Beschäftigungen war. Eine solche Wahrheit paßte nur schwer in das Bild von George, das sie so lange aufrechterhalten hatte. »Und wie kommt es, daß du jetzt hier bei dieser Truppe mitmachst?« fragte sie. »Ich habe deinen Namen nirgends auf dem Plakat gesehen.«

»Wahrscheinlich doch. Inzwischen bin ich George Stone.«

»Warum? Was hat dich denn plötzlich an Gallaher gestört?«

»Das ist eine lange Geschichte, meine Liebe, und viel zu langweilig für eine solch wunderbare Nacht. Sagen wir einfach, daß ich Angst hatte, Mr. Mellors würde infolge unserer kleinen – ah Meinungsverschiedenheit – meinen Namen schlecht machen.« Er räusperte sich. »Hier bei dieser Truppe geht es mir gut. Und wie du ohne Zweifel weißt, bin ich als Bürger eines anderen Landes hier gefangen, solange der Weltkrieg, den ihr Iren so charmant einen »Unfall« nennt, nicht zu Ende ist. Obwohl ich sagen muß, daß ich mir kaum einen Ort vorstellen kann, an dem sich eine Gefangenschaft besser ertragen ließe – vor allem jetzt, da es für unser Gewerbe kaum Konkurrenz aus dem Ausland gibt. Vielleicht ein bißchen mehr Tee und ein oder zwei Orangen zu Weihnachten, dann wäre mein Leben perfekt. Ja, im großen und ganzen muß ich sagen, geht es mir gut.«

Sie hatten das untere Ende der Stadt erreicht und in stummem Einverständnis an dem kleinen Hafen gegenüber dem Eccles Hotel haltgemacht, das auf dem Hügel wegen der teilweisen Verdunklung wie ein Geisterschiff auf einer hohen Welle zu thronen schien. Dem Hotel die Rücken zugewandt, blickten sie gemeinsam auf das Meer hinaus. Hinter mehreren kleinen Inseln, weit draußen am Hozizont, wippten auf dem im Licht der Sterne schimmernden Wasser spielzeuggleich zwei Fischerboote. Es herrschte Flut und über das Wellengeplätscher hinweg vernahm Elizabeth das Knirschen der Ruderboote an dem schmalen Steg.

Als sie plötzlich Schritte hörte, fuhr sie nervös herum. Der Weg nach Castletownbere, Lahersheen oder in einen der umliegenden Bezirke führte auf der anderen Seite der Stadt hinaus, und trotzdem war sie erleichtert, daß es ein fremdes Paar war, das in ihre Richtung spazierte. Während der sechs Jahre, seit sie nach West Cork gekommen war, hatte sie erfahren, daß sich kaum ein Geheimnis auf Dauer wahren ließ. Um den Bann nicht zu brechen, in dem sie augenblicklich gefangen war, blickte sie abermals aufs Meer hinaus. Sie hatte das gespenstische Gefühl, als wäre die Welt in zwei Hälften geteilt und sie hinge mit George Gallaher über einem Abgrund, der zwischen diesen beiden Hälften lag. Irgendwie wußte sie, daß das Geschehen während der nächsten Minuten von großer Bedeutung für sie sein würde.

»Genug von mir.« George wandte sich ihr zu, umfaßte ihr Kinn und zwang sie sanft, ihn anzusehen. »Erzähl mir, wie es dir ergangen ist. Übrigens bin ich froh, daß du dein Haar nicht abgeschnitten hast. Du bist schön wie immer, Elizabeth, wenn auch ein wenig dünner, wenn ich so sagen darf.«

»Viel dünner, George.« Elizabeth wußte sehr wohl, daß sie nur noch ein Schatten des einst hübschen jungen Mädchens war.

»Also bitte«, sagte er, »die falsche Bescheidenheit einer Augenweide!«

Trotz ihres körperlichen Verlangens empfand Elizabeth plötzlich erste Zweifel an ihrer Liebe zu diesem Mann. In ihrer Erinnerung hatte Georges Galanterie geschimmert wie ein Juwel, aber jetzt erschien sie ihr ein wenig fad wie Sülze, die zu lange eingeweicht war. Doch eilig unterdrückte sie ihre unwillkommene Ernüchterung. »Du siehst auch nicht gerade übel aus, George!«

»Vielen Dank. Alte Schotten halten sich nun einmal gut. Was sicher an all der Hafergrütze liegt.«

Wie aufs Stichwort erwiderte Elizabeth: »Also bitte, George, so alt bist du nun auch wieder nicht.«

»Sechsundvierzig!« lamentierte er.

Was sollte sie nun dazu sagen? dachte Elizabeth. Bereits vor sechs Jahren hatte er behauptet, sechsundvierzig zu sein...

Dann überraschte er sie, indem er sie in seine Arme zog und sie so innig küßte, daß sie kaum noch Luft bekam.

»Ich hoffe doch, daß du das nicht vergessen hast?« flüsterte er und ließ sie los.

»Nein, ganz sicher nicht«, bestätigte sie, aber als er den Kopf senkte, um sie ein zweites Mal zu küssen, schob sie ihn von sich. Zu ihrer Überraschung hatte George Gallahers Kuß ihr nicht vollkommen den Atem geraubt, so wie es in ihren zahllosen Träumen und Phantasien stets der Fall gewesen war. Ehrlicherweise mußte sie sich sogar eingestehen, daß ihr Körper letztendlich doch unbeteiligt blieb. Was auch immer sie vor so langer Zeit für ihn empfunden hatte, war Teil der Vergangenheit. Offenbar hatte sie sich sechs Jahre lang in ihren Gefühlen getäuscht.

Das Gesicht über ihr kam ihr mit einem Mal weniger interessant vor, die herausfordernde Miene weniger charmant. Jetzt sah er eher affektiert und albern aus. Sie war vollkommen verwirrt. »Wir haben uns so lange nicht gesehen, George«, wand sie sich.

»Milady!« Er verbeugte sich, und auch diese Geste erschien ihr plötzlich theatralisch. »Vielleicht«, sagte er dann, »wäre es dir lieber, wir fänden einen Ort, an dem man ein wenig – hm – ungestörter ist?«

Immer noch verblüfft ob der Erkenntnis, daß sich das, was sie für Liebe gehalten hatte, als nichtig erwies, verspürte Elizabeth das Bedürfnis nach einem klärenden Gespräch; aber sie gab ungern die Phantasie auf, die sie so lange genährt hatte. »Es ist nicht so...« Sie merkte, daß ihr die Zeit durch die Finger rann – inzwischen fragte sich Tilly bestimmt, wo sie so lange blieb. »George«, setzte sie verwegen an. »Als wir damals zusammen waren, hast du mich da geliebt?«

»Geliebt?« Er wagte nicht, sie anzusehen. »Natürlich habe ich das.«

»Es ist mir ernst, George, für mich war das Ganze mehr als ein Spiel...«

»Und wieso soll ich gespielt haben?«

»Bitte sag mir die Wahrheit, George! Ich war schließlich erst neunzehn!«

»Pst!« Er legte einen Finger auf ihre Lippen. »Natürlich habe ich dich geliebt, mein Schatz – aber du weißt, daß mir dieses Gefühl nicht gestattet war.« Er küßte ihre Hand.

Mit wachsendem Widerwillen blickte Elizabeth auf seinen gesenkten Kopf. »Bitte red nicht um den heißen Brei herum. Weil du verheiratet warst? War das der Grund?«

»Natürlich, was denn sonst?« Hoheitsvoll richtete er sich auf. »Übrigens wollte ich dich genau dasselbe fragen, als wir uns vorhin so plötzlich gegenüberstanden.«

In ihrer wachsenden, wenn auch anscheinend irrationalen Verärgerung schoß Elizabeth die nächsten Worte wie giftige Pfeile ab. »Ja«, sagte sie unverblümt. »Ich bin verheiratet. Der Name meines Mannes ist Neeley. Neeley Scollard, so daß ich inzwischen Elizabeth Scollard heiße.«

»Aha«, sagte er und tätschelte ihr begütigend die Hand, ehe er sie in eine ihrer Manteltaschen schob. »Du frierst bestimmt.«

»Ist auszuhalten!« Sie sah ihn prüfend an. Bisher war ihrer beider Punktekonto wohl ausgeglichen. Es gab noch eine kleine Chance. Sie hatte das Gefühl, wenn sie vollkommen gelassen bliebe, gelänge es ihr vielleicht, beide zu begnadigen, etwas zu retten von ihrem Traum, der sich mehr und mehr aufzulösen drohte. Doch er wandte sich definitiv von ihr ab. »Tja, Elizabeth! Dann sind wir also nichts weiter als zwei verheiratete Menschen, die freundschaftlich miteinander spazierengehen.«

Seine Reaktion war mehr als eine simple Ablehnung, tatsächlich so banal, daß es sie geradezu beleidigte.

Wie der Schornstein einer alten Mühle, den Elizabeth einmal hatte zusammenbrechen sehen, stürzten die letzten Reste von ihrem so sorgsam aufgebauten Kartenhaus ein. Mit tödlich verletztem Stolz schoß sie weitere giftige Pfeile in seine Richtung ab. »Und was macht deine Frau? Hat sie überhaupt einen Namen, wenn ich fragen darf?«

In dem Halbdunkel, das sie umgab, konnte sie sehen, daß er beinahe lächelte. »Dies ist nicht die fröhliche kleine Elizabeth meiner Erinnerung. Muß ich etwa feststellen, daß die verheiratete Elizabeth nicht glücklich ist?«

Ihr Zorn schwoll weiter an, aber sie riß sich zusammen. »Nein«, sagte sie wahrheitsgemäß. »Ich bin nicht unbedingt unglücklich, aber damit hat es sich auch schon. Wir kommen zurecht.«

»Genau wie ich.«

Angesichts der Verwendung des Singulars und seines ausweichenden Tons wurde Elizabeth endlich einiges klar. »Du bist gar nicht verheiratet, nicht wahr?« fragte sie bohrend.

»Wie kommst du denn auf die Idee?« Seine Reaktion bestätigte ihre Vermutung, und die Erkenntnis, eine solche Närrin gewesen zu sein, brachte sie beinahe um den Verstand. Innerhalb weniger Sekunden verschmolzen all die Trümmer ihrer Träume zu einer düsteren Masse, und ehe sie sich's versah, hatte sie die Hand ausgestreckt und George Gallaher eine schallende Ohrfeige versetzt.

Verblüfft hob er eine Hand an sein Gesicht. »Was zum Teufel…«

»Außerdem finde ich es vollkommen kindisch, daß du die Menschen bezüglich deines Alters derart schamlos belügst!« Es verschaffte Elizabeth eine gewisse Befriedigung zu sehen, wie er um Fassung rang. Ehe er jedoch auch nur Luft bekam, führte sie zu Ende, was sie begonnen hatte. »Ach, übrigens«, sagte sie, »gibt es da etwas, was ich dir schon lange erzählen wollte.«

»Aha?«

»Aber du warst ja nie erreichbar!«

»Worum geht es, Elizabeth?« Die Hand immer noch auf die schmerzende Wange gepreßt, trat er einen Schritt zurück.

»Ich habe ihn Francey genannt.«

Verwirrt runzelte er die Stirn. »Wen hast du Francey genannt?«

»Francey Scollard. Meinen Sohn.«

»Wie nett!«

Sie trat dichter an ihn heran. »Das heißt also, daß der Name dir gefällt?«

»Ist es denn wichtig, ob er mir gefällt?«

Elizabeth baute sich sprungbereit wie eine angriffslustige Katze vor ihm auf. »Nein, vermutlich ist es im Grunde ziemlich bedeutungslos.«

»Tja, das erleichtert mich denn doch…«

»Abgesehen von der Tatsache, daß er dein Sohn ist.«

Sie hatte das Vergnügen zu sehen, wie er ins Schwanken geriet. »Was?« flüsterte er erstickt.

»Ich denke, du hast mich verstanden, George.«

»Warum hast du mir das nicht eher mitgeteilt?«

Sie wurden in eine warme Wolke gehüllt, als einer der gasbetriebenen Wagen an ihnen vorüberratterte. Das Wissen, daß sie einen solchen Treffer gelandet hatte, nahm Elizabeth einen Teil ihrer Empörung. Sie wartete, bis der Wagen auf der Hügelkuppe hinter einer Kurve verschwunden war. »Tut mir leid,

George«, sagte sie, ohne ihn auch nur anzusehen, »es ist ein Jammer.«

Sie wandte sich von ihm ab und machte sich entschlossen auf den Rückweg zu dem Gasthaus, zu Tilly – und zur Vernunft. All die Zeit… Sechs Jahre ihres Lebens… alles zunichte auf einem einzigen Spaziergang…

Tränenblind beschleunigte sie ihre Schritte, während sie an der üppigen, halb tropischen Vegetation, die hier im Einflußbereich des Golfstroms gedieh, sowie an einem im Schatten einer Fuchsienhecke händchenhaltenden Paar vorüberstolzierte. Dann holte George sie ein. »Elizabeth! Was soll ich tun?«

Er bat sie um Absolution, aber nach Sekunden machte ihr momentanes Mitleid Widerwillen Platz. »Keine Sorge«, sagte sie und rannte nun beinahe. »Ich will nichts von dir. Mein Mann weiß über die Sache genau Bescheid.«

»Aber wenn er mein Sohn ist, sollte ich dann nicht…«

»Solltest du dann nicht was?« Elizabeth blieb abrupt stehen. »Was würdest du denn tun? Was hättest du denn getan? Hättest du irgend etwas anders gemacht?«

Er wirkte so niedergeschlagen, daß Elizabeth abermals beinahe so etwas wie Mitgefühl für ihn empfand. »George«, sagte sie leise. »Du bist einfach nicht zum Vater gemacht. Im Grunde taugst du für fast gar nichts, oder? Aber da wir – nein, da *ich* dir gegenüber gerade so ehrlich bin«, fuhr sie geharnischt fort, »sage ich dir auch, daß du dich, obgleich du ein solcher Aufschneider und menschlich und sogar als Schauspieler ein Versager bist – weißt du eigentlich, daß du nicht einmal *schauspielern* kannst, George? – besonders für die Liebe eignest. Bleib dabei und es wird dir nicht schlecht ergehen. Ich muß zugeben, daß der *Sex* mit dir« – absichtlich benutzte sie das krasse Wort – »einfach phantastisch war. Falls du jemals als Schauspieler keine Anstellung mehr bekommst, kommst du sicher über die Runden, indem du dir ein paar reiche Frauen kaperst. Zumindest in diesem einen Punkt haben Sie mich nie enttäuscht, Mr. Gallaher!«

Er packte ihre Arme und hielt sie fest. »Elizabeth, laß mir ein bißchen Zeit. Schließlich ist das Ganze ein, nun, ein ziemlicher *Schock* für mich!«

»Zeit wozu? Um mich umzukrempeln – um dir zu überlegen, wie du dich am besten in Szene setzen kannst?« Sie riß sich von ihm los. »Spar dir deine Tricks am besten für die Bühne, George. Nein, besser noch, heb sie dir für die nächste arme Hure, die dir über den Weg läuft, auf.« Dieser Satz erfüllte Elizabeth, die nur selten Gossensprache benutzte, mit einer gewissen Befriedigung.

Als sie eilig weiterlief, übersah sie, daß das händchenhaltende Paar, das aus zwei Einwohnern von Derryconnla, dem Nachbarbezirk von Lahersheen, bestand, sie voll fasziniertem Entsetzen beobachtete.

8

»Das ist einfach lächerlich!« Der Mann, der zusammen mit Elizabeth und Tilly in einem Abteil des Zuges saß, nieste, als rosafarbene Asche durch den Spalt des undichten Fensters drang und auf die Passagiere herabregnete. »Ich meine – ich meine – haaatschi!« Er nieste ein zweites Mal, ehe er Nase und Mund hinter einem riesigen Taschentuch verbarg.

Elizabeth wartete, bis der Rest der Aschewolke an ihrem Waggon vorübergezogen war, ehe sie die Scheibe aufdrückte. Der Zug hielt inmitten der üppig grünen, hügeligen Landschaft, ohne jegliche Spur von Behausungen. Für Kühe war es noch zu früh im Jahr, aber hier und da auf den Feldern versenkten ein paar Schafe und Lämmer die Köpfe im Gras. Während nun die Lokomotive schnaufend und zischend zum Stehen kam, hob eine kastanienbraune Stute hinter einer nahe gelegenen Hecke den Schweif und galoppierte über das frostige Grün auf die entfernteste Ecke der Weide zu. Ihr überraschtes Fohlen folgte ihr entzückt über das Rennen und trat mit den Beinen um sich. Am Ende der Weide schmiegte sich das Fohlen an die Mutter und beide unterzogen diesen lärmenden Eindringling, der den Frieden ihres Territoriums erschüttert hatte, einer skeptischen Musterung.

Elizabeth, deren Atem in der kalten Luft eine kleine Wolke bildete, sah, daß eine Reihe anderer Fahrgäste ebenfalls aus den geöffneten Fenstern hing. »Sie holen schon wieder Torf!« Die Klage begann am Anfang des Zuges und setzte sich eilig von einem Waggon zum nächsten fort.

Bereits das zweite Mal, seit der Zug den Bahnhof von Cork verlassen hatte, war man in Ermangelung von Treibstoff zur Aufnahme von Torf gezwungen; der Heizer nutzte die Pause und schaufelte Haufen von Asche aus dem Kessel, die leicht und schwerelos wie Talkumpuder in dichten Schwaden entlang der Gleise niederging. Hustend zog Elizabeth den Kopf zurück und setzte sich wieder auf ihren Platz. Da sie seit langem nicht mehr Zug gefahren war, kannte sie den kriegsbedingten, immer wieder unterbrochenen Verlauf der Reise nicht. Sicher wäre es ihr sogar lustig erschienen, hätte sie es nicht so eilig gehabt, endlich wieder nach Hause zu kommen.

»Sag nicht, ich hätte dich nicht gewarnt.« Tilly saß in der Ecke und strickte an einem Schal. Da sie mit bald vierzig immer noch kinderlos war, versorgte sie zahllose Neffen und Nichten mit Mützen, Pullovern, Socken, Schals und Handschuhen. Ja, selbst die jüngeren Scollards hatten es dank Tillys Fürsorge im Winter wohlig warm. »Schuld ist der verdammte Chamberlain«, sagte sie schulmeisterlich. »Schließlich war er derjenige, der uns in diesen Schlamassel hineingezogen hat.« Wie so viele Bewohner der Grafschaft Cork, in der die Erinnerung an die große Hungersnot noch sehr lebendig war, gab Tilly den Engländern an allem die Schuld; und auch wenn die Freundin niemals so weit ging, Hitlers Einfall in Polen zu rechtfertigen, hegte Elizabeth doch den Verdacht, daß sie, um dem alten Feind eine Lektion zu erteilen, insgeheim Deutschland den Sieg wünschte.

Allerdings war sie zu müde für ein politisches Gespräch. »Glaubst du, daß uns jemand mitnehmen wird?« fragte sie matt.

Der Zug hatte eine derart hoffnungslose Verspätung, daß sicher keine Chance bestand, in Bantry noch den Bus zu erwischen.

»Gott ist gnädig«, stellte Tilly tröstlich in Aussicht.

»Bei diesem Tempo werden wir frühestens um Mitternacht zu Hause sein.«

»Woran wir wohl kaum etwas ändern können, was meinst du?« Tilly wandte sich dem Zählen der Maschen zu. »Herrje, diese Ida ist wirklich ein Spaßvogel!«

»Allerdings!« Elizabeth lächelte. Ida Healy – Ida Lavin, seit sie verheiratet war – die Elizabeth seit ihrer Hochzeit nur zweimal gesehen hatte, war am Vorabend im Haus ihrer Eltern hereingeschneit. Abgesehen davon, daß ihr erschreckender Tatendrang ein wenig gedämpfter war, hatte sie mittels ihrer Heirat keine bemerkenswerte Veränderung durchgemacht. Selbst in Anwesenheit von Tilly hatte sie Elizabeth gescholten für ihre Magerheit, das unmodern lange Haar und für die Tatsache, daß ihre älteste Freundin nicht zu ihrer Hochzeit im letzten Sommer erschienen war. »Du weißt, weshalb ich nicht kommen konnte, Ida«, hatte Elizabeth zaghaft protestiert. »Schließlich habe ich mich damals gerade wieder einmal mit einer Schwangerschaft herumgeplagt.«

»Ach ja, das auch noch«, hatte Ida erwidert und sie beinahe böse angesehen. »Wann redest du endlich mit deinem Mann? Du kannst unmöglich immer weiter Babys bekommen oder Fehlgeburten haben, Beth. Das ist einfach haarsträubend.« Ida war schockiert gewesen über die Nachricht, daß Elizabeth drei Monate nach Franceys Geburt mit Johanna schwanger ging; sie hatte gedroht, sie käme nach West Cork und rupfe ein Hühnchen mit Beths Ehemann.

»Laß das arme Mädchen doch in Ruhe!« hatte sich Tilly helfend eingemischt. »Sie braucht einfach hin und wieder ein bißchen Abwechslung, das ist alles – nicht wahr, Lizzie?«

»Trotzdem halte ich es nicht für *richtig*, Tilly.«

»Diejenigen, die keine wollen, kriegen sie, und diejenigen, die sie sich wünschen, kriegen sie nicht! So ist es nun mal auf dieser Welt!« hatte Tilly Ida lachend entwaffnet und zugleich den Stachel des Schmerzes über ihre eigene Kinderlosigkeit entschärft. Sie und Ida, die bisher ebenfalls kinderlos geblieben, aber darüber noch nicht in Sorge war, hatten einander vom ersten Augenblick an gemocht, und Elizabeth entspannte sich bei ihren Scherzen und Albernheiten. Sie hatte Angst gehabt, Tilly ließe vielleicht bezüglich ihrer Begegnung mit George Gallaher die Katze aus dem Sack – aber zu ihrer Erleichterung hatte Tilly in diesem Punkt geschwiegen wie ein Grab. In der Tat äußerte sie sich, abgesehen von einem fragenden Blick, als Elizabeth in das gemeinsame Schlafzimmer im Glengarriffer Gasthaus zurückgekommen war, in keiner Weise zu der Angelegenheit, wofür Elizabeth ihr wortlos dankte.

Der dritte Insasse ihres Abteils, der Mann, den ständiges Niesen schüttelte, ging hinaus.

Elizabeth wandte sich wieder Tilly zu. Das Bedürfnis, mit der Freundin über die Dinge zu sprechen, die sie beschäftigten, war übergroß. »Hör zu, Tilly«, setzte sie an, ehe sie sich unterbrach, da ein anderer Fahrgast durch die Abteiltür spähte.

»Dachte ich mir doch, daß ihr es seid!«

»Hallo, Mossie«, sagte Tilly.

»Hallo«, grüßte Elizabeth, allerdings ohne allzu große Begeisterung. Mossie Breac Sheehan war ein Nachbar aus Lahersheen. Der Junggeselle, der zusammen mit einer alten Großtante auf ein paar Hektar brackigen Landes lebte, das weder für Ackerbau noch für Viehzucht geeignet war, wurde nicht deshalb, sondern wegen der zahllosen Sommersprossen auf seiner Stirn und seinen Wangen Breac genannt. Zwei seiner Felder, nutzloser Boden, außer man hielt ein paar Ziegen und ein oder zwei Schafe, grenzten unmittelbar an Neeleys Grund, so daß Elizabeth regelmäßig bei ihren Verrichtungen mit ihm zusammentraf. Sämtliche Nachbarn hielten ihn für einen anständigen Kerl und sprachen stets anerkennend von seiner Hilfsbereitschaft. Elizabeth begegnete ihm zwar mit Höflichkeit, aber aufgrund der Art, mit der er sie bei jedem Treffen musterte, war ihr in seiner Nähe unbehaglich.

Nicht, daß sein Verhalten besonders störte; es war nur so, daß manchmal, wenn sie ihn auf der Straße oder auf einem der Felder traf, ein spekulierender Blick in seinen Augen lag, als dächte er, *ich durchschaue dich.* In solchen Momenten hatte sie das beunruhigende Gefühl, daß Mossie Breac nicht zu unterschätzen war – daß er hinter der Fassade des einfachen Bauern eine beachtliche Schläue verbarg.

»Kommt ihr aus der Stadt?« fragte er jetzt, betrat das Abteil und setzte sich unaufgefordert neben sie.

»Ja«, sagte Tilly. »Wir haben Lizzies Eltern besucht.«

»Ich hörte, ihr wart vorgestern in Glengarriff.« Während er das sagte, sah er Elizabeth von der Seite an, und sofort war sie auf der Hut.

Tilly jedoch schien nicht aufzufallen, daß er ihre Freundin unter die Lupe nahm. »Oh, das stimmt«, sagte sie ruhig. »Wir haben uns prächtig amüsiert. Die lezten lebenslustigen Tanzmäuse – die Lahersheen Girls, das sind wir zwei!« Sicher gäbe Tilly gleich wieder die Geschichte ihrer Hochzeitsreise nach Dublin zum besten, deren Höhepunkt ein Besuch der Tanzrevue im Theatre Royal bildete.

»Und alles ohne Neeley?« Jetzt drehte sich Mossie ganz zu Elizabeth herum, und wie gewöhnlich hatte sie das Gefühl, daß er hinter dem belanglosen Geplaudere etwas verbarg. Vielleicht lag es aber auch nur an der für ihn typischen unbestimmten Art zu sprechen.

»Kommst du auch aus Cork, Mossie?« überging sie seine Frage.

»Ja. Ich mußte ein paar Sachen besorgen, ein neues Blatt für meine Sense, solches Zeug …« Mossie betrachtete seine von der Arbeit aufgerauhten, aber sauberen Fingernägel. »Vielleicht hätte ich die Sachen auf, bei Harrington's in Casteltown oder sogar in Bantry gekriegt«, fuhr er gelassen fort. »Aber als meine Tante erfuhr, daß ich in die Stadt wollte, hat sie mich gebeten, für sie zu Cash's zu gehen.« Er setzte ein seltsames, schiefes Lächeln auf, das ihn ein wenig boshaft aussehen ließ. Als Elizabeth nichts erwiderte, sondern betont gleichgültig aus dem Fenster sah, wandte er sich Tilly zu.

Während die beiden über belanglose Dinge plauderten, versank Elizabeth in dumpfe Grübelei. Wenn Mossie aus Cork kam, dann mußte er spätestens am Vorabend dorthin gefahren sein. Also hatte er sicher nichts von ihrer Begegnung mit George Gallaher gehört – oder vielleicht doch? Zu fragen traute sie sich nicht.

Das Gespräch verebbte und Tilly konzentrierte sich wieder auf ihre Strickarbeit. Mossie verstand dieses Signal und erhob sich langsam. »Tja, dann gehe ich mal wieder.«

»Bis dann, Mossie«, sagte Elizabeth und hoffte, daß ihre Stimme nicht allzu kühl klang. Doch nachdem er endlich draußen war, verdrehte sie die Augen. »Gott helfe Irland!« schnaubte sie erbost.

»Lizzie!« rief Tilly aus. »Mossie ist wirklich ein feiner Kerl. Was hast du nur gegen ihn?«

»Zumindest wird wohl sein Gebiß echt sein!« Sofort bedauerte Elizabeth diesen Satz. Anders als viele andere Männer in der Umgebung war Mossie Breac stets gepflegt. »Du hast ja recht«, sagte sie zerknirscht. »Ich sollte wirklich nicht so boshaft sein.«

»Als Mossie noch jung war, war er bei den Frauen von Béara sehr begehrt«, fuhr Tilly eifrig fort. »Und ich denke, daß es immer noch einige Verehrerinnen gibt – schließlich dürfte er höchstens vierunddreißig sein.«

»Ich weiß nicht, was es ist, Tilly, aber irgendwie sieht er mich manchmal wirklich komisch an.«

Tilly bedachte sie mit einem ernsten Blick. »Tja, du weißt doch, wie sehr den Menschen hier das Land am Herzen liegt.«

»Nun, das hat ja wohl kaum etwas mit *mir* zu tun«, setzte Elizabeth sich zur Wehr. Als Städterin hatte sie lange Zeit nicht verstanden, mit welcher Leidenschaft und Besessenheit mancher Mensch auf Béara an dem elendsten Stückchen Erde hing. Doch bald nach ihrer Hochzeit hatte sie von dem bösen Blut zwischen Neeleys und Mossies Familien gehört. Die Familien waren entfernt verwandt und irgendwann während des vergangenen Jahrhunderts hatte Neeleys Urgroßvater Land geerbt, daß nach Auffassung von Mossies Urgroßvater rechtmäßig den Sheehans zustand – und zusammen mit seinem eigenen ein beachtliches Areal ergeben hätte.

Um die Angelegenheit noch schlimmer zu machen, hatte Mossies Großvater, der Bruder seiner Tante, im Suff Stück für Stück erst die besten Teile, dann die Mitte und zuletzt die Grenzgebiete des ursprünglichen Landes verkauft, bis nur noch das kärgliche Anwesen, das Mossie inzwischen bewirtschaftete, geblieben war.

»Du solltest Mossie gegenüber nachsichtiger sein, Lizzie.« Jetzt nieste Tilly, als eine weitere Aschwolke durch die Ritzen des Fensters drang. »Weißt du, er hat vor ein paar Jahren eine herbe Enttäuschung erlebt.«

»Ach, tatsächlich?« Elizabeth gab sich gleichgültig. Als sie nach Béara gekommen war, hatte sie über diese Umschreibung dafür, daß jemand sitzengelassen worden war, gelacht; aber jetzt gingen ihr zu viele andere Dinge durch den Kopf, um neugierig zu sein. Mossie Breac Sheehan und sein Liebeskummer waren ihr vollkommen egal. »Tilly?«

»Hm?« Tilly blickte von ihrem Strickzeug auf.

»Es gibt da etwas, das ich dir sagen sollte. Du hast eine Erklärung für vorgestern abend verdient.«

»Bitte denk nicht, daß du mir irgend etwas erzählen mußt.« Tillys sonst so leuchtende Augen waren nur halb geöffnet. »Was auch immer es ist, es geht mich sicherlich nichts an.«

»Vielleicht nicht, aber ich möchte, daß du es weißt. Außerdem«, setzte Elizabeth flehend hinzu, »brauche ich jemanden, mit dem ich reden kann.«

»Wenn du das meinst, solltest du es auch tun.« Tilly warf Elizabeth einen Haufen blauer Wolle in den Schoß. »Hier, wickel das zusammen mit mir auf, während du sprichst.«

Elizabeth blickte aus dem Fenster zu der Stelle neben den Gleisen, wohin die Stute mit ihrem Fohlen neugierig zurückgetrottet war. Bereit, jederzeit davonzugaloppieren, falls ihr etwas nicht geheuer war, hielt die Stute den Kopf gereckt, hatte die Ohren gespitzt und blickte, während sie sich schützend vor das an ihre Flanken gepreßte Fohlen schob, mit großen Augen fragend auf den Zug. Elizabeth schob ihre Hände in die Wolle, zog sie straff und bewegte ihre Arme, während Tilly wickelte, rhythmisch wie ein Metronom hin und her. »Es ist aus zwischen uns, Tilly«, sagte sie nach einem Augenblick. »Das habe ich vorgestern abend endgültig festgestellt.«

»Lizzie, du brauchst nicht...«

»Bitte, Tilly, ich habe bisher mit noch niemanden über diese Sache sprechen können.«

»Nicht einmal mit Ida?«

»Ida hat mir schon damals Strafpredigten gehalten, die kaum auszuhalten waren.«

Die Erinnerung an George Gallahers Verlogenheit, an ihren unerschütterlichen Glauben an so etwas Schäbiges wie eine mit Losen lockende Wanderbühne, erfüllte sie abermals mit tiefer Demütigung. »Ich habe alles verkehrt gemacht, nicht wahr?« Sie starrte die blaue Wolle an. »Über all die Jahre hin liebte ich ihn – oder habe es mir zumindest eingebildet. Und, Tilly, schrecklicherweise habe ich vorgestern abend herausgefunden, daß er es einfach nicht wert gewesen ist. Es stellte sich heraus, daß er so viel taugt wie eine Spielzeuguhr. Er hat mir in wichtigen Fragen nur elende Lügen aufgetischt. In der Tat war diese Affäre von Anfang bis Ende eine einzige Farce. Oh, Tilly«, stieß sie erbittert aus, »ich komme mir so furchtbar dämlich vor.«

»Das darfst du nicht, was auch immer du sein magst, dämlich bist du nicht.«

»Jetzt erkenne ich das Ganze als schieren Wahnsinn.« Elizabeth wurde puterrot. »Wenn ich denke, daß...«

»Hör zu«, fiel Tilly ihr ins Wort. »Red am besten nicht weiter. Du regst dich zu sehr auf...«

»Ich war ihm vollkommen egal«, fuhr Elizabeth ungeachtet der Unterbrechung fort. »Die ganze Zeit über war ich ihm egal – wahrscheinlich hat er hinterher kein einziges Mal mehr an mich gedacht. Für ihn hätte es jede Frau getan, nur daß eben damals praktischerweise ich für ihn zu haben war. Aber das Schlimmste von allem ist, daß es mir so sehr gefallen hat. Oh,

Tilly, ich komme mir so schmutzig vor!« Eher wütend als traurig wischte sie sich mit dem Ärmel die Tränen aus dem Gesicht.

»Hör zu, Mädchen«, sagte Tilly eindringlich. »Was auch immer du empfindest, komm dir bitte niemals schmutzig dabei vor. Denn wenn diese Art von Leidenschaft entflammt, kann weder Gott noch der Mensch irgend etwas dagegen tun.«

Elizabeth starrte die Freundin mit großen Augen an. Dies war nicht die erwartete Reaktion. »Die meisten Leute hätten etwas anderes gesagt.«

»Du kennst die Menschen schlecht. Vielleicht wärst du überrascht, Lizzie. Nur diejenigen, denen die wahre Leidenschaft niemals begegnet ist, hindern andere daran, glücklich zu sein. Diejenigen, denen wahre Leidenschaft zuteil geworden ist, freuen sich mit jedem, dem das gleiche widerfährt.«

Die Stimme der Freundin klang ungewohnt. »Willst du damit etwas Bestimmtes andeuten, Tilly?«

»Vielleicht wärst du überrascht. Ich weiß, ich bin fett und sehe aus wie ein Bauernweib – aber weißt du, so habe ich nicht immer ausgesehen.«

»Oh, Tilly!«

»Du brauchst mich nicht zu bemitleiden. Mein Mann ist ein guter Gatte und ich bedaure nicht, mit ihm verheiratet zu sein. Aber ich…« Tilly zögerte. »Ich habe einmal ebenso geliebt wie du, nur daß ich damals viel jünger war.«

Diesmal zögerte Elizabeth. Niemals hätte sie gedacht, daß diese gute Seele einmal ein anderes Leben geführt haben könnte als das der ordentlichen Hausfrau, guten Nachbarin und allseits beliebten Kumpanin, wie jeder sie kannte. Auch wenn sie Elizabeths beste Freundin war in Lahersheen, hatte Tilly in ihrer beider Beziehung immer die Rolle der Beraterin gespielt, und da gab es stets eine Grenze, die keine von ihnen überschritt. Nun jedoch schien sie dazu bereit zu sein.

»Was ist geschehen, Tilly?« murmelte Elizabeth fragend.

»Er ging nach Butte, Montana. Vor achtzehn Monaten kam er im Bergwerk um.« Reglos starrte Tilly auf das beinahe fertige Wollknäuel in ihrer Hand.

Das Erbe. Elizabeths Augen wurden groß und rund. »Aber, Tilly, ich dachte, das Geld hättest du von einem Verwandten geerbt...«

»Das denken alle Leute in Lahersheen.« Tilly hob den Kopf. »Und schließlich ist jeder im Bezirk mit irgendwem in Butte verwandt.«

»Warum habt ihr euch nicht trauen lassen, warum bist du ihm nicht gefolgt?«

»Genau das hatten wir vor. Aber dann brachte er dort drüben ein Mädchen in Schwierigkeiten und mußte es heiraten.«

Elizabeth blieb stumm. Der letzte Rest Wolle glitt ihr aus der Hand, Tilly schob das Ende des Fadens in das Knäuel und steckte alles zusammen in ihren Strickbeutel. »Ich sehe, du bist überrascht; man soll eben niemanden nach seiner äußeren Fassade beurteilen. Mach dir keine Vorwürfe, weil du derart empfunden hast – denn seit Anbeginn der Zeiten sind Männer und Frauen gestorben, haben Männer und Frauen sich selbst oder einander umgebracht – aus Liebe.«

Elizabeth starrte Tilly mit großen Augen an. »Ich bin wirklich sprachlos...«

»Natürlich bist du das, mein Schatz. ›Die gute, alte Tilly, wer hätte das von ihr gedacht?‹ Sieht es so für dich aus?«

»N-nein.«

»Natürlich tut es das«, sagte Tilly fröhlich, faltete ihre Hände im Schoß und lehnte sich gemütlich auf ihrem Platz zurück. »Also gut«, führte sie weiter aus. »Ich weiß, was die Kirche und der engstirnige Neeley sagen – am Ende hast du dir nicht gerade den nettesten aller Liebhaber ausgesucht.« Als sie Elizabeths trübsinnige Miene sah, verbesserte sie sich. »Also gut, er ist ein Schuft – aber deshalb war ja noch nicht alles schlecht an dem, was es zwischen euch beiden gab. Hör zu, Mädchen, warum meinst du, hat die Kirche solche Angst vor Sex? Weil Irland zerbrechen würde, wenn die Frauen es wagen würden, auszupacken damit, wie sie die Männer tatsächlich sehen – zu tun, was ihr Herz ihnen befiehlt. Nun, wir haben zugelassen, daß dieses Land, daß jede Frau in diesem Land, sich in der Hand der Männer befindet. Und die einzige Hoffnung der Männer besteht darin, uns voneinander fernzuhalten und dafür zu sorgen, daß sich keine von uns jemals erhebt.«

Sie schob ihr eigenwilliges Haar unter den Rand ihrer Mütze zurück und lächelte die perplexe Elizabeth versonnen an. »So, meine Liebe! Jetzt habe ich dir meine Geschichte erzählt. Vielleicht wäre ich in genau derselben Position wie du, wenn alles ein wenig anders gekommen wäre, wenn ich auch in Schwierigkeiten geraten wäre, meine ich. Und daß es schließlich anders gekommen ist, lag sicher nicht an einem Mangel der Gelegenheiten – wenn du verstehst...«

Als Elizabeths Kinnlade noch tiefer sank, sah Tilly sie grinsend an. »Und«, so fuhr sie munter fort, »wenn du mich fragen würdest, ob ich mich schäme oder bereue, was sich zwischen mir und meinem wunderbaren Jüngling ereignete, dann würde ich sagen, nein. Das einzige, was ich bedauere, ist sein Tod.«

Endlich fand Elizabeth ihre Stimme wieder. »Weiß Mick darüber Bescheid?«

»Er weiß es, aber wir sprechen nie davon; außerdem ist das alles inzwischen Vergangenheit. Wir diskutieren diese Dinge nicht. Unser Leben ist gut so, wie es ist, und alles andere lassen wir ruhen.« Sie zögerte, und der Klang ihrer Stimme erfuhr eine subtile Veränderung. »Wenn du mich fragst, erwähnst du Neeley gegenüber nichts von dem vorgestrigen Abend in Glengarriff. Freu dich über das, was du einmal hattest, denn damit war dir ein größeres Glück beschert als den meisten Zeitgenossen.«

Elizabeth nickte langsam. Sie hatte sowieso nicht die Absicht gehabt, ihrem Ehemann zu erzählen, was nach der Theatervorführung geschehen war. Während sie nach der Begegnung mit George wach in ihrem Bett lag, hatte sie die Szene wieder und wieder vor sich gesehen und war jedesmal zu dem Schluß gelangt, daß sie zumindest ihre Ehre retten konnte. Es war noch nicht zu spät, Neeley endlich das zu geben, was sie ihm so lange vorenthalten hatte.

Bisher sah sie Neeley immer im Vergleich zu George Gallaher und dachte, daß es ihm an vielem mangelte. Nun jedoch erkannte sie beschämt, daß Neeley der bei weitem Überlegenere von ihnen war. Er erwies sich als beständig, treu und im Rahmen seiner Möglichkeiten kümmerte er sich lieb um sie. Auch hatte sie inzwischen gelernt, mit den gelegentlichen Trinkgelagen und seinem Jähzorn zu leben, der nicht nur schnell entflammte, sondern ebenso rasch wieder erlosch. Mittlerweile war sie eine Expertin, wenn es darum ging, diese Ausbrüche vorherzusehen – und sie möglichst zu verhüten –, nicht nur um ihrer selbst willen, sondern vor allem, damit er die Kinder in Ruhe ließ.

Auf seine Art hatte er sich ihr gegenüber nach ihren diversen Fehlgeburten, deren Grund der Hebamme unbekannt war und die sie somit Gottes Willen zuschrieb, geduldig, ja gar freundlich gezeigt.

Elizabeth sagte sich, daß sie ihren Ehemann wegen seiner mangelnden Weltgewandtheit, wegen seiner mangelnden Bildung zu Unrecht verachtet hatte. Jahrelang beglückwünschte sie sich dazu, daß sie das Leben an Neeleys Seite ertrug, ähnlich einem masochistischen Parcours, den sie als Strafe für ihre Anmaßung beschritten hatte. Aber im Lichte der Wiederbegegnung mit dem Mann, dessen Geliebte sie einst gewesen war, erkannte sie, wie ungerecht sie sich ihrem Gatten gegenüber verhalten hatte. Schließlich konnte er nichts dafür, wenn er weniger sinnlich und erfahren war als George Gallaher. Sie hatte Neeley stets mit Spott bedacht, einfach weil er der Art Mann entsprach, die ebenso gut oder vielleicht gar besser als die meisten Iren war.

Und objektiv gesehen führte sie gar kein so schlechtes Leben. Sie hatte drei eigene, gesunde Kinder auf die Welt gebracht, und Neeleys vier Töchter gingen ihr nach kurzer Zeit nett und willig zur Hand. »Du hast recht, Tilly«, sagte sie. »Jetzt muß ich nach Hause und sehen, ob sich das, was ich bisher falsch gemacht habe, wiedergutmachen läßt. Neeley hat etwas Besseres verdient als meine häufige Reserviertheit.«

»Ich würde sagen«, kam Tillys bedächtige Erwiderung, »Neeley hat großes Glück gehabt mit dir.«

In der für sie ungewohnten Stimmung der reuigen Büßerin war Elizabeth nicht empfänglich für ein derartiges Lob. Verlegen stand sie auf, trat ans Fenster und blickte in die leere, hügelige Landschaft hinaus, die im Licht der fahlen Wintersonne blaßgrün schimmerte. Ein dünner Nebelschleier hatte sich über das Land gelegt, und auch wenn der meiste Frost bereits verschwunden war, so versilberte er doch noch stellenweise die Gräser, Nesseln und Dornensträucher unter den Hecken und an den geschützteren Stellen der Felder, wo er vor der Sonne sicher war. Als reagiere Irland beinahe trotzig auf die harten Kriegsbedingungen auf dem europäischen Kontinent, hatte es den denkbar mildesten Winter herbestellt.

»Da wir gerade beim Thema sind«, begann Tilly erneut, »möchte ich dich jetzt gerne etwas fragen, Lizzie.«

»Schieß los.« Elizabeth machte sich bereit zum Zuhören.

»Bitte unterbrich mich, falls du der Ansicht bist, die Sache ging mich nichts an.«

»Du bist eine wahre Freundin für mich, Tilly. Ich hoffe nur, dir ebensoviel zu bedeuten. Also frag mich, was du willst.«

»Es ist so, daß ich nun seit längerem...« Sie zögerte. »Also gut, ich frage mich, ob mit Neeley alles in Ordnung ist. In letzter Zeit mache ich mir wirklich Sorgen um ihn.«

»In welcher Beziehung? Meinst du, er wäre vielleicht nicht ganz gesund?«

Elizabeth runzelte die Stirn. Konnte Tilly etwas aufgefallen sein, was ihr bisher verborgen geblieben war?

»Tja, ja, so könnte man es ausdrücken.«

»Du sprichst in Rätseln, Tilly. Was meinst du?«

»Hör zu, ich meine, monate-, ja ziemlich lange, habe ich wirklich gedacht, das Ganze ginge mich nichts an. Nur daß die Leute hin und wieder ein bißchen in Sorge um ihn sind.«

»Du meinst, weil er gelegentlich trinkt«

»Das tun sie alle.« Elizabeth sah, daß Tilly die Unterhaltung peinlich war. »Nein, nicht, weil er trinkt. Es ist nur so, daß Neeley ein-, zweimal – wie zum Beispiel, als Agnes starb – an leichten Depressionen litt. Und das Trinken hilft natürlich nicht«, fügte sie hinzu, ehe sie verlegen zu Boden sah. »Tut mir leid, Lizzie. Aber Mick sagt, daß er ihn vor kurzem drüben in Castleclough ein bißchen niedergeschlagen antraf, und ich dachte, ich rede mal mit dir darüber. Wir haben euch beide nämlich wirklich gern«, setzte sie eilig hinzu, »Mick und ich.«

Elizabeth durchforstete ihre Erinnerung. In letzter Zeit hatte sie Neeley tatsächlich ein- oder zweimal ungewöhnlich ruhig erlebt; aber sie schob es auf die harte Farmarbeit. »Warum sagst du mir das gerade jetzt?«

»Weil ich vorher nie eine Gelegenheit dazu hatte«, lautete Tillys schlichte Erwiderung. »Außerdem dachte ich, ich erwähne es besser jetzt, ehe du zu Neeley rennst und ihm von deiner Begegnung mit George erzählst. Das ist der wahre Grund, weshalb ich denke, daß du ihm gegenüber besser den Mund hältst. Du weißt nie, wie ein Mann auf so eine Sache reagiert.«

»Danke, Tilly«, sagte Elizabeth. »Aber ehrlich gesagt denke ich, daß Neeley eine robuste Natur hat.«

Es war beinahe acht, bis sie endlich zu Hause anlangte. Der Bus aus Bantry war längst fort gewesen, als der Zug ächzend im Bahnhof einlief; aber draußen auf der Straße hatte ein hilfsbereiter Bauarbeiter aus Adrigole haltgemacht. Er brauchte eine Verschnaufpause von seinem Lastwagen, den ein selbstgemachtes, todbringende Gase verströmendes Gebräu diverser Benzinsorten antrieben, und gegen ein Entgelt, das dem Preis einer Flasche Whiskey entsprach, hatte er sie bis nach Castletownbere gebracht, von wo aus die Reise zuerst mit einem Eselkarren und dann zu Fuß weitergegangen war.

Es hatte sich ein so dichter Nebel über das Land gesenkt, daß der Esel im Schneckentempo die gewundene Straße hinaufgekrochen war und Elizabeth schier platzte vor Ungeduld. »Zu Fuß wären wir schneller gewesen«, hatte Tilly gebrummt, als sie, mit Paketen beladen, ausgestiegen waren und, vor lauter Müdigkeit und Konzentration darauf, in dem Nebel nicht vom Weg abzukommen, den Rest des Weges wortlos in Angriff genommen hatten. Unbewußt paßten sie ihre Schritte einander an, so daß das Geräusch ihrer Füße wie leiser Trommelschlag vor dem dumpfen Orgelbrausen des unsichtbaren Ozeans erklang.

Auf Höhe des Friedhofs von Kilcatherine hatte Elizabeth ihr Gepäck in eine Hand genommen und sich bei Tilly eingehakt. Egal, wie oft sie schon an dem Friedhof vorübergegangen oder Trauergast bei einem Begräbnis gewesen war, fühlte sie sich doch stets deprimiert an diesem Ort. Der Legende zufolge gab es einen unterirdischen Gang von einem der Gräber direkt hinab ans Meer; aber ihr Unbehagen rührte vor allem von dem Kilcatherine-Kopf her. Dieser kleine Gegenstand – weniger als dreißig Zentimeter breit – wies kaum noch menschliche Züge auf. Über zahllose Jahrhunderte hinweg den Unbilden des Wetters in Béara ausgesetzt, blickte er mit kaum noch erkennbaren Augen von einer der Türen des Kirchleins herab. Auch seine Nase und sein Mund waren nur noch als dunkle Höhlen zu sehen. Viele Leute behaupteten, er stamme aus vorchristlicher Zeit, einige sagten, er hätte etwas mit Schlangenanbetung zu tun, und niemand wußte irgend etwas Genaues. Trotzdem beschäftigte der Kopf Elizabeths abergläubische Seele über die Maßen.

Zum ersten Mal hatte sie ihn kurz nach ihrer Ankunft in Lahersheen entdeckt, als sie schwanger mit Francey an der Beerdigung einer Frau aus dem Dorf teilgenommen hatte. An jenem Frühlingstag war die Sonne nur hin und wieder zwischen den von einem heftigen Wind über den Himmel getriebenen Wolken aufgetaucht, so daß Licht und Schatten auf den Friedhof fielen wie Würfel bei einem Spiel. Als der Priester über dem offenen Grab den Rosenkranz betete, hatte Elizabeth den Kopf gehoben und in Richtung der winzigen Kirchenruine gesehen. Mit einem Mal strahlte die Sonne in ihrer ganzen Helligkeit auf und erfaßte den Kopf frontal; ihr war zumute gewesen, als blicke er mit weit aufgerissenem Mund über die zwischen ihnen stehenden Grabsteine hinweg lüstern geradewegs in ihr Gesicht. Zwei Sekunden lang hatten sie und das bösartige Ding einander angestarrt. Dann verschwand die Sonne, ebenso plötzlich, wie sie gekommen war, abermals in den Wolken, so daß der

Kopf erneut in Leblosigkeit versank. Trotzdem hatte er Elizabeth derart eingeschüchtert, daß sie Neeleys Arm umklammerte wie eine Ertrinkende.

Obgleich dieses Erlebnis ein einmaliges Phänomen geblieben war, hatte sie ihre Furcht vor dem Kopf nie abgelegt, auch wenn er ihr, aus verschiedenen Perspektiven betrachtet, durchaus friedlich erschien. Wenn man ihn zum Beispiel im rechten Winkel anvisierte, sah er infolge der jahrhundertelangen Verwitterung manchmal wie eine zahme Eule aus.

»Ist alles in Ordnung, Lizzie?« hatte sich Tilly auf dem Weg um den Friedhof herum flüsternd erkundigt.

»Selbstverständlich.« Elizabeth hatte vehement genickt, als könne sie mit genügend Energie das zunehmende Gefühl einer drohenden Gefahr bannen.

»Bald sind wir zu Hause.«

Am Ende des Weges zu Tillys Haus waren sie ermattet stehengeblieben, um sich voneinander zu verabschieden. »Tilly, wie kann ich dir jemals danken?« Elizabeth hatte die Freundin umarmt. »Und du erzählst niemandem, daß ich ihm begegnet bin?« Mit einem Mal stieg eine irrationale Furcht in ihr auf.

»Lizzie! Ich dachte, das wäre klar.«

»Tut mir leid. Bis morgen dann.«

Tapfer bezwang Elizabeth nun die letzten dreihundert Meter hinüber zu ihrem Daheim.

Sie hatte eine Abkürzung über das Feld gewählt und gerade ein Loch in der Hecke erreicht, als mit einem Mal eine kleine Gestalt auf sie zusprang.

»Mammy!«

»Francey! Weshalb treibst du dich denn noch ganz alleine hier draußen herum? Ich dachte, du wärst längst im Bett!«

»Ich habe auf dich gewartet. Drinnen ist es schrecklich, Mammy – Daddy ist furchtbar schlecht gelaunt. Er hat uns alle gleich nach dem Tee ins Bett geschickt. Und mich hat er mit dem Stock geschlagen. Das ist einfach gemein.« Elizabeth wurde es eng ums Herz. Sie haßte es, wenn Neeley eins der Kinder schlug, auch wenn es keins der ihren war. In Wahrheit griff er nur selten zu dem Prügel, der an einem Haken neben der Hintertür befestigt war. Normalerweise genügte die Drohung bereits, damit keins der Kinder über die Stränge schlug. Doch auch wenn sie gegen Prügel war, zwang die elterliche Solidarität dazu, Neeleys Strafaktionen mitzutragen. »Was hast du denn angestellt?« fragte sie denn auch. »Du mußt ziemlich frech gewesen sein, Francey.«

»War ich nicht – ich habe nichts gemacht –, keiner von uns hat irgendwas angestellt! Hast du mir ein Geschenk mitgebracht?« Er zerrte an einem von Elizabeths Paketen.

»He, immer mit der Ruhe! Hab ein bißchen Geduld. Dann liegt ihr also alle schon im Bett?«

»Das Baby ist noch wach. Es weint. Daddy ist so furchtbar böse – ich mußte einfach raus.«

Die Empörung des Jungen erzeugte ein nachsichtiges Lächeln bei seiner Mutter. Manchmal klang Francey wie ein kleiner alter Mann – aber immer rief er eine Wärme in ihrem Herzen wach, die ihm alleine vorbehalten war. Immer noch wanderten seine kleinen Pfoten über die Pakete, um herauszufinden, was sich in ihnen befand. »Francey«, schalt sie abermals, während sie ihm ihre Mitbringsel entriß. »Nimm deine Hände weg und warte, bis wir drinnen sind.«

Der Nebel dämpfte ihre Stimme, als sie, Seite an Seite mit ihrem Sohn über das Feld hinter dem Häuschen stapfte. »Wie bist du überhaupt rausgekommen?«

»Durch das Fenster!« Auch wenn sein Akzent so breit wie der von Neeley war, hatte er das Lächeln seines Vaters geerbt. Außerdem schien sein Körperbau dem von George zu ähneln. Schon jetzt überragte er die anderen Jungen in seinem Alter um mindestens einen halben Kopf. Solange Francey bei ihr wäre, erkannte Elizabeth mit einem Mal, wäre sie von seinem Vater nie ganz frei. »Tja, dann kletter auch wieder durch das Fenster rein!« Spielerisch stieß sie ihn mit ihrem Gepäck an. »Am besten kehrst du auf demselben Weg ins Haus zurück, auf dem du rausgekommen bist, und wir treffen uns dann morgen früh.«

»Aber ich will sehen, was du mir mitgebracht hast!«

»Francey Scollard, du bekommst überhaupt nichts, wenn du nicht auf der Stelle Ruhe gibst.«

»Du bist nicht nett«, protestierte er ein letztes Mal; aber als er die strenge Miene seiner Mutter sah, trottete er ergeben durch den Nebel davon. Sie wartete, bis er um die Ecke des Hauses verschwunden war, und öffnete lächelnd die Hintertür.

Ihre Augen brauchten eine Sekunde, um sich an die Düsternis der Küche zu gewöhnen, die nur vom schwachen, rötlichen Schimmer der Glut aus dem Ofen erhellt war. »Warum ist es hier drinnen so dunkel? Bist du es, Neeley?« Blinzelnd sah sie in Richtung der zusammengesunkenen Gestalt, die auf dem Stuhl ihres Mannes neben dem Ofen kauerte.

Neeley antwortete nicht, aber Elizabeth achtete nicht weiter darauf, da das Baby erbärmlich greinte und aus seiner Richtung ein stechender Geruch in ihre Nase stieg. Abigail, die in dem alten Laufstall auf der anderen Seite des Ofens gefangen war, stand breitbeinig am Gitter und ihre Windel hing so tief, daß sie eindeutig seit Stunden nicht mehr gewechselt worden war.

»Oh, Neeley!« rief Elizabeth, die ihre Pakete zu Boden fallen ließ und eilig das Kind in die Arme nahm. »Das arme kleine Ding!« Dann bemerkte Elizabeth die Flasche, die neben Neeleys Stuhl auf dem Boden lag. Obgleich sie nicht wußte, wieviel er getrunken hatte, sank ihr der Mut. Neeley benahm sich, selbst wenn er nur wenig Alkohol konsumiert hatte, wie ein unberechenbares wildes Tier. Kein Wunder, daß Francey ihn als schlecht gelaunt beschrieben hatte.

Eilig zündete sie die Öllampe auf dem Küchentisch an, ehe sie leise murmelnd und tätschelnd das Baby besänftigte, bis statt des Weinens nur noch ein gedämpfter Schluckauf zu hören war. »So ist's brav, Abbie.« Nach dem Windelwechseln nahm Elizabeth ihre Tochter wieder zärtlich hoch. »Ganz lieb! Braucht sie eine Flasche, Neeley?« fragte sie betont fröhlich, während sie in seine Richtung sah.

»Schlampe!« Auch wenn Neeley weiterhin starr zu Boden sah, traf Elizabeth die Beschimpfung so unvermutet, daß sie um ein Haar das Baby fallen ließ. »Was?« flüsterte sie entsetzt.

»Du hast mich genau gehört«, fuhr er giftig auf. »Schlampe! Nutte! Hure!«

Vorsichtig legte Elizabeth Abigail in die Wiege und deckte sie sorgsam zu. Sie mußte aufpassen, daß sie jetzt nicht die Nerven verlor. Wieviel wußte er? »Ich habe keine Ahnung, was du damit sagen willst«, erwiderte sie ruhig, auch wenn sie spürte, wie ihr Gesicht jede Farbe verlor.

»Das weißt du ganz genau!« Endlich blickte Neeley auf. »Du und dieser – dieser *Schauspieler*! Macht euch vor ganz Glengarriff lächerlich! Du konntest dich einfach nicht von ihm fernhalten, was? Urlaub, daß ich nicht lache – war doch alles von langer Hand geplant! Und ich nehme an, Tilly Harrington machte die ganze Zeit über mit! Wahrscheinlich war ganz Lahersheen in die Sache eingeweiht...« Neeleys Stimme wurde immer lauter, bis er am Ende so brüllte, daß sein Speichel in Fetzen durch die Gegend flog.

Elizabeth sah ihm tapfer ins Gesicht. »Ich weiß immer noch nicht, was du...«

Neeley sprang von seinem Stuhl. »Dein blödes Getue ist mir verdammt schnurz. Das ganze Dorf weiß über die Sache Bescheid, an sämtlichen Kreuzungen von hier bis Castletown spricht man von nichts anderem.« Einige Augenblicke lang dachte sie, er schlüge sie. Statt dessen klaubte er die Schnapsflasche vom Boden auf und holte aus, ehe sie mit lautem Krach im Feuer landete.

»Neeley, nicht...« Elizabeth rannte los, um sie herauszuholen, aber es war bereits zu spät. Die kleine Küche erzitterte, als die Flasche zur Decke emporschoß.

Glücklicherweise hatte er die Flasche mit solcher Wucht geworfen, daß sie ganz hinten in dem großen Kamin gelandet und das meiste Glas hoch in den Schornstein geschleudert wurde – die Scherben platschten lediglich in die Asche. Doch einige Stücke flogen durch den Raum, und auch wenn sich sowohl Neeley als auch Elizabeth instinktiv duckten, erwischte es Neeley oberhalb des rechten Wangenknochens, knapp neben dem Auge.

Abigail heulte gellend auf, und voller Angst stürzte Elizabeth auf die Wiege zu. Zu ihrer Erleichterung stellte sie fest, daß das Baby nicht verletzt, sondern lediglich erschrocken war.

All die anderen Kinder kamen aus dem Schlafzimmer in die Küche gestürzt. Die Mädchen in ihren Nachthemden und Francey vollständig bekleidet, drängten sich mit Blick auf ihre Eltern ängstlich zusammen. Schließlich öffnete Mary, die älteste, den Mund. »Was ist passiert?« Sie schaute erst Elizabeth und dann ihren Vater an. »Daddy, du blutest ja.«

Verblüfft faßte sich Neeley an die Wange, ehe er die von seinem Blut gerötete Hand ermattet sinken ließ. »Jetzt guck dir an, wozu du mich getrieben hast!« Überrascht zog er ein Taschentuch hervor und tupfte sich das Blut ab. Auf dem Stoff bildete sich ein leuchtend roter Fleck.

Trotz des Schocks, der sie infolge der Gewalt der Ereignisse befallen hatte, erteilte Elizabeth ruhig ihren Auftrag: »Mädchen, holt mir das Jod.«

»Rührt euch nicht von der Stelle!« brüllte Neeley zu den verschreckten Kindern hinüber. Dann nahm er wieder Elizabeth ins Visier. »Zur Hölle mit dem verdammten Jod! Komm mir nicht in die Nähe, du Flittchen, Hure!« An die Kinder gewandt, zeigte er mit ausgestrecktem Zeigefinger auf Elizabeth und schrie: »Fragt eure tolle Mammy, was sie vorgestern nacht in Glengarriff getrieben hat. Los, nun fragt sie schon!« Er packte das ihm am nächsten stehende Mädchen am Kragen seines Nachthemds und schob es auf seine Frau zu. *»Nun frag sie schon!«* Er schüttelte das Kind, bei dem es sich um die sechsjährige Goretti, die Schüchternste von allen, handelte.

»Du tust mir weh, Daddy, du tust mir weh«, schluchzte sie.

»Laß sie los!« schrien Francey und Mary wie aus einem Mund.

»Wie könnt ihr es wagen, so mit eurem Vater zu reden?« Neeley ließ von Goretti ab und rannte zur Hintertür. Dort angekommen, riß er an dem Stock, der an einer Schnur am Haken hing – aber sosehr er auch zerrte, bekam er ihn nicht los.

Sämtliche Kinder stimmten ein lautes Wehgeschrei an.

»Nicht, Neeley, laß deinen Zorn nicht an ihnen aus!« Elizabeth stürzte auf ihn zu und zog ihn an der Jacke zurück, aber er fuhr herum und drosch, als sie zu Boden fiel, mit beiden Fäusten blindlings auf sie ein. Dann zerrte er erneut an dem Stock.

»Schnell, Mädchen, Francey, in die Betten – schnell!« schrie Elizabeth, als Neeley den Stock schließlich gewalttätig mitsamt dem Haken herunterriß. Immer noch heulend rannten die Kinder in ihr Schlafzimmer, als ihr Vater herumfuhr und wild den Knüppel schwang.

»Jesus Christus!« entrang es sich ihm. »Kommt sofort zurück. Kommt sofort hierher zurück!«

Elizabeth baute sich entschlossen im Rahmen der Tür des Kinderzimmers auf. »Hör auf, Neeley! Hör sofort auf!«

Mit wutverzerrtem Gesicht hob er den Stock, als habe er es auf sie abgesehen. Elizabeth kniff furchtsam die Augen zu, aber immer noch versperrte sie ihm den Weg. Einen schrecklichen Augenblick lang, als ihr der Gestank seines alkoholisierten Atems in die Nase stieg, wartete sie darauf, daß der Hieb auf sie niedersauste. Dann merkte sie, daß er sich umdrehte, machte die Augen wieder auf und sah ihn durch die Küche zur Hintertür stolpern.

Sie wartete, bis die Tür hinter ihm ins Schloß gekracht war, ehe sie ihre Arme endlich sinken ließ. Das schauerliche Gewimmer aus sieben Kehlen, das an ihre Ohren drang, war unerträglich; aber ehe sie irgend etwas unternahm, blieb Elizabeth, selbst vollkommen geschwächt vor Angst, reglos in der Küche stehen, atmete tief durch und wartete darauf, daß der Sauerstoff seine Wirkung tat. Wenigstens sie mußte einen klaren Kopf behalten.

Sie holte Abigail und trug das kreischende Baby in das Schlafzimmer der anderen. Als sie die Tür öffnete, nahm das Geschrei an Stärke zu, doch als Goretti sah, daß der Eindringling ihre Mutter und nicht Neeley war, kam sie nach vorn gestürzt und vergrub ihren Kopf in ihrem Rock.

»Wo sind Francey und Johanna?« Elizabeth hoffte, daß man sie über den allgemeinen Lärm hinweg verstand.

»Unter dem Bett.« Margaret hatte sich am schnellsten wieder gefaßt und zeigte in die hinterste Ecke des Raumes.

»Hier, kümmere du dich um Abigail.« Elizabeth legte ihr das Baby in den Arm und trat, Goretti im Schlepptau, an das Bett, wo sie sich hinunterbeugte.

Eng umschlungen, die Gesichter einander zugewandt, hatten sich Francey und seine Schwester in die hinterste Ecke gezwängt. Als sie ihre zitternden Leiber sah, wäre es um ein Haar um Elizabeth geschehen.

»Johanna! Francey!« brüllte sie. »Kommt raus, es ist alles gut. Bitte kommt heraus...« Während Goretti sich immer noch an sie klammerte, schob sie mühsam einen Arm unter das Bett und packte ihren Sohn am Hosenbund.

»Hau ab!« brüllte er, wobei er sich noch enger an Johanna klammerte. »Laß uns in Ruhe!«

Offenbar hatte er das Rufen seiner Mutter nicht gehört und dachte, Neeley zöge ihn unter dem Bett hervor. »Ich bin es – Mami!« erklärte sie deshalb. »Es ist alles vorbei, komm heraus, mein Schatz.« Er blickte über seine Schulter und trotz der Dunkelheit erkannte sie die schreckgeweiteten Augen in seinem bleichen Kindergesicht. »Komm heraus, Liebling«, wiederholte sie schmeichelnd. »Jetzt ist alles gut.«

Schließlich kroch Francey zusammen mit seiner Schwester unter dem Bett hervor. Auch die anderen Kinder beruhigten sich, ja selbst Goretti lockerte ihre Umklammerung.

»Und jetzt gehen wir alle zusammen in die Küche«, entschied Elizabeth. Sie handelte ganz instinktiv. Bei seinen früheren Wutausbrüchen hatte Neeley niemals das Haus verlassen, so daß sie nicht wußte, wann mit seiner Rückkehr zu rechnen war. Sie mußte dafür sorgen, daß sich die Kinder erst beruhigten, bevor sie schlafen gingen und er wiederkam.

Nur noch das Baby weinte, als schließlich alles in der Küche versammelt war. »Würde wohl eine von euch Abbie eine Flasche machen? Mary, du vielleicht?« Elizabeth trat an den Herd und warf etwas Holz und einige Stücke Torf hinein. »Ich glaube, etwas heiße Milch tut uns allen gut. Wieviel ist noch da?«

»Ein halber Krug«, informierte Margaret sie, wie immer die praktischste von der ganzen Schar.

»Das reicht nicht für uns alle«, sagte Elizabeth, »also verdünnen wir sie mit ein bißchen Wasser, ja? Francey, ich brauche Torf, Kathleen, setz bitte den Kessel auf. Goretti, hol die Tassen, und du, Margaret, feg bitte den Boden und achte darauf, daß keine Scherbe mehr herumliegt. Aber sei vorsichtig...« Eifrig kamen sämtliche Kinder ihren Aufgaben nach.

Allmählich kehrte so etwas wie Normalität zurück. Als die Flasche für das Baby fertig war und Mary es zu füttern begann, war auch die verdünnte Milch warm. Sie hätte viel gegeben für eine Tasse guten, starken Tees; aber die wöchentliche Teeration lag ausgebreitet auf altem Zeitungspapier, da sie nach der letzten Verwendung noch nicht getrocknet war. Sie verfügte einfach nicht mehr über genügend Energie, die Blätter einzusammeln und zu sehen, was von ihnen noch genießbar war. Also begnügte sie sich ebenfalls mit einer Tasse Wassermilch, ehe sie, ungeachtet ihrer gewohnten Sparsamkeit, ein brennendes Streichholz an die Dochte der beiden anderen Öllampen im Raum – die auf der Anrichte und jene auf dem Kaminsims – hielt. Das Bedürfnis nach Helligkeit wollte sie fast überwältigen.

Nach dem Sturm, der vor wenigen Minuten über sie hereingebrochen war, empfand sie den plötzlichen Frieden in der Küche als doppelt angenehm. Alle reagierten voller Dankbarkeit darauf, daß man außer dem leisen Knistern des Feuers im Ofen und dem Nippen der Kinder an ihren Tassen kein Geräusch vernahm. Trotzdem bemerkte Elizabeth eine allgemeine ängstliche Wachsamkeit. Sie wußte, jedes der Kinder horchte angestrengt, ob Neeley vielleicht plötzlich wiederkam.

»Mammy, was ist ein Flittchen?« Margaret hatte ihre Tasse als erste geleert.

Elizabeth war auf eine derartige Frage bereits vorbereitet. »Das ist kein nettes Wort, mein Schatz – Männer gebrauchen es, wenn sie wütend sind. Aber sie meinen es nicht so.«

»Aber warum ist er wütend aus dich?« fuhr Margaret beharrlich fort.

»Das geht dich überhaupt nichts an!« Mary stellte nachdrücklich ihre Tasse ab.

»Daddy und unsere echte Mammy hatten niemals Streit.« Kathleen war die einzige von Neeleys vier Töchtern aus erster Ehe, die der neuen Mutter stets Widerstand entgegenbrachte.

»Das war höchst ungewöhnlich, Kitty. Die meisten Menschen streiten sich gelegentlich. Selbst die königliche Familie«, fügte Elizabeth hinzu. Kathleen, die in bezug auf Kleider, Phantasiegeschichten und Märchen aller Art die interessierteste der Mädchen war, hatte sich ein Bild der beiden kleinen Prinzessinnen ausgeschnitten und bewahrte es sorgfältig zwischen den Seiten ihres Gebetsbuchs auf. Zwar hatte Neeleys ausgeprägtes Nationalgefühl dem Haushalt seinen Stempel aufgedrückt; aber irgendwie schien, vor allem in den Augen seiner Töchter, die königliche Familie persönlich von dieser Antipathie gegen alles Britische ausgenommen zu sein.

»Wann kommt er zurück?« fragte Francey jetzt.

Elizabeth sah die im Licht der Lampen goldenen Gesichter der Kinder vor sich und zögerte. »Ich nehme an, ziemlich bald«, sagte sie mit einer Unbekümmertheit, die sie keineswegs empfand. »Habt ihr alle ausgetrunken? Dann beeilt euch, hopp, schleunigst in die Betten! Sonst wird Daddy sicher abermals böse auf uns sein. Ich möchte, daß ihr alle so schnell wie möglich schlaft, verstanden?«

»Und was ist mit dem Abwasch?« fragte Margaret überrascht. Diese Arbeit fiel immer den Mädchen zu, die sich bei den häuslichen Pflichten abwechselten.

»Schon gut, Maggie, heute abend bin ich dran.« Elizabeth stand auf und nahm Mary das Baby ab. »Und jetzt los mit euch! Ab ins Schlafzimmer!«

Als alle verschwunden waren, löschte sie die Lampen auf der Anrichte und dem Tisch, setzte sich ins Licht des Kamins und schob dem Baby abermals die Flasche in den Mund. Mit ihrer freien Hand streichelte sie das dunkle Haar, das, da es noch nie geschnitten worden war, in weichen Löckchen über Abbies Schultern fiel. Elizabeths beide Töchter hatten wie Neeley dunkles Haar. Nur Francey war strohblond wie sie. Trotz seiner violetten Augen und seiner überdurchschnittlichen Größe schränkten die hellen Haare die Ähnlichkeit mit seinem Vater ein wenig ein.

Abigail sah ihre Mutter mit großen Augen an, während sie friedlich nuckelte. Seit Franceys Geburt erfüllte Elizabeth, wenn sie einen kleinen, warmen Körper in den Armen hielt und das zufriedene Glucksen eines trinkenden Babys vernahm, ein Gefühl der Wärme und Bodenständigkeit. Heute abend jedoch trat die Befriedigung, die sie sonst beim Füttern der Kleinen verspürte, nicht ein. Vielmehr quälte sie die Sorge über den Schaden an ihrer Beziehung zu Neeley.

Er hatte gesagt, überall spräche man über sie. Konnte Mossie Breac geschwätzt haben? Aber sie war sich sicher, daß Mossie nicht unter den Besuchern der Vorstellung gewesen war. Irgend jemand anderes hatte sie gesehen. Was sollte sie nur tun?

Sie sah sich in der vertrauten Küche um, in der die Kanten und Oberflächen verschiedener Gegenstände – einer Glasvase, einer Bratpfanne, des vergoldeten Bilderrahmens von Neeleys erster Frau – im Licht der Lampe schimmerten. Der Steinboden war sauber gefegt, die Stühle standen ordentlich am Tisch. Abgesehen von den ungespülten Tassen und dem Loch an der Stelle, wo Neeley den Haken aus der Wand gerissen hatte, sah alles vollkommen friedlich aus. Niemand wäre auf den Gedanken gekommen, daß vor weniger als fünfundzwanzig Minuten ein derartiges Gewitter über sie hereingebrochen war.

Sollte sie versuchen, Neeley die Ereignisse in Glengarriff zu erklären? Doch sobald ihr dieser Gedanke kam, verwarf sie ihn gleich wieder. Es machte keinen Sinn, mit einem Mann zu sprechen, der hoffnungslos betrunken war.

Das Baby hatte die Flasche geleert und setzte zu einem Gähnen an. Elizabeth gähnte ebenfalls. Die unnatürliche Energie, die sie in ihrer Angst und in dem Streit beflügelt hatte, war vollkommen verpufft. Am besten, dachte sie, ginge sie ebenfalls zu Bett und täte, als schliefe sie. Die schmutzigen Tassen hatten auch bis morgen Zeit.

»Komm, mein Schatz«, sagte sie zu Abigail und hievte sich von ihrem Stuhl. Sie legte das schläfrige Baby in die Wiege, deckte es zu und wollte gerade die letzte Lampe löschen, als sie hinter sich ein Geräusch vernahm.

»Was …?« Sie fuhr herum.

»Ich kann nicht schlafen, Mammy.« Francey zupfte nervös an seinem Haar.

Elizabeth blickte in sein flehendes Gesichtchen und brachte es nicht übers Herz, ihm böse zu sein. »Dann hast du es offenbar gar nicht richtig versucht, Francey. Schließlich liegst du erst seit ein paar Minuten in den Federn. Komm, ich decke dich gemütlich zu.«

»Ich hasse ihn, Mammy!« Die Worte brachen aus ihm heraus, ehe sie seine Hand nehmen konnte, um mit ihm ins Kinderzimmer zurückzugehen.

Elizabeth hockte sich vor ihn nieder. »Nein, das tust du nicht, du haßt niemanden, Francey. Haß ist eine Sünde, eine sehr große sogar. Das wirst du dem Priester sagen müssen, wenn du zum ersten Mal zur Beichte gehst.«

»Ist mir egal – ich *hasse* ihn!« Hinter seinen Augen stiegen Tränen auf, und in seiner Stimme lag ein leidenschaftlicherer Klang als je zuvor.

»Komm her, mein Schatz.« Sie führte ihn zu dem Stuhl, von dem sie eben erst aufgestanden war, und hob ihn auf ihren Schoß. Er schmiegte sich eng an ihre Brust, aber immer noch zupfte er aufgeregt an seinem Haar.

»Deinem Daddy geht im Augenblick vieles im Kopf herum, Francey. Aber morgen früh ist alles wieder gut.«

Eine Zeitlang sagte er nichts, sondern zwirbelte weiter sein Haar. Dann hielt er in der Bewegung inne und sagte: »Ich werde mir einen anderen Daddy suchen!«

Diese Feststellung erfolgte in einem so bestimmten Ton, daß Elizabeth das Herz bis zur Kehle hinauf schlug. Sie schob ihn ein Stückchen von sich und sah ihm ins Gesicht. »Wo würdest du denn suchen gehen, mein Schatz?« Sie hoffte nur, daß sie halbwegs unbekümmert klang.

»Ich finde schon einen. *Er* ist nicht mehr mein Dad.«

»Francey, aber natürlich ist er das.«

»Nein, überhaupt nicht!« Francey kletterte von ihrem Schoß, stemmte die Hände in die Hüften und bedachte sie mit einem herausfordernden Blick.

Da sie einfach nicht wußte, wie sie darauf reagieren sollte, sah Elizabeth ihn hilflos an. Seit er sprechen konnte, war Francey von einem unerschütterlichen Glauben an seine Überzeugungen beseelt. Diese, so gefährlich wahr und geäußert in einem Augenblick, in dem sie noch mit den sich überstürzenden Ereignissen der letzten achtundvierzig Stunden rang, ertrug sie momentan nicht. Sie hatte einfach keine Energie mehr für einen Streit oder ein erzieherisches Gespräch.

»Darüber sprechen wir morgen früh«, sagte sie, hievte sich ein zweites Mal von ihrem Stuhl und nahm entschlossen seine Hand.

Er ließ sich von ihr zu seinem Bett führen, aber als sie ihn neben Johanna legte, blickte er sie aus George Gallahers Augen an. »Wenn du denkst, daß ich es mir noch einmal überlege, hast du dich geirrt!« flüsterte er in entschiedenem Ton.

Die Gewißheit dieses Fünfeinhalbjährigen erschreckte Elizabeth. »Nun, mein Kleiner«, sagte sie und gab ihm einen Kuß. »Wie gesagt, darüber sprechen wir morgen früh.« Francey kniff die Augen zu, drehte sich auf die Seite und schlief innerhalb von Sekunden ein.

Elizabeth schob sich durch den schmalen Spalt zwischen Francey und dem Nebenbett; aber dann blieb sie, ihren Rücken gegen die an diversen Haken hängenden Kleider gedrückt, stehen und lauschte dem Atem der Kinder. Es würde nicht mehr lange dauern, bis Abigail ihrer Wiege neben dem Herd in der Küche entwachsen war und ebenfalls in dieses Zimmer übersiedelte. Bei der Vorstellung verzog sich ihr Mund zu einem leichten Lächeln. Was würde ihre Mutter denken, wenn noch ein weiteres Baby in einem der drei kleinen Betten lag?

Da keiner der Nachbarn und vor allem keins der Kinder etwas ungewöhnlich an ihrem Leben fand, hatte sich auch Elizabeth, deren siebenköpfiger Nachwuchs gemessen an dem in Béara üblichen Standard eher klein zu nennen war, an den Platzmangel in ihrem Häuschen gewöhnt. Corinne jedoch zeigte sich bei ihrem ersten Besuch entsetzt: die Vorstellung von sechs oder gar sieben Kindern, zusammengepfercht in einem einzigen Raum, war ihr so fremd, daß es ihr tatsächlich die Sprache verschlug.

»Gute Nacht, allerseits...«, flüsterte Elizabeth leise, ehe sie hinausschlüpfte und vorsichtig die Tür hinter sich schloß. Die Gesichter der schlafenden Kinder – im Schlaf sahen selbst die älteren Mädchen viel jünger aus – übten eine beruhigende Wirkung auf sie aus.

Sie war sicher, daß sie nicht schlafen konnte, und tatsächlich wirbelten ihr, sobald sie unter der Decke lag, zunächst Tausende von Gedanken durch den Kopf. Allerdings hatte sie das Ausmaß ihrer körperlichen Erschöpfung offensichtlich unterschätzt, denn innerhalb weniger Minuten versank sie in einen tiefen, traumlosen Schlummer.

9

Elizabeth wurde unsanft geweckt, als sie einige Zeit später spürte, wie jemand an der Decke zog.

»Neeley?« flüsterte sie.

Knurrend schob sich ihr Ehemann ins Bett und rollte sich auf sie, so daß ihre Müdigkeit hier nichts zu suchen hatte.

Sie kniff die Augen zu und blendete ihn aus, wobei sie sich bewußt darauf konzentrierte, eine Liste der Arbeiten des nächsten Tages zu erstellen: die Kinder wecken und in die Schule schicken, die Küche aufräumen, Brot backen, die Hühner füttern, die Kuh melken...

Dann hörte sie, was Neeley im Rhythmus seiner Bewegungen flüsterte: *»Schlampe, Flittchen, Hure, du gehörst mir, du bist mein Eigentum, du Schlampe, Flittchen, Hure, du...«*

Elizabeth gefror bis in ihr Innerstes, ehe sie ihn mühsam von sich abwarf und unter ihm hervor aus dem Bett glitt. Zitternd stand sie in der Dunkelheit und sah ihn an. »Ich verbiete dir, so mit mir zu reden. Ich bin deine *Frau*, Neeley Scollard. Deine *Frau*. Hörst du mich? Du hast kein Recht, derart mit mir umzugehen!«

Die Matratze quietschte, als er sich aufrichtete. »Das sagst gerade du!«

»Hast du mich verstanden, Neeley?« Obgleich sie sich der Tatsache bewußt war, daß nur eine dünne Wand sie von den Kindern trennte, mußte sie an sich halten, nicht zu schreien. »Wenn du über die Sache reden willst, dann tun wir das. Aber sei so freundlich, daran zu denken, daß man im Zweifel für den Angeklagten entscheidet. Ich bin nicht das, als was du mich bezeichnest! Also noch einmal, ich bin *deine Frau*! Und dulde nicht, ich wiederhole, *ich dulde nicht,* daß du derart mit mir sprichst. Morgen früh gehe ich fort von hier. Und nehme meine Kinder mit!« Inzwischen war es ihr egal, ob die sieben sie hörten oder nicht, so daß sie die Tür des Schlafzimmers aufriß, ihren Morgenmantel überwarf und den Raum verließ.

Sie vermutete, daß er ihr folgen würde; daher wirbelte sie, als sie hinter sich ein Geräusch vernahm, erbost herum.

Allerdings war es nicht Neeley, sondern Francey, der unsicher in der Tür des Kinderzimmers stand und, wie neuerdings häufig, an seinen Haaren zog. »Ich habe Durst, Mammy.«

»Ich auch, Mammy.« Hinter ihm tauchte Goretti auf. Wieviel von der Auseinandersetzung hatten die beiden mitgekriegt?

Sie knotete den Gürtel ihres Morgenmantels zu, ging in die Spülküche, füllte zwei Tasen mit Wasser und kam in die Küche zurück. Die Kinder setzten begierig zum Trinken an und sie blieb daneben stehen. Während Goretti auf ihre Tasse sah, wandte Francey den Blick nicht ein einziges Mal von seiner Mutter ab. Von seiner Miene konnte Elizabeth ablesen, daß er alles gehört hatte, oder zumindest genug, um sich aufzuregen.

»Und jetzt zurück ins Bett mit euch!« Sie nahm die leeren Tassen und stellte sie neben das übrige benutzte Geschirr auf den Tisch. Immer noch gesenkten Blickes nahm Goretti Franceys Hand und führte ihn ins Kinderzimmer zurück. Eine Geste, die Elizabeths Schicksal besiegelte. Wie konnte sie diese Familie auseinanderreißen, die entgegen allen Erwartungen zu einer Einheit zusammengewachsen war? Konnte sie es verantworten, daß Goretti und ihren Schwestern zum zweiten Mal innerhalb weniger Jahre die Mutter verlorenging?

Sie warf ein Stück Torf in den Kamin und sank matt auf einen Stuhl.

Es gab keine weiteren Störungen; doch statt ins Bett zurückzukehren, harrte sie in unbequemer Stellung in der Küche aus.

Als es dämmerte, stellte Elizabeth, da sie wußte, daß sie nicht mehr schlafen konnte, den Wasserkessel auf, rieb sich die brennenden Augen, trat ans Fenster und sah hinaus. Abgesehen von einem dünnen, durchscheinenden Film über den Urhan-Hügeln der Coulagh Bucht hatte sich der Nebel aufgelöst. Das Meer war grau und glatt wie das Fell eines Seehundes, und obgleich die Sonne über den Bergen im Osten Lahersheens noch nicht aufging, war das dürre Wintergras bereits in ein rosafarbenes Licht getaucht. Offenbar hatte sie länger geschlafen als gedacht, denn es war höchste Zeit, die älteren Kinder zu wecken. Neeley und seine erste Frau hatten ihre Kinder erst im Alter von sechs Jahren zur Schule geschickt, so daß Mary, obgleich sie bereits fünfzehn war, erst im Juli fertig wäre. Die zehn Monate jüngere Kathleen bildete eine Ausnahme. Ihre unbändige Energie und Neugier hatten sie offenbar so schwierig gemacht, daß sie bereits als Fünfjährige zusammen mit der älteren Schwester eingeschult wurde und dadurch in dieselbe Klasse ging.

Elizabeth hatte nichts dagegen, daß zwei Kinder dieselbe Klasse besuchten; auf diese Weise würden Francey, dessen sechster Geburtstag im Mai bevorstand, und Johanna als unzertrennliches Gespann wahrscheinlich ebenfalls gemeinsame ABC-Schützen.

Es dauerte beinahe eine Stunde, bis sie mit dem Wecken der Schläferinnen, dem Anrühren der Hafergrütze, dem Binden von Schürzen, dem Bürsten von Haaren und dem Durchsehen von Schultaschen fertig war. Endlich verließen die Älteren das Haus, und gerade als sie nach den drei Jüngeren, einschließlich Francey, sehen wollte, öffnete sich das Elternschlafzimmer und Neeley kam, vollständig bekleidet, heraus.

Ohne ein Wort zu sagen, ging er durch die Küche, nahm seine Mütze vom Haken und verließ das Haus.

Elizabeth starrte ihm reglos nach. Mit einem Mal fiel ihr wieder ein, was George Gallaher gesagt hatte vor langer Zeit: Daß die Liebe, die gemeinsame Freude zwischen einem Mann und einer Frau, gestattet war. Ha, dachte sie voller Bitterkeit, welche Freude hatte sie letzte Nacht zusammen mit dem Mann, mit dem sie verheiratet war, gehabt?

Tillys Worte waren kein Scherz, als sie gesagt hatte, das Land würde zerfallen, fänden die Frauen endlich den Mut, bezüglich ihrer Gefühle ehrlich zu sein. Elizabeth sah sich in der Küche um. Mit einem Mal hatte sie den Eindruck, als erwachten die rauhen Wände zum Leben, als erdrückten sie sie regelrecht – wobei deren Unnachgiebigkeit ihre selbstauferlegte Sklaverei besiegelte.

Sie mußte hinaus, wenn auch nur für kurze Zeit.

Von neuer Energie erfüllt, drängte sie den überraschten Francey und Johanna, endlich ihr Frühstück zu beenden, fütterte das Baby, wechselte die Windeln und hüllte alle drei in warme Kleider ein. »Wohin gehen wir?«

Francey sah sie argwöhnisch an.

»Wir gehen rüber und besuchen die Harringtons.«

»Um diese Zeit?« Francey sprach im Ton des kleinen, alten Mannes, der Elizabeth seit Jahren auf die Palme trieb, und am liebsten hätte sie geschrien. Statt dessen zwang sie sich zur Ruhe. »Ja, um diese Zeit, Herr Neunmalklug«, sagte sie. »Und jetzt kommt!« Sie quetschte Johannas kleine Füße in ein Paar Gummistiefel, hob Abigail aus dem Laufstall, wickelte sie in eine Decke und scheuchte die beiden anderen Kinder vor sich aus dem Haus. Sie mußten beinahe rennen, denn das Baby gegen ihre Brust gepreßt, stapfte sie eiligen Schrittes über die winterlichen Felder auf die Harringtonsche Farm zu.

»Himmel, ihr seid heute aber früh unterwegs!« Tilly hielt den

Kragen ihres alten Morgenmantels fest, als sie ihnen öffnete. »Kommt herein... Ich hoffe, es ist nichts passiert?« Während sie die Tür hinter ihnen schloß, sah sie Elizabeth fragend an.

»Nein – ja – *nein* – o Tilly!« Elizabeth drückte Abigail so eng an ihre Brust, daß das Baby laut aufheulte.

»Setzt euch, ich mache euch erst mal einen Tee. Er ist noch gar nicht so alt, erst zweimal benutzt! Habt ihr schon gefrühstückt?« wandte sie sich den Kindern zu. Francey und Johanna nickten ernst. »Tja«, fuhr Tilly fort. »Dann wollen wir doch mal sehen, ob ich euch nicht trotzdem mit irgend etwas eine Freude machen kann...« Sie reckte sich und nahm eine Blechdose vom obersten Brett des Küchenregals.

Elizabeth stapfte in der engen Küche auf und ab, während Tilly drei Rosinenbrötchen aus der Dose hervorzauberte und jedem der Kinder eines gab. Dann nahm sie ein Stück braunes Einwickelpapier aus einer Schublade und riß es in der Mitte durch. »Hier«, sagte sie, legte die Papierstücke vor zwei Stühle auf den Tisch und legte jeweils einen Bleistift dazu. »Setzt euch«, wies sie Francey und Johanna an. »Und ich woll keinen Ton von euch hören, ehe ihr nicht zwei wirklich schöne Bilder gemalt habt für mich.« Francey und Johanna nahmen eifrig kauend die Stifte in die Hand und Tilly bereitete den Tee, während Elizabeth immer noch rastlos auf und ab lief.

»Himmel, du bist vielleicht energiegeladen«, sagte Tilly, als der Tee fertig war. »Komm mit ins Wohnzimmer und erzähl mir, was dich bedrückt. Und ihr beiden seid brav«, rief sie über die Schulter zurück, während sie vor ihrem Gast den nur selten benutzten, bescheidenen Salon betrat. Sie rümpfte die Nase. »Hier scheint schon länger nicht mehr gelüftet worden zu sein.« Dann hob sie die Arme nach dem Baby. »Bitte, gib mir Abigaile – trink deinen Tee, solange er heiß ist, ja?«

Elizabeth überließ Tilly die Kleine, legte ihre Finger um die heiße Tasse und starrte in das helle Gebräu, auf dessen Oberfläche eine Reihe kleiner Fettflecke schwammen. Tilly wippte das Baby auf ihren Knien und sah die Freundin fragend an. »Was ist los, Lizzie?«

Vor lauter Frustration und Verzweiflung brachte Elizabeth zunächst kein Wort heraus. Also nippte sie an ihrem Tee, der wider Erwarten nicht übel schmeckte – zumindest war er heiß und hatte entfernt sogar tatsächlich etwas von Tee an sich. »Tut mir leid, Tilly«, flüsterte sie. »Vielleicht war es falsch zu kommen...«

»Ist das nicht ein wunderbarer Tag?« Tilly erhob sich von ihrem Stuhl, trat ans Fenster und sah hinaus. »Nach dem gestrigen Mistwetter hätte ich nicht gedacht...«

»Ich ertrage es einfach nicht mehr!« Elizabeth drückte die Tasse an ihre Brust, als erführe sie durch die Wärme einen gewissen Trost. »Keine Minute länger!«

Langsam drehte sich Tilly zu ihr um und sah sie über den Kopf des Babys hinweg an. »Es ist alles meine Schuld«, sagte sie langsam. »Ich hätte nicht darauf bestehen sollen, daß du mich nach Glengarriff begleitest.«

Angesichts des Mitgefühls der Freundin fühlte sich Elizabeth noch elender als zuvor. »Neeley hat irgendwelche Gerüchte gehört«, erklärte sie. »Bereits bevor wir gestern abend auch nur zu Hause waren, Tilly, müssen schon irgendwelche Tratschereien die Runde gemacht haben. All meine Vorsicht war umsonst! Und dabei hatte ich – dämlich wie ich bin – einen vollkommenen neuen Anfang mit Neeley geplant. Ich bin wirklich dümmer, als die Polizei erlaubt!«

Sie stellte ihre Tasse auf dem Linoleum zu ihren Füßen ab und sah die Freundin traurig an. »Und dann sind da all die Kinder. Wozu auch immer ich mich entschließe, es wird ihnen weh tun. Ich sitze in der Falle, Tilly.«

»Neeley hat etwas gehört? Was denn?«

»Ist es nicht gleichgültig, was genau man ihm erzählt hat? Irgendwoher weiß er, daß ich George begegnet bin. Und das genügt ihm ganz und gar.«

»Hast du mit ihm darüber gesprochen?«

»Dazu hatte ich nicht die geringste Chance.« Die Erinnerung an die vergangene Nacht entflammte aufs neue ihren Zorn. »Ich kam gar nicht erst zu Wort.«

Abigail spürte, daß ihre Mutter unglücklich war, so daß sie jämmerlich zu wimmern begann.

Elizabeth nahm sie wieder auf den Arm. »Tut mir leid, daß ich dich damit belästige«, sagte sie und wiegte das Baby zärtlich hin und her.

»Gibt es irgend etwas, was ich für dich tun kann?«

»Nein – aber danke, daß du fragst! Es ist nicht dein Problem, sondern meins, und ich bin diejenige, die etwas unternehmen muß. Tief in meinem Inneren spüre ich, daß etwas Grundsätzliches fällig ist, sonst werde ich verrückt. Und das sage ich nicht einfach so dahin, Tilly. Ich meine, vielleicht werde ich wirklich wahnsinnig.«

»Am besten verreist du als erstes Mal für ein paar Tage. Warum besuchst du nicht deine Eltern in Cork?«

Elizabeth dachte kurz an das gemütliche, geräumige Haus in Blackrock, in dem sie aufgewachsen war. Dann jedoch kam ihr ihre Mutter, diese Expertin im schmerzlichen, vorwurfsvollen Schweigen, in den Sinn. »Aber von dort komme ich doch sozusagen gerade«, sagte sie. »Außerdem löse ich durch mein Davonlaufen die Dinge nicht. Wenn ich wiederkäme, wäre alles wie zuvor.«

»Lizzie, du bist noch jung, so etwas vergeht...«

Am liebsten hätte Elizabeth die Freundin angeschrien; aber natürlich war Tilly ebenso hilflos wie sie selbst. »Vielleicht«, sagte sie gefaßt, »sollte ich tatsächlich für ein paar Tage nach Cork fahren. Aber bestimmt ertrage ich es nicht, wenn meine Mutter mich fragt, warum ich zurückgekommen bin. Ich kann ihre Blicke nicht noch einmal aushalten.«

Gegenwärtig ertrug sie nicht einmal mehr Tillys freundliches, fragendes Gesicht, so daß sie an der Freundin vorbei ans Fenster trat, die spitzenbesetzte Gardine zur Seite schob und hinausschaute. »Du hast recht, es ist ein wunderbarer Tag.« Das Haus der Harringtons lag nahe am Meer, und durch das Fenster blickte man direkt aufs Wasser und die Berge auf der andern Seite der Coulagh-Bucht. Verglichen mit den Turbulenzen in ihrer Seele kam ihr die ruhige Beständigkeit der Felsen, des

Meeres und der Landzunge gleichzeitig wie ein Vorwurf und wie tröstender Balsam vor.

Nach ihrer unsanften ersten Bekanntschaft mit dem Wetter in dieser Region hatte Elizabeth die quecksilberartigen Schwankungen allmählich akzeptieren gelernt. Jahreszeitenuntypische Tage wie dieser waren keine Seltenheit. Im Hochsommer gab es immer ein paar bitterkalte und stürmische Wintertage, und in den Tiefen des Novembers oder Februars wurde man gelegentlich mit solcher Wärme, Klarheit und Ruhe verwöhnt, daß mancher Besucher bemerkte, die Gegend erinnere ihn an Südfrankreich im Frühling.

»Ich hoffe, es macht dir nichts aus, Tilly«, setzte sie langsam an. »Aber ich glaube, ich brauche etwas Zeit für mich. Wenn es nicht zuviel verlangt ist, würdest du dich vielleicht ein bißchen um die Kinder kümmern, damit ich einen kurzen Spaziergang machen kann? Ich verspreche, in ungefähr einer Stunde bin ich wieder da. Bestimmt habe ich mich dann wieder beruhigt.«

»Aber gern!«

Elizabeth verabschiedete sich von Francey und Johanna, die immer noch eifrig zeichneten, und trat durch die Hintertür in den Garten hinaus.

Draußen war es wärmer als im Haus. Zwei Krähen segelten kreischend davon, als sie, Kaninchen, Spatzen und Stare aufscheuchend, eilig den nächstgelegenen Hügel erklomm, so daß sowohl Tillys als auch ihr eigenes Haus bald hinter ihr lagen. Zu ihrer Linken, eine Viertelmeile entfernt, machte sie die Gestalt von Mossie Sheehan aus. Er wendete Torf auf seinem Stück Moor, das oberhalb von Derryvegill direkt neben dem ihren lag. Da er aufblickte, winkte sie zwar, blieb aber nicht stehen, um zu sehen, ob er den Gruß erwiderte.

Keuchend erreichte sie den Kamm des Knockameala, auf dem ein kleiner Steinhaufen an – ja, an was? – erinnerte. Niemand hatte je eine Erklärung für das Gebilde gehabt. Sie wußte, die irische Bezeichnung für Lahersheen lautete *Láthair Oisín* – der Ort des Oisín, einer heldenhaften irischen Sagengestalt. Vielleicht markierte der Steinhaufen ja die Stelle, wo der Krieger einmal geschlafen hatte, dachte sie. Sicher wäre die Gedenkstätte hier oben in einer kalten Nacht ein Trost, überlegte Elizabeth, während sie einen weiteren Kiesel auf den Haufen legte. Bereits ein wenig ruhiger nahm sie nun Platz. Am besten dächte sie ein wenig nach und sähe zu, daß sie wieder zu Atem kam.

Es war ein so klarer Tag, daß sie von ihrem Aussichtspunkt weit in alle Richtungen sah: Im Nordosten ragten die Miskish-Berge und dahinter die Cahas auf; im Norden schob sich die breite Mündung des Kenmare-Flusses zwischen Béara und das neblig-blaue Iveragh, und im Süden erstreckten sich die ruhigen Gewässer der Bucht von Bantry bis zum Horizont.

Ringsherum lagen die Felder und sanften Hügel von Lahersheen, Derryconnla und den anderen Ortschaften der Halbinsel. Neeleys winzigen Felder, die er im Lauf der Jahre Stück für Stück erworben hatte und zwischen denen es kaum eine Verbindung gab, waren wie Teile eines Puzzles um ihr Haus verstreut und kämpften sich mühsam zu dem niedrigen braunen Gifpel von Knocknasheeog oder dem höher gelegenen Kamm des Knockameala, wo sie saß, hinauf. Hoch über ihren Kopf zog ein Wanderfalke, einer von einem Paar, das, wie sie wußte, in den Klippen nahe des alten Hügelgrabs oberhalb von Kilcatherine nistete, seine Kreise. Die Rinder waren noch nicht draußen, aber überall auf den Feldern und Wiesen nahm sie zahlreiche Vögel wahr, während es ihr zu Füßen von Insekten nur so wimmelte. Dieses fröhliche Treiben stand in einem solchen Gegensatz zu ihrer eigenen freudlosen Existenz, daß sich hinter ihren Augen Tränen des Selbstmitleids sammelten.

Elizabeth war all ihren Kindern, auch denen von Neeley, in warmer Liebe zugetan; aber im Augenblick hatte sie das Gefühl, als bedeute die Zeit, die ihr auf diesem wunderbaren, lichtvollen Planeten zugemessen war, eine endlose Strafe – ohne wirklich zu leben, sondern indem sie ähnlich einem Käfer oder Maulwurf im Dunkel ihrer Küche, im Schlamm ihres Hofs, im Staub ihres Schlafzimmers zu wühlen hatte. Ihre Sommer waren mit den zahlreichen ländlichen Arbeiten, die Winter mit bloßem Überleben ausgefüllt.

Tage wie dieser kamen und gingen, ohne daß es ihr tatsächlich ins Bewußtsein drang. Wenn sie spazierenging, ja selbst hier herauf an diesen herrlichen Ort, dann stets mit den Augen am Boden vor sich oder mit einem der Kinder im Blick. Und als sie schließlich den Gipfel erreichte, war sie so müde und von den nächsten Aufgaben in Beschlag genommen, daß sie vergaß, sich umzusehen. Zwar zollte sie »schönen Tagen« leere Lippenbekenntnisse, aber für gewöhnlich ging die Schönheit solcher Tage spurlos an ihr vorüber.

Sie warf sich rückwärts auf den Ginster, das harte Gras, die knotigen Zweige und den verwitterten Farn, die den Boden überwucherten. »Ich bin sechsundzwanzig Jahre alt«, weinte sie zum Himmel hinauf, »... erst sechsundzwanzig... Was ist mir nur widerfahren?«

Während sie dort lag, hatte sie das Gefühl, als stelle der Himmel jede Bewegung ein, während sie selbst sich langsam in einem großen Bogen durch seine unendliche Weite schob. Und plötzlich sträubten sich ihre Nackenhaare. Etwas lag in der Luft.

Zu ihrer Rechten nahm sie eine leichte Bewegung wahr, eilig zog sie ihre Beine an und richtete sich auf. Vielleicht handelte es sich um einen Fuchs, einen Dachs oder gar eine Ratte? – Elizabeth war noch immer Stadtmensch genug, um sich allein bei dem Gedanken an Nager, vor allem an Ratten, zu schütteln.

Sie wartete einige Sekunden, und als sie nichts mehr hörte, entspannte sie sich leicht. Dann allerdings fiel ihr ungefähr zehn Meter entfernt ein leichtes Blitzen auf. »He!« schrie sie, um zu vertreiben, was auch immer in ihrer Nähe war. »He! He!«

»Mrs. Scollard?« Ein aufgeklapptes Gewehr über dem Arm, trat ein junger Mann aus dem Gebüsch. Elizabeth erkannte Daniel McCarthy aus Lissacarrig, einer der Jungen aus dem Ort, nach Aussage von Mary, Neeleys ältester Tochter, der Schwarm sämtlicher Mädchen im Bezirk. Im Unterschied zu den anderen Dan McCarthys war der Achtzehn- oder Neunzehnjährige allseits unter seinem Eigennamen Daniel Carrig bekannt.

»Daniel?« Ihrer Überraschung ob seines plötzlichen Auftauchens folgte Betretenheit. Dieser Junge hatte sicherlich mit angehört, wie sie einigermaßen verrückt mit dem Himmel sprach.

»Ich habe Kaninchen gejagt.« Er beugte sich vor, hob ein paar der Tiere hoch und zeigte sie ihr. Seltsamerweise wirkte er vollkommen unbefangen. Vielleicht war er doch zu weit weg gewesen?

»Ich verstehe.« Elizabeth stand auf und strich mit den Händen über ihren Rock.

»Wunderbarer Tag, Mrs. Scollard, nicht wahr?« Offenbar hatte er nicht die Absicht, gleich wieder zu gehen; denn er legte die Kaninchen erneut zu seinen Füßen ab und richtete sich wieder auf.

»Ja, nicht wahr?« Elizabeth war leicht unbehaglich zumute, als wäre er der Erwachsene und sie das Kind. »Also«, fuhr sie betont munter fort, »ich muß wieder los.«

»Aber Sie sind doch eben erst gekommen«, bemerkte er ganz richtig.

»Hm!« Sie blickte in die Ferne, wo sie Lough Fada schimmern sah. »Himmel« – inzwischen hatte sie ihre Fassung wiedererlangt –, »jedenfalls habe ich nicht mit Gesellschaft gerechnet.«

»Oh, ich komme oft hier herauf«, erklärte er. »Toller Platz für die Kaninchenjagd.«

Sie sah ihn kurz an. Machte er sich etwa lustig über sie? »Da waren gar keine Schüsse!«

»Die Tiere hier habe ich schon vor einer halben Stunde erlegt. Ich wollte gerade eine Pause machen. Den Tag genießen, wissen Sie?«

Seine Gelassenheit kam Elizabeth außergewöhnlich vor, obgleich ihr unmittelbar nach ihrer Ankunft in Béara aufgefallen war, daß der hiesige Menschenschlag, wenn auch nicht gerade zu besonderer Gesprächigkeit, so doch zu einem unerschütterlichen Selbstvertrauen neigte. Diese Beobachtung hatte sie nicht nur bei Erwachsenen gemacht: auch Kinder und Jugendliche verfügten über diese bemerkenswerte Eigenschaft. »Tja, das habe ich ebenfalls«, sagte sie. »Den Tag genossen, meine ich.«

Während der folgenden Pause überlegte Elizabeth fieberhaft, was sie noch äußern könnte, doch er kam ihr zuvor. »Von hier aus sieht man das Dach von Ihrem Haus.« Er nickte mit dem Kopf in Richtung ihres Hofs.

»Stimmt«, kam Elizabeths knappe Erwiderung.

»Hübsches Häuschen«, lobte er und setzte sich.

»Findest du?« Elizabeth zögerte, doch dann setzte sie sich ebenfalls. Angesichts des vollkommen normalen, alltäglichen Verlaufs, den diese Unterhaltung nahm, gab es wirklich keinen Grund, sofort zu flüchten. »Weißt du, wie spät es ist, Daniel?«

Er hob den Kopf und sah blinzelnd ins Sonnenlicht. »Ich würde sagen, zehn, halb elf. Ich habe keine Uhr.«

»Ich auch nicht.« Sie lächelte, legte die Hände hinter sich, lehnte sich ein wenig zurück und hielt ihr Gesicht in die Sonne. Als er nichts mehr sagte, machte sie die Augen zu und genoß das Zwitschern und Tschilpen ringsumher, wozu sich das Solo einer Lerche direkt über ihrem Kopf gesellte. Und ähnlich einem Echo in einer Höhle drang von unten das gedämpfte Donnern der Brandung.

Elizabeth verdrängte ihre Probleme und die Tatsache, daß sie nicht alleine war.

»Wissen Sie, ich habe Sie gehört. Als Sie gesagt haben, Sie wären erst sechsundzwanzig Jahre alt.«

Sie riß die Augen auf. Der Blick des Jungen, so entdeckte sie, war vollkommen ernst. In seinen dunkelbraunen Augen entdeckte sie ein flüchtiges Flackern. »Das tut mir leid, Daniel«, sagte sie ruhig und wandte sich ab, obgleich sie seltsamerweise gar nicht mehr verlegen war. »Wie gesagt, ich dachte, ich wäre allein.« In gewisser Hinsicht erleichterte es sie, daß jemand anders, auch wenn es sich dabei um diesen fremden Jungen handelte, Zeuge ihrer Trauer war. »Wie alt bist du?« fragte sie ihn jetzt.

»Neunzehneinhalb«, antwortete er.

»Ein wunderbares Alter. Ach, wäre ich doch auch noch mal so jung!« Elizabeth dachte, sie hörte sich an wie eine Greisin. »Tja, vielleicht doch nicht unbedingt«, fuhr sie langsam fort. »In dem Alter war ich bereits verheiratet.« Wieder hatte sie es vollkommen verkehrt herausgebracht. Es klang, als bedauere sie, verheiratet zu sein. »Oh, hör nicht auf mich«, winkte sie ab und wandte ihr Gesicht abermals der Sonne zu.

»Sie haben wunderschönes Haar, Mrs. Scollard«, begann er nach einem Augenblick wieder. »Es sieht wie Honig aus.«

Sie starrte ihn entgeistert an. »Du auch, Daniel.« Sein dichtes, gelocktes Haar war beinahe schwarz.

»Danke.« Er nahm das Kompliment wie eine Selbstverständlichkeit hin. »Verstehen Sie Irisch?«

»Ein bißchen.« Elizabeth hatte in der Schule nur wenig Irisch gelernt, aber viele der älteren Menschen in Béara wandten im täglichen Leben Worte oder ganze Sätze an, die sie im Zusammenhang durchaus verstand.

»Dann wissen Sie sicher, daß dieser Berg ›Der Hügel des wilden Honigs‹ heißt. Sein richtiger Name lautet Knockamealafin, Cnoc na meala fiăine – aber die Leute hier sind zu faul, einen so langen Namen auszusprechen.«

»Aha«, meinte Elizabeth und wußte nicht, ob sie über die Wendung ihres Gesprächs belustigt sein sollte. »In dieser Gegend gibt es viele seltsame Namen«, ergänzte sie. »Natürlich kenne ich die Bedeutung von Lahersheen, aber wie sieht es zum Beispiel mit Derryconnla aus?«

»Die ›Kerzeneiche‹. Aber mir ist schleierhaft, welche Eiche damit gemeint sein könnte. Ihr Haar habe ich zum ersten Mal während der Messe bemerkt«, fuhr er fort, als wäre dies das normalste Thema der Welt. »Als Ihnen das Kopftuch herunterglitt. Sie saßen am Ende der Reihe und ich zwei Reihen dahinter auf der anderen Seite des Gangs.«

Mit einem Mal lag eine gewisse Spannung zwischen ihnen.

»Und wann war das?« fragte sie schwach.

»Vor ungefähr einem Jahr. Nein, noch nicht so lange. Im März.«

»Ich verstehe«, sagte sie und starrte ihn mit großen Augen an. »Tja, dann gehe ich jetzt mal langsam zurück.«

»In Ordnung.« Er erwiderte ihren Blick, während er, die

Waffe unschuldig wie den Zweig eines Haselstrauches neben sich, entspannt im Ginster lag. Sein Körper, so sah sie, war kräftig und schmal zugleich.

Sie stand auf, glättete erneut den Rock ihres Kleides und sah sich um. »Hier oben ist es wirklich wunderbar. Ich komme viel zu selten herauf.«

»Ja, es ist schön.«

»Und du sagst, du bist immer hier?« Dieser seltsame Junge verwirrte sie.

»Hier wimmelt es nur so von Kaninchen«, klärte er sie auf. »Man findet sie überall bis rüber nach Derryvegill und runter nach Lough Fada. Manchmal schieße ich auch Füchse.«

»Ich verstehe«, sagte sie zum x-ten Mal. »Jetzt wird es aber Zeit für mich.« Sie wandte sich von ihm ab und blickte auf ihr Haus hinunter.

»In Ordnung. Tschüs, dann!« Die Stille zwischen ihnen verdichtete sich.

Obgleich sie sich nicht noch einmal zu ihm umdrehte und er immer noch in einer Entfernung von über zwei Metern von ihr saß, spürte sie, wie er ihren Mund mit seinen Lippen versiegelte.

»Auf Wiedersehen, Daniel!« Sie ließ ihn sitzen und stürzte den Hügel hinab.

Was war dort oben nur geschehen? Offenbar verlor sie tatsächlich den Verstand.

Der Junge war beinahe noch ein Kind. Und doch hatte sie etwas in ihm gespürt, eine Süße…

Hör auf! schalt sie sich. *Laß das sein!*

Als sie wieder vor Tillys Haustür stand, hatte sie sich ein wenig beruhigt und war beinahe überzeugt davon, daß das Erlebte auf ihrer erregten Phantasie basierte. Aber dann hob sie den Kopf und entdeckte, daß zwei Elstern – sie konnte den bläulichen Schimmer ihrer Federn ausmachen – direkt vor ihr über den Weg flatterten.

Zwei Elstern standen für großes Glück.

Hör auf! wies sie sich erneut zurecht, aber zugleich kam ihr ihr Körper plötzlich leicht wie eine Seifenblase vor.

Auch Tilly bemerkte die Veränderung. »Allmächtiger«, sagte sie. »Du solltest öfter spazierengehen. Sogar ein wenig Farbe hast du wieder im Gesicht. Gott sei Dank!«

»In der frischen Luft sieht alles gleich weniger dramatisch aus, nicht wahr?« lachte Elizabeth. »Komm her, mein Schatz!« Sie nahm Tilly das Baby aus dem Arm, hob es über ihren Kopf und schwenkte es im Kreis. Abigail ruderte vergnügt mit ihren fetten Ärmchen und Beinchen und brach in fröhliches Glucksen aus.

Die beiden älteren Kinder kamen mit ihren Gemälden an. »Sieh nur, Mammy, schau mal!« bedrängten sie Elizabeth.

»Laßt mich sehen – oooh! Die sind wirklich toll!« Elizabeth setzte Abigail auf ihrer Hüfte ab und sah sich die beiden Bilder an. Johanna hat ein normales Kleinkind-Gemälde fabriziert. Ein windschiefes Haus, aus dessen Schornstein man dichten Rauch hervorquellen sah, Kühe, einen Hund und eine Katze auf einem Feld. Franceys Bild hingegen stellte sich als komplizierter heraus. Sein Haus war in die untere rechte Ecke des Blatts gezwängt und wies mehrere lange Anbauten auf, die sich wie Tentakel auf einen Menschen in der Mitte des Blattes erstreckten. Die Figur hatte die Arme starr in die Luft gereckt und ihr Mund war wie zu einem Schrei geöffnet, während ihr das lange, wirre Haar zu Berge stand. »Was ist denn das, Francey?« fragte Elizabeth alarmiert.

»Das Monsterhaus.«

»Es macht einem wirklich angst. Und wer ist der arme Mensch?«

»Niemand.«

Elizabeth starrte ihn skeptisch an. »Bist du sicher?«

»Klar! Können wir jetzt wieder heimgehen?«

Elizabeth war zu gut gelaunt, um sich weiter mit dem erschreckenden Bild zu beschäftigen. Also sammelte sie ihre Kinder ein, dankte Tilly dafür, daß sie sich um die Kleinen gekümmert hatte, und brach auf.

Auf dem Rückweg überraschte sie die Kinder, indem sie Abigail absetzte und sagte: »Los, spielen wir Ringel Rangel Rose, ja?«

»Warum?« fragte Francey, den die Stimmung seiner Mutter mißtrauisch machte.

»Weil es ein wunderbarer Tag ist und ich es will, darum.« Sie nahm Francey und Johanna bei den Händen, bildete mit ihnen zusammen einen Kreis und tanzte singend um das überraschte Baby herum.

»Und machen alle husch!« Die drei warfen sich auf den Boden, und Francey und Johanna brachen beim Anblick ihrer Mutter, wie sie mit den Beinen in der Luft strampelte, in vergnügtes Kichern aus.

Als sie wieder aufstand, blickte Elizabeth zum Gipfel des Knockameala hinauf. In der Ferne hob sich eine Gestalt vom Himmel ab. Das Wetter war so klar, daß selbst das V des angewinkelten Gewehrs in ihrem Arm zu sehen war.

»Komm!« Sie hob Abigail auf. »Jetzt müssen wir wirklich nach Hause.«

»O Mammy! Ich will noch einmal spielen.« Francey hatte sich, die Hände in die Hüften gestemmt, vor ihr aufgebaut. »Du hast es *versprochen*!«

»Du hast es *versprochen*!« fiel auch Johanna ein.

»Ich weiß, meine Schätze«, Elizabeth wandte sich eilig zum Gehen, »ein andermal!«

Um die Mittagszeit hatte sie gerade die beiden Kinder zum Essen an den Tisch gesetzt und dem Baby eine Flasche gemacht, als Neeley eintraf. Sofort senkte sich angespanntes Schweigen über den Raum.

Er ging hinüber zu Elizabeth. »Hier«, sagte er und warf ihr ein kleines, braunes Päckchen in den Schoß.

»Was ist denn das?« Unsicher nahm sie es in die Hand.

»Öffne es und sieh nach«, sagte er barsch, machte auf dem Absatz kehrt und ging in die Spülküche, von wo aus nach einem Augenblick das Geräusch laufenden Wassers an ihre Ohren drang.

Elizabeth setzte das Baby in seinen Laufstall, riß das braune Papier des Päckchens auf und zog zwei Riegel Cadbury's Schokolade heraus.

Elizabeth hatte schon immer ein Faible für Süßigkeiten gehabt; aber Schokolade war aufgrund des Krieges in Irland eine Ware, die man ebenso schwer bekam wie Platin. »Wo hast du das her, Neeley?« rief sie überrascht.

»Es ist ein Geschenk«, gab er zurück.

Sie wog es in der Hand. *Damit kommst du zu spät*, dachte sie halb betrübt und halb erbost.

In jener Nacht hatte sie einen angenehmen, lebendigen Traum, der ihr noch den gesamten folgenden Tag vergoldete. Obwohl sie sich beim besten Willen an keine Einzelheiten erinnerte, war ihr so warm ums Herz, als hätte eine liebe Freundin sie umarmt.

Erst in der darauffolgenden Nacht, als sie im Halbdämmer des Einschlafens versank, kehrten die Bilder zurück. Sie sah in Richtung des aus vier kleinen Scheiben zusammengesetzten Fensters ihres Schlafzimmers, als es mit einem Mal hell zu leuchten begann. Sie streckte die Hände aus, zog es näher und schob es sich über den Kopf. Ohne Erschrecken über dieses Phänomen trat sie hindurch in eine juwelenbedeckte Landschaft von einer solch klaren, plastischen Schönheit, daß sie nach Atem rang.

Die Berge waren mit schimmernden Achaten und Amethysten übersät, während unter ihr das Meer Perlen und Smaragde gegen die Felsen aus polierten Jett warf. Der Himmel bestand aus einem einzigen strahlenden Saphir, die gekalkten Häuser ihrer Nachbarn glitzerten hart unter einer diamantweißen Sonne, und statt steinig und dornig streckten sich die Felder von Béara wie jadeüberzogene Billardtische vor ihr aus. Blumen aus Rubinen, Bernstein, Aquamarin und Zitrin blühten in den Hecken am Wegesrand, und die Straßen erschienen wie Bänder aus Opal.

Ebenso frei und unbeschwert wie die Vögel, die zart und schwerelos herumflatterten, lief Elizabeth durch diese Zauberlandschaft, die wirkte, als hätte eine liebende Hand selbst die Kühe und Kälber sorgsam an den schönsten Stellen plaziert.

Dann lockte der Friedhof Kilcatherine sie an, der nicht der

Friedhof ihrer Ängste war, sondern ein luftiger Festplatz. Um Kreuze wanden sich Blumen und Bänder, so daß sie an Maibäume erinnerten, und um sie herum wurde ein ritueller Tanz aufgeführt. Die Personen hatte sie nie zuvor gesehen, Männer und Frauen von großer Schönheit, größer und stattlicher als die Menschen hier in Béara. Die Frauen waren in pastellfarbene Kleider gehüllt, deren Stoff bei jeder Bewegung leicht um ihre Beine schwang. Die Männer trugen Roben aus silbrigem Grau. Dachse, Füchse und Kaninchen tollten um ihre Füße, und sie alle, selbst die Tiere, waren mit Eichenblättern herausgeputzt. Sämtliche Anwesenden lächelten sie so freundlich an, daß ihrer aller Liebe, die eigenartigerweise nach Honig schmeckte und wie etwas Greifbares erschien.

Elizabeth trat in die Mitte der Gruppe und gleichzeitig löste sich eine der Frauen in einem hauchdünnen, türkisfarbenen Kleid aus dem Kreis und überreichte ihr einen Gegenstand. Als Elizabeth ihn in Augenschein nahm, erkannte sie den Kilcatherine-Kopf – doch nicht als das schreckliche Ding, vor dem sie sich so fürchtete, sondern als eine Kugel, deren Textur und Farbe sich ständig veränderte. Mal war sie Rauch, mal flüssiges Gold, und das Gesicht, das sie bisher so unheimlich fand, drückte nun liebevolle Milde aus. Noch während sie den sich verändernden Gegenstand betrachtete, wußte Elizabeth, daß man sie um Vertrauen bat und daß sie damit unwiderruflich unter dem Schutz des Kopfes stand.

Dies war alles, woran sie sich erinnerte – offenbar wachte sie an dieser Stelle des Traums auf –, aber als sie sich die Einzelheiten wieder vergegenwärtigte, wurde ihr erneut warm ums Herz. Ja, sie fühlte sich plötzlich derart wohlig, daß sie sich auf die Seite drehte und dem schlafenden Neeley einen vorsichtigen Kuß auf die Wange drückte.

Während dieses denkwürdigen Tages unternahm er weitere Versuche, ihr zu beweisen, wie zerknirscht er wegen seines Fehlverhaltens war. Nachdem sie ihm für die Schokolade gedankt hatte – sorgsam darauf achtend, daß sie ihre wahren Gefühle nicht verriet –, gestand er ihr, daß er bei einem Notar in

Castletownbere war. »Ich habe mein Testament gemacht. Bei meinem Tod gehört alles dir, Lizzie«, erklärte er. »Das Haus, der Hof, das gesamte Anwesen.«

Bisher hatte Elizabeth sich nie auch nur die geringsten Gedanken über diesen Aspekt ihrer Zukunft gemacht, doch sein Bemühen rührte sie. »Danke, Neeley«, sagte sie entgegenkommend. »Und mach dir keine Sorgen für den Fall, daß das Schlimmste tatsächlich einmal eintreffen sollte. Ich werde da sein, bis das letzte unserer Kinder flügge ist.«

Neeley hatte sich verlegen abgewandt und haderte wieder einmal mit sich, ob sie seine Geste vielleicht nicht genügend würdigte.

Jetzt drehte sie sich vorsichtig, um ihn nicht zu wecken, wieder um und schmiegte sich gemütlich ins weiche Kissen.

Und während sie so behaglich auf der Seite lag, lösten sich die letzten Reste ihrer Scham darüber, daß sie von George Gallaher regelrecht besessen gewesen war, wie Nebelschwaden auf, und sie merkte, daß sie seiner voller Zärtlichkeit gedachte, beinahe als wäre er ein Kind.

Doch das letzte Bild, das sie vor dem Einschlafen erfaßte, war Daniel Carrigs Anblick, wie er auf dem Gipfel des Knockameala rücklings im Ginster lag.

Neeley sprach nie mehr über George Gallaher oder über das, was eventuell in Glengarriff vorgefallen sein mochte. Und nach ein paar Tagen, während derer Elizabeth noch wachsam blieb, senkte sich allmählich wieder ein äußerer Friede über die Scollards.

Trotzdem wurde es nie wieder wie zuvor.

Obgleich Elizabeth grundsätzlich weiterhin Neeleys gelegentliche Avancen klaglos über sich ergehen ließ, gestattete sie ihm nie mehr, sie zu berühren, wenn er auch nur leicht angetrunken war – eine Tatsache, der sich Neeley zunächst voller Verärgerung, dann jedoch resigniert ergab.

Und noch etwas kam hinzu. Elizabeth war in die Gefühle, die dieses Kilcatherine-Märchen in ihr wachgerufen hatte, eingehüllt wie in ein weiches Nebeltuch; und bei ihren täglichen Verrichtungen merkte sie immer wieder, wie sie sich in glückseligen Tagträumen erging. Zwar bemühte sie sich aufrichtig, ihn aus ihren Gedanken zu verdrängen – trotzdem tauchte Daniel Carrig McCarthy immer wieder darin auf.

Dann, zwei Wochen nach ihrer Begegnung auf dem Knockameala, kam es zu einem weiteren Treffen. Als Elizabeth das Postamt in Ardgroom verließ, blickte sie über die Schulter zurück, um sich von der Postangestellten zu verabschieden, als sie plötzlich mit jemandem zusammenstieß. »Tut mir leid«, sagte sie, und dann. »Oh! Du bist es …«

Sie merkte, wie ihr das Blut in die Wangen schoß, und spürte, daß die Postangestellte interessiert in ihre Richtung blickte.

Er jedoch war die Gelassenheit in Person. »Hallo, Mrs. Scollard«, sagte er freundlich. »Ein unangenehmer Tag.«

»Ja.« Seine Kleider verströmten den Geruch von starkem Tabak und frischer Luft.

»Aber ich denke, daß es später vielleicht noch aufklaren wird«, setzte er hinzu. Die Ruhe, mit der er zur Seite trat und sie an sich vorüberließ, war einfach zuviel für sie.

»Danke, Daniel«, sagte sie und wandte sich hastig zum Gehen.

Die Begegnung hatte nicht mehr als zehn Sekunden gedauert, aber als Elizabeth mit dem Rad nach Hause fuhr, hing sie der Erinnerung an den Geruch seiner Kleider und an den Blick seiner Augen nach. Sie merkte, daß sie seine Größe abschätzte. Gemessen an ihren eigenen einen Meter siebzig schien er etwas über eins achtzig zu sein.

Diese Überlegungen beschämten sie. *Jetzt reicht es!* zankte sie sich aus, während sie an einer besonders steilen Stelle von ihrem Fahrrad stieg und, dicht über den Lenker gebeugt, mit aller Kraft zu schieben begann. *Was machst du nur? Was, um Himmels willen, hast du vor?*

Sie schob mit einer solchen Vehemenz, daß sie in Rekordzeit auf der Kuppe des Hügels anlangte, und als sie das Rad den Berg hinunterrollen ließ, verbannte sie entschlossen Daniel Carrig

McCarthy, seine Augen, seine Größe, ja alles an ihm, aus ihrem Hirn, als gäbe es ihn nicht.

Aber als sie am folgenden Tag mit einem Korb nasser Wäsche auf das Feld östlich des Hauses trat, sträubten sich abermals ihre Nackenhaare. Sie fuhr auf dem Absatz herum und blinzelte zum Gipfel des Knockameala hinüber. Dort stand er. Seine Silhouette hob sich deutlich vom Himmel ab.

Die Laken, die bereits an der Leine hingen, flatterten wild, während sie sich einige Sekunden lang musterten. Dann drehte sich Elizabeth wie in Zeitlupe um und nahm einen Kopfkissenbezug aus dem Korb, der zu ihren Füßen stand. Als sie abermals in Richtung des Berges sah, war Daniel fort.

Am Nachmittag wurde das Wetter schlecht, und sie sah ihn mehrere Wochen lang nicht. Während dieser Zeit bemühte sich Elizabeth nach Leibeskräften, sich aus dem magischen Kreis zu befreien, in dem Daniel Carrig McCarthy sie eingefangen hatte. Sie schrubbte das gesamte Haus, räumte die Regale um, schwärzte den Ofen neu. Außerdem versammelte sie die Kinder um sich wie ein schützendes Schild, las den Kleinen abends vor und überwachte die Hausaufgaben der Größeren. Neeley gegenüber war sie zuvorkommend und liebevoll. Eines Nachts ergriff sie sogar die Initiative.

Ein paar Nachbarn hatten sie zum Kartenspiel besucht. Der Abend war angenehm verlaufen, aber nachdem sie die Besucher verabschiedet und dabei festgestellt hatte, daß es endlich draußen wieder trocken war, hatte sich Elizabeth ruheloser und energiegeladener gefühlt als normalerweise um diese späte Zeit. Statt ins Bett zu gehen, wollte sie noch ein wenig frische Luft schnappen. »Endlich regnet es nicht mehr«, hatte sie Neeley erklärt. »Ich war seit Tagen kaum vor der Tür. Leg dich ruhig schon hin, ich komme in ein paar Minuten nach.«

Aus einem der Nebengebäude drang das leise Muhen einer jungen Kuh, als sie sich in Begleitung von Rex, dem Hund der Familie, der, begeistert über den nächtlichen Spaziergang war, durch das kleine Loch in der Steinmauer auf das nach dem endlosen Regen matschige Feld flitzte, auf den Weg machte.

An jenem herrlichen Tag im Februar, an dem sie auf den Gipfel des Knockameala gestiegen war, hatte Elizabeth sich vorgenommen, der landschaftlichen Schönheit ihrer neuen Heimat mehr Aufmerksamkeit zu widmen. Erst vor einer halben Stunde noch hatte der Wind Regentropfen hart wie Sargnägel gegen die klappernden Fensterläden geklatscht. Aber der Sturm war nach Ostern weitergezogen, so daß eine friedliche Ruhe über der Umgebung lag. Obgleich die Luft weitere Stürme verhieß, fühlte sich Elizabeth, während sie den Hügel erklomm, frisch und ausgeruht, als sauge sie mit jedem Schritt einen Teil der strahlenden Klarheit des Himmels und des Meeres in sich auf.

Die ganze Zeit über versuchte sie, nicht zum Gipfel des Knockameala hinüberzuschauen.

Sie rief nach Rex, der im Zickzack weit vor ihr lief, so daß er eifrig zurückgesprungen kam und ihr, als sie an seinen weichen Ohren zog, ungestüm die Hand leckte, ehe er wieder von dannen hechtete.

Elizabeth konnte der Versuchung, nach oben zu blicken, nicht länger widerstehen.

So weit sie sehen konnte, war die silbrig graue Kuppe menschenleer.

Was für eine Närrin du doch bist! Wütend auf sich, weil sie so schwach und obendrein noch dämlich war – was täte sie denn überhaupt, wäre er tatsächlich dort? –, machte sie auf dem Absatz kehrt und eilte den Hügel hinab zum Haus zurück; da drang, gerade als sie vor der Hofmauer stand, ein vereinzelter Schuß an ihre Ohren.

Sie wirbelte herum und blickte in Richtung des Bergs zurück, aber immer noch war niemand dort. In der Dunkelheit täuschte man sich leicht, was die Herkunft eines Geräuschs betraf. Sicher war er irgendwo anders, überlegte sie. Oder nicht er, sondern ein anderer Nachbar wollte den Speisezettel der Familie bereichern.

Obgleich sie sich angestrengt umsah, machte sie nirgends auch nur die geringste Bewegung, auch nur das leiseste Aufblitzen einer Taschenlampe aus. Die Umrisse der Berge, nicht nur des Knockameala, sondern auch des Knocknasheeog, des Tooreennamna und all der anderen, lagen in ewiger Ruhe da.

Wieder ging sie mit sich ins Gericht. *Um Gottes willen, Frau!* Du bist wirklich zu verachten. Erst erniedrigst du dich, indem du dich mit einem Lügner und Betrüger einläßt, der dein halbes Leben zerstört. Und gerade als du dich von dieser Sache zu erholen beginnst, was tust du da? Fängst an, dich für einen Jungen zu interessieren – ein kaum neunzehnjähriges Kind. Erschrocken hielt sie die Luft an. Ihre Phantasie über Daniel Carrig McCarthy mußte das bleiben, was sie war – bloße Phantasie!

Elizabeth straffte die Schultern und starrte auf ihr Heim. Da während des Kartenspiels die Männer in der Küche geraucht hatten, ließ sie, um zu lüften, vorher beim Hinausgehen, die Türe offen; deshalb ergoß sich nun ein Viereck gelben Lichts auf den Hof, in dem winzige Pfützen zwischen den Steinen glitzerten.

Sie gehörte hierher, in dieses Haus. Es stand ihr nicht an, wie ein läufiges Mutterschaf über die Hügel zu streichen.

Entschlossen ging sie über den Hof. »Pst!« zischte sie der Färse zu, die, als sie am Stall vorbeikam, abermals zu muhen begann.

Elizabeth zog die Tür hinter sich ins Schloß, legte den Riegel vor und betrat das Schlafzimmer. Neeley lag bereits im Bett. Er hatte ihr den Rücken zugewandt. Sie vernachlässigte diesen Mann sträflich, hielt sich Mrs. Scollard vor. Kein Wunder, daß er sie als Schlampe bezeichnet hatte. In vielerlei Hinsicht lag er damit sicher richtig.

Eilig zog sie sich aus und schob sich neben ihn unter die Decke. »Neeley?« flüsterte sie, während sie ihm sanft über den Rücken strich.

»Ja?« Er drehte sich nicht zu ihr herum.

»Komm her zu mir!«

»Was?« Vor Überraschung wurde er stocksteif.

»Du hast mich genau gehört. Ich habe gesagt, komm zu mir!«

Er schickte sich an, auf sie zu klettern, wie er es immer tat.

»Warte, Neeley, warte kurz.« Sie hielt ihn von sich ab. »Nimm mich bitte erst in den Arm.«

Er legte seine Arme um sie, und sie schmiegte sich so eng an seinen Leib, daß sie kaum noch Luft bekam. »Das ist schön«, flüsterte sie an seiner Brust. »Spürst du mich?«

Er nickte mit dem Kopf. »Dann küß mich, Neeley, aber bitte sanft.« Liebevoll strich er ihr über das Haar und gab ihr einen Kuß voller echter Zärtlichkeit. Elizabeth merkte, daß dies der bedeutsamste Kuß seit ihrer Hochzeit war. »Ist das nicht schön?« murmelte sie, als der lange Kuß zu einem Ende kam und sie sich behaglich an ihn kuschelte.

»Jaha ...« Es folgte ein zweiter Kuß.

»So gefällt es mir«, flüsterte sie. »Langsam, mit Gefühl. Weißt du, es eilt ja nicht, schließlich haben wir bis morgen früh keine Verpflichtungen.«

»Bestimmt nicht!« Glücklich küßte er sie abermals. Nach einer Weile gewann auch sie größere Sicherheit, so daß sie seine Zärtlichkeit mit zunehmender Leidenschaft erwiderte, seine Unterlippe zwischen ihre Zähne nahm und leicht an ihr zu knabbern begann.

Womit die Schlacht für sie verloren war! Wie ein Hengst oder Rammler, der überraschend die Gelegenheit bekam, schob er ihr Nachthemd hoch und knetete ihre Brüste und ihren Bauch derart rauh, daß er ihre Haut abzureiben schien. »Neeley, Neeley ...«

Mit aller Macht versuchte sie, sein Tempo zu bremsen. »Etwas sanfter ...«

Für kurze Zeit hatte sie Erfolg. Er unterbrach sein Kneten und umarmte sie abermals zärtlich. »Lizzie, o Lizzie!« Aber dann, ehe sie sich's versah, schob er sich in sie hinein, so daß innerhalb von Sekunden alles überstanden war.

Zufrieden rollte er sich neben sie, wobei ihr Wille zur Versöhnung, der ohnehin von Anfang an eher zögerlich gewesen war verflog. Statt dessen packte sie ein solcher Zorn, daß sie kaum noch Luft bekam. Ihr Mann hatte sie so eindeutig abgefertigt, als sei ihm gleichgültig, wie sie den Rest der Nacht verbrachte.

Ihre Seite des Bettes war dem Fenster der winzigen Kammer zugewandt, sie kehrte Neeley entschlossen den Rücken und blickte in die Nacht hinaus. Die Vorhänge waren nicht zugezogen, so daß zwischen den klaren Rahmen ein Fleck grauen Lichts zu sehen war. Dort draußen wirkte die Natur, das geheime, pulsierende Leben von Tieren, Fischen, Planeten und Wasser, das immer in Bewegung war, von Ginster, Farnen und Insekten aller Art.

Neeley drehte sich zu ihr herum, schmiegte sich an ihren Rücken und schlang einen Arm um ihren Bauch. »Das war schön«, flüsterte er, »niemals hätte ich das erwartet! Ach, Lizzie, du steckst wirklich voller Überraschungen.«

In diesem Augenblick erkannte Elizabeth, daß sein Unverständnis vollkommen und irreversibel war. Und mit dieser Erkenntnis fiel auch ihr Ärger von ihr ab. »Ja«, sagte sie ruhig. »Gute Nacht, Neeley.«

Sein Arm wurde schlaff, und sie wußte, daß er schlief.

Sie stahl sich aus dem Bett und schlich auf Zehenspitzen ins Bad, um zu duschen, wie sie es nach jedem Zusammensein mit Neeley tat. Auch wenn sie in letzter Zeit nur noch selten betete, wandte sie sich jetzt an Gott und flehte inständig, nicht schon wieder schwanger zu sein. Während des letzten Jahres hatte sie Glück gehabt. Ihre Fehlgeburten waren zwar schmerzlich und betrüblich gewesen, aber zugleich hatten sie sie auch irgendwie erleichtert. Und wenigstens waren Francey und Johanna aus dem Gröbsten heraus gewesen, als Abbie auf die Welt kam.

Sie blickte durch das kleine Badezimmerfenster in die unwirkliche silbrige Landschaft hinaus, und ihr Gebet brach ab. Durch die versuchte Verführung ihres Ehemannes hatte sie sich endgültig als Heuchlerin entlarvt.

Denn Elizabeth mußte sich eingestehen, daß von Anfang an keine Hoffnung auf erfüllte körperliche Liebe mit Neeley Scollard bestand.

Daniel McCarthy.

Es war ihr um eine Entschuldigung gegangen.

10

Als Elizabeth am nächsten Tag mit einem Eimer voller Hühnerfutter den Hof betrat, stand Daniel draußen vor dem Tor. Sie blieb so plötzlich stehen, daß Francey, der ihr auf den Fersen folgte, auf sie prallte, ihr der Eimer aus den Händen fiel und ein Teil des Futters herausspritzte.

»Ich bringe Ihnen einen Lachs«, rief Daniel und legte ein in braunes Papier gewickeltes Paket auf einem der Pfeiler ab.

»Vielen Dank!« Elizabeths Magen zog sich zusammen, als sie auf das Tor zuging. Nicht weit von ihm entfernt kam sie zum Stehen und sah, daß er von einem Fuß auf den anderen trat. »Komm doch herein«, bat sie ihn freundlich.

»O nein, Mrs. Scollard«, sagte er. »Vielen Dank! Ich bin nur vorbeigekommen, um das hier abzugeben.«

Sie bedankte sich ein zweites Mal, während sie das Paket von dem Pfeiler nahm. Er war feucht und überraschend schwer. »Das ist aber ein großer Fisch.« Sie wagte nicht, ihn anzublicken, so daß sie immer noch auf das Paket in ihren Händen sah. »Wollt ihr ihn nicht selber essen, Daniel? Weshalb hast du ausgerechnet an uns gedacht?«

»Ich habe ihn heute morgen bei den Wasserfällen gefangen. Wir mögen keinen Lachs«, erklärte er.

Elizabeth hatte das Gefühl, als scheine die Sonne plötzlich wärmer und schicke ihr ihre Strahlen mitten ins Mark. »Es wäre wirklich nett, wenn du hereinkämst«, sagte sie und hoffte, daß ihre Stimme möglichst beiläufig klang. »Bei uns ist heute Brotbacktag, und außerdem haben wir frische Buttermilch. Needley ist nach Castletown gefahren«, fügte sie unnötigerweise noch hinzu. Endlich sah sie auf. »Es wird ihm leid tun, daß er dich verpaßt hat«, flüsterte sie.

Sie starrten einander reglos an, bis Francey die Spannung brach. Er rannte zum Tor und schob sich zwischen sie. »Hallo!«

Daniel räusperte sich. »Hallo«, gab er zurück. »Du bist Francey, stimmt's?«

»Und du?«

»Daniel McCarthy.«

Elizabeth öffnete das Tor. »Komm wenigstens für ein paar Minuten herein.« Ihre Stimme klang ebenso heiser wie die von Daniel. »Francey«, ordnete sie an, »geh schon mal ins Haus und schenk uns Buttermilch ein.«

Um Zeit zu gewinnen und sich ein wenig zu sammeln, verstreute sie langsam das Hühnerfutter und wusch den Eimer sorgsamer als gewöhnlich aus. Aber die ganze Zeit über spürte sie Daniels Gegenwart, während er wortlos ein Stück von ihr entfernt, weiter als es zwischen Nachbarn üblich war, am Rand des Hofes blieb.

Als sie endlich mit dem Eimer fertig war, wollte sie an ihm vorbei in die Küche gehen, als er sie bei den Schultern nahm und zum Stehenbleiben zwang. »Was gibt's?« flüsterte sie.

Er wartete ein bißchen, ehe er sprach, so daß Franceys eifriges Rumoren mit Tassen an ihre Ohren drang.

Schließlich setzte er zum Sprechen an. »Ich bin nicht nur gekommen, um Ihnen den Lachs zu bringen... es gibt da etwas, das ich Sie fragen wollte. Auch wenn es vielleicht – eigenartig klingt.«

Elizabeth schlug das Herz bis zum Hals. »Es wäre mir lieber, wenn wir uns drinnen unterhalten würden«, erwiderte sie.

Wieder war es Francey, der sie rettete. Während sie zwei Scheiben Brot abschnitt, setzte er sich neben Daniel an den Tisch. »Hast du noch Brüder?« fragte er.

»Vier«, informierte Daniel.

»Ich habe keinen einzigen.« Francey stieß einen Seufzer aus. »Hier gibt es außer mir nur Frauen.«

Daniel, der Elizabeth ruhiger als sie selbst erschien, lachte nicht. »Du hast auch Vorteile«, meinte er. »Und wo sind sie alle, wenn ich fragen darf?«

»Ein paar von ihnen sind in der Schule. Johanna hält ihren Mittagsschlaf, und das da ist das Baby.« Francey winkte herablassend in Richtung des Laufstalles, über dessen Rand hinweg Abigail den Besucher mit großen Augen musterte. »Ich hätte wirklich gerne einen Bruder«, kehrte er zu seinem ursprünglichen Anliegen zurück.

»Warum?«

»Damit endlich jemand da wäre, der mit mir Fußball spielt.«

»Und dein Daddy? Spielt der nicht mir dir?«

»Er ist nicht mein Daddy«, sagte Francey in so unbekümmertem Ton, als wäre ihm die Frage seiner Herkunft vollkommen egal.

Elizabeth legte die beiden Scheiben gebutterten Brots vor die beiden auf den Tisch. »Hier, Francey«, sagte sie und zu ihrer Erleichterung klang sie halbwegs gefaßt. »Nimm dein Brot mit in den Hof. Und wenn du aufgegessen hast, spiel ein bißchen dort. Es ist ein herrlicher Tag, und die frische Luft tut dir sicher gut.«

»Draußen ist es langweilig«, maulte Francey, aber als er den Blick seiner Mutter sah, trottete er mit seinem Brot gehorsam hinaus.

Elizabeth nahm Daniel gegenüber Platz. Hinter ihr türmte Abigail ein paar Holzklötze auf, deren leises Klackern in der Stille, die über der Küche hing, so laut wie das Krachen der Züge auf einem Rangierbahnhof ertönte.

»Wie schmeckt dir die Milch?« fragte Elizabeth, als sie das Schweigen nicht mehr ertrug.

»Sehr gut, Mrs. Scollard.« Er hob die Tasse an seinen Mund.

»Nochmals danke für den Lachs.« Am liebsten hätte Elizabeth ihre Finger auf den Rücken seiner Hand gelegt. Seine Fingernägel waren wie die eines kleinen Jungen abgekaut.

Gleichzeitig blickten sie beide auf Abigail, als sie einen besonders lauten Freudenschrei ausstieß; Elizabeth sprang auf und wischte der Kleinen mit einer Ecke ihrer Schürze den Speichel vom Kinn. »Sie ist wirklich reizend«, sagte Daniel.

»Ich weiß.« Immer noch war Elizabeth ganz auf das Baby konzentriert.

»Genau wie Francey.«

»Ohne es zu wissen, hat Francey die Wahrheit gesagt.« Elizabeth kehrte an den Tisch zurück. Es schien ihr, als spränge sie mitten in eine Unterhaltung hinein – als führen sie dort fort, wo ein Gespräch zuvor abgebrochen worden war. »Wie du wahrscheinlich ohnehin bereits weißt«, ergänzte sie, »ist er tatsächlich nicht Neeleys Sohn.«

»Ist mir bekannt...«

»Francey ist von selbst auf diesen Gedanken gekommen«, fuhr sie fort. Nun, da sie sich tatsächlich mit ihm unterhielt, fiel es ihr leichter, ihn anzusehen. »Soweit ich weiß, hat es ihm niemand gesagt. Es sei denn, er hätte irgendwelche Gerüchte aufgeschnappt.«

»Es sollte Ihnen egal sein, was man sich so erzählt. In entlegenen Gegenden wie hier gibt es für die Menschen einfach nicht viel Gesprächsstoff.«

»Der Klatsch der Leute ist mir tatsächlich egal. Aber für Francey tut es mir leid.«

Er leerte seine Tasse und stellte sie vor sich auf den Tisch. »Also ich wollte Sie wirklich etwas fragen...«

Nun nahm er die Tasse wieder auf und unterzog sie einer umständlichen Musterung. »Möglicherweise habe ich kein Recht dazu... wahrscheinlich wäre ich besser gar nicht erst gekommen...«

Elizabeths Spannung steigerte sich ins Unerträgliche, so daß sie, als Abigail einen der Klötze zwischen den Stäben des Laufstalls hindurch auf den Boden warf, erschrocken zusammenfuhr. Daniel streckte die Hand aus und berührte sie flüchtig am Arm. »Letzte Nacht habe ich kein Auge zugemacht.«

»Ich auch nicht.«

Ihr Arm brannte an der Stelle, an der er mit seiner Hand in Kontakt gekommen war. »Ich bin in Richtung Berg gegangen«, sagte sie. »Aber du warst nicht da.«

Er schien zu überlegen, dann blickte er vor sich auf den Tisch. »Was, glauben Sie, passiert da zwischen uns?«

Elizabeth jubelte innerlich. »Ich weiß es nicht«, erwiderte sie, ehe sie spontan hinzufügte: »Nein, das ist nicht ganz wahr. Offengestanden, Daniel, will ich es nicht aussprechen, noch nicht.«

»Aber ich will es!« forderte er sie verwegen heraus. »Ich

glaube, daß dort oben auf dem Knockameala etwas Besonderes angefangen hat.«

»Und was meinst du, was das war?« Elizabeth schluckte hart.

»Ein bestimmtes Gefühl.« Dies war keine Frage, sondern eine Feststellung.

»Ja«, erwiderte Elizabeth. »Also gut«, gab sie zu und umklammerte den Tisch. »Du hast recht. Ich fühle mich zu dir hingezogen. Und zwar in einer Weise, der ich nicht widerstehen kann.« Sie sah ihm ins Gesicht. Seine Oberlippe, so bemerkte sie, sah eigenartig starr aus.

»Ist es möglich, daß einen so etwas völlig unerwartet treffen kann?«

»Anscheinend ja. Tut mir leid, wenn dich das schockiert.« Immer noch hielt sie seinem Blick stand.

»Sie sind eine verheiratete Frau, Mrs. Scollard.« Zu ihrer Erleichterung klang er keineswegs empört.

»Ja. Und mein Vorname ist Elizabeth.«

»Es fällt mir ein bißchen schwer – das kommt alles so plötzlich...«

»Du wirst dich daran gewöhnen, glaube mir.«

»Fragen Sie sich, ob ich Sie ebenfalls mag?« Obgleich er ihr gegenüber auf der anderen Seite des Tisches saß, spürte Elizabeth, daß seine Schultern, Arme und Hände vor Nervosität zitterten.

»Und – magst du mich ebenfalls?« fragte sie.

»Ich bin bis über beide Ohren in Sie verliebt. Und zwar schon seit einer Ewigkeit.«

Elizabeths Herz machte einen Satz, doch gleichzeitig verzogen sich ihre Mundwinkel. »Bis über beide Ohren, ja?« wiederholte sie und hielt den Atem an.

Da er ihre Reaktion offenbar richtig verstand, lächelte er ebenfalls. »Ist das in Ordnung für Sie?«

»Nicht nur in Ordnung, Daniel, sondern wunderbar.«

Er beugte sich ein wenig vor, und einen Augenblick lang dachte sie, er küsse sie. Statt dessen sprang er auf, warf den Kopf zurück, reckte die geballten Fäuste in die Luft und wirbelte wie ein Ballett-Tänzer im Kreis. Dann rannte er durch die Küche, riß das überraschte Baby aus seinem Laufstall, hob es hoch über seinen Kopf und schwenkte es wie ein Verrückter in der Küche herum.

Zuerst verschlug es Abigail die Sprache, doch dann jaulte sie erschrocken auf.

Sofort blieb Daniel stehen. »Tut mir leid, Baby. Tut mir wirklich leid!« Er drückte sie ihrer Mutter in den Arm. »Hören Sie, Mrs. Scollard«, entschuldigte er sich auch bei Elizabeth, »ich wollte ihr keine Angst machen.«

Abigail vergrub ihren Kopf an der Schulter ihrer Mutter und starrte, nachdem der Schreck überwunden war, den Fremden erstaunt an.

»Schon gut!« Von Daniels Freude angesteckt, lachte Elizabeth laut auf. »Macht nichts, Abbie kennt das bloß nicht, daß ein Mann sie in die Arme nimmt.«

»Sie ist ein reizendes Baby.« Daniel streichelte der Kleinen die Hand und wandte sich dann leidenschaftlich an Elizabeth. »Genau wie du!«

»Ich glaube, für heute habe ich genug Komplimente gekriegt.« Aber gleichzeitig durchströmte Elizabeth ein warmes Glücksgefühl.

»Hör zu, ich muß nachdenken, über diese Situation – ich denke, daß du jetzt besser gehst ...«

»Danke für das Brot und die Buttermilch!«

»Und ebenfalls für den Fisch.«

Sie lächelten sich an. »Bitte«, sagte Elizabeth, »laß uns die Dinge nicht überstürzen.«

»Das würde mir nicht im Traum einfallen.«

»Ich meine – am besten warten wir einfach ab und sehen, was passiert.«

»In Ordnung.« Seine braunen Augen glitzerten. »Aber wenn ich es jetzt nicht tue, kann ich es doch kaum erwarten, dich endlich zu küssen.«

Eilig trat sie einen Schritt zurück – einen Augenblick lang dachte sie, Neeley wäre zurück – und fragte sich, weshalb sie keine Schuldgefühle empfand. »Es ist mir ernst, Daniel«, bekräftigte sie nochmals. »Ganz abgesehen von der Tatsache, daß das alles sehr, sehr gefährlich ist, denke ich, daß man nichts erzwingen sollte. Falls wir uns zufällig auf der Straße begegnen…«

»Oder auf dem Berg«, warf er übermütig ein.

»Meinetwegen auf dem Berg…«

»Worauf du dich verlassen kannst«, sagte er voller Leidenschaft. »Ganz bestimmt wird es früher oder später zur nächsten Begegnung kommen.«

Auf der Schwelle der Tür hielt er an. »Ich kann es nicht erwarten«, sagte er ein letztes Mal.

»Pst!« Elizabeths Magen machte einen Satz.

Gewohnt, die Dinge in die Hand zu nehmen, fiel es Elizabeth schwer, ihnen ihren Lauf zu lassen, ohne sich an ihrer Entwicklung aktiv zu beteiligen. Trotzdem hatte sie das Gefühl, daß sie einmal in ihrem Leben auf ihre innere Stimme hören sollte, die ihr eindringlich Geduld empfahl. Obgleich die Versuchung geradezu überwältigend war, stieg sie in jenem Frühjahr nicht mehr auf den Knockameala hinauf.

Ebensowenig richtete sie ihre täglichen Arbeiten so, daß sie Daniel Carrig irgendwie »zufällig« begegnete.

Doch war es nur allzu menschlich, daß sie voller Unruhe auf eine Fortsetzung wartete. Nicht nur, daß sie ihn nicht sah, machte sie verrückt, sondern daß sie nicht wußte, wo er war, was er tat, was er dachte, ob er sie vielleicht sogar vergaß.

Ihre Besessenheit raubte ihr in einer Weise den Schlaf, die sie an die ersten Tage ihres Verhältnisses mit George Gallaher erinnerte; während sie die Hühner fütterte, erging sie sich in Phantasien über seinen Körper, seine Haut, darüber, daß sie ihre Finger in seinem dichten, dunklen Haar vergrub. Wenn sie ein Paar von Neeleys Hosen für Francey änderte, sah sie nicht ihre Hände, sondern Daniel Carrigs, und stellte sich vor, wie wunderbar sie sich anfühlen würden auf ihrer nackten Haut.

Und obgleich sie wußte, daß sie als verheiratete Frau kein Recht dazu hatte, steigerte sie sich, je mehr Zeit verging, um so stärker in die Sorge hinein, daß Daniel Carrig vielleicht einem altersmäßig passenderen Mädchen begegnete oder gar den Bezirk verließ. Als zweitältester Sohn der Familie hatte er kaum Aussichten, einmal den elterlichen Hof zu erben.

Und dann hörte sie zufällig, wie sich Mary, Neeleys älteste Tochter, mit einem anderen Mädchen draußen im Hof darüber unterhielt, daß die Puxleys Daniel Carrig einen Job in den Kupferminen von Allihies angeboten hatten. Sofort empfand Elizabeth neue Zuversicht: Allihies war ein ziemliches Stück von Lissacarrig entfernt, und ein Mensch, der zusätzlich zu seiner schweren Arbeit zweimal am Tag den weiten Weg zurückzulegen gezwungen war, hatte kaum noch Zeit, sich auf den Straßen herumzutreiben oder sonst auf dumme Gedanken zu kommen.

Bis schließlich der zwölfte Mai heranrückte und sie soweit war, über ihren Instinkt hinweg auf die Suche zu gehen.

Mary besuchte wegen einer Erkältung heute nicht die Schule. Elizabeth nutzte die Gelegenheit, ließ das Baby bei ihr und machte sich abermals auf den Weg zum Postamt von Ardgroom, wo sie ihm voriges Mal begegnet war. Es handelte sich wieder um einen Freitag, und sie achtete sorgsam darauf, daß auch die Uhrzeit mit der damaligen übereinstimmte.

Zu ihrer Enttäuschung tauchte er nicht auf.

Nachdem sie Briefmarken gekauft hatte, die sie gar nicht benötigte, machte sie sich auf den Weg zurück, und noch ehe sie die Kuppe des letzten Hügels überwand, drang Franceys fröhliches Jauchzen an ihr Ohr. Schließlich sah sie ihn und entdeckte, daß er nicht alleine war. Daniel Carrig trieb, dicht von Francey gefolgt, einen Fußball über das Feld.

Mit einem Mal tauchten die Bilder und Gefühle jenes Traums von der juwelenbedeckten Landschaft vor ihrem Auge auf. Um den Moment in die Länge zu ziehen, betätigte sie die Bremse ihres Fahrrads und rollte möglichst langsam den Hügel in Richtung des Hoftors hinab.

»Mammy, Mammy!« Die Straße führte unmittelbar an dem Feld vorbei, und Francey entdeckte sie, als sie noch mindestens dreißig Meter entfernt von den beiden war. »Sieh nur, sieh nur, was ich kann!« Wie ein kleiner Derwisch warf er sich auf den Ball und rollte mit ihm zusammen johlend den Hügel abwärts. Daniel sah ihm nach, ehe er sich umdrehte und dorthin schaute, wo sie, auf den Lenker ihres Rads gestützt, hinter der Hecke stand.

Bis sie den Hof betrat und ihr Gefährt in den Schuppen schob, hatte sie ihre Gefühle im Griff. Francey war das Feld wieder hinaufgerannt und hob den Ball hoch über seinen Kopf. »Danny, Danny!« Seine Stimme überschlug sich vor lauter Aufregung.

»Sieh doch! Jetzt schieße ich ein Tor!«

Elizabeth kletterte durch das Loch in der Mauer und ging langsam auf Daniel zu. Mit jedem Schritt wurde sie sich des Grases unter ihren Füßen, der Kleider an ihrem Leibe mehr bewußt.

Daniel stand stocksteif da und beobachtete, wie sie näher kam.

»Danny!« Vom anderen Ende des Feldes drang Franceys inzwischen quengelige Stimme herüber. »Sieh doch, Danny! Schau!«

»Wir gucken dir beide zu, Francey«, rief Elizabeth zurück.

»Tut ihr nicht!«

»O doch!« Daniel lächelte Elizabeth strahlend an, ehe er sich wieder zu dem Jungen gesellte. Mühelos übernahm er den Ball und rannte, dicht von Francey gefolgt, dahin wie der Wind, wobei er den Ball stets unter Kontrolle behielt.

Sie kamen gleichzeitig unten an, und während Daniel immer noch mit dem Ball beschäftigt war, warf sich Francey Elizabeth in die Arme. »Ich werde lernen, wie man richtig Fußball spielt, Mammy. Danny hat gesagt, er bringt es mir bei. Außerdem hat er gesagt, daß er mich mitnimmt nach Reen, wo ich mit anderen Jungen zusammen spielen kann. Und irgendwann darf ich mit nach Eyeries oder Urhan zu einem richtigen Match.« In der Gemeinde gab es keinen offiziellen Fußballplatz, aber die Bauern erlaubten den Jungen großzügigerweise, auf ihren flacheren Feldern zu spielen, wenn die Ernte eingefahren war.

»Macht es dir nichts aus?«

Als Elizabeth ihren Sohn umschlang, bemerkte sie, daß Daniel sie mit leuchtenden Augen beobachtete. »Aber nicht das Geringste«, sagte er liebenswürdig. »Ganz im Gegenteil, ich hätte sogar Spaß daran.« Woran er noch Spaß hätte, verriet ihr sein Gesichtsausdruck.

Am liebsten wäre Elizabeth vor lauter Freude in die Luft gesprungen, doch sie beherrschte sich und nahm statt dessen Franceys Hand. Während sie zwischen ihrem Sohn und Daniel auf das Haus zuging, sah sie sich nach Neeley um. Er hatte sich am Morgen auf den Weg zu ihrem Stück Moor in der Nähe von Derryvegill gemacht, und offenbar war er noch nicht zurückgekehrt. »Du hast einen Job in der Mine?« fragte sie im Plauderton.

»Ja. Eine ziemliche Plackerei. Hoffentlich finde ich bald etwas anderes. Für den Herbst hat man mir eine Stelle auf einem der Fischerboote unten in der Bucht von Ballycrovne zugesagt.«

»Das ist schön.« Beinahe jedes Dorf in der Gemeinde hatte zwei Fischerboote, auf denen sich mindestens achtzehn Männer am herbstlichen Makrelenfang beteiligten.

»Übrigens bin ich gekommen, weil« – er blieb stehen und trat gegen einen Fingerhut – »ich glaube, Mossie Breac hat uns damals zusammen auf dem Berg gesehen.«

In Elizabeth wallte so etwas wie ein schlechtes Gewissen auf. Dann allerdings unterdrückte sie das Gefühl. Was hatte sie schon getan, außer in der Sonne zu sitzen und zum Himmel hinaufzusehen? »Da war ja wohl nichts dabei.«

»Dann meinst du also, daß es in Ordnung ist?«

Alles andere als aufgeregt – es kümmerte sie wenig, was Mossie oder Neeley dachten oder sahen –, hätte Elizabeth am liebsten gesungen, Daniels Hand genommen und wie zuvor mit den Kindern Ringel Rangel Rose gespielt. »Aber sicher ist es in Ordnung. Schließlich haben wir nichts getan, wessen wir uns schämen müßten.«

Sie gingen weiter, wobei Francey vor ihnen herlief und eifrig nach dem Ball kickte.

»Wie kommt es, daß du heute nicht arbeiten mußt?« fragte Elizabeth, wobei sie abermals stehenblieb und die Übungen ihres Sohnes beobachtete.

»Ich war heute morgen dort, aber sie haben mich nicht gebraucht.«

»Hast du nie daran gedacht, von hier fortzugehen?« Wie alle anderen Familien hatten auch die McCarthys zahlreiche Angehörige nach Butte geschickt.

»Schon oft – aber jetzt bleibe ich lieber hier. Da kommt dein Mann«, fügte er eilig hinzu, hob einen Stein vom Boden auf und kratzte sich den Schlamm von den Stiefeln.

Elizabeth sah auf, Neeley war gerade neben dem Haus aufgetaucht. Er blieb stehen, wusch sich die Hände unter dem Außenwasserhahn und hob den Kopf. »Hallo, Neeley«, rief sie ihm fröhlich zu.

Ohne zu antworten fuhr Neeley mit dem Händewaschen fort und ging dann hinein.

»Für mich wird es Zeit.« Daniel trat einen Schritt zurück, als Elizabeth und Francey an ihm vorbei durch das Loch in der Mauer kletterten. »Behalt den Ball«, sagte er, an Francey gewandt, »und trainier schon mal.«

»Danke!« Francey rannte über den Hof und trieb den Ball begeistert vor sich her.

»Ein wunderbarer Duft«, sagte Daniel vorsichtig, wobei er in vollkommen anderem Ton als vorher sprach. Er wies auf den mit leuchtenden Blumen bepflanzten Futtertrog neben der Küchentür.

»Sie sind hübsch, nicht wahr? Möchtest du etwas trinken?« Sie fühlte sich etwas unsicher, denn schließlich war Neeley gefährlich nah.

»Nein«, sagte er. »Ich muß jetzt los.« Er warf einen Blick auf die offene Küchentür. »Kommst du zu Jimmy Deeneys Tanzabend?« fragte er im Flüsterton. »Werdet ihr, du und dein Mann, hingehen?«

Die Förmlichkeit der Frage erinnerte Elizabeth daran, wie prekär ihre Lage war. Sie wußte von der Veranstaltung – seit

Monaten sprach man im Bezirk von kaum etwas anderem. Jimmy Deeney, ein Einheimischer, der in Amerika reich geworden war, hatte ein Grundstück an der Kreuzung nach Castleclough, seinem Heimatort, gekauft und außerdem Geld für die Errichtung eines Gemeindehauses zur Verfügung gestellt. Diese Großzügigkeit hing jedoch auch mit seiner Kandidatur für die nächste Wahl zusammen. Die große Eröffnung, ursprünglich für Ende Juni geplant, hatte man nach Festsetzung des Wahltermins eilig vorverlegt, und so fand sie bereits Ende der folgenden Woche statt. Sie war als Tanzvergnügen geplant, zu der jeder aus dem Bezirk geladen war. Die meisten Nachbarn der Scollards gingen hin und sicher hätten alle jede Menge Spaß.

Bisher allerdings hatte Elizabeth sich keine Hoffnungen gemacht, ebenfalls zu dem Fest zu gehen. Abgesehen von den Kartenabenden, zu denen man sich innerhalb der näheren Nachbarschaft gegenseitig einlud, haßte Neeley jede Art von geselligem Beisammensein.

Daniel erkannte ihre Not. »Egal«, sagte er in aufmunterndem Ton. »Dann eben ein anderes Mal!«

Elizabeth traf einen Entschluß. »Wir werden dort sein«, verkündete sie energisch.

»Darf ich dann vielleicht um einen Tanz bitten?«

»Aber gern.«

»Ich bin ein guter Tänzer«, verriet er ihr.

»Weißt du, ich tanze auch nicht unbedingt schlecht.« Sie lachte fröhlich auf. Es war erstaunlich, wie jung und unverwundbar sie sich in seiner Nähe vorkam...

»Übrigens wollte ich dir noch etwas sagen.« Er sprach sehr schnell.

»Was?«

»Neulich erzählte ich dir, ich wäre neunzehneinhalb – aber weißt du, eigentlich bin ich schon fast zwanzig.«

»Uralt, bei Lichte besehen.«

Vergnügt winkte er ab. Sein Verhalten war eine so ungewöhnliche Mischung aus Reife und Jungenhaftigkeit, daß Elizabeth neben einer Vielzahl anderer Gefühle plötzlich so etwas wie mütterliche Zuneigung für ihn empfand. Sie brachte ihn zum Tor und drehte sich, als er sein Rad bestieg, entschlossen um.

In diesem Augenblick bemerkte sie, daß Mossie Breac Sheehan den Hügel von Ardgroom herunterkam. Der Mann war eine Landplage, dachte sie verärgert. Dann fiel ihr Daniels Hinweis ein und der eigenartige Unterton, in dem Mossie gesprochen hatte, als er während der Zugfahrt von Cork in ihr Abteil gekommen war. Plötzlich bemächtigte sich ihrer eine leichte Furcht. Was genau hatte er gesehen?

Dann jedoch warf sie den Kopf zurück, tat ihre Angst als unbegründet ab und sagte sich erneut, daß oben auf dem Berg überhaupt nichts vorgefallen war. »Hallo, Mossie!« rief sie ihm leutselig zu.

Dieses Mal blieb sie stehen, um zu sehen, ob er ihr Winken erwiderte. Hatte er tatsächlich ihre Begegnung mit Daniel Carrig beobachtet, so ließ er sich jedenfalls nichts anmerken. »Herrlicher Tag heute«, rief sie und wandte sich dann doch ab, damit er nicht dächte, sie hätte es auf eine Unterhaltung mit ihm abgesehen.

Aus Angst, Neeley könnte ihre ungewohnte Hochstimmung bemerken, kehrte sie nicht sofort ins Haus zurück, sondern wandte sich dem Kuhstall zu, in dem ein krankes Kälbchen lag. Sie nahm eine Handvoll Stroh und rieb das Tier, das zitternd in einer Ecke lag, kräftig ab, als mit einem Mal jemand hinter sie trat. Neeley stand mit hängenden Armen da und kniff die Augen zusammen. »Ich will nicht, daß sich der Kerl noch einmal hier blicken läßt«, knurrte er schließlich.

»Warum denn nicht?« Elizabeth wagte nicht, ihn anzusehen. Sie hatte Neeley doch sicher keinen Anlaß zu Argwohn gegeben? »Er hat nur mit dem Jungen Fußball gespielt«, sagte sie vorsichtig.

»Es geht mir nicht um das Kind.«

»Worum dann?« Das Stroh in den Händen stand Elizabeth ebenso reglos wie Neeley da.

»Ich will einfach nicht, daß junge Kerle wie er hier herumhängen.« Er machte auf dem Absatz kehrt und trat in den Hof hinaus.

Elizabeth warf das Stroh von sich und rannte ihm eilig nach. »Neeley«, rief sie ihm panisch hinterher, »geht es dir um Mary? Wenn ja, dann…«

»Vielleicht, vielleicht aber auch nicht.« Ohne sie noch eines Blickes zu würdigen, marschierte er davon.

Eine Woche verging, der Morgen des folgenden Freitags brach an, und immer noch hatte Elizabeth die Sprache nicht auf den Tanzabend in Castleclough gebracht.

In der Hoffnung, Neeley überreden zu können, hatte sie ihn in der letzten Nacht abermals verführt. Aber das Ergebnis war dasselbe gewesen wie zuvor, und am Ende verabscheute sie sich derartig – sie hatte sich wie eine Prostituierte aufgeführt –, daß sie zu einer Fortführung der geheuchelten Nähe nicht in der Lage gewesen war.

Und Neeley schnarchte bereits, ehe sie auch nur das Thema möglichst unauffällig zur Sprache bringen konnte.

»Mick und Tilly Harrington haben gefragt, ob wir heute abend zu dem Tanz mitkommen«, sagte sie, als sie Neeley am Morgen das Frühstück bereitete. Die Kinder schliefen noch, so daß sie mit ihm alleine war.

»Ich gehe zu keiner Tanzveranstaltung. Du weißt, daß ich das nicht mag, Lizzie.«

Aber Elizabeth meinte, seine Stimme klänge weniger entschieden als gewöhnlich. »Bitte, Neeley.« Sie küßte ihn aufs Ohr und haßte sich für ihr falsches Spiel. »Findest du nicht auch, daß wir jetzt wieder glücklich miteinander sind?«

»Also gut, ich werde es mir überlegen«, gab Neeley endlich nach, fügte jedoch sofort einschränkend hinzu, »aber wenn wir gehen, kommen wir bald wieder zurück.«

»Natürlich. Natürlich tun wir das.« Elizabeth wußte, daß die Schlacht gewonnen war. Wie es auf der Tanzveranstaltung weitergehen würde, überlegte sie am besten erst an Ort und Stelle.

Außer den Messen zur Ende der Fastenzeit und den sich

daran anschließenden Feiern in den Nachbarhäusern hatten sie und Neeley seit ihrer Hochzeit höchstens zwei, drei öffentliche Veranstaltungen besucht; und damit Neeley es sich nicht noch einmal anders überlegte, hielt Elizabeth ihre Begeisterung sorgsam in Zaum. Am Nachmittag jedoch bügelte sie ihr bestes Kleid – aus blaßblauem Voilé, ein Geschenk von Corinne – und wusch und bürstete ihr Haar, bis sie selbst in dem halbblinden Schlafzimmerspiegel dessen seidigen Schimmer bemerkte. Beinahe eine Stunde vor dem angekündigten Beginn war sie bereit.

Neeley machte sich widerstrebend und mit einer solchen Langsamkeit zurecht, daß sie am liebsten geschrien hätte vor Verdruß. Aber aus Angst, ihm einen Vorwand zu liefern für einen Rückzug, beherrschte sie sich. Als er endlich fertig war, gab sie Mary, die die Aufsicht über die Geschwister führen sollte, ein paar letzte Anweisungen und schwang sich auf ihr Rad. Der Abend war ungewöhnlich mild, und um diese Jahreszeit blieb es lange hell. Elizabeth war so gut gelaunt, daß es sie auf dem Weg zu Tilly und Mick Harrington große Mühe kostete, sich ihre Euphorie nicht anmerken zu lassen.

Unterwegs schloßen sich ihnen noch andere Nachbarn an, zwei weitere Harringtonsche Paare in einer Pferdekutsche, ein Ehepaar McCarthy in einem Eselskarren, ein Junggeselle namens Leahy auf einem gesattelten Pferd und zwei O'Sullivans wie Elizabeth, Neeley und die Harringtons per Fahrrad.

Ungefähr auf halbem Weg stieß auch Mossie Breac Sheehan dazu. »Das ist ein wunderschönes Kleid.« Die mehrfach geflickten Reifen seines Rades – das vordere war behelfsweise mit Draht am Gestänge festgemacht – verursachten beim Fahren ein seltsames klackerndes Geräusch. »Blau steht dir«, fügte er hinzu.

»Danke.« Sie zwang sich, ihm ein Lächeln zu schenken. Mossie selbst war in seinem dunklen Anzug und dem schneeweißen Hemd ungewöhnlich attraktiv; doch statt das Kompliment zu erwidern, hielt sie sich zurück. Schließlich wollte sie ihn nicht zu einer Fortführung der Unterhaltung animieren.

Allerdings fuhr Mossie auch ohne Ermunterung kühn fort: »Jawohl, es paßt sehr gut zur Farbe deines Haars.«

»Nett, daß du das sagst.« Ehe er jedoch weiter Süßholz raspeln konnte, verlangsamte sie ihr Tempo, bis sie neben Tilly fuhr.

»Er hat wirklich recht«, stellte Tilly fest, »das Kleid ist hinreißend.«

»Ich habe es von meiner Mutter.« Immer noch sah Elizabeth Mossie nach, der eifrig in die Pedale trat, um die Gruppe der Männer einzuholen, die ein Stück vor ihm fuhr. Weshalb nur rief dieser Kerl stets ein solches Unbehagen in ihr wach? Auch wenn Tilly der Ansicht war, er mustere sie nur wegen diesem lange zurückliegenden Grundstücksstreit gelegentlich eigenartig, spürte sie, daß sich mehr dahinter verbarg. Der Mensch verströmte eine mühsam unterdrückte Energie, die sie lieber keiner genaueren Analyse unterzog. »Ich wünschte, er würde mich nicht immer so seltsam ansehen«, sagte sie jetzt an Tilly gewandt.

»Hör zu, Mädchen«, kam die trockene Erwiderung. »Hast du in letzter Zeit vielleicht irgendwann einmal in den Spiegel gesehen? In diesem Bezirk hebst du dich wie ein Schmetterling von einem Schwarm farbloser Käfer ab. Mossie ist einer von mehreren, denen das auffällt.«

»Tja, nun...« Verlegen wechselte Elizabeth den Gesprächsgegenstand, und bis zum Ende der Fahrt unterhielten sie sich über den bevorstehenden Tanz.

Inzwischen bestand ihre Gruppe aus mindestens einem Dutzend Nachbarn und Nachbarinnen, die lautstark und lebhaft miteinander plauderten. Außer bei Hochzeiten oder Totenwachen kam es so gut wie nie zu einem Treffen so vieler Eheleute. Gewöhnlich folgte dicht auf die Heirat die erste Schwangerschaft, was für die Frauen in Béara gleichbedeutend mit dem Ende unbeschwerter Feste war. Elizabeth selbst sprach wie ein Wasserfall, daß Tilly sie, als sie abstiegen und ihre Räder einen steilen Hügel hinaufschoben, mißtrauisch von der Seite musterte. »Was ist heute abend nur los mit dir, Lizzie?«

»Nichts. Warum?«

»Also bitte, verkauf mich nicht für dumm. Schließlich kenne

ich dich lange genug, um zu wissen, wann du dich eigenartig verhältst.«

»Wirklich, Tilly, wann haben wir zum letzten Mal getanzt? Das ist Jahre her. Zum letzten Mal auf einer Feier bei den anderen Harringtons – und das war in ihrer Küche, wenn ich dich erinnern darf! Dies ist die erste echte Tanzveranstaltung, die ich besuche, seit ich in Béara lebe. Ich bin halt einfach glücklich.«

»Hmm!« Tilly klang nicht überzeugt, und Elizabeth hielt es für das Vernünftigste, ihren Argwohn zu ignorieren. »Nun mach schon, in diesem Tempo kommen wir niemals an!« Obwohl sie die Kuppe des Hügels noch nicht erreicht hatten, stieg sie schwungvoll wieder auf ihr Rad. Wenn sie bereits jetzt derart leicht zu durchschauen war, dachte sie, war unbedingt Vorsicht geboten.

Als das neue Gemeindehaus in Sicht kam, wurde deutlich, daß Jimmy Deeneys Tanzabend ebenso viele Besucher angelockt hatte wie ein Weihnachtsmarkt. Castleclough, in Wirklichkeit nicht viel mehr als ein Weiler an der Straßenkreuzung in der Mitte des Bezirks, der aus wenigen Häusern und einem Kramladen mit angeschlossenem Pub bestand, war nach einem imposanten, mit Zinnen versehenen Gebäude desselben Namens benannt, das inzwischen leider nur noch eine verfallene Ruine darstellte. Irgendwann im letzten Jahrhundert von einem exzentrischen Engländer als Ferienhaus errichtet, ragte es ungefähr eine Viertelmeile von der Kreuzung entfernt majestätisch auf einem Hügel auf. Zwanzig Jahre lang hatte es einen Käufer gesucht, bis schließlich Jimmy Deeney auf der Bildfläche erschien.

Den Beginn des Tanzabends hatte man für neun Uhr festgelegt, doch als die Scollards samt Nachbarschaft gegen halb zehn eintrafen, war der Saal noch menschenleer. Neben der weit geöffneten Tür lungerten kleine Gruppen von Männern und Jungen unter einem riesigen Banner herum, auf dem ein lächelnder Jimmy Deeney und die Aufschrift ›WÄHLT DEENEY ZUR NUMMER EINS‹ prangten.

Elizabeth entdeckte, daß sich am Ende des Saals ein Mann mit dem Aufbau eines Schlagzeugs auf dem winzigen Podium beschäftigte und im übrigen nur noch ein Paar an einem der mit Flanell bespannten Tische saß. Dabei hatte der irisch-amerikanische Wohltäter sogar eine Bar spendiert, ein unerhörter Luxus im Bezirk von Eyeries.

Im Pub auf der gegenüberliegenden Straßenseite hingegen herrschte Hochbetrieb. Jimmy Deeney, beinahe eins neunzig groß, in einem weißen Anzug mit grünem Hemd, hielt dort Hof. Statt einer Krawatte trug er eine Lederschnur mit einer glitzernden blauen Schlange um den Hals. Neben ihm saß gelangweilt seine leicht untersetzte, blonde amerikanische Ehefrau, die sich ganz ohne Zweifel wünschte, der Abend wäre bereits vorbei. Doch Elizabeth achtete nicht weiter auf die Yanks, da in einer Gruppe von Jugendlichen am anderen Ende des Tresens Daniel stand.

In diesem Moment drehte er sich um und sandte ihr einen stummen Gruß. Aus Angst, sich zu verraten, senkte Elizabeth sofort den Blick und nahm dankbar Mick Harringtons Einladung, etwas zu trinken, an. »Am liebsten hätte ich einen Gin Tonic, wenn's dir recht ist, Mick.«

»Du liebe Güte!« sagte einer der anderen Männer, wobei er Neeley kräftig auf den Rücken schlug. »Da hast du dir aber eine teure Gattin angelacht.«

»Schon gut, Lizzie«, beruhigte Tillys Ehemann Elizabeth und gab mit rotem Kopf die Bestellung auf.

Mrs. Scollard war es egal, falls man ihren städtischen Geschmack übertrieben fand, und entschlossen wandte sie Daniel den Rücken. Doch in dem Bewußtsein, ihm so herrlich nah zu sein, nahm sie sämtliche Farben der Umgebung, die Blumen auf den Kleidern, das Gelb des Whiskeys in den Gläsern, ja selbst das gedämpfte Rot und Blau der Krawatten der Männer so intensiv wahr, als würde sie von einer Unzahl Kolibris umschwärmt. In diesem Zustand, und da sie es nicht gewohnt war zu trinken, stieg ihr der Alkohol sofort zu Kopf, so daß sie sich schwindlig und beschwingt zugleich mit Tilly und den anderen Damen amüsierte.

Obgleich Elizabeth mit einigen von ihnen befreundet war, hatte sie immer noch kein rechtes Zugehörigkeitsgefühl. Egal, wie sehr sie sich auch bemühte, schien sie einfach nach all den Jahren nach wie vor anders zu sein. Dabei lag es nicht daran, daß sie unter ungewöhnlichen Umständen auf die Halbinsel gekommen war; niemals hatte man sie deshalb schief angesehen, und Francey ebenso bereitwillig akzeptiert wie jedes andere Kind. Auch die Tatsache, daß sie anders aussah – sie war größer als die anderen Frauen und ihr auffallend blondes Haar unterschied sich von den dunklen Schöpfen der anderen wie das Fell eines Schimmels von dem einer Herde Rappen –, war nicht der Grund. Es lag an dem persönlichen Filter, durch den sie die Welt betrachtete! Aber als sie jetzt ihre Genossinnen betrachtete, hörte, wie sie lachend miteinander plänkelten, erinnerte sie sich daran, wie sehr Tilly sie während der Zugfahrt von Cork überrascht hatte. Eindeutig war es alleine ihre Schuld, wenn sie sich hartnäckig als Außenseiterin betrachtete. Von nun an würde sie verstärkt versuchen, eine gute Nachbarin zu sein.

Sie standen alle so dicht gedrängt, daß man kaum sein Glas an die Lippen bekam. Und es war derart heiß, daß Elizabeth nach wenigen Minuten die weiße Strickjacke auszog, die ihr Kleid verdeckt hatte.

Mit einem Mal bemerkte sie, daß diverse Männer sie mehr oder minder verstohlen anstarrten, doch es war ihr egal. »Neeley, die nächste Runde geht auf dich«, sagte sie zu ihrem Mann.

»Himmel, Lizzie, du bist heute abend wirklich in Form.« Mick Harrington war ein gutmütiges Exemplar mit einem roten, schweißglänzenden Gesicht. Er lächelte jovial.

»Warum auch nicht, Mick?« lachte Elizabeth. »Schließlich gehe ich nicht gerade häufig in derart netter Gesellschaft aus.«

»Oh, Mick!« rief einer der anderen Männer. »Auf einmal hast du eine neue Verehrerin!«

»Vorsicht, Neeley, paß auf, daß du den Kerl heute abend nicht für eine Sekunde aus den Augen läßt!« scherzte ein anderer.

Zum ersten Mal in ihrem Leben genoß Elizabeth es, im Mittelpunkt zu stehen. *Warum auch nicht?* dachte sie voller Übermut. *Ich bin jung und habe nur selten soviel Spaß.* Nicht einmal Neeleys finstere Miene konnte sie bremsen.

Und die ganze Zeit über wußte sie, auch wenn sie mit dem Rücken zu ihm stand, was Daniel Carrig McCarthy tat. Sie spürte, wann er in ihre Richtung sah und wann er sich abwandte. Es war, als hätte sie plötzlich einen siebten Sinn. Und ebenfalls mit diesem Sinn erkannte sie, daß auch Mossie Breac Sheehan, der sich mit einem Glas Whiskey in der Hand ein wenig abseits hielt, sie musterte. Einmal drehte sie sich um und ertappte ihn dabei, wie er herüberstarrte. »Komm doch zu uns, Mossie«, forderte sie ihn auf. »Steh nicht so allein herum!« Es mißfiel ihr, nicht zu sehen, was Mossie tat.

»Danke, aber ich mach mich mal auf ins Gemeindehaus.« Mossie leerte sein Glas, stellte es auf den hölzernen Tresen und schob sich zur Tür.

Mehr und mehr Leute strömten aus der Bar, so daß Elizabeth endlich ein wenig Luft bekam. »So ist's besser«, sagte sie, akzeptierte das dritte Glas Gin Tonic, zu dem einer der umsitzenden Männer sie einlud, und hielt es schützend über ihren Kopf, als sich eine Gruppe von Jungen vorbeidrängte. Unter ihrem erhobenen Arm hindurch entdeckte sie, daß Daniel dazugehörte. »Guten Abend, Mrs. Scollard«, sagte er, als er in ihre Nähe kam. »Mick, Tilly, John, Betty, Neeley«, begrüßte er auch die anderen.

Elizabeth hatte das Gefühl, allen wäre aufgefallen, daß er sie als einzige respektvoll mit ihrem Nachnamen angesprochen hatte. Sie riskierte lieber keinen Blick auf Neeley.

»Wie geht es dir, Daniel?« fragte Tilly. »Und schipperst du auch bald über den großen Teich?«

»Ich warte einfach ab, was die Zukunft mir bringt«, antwortete er.

»Ach, wie schön ist es doch, jung zu sein!« seufzte Mick Harrington.

»Zumindest für die meisten«, schränkte ein anderer Gast ein.

»Ja, nicht wahr?« Daniel lächelte. »Tja, dann sehen wir uns wohl später drüben im Gemeindehaus.«

Während des gesamten Wortwechsels hatte Elizabeth vage umhergeschaut; aber als er ging, konnte sie der Versuchung, ihm hinterherzusehen, nicht widerstehen.

Und gleichzeitig begegnete sie Tillys besorgtem Blick.

11

Als auch ihre Gruppe endlich aufbrach, hätte man meinen sollen, daß die Stimmung im Festsaal bereits gestiegen wäre. Die Band, die aus einheimischen Musikern bestand, halb traditionell und halb modern, spielte ein langsames Lied, aber bisher wurde erst vereinzelt getanzt. »Nur Mut, Ladies and Gentlemen, los, Jungen und Mädchen, rührt euch endlich mal ein bißchen...« Doch die Leute standen in kleinen Gruppen herum, rauchten kostbare Zigaretten und plauderten, so daß das Drängen des Conferenciers auf taube Ohren stieß. Elizabeths Gruppe teilte sich, wie es Brauch war, sofort in zwei Hälften: die Frauen stellten sich in der einen Ecke des Saales auf und die Männer ihnen gegenüber.

Das Gebäude war so neu, daß es noch nach Farbe roch; aber dank der hellen Lampen und Papiergirlanden, die von den Trägern des Wellblechdaches hingen, war die Atmosphäre im Saal, wo man neben der Musik inzwischen auch das Dröhnen zahlloser Corkscher Stimmen vernahm, festlich und voller Erwartung.

»Ladies and Gentlemen! Dies ist kein Viehmarkt, sondern eine Tanzveranstaltung – um Himmels willen, Leute! Ich sehe, daß auch die O'Sullivans aus Lahersheen gekommen sind, vielleicht bringen ja wenigstens sie ein bißchen Schwung mit.« Da der Conferencier und Sänger, ein kleiner, fetter Glatzkopf, aus Derryconnla kam, kannte er jedermann. »Los, Raymond, Martha«, flehte er die beiden an. »Laßt Mr. Deeney nicht hängen, schließlich war er wirklich großzügig. Geht mit gutem Beispiel voran! Und da ich weiß, daß unsere Schönen ganz verrückt danach sind, endlich das Tanzbein zu schwingen, ist jetzt erst mal Damenwahl!«

Als der Sänger mit heller Tenorstimme seine persönliche Version von »Rote Segel im Sonnenuntergang« zu intonieren begann, sah sich Elizabeth nach Daniel um. Er stand am hinteren Ende des Saals, sein Lockenkopf ragte aus einem Häuflein junger Männer vor der Bar heraus.

»Würde es dir etwas ausmachen, wenn ich Mick um diesen Tanz bitte?« fragte sie Tilly.

»Aber nein. Ab mit dir! Aber paß auf deine Zehen auf.« Tilly sah ihr mit einem nachsichtigen Lächeln hinterher. Die Warnung war ein Scherz gewesen, da Mick Harrington, wie Elizabeth wußte, sich durchaus behende auf dem Parkett bewegte.

Ehe sie über die leere Tanzfläche auf die Seite der Männer ging, schlang Elizabeth schützend wie ein Schild ihre Strickjacke um ihre Schultern und schloß den obersten Knopf, damit ihr das Kleidungsstück beim Tanzen nicht heruntergleitt. Dann ging sie, von allen beobachtet, hinüber zu dem harmlosen Mick Harrington, der ihrer Einladung gerne Folge leistete. Der Rhythmus von ›Rote Segel im Sonnenuntergang‹ war nicht gerade herausfordernd, so daß sich Elizabeth seiner milden Führung getrost überließ. Sie und Mick waren einander so vertraut, daß Konversation nicht nötig war, und so glitten sie schweigend über das Parkett. Da allerdings außer ihnen nur noch vier Paare die Tanzfläche bevölkerten und Elizabeth um jeden Preis vermeiden wollte, daß jemandem ihre Erregung auffiel, paßte sie genau auf ihre Schritte auf. Als sie an Daniels Gruppe vorübertanzten, sah sie absichtlich an ihm vorbei; aber sie merkte stärker als zuvor, wie verführerisch der Stoff ihres Kleides um ihre Beine wallte. Da sie nur ein einziges Paar Nylonstrümpfe besaß, war sie doppelt froh, es aufgehoben zu haben für diesen besonderen Tag.

Als das Lied vorüber war, trat Mick einen Schritt zurück. »Schade, daß wir nicht öfter Gelegenheit zum Tanzen haben, Lizzie, du bist eine sehr angenehme Partnerin.«

»Ebenso wie Tilly.«

»Ja!« Mick sah sie mit einem warmen Lächeln an. »Wir gehen nicht mehr so oft wie früher aus – selbst die regelmäßigen Tanzabende in den verschiedenen Ortschaften gibt es inzwischen nicht mehr. Schuld daran ist dieser verdammte, endlose Krieg.«

»Schuld daran ist einzig Chamberlain!«

Tillys Ehemann führte sie lachend zu dem Damenkreis zurück und gesellte sich dann wieder zu Neeley und den anderen Männern auf der gegenüberliegenden Seite des Saals.

»Tja, Ladies and Gentlemen, es ist wirklich eine Schande!« brüllte der Conferencier über den letzten Teil von Mick Harringtons Satz hinweg. »Jetzt spielen wir ›The Walls of Limerick‹, und wenn euch das nicht endlich in Gang bringt, kapituliere ich.«

»Prima!« Elizabeth nahm Tilly und die Frau zu ihrer Linken bei den Händen, als die Band die ersten acht Takte des Liedes wieder und wieder spielte, bis eine ausreichend große Anzahl von Tänzern und Tänzerinnen einander gegenüber versammelt war. »So ist's besser«, dröhnte der Conferencier. »Und jetzt geht's los!«

Elizabeth sah, daß selbst Neeley in der Reihe der Männer stand; aber als der Tanz begann und die Reihen aufeinander zu und dann wieder auseinander drifteten, hatte sie beinahe so etwas wie Mitleid mit ihm. Den meisten Menschen in Béara lag das Tanzen im Blut, und obgleich Neeley eindeutig sein Bestes gab, schien er den anderen hoffnungslos unterlegen zu sein. Er hatte kein Gefühl für Rhythmus und tanzte vollkommen aus dem Takt.

An einem Ende der Reihe tanzte, wie sie aus dem Augenwinkel sah, Daniel Carrig elegant und kerzengerade wie ein Schwan.

Als der Augenblick gekommen war, in dem man sich zu zweit weiterwiegte, merkte sie, daß Mossie Breac ihr Partner war. Er tanzte ebensogut wie jeder andere, aber sein Griff war für ihren Geschmack ein wenig zu fest. Erleichtert trat sie alsbald den Rückweg in die eigenen Reihen an.

Als das Lied geendet hatte, blieb sie neben Neeley in der

Mitte der Tanzfläche stehen und nahm seine Hand. »Als nächstes kommt ›The Stack of Barley‹, Neeley«, sagte sie.

Aber Neeley entzog sich ihr. »Ich gehe wieder rüber und trinke noch etwas«, murmelte er.

»Ach, Neeley, komm schon... es ist ganz leicht.« Elizabeth war ehrlich enttäuscht. Das letzte, was sie heute brauchen konnte, war ein schlecht gelaunter Ehemann.

»Hör zu, immerhin bin ich hier, oder etwa nicht? Was willst du denn noch? Jetzt mach kein Theater und laß mich endlich gehen.«

Elizabeth sah, daß sie ganz allein mit ihm auf der Tanzfläche stand und beobachtet wurde. Also gab sie, wenn auch widerwillig, nach. »Na gut, wie du meinst.«

Sie wandte sich von Neeley ab und wollte zurück zu den Frauen, als das nächste Lied begann und Mossie Breac erschien. »Lizzie?« Er bot ihr seinen Arm und gezwungenermaßen nahm sie ihn.

Während sie zusammen mit ihm gemessenen Schrittes die Tanzfläche umrundete, merkte sie, daß sich zwei Paare vor ihnen Daniel mit einem jungen, rothaarigen Mädchen aus Ballycrovane drehte. Die beiden lachten fröhlich auf, und Elizabeth verspürte eine solche Eifersucht, daß sie selbst erschüttert war.

Was hatte sie denn erwartet? fragte sie sich verächtlich, während Mossie sie in der zweiten Phase des Tanzes herumwirbelte. Sie war eine gesetzte, verheiratete Frau und Daniel ein sorgenfreier Junge. Da stand es ihm ja wohl zu, Beziehungen mit Gleichaltrigen zu unterhalten. Trotzdem tat ihr der Anblick dieser beiden glücklichen jungen Menschen so weh, daß sich ihre Freude von vor wenigen Minuten wie Dampf verflüchtigte. Vielleicht hatte sie die ganzen Empfindungen falsch interpretiert? Wie konnte irgend etwas sein zwischen ihr und einem halben Kind? Sie war der Verzweiflung nahe, als sich der Rhythmus des Liedes abermals verlangsamte; augenblicklich ließ sie davon ab, Daniels Rücken anzustarren, und sah endlich ihrem Partner ins Gesicht. »Und gefällt es dir?« schlug sie einen möglichst heiteren Ton an.

»Sehr sogar. Du bist eine wunderbare Tänzerin.« Mossie hüpfte leichtfüßig um sie herum.

»Vielen Dank.« Elizabeth wünschte von Herzen, der Mann würde endlich aufhören, ihr ständig Komplimente zu machen, und so antwortete sie so knapp wie möglich, ohne unhöflich zu sein. Als Mossie eine Drehung unternahm, sah sie, daß Neeley zurück war und sich mit einigen Bekannten an der Tür unterhielt. Das war zumindest ein gutes Zeichen, dachte sie. In der kurzen Zeit hatte er sicher höchstens ein Glas geschafft. Sie biß die Zähne zusammen, konzentrierte sich auf den Tanz und hoffte, daß Mossie Breac – ebenso wie ihr Ehemann – den Eindruck hatte, sie sei eine ganz normale Hausfrau, die ein seltenes Vergnügen mit Nachbarn genoß.

Den Rest des Tanzes brachte sie ohne Unterhaltung hinter sich. »Das war sehr nett«, sagte sie, als das Lied endete.

»Vielleicht tanzt du ja später noch einmal mit mir?«

Mossies Miene war ausdruckslos, aber irgend etwas an seinem Blick rief ein solches Unbehagen in ihr wach, daß ihr Herz schneller schlug. »Gut möglich, Mossie«, meinte sie und merkte, daß ihr Blick abermals auf Suche ging.

»Er ist dort drüben«, flüsterte Mossie und nickte kaum merklich mit dem Kopf.

»Wer?«

Mit einem leichten Lächeln wandte sich Mossie von ihr ab und kehrte zu seiner Gruppe zurück.

Elizabeth, deren Gesicht inzwischen in Flammen stand, beobachtete, wie er durch die Menge glitt. Dann spielte die Band zu einem Foxtrott auf, jemand faßte sie am Arm und im gleichen Moment sah sie sich Willie Bád Harrington, einem offengesichtigen Vierziger gegenüber, der sie um die Ehre des nächsten Tanzes bat.

Eine ganze Stunde lang tauchte Mossie zu ihrer großen Erleichterung nicht mehr in ihrer Nähe auf. Allerdings bekam er auch gar keine Gelegenheit dazu, da sie Tanz um Tanz über das Parkett wirbelte. Und ununterbrochen nahm sie in dem Durcheinander dicht gedrängter Leiber Daniel Carrig wahr.

Um halb zwölf herrschte ein solches Gedränge im Saal, daß die ungeschriebene Grenze zwischen Männern und Frauen verschwamm. Nach einem anstrengenden Quickstep flüchtete sich Elizabeth durstig und erhitzt zu ihren Nachbarn, doch Neeley war nicht da. »Ich hätte furchtbar gern ein Mineralwasser«, verkündete sie, an die Allgemeinheit gewandt. »Weiß jemand, wo Neeley steckt?«

»Ich hole dir etwas zu trinken.« Ehe sie geistesgegenwärtig ablehnte, war Mossie Breac Sheehan bereits auf dem Weg zur Bar, so daß sie keine Wahl hatte, als ihm nachzugehen. Er drängte sich in der Schlange vor und wurde auch prompt bedient.

»Danke.« Sie nahm das Mineralwasser so höflich wie möglich an. Dann jedoch schien ihr das Glück wieder hold zu sein, denn die Band spielte ein neues Lied und ersparte ihr die Notwendigkeit eines Dialogs.

Gerade als sie das Getränk an ihre Lippen hob, spürte sie Daniels leichte Hand auf ihrem Arm. »Mrs. Scollard? Dürfte ich um diesen Tanz bitten?«

»Würdest du das bitte für mich halten, Mossie? Ich bin gleich wieder zurück.« Eilig drückte sie ihm ihr Glas in die Hand und ging auf die Tanzfläche, als die Band mit einem Akkordeon anstelle des Saxophons eine etwas seltsame Version der ›Moonlight Serenade‹ zum besten gab.

Elizabeth wäre es nicht einmal aufgefallen, hätte man das Lied auf afrikanischen Buschtrommeln gespielt. Alle Gedanken an Mossie, Neeley, den Rest der Menschheit fielen von ihr ab, als sie endlich in Daniels Armen lag. Seine leichte Hand auf ihrer Taille verschmolz mit ihr und seine andere Hand hielt sie so locker, als wäre sie eine zarte Elfe, während er sich am Rand des Parketts mit ihr durch die Menge schob, eine Taktik, trotz des Gedränges zum Tanzen zu kommen.

In absolutem Gleichgewicht hielten sie den vorgeschriebenen Abstand ein und sahen einander über die Schultern aus Furcht, daß ein zu tiefer Blick in die Augen des anderen sie verriet. Doch während sie mühelos dahinwalzten, spürte Elizabeth, daß eine Art elektrisches Spannungsfeld ihre Leiber einschloß.

Gleichzeitig jedoch erschien Elizabeth dieser Tanz mit Daniel ebenso unschuldig, als hielte sie das Neugeborene einer Freundin in ihrem Arm. Die Wände, die Girlanden, die Lampen, der Geruch von Füßen und Schweiß rückten von ihr ab, und sie glitt durch die Musik, als wäre sie in einen unsichtbaren Kokon gehüllt. So stark war ihre Einbildung zu schweben, daß sie bei einem versehentlichen Zusammenstoß mit einem anderen Paar erschrak, als hätte jemand ihr einen heftigen Schlag versetzt. »Entschuldigung«, sagte sie, ohne sich auch nur umzudrehen. Erneut tauchte sie in ihrer Entrücktheit unter, machte die Augen zu und prägte sich jeden Augenblick dieser Nähe für alle Zeiten ein. Daniels Substanz wurde dabei so spürbar für sie, als läge sie in ihren Händen. Sie umloderte ihn, heiß und leuchtend wie ein Feuerwerk.

Das Ende der Musik war wie ein kleiner Tod, doch in Elizabeth blieb die profunde Sicherheit, daß es sich bei der magnetischen Anziehungskraft zwischen ihnen – sosehr sie sich auch sträubte gegen Liebe und jede andere Nennung von Gefühl – um gegenseitiges sexuelles Verlangen handelte, dem zu widerstehen sie nicht in der Lage war. Seltsamerweise jedoch beruhigte diese Erkenntnis sie.

»Wirst du nachher noch einmal mit mir tanzen, Elizabeth?« Seine Stimme enthielt einen flehenden Unterton.

»Ja.«

Sie wandte sich von ihm ab und kehrte zu ihrer Gruppe aus Lahersheen und Derryconnla zurück. Inzwischen waren die Tänzer längst nicht mehr so scheu wie zu Beginn der Veranstaltung, so daß man nach dem Ende eines Stückes plaudernd und lachend auf der Tanzfläche stehenblieb.

Als Elizabeth ihre Freunde erreichte, nahm Tilly sie beim Arm, drehte den Kopf zur Seite, daß niemand sie hörte, und flüsterte: »Lizzie, bitte sei vorsichtig …«, ehe sie mit vollkommen verändertem Gesichtsausdruck über Elizabeths Schulter sah. »Ahh! Da ist er ja …« Sie hatte ein breites Lächeln aufgesetzt. »Cornelius Scollard, wo steckst du nur die ganze Zeit? Wir haben dich schon gesucht! Und da ist auch Mossie mit deinem

Mineralwasser, Lizzie.« Sie packte Elizabeth am Arm und drehte sie zu Mossie Breac herum.

»Du hast deinen Durst vergessen«, bemerkte Mossie ruhig.

Elizabeth setzte ein Lächeln auf. Es war ihr vollkommen egal, ob Mossie Breac Sheehan vielleicht beleidigt war. Alles erschien ihr kristallklar – doch zugleich mußte sie dafür sorgen, daß weder sie noch Daniel Schaden nahm. »Danke, Mossie«, sagte sie etwas zerstreut. »Tut mir leid, daß du das Glas so lange halten mußtest.«

»Entschuldigt uns, Neeley, Mossie, Gentlemen...« Wieder packte Tilly Elizabeth am Arm. »Lizzie und ich wollten eben mal kurz verschwinden, stimmt's?«

Elizabeth ließ sich von Tilly durch den Saal und über die Straße zur Kneipe ziehen. Dort angekommen, schloß Tilly sie beide in der Toilette ein, ehe sie Elizabeth bei den Schultern packte und schüttelte. »Was ist bloß in dich gefahren?« Sie sah die Freundin wütend an. »Bist du vollkommen übergeschnappt?«

»Also bitte, Tilly, wir haben nur getanzt.« Elizabeth sah Tilly reglos an.

»Hör zu, Mädchen, zwischen Tanzen und Tanzen gibt es gewaltige Unterschiede. Der ganze Saal hat euch beiden zugeguckt.«

»Es war nichts Anstößiges dabei.«

»Meine Liebe, du hast gestrahlt wie ein Honigkuchenpferd. Nie zuvor in meinem Leben habe ich etwas Ähnliches gesehen. Und wenn du schon unbedingt mit ihm tanzen mußtest, warum habt ihr euch dann nicht wenigstens im Gedränge versteckt?«

Der Raum war so winzig, daß Elizabeth unter dem Druck von Tillys Händen auf ihren Schultern mit den Beinen gegen die Toilettenschüssel stieß. »Bitte, Tilly«, begehrte sie auf. »Du brichst mir das Kreuz.«

Auch wenn Tilly den Druck ihrer Finger ein wenig lockerte, klang sie immer noch recht unnachsichtig. »Bitte, bitte«, bedrängte sie die Jüngere. »Sei ein bißchen vorsichtiger. Es ist nicht...« Sie suchte nach dem passenden Wort. »Es ist nicht *anständig.*«

Elizabeth runzelte die Stirn. »Tilly, ich möchte ja nicht unhöflich sein, aber bitte, du siehst die ganze Sache falsch. Sicherlich übertreibst du. Ich habe alles vollkommen unter Kontrolle, glaube mir.«

Tilly atmete tief ein. »Vielleicht geht es mich nichts an, aber trotzdem finde ich, du solltest Vernunft annehmen. Warst du dir damals nicht ebenso sicher, als es sich um George Wie-hieß-ernoch handelte? Und wo ist er jetzt? Außerdem bist du inzwischen verheiratet, hast eine Familie ...«

»Ich weiß.«

»Wie meinst du, daß Neeley reagieren wird? Ich habe gesehen, daß selbst Mossie etwas aufgefallen ist.«

Elizabeth fühlte sich so ruhig wie eine Yacht, die sich an einem klaren Sommertag über das Wasser schob. »Keine Sorge, Tilly«, beschwichtigte sie. »Ich versichere dir, daß nichts passieren wird. Schließlich haben wir nur *getanzt*, Tilly. Einmal!«

»Tanz nicht noch einmal mit ihm, Lizzie, bitte, ich flehe dich an! Zumindest nicht heute abend. Tanz mit ihm, soviel du willst, aber nicht hier und jetzt.«

»Ich habe es ihm versprochen.«

Die gute Seele zuckte hilflos mit den Schultern. »Du bist über einundzwanzig, ich kann dir keine Vorschriften machen. Aber ich bitte dich ein letztes Mal, denk darüber nach. Was hast du zu gewinnen? Einen Drei-Minuten-Rausch, Lizzie ...«

»Es ist ja wohl keine Sünde, wenn man auf einem Fest vor aller Augen mit einem anderen Menschen tanzt. Das wird dir selbst der Pfarrer bestätigen. Schließlich war er dabei.« Der anwesende Priester, der Schrecken des Bezirks, war dafür bekannt, daß er nicht nur mit einem Schlehdornknüppel bewaffnet die Gräben nach poussierenden Paaren absuchte; sondern obendrein suchte er regelmäßig Tanzveranstaltungen heim, und innerhalb von neunzig Sekunden beendete er das Fest, wenn er auch nur den Ansatz von fleischlichen Gelüsten witterte. »Hätten wir zu eng getanzt oder etwas ähnlich Anrüchiges getan«, fuhr sie gelassen fort, »dann hätte er unserem Treiben umgehend ein Ende bereitet. Da kannst du sicher sein.«

Tilly stieß einen Seufzer aus. »Ich habe mein Möglichstes getan.« Sie griff hinter sich, öffnete die Tür und ließ sie beide hinaus. »Gott sei euch allen gnädig«, hauchte sie noch, während sie neben der Freundin über die Straße zurück in den Tanzsaal eilte.

Elizabeth hatte den ersten Teil der Veranstaltung wie durch einen Schleier hindurch erlebt; doch als sie nun den Raum, an dessen Wänden sich bereits Kondenswasser bildete, betrat, war sie hellwach. Sie sah sich um. Während der kurzen Zeit ihrer Abwesenheit hatte sich die Stimmung noch mehr aufgeheizt, auch wenn für den Priester, der von der Mitte des Saales aus die Vorgänge beobachtete, kein Anlaß zur Beunruhigung bestand. Die Band spielte ›Die Belagerung von Ennis‹ – viel zu schnell und hämmernd, als daß sich bei diesem Radau irgendeine Sünde begehen ließ. Die jüngeren Leute hatten sich einen Platz in der Nähe des Podiums gesucht und wirbelten ausgelassen im Kreis herum. Frauen schoben sich Strähnen verschwitzten Haars aus der Stirn, während Bauern, Bauarbeiter und Fischer mit schweißglänzenden Gesichtern ihre Anzugjacken zu kleinen, dunklen Haufen in den Ecken stapelten und ihre Krawatten lockerten. Innerhalb von Sekunden hatte Elizabeth Neeley ausgemacht, der verloren auf der Seite stand. Sie ließ Tilly zurück, schob sich zu ihm durch, zupfte an seinem Ärmel und schrie ihm über den Lärm hinweg ins Ohr: »Kommst du mit mir auf eine Runde?«

Als er sie ansah, sank ihr der Mut. Sein Gesicht war gerötet und seine Augen wiesen einen unnatürlichen Glanz auf. Obgleich er noch nicht vollkommen betrunken war, war er auf dem besten Weg dazu. Trotzdem reihte er sich mit ihr bei den Tänzern ein.

Nach einem Augenblick jedoch zog Elizabeth ihn wieder fort. Sie merkte, wie verhaßt ihm diese Figuren waren. »Komm, wir machen es auf unsere Weise!« Sie verlangsamte ihr Tempo, bis auch Neeley seinen Rhythmus fand, und sein dankbarer Gesichtsausdruck rief stärkere Schuldgefühle in ihr wach, als hätte er sie zusammen mit Daniel Carrig überrascht. »Ich liebe dich!« flüsterte sie Neeley, ehe sie sich's versah, ins Ohr.

Angesichts seines verständnislosen Blicks fühlte sie sich noch elender als zuvor, und um ihre Verwirrung zu verbergen, schlang sie ihm ihre Arme um den Hals – doch verlegen trat er einen Schritt zurück. »Hier kann uns jeder sehen!«

Kurze Zeit später endete die Musik, und während die Musikanten vom Podium stiegen, verkündete der Conferencier, nun ergreife Jimmy Deeney das Wort. Wie Cäsar bei seinem Einzug in Rom marschierte Castlecloughs Wohltäter erhobenen Hauptes unter lautem Applaus den Saal hinauf, als mit einem Mal Mossie Breac Sheehan vor Elizabeth auftauchte. »Willst du dein Mineralwasser jetzt? Wenn nicht, findet sich ja vielleicht ein anderer Interessent dafür ...«

»Tut mir leid, Mossie, ich habe einfach nicht mehr daran gedacht.« Sie nahm ihm das Glas ab und wandte ihm, vorgeblich um Jimmy Deeneys Triumphzug zu verfolgen, den Rücken zu. Sie nippte an dem unangenehm warmen Getränk, und als sie, nachdem der Möchtegern-Politiker zu seiner Rede anhub, über ihre Schultern sah, war Mossie nicht mehr da.

An seiner Stelle entdeckte sie Daniel Carrig, der sich auf den Ausgang zubewegte.

Ging er etwa schon heim?

Von diesem Moment an war ihr Bedürfnis, mit Daniel zu tanzen, stärker als alles andere. Es bedeutete ihr mehr als ihre Ehre und ihr guter Ruf. Hätte die adleräugige Tilly sie nicht beobachtet, hätte sie sich wahrscheinlich auf der Stelle an Daniels Fersen geheftet.

Doch Tilly legte ihre Hand wie einen Schraubstock um ihren Arm. Und als nach einer Bemerkung des Yank lauter Beifall erklang, zischte sie ihr ins Ohr: »Lizzie, denk *nach*! Wenn du ihn lebend wiedersehen willst, mußt du vernünftig sein. Morgen ist auch noch ein Tag.« Allerdings war sie gezwungen, Elizabeth loszulassen, als Jimmy Deeney mit den Worten, daß es jetzt Zeit für die Verlosung zugunsten eines neuen Dachs für die Kapelle sei, vom Podium sprang und sich die Menge um sie herum teilte, damit der Schwarm der Losverkäufer Platz bekam.

Der siebte Sinn, den sie entwickelt hatte, kam Elizabeth auch jetzt zupaß. Sie drehte sich gerade rechtzeitig herum, um zu sehen, daß auch Neeley auf dem Weg nach draußen war, sicher, weil es ihn nach einem weiteren Glas im Pub gelüstete. Sie holte tief Luft. Was auch immer geschehen sollte, nähme nun seinen Lauf. Am besten, sie übte sich in Gelassenheit.

Die Verlosung ging vonstatten, doch niemand aus ihrer Gruppe gewann etwas. Als die Band nach der Verteilung der bescheidenen Preise – ein Pfund, zehn Schilling, eine halbe Krone – erneut das Podium bestieg, forderte Mossie Breac Elizabeth abermals zum Tanzen auf.

Während sie mit ihm das Parkett betrat – wobei sie lächelnd die Zähne zusammenbiß –, entdeckte sie, daß Neeley aus dem Pub zurückgekommen war. Angesichts Tillys wiederholter Warnung hatte sie eine Idee.

Vielleicht konnte sie Mossie Breac Sheehan ja benutzen, um von ihrem eigentlichen Bestreben abzulenken...

Während der Sänger gefühlvoll Jud Garlands »You Made Me Love You« anstimmte, schoben sich einige der Tanzenden, den Priester im Auge, so dicht sie es wagten aneinander. Auch Elizabeth paßte sich, auch wenn niemand ihr hätte vorwerfen können, daß sie mit Mossie flirtete, geschmeidig seinen Schritten an und setzte eine strahlende Miene auf.

Im ersten Augenblick reagierte er nicht auf diese plötzliche Veränderung, doch dann verstärkte er unmerklich seinen Griff, so daß sie durch den Stoff ihres Kleides hindurch jeden einzelnen Finger seiner rechten Hand zu spüren bekam und fürchtete, daß sie vielleicht zu weit gegangen war. »Also bitte, Mossie«, sagte sie unbehaglich und zog an seiner Hand.

Plötzlich, allzu plötzlich, wurden seine Finger schlaff und er blickte über ihre Schulter ins Publikum. Offenbar hatte Elizabeth einen taktischen Fehler begangen.

Sie konzentrierte sich auf ihre Schritte, als wären sie auf einem Wettbewerb, und sobald der letzte Ton verklang, traten sie beide, nicht weit von ihrer Gruppe entfernt, jeweils einen Schritt zurück. Der Beginn des nächsten Liedes verzögerte sich, da der Conferencier noch ein paar Sätze sprach, und während sie und Mossie warteten, reckte sie stolz den Kopf, um ihr Unbehagen zu verbergen. »Vielen Dank«, sagte sie. »Es war wirklich schön.«

»Gern geschehen.« Mossie sah links an ihr vorbei und mit einem Mal kniff er unmerklich die Augen zu.

Elizabeth drehte sich um und merkte, daß sie Daniel Carrig gegenüberstand. »Daniel!« sagte sie, wobei sie sich betont überrascht gab.

»Würden Sie den nächsten Tanz bitte für mich reservieren, Mrs. Scollard?« fragte er.

»Aber sicher, warum nicht...«, setzte sie an, doch mit zwei Schritten war Neeley neben ihr.

»Für heute abend hast du genug getanzt. Wir fahren heim.«

Er streckte die Hand aus, um sie festzuhalten, aber Elizabeth entwand sich seinem Griff. »Ach, Neeley«, sagte sie so fröhlich es ihr möglich war, »nur noch ein letztes Mal, schau, alle sind noch da – und außerdem haben ich und Mossie noch nicht fertig...«

»Schluß jetzt, wir fahren heim.«

»Schon gut – tut mir leid, Neeley, Mossie...« Verlegen trat Daniel einen Schritt zurück.

Elizabeth straffte erbost den Rücken. Mit einem Mal erwachte ein allzu lange vernachlässigtes Bedürfnis nach Unabhängigkeit in ihr. So diktatorisch ginge niemand mit ihr um! »Warte einen Augenblick, Daniel.« Blind hielt sie ihn am Arm zurück. »Einmal noch«, bat sie Neeley leise, »und dann komme ich mit.«

Während der Conferencier weiterplauderte, starrten Neeley und Elizabeth, einen puterroten Daniel zwischen sich, einander böse an. Inzwischen merkten auch die anderen aus ihrer Gruppe, daß etwas nicht in Ordnung war.

Schließlich mischte sich Tilly helfend ein. »Was ist denn schon dabei, Neeley?« schmetterte sie laut. »Wir tanzen alle ein letztes Mal und brechen dann zusammen auf. Nicht wahr, Mick?« Sie stieß ihren Mann mit dem Ellbogen an.

»Klar, machen wir!« Mick Harrington war eindeutig ebenso betreten wie die anderen.

Endlich beendete der Conferencier seine Ansprache, so daß der Auftakt des nächsten Liedes erklang. Elizabeth und Neeley starrten einander immer noch kriegerisch an. »Ich habe gesagt, wir gehen *jetzt*«, flüsterte er tödlich leise.

»Achte nicht auf die beiden. Ich tanze mit dir, komm, Danny!«

Tilly packte Daniel am Arm, schob ihn vor sich her aufs Parkett, und die beiden Kampfhähne blieben zurück. Elizabeth wußte, daß diese Szene zwischen ihr und ihrem Ehemann bedeutsam und ein Rückzieher unmöglich war. »Das war ein Fehler, Neeley«, murmelte sie.

»Kommst du oder muß ich alleine gehen?« Neeleys Gesicht kam einer starren Maske gleich.

»Ich bleibe hier.« Elizabeth hatte das Gefühl, als gefröre das Blut in ihren Adern zu Eis.

Zwei, drei Sekunden lang starrte er sie reglos an. »Also gut, bis später dann.« Er machte auf dem Absatz kehrt und stampfte polternd auf den Ausgang zu.

Auch wenn es vollkommen unerheblich war, bemerkte Elizabeth, daß an der Stelle, wo er gestanden hatte, ein Messingknopf auf dem Boden lag. Während sie ihn fixierte, wallte glühender Zorn in ihrer Seele auf. Sie nahm den Knopf und merkte, daß Mossie sich immer noch in der Nähe befand. »Sollen wir?« Sie bot ihm ihren Arm.

Mossie sah in die Richtung, in der Neeley verschwunden war, aber dann ging er auf das gefährliche Spiel ein. »Beruhige dich«, sagte er, während er zu tanzen begann. »Er wird schon drüber hinwegkommen.«

»Manchmal würde ich ihn am liebsten umbringen.« Elizabeth überließ sich lauthals ihrem Zorn. »Was meint er eigentlich, wer er ist?«

»Oh, schmeiß dich ran!« Einer der Männer, die die gesamte Szene mitverfolgt hatten, und der mit seiner Partnerin ebenfalls auf die Tanzfläche getreten war, versetzte Mossie einen aufmunternden Schlag. »Dies ist deine Chance, Mossie. Los, wie Errol Flynn!«

»Halt die Klappe!« Mossie fuhr erbost zu dem Mann herum. Dann wandte er sich wieder an Elizabeth und trat entschieden einen Schritt zurück. »Vielleicht sollten wir es doch lieber lassen.«

»Bitte, Mossie. Es ist sehr wichtig für mich, daß du diesen Tanz mit mir zu Ende bringst.« Elizabeth nahm unmißverständlich seine Hand. Während sie Mossie mit sich zog, sah sie sich gleichzeitig suchend nach Daniel um.

»Eigentlich möchte ich an dieser Auseinandersetzung nicht beteiligt sein.«

Mossie flüsterte, so daß Elizabeth ihn kaum verstand. Ihre öffentliche Demütigung hatte sie derart auf die Palme gebracht, daß sie zorniger als beabsichtigt erwiderte: »Ich weiß nicht, wovon du sprichst.«

Sie drehten sich ohne ein weiteres Wort im Kreis, und dann, als die Band ohne Pause zu einem altmodischen Walzer überging, zog Elizabeth Mossie mit stählerner Entschlossenheit weiter über das Parkett. Er war nur wenig größer als sie und trotz seiner enormen Muskelkraft leistete er keinen Widerstand. Allerdings war sein Rücken steif wie ein Laternenmast und er starrte, statt sie auch nur einmal anzusehen, über ihre Schulter hinweg irgendwo in den Raum.

Innerhalb weniger Minuten hatten sie dank Elizabeths Führung das andere Paar erreicht. »Tilly?« Sofort ließ Elizabeth Mossie los. »Würde es dir etwas ausmachen, Partner zu tauschen?«

Tilly unternahm einen letzten Versuch. »Allerdings«, sagte sie und fuhr, mit einem Blick auf Mossie, fort: »Danny und ich, wir amüsieren uns nämlich prächtig, stimmt's?«

Trotzdem trat Elizabeth vor Daniel, und als sie begriff, daß für die beiden von dem Augenblick an außer der Walzermusik und dem jeweils anderen nichts mehr zählte, gab Tilly auf. »Komm schon, Mossie«, sagte sie gespielt munter, »wir beide haben es schon seit einer Ewigkeit nicht mehr miteinander versucht.«

Nach den ersten paar Schritten in Daniels Armen wurde Elizabeths Zorn durch ein Gefühl der Zusammengehörigkeit verdrängt. Sie schloß die Augen, und als statt des Walzers ein langsamer Foxtrott erklang, paßte sie sich, ohne die Augen zu öffnen, Daniels veränderten Schritten an. Sie hatte das Gefühl, als schraube sie sich zusammen mit ihm eine immer enger werdende Spirale des Verlangens empor.

Diese Illusion wurde jedoch drei Minuten später gewaltsam zerstört, als sie merkte, wie jemand sie nach hinten riß. Das Gesicht ihres Mannes, der völlig unvermittelt auftauchte – und den die anderen Tänzer in großem Bogen umrundeten –, war wutverzerrt. »Neeley«, sagte sie, ehrlich schockiert, »ich dachte, du bist nach Hause gefahren…«

»Ich gehe jetzt, und du kommst *mit*!« zischte er und verstärkte den Griff um ihren Arm.

Elizabeth zog ihre Hand von Daniels rechter Schulter zurück. »Du tust mir weh, Neeley«, flüsterte sie.

»Ich habe gesagt, komm!« Bei diesen Worten zerrte er so heftig an ihrem Arm, daß sie gefallen wäre, hätte Daniel nicht geistesgegenwärtig ihren Ellbogen umfaßt.

Diese Geste war zuviel für Neeley, der mit seiner freien Hand nach Daniel schlug und sich, obgleich der Junge dem Treffer ausgewichen war, schnell genug wieder fing, um ihm einen zweiten Schlag zu versetzen, der ihn jedoch nur am Oberkörper streifte.

Die Männer in unmittelbarer Nähe mischten sich eilig schlichtend ein, aber Daniel trat, nachdem er im ersten Augenblick die Fäuste wie zur Erwiderung des Schlages geballt hatte, ohnehin einen Schritt zurück, so daß er für Neeley, der seine Frau nicht aus den Fängen ließ, nicht mehr zu erreichen war. Trotzdem blieb er angriffsbereit.

Die Musik spielte ohne Unterbrechung weiter, während Elizabeth mit hochroten Wangen erfolglos versuchte, sich Neeleys Umklammerung zu entziehen. Der Zwischenfall hatte sich so plötzlich ereignet, daß der Kreis der Umstehenden nicht zu wissen schien, wie sich dieser stumme Kampf zwischen Eheleuten am besten beenden ließ.

Aus dem Augenwinkel nahm Elizabeth eine Bewegung wahr. Daniel hatte sich erneut einen Schritt vorgewagt. Die Panik, daß die Situation vollkommen außer Kontrolle geriet, verlieh ihr ungeahnte Kraft. »*Laß mich los!*« brüllte sie Neeley an, der so überrascht war, daß seine Hand tatsächlich von ihr abrutschte.

Keuchend und ohne auf die schockierten Gesichter der anderen zu achten, schob sie sich dicht an ihn. »Also gut, Neeley, ich komme mit dir heim. Und dann unterhalten wir uns weiter über diesen Zwischenfall.«

An Daniel gewandt, sagte sie: »Es tut mir wirklich leid.« Damit verließ sie ohne ein weiteres Wort den Saal.

Sie war zu Hause und im Bett, lange bevor Neeley anlangte. Die Lampe auf dem Ankleidetisch hatte sie nicht gelöscht, und sie starrte hellwach und zornbebend auf die Tür.

Was auch immer während der nächsten Minuten geschähe, würde für den Rest ihres Lebens von Bedeutung sein. Und dabei ging es nicht nur um ihr Verhältnis zu Daniel Carrig McCarthy, sondern um etwas wesentlich Komplexeres. Jetzt mußte sie sich entscheiden zwischen einem Leben in relativer Eigenständigkeit und dem langsamen Tod.

An der Art, in der sich Neeley in der Küche bewegte, erkannte sie, daß er sturzbetrunken war. Doch seltsamerweise beruhigte diese Erkenntnis sie, so daß sie die Beine über den Rand des Bettes schwang und ihm, als er hereintorkelte, gefaßt entgegensah. Er beugte sich hinab, um seine Schnürsenkel aufzumachen, wobei sie versuchte, seinen Zustand zu beurteilen. Sie sah, daß sein Ärger abgeklungen war; aber auch noch halbwegs soweit bei Bewußtsein, um nicht sofort über sie herzufallen, hatte er genug in sich hineingekippt, daß man ihn nicht einschätzen konnte. Am besten wäre sie vorsichtig.

»Bevor du dich ausziehst oder irgend etwas sagst, Neeley, möchte ich mit dir reden«, setzte sie an.

»Warum kommst du nicht her und setzt dich neben mich?« Sie klopfte auf das Bett.

Mit zusammengepreßten Lippen richtete er sich auf, aber zumindest trat er tatsächlich auf sie zu, wo er sich so schwer auf die Matratze sinken ließ, daß sie quietschte. »Neeley«, sagte sie. »Wenn so etwas noch einmal passiert, wenn du mich noch einmal derart vor allen Leuten demütigst, werde ich gehen.«

»Wenn was noch einmal passiert?« Er tat sehr aggressiv, aber sie merkte, daß es nicht von Herzen kam. Offenbar schämte er sich.

»Du weißt, was ich meine«, fuhr sie leise fort. »Alles, was ich getan habe, war, auf einer öffentlichen Veranstaltung unter den Augen des Priesters mit einem Nachbarn zu tanzen. Daran ist beim besten Willen nichts auszusetzen, Neeley!«

»Es war nicht anständig.«

Auch wenn Elizabeth diese Wiederholung von Tillys Worten kurzfristig erschütterte, nutzte sie doch die Gelegenheit und tat, als spräche er von Mossie Breac. »Nein, da muß ich widersprechen«, erklärte sie ruhig und eindringlich. »Ich habe nur mit einem guten Nachbarn getanzt. Wie alle anderen auch.«

»Ich dulde nicht, daß sich meine Frau vor allen Leuten so aufführt«, beharrte er. »Es war schon schlimm genug, daß alle Welt von deinem schändlichen Verhalten in Glengarriff gesprochen hat...«

Ein harmloser Kuß in Glengarriff von jemanden, der längst der Vergangenheit angehörte, war für Elizabeth inzwischen eine solche Nebensächlichkeit, daß sie ihre Empörung als gerechtfertigt empfand. »Wann hörst du endlich auf, mir vorzuhalten, was in Glengarriff geschehen ist?« schrie sie ihn an. »Ich weiß nicht, was man dir erzählt hat, aber was auch immer, es ist zweifellos üble Nachrede, und außerdem hatte – hat es nicht die geringste Bedeutung für mich.«

»Hast du diesen Schauspieler getroffen oder nicht?«

»Richtig.«

»Allein?«

Sie riß sich zusammen. »Ein paar Minuten, länger nicht. Aber mitten auf der Straße vor den Augen der ganzen Stadt. Vergiß nicht, Neeley, daß er Franceys Vater ist. Ich konnte ja wohl unmöglich so tun, als kenne ich ihn nicht.«

»Hm – hast du mit ihm geschlafen?«

»Was?« Elizabeth stieß ein ungläubiges Schnauben aus und ein paar Augenblicke lang empfand sie beinahe so etwas wie Mitleid mit ihrem Mann. Dann jedoch erinnerte sie sich daran, wie sehr er sie in aller Öffentlichkeit erniedrigt hatte. »Ich habe dir doch gesagt, das Treffen fand gleich nach dem Theater, mitten auf der Straße statt.«

»Das ist es ja gerade, was mich fassungslos macht. Es ist dir vollkommen egal, was man von dir denkt. Du hast einfach keinen Sinn für – für …« Neeley zupfte nervös an seiner bereits lockeren Krawatte herum.

»Für was, Neeley?« Elizabeths Geduldsfaden war am Zerreißen.

Doch er erkannte nicht, auf welch gefährlichem Terrain er sich bewegte. »Für – für …« Er winkte hilflos ab. »Für Anstand. Lizzie, du bist eine verheiratete Frau.«

Zum zweiten Mal stellte Elizabeth zu ihrem Erschrecken fest, daß er Tillys Wortwahl benutzte; doch dann erkannte sie, daß sicher jeder dasselbe sagen würde, weil es die Ausdrucksweise der hiesigen Menschen war.

Heiraten bedeutete, daß eine Frau in den Besitz des Mannes überging.

»Ich gehöre niemandem«, platzte es aus ihr heraus.

»Was?«

»Du hast mich genau verstanden. Ich gehöre niemandem.«

»Das habe ich ja auch nicht behauptet! Aber verheiratet bist du nun mal!«

Das, wovon sie sprach, war ihm eindeutig so fremd, daß sie das Gefühl hatte, deutlicher werden zu müssen. »Ich bin eine Frau, Neeley«, setzte sie leidenschaftlich an, »ein Mensch und keine Kuh oder ein Schaf beziehungsweise eine Eselin. Ich mag mit dir verheiratet sein, aber ich gehöre dir nicht wie ein Stück Vieh.«

»Wer hat denn gesagt …«

»Über all die Jahre hinweg habe ich sämtliche Regeln des Ehelebens brav eingehalten. Ich komme jeglichen Pflichten nach, die mir meine Situation auferlegt. Ich bin – und war dir immer – treu, Neeley. Aber ich dulde *nicht,* daß du mir vorschreibst, wie ich mich in der Öffentlichkeit zu verhalten habe oder mit wem ich auf einer allgemeinen Veranstaltung tanze.« Inzwischen war sie so aufgebracht, daß sie nicht länger sitzen bleiben konnte; daher sprang sie auf und stapfte in dem kleinen Schlafzimmer herum. »Ich dulde *nicht,* daß du mir vorschreibst, wann für mich ein öffentliches Fest zu Ende ist. Ich habe mich zum Gespött gemacht? Wieso denn ich? Wer hat sich wohl heute abend zum Gespött gemacht? Wer, bitte schön?«

Auch er erhob sich. »Und was spielt sich zwischen dir und diesem jungen McCarthy ab? Bilde dir ja nicht ein, ich wüßte nicht, daß der Kerl ein Auge auf dich geworfen hat. Ihr denkt vielleicht, ich hätte euch nicht gesehen. Harmlos getanzt, daß ich nicht lache! Du hast dich ihm an den Hals geworfen wie ein billiges Flittchen.«

Zitternd vor Wut baute sich Elizabeth vor Neeley auf. »Ich habe dir schon einmal gesagt, daß du mich nicht so nennen sollst.« Sie schlug ihm hart ins Gesicht.

Nachdem er zunächst ungläubig seine Wange betastete, packte er sie brüllend bei den Schultern und schüttelte sie mit einer solchen Wut, als wäre er ein Terrier mit einer toten Ratte im Maul.

Elizabeth hatte das Gefühl, als fielen ihr jeden Moment sämtliche Zähne aus, und vor Schmerz und Entsetzen schrie sie auf. Ihr langes, offenes Haar schlug wie eine Peitsche um ihren Kopf, so daß sie nichts mehr sah. Brüllend wie ein Stier ließ er ihre Schultern los, packte ihren Schopf und wirbelte sie mit einer solchen Wucht herum, daß sie meinte, er skalpiere sie. Offensichtlich wollte er sie in die Knie zwingen. Aber niemals gäbe sie diesem Bestreben nach, so daß sie sich dem Schmerz zum Trotz weiter auf den Beinen hielt.

Dann sah sie, daß er nach der Kleiderschere auf dem Nachttisch griff und dachte, jetzt brächte er sie um. »Nein, Neeley«, schrie sie auf. »Bitte nicht, nein, bitte – Nicht! Nicht!«

»Ich werde dich lehren, dich bei fremden Kerlen anzubiedern…« Immer noch eine Handvoll ihrer Haare in der Hand, hackte er mit der Schere auf die blonde Pracht ein. Ihre Schreie erreichten neue Höhen, als die erste dicke Strähne zu Boden fiel.

Krachend flog die Tür des Zimmers auf und, dicht gefolgt von Margaret und Goretti, stürmte Francey herein.

Er übersah die Situation mit einem Blick, und innerhalb einer Sekunde hatte er sich auf Neeley gestürzt, dessen Hemdkragen er wie ein Affe umklammerte.

Außer sich vor Zorn schleuderte Neeley Elizabeth quer durch den Raum, so daß sie rücklings auf dem Metallrahmen des Bettes landete und ihr die Luft wegblieb. Stumm brach sie auf dem Bett zusammen, wo sie reglos liegenblieb.

Wutschnaubend wie ein Bulle in seiner Box versuchte Neeley immer noch, Francey abzuschütteln. Die Knöpfe seines Hemds rissen unter dem Gewicht des Jungen ab, aber Francey hatte auch die Krawatte umfaßt, so daß er sich, auch wenn er ein wenig an Neeley heruntерglitt, weiter auf seinem Rücken hielt und mit beiden Füßen wie ein Wilder um sich trat.

Es herrschte ein Höllenlärm. Außer von Franceys Schreien und Elizabeths Stöhnen, hallte der Raum von Neeleys Gebrüll wider. Die Mädchen hatten sich hysterisch schluchzend in der hintersten Ecke der Küche versteckt, und auch das Baby schrie. Einzig Mary stand reglos in der Tür des Schlafzimmers, deren Rahmen sie umklammert hielt, als stürzten, ließe sie auch nur für eine Sekunde los, das Dach und die Wände des Hauses über ihnen ein.

Dann drehte sich Neeley, immer noch in dem Versuch, Francey abzuschütteln, schwankend um und ließ sich rückwärts gegen die Wand krachen.

Über das allgemeine Durcheinander hinweg klang der Aufprall von Franceys Kopf an der harten Mauer wie ein plötzlicher Pistolenschuß.

Endlich frei, drehte sich Neeley zu ihm um, ehe er, von seiner Tat entsetzt, einen zögernden Schritt in Franceys Richtung unternahm. Aber Mary war schneller als er. Sie zog ihren Stiefbruder hoch, schleppte ihn hinüber zum Bett, legte ihn neben

Elizabeth und brachte vor lauter Angst statt des geplanten ›Wir brauchen einen Arzt‹ nur ein Keuchen heraus.

Elizabeth vergaß sowohl die Tatsache, daß sie immer noch kaum Luft bekam, als auch die langen Haare, die wie goldene Fäden durch das Zimmer wirbelten. Als Kind war sie bei den Pfadfinderinnen gewesen und hatte dort die Grundlagen von erster Hilfe erlernt. Also tastete sie nach Franceys Puls, der langsam, aber regelmäßig ging. Die Pupille eines seiner Augen jedoch war riesengroß und starr, und oberhalb der Schläfe sowie aus der Ecke seines Mundes rannen dünne Blutrinnsale herab. »Lauf hinüber zu den Harringtons, Mary!« brüllte sie. »Sag ihnen, daß sie ihr Pferd anspannen sollen. Ich komme mit Francey nach.«

»Laß mich...« Totenbleich trat Neeley vor, als Mary aus dem Zimmer lief; aber ehe er Francey auch nur berühren konnte, riß Elizabeth ihm den Jungen weg.

Das Kind an ihre Brust gepreßt, starrte sie Neeley an. »Du hast bereits genug Unheil angerichtet«, tobte sie. »Rühr ihn nicht an!«

Vor lauter Furcht und angesichts der sich überstürzenden Ereignisse brachten die Mädchen keinen Ton mehr heraus, so daß nur noch das Baby in seiner Wiege schrie. »Kathleen, kümmere du dich um Abigail!« befahl Elizabeth, während sie Francey in eine Decke wickelte, eilig in ein Paar Schuhe stieg, sich ein Umhängetuch über das Nachthemd schlang und, den reglosen Kinderkörper auf den Armen, hinausstolperte.

Als sie über das Feld rannte, sah sie, daß vor ihr Mary in Windeseile auf das Harringtonsche Haus zulief. Und als sie dort ankam, stellte sie erleichtert fest, daß das Küchenfenster hell erleuchtet war. Bisher hatte sie gar nicht daran gedacht, daß Tilly und Mick vielleicht noch nicht zu Hause sein könnten von dem Fest.

12

»O mein Gott, Lizzie!« Tilly hob die Hand an den Mund und trat einen Schritt zurück. Flüchtig ging es Elizabeth durch den Sinn, daß sie in ihrem Nachthemd mit nichts als dem Umhängetuch darüber und dem ausgefransten Haar sicher einen erschreckenden Anblick bot. »Keine Zeit, Tilly«, keuchte sie. »Ist das Pferd schon angespannt?«

Tilly nickte. »Hier, du bist erschöpft, laß mich ihn tragen.« Sie trat vor, um Elizabeth den bewußtlosen Francey aus den Armen zu nehmen, aber Elizabeth ließ ihn nicht los. »Tilly, ich werde dich nie wieder um etwas bitten«, stieß sie hervor und eilte bereits zum Stall. »Aber würdet ihr zu uns rüberschauen? Gott allein weiß, zu was Neeley noch fähig ist. Der Gedanke, daß die anderen Kinder mit ihm alleine sind, macht mir wirklich angst.«

»Mick wird dich zum Arzt fahren!« Tilly mußte rennen, um mit Elizabeth Schritt zu halten, als diese zu der Stelle flog, an der Mick das Zaumzeug des Pferdes befestigte. Mary hielt eine der Stangen des leichten Wagens hoch.

»Ich komme auch allein zureckt.« Elizabeth stolperte über einen losen Pflasterstein, so daß Franceys lebloser Kopf von ihrer Schulter glitt. Sie fing ihn gerade noch rechtzeitig auf und schob ihn auf ihre Schulter zurück. »Bitte, Tilly, ich zittere, daß drüben noch etwas passiert. Statt Mick nehme ich einfach Mary mit.«

Auf diese Bemerkung hin kletterte Mary in den Wagen und nahm Elizabeth den Jungen ab.

»Danke, Mick.« Elizabeth ließ sich von Mick Harrington auf den Sitz helfen; aber die Angst verlieh ihr eine solche Energie, daß seine Unterstützung im Grunde gar nicht nötig war.

»Laß mich euch wenigstens noch ein paar Mäntel mitgeben. Sonst holen sich sowohl Mary als auch Francey den sicheren Tod.« Tilly rannte zurück zum Haus, während Elizabeth die Zügel in die Hände nahm und heftig zu schnalzen begann.

Tilly holte sie gerade noch ein, als der Wagen bereits vom Hof auf die Straße rumpelte. Sie warf einen Haufen Mäntel und Decken über den Rand. »Keine Angst, wir kümmern uns um alles. Außerdem werden wir für euch beten. Gott schütze euch!«

Die letzten Worte hörte Elizabeth schon gar nicht mehr, da sie wie eine Besessene das Pferd mit der Peitsche zu einem immer schnelleren Tempo trieb.

Jetzt agierte sie aus Instinkt, nicht mehr aus Angst. Ihr einziger Gedanke war der, daß Francey schnellstmöglich Hilfe benötigte. Sie hatte bisher noch nicht oft einen Pferdewagen gelenkt, aber dieser war ihr von einigen Ausfahrten mit Tilly vertraut. Glücklicherweise herrschte nach dem milden Abend eine ebenso milde, helle Nacht; und auch wenn die Straße zu holprig und kurvig war, als daß sich das Pferd zu etwas Schnellerem als einem Trab aufraffte, ließ sie den Zügeln beinahe freien Lauf. Der nächste Arzt wohnte im zehn Meilen entfernten Castletownberehaven; aber mit ein wenig Glück triebe sie im näheren Castleclough noch den Priester auf. Der Priester war einer der wenigen Privilegierten, der ein Automobil besaß.

»Ist alles in Ordnung mit ihm? Sieh nach, ob er noch atmet, ja?« Sie blickte hinter sich zu der Stelle, an der Mary, den Rücken gegen einen der hölzernen Sitze gelehnt, Francey in Armen, auf den Planken kauerte. Mary hatte sich und den Jungen in eine von Tillys Decken gewickelt. Jetzt beugte sie ihren Kopf über Franceys Mund. »Ja, er atmet noch.«

»Schneller, Pferd!« Elizabeth schnalzte erneut und als Reaktion auf die Entschlossenheit ihrer Stimme spitzte das Tier die Ohren und beschleunigte etwas sein Tempo.

Zweimal kamen sie an kleinen Gruppen von Leuten auf dem Rückweg von dem Tanz in Castleclough vorüber; aber Elizabeth sah weder, wer sie waren, noch reagierte sie auf ihren verwunderten Gruß. Es kümmerte sie nicht, was man von ihrem bizarren Aufzug hielt.

Zu ihrer unendlichen Erleichterung stand der Riley des Priesters noch vor dem neuen Gemeindehaus. Der Besitzer selbst, der aufgrund der Soutane über der stämmigen Figur zu erkennen war, stand neben dem Gebäude und unterhielt sich mit Jimmy Deeney und seiner Frau.

Alle drei sahen in ihre Richtung, als der Pferdewagen auf sie zuschoß. Sie bemerkte ihre entsetzten Gesichter, als sie das Pferd zum Stehen brachte, aber wieder war ihr die Reaktion gleichgültig. Sie rief Mary zu, daß sie zunächst bleiben sollte, wo sie war, sprang auf die Straße und eilte zu dem Priester. »Tut mir leid, Sie zu belästigen, Herr Pfarrer«, sagte sie so schnell, daß er sie kaum verstand. »Aber bei uns zu Hause hat es einen Unfall gegeben, und mein Sohn muß sofort zum Arzt nach Castletown.« Ohne auf seine Antwort zu warten, rannte sie zu dem Pferdewagen zurück, kletterte hinauf und nahm Mary den Kleinen aus dem Arm.

Inzwischen hatten der Kirchenmann und Jimmy Deeney den Wagen ebenfalls erreicht. Deeney bettete den Jungen an seine Schulter, während der Priester zu seinem Auto rannte und die Anlasserkurbel betätigte. Ohne zu fragen, ob es recht wäre, wenn Mary sie ebenfalls begleitete, schob sie das Mädchen auf die Rückbank des Vehikels. Als sie alle saßen, sprang dröhnend der Motor an, Jimmy Deeney hob mit dem Versprechen, sich um den Pferdewagen zu kümmern, Francey durch die Tür, und Elizabeth zog den Kleinen auf ihren Schoß.

Obgleich sie im nachhinein bei dem Gedanken, wie sie ausgesehen haben mußte und den furchteinflößenden Priester herumkommandiert hatte, stets erschrocken zusammenfuhr, war ihr später beim besten Willen kein einziges Detail der letzten Phase ihrer wilden Fahrt nach Castletownberehaven erinnerlich. Mary erzählte ihr hinterher, der Priester wäre wie ein Besessener gerast, hätte die schwere Maschine um enge Kurven geschleudert und ständig irgendwelche Schatten, die vor den schwachen Strahlen der Scheinwerfer auftauchten, angehupt.

Elizabeths Welt jedoch war auf einen einzigen Punkt geschrumpft, während sie Francey eng an sich gepreßt hielt und ihm die Kraft ihres eigenen Lebens übertrug.

Einmal gingen seine Augen flatternd auf, aber obgleich sie

mit ihm sprach, ihn bei seinem Namen rief, versank er, ohne zu reagieren, umgehend erneut in tiefe Bewußtlosigkeit.

Der Arzt, der in Pyjama und Morgenmantel die Tür öffnete, nahm ihr den Kleinen sofort aus dem Arm, trug ihn hinüber ins Untersuchungszimmer und sah ihn sich genauer an. »Das da ist eine schlimme Platzwunde«, sagte er. »Ich werde sie nähen, aber dann muß er ins Krankenhaus. Ich habe kein Röntgengerät, und kann deshalb nicht feststellen, ob er vielleicht einen Schädelbruch erlitten hat. Was ist denn passiert?«

Da der Priester in der Nähe stand, erklärte Elizabeth, Francey wäre auf einer rutschigen Stelle des Küchenbodens ausgerutscht und mit dem Kopf direkt auf die Steine gestürzt.

»Ich verstehe«, sagte der Arzt gedankenvoll, und sie wußte, er glaubte ihr kein Wort. Sie schlang ihr Umhängetuch enger um ihren Leib, während der Doktor Franceys Schädel sanft abtastete. »Könnten Sie mir sagen, an welcher Stelle er mit dem Kopf aufgekommen ist?«

»Ich glaube, mit dem Hinterkopf.«

»In Ordnung«, sagte der Arzt. »Bitte lassen Sie mir einen Augenblick Zeit.«

Er verschwand hinter einem schmalen Paravent, und als er wiederkam, hielt er ein kleines Tablett voller Instrumente in der Hand. Elizabeth konnte nicht zuschauen, als er Franceys Kopf um die Platzwunde herum kahl schor, ehe er den Riß zu nähen begann. »Das reicht fürs erste«, meldete er nach einer Ewigkeit. »Ich ziehe mich schnell an und hole meinen Wagen. Sie brauchen etwas zum Anziehen. Meine Frau gibt Ihnen etwas!«

Dem vor der Tür des Untersuchungszimmers wartenden Priester rief er zu: »Wir fahren nach Cork, Hochwürden, wären sie vielleicht so freundlich und bringen Mrs. Scollards Tochter nach Lahersheen zurück?«

»Aber natürlich.« Der Priester nickte. »Falls Sie uns hier nicht mehr brauchen, fahren wir sofort. Versuchen Sie, sich keine allzu großen Sorgen zu machen, Mrs. Scollard«, tröstete er noch. »Kleine Kinder sind hart im Nehmen, und Gott steht Ihrem Jungen sicher bei.«

»Ich weiß nicht, wie ich Ihnen danken soll...«, begann Elizabeth.

»Unsinn«, unterbrach der Priester sie. »Nun komm, Mary. Und vielleicht«, meinte er beim Aufbruch, »hat die Frau Doktor ja einen Hut für Sie?«

Jetzt erst drang Elizabeth ernsthaft ins Bewußtsein, was mit ihrem Haar geschehen war. Aber da es im Augenblick wichtigere Dinge gab, schenkte sie dem keine Beachtung. »Nochmals vielen Dank, Hochwürden«, sagte sie und wandte sich dann Mary zu. »Was auch immer geschieht, du bist ein großartiges Mädchen. Ich bin sehr stolz auf dich.«

Mary verzog das blasse Gesicht, aber sie weinte nicht. Elizabeth sah, daß sie, obgleich immer noch Tillys Decke über ihren Schultern hing, zitterte. »Nun geh schon, Schatz«, sagte sie sanft. »Und keine Angst. Tilly und Mick werden dort sein, wenn du zurückkommst. Die passen schon auf!«

»Es tut mir so leid, Lizzie«, wisperte Mary so leise, daß man sie kaum verstand. »Dein wunderbares Haar – Francey...«

Elizabeth merkte, daß das Mädchen sie zum ersten Mal bei ihrem Namen nannte. Bisher hatte sie stets Mammy zu ihr gesagt. Sie nahm sie bei den Schultern und wiederholte: »Du bist großartig, und ich liebe dich. Ich liebe euch alle. Und jetzt geh mit dem Herrn Pfarrer. Sicher bin ich bald zurück.«

Mary schlang ihre Arme um Elizabeths Hals, doch dann machte sie eilig kehrt und verließ, gefolgt von dem Priester, das Haus.

Ein paar Minuten später begleitete Elizabeth, in viel zu enge Kleider gezwängt und mit einem Kopftuch über dem ruinierten Haar, den Arzt, als er Francey zu seinem Wagen trug. Er hatte eilig aus Verbandszeug und Pappe einen Kopfschutz konstruiert, den der Junge trug, als er ihn behutsam wie ein rohes Ei der Länge nach auf den Rücksitz schob. Auch wenn kaum noch Platz für sie dort war, quetschte sich Elizabeth neben das Kind. Sie wollte Franceys Hand halten, aber sie merkte, daß sie sie nicht erreichte, so daß sie statt dessen einen seiner dünnen Knöchel nahm.

Während des endlosen Alptraums der Fahrt nach Cork hielt der Doktor wiederholte Male an, um nach Francey zu sehen. Und einmal, als Elizabeth meinte, der Kleine mache die Augen auf, schrie sie vor Erleichterung; aber ehe der Arzt auch nur bei ihm war, versank er erneut in Bewußtlosigkeit.

Cork lag hundert Meilen entfernt, und während die Stunden vergingen, kämpfte Elizabeth hartnäckig gegen Angst und Panik an, die sie permanent überwältigen wollten. Mit leiser Stimme sprach sie pausenlos auf Francey ein, zwang ihn mit all ihrer Willenskraft, am Leben – bei ihr zu bleiben. Sicher, daß der Arzt sie über dem Röhren des Motors nicht verstand, sprach sie mit dem Jungen über Fußball, ihre eigene Kindheit in Cork, die Hoffnung ihrer Eltern, über Ida Healy und die Jahre, als sie noch zur Schule ging.

Sie lehnte ihre Stirn an seinen nackten Fuß und sagte ihm, wenn er sie nicht verließe, würde sie dafür sorgen, daß Neeley Scollard nie wieder einen von ihnen anrühre, daß ihrer aller Zukunft sicher sei. Sie erinnerte sich an ihren Traum von einem verwandelten Béara und erzählte Francey davon, beschrieb die Farben und Gefühle, die Pracht eines Planeten, den er nur erforschen könne, wenn er weiterlebte. Sie erzählte ihm von seinem Vater, davon, wie schön George Gallaher und daß Francey selbst die Frucht vollkommener körperlicher Erfüllung sei.

Dann erinnete sie sich an die Worte des Franziskanerpaters, dessen Name ihr entfallen war, aber der ihr Francey nicht als ein Objekt des Schreckens, sondern der Quelle großen Glücks verheißen hatte. »Du wirst mutig sein«, lautete sein Zuspruch. »Dein Baby gibt dir diesen Mut.«

Elizabeth betete, das Magnifikat, das allein noch von Bedeutung für sie war. Während ihre Stirn auf der wächsernen Haut ihres Sohnes lag, erschien es ihr seltsamerweise zugleich das einzig passende Gebet zu sein: »Meine Seele preist die Größe des Herrn...«

Sie hob den Kopf, um Francey zu betrachten. In der Dunkelheit des Wagens erschien ihr sein kalkiges Gesicht unter dem weißen Kopfverband bereits wie in einer anderen Welt.

Doch sie wiederholte sich eisern, daß ihre und auch Franceys Willenskraft sein Trauma überwinden würde. Sie sah ihn an, baute eine geistige Brücke, über die er zurückkommen konnte zu ihr, und flüsterte die nächsten Zeilen des Gebets. »Francey, Francey, geh nicht fort, geh nicht fort, bitte bleib hier bei mir. ›Mein Geist jubelt über Gott, meinen Retter. Denn auf die Niedrigkeit seiner Magd hat er geschaut. Siehe, von nun an preisen mich selig alle Geschlechter...‹«

Zum ersten Mal seit den furchtbaren Ereignissen zu Hause rannen Tränen über ihr Gesicht, aber sie zwang ihre Augen wieder auf ihr Kind. »Hörst du mich, mein Schatz? Sag, hörst du mich? ›Denn der Mächtige hat Großes an mir getan, und sein Name ist heilig. Er erbarmt sich von Geschlecht zu Geschlecht...‹«

An dieser Stelle hielt sie inne, und trotz Aufbietung aller Kräfte brachte sie einfach kein weiteres Wort heraus.

Der Arzt, der außer in den Augenblicken, in denen er nach Francey sah, bisher vollkommen auf das Fahren konzentriert gewesen war, rief über die Schulter: »Ist alles in Ordnung?«, als er ihr Schluchzen vernahm.

»J-ja«, stammelte Elizabeth mühsam.

»Jetzt dauert es nicht mehr lange, zwanzig Minuten etwa. Wie geht es ihm? Irgendwelche Veränderungen?«

»Nein, Doktor, ich glaube nicht.«

Der letzte Teil der Fahrt war der schlimmste für Elizabeth. Als der Wagen endlich vor dem Eingang des Mercy Hospitals zum Stehen kam, zitterte sie vor Anspannung und Müdigkeit. Aber es fiel ihr ein Stein vom Herzen, Francey dem erfahrenen Personal übergeben zu können, das ihn vorsichtig, doch eilig durch eine doppelte Glastür schob.

Als Elizabeth folgen wollte, hielt eine der Schwestern sie freundlich zurück. »Sie brauchen ihn nur für ein paar Minuten, Mrs. Scollard, dann dürfen Sie natürlich wieder zu Ihrem Sohn.« Sie führte Elizabeth in einen kleinen Warteraum. »Armes Ding, Sie sehen hundeelend aus. Am besten hole ich Ihnen erst einmal etwas Heißes zu trinken. Der Tee ist leider schauderhaft, aber wir haben noch ein paar Tropfen Grog. Wäre das in Ordnung?«

Sich selbst überlassen, sank Elizabeth auf eine der Holzbänke im Raum. Nun, da sie hier war und sich andere um den Jungen kümmerten, begriff sie erst die Tragweite der Ereignisse.

Als die Schwester mit einem Tablett den Raum betrat, fand sie Elizabeth, den Kopf zwischen den Händen, schlotternd vor. Sie stellte das Geschirr zur Seite und setzte sich neben sie. »Ach, Mrs. Scollard, machen Sie sich keine allzu großen Sorgen. Ich habe schon Kinder hereinkommen sehen, deren Gesichter man vor lauter Blut gar nicht mehr sah, und als nächstes sitzen sie fröhlich im Bett und fragen einen, was es zum Frühstück gibt. Wirklich, Kinder sind etwas Erstaunliches!« Sie legte Elizabeth einen Arm um die Schultern, wobei sie sich im Kopftuch verhedderte, so daß es heruntenglitt. »Jesus, Maria und Josef!« rief sie aus. »Was haben Sie denn mit Ihrem Haar gemacht?«

»Nichts.« Eilig zog Elizabeth das Tuch wieder hoch.

Die junge Schwester enthielt sich jedes weiteren Kommentars. Wortlos stand sie auf, trat an das Tablett, füllte zwei Tassen mit Grog und fügte, ohne Elizabeth zu fragen, Zucker und Milch hinzu. »Ich habe gerade Pause!« sagte sie. »Und da ist mir jede Entschuldigung recht, um ein Schlückchen zu mir zu nehmen.«

»Was machen sie mit ihm?« Elizabeth nippte an der heißen, süßen Flüssigkeit, ohne daß sie überhaupt merkte, was sie trank.

»Vermutlich wird er im Augenblick geröntgt. Bitte, grämen Sie sich nicht so furchtbar. Ich wette, daß er bald wieder vollkommen in Ordnung ist. Er sieht aus, als wäre er ein prachtvolles, kerngesundes Kerlchen. Wie alt ist er – acht?«

»Nein, lange nicht. In ein paar Tagen wird er sechs …«, antwortete Elizabeth, wobei ihre Stimme abermals ins Schwanken geriet.

»Himmel, dann ist er aber ganz schön groß für sein Alter, was? Mrs. Scollard …« Die Schwester wandte sich verlegen ab. »Ich weiß, es geht mich nichts an, aber manchmal hilft es, wenn man über Dinge spricht.«

Elizabeth zögerte. Die Versuchung, sich zu erleichtern, war

wirklich groß. Aber wieder einmal behielt der Stolz die Oberhand, und außerdem war sie noch nicht bereit, einem anderen Menschen blindlings zu vertrauen. »Danke, Schwester«, sagte sie. »Aber es geht schon. Das einzige, worum ich mir Sorgen mache, ist mein Sohn.«

Die Schwester wandte sich ihr wieder zu. »Möchten Sie vielleicht, daß ich Ihre Haare etwas richte?« fragte sie taktvoll. »Zu Hause kümmere ich mich um alle Schöpfe der Männer.«

Elizabeth hatte ihren Kopf noch nicht gesehen, aber ganz offensichtlich sah sie wirklich schrecklich aus – und vor allem fiel es anscheinend jedem sofort auf. Dankbar signalisierte sie ihr Einverständnis.

Die Schwester stand auf, kam nach einer Minute mit einem Handtuch, einer Schere und ihrer Handtasche zurück, und schloß die Tür des Wartezimmers von innen ab. »Das hier geht niemanden etwas an«, befand sie. »Drehen Sie sich zur Seite, ja?« Sie zog einen Kamm aus ihrer Handtasche.

Elizabeth tat, wie ihr geheißen, mit geschickten Händen legte die Schwester ihr das Handtuch über die Schultern und machte sich ans Werk. Bereits nach wenigen Minuten trat sie zufrieden einen Schritt zurück. »Tja, ich habe keinen Spiegel dabei«, sagte sie. »Aber Sie können darauf vertrauen, daß Sie jetzt einen netten Anblick bieten. Sie haben wunderschönes Haar«, ergänzte sie ruhig.

Elizabeth erinnerte sich an den Tag, an dem Daniel oben auf dem Knockameala dasselbe gesagt hatte, und mit einem Mal wallte eine solche Trauer in ihr auf, daß sie fürchtete, jeden Augenblick in Tränen auszubrechen. Bis zu diesem Moment war ihr nicht klar gewesen, was für ein bedeutender Teil ihres Selbstbildnisses sich bereits seit ihrer frühen Kindheit mit ihrem Haar verband. Die Schwester bemerkte ihre Traurigkeit. »Es wird wieder wachsen«, sagte sie sanft. »Am besten schlucken Sie jede Menge Lebertran.«

Elizabeth wollte ihr beim Aufsammeln der heruntergefallenen Strähnen behilflich sein, aber die Schwester wehrte entschieden ab. »Bleiben Sie sitzen, Mrs. Scollard. Trinken Sie erst einmal in Ruhe aus.« Sie fegte das Haar mit einem Stück Pappe zu einem ordentlichen Haufen zusammen, ehe sie es in den Papierkorb warf.

»Jetzt kann ich ja die Tür wieder aufschließen«, meinte sie. »Fühlen Sie sich ein bißchen besser?«

»Ja, danke, Schwester«, flüsterte Elizabeth.

»Sie brauchen mir nicht zu danken. Für solche Krisen sind wir schließlich da. Und falls ich sonst noch irgend etwas für Sie tun kann...« Sie blieb stehen und senkte den Blick. »Möchten Sie vielleicht mit dem Pfarrer sprechen?«

»Nein.« Die Ablehnung klang heftiger als von Elizabeth beabsichtigt. »Im Augenblick nicht«, fügte sie eilig hinzu.

»Kein Problem. Ich gehe dann mal und sehe, was mit Ihrem Sohn passiert. Er heißt Francis, nicht wahr?«

»Francey.«

»Gleich bin ich wieder da.« Mit einem letzten, aufmunternden Lächeln verließ das Mädchen den Raum.

Mehr zur Ablenkung als aus Durst hob Elizabeth die Tasse mit dem inzwischen kalten Grog an ihren Mund. Durch die Tür drangen die gedämpften Geräusche des nächtlichen Krankenhauses an ihr Ohr, das entfernte Rauschen einer Toilettenspülung, das Rascheln einer Uniform oder einer Schwesterntracht. Das Hospital wurde von Nonnen geführt, und sie hatten selbst dem antiseptischen Wartezimmer einen Stempel aufgedrückt – so hingen zum Beispiel an den Wänden des nach Politur riechenden Raums ein Kruzifix sowie zwei Heiligenbilder. Elizabeth machte die Augen zu und zwang sich zu Gelassenheit. Es half niemandem, wenn sie vor Erschöpfung zusammenbrach. Sobald er wieder zu sich kam, wiederholte sie sich voller Eindringlichkeit, dann brauchte Francey sie.

Sie stand auf, als sich die Tür öffnete und die junge Schwester in Begleitung des Doktors aus Castletownbere den Raum betrat. Verzweifelt forschte sie in der Miene des Arztes nach dem Stand der Dinge und fiel, als hätte man ihr einen Stoß versetzt, krachend auf die Bank zurück, als er ihr erklärte, daß Francey im Röntgenzimmer zu Bewußtsein gekommen war.

Er setzte sich neben sie. »Das ist ein gutes Zeichen, Mrs. Scollard, auch wenn er noch alles durcheinanderbringt. Zu diesem Zeitpunkt sagt das Wiedererlangen des Bewußtseins noch nicht genug, aber ein Anfang ist gemacht. Nicht mehr lange, und die Untersuchungen werden beendet sein. Dann dürfen sie zu ihm.«

Doch es dauerte noch über eine Stunde, ehe Elizabeth mit zugeschnürter Kehle Franceys Krankenzimmer betrat. Die Röntgenbilder wiesen eine Fraktur entlang des Haaransatzes auf, und sein teilweise kahl geschorener Kopf steckte in einer Art Metallkäfig. Mit einem Mal kam er ihr nicht mehr groß und kräftig, sondern sehr, sehr klein und hilflos vor. Immer noch war er völlig benommen, so daß er dauernd kurzzeitig in Bewußtlosigkeit verfiel, und die Schwester alle zehn Minuten nach ihm sah.

Die Sonne schien durch die Fenster des Krankenzimmers und überall wurde das Frühstück serviert, als er erneut die Augen öffnete und in Elizabeths Richtung sah. »Mammy?« Dies war das erste Wort, das seit dem Unfall über seine Lippen kam.

»Hier bin ich, mein Schatz.« Sie nahm seine Hand. »Es wird bald bergauf gehen mit dir. Du bist in einem Krankenhaus in Cork, aber demnächst kannst du wieder rumrennen!«

Er versuchte, sich aufzusetzen, aber wegen des Metallkäfigs um seinen Kopf gelang es nicht. Sie bemerkte die Panik in seinem Blick, setzte sich tröstend neben ihn und nahm ihn, so gut es trotz des Gehäuses möglich war, zärtlich in den Arm. »Du bist auf den Kopf gefallen, Schatz, und darfst dich erst wieder bewegen, wenn die Heilung einsetzt.«

»Ich will nach Hause!« Francey weinte nur selten, aber jetzt rannen ihm dicke Tränen über die Wangen.

Angesichts seiner Furcht hätte auch Elizabeth beinahe geweint. »Du kannst noch nicht nach Hause, Francey, du mußt hierbleiben, bis alles stabil ist.«

»Aber ich will nach Hause, Mammy!« Seine Panik steigerte sich, und er schlang seine Arme so fest um ihren Hals, daß er ihr beinahe die Luft abdrückte.

»Du mußt jetzt tapfer sein, Francey.« Mit großer Mühe

machte sie sich von ihm los. »Wie Robin Hood. Ich bin sicher, daß er sich ebenfalls gefürchtet hat – aber er wollte nicht, daß seine Freunde seine Angst sehen, so daß er seinen ganzen Mut zusammennahm...«

Ihre Worte nützten nichts, denn er brach in herzerweichendes Schluchzen aus. Eine der Schwestern trat eilig an sein Bett. »Pst, Francey«, sagte sie. »Du störst all die anderen kranken Menschen. Auch sie sollen wieder gesund werden. Möchtest du vielleicht einen Becher Milch?«

Aber nichts, weder Bestechung noch Schmeichelei noch Elizabeths Versuche, ihn zu besänftigen, lenkten Francey ab. Sein Weinen wurde immer hysterischer und obgleich sein Kopf in dem Käfig gefangen war, warf er ihn mitsamt seinem Körper rastlos hin und her, so daß die Schwester schließlich befürchtete, er zöge sich eine weitere Verletzung zu.

Eine Nonne in weißer Tracht betrat den Raum. »Es wäre besser, wenn Sie gehen würden, Mrs. Scollard«, sagte sie nachdrücklich. »Er wird sich beruhigen, wenn Sie gegangen sind. Wir kommen ganz sicher mit ihm zurecht.«

»Ich kann ihn nicht alleine lassen!« Elizabeth, die selbst kurz vor einem hysterischen Anfall stand, war außer sich.

»Glauben Sie mir, Mrs. Scollard. Es muß sein.« Die Nonne nahm sie am Arm.

»Ich bleibe hier!« widersetzte Elizabeth sich.

Als er merkte, was vor sich ging, streckte Francey flehend die Arme nach ihr aus. »Geh nicht, Mammy, bitte, bitte, geh nicht fort. Laß mich nicht allein! Ich habe Angst – ich habe Angst, Mammy...« Seine Schreie brachen Elizabeth das Herz.

»Kommen Sie, Mrs. Scollard, in ein paar Minuten ist er darüber hinweg.« Abermals nahm die Nonne ihren Arm. Elizabeth versuchte müde, sie abzuschütteln, aber es gelang ihr nicht; sie merkte, wie man sie aus dem Raum geleitete. Von der Tür aus blickte sie noch einmal zu Francey zurück. Seine Schreie hatten eine beinahe übernatürliche Höhe erreicht, doch die jüngere der Schwestern drückte ihn mit sanfter Entschiedenheit in das Kissen zurück.

»Mammy – Mammy! ...« Die Schreie verfolgten sie den Korridor hinab, als sie sich weinend von der Nonne in einen kleinen Büroraum führen ließ. Selbst nachdem die Tür hinter ihr geschlossen wurde, hörte sie ihn noch.

Sie sank auf einen Stuhl und brach in unkontrolliertes Schluchzen aus.

»Mrs. Scollard, Mrs. Scollard!« Die Nonne hockte sich vor ihr auf den Boden. »In ein paar Minuten hat er es geschafft. Ich verspreche Ihnen, es wird alles gut. Hier.« Sie zog ein Taschentuch aus der Tasche ihrer weißen Tracht. »Seien Sie ein braves Mädchen, putzen Sie sich die Nase und reißen Sie sich zusammen, ja?«

»Ich – ich kann es nicht ändern, Schwester.« Elizabeth reagierte auf den autoritären Ton, als wäre sie wieder das fünfzehnjährige Schulmädchen. Gehorsam schneuzte sie sich.

Die Nonne blieb vor ihr hocken und tätschelte ihr begütigend die Hand, bis sie halbwegs ansprechbar war. »Da, hören Sie! Was habe ich Ihnen gesagt? Er ist schon viel ruhiger. Freilich können Sie es schwer glauben, aber innerhalb kürzester Zeit wird er vollkommen zufrieden sein.«

Elizabeth hielt den Atem an, aber anscheinend hatte die Nonne wirklich recht. Franceys Schreie waren verhallt, so daß sie nur noch die normalen Krankenhausgeräusche vernahm.

»Nicht wahr?« Die Nonne richtete sich auf. »Tja, Sie haben eine anstrengende Nacht gehabt, sicher sind Sie vollkommen erschöpft. Was wollen Sie jetzt machen? Haben Sie jemanden, zu dem Sie gehen können?«

Immer noch lauschte Elizabeth angestrengt nach ihrem Sohn.

»Mrs. Scollard?«

»Ich habe noch nicht darüber nachgedacht – über gar nichts«, kam schließlich Elizabeths Erwiderung.

»Dr. Troy mußte nach Castletownbere zurück; aber er meinte, notfalls könnte er telefonisch etwas für Sie arrangieren. Ich würde sagen, zuallererst brauchen Sie ein paar Stunden Schlaf. Haben Sie Verwandte hier in der Stadt?«

»Meine Eltern«, gab Elizabeth Auskunft. Nun, da jemand

anders die Führung übernahm, war ihr ein wenig leichter zumute.

»Haben sie ein Telephon?«

»Ja.«

»Nun, das wäre dann wohl geklärt. Am besten rufen wir sie an. Kann ich bitte ihre Nummer haben?«

Elizabeth nannte der Nonne die Zahlen, so daß sie nach ungefähr einer Minute mit ihrem überraschten, verschlafenen Vater sprach.

Nachdem sie die Situation geschildert hatte – ohne den genauen Grund für Franceys Krankenhausaufenthalt zu erläutern –, sagte St. John, sie solle ihn erwarten. »In fünfzehn Minuten bin ich da.«

Nach ein paar letzten tröstenden Worten ließ die Nonne sie in dem Büro allein. Elizabeth stapfte rastlos in dem kleinen Raum hin und her. Der Drang, zu Francey zurückzukehren, war geradezu überwältigend. Leise öffnete sie die Tür und blickte den Korridor entlang. Er war menschenleer. In der Hoffnung, daß weder die Nonne noch sonst jemand sie sah, huschte sie eilig zu dem Krankenzimmer. An der Tür jedoch war sie unschlüssig. Vielleicht hatte die Nonne recht, und er bekäme einen erneuten Anfall, wenn er sie sah? Vorsichtig spähte sie durch das kleine Fenster oben in der Tür.

Franceys Bett stand in der Mitte der anderen Patienten am Ende des langen Raums. Wegen des Käfigs, in dem sein Kopf ruhiggestellt war, konnte sie sein Gesicht nicht erkennen. Allerdings sah sie, daß er mit seinen Händen nervös an der ähnlich einem Sarkophag über ihm aufgetürmen Decke zupfte.

Gebrochenen Herzens wandte sie sich langsam ab.

Als ihr Vater kam, stand sie bereits neben dem Eingang des Hospitals. »Elizabeth!« Eilig trat er auf sie zu. »Was für eine schreckliche Geschichte. Wie ist es überhaupt passiert?« Er nahm sie in den Arm, trat dann einen Schritt zurück und unterzog sie einer Musterung. »Und was ist mit *dir* geschehen, mein Kind? Du siehst entsetzlich aus. Obendrein hast du dir auch noch die Haare geschnitten!«

»Ich bin schrecklich müde, Daddy. Laß es mich später erklären, ja?« Elizabeth hatte einfach nicht mehr die Kraft, ihm Details zu berichten. Außerdem wußte sie noch nicht genau, was oder wieviel sie ihren Eltern sagen sollte. Zum ersten Mal in ihrem Leben war sie für das Phlegma ihres Vaters dankbar, und so fuhren sie schweigend heim.

Sechs Stunden später erwachte Elizabeth in ihrem Zimmer auf dem Dachboden. Die Sonne fiel durch das Oberlicht über ihrem Kopf direkt auf ihr Gesicht, und ein paar Sekunden lang genoß sie die Wärme und Zufriedenheit, die ein tiefer, traumloser Schlaf erzeugen kann.

Dann jedoch erinnerte sie sich daran, weshalb sie bei ihren Eltern war, und sprang eilig aus dem Bett.

Sie war zu müde gewesen, um sich auszuziehen, und als sie jetzt an sich herab auf das zerknitterte, zu enge Kleid sah, das ihr die Frau des Doktors geliehen hatte, schämte sie sich. Im Moment gab es keine Möglichkeit, es in Ordnung zu bringen. Sie mußte zu Francey und dann so bald wie möglich zurück nach Lahersheen.

Während ihres Ausruhens hatte ihr jemand Handtücher, Toilettensachen und frische Kleider zurechtgelegt. Als Elizabeth den Rock, die Bluse, die Strickjacke und die Unterwäsche betrachtete, entdeckte sie, daß an jedem der Stücke noch die Preisschilder von Cash's hingen. Offenbar hatte ihre Mutter extra für sie eingekauft. Angesichts dieser Freundlichkeit stiegen hinter Elizabeths Augen erneute Tränen auf, aber ehe sie weinte, rannte sie eilig über die Bodentreppe hinab ins Badezimmer und schrubbte sich mit kaltem Wasser ab, als ließe sich das Grauen der letzten vierundzwanzig Stunden und was sie erwartete, auf diese Weise entfernen.

Wieder in ihrem Zimmer zog sie sich rasch an. Der Rock war ein wenig zu weit, aber davon abgesehen paßte die Garderobe hervorragend. Offenbar hatte Corinne, so überlegte sie matt, immer noch ein untrügliches modisches Gespür.

Ihre Mutter erwartete sie im Salon. Sie saß auf einem Stuhl am

Fenster und blickte auf die Straße hinaus. Erstaunlicherweise war es in dem hübschen Ambiente vollkommen still. Für gewöhnlich schallte den ganzen Tag das Radio durchs Haus. Elizabeth sah an der brennenden Lampe des Geräts, daß es auch jetzt angeschaltet war. Nur hatte Corinne offenbar die Lautstärke heruntergedreht. »Hallo, Mutter!« Sie durchquerte das Zimmer und gab ihrer Mutter einen flüchtigen Kuß. »Vielen Dank für die Kleider. Sie sitzen wie angegossen. Das war wirklich sehr nett von dir.«

»Elizabeth!« Corinne bedachte sie mit einem ungewöhnlich herausfordernden Blick. »Sag mir, was dort in Béara vor sich geht.«

»Nichts, womit ich nicht fertig würde, Mutter.« Sofort tat Elizabeth diese harsche Antwort leid. Auch wenn sie normalerweise durchaus eigenständig war, hätte sie jetzt genau wie ihr Sohn eine Mutter gebraucht, die die Dinge zum Besseren wendete. Aber die Chance, sie um Hilfe zu bitten, war bereits verflogen, ehe sie sie zu fassen bekam.

Corinnes blaue Augen sahen sie prüfend an. »Dann sag mir wenigstens, was mit Francey geschehen ist. Schließlich handelt es sich um mein Enkelkind.«

»Er ist gestürzt und hat sich dabei am Kopf verletzt.«

»Dasselbe hast du deinem Vater bereits am Telephon erzählt. Aber wie kam es dazu?«

»Er ist ausgerutscht – weißt du …«

»Mitten in der Nacht? Außerdem, woher stammte deine grauenhafte Garderobe, Beth?«

»Ja, mitten in der Nacht. Und die grauenhafte Garderobe, wie du sie nennst, hat mir die Frau von Dr. Troy freundlicherweise geborgt.«

»Ich verstehe.« Corinne erhob sich von ihrem Stuhl. »Die Geschichte von Franceys Unfall glaube ich dir nicht.« Sie ging hinüber zum Radio, das in einer Ecke des Raums auf einem Tischchen stand, und drehte den Lautstärkeregler auf, so daß ein blecherner, von statischem Knistern überlagerter Strauß-Walzer erklang. »Vielleicht irre ich mich ja«, fuhr sie, ohne Elizabeth anzusehen, fort. »Aber das Ganze kommt mir äußerst eigenartig vor. Und es ist nicht nur Francey, der mir Sorgen macht. Du siehst schrecklich aus, Beth. Ich meine nicht nur deine grauenhafte Frisur«, langsam drehte sie sich zu ihrer Tochter um, »sondern deine Miene. Du siehst aus, als hättest du soeben ganz allein einen Krieg durchgefochten. Warum kannst du mir nicht sagen, was wirklich vorgefallen ist?«

»Weil du diejenige warst, die mich gezwungen hat, dorthin zu ziehen!« Erschrocken hob Elizabeth die Hände an den Mund. Aber es war zu spät.

»Ich verstehe!« Sie starrten einander an, und das Gefühl gegenseitiger Antipathie war so stark, daß Elizabeth erschauerte. »Mutter, es tut mir leid ...«, setzte sie an, aber Corinne winkte ab.

»Mach dir keine Mühe, Beth«, sagte sie in angespanntem Ton. »Ich habe dich noch nie verstanden. Und wahrscheinlich wird das auch nie der Fall sein.«

Ob aus Erschöpfung oder Überforderung – mit einem Mal wurde Elizabeth das Verlangen nach der seit Jahren verschobenen Konfrontation mit ihrer Mutter wach. »Es hat nichts damit zu tun, ob du mich verstehst oder nicht, Mutter, nicht wahr?« rutschte es ihr heraus. »Aber da wir gerade davon sprechen und es bisher nie eine Gelegenheit zu einem solchen Gespräch gegeben hat, erzähle ich dir heute, wie es mir in meiner Ehe ergeht, zu der ihr und der Priester mich gezwungen habt.«

»Wir wollten nur dein ...«

»Nein, das ist nicht wahr, Mutter«, fiel Elizabeth ihr verhement ins Wort. »Ihr habt es *nicht* für mich getan, sondern für euch selbst. Für deine Bridgepartnerinnen, für Daddys Kollegen, aber nicht für mich!«

Corinne spielte mit der Perlenkette um ihren Hals. »So war es nicht ...«

»Bitte, Mutter, behandle mich nicht wie ein Schaf. Gesteh mir wenigstens zu, daß ich ein halbwegs intelligentes Wesen bin.«

»Haben wir – haben wir dir je etwas vorenthalten, Beth?«

»Nein, vielleicht nicht im materiellen Sinn.« Die Fäuste geballt, trat sie auf ihre Mutter zu, und die Worte purzelten wie zu heiße Steine aus ihrem Mund. »Aber du hast mir die eine Sache vorenthalten, die ich mehr gebraucht hätte als alles andere, und das war deine echte, ungeteilte Zuneigung«, brach es weinend aus ihr heraus. »Ist es da ein Wunder, daß ich dem ersten aufmerksamen Mann, der nett zu mir war, in die Arme gefallen bin?«

»Das ist nicht fair!« Corinne trat einen Schritt zurück. Ihr Gesicht war kreidebleich.

»Kann sein, aber ist es fair, daß ich mit sechsundzwanzig Jahren die Mutter von sieben Kindern bin?«

Jetzt brach auch Corinne in Tränen aus. »Ich – ich...«

Sie war so erschüttert, daß Elizabeths Ärger verflog und sie beinahe so etwas wie Reue empfand. Aber in ihrem Inneren hatte sie über so viele Jahre hinweg einen derart schmerzlichen Groll gehegt, daß er sich nun nicht mehr zurückhalten ließ. »Trotz all seiner Fehler«, sagte sie mühsam beherrscht, »hat sogar ein Neeley Scollard allein in seinem kleinen Finger mehr Gespür für seine Elternrolle, als du in deinem ganzen Körper besitzt.«

Ihre Mutter sank schwerfällig auf einen Stuhl. In dem Versuch, ein wenig Boden zu gewinnen, faltete sie ihre Hände im Schoß und richtete sich kerzengerade auf. »Jetzt bist du zu weit gegangen...«

»Bin ich das?« fragte Elizabeth voller Leidenschaft. »*Bin* ich das? Ein bißchen Mut, Mutter, mehr hätte es nicht gebraucht. Ein kleines bißchen Mut. Ich bin deine einzige Tochter, dein einziges Kind. Aber weil es dir unmöglich war, vor deinen Freundinnen für mich einzustehen, hast du mich, dein einziges Kind, verbannt.«

»Beth – Beth...« Ihre Mutter warf ihre Hände vors Gesicht, zum ersten Mal bemerkte Elizabeth, daß ihre lebenslang sorgsam gepflegte Haut von leichten Falten gezeichnet war. Die Entdeckung rief ein vages Mitleid in ihr wach. Elizabeth wußte, daß Corinne die Erkenntnis des unausweichlichen Alterns sicher schwerer als andere Menschen ertrug. »Ich muß gehen,

Mutter«, fuhr sie darum hastig fort. »Erst will ich Francey besuchen, und dann fahre ich zurück nach Lahersheen. Was auch immer mich dort erwartet, ich fahre zurück, weil ich da Kinder habe. Diese Kinder liebe ich, allesamt. Und sie alle, auch die seinen, brauchen mich jetzt mehr als je zuvor.«

Hin- und hergerissen zwischen Mitleid und dem Bedürfnis, diese Abrechnung zu Ende zu bringen, zögerte sie kurz. »Du hast recht, wenn du mir die Lügengeschichte über die Vorfälle der letzten Nacht nicht glaubst.« Corinne ließ ihre Hände sinken und sah Elizabeth so elend an, daß diese abermals so etwas wie Reue empfand.

Trotzdem trieb irgend etwas sie, ohne jede Gnade weiterzusprechen. »Ich hasse es, derart gemein zu sein, Mutter«, sagte sie. »Aber diese Dinge hätte ich dir schon längst einmal sagen müssen. Nur noch eins, dann lasse ich dich in Ruhe.« Sie holte tief Luft. »Denk nicht auch nur für einen Augenblick, du wärst nicht verantwortlich für das, was Neeley deinem Enkel und auch mir angetan hat.«

Corinne sackte zusammen. Elizabeth sprang auf sie zu und packte sie bei den Schultern. »Gib dir keine Mühe, Mutter«, murmelte sie nun. »Jetzt habe ich alles gesagt, und vielleicht bist nicht du, sondern ich der Feigling. Womöglich hätte ich schon viel eher den Mut aufbringen sollen, diese Dinge klarzustellen.« Statt des geringsten Triumphgefühls nahm Elizabeth, als sie die stummen Tränen ihrer Mutter sah, einzig ein Gefühl der Leere und Trauer in sich wahr. Eine blonde Strähne hatte sich aus Corinnes elegantem französischen Knoten gelöst, und Elizabeth steckte sie sorgsam zurück. »Tut mir leid, Mutter, tut mir wirklich leid!« Beide waren sich bewußt, daß sich dieser Satz nicht nur auf Elizabeths Wutanfall bezog.

»Oh, Beth!« Corinne hob leicht die Hände, als wolle sie ihre Tochter an sich ziehen, aber dann behielt ihre lebenslange Reserviertheit die Oberhand, so daß sie die Arme hilflos wieder sinken ließ. »Schon gut, Mutter, ich verstehe.« Elizabeth küßte sie auf die Wange und wandte sich müde zum Gehen. »Ich möchte dir für die Kleider danken, nicht nur für diese hier, sondern auch für die, die du mir und den Kindern regelmäßig schickst«, zählte sie auf. »Und für euer Geld, damit das Haus vergrößert werden konnte – du sollst nicht denken, daß ich euch für all diese Dinge nicht verbunden bin. Ich nehme an, auf deine eigene Weise tust du dein Möglichstes.«

Ihre Mutter erhob sich von ihrem Stuhl und blieb leblos wie eine Schaufensterpuppe mitten im Zimmer stehen. »Tut mir leid«, wiederholte Elizabeth traurig, ehe sie endgültig den Raum verließ. »Aber ich hätte etwas anderes als Geld gebraucht.«

Als St. John Sullivan seine Tochter an jenem Abend zurück nach Béara fuhr, war sie so deprimiert, daß sie körperliche Schmerzen litt. Stärker noch als die heftigen Gewissensbisse wegen ihres Angriffs auf ihre Mutter beschäftigte sie die Tatsache, Francey allein im Krankenhaus zurücklassen zu müssen und die Angst vor dem, was sie zu Hause erwartete.

Ihr Vater schien zu spüren, in welcher Verfassung sie war, so daß er während der gesamten Fahrt weder mit persönlichen Fragen in sie drang, noch sie zu einer Unterhaltung zwang. Wofür Elizabeth ihm wirklich dankbar war. Obgleich sie ziemlich sicher annahm, daß er nach der vormittäglichen Auseinandersetzung von ihrer Mutter nicht ins Vertrauen gezogen worden war, fragte sie sich ein-, zweimal flüchtig, was er von der ganzen Sache hielt; aber da sie im Augenblick drängendere Sorgen beschäftigten, war sie froh über sein taktvolles Schweigen.

Es war bereits dunkel, als der Wagen schließlich vor dem Haus zum Stehen kam. Hinter den Fenstern brannte nirgends Licht, was Elizabeths Angst noch verschlimmerte.

Als sie die Küchentür öffnete, sah sie, daß die Paraffinlampe auf dem Kaminsims mit tief heruntergedrehtem Docht schwach flackerte. Neeley saß schlafend auf einem Stuhl neben dem kalten Ofen, und von dem Baby fehlte jede Spur.

Mit zwei Schritten hatte Elizabeth ihn erreicht. »Neeley!« Sie schüttelte ihn hart. »Wo ist Abigail?«

»Was...« Mit glasigen Augen blickte er auf. Trotz des dämmrigen Lichts bemerkte sie, daß er unrasiert und ungewaschen war.

»Ich habe gefragt, wo ist Abigail?« wiederholte Elizabeth in barschem Ton.

»Sie ist drüben bei den Harringtons«, setzte Neeley an, ehe er St. John Sullivan im Hintergrund entdeckte und sich mühsam von seinem Stuhl erhob. »Mr. Sullivan!«

»Komm rein, Daddy«, forderte sie ihn auf. »Ziehst du bitte die Sitzbank vor?« fragte sie, an irgendeinen Punkt hinter Neeleys Kopf gewandt. »Daddy bleibt über Nacht.« Nun, da sie Neeley gegenüberstand, entfaltete sich ihr Zorn über sein Verhalten mit der Geschwindigkeit eines Buschfeuers in ihr. »Wo sind die anderen Kinder?« Sie ging hinüber zur Tür des Kinderzimmers, die offenstand, und stellte fest, daß alles friedlich schlief.

Mit aller Behutsamkeit schloß sie die Tür. Sie wollte nicht, daß eines der Mädchen erwachte und das, was sie zu sagen hatte, mitbekam. Erst als sie Neeley wieder gegenüberstand, überließ sie sich ihrer Wut. »Willst du nicht fragen, wie es Francey geht?« Es war ihr egal, was ihr Vater wußte oder nicht. Sie streckte die Hand aus und schraubte den Docht der Lampe hoch, so daß es in der Küche grell aufleuchtete.

»Guten Abend, Mr. Sullivan«, sagte Neeley an Elizabeths Vater gewandt, ehe er murmelte: »Wie geht es ihm? Habt ihr ihn draußen im Wagen?«

»Vielleicht stirbt er«, sagte Elizabeth tonlos. Hinter sich hörte sie, daß ihr Vater keuchend nach Atem rang; aber eilig trat sie dicht an Neeley heran und starrte ihm ins Gesicht. »So geht es Francey, Neeley! Er hat einen Schädelbruch. Sein Kopf steckt in einem Metallkäfig, so daß er sich nicht mehr rühren kann.«

In dem blendenden Licht riß Neeley entsetzt die Augen auf.

»Bitte, Beth...« Ihr Vater trat vorsichtig auf sie zu.

»Daddy«, unterbrach sie ihn. »Dies ist eine Sache, die nur Neeley und mich betrifft.« Ihr Bedürfnis, ihre persönliche Schande zu verbergen, hatte sich plötzlich in Luft aufgelöst und irgendwie verlieh die Anwesenheit ihres Vaters ihr den Mut, den erneuten Zusammenstoß mit Neeley durchzustehen.

Ohne sich von ihrem Mann abzuwenden, sprach sie weiter mit St. John. »Ich bin sicher, daß du aus dem ganzen Tatbestand inzwischen schließen kannst, daß das mit Francey gestern nacht kein Unfall war, Daddy. Es war Neeley, der Francey den Schädel gebrochen hat. Und noch etwas«, fuhr sie hitzig fort. »Neeley habe ich auch die abgeschnittenen Haare zu verdanken...«

Wie eine Tigerin auf der Fährte eines Rehbocks senkte sie den Kopf und starrte Neeley haßerfüllt an. »Ich habe noch nicht entschieden, ob ich die Polizei einschalte oder nicht. Es hängt davon ab, was aus Francey wird.« Sie wußte genau, daß man auf Béara die Polizei nur in den seltensten Fällen in häusliche Auseinandersetzungen mit einbezog; aber ihr Bedürfnis, an Neeley Rache zu üben – und die anderen Kinder zu schützen vor seiner Brutalität –, war stärker als ihr Sinn für Stillhalteabkommen.

Allerdings hatte sie sich nicht auf eine derart drastische Reaktion gefaßt gemacht. Mit einem Geräusch, halb Brüllen und halb Schluchzen, tastete Neeley blind auf dem hinter ihm befindlichen Kaminsims herum, wo ihm als erstes die Lampe in die Hände fiel. Er hob sie hoch und schleuderte sie quer durch die Küche gegen die Wand. Einen Augenblick lang stoben Hunderte winziger Regenbogen durch die Luft, ehe sich das auslaufende Paraffin entzündete und in einem bläulich-gelben Rinnsal über den Steinboden ergoß.

Elizabeths Vater war der erste, der etwas unternahm. Er riß sich seine Anzugjacke vom Leib, schleuderte sie auf die Flammen und richtete, noch während er darauf herumtrampelte, die Lampe wieder auf. Die Küche war von beißendem Brandgeruch erfüllt, doch das Feuer war gelöscht. St. John nahm die Lampenruine und stellte sie auf den Stuhl, so daß das Licht ihre drei Gesichter in unheimliche Masken verwandelte. Nach den ersten Schrecksekunden rannte Neeley durch den Raum, stürzte in die Dunkelheit hinaus, und hinter ihm krachte die Tür beinahe aus den Angeln.

St. John und seine Tochter sahen ihm wortlos nach.

»Seit wann geht das so?« fragte St. John schließlich knurrend.

Elizabeth nahm einen Besen zur Hand und fegte die Scherben des gläsernen Lampenschirms zusammen. Nun, da die Konfrontation vorüber war, fühlte sie sich ausgelaugter als je zuvor. »Ehrlich gesagt, Daddy, erst seit kurzer Zeit. Ich will nicht übertreiben. Aber neuerdings ist er wirklich unberechenbar.«

»Hat er Francey absichtlich verletzt?«

Elizabeth merkte, daß ihr Vater mit seiner förmlichen Anwaltsstimme sprach. »Ja«, sagte sie einfach. »Aber es war mitten in einer Auseinandersetzung.«

»Einer Auseinandersetzung mit dir?«

»Genau. Francey hat sich ihm auf den Rücken geworfen. Er wollte mich wohl verteidigen, und Neeley konnte ihn einfach nicht abschütteln. Soweit ich weiß – du mußt verstehen, es ging alles furchtbar schnell – ist Neeley absichtlich rückwärts mit ihm gegen die Wand gekracht.«

»Und er hat dir die Haare abgeschnitten?«

»Ja.«

»Dann kannst du ihn wegen tätlichen Angriffs anzeigen, Beth. Und falls du einen Zeugen brauchst – ich war hier und habe gesehen…«

»Bitte, Daddy!« Elizabeth stützte sich matt auf den Besenstiel. »Ich kann heute abend einfach nicht mehr denken. Wir reden morgen weiter, ja?«

»Wenn ich gewußt hätte – wenn wir gewußt hätten…« St. John Sullivan ballte die Fäuste.

»Dafür ist es jetzt ein bißchen spät.« Elizabeth hoffte, daß er nicht merkte, wie verbittert sie seit Jahren war. Aber ihre Verbitterung hatte inzwischen keine Bedeutung mehr, auch nicht ihre Sorge um Francey, die Aussicht darauf, daß Neeley sicher abermals betrunken nach Hause kam. Ihr Bedürfnis nach sofortigem, tiefem Schlaf beherrschte alles andere.

Sie wankte, doch sofort stand ihr Vater neben ihr. »Komm, Beth, ich helfe dir ins Bett.« Er legte einen Arm um sie und führte sie hinüber ins Schlafzimmer.

»Würdest du mir einen Gefallen tun, Daddy?« flüsterte sie, als sie vollständig bekleidet unter die Decke kroch.

»Alles, Beth, alles.«

»Würdest du bitte bei mir bleiben, ja?«

Elizabeth schlief, bevor sie auch nur die Anwort auf ihre Frage mitbekam, so daß sie auch nicht mehr sah, wie ihr Vater den Kopf zwischen den Händen vergrub und wie ein Baby zu schluchzen begann.

13

Neeleys Flucht aus dem Haus führte ihn den Hügel hinab bis zu der Kreuzung, die etwa eine Viertelmeile unterhalb seines Hofes lag. Er stolperte so hastig dahin, daß er zu keuchen begann. Als er in der Nähe des Weilers Stimmen vernahm, blieb er wie angewurzelt stehen. Zwei seiner Nachbarn unterhielten sich, gemütlich gegen ein Tor gelehnt, im Plauderton. Neeley machte auf dem Absatz kehrt und stolperte an seinem Haus vorbei den Berg hinauf. Dort, wo die Straße nach einer Kurve auf das Meer zuführte, bog er seitlich ab und stieg entschlossen über eine Wiese zum unteren Hang des Knockameala hinauf.

Über ihm blinkten Millionen von Sternen am Himmel. Der beinahe volle Mond hing dicht über der Kuppe des Bergs und hatte sich ein wenig zur Seite geneigt, als wolle er sich entschuldigen für die nicht ganz perfekte Form. Neeley jedoch wußte die Schönheit der Gestirne nicht zu würdigen, sondern er nutzte lediglich ihr Licht, während er ächzend den Hügel erklomm. Ohne im Gehen innezuhalten, hob er einen Kiesel auf und legte ihn im Vorbeigehen auf den Steinhaufen.

Ein paar Minuten später setzte er sich, um wieder zu Atem zu kommen, auf einen flachen Felsen, von dem aus man in Richtung Süden sah. Die leichte Brise trug das Rauschen des Meeres herauf, aber Neeley achtete weder auf dieses noch auf irgendein anderes nächtliches Geräusch – weder auf das entfernte Bellen eines Hundes noch auf das Kreischen eines Kaninchens, das offenbar in ein Maul oder eine Falle geraten war. Von Zeit zu

Zeit, wenn besonders wenig Geld in der Haushaltskasse war, stellte auch Neeley Kaninchenfallen auf; aber gegenwärtig quälten ihn andere Probleme als Kaninchen. Die Hände auf die Knie gestützt, mit blanker Verzweiflung im Herzen, saß er reglos da. Von seinem Platz aus konnte er nicht einmal das Dach seines Hauses sehen, und das einzig künstliche Licht, das inmitten der dunklen Masse der Berge flackerte, war das einer Lampe aus dem Fenster des Lehrerhauses in Derryconnla, ungefähr zwei Meilen von hier entfernt.

Trotz seiner Gedankenverlorenheit fielen Neeley mit einem Mal kaum merkliche Schatten und Geräusche auf, die fremd waren am Berg. Er richtete sich auf und lauschte angestrengt: Da war es wieder, ein leises, raschelndes, metallisches Klicken, so leise, daß es sicher nur für einen geborenen Landmenschen zu hören war.

»Wer ist da?« rief er laut.

Niemand antwortete.

»Wer ist da?« wiederholte er und stand abrupt auf.

Nach einem Augenblick unnatürlicher Stille vernahm er ein deutlicheres, lauteres Geräusch. Ganz offensichtlich war er nicht allein.

Über ihm im Norden hob sich eine große Gestalt schwarz vom hellen Himmel ab. Das Mondlicht fiel auf den Griff des Gewehrs, das sie in Händen hielt.

Ein paar Minuten später fuhr St. John Sullivan, der auf einem Stuhl neben dem Bett saß, in dem seine Tochter sich unruhig wälzte, erschrocken auf. Hatte er etwa einen Schuß gehört? Er lauschte angestrengt, aber es erklang kein Knall mehr.

St. John blickte auf die bleiche Schläferin. Die Bettdecke war ihr von der Schulter gerutscht. Behutsam, um sie nicht zu wecken, beugte er sich vor, schob die Decke zentimeterweise zurück und stopfte sie zärtlich um ihren geschorenen Hinterkopf.

Oben auf dem Knockameala stand Mossie Breac Sheehan und blickte auf Neeley Scollards blutige Reste hinunter. Der Schuß hatte die Hälfte des Kopfes weggerissen. Das Gewehr lag neben ihm.

Mossie hatte gerade eine seiner Fallen aufgestellt, als plötzlich von der anderen Seite des Hügels, aus mindestens hundert Meter Entfernung, ein gräßlicher Aufschrei an seine Ohren drang. Da einer der beiden Streithähne sicher Neeley war und der Nachbar vielleicht Hilfe benötigte, ließ Mossie alles stehen und liegen und machte sich umgehend in Richtung des Lärms auf den Weg.

Er erreichte die Kuppe des Berges gerade noch rechtzeitig, um zu sehen und zu hören, was geschah.

Jetzt hob Mossie den Kopf und sah der dunklen Gestalt nach, die wie ein Hase den Berg hinunterhechtete. Er blickte ihr nach, bis sie die Straße erreichte und um eine Kurve herum aus seinem Blickfeld entschwand.

Dann schaute er wieder auf den Leichnam hinab.

Der Anblick der gebleckten Zähne inmitten der dunklen, klebrigen Masse, die noch vor wenigen Augenblicken das Hirn seines Nachbarn gewesen war, verursachte ihm Übelkeit, so daß er sich in einem nahegelegenen Ginsterbusch übergab.

Elizabeth wurde nur mühsam wach. Das Sonnenlicht, das durch das Fenster fiel, war so warm, daß sie die Bettdecke zur Seite warf. Dann merkte sie, daß sie noch ihre Kleider anhatte, drehte den Kopf und sah, wer sie geweckt hatte: Mary und Kathleen standen unschlüssig auf der Schwelle.

»Grandad Sullivan ist draußen in der Küche«, berichtete Kathleen nach einem Augenblick. »Er sucht Daddy!«

»Heute ist Sonntag«, mischte Mary sich ein. »Soll ich den anderen sagen, daß sie sich für die Messe fertigmachen? Wo ist Francey, wie geht es ihm?«

Elizabeth richtete sich halb auf. Obgleich sie gut geschlafen hatte, war ihr schwindelig, und sie erinnerte sich daran, daß sie seit über vierundzwanzig Stunden nichts mehr gegessen hatte. »Bringt mir eine von euch bitte eine Tasse Milch und eine Scheibe Brot?« bat sie, ehe sie wieder auf ihr Kissen sank.

»Francey ist noch im Krankenhaus. Er hat einen Schädelbruch, aber bald wird es ihm sicher wieder bessergehen. Grandad Sullivan hat mich nach Hause gebracht, und gestern abend war es zu spät zum Zurückfahren.«

»Wo ist Daddy?« beharrte Kathleen.

»Ich weiß es nicht, Kitty. Ich bin eben erst aufgewacht.«

»Und was ist mit der Messe?« wiederholte Mary ihr Ansinnen.

Für die Menschen in Lahersheen bedeutete der Besuch der sonntäglichen Messe einen Marsch über die Hügel bis nach Ballycrovane, dann eine Bootsfahrt über die Coulagh Bucht und anschließend noch einmal einen ziemlich weiten Fußmarsch. Elizabeth war nicht nur der Gedanke daran, sondern vor allem die Erwartung der Blicke und mitfühlenden Fragen der Nachbarn ebenso wie das verstohlene Murmeln in ihrem Rücken zuviel. Sie hegte keinen Zweifel daran, daß die Neuigkeit von Franceys Unfall längst die Runde machte. Und sicher hatte man die Erzählung bereits derart ausgeschmückt, daß sie die traurigen Tatsachen bei weitem übertraf. Auch wenn das Fehlen der Familie in der Kapelle sicher auffiele, kümmerte sie es im Augenblick wenig, ob sie weiteren Spekulationen und Gerüchten Nahrung gab.

»Gott wird es uns verzeihen, wenn wir einmal zu Hause bleiben«, sagte sie und streckte ihre Arme und Beine aus. »Wie steht es nun mit der Milch und dem Brot für mich?«

Die beiden Mädchen kehrten in die Küche zurück und sie blickte durch das Fenster in die Sonne hinaus. Wo steckte Neeley bloß? War er während der Nacht zurückgekommen und schon wieder fort? Wenn ja, wo hatte er dann geschlafen? Sie sah auf das Bett: sein Kopfkissen war glatt und unberührt.

»Guten Morgen!« Die stämmige Figur ihres Vaters tauchte im Türrahmen auf. »Fühlst du dich ein bißchen besser?«

»Danke, Daddy«, entgegnete Elizabeth. »Hat dir die Küchenbank zum Schlafen genügt?«

»Ich habe nicht in der Küche geschlafen, sondern hier.« St John wies auf den Stuhl, den er aus der Küche herübergetragen hatte. »Du hast mich darum gebeten, erinnerst du dich?«

Elizabeth starrte ihn entgeistert an. »Daddy!« Jetzt kämpfte sie sich ganz hoch. Sie wußte nicht mehr, ihren Vater darum gebeten zu haben, auf einem Stuhl zu nächtigen. »Dann hast du sicher die ganze Nacht kein Auge zugekriegt.«

»Schon in Ordnung.« St. John setzte sich auf die Bettkante und drückte sie sanft auf das Kissen zurück. »Bleib ruhig noch eine Weile liegen. Die Mädchen kommen durchaus allein zurecht. Weißt du, Beth, sie sind einfach wunderbar. Du hast gute Menschen aus ihnen gemacht.«

»Ebenso wie zuvor ihre Mutter, denke ich.« Beinahe hätte Elizabeth auch Neeleys Namen auf die Liste gesetzt, doch dann hielt sie sich zurück. »Ist Neeley draußen in der Küche?« erkundigte sie sich statt dessen vorsichtig.

Ohne seine Tochter anzusehen, sagte St. John: »Ich glaube nicht, daß er zurückgekommen ist. Sicherlich hätte ich ihn gehört.«

Bei diesen Worten kam Johanna ins Schlafzimmer und kletterte neben ihre Mutter ins Bett. Sie schmiegte ihren Kopf an Elizabeths Schulter und schob sich den Daumen in den Mund. Elizabeth strich ihr über das warme, zerzauste Haar. »Möchtest du zur Messe gehen, Daddy?« fragte sie. »Wir gehen heute nicht. Es wäre einfach zuviel für mich.«

Er rückte sich auf dem Stuhl zurecht. »Ich glaube, ich bleibe ebenfalls lieber hier.« St. John Sullivan war ein Ritter von Columbanus, eine Stütze der Cork'schen Bruderschaft, und bisher hatte er noch niemals die Sonntagsmesse versäumt. Elizabeth wußte diesen Verzicht zu schätzen. Er wollte in der Nähe bleiben für den Fall, daß es weitere Probleme gab, und sie verspürte ihm gegenüber eine bisher unbekannte, tiefe Dankbarkeit. Blut schien tatsächlich dicker als Wasser zu sein, überlegte sie.

Die Mädchen kamen mit dem bescheidenen Mahl zurück, reichten es ihr, setzten sich ebenfalls auf das Bett und beobachteten sie, während sie das Brot gierig verschlang. Obgleich Elizabeth das dunkle Kriegsmehl, aus dem sie Brot zu backen gezwungen war, verabscheute, kam es ihr vor lauter Hunger heute geradezu köstlich vor.

»Es ist *Sonntag* und schon beinahe *Mittagszeit!*« Margaret trat durch die Tür und sah sich die Szene im Schlafzimmer an. »Mammy! Du liegst ja *angezogen* im Bett! Oh, hallo, Grandad Sullivan«, fügte sie, als sie ihn, der halb hinter der Tür verborgen saß, erblickte, fröhlich hinzu. »Was ist los?« fragte sie an die Allgemeinheit gewandt. »Habt ihr Francey gestern abend mitgebracht? Wo ist Daddy?«

»Gesell dich doch zu uns, Maggie.« Elizabeth klopfte auf das Bett. »Francey ist noch im Krankenhaus, aber bald wird er wieder gesund. Sobald ich sicher bin, daß hier alles unter Kontrolle ist, fahre ich zu ihm zurück.«

Sie gähnte. »Ich bin zu müde, um heute auch nur an die Messe zu denken. Am besten machen wir uns einfach einen ruhigen Tag!« Sie trank den letzten Rest ihrer Milch und wünschte sich, es wäre tatsächlich so einfach, wie sie den Mädchen gegenüber tat.

»Sehr schön!« Margaret setzte sich zwischen ihre Schwestern auf das Bett und zog die Knie an.

»Was ist los?« Goretti kam verschlafen hereingetappt.

»Wir machen uns einen gemütlichen Tag und gehen heute nicht in die Messe«, verkündete Margaret.

»Ist das nicht eine Todsünde?« Goretti schüttelte besorgt ihre Locken.

»Heute nicht«, antwortete Elizabeth. »Komm her zu mir.« Sie streckte ihren freien Arm nach der Kleinen aus, woraufhin sich Johanna eifersüchtig noch dichter an sie schob. Schließlich jedoch hatten sie alle Platz und lagerten zufrieden wie junge Welpen im Kreise um ihre Mutter.

Alle horchten aufmerksam, als das Läuten der Kapellenglocke von Eyeries ertönte. Das Dorf lag Luftlinie mehr als zwei Meilen entfernt auf der anderen Seite der Bucht, so daß man das Bimmeln nicht oft vernahm; aber heute wehte es süß und klar, wie wenn man mit einem Zuckerlöffel gegen eine Porzellantasse schlug, herüber. »Der Wind scheint aus Süden zu kommen«, bemerkte Elizabeth.

»Wen interessiert das schon?« Kathleen schob ihre Schwester mit den Ellbogen unsanft ein Stück zur Seite.

»Halt die Klappe, Kitty«, schnauzten zwei der anderen zurück. Kathleens mürrische Launen störten inzwischen die gesamte Familie.

Schließlich herrschte wieder Frieden im Raum, aber Elizabeth spürte seine Fragwürdigkeit und wußte, bald, sehr bald, müßte sie heraus aus dem warmen Nest, bald, sehr bald würde sie erneut mit der Härte des Lebens konfrontiert. Je mehr sie darüber nachdachte, um so mehr zerbrach sie sich den Kopf wegen ihrem Mann. Am besten fände sie ihn baldmöglichst, um die Angelegenheit zu bereinigen. Nur wenn er sich beruhigt hätte, könnte sie zurück zu Francey ins Krankenhaus.

Allerdings verließe sie nur widerwillig die Ruhe des Schlafzimmers... Ihr Vater hatte ihnen den Rücken zugewandt und blickte unbewegt aus dem Fenster auf das sonnenüberflutete Land. Selbst die normalerweise so geschwätzige Margaret schien von der Atmosphäre angesteckt zu sein; denn auch sie verhielt sich still, zwischen zwei ihrer Schwestern gekuschelt, während des entfernten Glockentons. Trotzdem hätte Elizabeth damit rechnen müssen, daß Margaret diejenige sein würde, die auf ihre Haare zu sprechen kam. Als die letzte Schwingung verhallte, sah Margaret die anderen an, als wolle sie jeden möglichen Widerspruch im Keim ersticken, ehe sie mehr gezwungen als heiter äußerte: »Die kurzen Haare stehen dir gut, Mammy.«

Ihr Vater hatte recht, überlegte Elizabeth. Die Mädchen waren wirklich wunderbar. Trotzdem fand sie es nicht leicht, stets zwischen den Fronten zu stehen. »Danke, Maggie«, sagte sie leise. »Im Augenblick sehe ich es auch so, aber ob es mir auf Dauer gefällt? Na ja, es wächst ja wieder nach... wer ist denn das?« Die Frage galt dem Klopfen an der Küchentür.

»Das ist wahrscheinlich Mrs. Harrington, die Abbie bringt«, erläuterte Mary, sprang aus dem Bett und ging zur Tür. »Sie hat gesagt, sie brächte sie vor der Messe zurück.«

Innerhalb von Sekunden war sie wieder da. Ihr Gesicht war kreidebleich. »Mammy, für dich!«

»Wer ist es denn?« Elizabeth schwang ihre Beine aus dem

Bett und wünschte sich, ihre Garderobe sähe weniger zerknittert aus.

Aber Mary war zu erregt, um zu antworten, und Elizabeth schnürte es vor lauter Angst die Kehle zu. *Francey. Irgend etwas war während der Nacht mit Francey passiert.* Sie warf sich ihre Strickjacke über die Schultern und rannte in die Küche.

In der offenen Tür standen ein Polizeisergeant und der Pfarrer aus Eyeries.

Nun bekam Elizabeth überhaupt keine Luft mehr. Der Priester müßte um diese Zeit in der Kirche sein. »Es geht um Francey, nicht?« stieß sie weinend aus. »O mein Gott!« Ihre Knie gaben nach und sie umklammerte den Tisch, damit sie nicht zu Boden fiel. Der Sergeant nahm seine Mütze ab und trat ein, um ihr gegebenenfalls behilflich zu sein.

»Dürfen wir hereinkommen, Lizzie?« Der Priester folgte dem Sergeanten. »Wir sind nicht wegen Francey hier«, sagte er schonungsvoll, nahm Elizabeth bei den Händen und führte sie zu einem Stuhl vor dem Kamin. »Aber ich fürchte, Sie müssen jetzt sehr, sehr tapfer sein. Wir haben schlechte Nachrichten.« Er drückte ihre Hände, als wolle er sie sanft zum Sitzen zwingen.

Aber Elizabeth blieb stehen. Sie sah von ihm zu dem Sergeanten, den sie noch nie gesehen hatte und dessen Gesichtsausdruck nicht weniger ernst als der des Priesters war.

»Es geht um Ihren Mann«, fuhr der Pfarrer schließlich fort. »Um Neeley.«

Elizabeth riß verständnislos die Augen auf. »Neeley? Was ist mit ihm?«

Es ging nicht um Francey – sie waren nicht wegen Francey hier.

Sie stieß einen erleichterten Seufzer aus. »Danke, Hochwürden.« Dann sah sie ihn verwundert an. »Sollten Sie jetzt nicht die Messe lesen – wir haben die Glocke gehört…«

»Haben Sie mich verstanden, Lizzie?« Ihre Reaktion erschütterte den Kirchenmann. »Wir sind wegen des armen Neeley hier…«

Elizabeth hörte, daß eins der Mädchen schrie und sah, daß ihr

Vater eilig neben sie trat. Wegen des *armen Neeley,* hatte der Mann gesagt – sie waren wegen des *armen Neeley* da. Immer noch wie in Trance schob sie sich die Knöchel der rechten Hand in den Mund. »Was ist passiert?« flüsterte sie in ihre Faust.

»Ihr Mann wurde oben in den Hügeln gefunden, Ma'am.« Zum ersten Mal meldete sich der Sergeant zu Wort. »Ich fürchte, er ist tot.«

»O nein...« Die in der Tür des Schlafzimmers zusammengedrängten Mädchen schluchzten erbarmungswürdig auf. Nur Johanna kam in die Küche gerannt und vergrub ihr Gesicht in Elizabeths Rock.

»Es tut mir leid, Ma'am. Es tut mir wirklich leid«, murmelte der Sergeant.

»Setzen Sie sich, Lizzie. Ich bleibe erst mal hier.«

Wieder versuchte der Priester, sie auf den Stuhl zu drücken, doch wieder wehrte Elizabeth ihn ab. »Nein, nein, Hochwürden!« Die Situation war so völlig unerwartet, sie mußte erst einmal nachdenken. Aber ihr Hirn wollte einfach nicht funktionieren. Sie fühlte sich wie Alice im Wunderland, deren Geschichte sie den Kindern so oft vorgelesen hatte, daß sie jedes Wort auswendig kannte. Sie schrumpfte und wuchs, schrumpfte und wuchs. Und sämtliche Gegenstände in der Küche unterlagen während der letzten paar Sekunden ebenfalls einer Veränderung, blähten sich derartig auf, daß alles ein einziges Tohuwabohu war. Auch die Geräusche kamen ihr plötzlich fremd und unangemessen vor, das Schluchzen der Mädchen, das Knistern des Feuers im Kamin.

Sie merkte, daß der Pfarrer weitergesprochen hatte. »Wie bitte, Hochwürden?« Selbst ihre Stimme klang wie die eines Kindes.

»Kann ich irgend etwas für Sie tun, Lizzie?« wiederholte der Mann. »Gibt es eine Möglichkeit, Ihnen behilflich zu sein?«

Immer noch fühlte sich Elizabeth wie in einem bösen Traum. »Nein«, flüsterte sie. »Danke, nein – wirklich nicht!«

»Wie ist es passiert?« fragte St. John Sullivan an den Polizisten gewandt. »Ach ja – ich bin der Vater von Elizabeth.«

»Angenehm, Sir! Mein Name ist Clancey. Normalerweise arbeite ich in Cork, aber im Augenblick vertrete ich den Sergeanten aus Eyeries, der mit einem gebrochenen Bein im Krankenhaus liegt.« Die beiden Männer gaben einander die Hand.

»Wir sind noch nicht ganz sicher, was genau geschehen ist«, fuhr er schließlich fort. »Er wurde gegen acht Uhr heute früh gefunden. Neben ihm lag ein Gewehr«, fügte er nachdenklich hinzu.

»Ich verstehe«, sagte St. John Sullivan. »Wo ist er jetzt?«

»Er wird nach Cork gebracht«, sagte der Sergeant. »In einem Fall wie diesem ist natürlich eine Obduktion erforderlich. Außerdem werden genaue Nachforschungen angestellt.« Dann blickte er auf Elizabeth. »Aber das dringendste Problem ist die Identifizierung. Tut mir leid, Ma'am, aber wir brauchen jemanden, der mit uns nach Castletownbere kommt, um die Identität des Leichnams zu bestätigen...«

»Ich werde Sie begleiten, Sergeant!« St. John duldete keinen Einwand. »Meine Tochter wird hier bei den Kindern gebraucht.«

Elizabeth merkte, daß der Priester sie während des gesamten Wortwechsels beobachtete. Sie hatte das Gefühl, als ersticke sie jeden Moment. Das Gespräch, das Schluchzen der Mädchen, ja selbst die ungewöhnliche Gegenwart ihres Vaters hier in der Küche erschien ihr irreal, ja geradezu grotesk.

Dann merkte sie, daß der Sergeant sie anblickte. »Verzeihung?«

»Vielleicht komme ich besser später noch einmal zurück«, wiederholte der Polizist. »Mir ist klar, daß das sicher ein furchtbarer Schock für Sie ist, Ma'am, aber Sie müssen verstehen – ich tue nur meine Pflicht.«

»Natürlich, Sergeant«, antwortete St. John an ihrer statt.

Der Priester blickte zwischen Tochter und Vater hin und her. »Meinen Sie, daß ich nach dem Arzt schicken soll?«

»Nein.« Dieses Mal sprach Elizabeth. »Mir geht es gut. Uns allen geht es gut.«

»Vielleicht etwas zu trinken? Schließlich ist es eine furchtbare

Hiobsbotschaft...« Der Kirchenmann sah sich in der Küche um. »Haben Sie zufällig etwas Brandy im Haus?«

Elizabeth schüttelte den Kopf. Neeley hatte immer etwas Alkohol im Haus *gehabt*, aber den wollte oder brauchte sie unter gar keinen Umständen.

»Lassen Sie mich Ihnen helfen«, bat der Pfarrer sie. »Soll ich vielleicht jemanden für Sie anrufen? Das Presbyterium hat ein Telephon.«

»Danke, Pater«, wieder ergriff St. John das Wort. »Ich glaube, am besten geben wir Beths Mutter Bescheid. Sicher wird sie sofort kommen wollen. Sagen Sie ihr, daß sie notfalls eine Droschke mieten soll. Ich selber fahre mit meinem Wagen in die Stadt und komme so schnell wie möglich zurück.«

»Sicher, Mr. ...?«

»Sullivan, St. John Sullivan.« Elizabeths Vater ging niemals ohne einen kleinen Notizblock aus dem Haus. Jetzt zog er ihn zusammen mit einem Füllfederhalter aus der Innentasche seines Jacketts und schrieb seine Corksche Telephonnummer auf.

»Wie steht es mit Neeleys Verwandten in England und Amerika?« Wieder wandte sich der Priester an Elizabeth.

Immer noch machte ihr Körper alle paar Sekunden eine vollkommene Wandlung durch, aber Elizabeth löste sich aus Johannas Umklammerung, ging hinüber zur Anrichte und holte eine vergilbte Adressenliste hervor. Gleichzeitig flatterte die Hälfte eines Loses von Jimmy Deeneys Tanzabend auf den Boden.

Ihre Nackenhaare sträubten sich und, unfähig, sich zu bükken und es aufzuheben, starrte sie es reglos an, während es wie eine sterbende Motte niedersank.

Daniel.

Sie merkte, daß der Priester neben sie trat. »Sind sie das?« fragte er, während er ihr die Liste behutsam entwand.

»Ja«, flüsterte sie.

»Ich werde mich darum kümmern.« Er tätschelte ihr begütigend den Arm. »Und auf dem Weg zurück ins Dorf gehe ich bei den Harringtons vorbei und bitte Tilly, herüberzuschauen.«

»Danke, Hochwürden.« Elizabeth versuchte mit aller Macht, das Gefühl der Unwirklichkeit zu überwinden, das sie gefangenhielt – zu begreifen, was tatsächlich geschah; aber es gelang ihr nicht, so daß ihr das besorgte Gesicht des Priesters weiterhin ebenso fern wie der Vollmond erschien.

»Was ist mit Ida Healy, Beth?« Ihr Vater nahm sie bei der Schulter und drehte sie sanft zu sich herum. »Sicher möchtest du, daß sie es ebenfalls erfährt.«

Elizabeth nickte bestätigend, so daß St. John aus einer anderen Tasche seines Jacketts ein kleines Adreßbuch zog und dem Priester auch die Telephonnummer von Ida Healeys Eltern gab.

Schließlich drückten der Pfarrer und der Sergeant ein letztes Mal ihr Mitgefühl und ihre Sorge aus, und wandten sich zum Gehen, als plötzlich Tilly Harrington, Abigail auf dem Arm, erschien. »Ich habe es eben erst gehört – oh, Lizzie...« Sie blieb stehen, als sie die drei Männer sah. »Hallo, Hochwürden, Sergeant – hallo, Mr. Sullivan! Ich hätte nicht gedacht, daß man sich so schnell und unter solchen Umständen wiedersieht.«

Irgendwie fand Elizabeth die Kraft, einen Fuß vor den anderen zu setzen und ihrer Freundin das Baby aus dem Arm zu nehmen. Abigail fühlte sich solide an – sie war etwas, an das sie sich klammern konnte. Vermutlich sollte sie von einem Gefühl der Trauer überwältigt sein, aber alles, was sie empfand, waren Taubheit, eine erschreckende Distanz zu allen anderen in dem überfüllten Raum und ein geradezu überwältigendes Gefühl drohender Gefahr. Wieder sträubte sich ihr Nackenhaar, als hätte jemand sie unter Strom gesetzt.

Bis zum späten Sonntag nachmittag wußte jeder im Bezirk, daß Daniel Carrig McCarthys Waffe neben Neeley Scollards Leiche lag und Daniel wie vom Erdboden verschluckt war.

Tilly brachte Elizabeth diese Neuigkeit möglichst schonend bei. Um fünf hatte Elizabeth das Gefühl, als ertrinke sie in der Sintflut mitfühlender Nachbarn und Nachbarinnen, die sich über die kleine Küche ergoß. Der Pfarrer hatte ihrem Vater eine Extraration Benzin verschafft, so daß dieser wegen irgendeiner

Besorgung davongefahren war. Ihre Mutter träfe in Kürze ein. In der Erinnerung daran, wie sie voneinander geschieden waren, freute sich Elizabeth nicht sonderlich auf diesen Besuch. Die Welt schien vor Gesichtern, Augen und unverständliche Worte murmelnden Mündern nur so zu wimmeln. Von ihr schien man einzig zu erwarten, daß sie auf einem Stuhl saß, nickte und sich passiv verhielt.

Tilly und zwei andere Nachbarinnen kümmerten sich um den Herd, die Spülküche und den Küchentisch, so daß niemand, der vorbeikam, lange ohne einen Drink blieb. Auch die Mädchen halfen mit bleichen, ernsten Gesichtern aus. Nachdem der erste Schrecken allmählich verklang, schienen sie nicht zu wissen, wie sie sich verhalten sollten – alle außer Kathleen, die untröstlich war. Sie hatte sich in ihrem Schlafzimmer eingesperrt, und hin und wieder versuchten Mary, Tilly und sogar Elizabeth, sie zu trösten; aber niemand drang durch die Mauer des Schmerzes, die das Mädchen um sich errichtet hatte.

Da keine der Frauen in der Küche ihr gestattete, auch nur den kleinen Finger zu rühren und beispielsweise einem der Neuankömmlinge eine Tasse zu servieren, kehrte Elizabeth gegen viertel nach fünf in dem Gefühl, vollkommen überflüssig zu sein, abermals ins Schlafzimmer der Kinder zurück. Da sie wußte, daß Kathleen auch nicht die leichteste Berührung dulden würde, nahm sie halb betäubt auf einer Seite des Bettes Platz und hoffte, daß das Mädchen wenigstens ihre Nähe spürte.

Dann hörte sie hinter sich ein leises Knarren. Sie drehte sich um, sah, daß Tilly im Türrahmen stand, und erkannte an ihrer Miene, daß es weitere Neuigkeiten gab. »Was ist denn?« flüsterte sie.

»Komm raus, Lizzie, ich muß mit dir alleine sprechen«, krächzte Tilly ungewohnt heiser.

Die Nachbarn in der Küche verfielen in Schweigen, als Elizabeth gehorsam hinter ihrer Freundin das Haus verließ. Die Ältere wartete, bis sie sicher war, daß niemand von den anderen sie mehr hören konnte, ehe sie stehenblieb. »Ich muß es dir sagen, ehe du es von jemand anders erfährst.«

Elizabeth blieb stumm.

»Es geht um Daniel Carrig«, sagte Tilly ohne Umschweife. »Die Polizei ist auf der Suche nach ihm. Es war sein Gewehr neben Neeley, und jetzt ist er offenbar untergetaucht. Schlechte Aussichten, Lizzie!«

Elizabeth trat ein wenig beiseite und blickte über die Fuchsienhecke hinweg auf die Irische See. Der Überfluß roter und purpurfarbener Glockenblumen, das Trällern einer Lerche über ihrem Kopf, das Glitzern des Meeres, alles schien ihrer momentanen Situation so unangemessen zu sein, daß sie abermals das Gefühl großer Verlorenheit überkam.

Tilly berührte sie unsicher am Arm. »Hast du gehört, was ich gesagt habe, Lizzie?«

»Jawohl. Weißt du, wo er ist, Tilly?«

Jetzt war Tilly diejenige, die sich abwandte. »Ich schwöre bei Gott, Lizzie, daß ich keine Ahnung habe.« Dann drehte sie sich wieder um, sah Elizabeth mit ernster Miene an und holte Luft. »Aber um ehrlich zu sein«, flüsterte sie, »selbst wenn ich es wüßte, würde ich es dir nicht sagen.«

»Hör zu«, sie trat dicht auf die Jüngere zu. »Ich weiß, was du empfindest, meine Liebe – aber mach die Dinge, um Gottes willen, nicht noch schlimmer, als sie ohnehin schon sind.«

»Ich weiß, du meinst es gut, Tilly«, sagte Elizabeth und merkte, daß die Worte endgültig klangen, als wolle sie sich von der Freundin verabschieden.

»Sag das nicht«, drängte Tilly. »Bitte, hör nur dieses einzige Mal auf mich – wenn du schon vorgestern abend meinem Rat gefolgt wärst…«

Elizabeth hob abwehrend die Hand. »Es tut mir wirklich leid, Tilly. Aber ich möchte davon nichts mehr hören.«

»Lizzie«, versuchte es Tilly ein letztes Mal, wobei sie Elizabeth eindringlich am Ärmel zog.

Irgendwo aus Richtung Knocknasheeog wurde das entfernte, wiederholte Rufen eines Kuckucks laut, und Elizabeth drehte sich danach um. »Ich bin dir wirklich dankbar dafür, daß du es mir gesagt hast.«

Als sie Tilly wieder ansah und bemerkte, daß diese kurz vor dem Weinen stand, kehrte sie endlich in die Realität zurück. »Tilly!« Sie umarmte die andere und brachte stockend hervor: »Du bist ein wunderbarer Mensch – meine einzige wahre Freundin!«

»Was wirst du jetzt tun?« Tillys Körper war steif wie ein Brett.

»Ach – fürs erste wohl gar nichts...« Endlich nahmen Elizabeths Gehirnzellen ihre Tätigkeit wieder auf.

»Ich sage nur noch eins.« Elizabeth spürte, daß sich Tillys Anspannung noch steigerte. »Die Polizei weiß von dem Streit während der Tanzveranstaltung.«

In den vergangenen vierundzwanzig Stunden war so vieles geschehen und Elizabeths Konzentration derart auf die Gegenwart gerichtet, daß sie kaum verstand, wovon die Freundin sprach. Tilly bemerkte ihre Unerreichbarkeit. »Der Streit, du erinnerst dich doch? Zwischen dir und Neeley, als Daniel dich zu einem Tanz aufforderte.«

Für Elizabeth war die Auseinandersetzung, der Grund für ihre ganze Misere, durch die folgenden sich überstürzenden Ereignisse wie ausgelöscht gewesen – doch jetzt nickte sie. »Danke, daß du es mir gesagt hast.« Sie sah Tilly an. »Aber ich hätte noch eine letzte Bitte an dich. Würdest du dich um alles kümmern, wenn ich wieder nach Cork fahre, um Francey zu besuchen?«

Erst später an jenem Abend erkannte sie die Bedeutung des Streits während dieses Fests in bezug auf Neeleys Tod und der Tatsache, daß Daniel plötzlich verschwunden war.

Aufgrund der Entfernung und der kriegsbedingten Transportschwierigkeiten fand Neeleys Beerdigung erst am folgenden Mittwoch statt. Bis dahin hatte sich Elizabeths Betäubung vollkommen gelegt. Bekümmert wegen Kathleens fortgesetzter Unnahbarkeit und in verzweifelter Sorge um Francey, der immer noch in Cork im Krankenhaus lag, hatte sie am Morgen der Beerdigung das Gefühl, als wüchse ihr endgültig alles über den Kopf.

Und um die Verwirrung ihrer Gefühle noch zu steigern, kam sich Elizabeth in Zusammenhang mit dem Tod ihrese Mannes vor wie eine Heuchlerin. Obgleich sie von Zeit zu Zeit, vor allem während der langen Nächte, in denen sie schlaflos in den Kissen lag, um echte Trauer rang, empfand sie beim besten Willen höchstens Bedauern über sein gewaltsames Ende. In dem Bemühen, Schmerz in sich wachzurufen, hatte sie sich sogar jenes Grauen verordnet, das sicherlich jedermann befiel angesichts der Erkenntnis, daß man gleich sterben würde; aber jedesmal, wenn sie es versuchte, hatten sich ihre Gedanken, wenn auch voller Schuldgefühle, anderen Dingen zugewandt.

Denn der Tatbestand von Neeleys Tod hatte eindeutig etwas mit Daniel zu tun. Doch trotz aller Beweise brachte Elizabeth es einfach nicht über sich zu glauben, daß Daniel Carrig McCarthy ihren Ehemann kaltblütig ermordet hatte. Aufgrund der kaum verhohlenen Erregung, die die Worte und Gesichter sämtlicher Nachbarn verrieten, während sie sie mit ihren Beileidsbezeugungen und Hilfsangeboten förmlich überschütteten, wußte sie jedoch, daß sie mit ihrem Glauben an Daniels Unschuld alleine dastand und daß der ganze Bezirk über sie sprach.

Wenigstens war ihre Mutter inzwischen wieder abgereist und so hatte sich die Spannung im Haus ein wenig gelegt. Während ihres kurzen Besuchs in Lahersheen hatte Corinne ihrer Tochter mit ihrer vorwurfsvollen Miene das Leben durch ihre Anwesenheit nicht erleichtert, sondern nur noch mehr belastet.

Als sie am Dienstag morgen zum ungefähr tausendsten Mal gefragt hatte: »Beth, kann ich denn wirklich gar nichts für dich *tun*?« hatte Elizabeth geseufzt.

»Doch, Mutter, du könntest zurück nach Cork fahren und nach Francey sehen. Ich mache mir große Sorgen um ihn. Sicher hat er inzwischen das Gefühl, vollkommen verlassen zu sein.«

Ihre Mutter hatte derart erleichtert ausgesehen – »Bist du sicher, daß ich das soll?« –, daß es Elizabeth beinahe rührte. »Ja, Mutter«, hatte sie beteuert. »Dafür wäre ich dir wirklich dankbar. Aber sag ihm noch nicht, was mit Neeley geschehen ist. Das erledige ich wohl besser selbst.« Eine Stunde später war Corinne mit wehendem Schal und zahlreichen Koffern in den Wagen ihres Mannes gestiegen. St. John hatte sie nach Castletownbere gefahren, von wo aus sie eine Mietdroschke nehmen wollte. Er selbst hatte darauf bestanden zu bleiben und bei der Beerdigung dabeizusein.

Nun, am Mittwoch nachmittag, stand St. John wie ein massiver Felsen neben seiner Tochter im Hafen von Castletownbere, wo die *Princess Béara* soeben eingelaufen war. Die Schreie einiger Möwen und das Knirschen der Schiffsplanken waren die einzigen Geräusche, die man während des Entladens des Sargs vernahm. Der blaue Himmel und die strahlende Sonne erschienen im Vergleich zu den ausnahmslos dunklen Kleidern – den schwarzen Kopftüchern und langärmligen Mänteln der Frauen sowie den wollenen Anzügen und eng gebundenen Krawatten der Männer – der Trauergemeinde wie der reinste Hohn.

Elizabeth hatte Abigail auf dem Arm, und neben ihr drängten sich dicht aneinander Neeleys übrige Töchter, um mit weißen Gesichtern zuzusehen, wie der Sarg ihres Vaters ans Ufer gelangte. Ida Healy und ihr Mann standen ebenfalls nicht weit von Elizabeth entfernt unmittelbar vor einer großen Gruppe, die aus Neeleys Verwandten bestand. Obgleich wegen der kriegsbedingten Beschränkungen keiner der Emigranten hatte erscheinen können, waren mindestens sechzig, siebzig Mitglieder seines Clans da. Die Zahl der Verwandten von Neeleys erster Frau schien mindestens ebenso groß zu sein, und dahinter stand bis zur Hauptstraße der Stadt ein ganzer Troß von Menschen von der gesamten Halbinsel: Beinahe sämtliche Bewohner von Eyeries, Ballycrovane, Ardgroom, Kilcatherine, Lehersheen und Derryconnla waren angereist und daneben noch Leute von der Insel Bere, aus Rossmackowen, Adrigole, Urhan, Garnish, Allihies und sogar aus einem so entfernten Ort wie Dursey. Nicht, daß Neeley Scollard der beliebteste Mensch von Béara gewesen wäre, nein! Jedoch hielt die Gemeinde so fest zusammen, daß der Tod eines einzelnen – vor allem, wenn der Tod unter so tragischen Umständen eintrat – ein Schlag für alle war.

Der in eine purpurfarbene Stola gehüllte Priester verspritzte auf seinem Weg zum Sarg großzügig Weihwasser aus seinem Kessel. Elizabeth spürte, daß ihr Vater sie am Ellbogen nahm, um sie ebenfalls nach vorn zu führen; aber der Sarg, dessen Messinggriffe in der Sonne schimmerten, erschien ihr derart obszön, grotesk und endgültig, daß sie den Gedanken, auch nur in seine Nähe zu kommen, nicht ertrug. Unweigerlich preßte sie Abigail so fest an ihre Brust, daß diese zu wimmern begann.

»Komm, Beth, ich werde bei dir sein«, flüsterte ihr jetzt Ida ins Ohr.

Elizabeth machte die Augen zu und ging, von ihrem Vater und Ida begleitet, hinüber zu ihrem Ehemann.

Später, als das Begräbnis auf dem Friedhof sein Ende fand, blickte sie, um sich abzulenken, von Neeleys offenem Grab zu der kleinen Kapelle hinauf. Von ihrem Platz aus konnte sie den Kilcatherine-Kopf nicht sehen; aber, deutlich wie ein Photo, tauchte vor ihrem inneren Auge das rauchig-goldene Bild aus ihrem Traum von der juwelenbedeckten Landschaft auf. Und genau wie damals empfand Elizabeth die schützende Nähe des heidnischen Kopfes als etwas Tröstliches.

Der Tag zog sich endlos bis in die späten Abendstunden, ehe sich das kleine Haus, das seit Neeleys Tod stets bis zum Bersten von Menschen angefüllt war, endlich leerte und zuletzt außer Elizabeth, ihrem Vater, den älteren Scollard-Mädchen, den Harringtons und Ida niemand mehr in der engen Küche saß. »Ich gehe ins Bett.« Elizabeth war so erschöpft, daß sie sich kaum von dem Stuhl neben dem Ofen hieven konnte, auf dem sie saß. »Leider kann ich nicht mehr! Ich hoffe, es macht euch nichts aus?« sagte sie, an niemand Besonderen gewandt.

»Geh nur«, entließ Ida sie teilnahmsvoll und Tilly nickte mit dem Kopf. »Wir räumen für dich auf.«

»Mick und Mossie haben nach den Tieren gesehen«, fügte Tilly noch hinzu. »Es ist alles erledigt. Also leg dich hin und schlaf gründlich aus, Lizzie.« Seit Neeleys Tod kümmerten sich Mick Harrington und andere Männer aus der Nachbarschaft um das Scollardsche Anwesen. Neeley hielt nur eine einzige

Milchkuh zur Deckung des häuslichen Milchbedarfs, und wie zu seinen Lebzeiten fiel das Melken abwechselnd einem der drei älteren Mädchen zu.

»Und du geh nach Hause, Tilly!« Trotz ihrer Müdigkeit war sich Elizabeth der Tatsache bewußt, daß Tilly sie keinen Moment aus den Augen ließ. Ihre Freundin wartete offenbar darauf, daß sie hinsichtlich Daniels etwas Unüberlegtes tat, und allmählich störte sie die Aufsicht, unter der sie stand. Trotzdem lächelte sie sowohl Tilly als auch Ida zu. »Ich weiß nicht, was ich ohne euch beide angefangen hätte.« Dann umarmte sie ihren Vater: »Und ohne dich, Daddy.«

»Morgen früh bin ich wieder da«, sagte Ida. Weil das Haus der Scollards zu klein war, wohnte sie, ebenso wie Elizabeths Vater, bei den Harringtons.

»Danke, dann gehe ich jetzt wirklich.« Elizabeth wandte sich an Neeleys Töchter. »Und ihr solltet auch allmählich unter die Decken schlüpfen, Mädchen.« Mary und Margaret nickten ernst; aber Kathleen, die mit steinerner Miene in der hintersten Ecke der Küche saß, ignorierte sie. Den ganzen Tag über hatte Neeleys Zweitgeborene jeden Trost zurückgewiesen und haltlos geschluchzt; aber zumindest schien ihr Tränenstrom versiegt zu sein. Jedenfalls dafür dankbar und zu müde, um auf eine Antwort zu warten, ging Elizabeth in ihr Zimmer.

Sie hätte gedacht, sie schliefe auf der Stelle ein; aber als sie sich hinlegte, tauchten vor ihrem geistigen Auge in rascher Abfolge die Bilder der vergangenen fünf Tage auf: der beinahe metaphysische Kontakt mit Daniel bei Jimmy Deeneys Tanz, die Kälte der Toilettenschüssel in ihren Kniekehlen, als Tilly sie schüttelte, die wilde Fahrt im Wagen des Priesters, der Metallkäfig um Franceys Kopf, Neeleys sonnenbeschienener Sarg, über dem die Möwen kreisten, die langsame Fahrt zum Friedhof, die endlosen Stunden, während derer die Küche vor Menschen überquoll.

Vor allem aber umgaben sie Gesichter: das von Francey während seiner Bewußtlosigkeit, das von Neeley voller Haß, das ihrer Mutter in schockierter Verbitterung – und später in Lahersheen voller Verständnislosigkeit – das von Tilly mit ihrer

Wachsamkeit, die von Ida und ihrem Vater in echter Besorgnis, die vollkommene Reglosigkeit des Sergeanten, die der undurchschaubaren Nachbarn. Sie alle wandten sich ihr zu, als wäre sie die Hauptperson in einem bizarren Theaterstück. Elizabeth drehte sich auf die Seite und versuchte, alles zu verdrängen außer ihrer Müdigkeit. Und nach einer Weile gewann ihre körperliche Erschöpfung tatsächlich die Oberhand, so daß sie in einen unruhigen Schlaf versank.

Eine Weile später merkte sie, daß sie mühsam wieder zu Bewußtsein kam. Einige Augenblicke lang wußte sie nicht, wo sie war. Sie hatte das Gefühl zu ertrinken. Ihre Glieder waren vollkommen schwerelos, als triebe sie auf der Oberfläche des Meeres dahin; aber über ihrem Kopf hämmerte ständig etwas, vielleicht das Ruder eines Boots?

Unter großer Mühe schüttelte sie sich, bis sie vollends zu sich kam. Sie war daheim. Und das Geräusch war echt. Jemand klopfte leise an ihr Fenster.

Mit pochendem Herzen setzte Elizabeth sich auf. Hinter der Scheibe hob sich ein menschlicher Torso ab.

Daniel.

Aus irgendeinem Grund, der ihr später vollkommen unverständlich war, sah sie auf das beleuchtete Zifferblatt ihrer Armbanduhr. Es war zwanzig nach vier. Sie sprang aus dem Bett und gleichzeitig verschwand die Gestalt in der Dunkelheit.

Aus Angst, er wäre vielleicht davongelaufen, rannte Elizabeth so leise wie möglich ans Fenster und zerrte an dem Riegel. Er hatte schon immer geklemmt, und öffnete sie ihn mit Gewalt, würde durch das Knarren sicher das ganze Haus geweckt.

Durch das Fenster sah sie, daß er hinter der Hecke neben dem Kuhstall verschwand, und schickte ihm verzweifelt Signale, daß er warten sollte. Sie riß einen Mantel von dem Haken an der Wand und schlich sich in die Küche. Abgesehen von dem schwachen Schein der Lampe unter dem Heiligenbild lag die Küche in vollkommener Dunkelheit. Lautlos rannte Elizabeth zur Tür. Nach einem kurzen Blick auf Abigail, die selig in ihrer Wiege schlief, trat sie in den Hof hinaus.

Draußen rührte sich nicht ein Hauch Wind. Selbst das Rauschen der Brandung erklang seltsam gedämpft, so daß ihr eigener Atem ihr überlaut vorkam, als sie zur Hecke eilte.

Bei ihrem Näherkommen trat er einen Schritt nach vorn. Sein Anblick schmerzte sie. Die gelockten Haare waren ungekämmt und trotz der Dunkelheit nahm sie oberhalb seiner unrasierten Wangen die schwarzen Ringe unter seinen Augen wahr. »Daniel«, flüsterte sie heiser. »Oh, Daniel, was ist mit dir? Wo hast du die ganze Zeit gesteckt?«

Hilflos zuckte er die Schultern: »Ich muß mit dir reden – muß dir erklären ...«

»Nicht hier.« Eilig nahm sie seine Hand und wandte sich dem Loch in der Mauer zu, durch das man auf das Feld gelangte. »Komm runter vom Hof.«

Sie stieß sich den Zeh an, als sie durch das Loch kletterte; aber aus Angst, eins der Mädchen würde wach, blieb sie nicht stehen. »Komm schnell«, drängte sie und zog ihn mit sich.

Sie machte erst halt, als sie in sicherer Entfernung vom Haus in der verfallenen Hütte stand, die zu Zeiten der großen Hungersnot das Heim von Neeleys Großvater und seiner Familie gewesen war. Sie keuchte vom Rennen, ihr verletzter Zeh pochte und ihren vom Laufen über das unebene, steinige Land wunden Füßen fiel das Stehen auf dem rauhen Boden schwer. Doch ohne auf diese Dinge zu achten, nahm sie Daniels Hände und sah ihn an. »Sag mir«, flehte sie, »sag mir, was passiert ist, wo du gewesen bist. Ich war ganz krank vor Sorge um dich. Hier ist es nicht sicher für dich, das weißt du – du hättest nicht kommen dürfen!«

Daniel zögerte. »Ich – ich mußte dich sehen – ich hatte Angst, daß du ihnen glauben würdest.« Er klang wesentlich jünger als sonst.

»Daß ich ihnen was glauben würde? Daß du einen Menschen getötet hast? Daß du ein Mörder bist?«

»Es war schrecklich ...«

»Daniel, *bitte!*« Ehe sie wußte, was sie tat, hatte Elizabeth seinen Kopf zu sich herabgezogen und küßte ihn, wobei sie all ihre Leidenschaft, all ihr Verlangen in seinen Mund und seinen Leib ergoß. Er reagierte sofort, indem er ihren Körper beinahe verzweifelt umfing.

»Es tut mir leid, es tut mir leid, das hätte ich nicht tun sollen!« Elizabeth riß sich keuchend von ihm los.

»Ich bin nicht...« Wieder wollte er sie an sich pressen, doch sie schob ihn von sich. »Dies ist nicht der rechte Ort – das weißt du ebenso wie ich. Außerdem haben wir nicht viel Zeit. Bitte, Daniel, sag mir, was in jener Nacht dort oben vorgefallen ist.«

Er wich zurück, bis er schießlich mit dem Rücken an der Mauer der Ruine stand. »Ich war dort oben, mit meinem Gewehr...« Zitternd brach er ab. Elizabeth, der die Hitze des Kusses immer noch durch die Adern rann, wartete stumm. Es war, als hinge ihr Leben von seinen nächsten Worten ab. Plötzlich fiel ihr ein in Béara beliebtes Sprichwort ein: *Die Schande ist schlimmer als der Tod...* Dann jedoch unterdrückte sie diesen Gedanken und hoffte, daß Daniel endlich weitersprach.

Mit gestrafften Schultern sah er sie an. »Es gibt nichts, wessen ich mich schämen müßte, Elizabeth.« Seine Stimme verriet Entschiedenheit. »Das, was dort oben geschehen ist, war nicht meine Schuld.«

»Du sollst mir nur die Wahrheit sagen.«

»Ich war mit meinem Gewehr unterwegs«, begann er, »und zwar offensichtlich nicht allein... es klang wie ein Fallenleger – aber ich dachte, es wäre Mossie Breac – er ist ziemlich häufig dort. Erst als ich über die Kuppe des Hügels kam, entdeckte ich Neeley, deinen Mann.«

»Was hat er dort gemacht?«

»Er stand einfach da. Er rief ›Wer ist da?‹ zwei- oder dreimal, glaube ich, ich erinnere mich nicht mehr genau... Als er mich erkannte, bekam er einen – Wutanfall.«

»Was hat er getan?« Elizabeth wurde es kalt.

»Er – hat mich fürchterlich beschimpft...« Wieder zögerte Daniel.

»Bitte, Daniel«, drängte Elizabeth erneut. »Ich weiß, wie Neeley sein kann; bitte erzähl mir, wie es weiterging.«

»Das Schlimme ist«, rief Daniel inbrünstig, »das Schlimme ist, er hatte alles Recht der Welt dazu...«

»Das hatte er nicht!« Die Vehemenz ihrer Verneinung überraschte nicht nur Elizabeth selbst, sondern auch Daniel derart, daß er einen Moment lang verwundert schwieg.

»Nun«, fuhr er schließlich fort, »er hat mich also fürchterlich beschimpft und dann stieß er mich an, so daß ich zu Boden fiel.«

In Erinnerung der Ereignisse stapfte er nervös zwischen den verfallenen Steinmauern auf und ab. »Ich habe mir nicht weh getan oder so, aber er ließ mich einfach nicht mehr aufstehen. Er schlug immer wieder auf mich ein, vor allem auf meinen Kopf, und so habe ich schützend die Hände gehoben – wobei ich immer noch mein Gewehr festhielt.« Er blieb stehen und lehnte seinen Kopf gegen die Wand.

»Als nächstes begann Neeley nach der Waffe zu grapschen, die ich natürlich nicht losließ, und so ging es hin und her. Ich lag weiterhin am Boden und er fing an, mich zu treten, während er mir die Waffe entwinden wollte. Die ganze Zeit über hat er mich mit seinen Stiefeln traktiert. Und dabei brüllte er tobsüchtig...«

Als Elizabeth hörte, daß seine Stimme brach, trat sie eilig hinter ihn und schlang ihre Arme um den Leib. »Reg dich nicht auf, Daniel, bitte reg dich nicht auf. Das ertrage ich einfach nicht.«

»Es tut mir leid.« Inzwischen schluchzte er jämmerlich. »Ich wollte ihn nicht umbringen, das schwöre ich bei allen Heiligen. Es ist einfach so passiert.«

»Wie denn? Sag es mir, Daniel, du mußt es mir sagen. Sprich weiter...« Elizabeth schüttelte ihn. Im Osten dämmerte es bereits, so daß sie die Spuren der Tränen auf seinen Wangen sah. »Sag es mir!« Sie zog ihn mit sich, als sie auf den überwucherten Boden sank. Als sie seinen Kopf an ihre Schulter bettete, ihm sanft über die Haare strich und zärtlich Küsse auf seine Schläfe regnen ließ, klammerte er sich zitternd an sie.

Nach einer Minute hatte er sich wieder so weit in der Gewalt, daß er fortfahren konnte. »Irgendwie kam ich dann auf die Knie und entriß ihm das Gewehr – ich weiß nicht, wie es passiert ist, Allmächtiger, ich weiß es nicht – aber meine Hand ist ausgerutscht, so daß ich an den Abzug kam. Das Gewehr war unmittelbar vor Neeleys Gesicht. O Gott...« Wieder brach er in lautes, abgehacktes Schluchzen aus. »Es tut mir leid, es tut mir leid, ich benehme mich wie ein Säugling – ich habe kein Recht...«

»Pst, mein Liebster, pst. Jetzt ist es vorbei, alles ist vorbei!«

Sie wiegte ihn zärtlich hin und her, bis er sich langsam beruhigte. Und während sie ihn hielt, wurde sie sich bewußt, daß es von Sekunde zu Sekunde heller wurde. Statt mit deinem Dach war die Ruine mit dornigen Sträuchen, Efeu und anderen Grünpflanzen bedeckt, so daß Elizabeth durch das Gewirr ein kleines Dreieck des Himmels sah. Doch dieses Dreieck war nicht mehr schwarz, sondern es hatte bereits die Farbe von Perlmutt. Und während Daniel ruhiger wurde, drang abermals das Rufen des Kuckucks an ihr Ohr, wahrscheinlich desselben, dachte sie, wie am Morgen zuvor. Auch andere Vögel – Spatzen, ein Rabe, Stare, Elstern, begannen mit ihrem Morgenkonzert. Deshalb müßte sie sehr bald zum Haus zurück.

Sie wog fieberhaft alle Möglichkeiten gegeneinander ab, wie sich dieses Dilemma lösen ließ.

Daniel hob den Kopf. »Es tut mir leid«, sagte er im Flüsterton. »Ich hätte nicht zu dir kommen sollen.«

»Unsinn«, widersprach sie lebhaft.

»Am besten gehe ich fort von hier. Ich bin sicher, daß mir mein Bruder helfen wird.«

»Natürlich bekommst du Hilfe!« Elizabeth sprach mit einer Zuversicht, die sie keineswegs empfand, während sie seine Hände nahm und ihn zwang, sie anzusehen.

»Auf keinen Fall will ich dich in die Sache verwickeln«, sagte er leise, aber bestimmt. »Dies ist allein meine Angelegenheit.« Seine Augen waren vom Weinen verquollen, doch sein Blick festigte sich.

»Ich habe ebenfalls etwas damit zu tun.«

»Mein Fehler war davonzulaufen!« Er sprang auf. »Nicht du hast etwas falsch gemacht!«

»Stimmt, du hättest jemanden holen sollen.« Elizabeth blickte zu ihm auf. Im frühmorgendlichen Dämmerlicht sah sein hageres Gesicht um Jahre gealtert aus. Der Ärmel seiner Jacke hatte einen langen Riß und das Hemd saß schief. Am liebsten hätte sie ihm die Kleider zurechtgerückt, ihm die Haare gewaschen und gekämmt, ihm die Stoppeln aus dem Gesicht rasiert. *Vorsicht!* mahnte sie sich. Du bist nicht seine Mutter. »Am besten gehen wir zur Polizei«, sagte sie mit aller ihr zu Gebote stehenden Entschiedenheit.

»Dort wird man mir nicht glauben.« Trotz seines zweifelnden Gesichtsausdrucks drückte seine Stimme eine gewisse Hoffnung aus.

»O doch!« Sie erhob sich ebenfalls. »Ich werde dafür sorgen, daß man es tut. Es war ein Unfall, Daniel. Das müssen wir ihnen begreiflich machen. Laß mich das übernehmen.«

»Aber die Sache sieht ganz anders aus – wegen des Streits während der Tanzveranstaltung und ...«

»Daniel, hör mir zu.« Elizabeth gab sich die größte Mühe. »Krieg es bitte endlich in deinen Schädel rein. Du und ich haben während des Festes nichts Falsches getan. Wir haben lediglich *getanzt.*«

Sie standen sich forschend gegenüber. Selbst an diesem nüchternen Ort knisterte die Luft zwischen ihnen in Erinnerung an den Tanz. Elizabeth sah, daß er endlich wieder ein wenig Zuversicht bekam. »Ich habe von der Sache mit deinem Haar gehört«, sagte er. »Und von Francey. Wie geht es ihm?«

»Er wird sicher bald gesund.« Auf einmal fühlte sich Elizabeth nicht mehr wie Daniels Mutter; nun bei dieser traulichen Nähe kam sie sich wesentlich jünger als er vor. »Ich muß so schnell wie möglich zu Francey zurück«, flüsterte sie. »Er ist noch so klein! Sicher hat er entsetzliche Angst.«

»Bitte grüß ihn herzlich von mir.«

»Das werde ich.«

»Und dein Haar steht dir gut so kurz!«

In der Pause, die auf diese Feststellung folgte, fiel ihr zum ersten Mal die kleine Narbe an seiner Schläfe auf. »Danke«, sagte sie. »Es wächst sicher wieder nach.«

»Es ist immer noch wunderschön.«

Das, was er zum Ausdruck brachte, hatte natürlich wenig mit ihrem Haar zu tun.

»Warst du zu Hause?« fragte Elizabeth nach einem Augenblick, da sie die Spannung einfach nicht mehr ertrug.

»Nein.«

»Wer weiß, wo du bist?«

»Nur einer meiner Brüder, der älteste. Er arbeitet drüben in den Minen, und ich wußte, wann er auf dem Heimweg die Straße herunterkommen würde. Also habe ich mich solange im Gebüsch versteckt.«

»Und wo hast du geschlafen?«

»Nicht weit von der Höhle bei Cleanderry liegt ein halb versunkenes Boot – dort hatte ich es sogar halbwegs bequem.« Die ganze Zeit über standen sie wie zwei sprungbereite Katzen da, bis schießlich seine Stimme erstarb. »Hast du Hunger?« flüsterte Elizabeth.

»Den habe ich immer!« Zum ersten Mal umspielte Daniels Mund ein selbstironisches Lächeln, woraufhin es endgültig um Elizabeth geschehen war.

Ehe sie es sich versah, hatte sie sich auf die Zehenspitzen gestellt und ihn geküßt; doch bevor er reagieren konnte, trat sie eilig einen Schritt zurück. »Hör zu«, sagte sie schnell. »Für irgendwelche Spielchen haben wir keine Zeit.«

»Das Ganze ist kein Spiel.«

»Wir beide wissen, daß es das nicht ist. Oder zumindest ich...«

»Ich weiß es ebenfalls.« Wieder stand er vollkommen reglos da.

»Wir haben es uns ja schon eingestanden. Unsere Beziehung war – ist – in höchstem Maße unpassend und unkonventionell; aber was mich betrifft, so akzeptiere ich es.«

»Elizabeth...« Als er sie in die Arme nehmen wollte, hinderte sie ihn daran.

»Nein! Jetzt nicht! Zuerst müssen wir die Dinge klären, verstehst du? Und bisher hatte ich einfach keinerlei Gelegenheit, über irgend etwas nachzudenken, was nicht unmittelbar meine Familie betrifft.«

»Träume ich, oder ist es wahr?« Dieses Mal war sein Lächeln so breit und glücklich, daß sein Gesicht von innen aufleuchtete. Innerhalb weniger Sekunden verwandelte er sich vom Jungen in einen reifen Mann. Die Luft zwischen ihnen war von einer solchen Spannung erfüllt, daß Elizabeth in dem Gefühl, als pulsierten seine Unterarme unter ihrem Griff, hastig vor ihm zurückwich.

Aber Daniel folgte ihr. Schwach versuchte sie, ihn abermals abzuwehren, doch dieses Mal zog er sie trotzdem an seine Brust. »Mein Engel«, wisperte er auf gälisch. »Mein Engel, endlich darf ich dich halten…«

Seine zärtlichen Worte und der innige Kuß danach raubten Elizabeth die letzte Kraft, so daß sie in die Knie ging. Irgendwo tief in ihrer Erinnerung flackerte mit einem Mal Georges Bild auf. »Was wir tun, gehört sich nicht. Wir müssen vorsichtig sein!« Atemlos riß sie sich schießlich von ihm los.

»Ich weiß…«

»Mein Mann wurde erst heute – ich meine gestern – zu Grabe getragen.« Sie trat einen Schritt zurück, wobei sie über den Ast eines Brombeerbusches stolperte.

»Das ist es ja.« Er folgte ihr und bot ihr helfend seine Hand, aber sie schob sie fort und eilte weiter.

»Wir sind in Schwierigkeiten, wir müssen warten, Daniel…«

»Ja, leider…« Entschlossen streckte er seine Hände nach ihr aus, zog sie in seine Arme zurück und küßte sie, bis ihr Blut dickflüssig wie Honig durch ihre Adern rann.

14

»Wo bist du gewesen?« Kathleens vorwurfsvoller Blick brannte sich Elizabeth regelrecht unter die Haut, als sie leise die Küche betrat.

»Kitty! Du bist schon auf? Es ist noch ziemlich früh.« Elizabeth versuchte, sich ihre Verwirrung nicht anmerken zu lassen. Sicher sah sie erschreckend aus mit den nackten, zerkratzten Füßen, dem zerknitterten Nachthemd voller Brombeerflecken und dem wirren Haar. Schuldbewußt hoffte sie nur, daß der eben erst erfolgte Austausch zärtlicher Küsse nicht von ihren Lippen abzulesen war.

»Wo bist du gewesen?« wiederholte Kathleen böse.

»Ich konnte nicht schlafen«, sagte Elizabeth, wobei ihr selbst diese Lüge nicht gerade überzeugend erschien, »und habe einen Spaziergang gemacht.«

»Abbie hatte Bauchschmerzen! Sie hat nach dir geschrien!« Mit einem verächtlichen Schnauben machte Kathleen auf dem Absatz kehrt und ging, ohne sich noch einmal umzudrehen, ins Schlafzimmer der Kinder zurück.

Obgleich das Baby, soweit Elizabeth sehen konnte, munter und zufrieden in seinem Laufstall saß und mit seinen Holzklötzen beschäftigt war, nahm sie die Kleine hoch. »Komm her, Abbie!«

»Mama!« Abigail lächelte und tätschelte ihrer Mutter das Gesicht.

Elizabeth drückte sie eng an sich, ehe sie die von Kathleen auf dem Herd erwärmte Flasche nahm, die Temperatur prüfte, indem sie ein paar Tropfen auf die Innenseite ihres Handgelenks gab, sich auf einen Stuhl setzte und der Kleinen zu trinken gab. Da Abbie inzwischen ein ziemlicher Brocken war, beruhigte die solide Wärme ihres Körpers Elizabeth so wie immer. »Ja, Abbie, so ist's gut, mein großer, kleiner Schatz«, murmelte sie, während Abigail sie, ohne im Saugen innezuhalten, mit großen Augen musterte. Und allmählich nahmen auch Elizabeths Gedanken einigermaßen konkrete Gestalt an. Sie und Daniel hatten vereinbart, sich am folgenden Abend nach Einbruch der Dunkelheit abermals in jener Hütte zu treffen; bis dahin, so hatte sie ihm versprochen, ginge sie zur Polizei, um zu erkunden, wie die Sache stand. Während sie im Dämmerlicht der Küche saß und Abbies seliges Gesichtchen betrachtete, versuchte sie, sich einzureden, daß die Polizei bei der Schilderung des tatsächlichen Ablaufs erkennen würde, daß sie die Wahrheit sprach.

Und was käme dann? Unweigerlich schlich sich dieser Gedanke ein.

Stand es denn absolut fest, daß das, was sie für Daniel Carrig McCarthy empfand, aufrichtige Liebe war? Und reichte diese Liebe aus, um sich erneut mit ihren Eltern zu überwerfen, die Kinder durcheinanderzubringen und in den Augen sämtlicher Nachbarn als Ehebrecherin dazustehen? Waren sie beide zusammen stark genug, um es allein gegen die ganze Welt aufzunehmen?

Gleich beim ersten Mal auf dem Gipfel des Knockameala verfiel Elizabeth Daniel mit Haut und Haar. Wäre sie nun stark genug, sich zu befehlen, vernünftig zu sein – sich all den angerichteten Schaden zu vergegenwärtigen? In dem Augenblick, indem sie sich diese Frage stellte, wußte Elizabeth bereits die Antwort darauf. Auch die Tatsache, daß ihre Beziehung zu Daniel von Beginn an von Hindernissen und gesellschaftlichen Tabus begleitet gewesen war, vermochten ihre Gefühle nicht ins Wanken zu bringen. Eher könnte sie die Gezeiten in der Bucht von Ballycronvane beeinflussen, als sich seiner körperlichen Anziehungskraft auf Dauer entziehen.

»Warten wir es einfach ab, nicht wahr, Baby?« sagte sie laut an Abbie gewandt, die, nachdem sie die Flasche geleert hatte, von ihrem Schoß rutschte. Sie konnte inzwischen laufen, und zu ihrer eigenen Sicherheit hatte Neeley ihr eine Gehhilfe, ein viereckiges Holzgestell ohne Räder, gezimmert, das ihre Bewegungsfreiheit einschränkte und so breit war, daß sie durch keine Türen und nicht allzu nahe an den heißen Ofen kam. Ähnliche Gestelle hatte er auch für die anderen Kinder gebaut, und sie hatten stets ihren Zweck erfüllt, bis sie infolge übermäßiger Beanspruchung auseinanderfielen und als Brennholz im Kamin landeten. Als Elizabeth das Baby in sein mobiles Gefängnis setzte, empfand sie plötzlich so etwas wie Trauer um ihren toten Mann. Neeley mochte ein Mensch mit zahlreichen

Schwächen und Fehlern gewesen sein, aber auf die ihm eigene Weise hatte er seine Kinder sehr geliebt.

Abigail trottete durch den Raum, wobei sie regelmäßig mit dem schweren Rahmen gegen irgendwelche Möbel stieß. Was für ein Vater – Stiefvater – wäre wohl Daniel? *Vorsicht!* warnte sie sich, man sollte nichts überstürzen...

In der beruhigenden Gewißheit, daß dem Baby nichts zustoßen konnte, ließ Elizabeth die Kleine in der Küche zurück und ging ins Bad. Sie wusch sich und wählte angesichts ihres Vorhabens ihre Garderobe sorgfältiger als gewöhnlich aus. In diesem Sinne kleidete sie sich konservativ; denn schließlich wollte sie nicht, daß man in ihr eine lustige Witwe sah. Corinne, auf die stets Verlaß war, wenn es um Kleidung ging, hatte aus Cork einen ganzen Koffer voller Trauergarderobe mitgebracht. Röcke, Strickjacken und Kleider aus gutem, leichtem Stoff, doch in passend züchtigem Schnitt.

Elizabeth probierte eins der Kleider an. Es war aus Leinen, mit einem diskreten V-Ausschnitt, und saß perfekt. Dazu zog sie ihr einziges Paar Nylonstrümpfe und ihre eleganten Schuhe an, bürstete ihr Haar, bis es glatt über den Ohren hing, und legte sich die Kette mit dem goldenen Kreuz – ein Geschenk ihrer Eltern zu ihrem einundzwanzigsten Geburtstag – um den Hals.

Dann trat sie einen Schritt zurück und schaute kritisch in den Badezimmerspiegel. Sie war zu blaß für dieses Kleid und ihre Augen waren von purpurnen Ringen gerahmt; aber im großen und ganzen, fand sie, wirkte sie durchaus elegant. Zumindest was ihr Äußeres betraf, hatte sie das Möglichste getan. Sie sah auf die Uhr. Nicht mehr lange, und ihr Vater und Ida kämen von den Harringtons. Hoffentlich würde St. John nicht allzu viele Fragen stellen, wenn sie ihn darum bat, sie auf die Wache zu fahren – wie sich herausstellte, tat er es sogar ohne jeden Kommentar.

Der Sergeant empfing sie höflich, als sie zusammen mit ihrem Vater den Besucherraum der Polizeiwache in Eyeries betrat, und zeigte keinerlei Überraschung, als Elizabeth um ein Gespräch unter vier Augen bat.

St. John hatte seine neutrale Anwaltsmiene aufgesetzt. »Laß dir Zeit, Beth«, sagte er. »Ich warte drüben im Pub auf dich.«

Nachdem er gegangen war, verharrte der Polizeibeamte neben der Tür, und Elizabeth hatte das unangenehme Gefühl, daß er sie musterte und daß ihm kein Detail verborgen blieb. »Möchten Sie vielleicht eine Tasse Tee, Mrs. Scollard?« fragte er.

»Nein danke«, gab sie sich betont souverän, um ihre Unsicherheit zu verbergen. Nun, da sie hier war, kam ihr die ganze Sache nicht mehr ganz so einfach vor. Sie sah sich um. Der Raum war mit einem kleinen Holztisch, vier Stühlen sowie einem Aktenschrank bestückt; als einzigen Schmuck gab es einen Wandkalender, der neben den für Polizeiwachen üblichen Warnschildern vor Wildwuchs von Kampfer, Disteln und Kreuzkraut warnte. Auch wenn das Zimmer selbst nicht furchteinflößend war, wurde ihr allein wegen seiner Nüchternheit eng ums Herz.

»Also gut«, meinte der Sergeant. Er schloß die Tür, rückte ihr einen der Stühle zurecht und wartete höflich, bis sie saß. Dann nahm er ihr gegenüber Platz und faltete die Hände auf dem Tisch. »Kommen Sie zurecht, Mrs. Scollard? Ihr Mann hat gestern eine wirklich schöne Beerdigung erhalten.« Sein Ton war von höflichem Ernst, aber Elizabeths Überzeugung, daß er sie genauer beobachtete, als es bei einer trauernden Witwe nötig gewesen wäre, verstärkte sich.

»Ja, das stimmt«, pflichtete sie ihm bei. »Wir sind wirklich dankbar für all die Hilfe, die uns angeboten wird. Es sind lauter sehr nette Nachbarn.«

»Bitte zögern Sie nicht, mir zu sagen, falls ich irgend etwas für Sie tun kann, ja?«

»Vielen Dank.«

»Die Anhörung wird in sechs bis acht Wochen sein. Falls Sie sich diesbezüglich irgendwelche Gedanken machen, erkläre ich Ihnen gerne, wie so etwas vonstatten geht. Eine Anhörung, meine ich ...«

Obgleich seine Miene höfliche Gelassenheit verriet, war Elizabeth verwirrt. »Danke«, sagte sie unsicher. »Aber deshalb bin ich nicht hier. Nun, obwohl, in gewisser Weise vielleicht doch.«

»Ja?«

»In der Tat möchte ich – eh – mit Ihnen über das sprechen, was in jener Nacht vorgefallen ist.«

»Oh?« Der Sergeant sah sie mit einem ermutigenden Lächeln an, aber Elizabeth hörte aus seinem Ton ein wenig Gezwungenheit heraus. »Stört es Sie, wenn ich mir Notizen mache, Mrs. Scollard?« fuhr er fort und zog ein kleines Notizbuch aus der Brusttasche seiner Uniform.

Darauf war sie nicht gefaßt. Die plötzliche Förmlichkeit seines Gebarens erschreckte sie. »Muß das sein?«

»Es ist nur als Erinnerungsstütze gedacht. Das verstehen Sie doch sicherlich, denn wir müssen die Geschehnisse jener Nacht aufklären. Wenn Sie uns also dabei helfen können...« Inzwischen hatte er auch einen Bleistift gezückt.

»Falls Sie es für unbedingt nötig halten...«

Ganz offensichtlich wußte der Mann mehr, als er eingestand; aber für Elizabeth gab es jetzt kein Zurück mehr.

»Ja, Mrs. Scollard?« fielen seine Worte bleischwer in den Raum, während sie sich das Hirn nach dem besten Anfang zermarterte.

»Ich weiß nicht, wo ich beginnen soll.« In dem Versuch, sich zu sammeln, wandte sie sich von ihm ab und starrte auf den Wandkalender. Über den Wochentagen sah man das Bild eines bunten Blumenkorbs. Donnerstag. Heute war Donnerstag. An diese belanglose Tatsache klammerte sie sich.

»Lassen Sie mich Ihnen helfen«, hub der Sergeant an. »Als Ihr Ehemann erschossen wurde, lagen Sie zu Hause im Bett.«

»Ja, das stimmt. Mein Vater war ebenfalls im Haus – wissen Sie, es ging mir nicht gut, ich war an jenem Tag erst aus Cork zurückgekehrt. Und die Nacht davor hatte ich kein Auge zugetan.« Sie hörte, daß sie zu stottern begann. »Ich war todmüde«, wiederholte sie und holte Luft.

»Haben Sie den Schuß gehört?«

»Nein, ich wußte nichts von der ganzen Sache, bis Sie und der Pfarrer bei uns auftauchten. Aber ich glaube, mein Vater hat etwas gehört.« Ob sie wohl kooperativ genug erschien?

»So sagte er…« Während der Polizist etwas in sein Notizbuch kritzelte, nahm Elizabeth all ihren Mut zusammen: »Hören Sie, Sergeant, hiermit möchte ich zu Protokoll geben, daß Daniel McCarthy meinen Mann nicht absichtlich erschoß.«

»Oh?« Der Sergeant hielt im Schreiben inne und sah ihr forschend ins Gesicht. »Meiner Ansicht nach habe ich den Namen Daniel McCarthy bisher noch gar nicht erwähnt…«

»Es gehen viele Gerüchte um.« Elizabeth richtete sich zu ihrer ganzen Größe auf. »Schließlich sprechen die Leute momentan von kaum etwas anderem.«

»Ich verstehe.«

»Es war ein Unfall, Sergeant.«

»Das wissen Sie genau?«

»Daniel Carrig ist ein Bekannter. Niemals würde er einen Menschen absichtlich töten. Und obgleich ich Neeleys Witwe bin, hat Daniel ihn bestimmt nicht ermordet.«

Die Unbewegtheit des Sergeanten brachte sie derart aus der Fassung, daß sie abermals zu stottern begann. »Also gut, es wird wohl einen Streit zwischen ihnen gegeben haben. Und Daniel muß in jener Nacht mit seinem Gewehr oben auf dem Berg gewesen sein – er ist ständig dort, um Kaninchen zu jagen. Aber es war ein Unfall – bitte glauben Sie mir!«

»Sie wissen, was geschehen ist?«

Mit dem Mut der Verzweiflung erwiderte sie seinen durchdringenden Blick. »Ja, ich glaube schon.«

»Bitte verzeihen Sie, Mrs. Scollard, aber Sie waren doch nicht am Tatort.«

»Nein, aber Sie ebensowenig.«

»Würde es Ihnen etwas ausmachen, wenn ich Sie fragen würde, worauf Sie ihre Vermutung begründen?«

»Auf meiner Beobachtung der menschlichen Natur«, flüsterte Elizabeth, ehe sie lauter weitersprach. »Könnte es nicht sein, daß es einfach einen Streit zwischen den beiden gegeben hat, bei dem versehentlich ein Schuß losging?«

»Durchaus möglich«, räumte der Sergeant ein, ehe er abermals in Schweigen verfiel.

»Was wollen Sie damit andeuten?« Elizabeth sprang von ihrem Stuhl.

»Verzeihen Sie, Mrs. Scollard, aber solange der junge Mann verschwunden bleibt, ist das alles reine Spekulation. Allerdings«, auch er erhob sich, »ist er ja vielleicht bereits irgendwo aufgetaucht?«

»Wie bitte?«

»Entschuldigen Sie mich nochmals, aber dürfte ich vielleicht fragen, welches persönliche Interesse Sie an dieser ganzen Sache haben?«

»Man sollte meinen, das wäre klar.« Elizabeth schlug das Herz bis zum Hals.

»Inwiefern?« Er zog fragend die Brauen hoch.

»Ich – ich möchte, daß ihm Gerechtigkeit widerfährt.«

»Wissen Sie, wo er sich derzeit aufhält?«

Angesichts dieser unumwundenen Frage rang sie nach Luft. Sie starrte in seine Augen, die sie unerbittlich musterten. An die Menschlichkeit dieses Mannes zu appellieren hätte keinen Sinn. »Nein«, flüsterte sie.

»Sind Sie sich da sicher? Mrs. Scollard, selbstverständlich stehen Sie immer noch etwas unter Schock, und ich möchte vorsichtig formulieren: ist Ihnen klar, daß Sie verpflichtet sind, uns Bescheid zu geben, falls Sie das Versteck des jungen Mannes kennen? Daß die Situation, wenn Sie uns etwas verschweigen – nun – *unangenehm* für Sie werden kann?«

»Ich weiß nicht, wo er ist«, wiederholte Elizabeth heiser.

Der Sergeant sprach so leise, daß seine Stimme wie das Brummen eines Cellos klang. »Ich möchte Ihnen nicht zu nahe treten, Ma'am, aber es gibt Gerüchte über eine Schlägerei, in die sowohl der junge Mann als auch Ihr Gatte verwickelt war. Auf einer Tanzveranstaltung in Castleclough, und ganz offensichtlich ging es um Sie. Ihr Ehemann war wesentlich älter als Sie, nicht wahr?« Die Bedeutung der Frage lag auf der Hand. »Vielleicht dürfte ich Sie nochmals bitten, Mrs. Scollard, uns behilflich zu sein, indem Sie uns Daniel McCarthys Aufenthaltsort nennen.«

Elizabeth starrte in sein widerwärtiges, glattes Gesicht. Wie unglaublich naiv sie doch gewesen war! In seinen Augen mußte es sich bei der ganzen Sache ja um ein Komplott zwischen Ehefrau und ihrem jungen Geliebten handeln, mit dem Ziel, den lästigen Gatten aus dem Weg zu räumen...

Würde, Würde... Wieder rettete sie dieser Eigenappell. Langsam öffnete sie die Fäuste, die sie vor lauter Anspannung geballt hatte, ließ die offenen Hände sinken und straffte entschieden ihren Rücken. Die Angst wich von ihr. Dies war ein Wettstreit, bei dem es um einen Höchsteinsatz ging – und zwar um Daniel, den sie niemals kampflos aufgäbe. »Inzwischen ist mir klar, daß mein Kommen sinnlos, nein, daß es sogar ein Fehler war. Ich hätte mir denken sollen, daß Sie – da Sie ihn nicht kennen und nicht einmal aus dieser Gegend stammen – annehmen, daß Daniel Carrig meinen Mann ermordet hat. Ich weiß nur definitiv, daß das *nicht* der Fall war.«

Der Sergeant starrte sie weiter wortlos an. Seine Augen, so bemerkte sie, schwammen in einem wäßrigen Blau.

»Nun, dann mache ich mich jetzt wieder auf den Weg,«

Mit einem herablassenden Nicken, als wäre sie die Königin und er der Vertreter einer besonders armseligen Kolonie, drehte sie sich um.

»Danke, daß Sie gekommen sind, Mrs. Scollard!« Er trat vor und öffnete ihr die Tür.

Sie blieb abwartend stehen. »Was ich allerdings bedauere...«

»Nur eins noch!« Er hatte die Tür nur so weit geöffnet, daß sie sich an ihm hätte vorbeischieben müssen, um hindurchzugelangen. »Ich bin sicher, Sie verstehen, wie sehr wir es zu schätzen wüßten, wenn Daniel McCarthy sich aus freien Stücken bei uns meldet.«

»Das zu beeinflussen, steht nicht in meiner Macht, Sergeant. Doch, ich hoffe, Sie verzeihen mir meine Offenheit, selbst wenn ich dazu in der Lage wäre und wüßte, wo Daniel ist, würde ich ihm ganz sicher nicht empfehlen, zur Polizei zu gehen.«

Der Sergeant ignorierte ihren sarkastischen Unterton. »Trotzdem, Mrs. Scollard, langfristig gesehen sollte der junge

Mann das einsehen. Wissen Sie, früher oder später finden wir ihn sowieso.«

»Ach ja?«

»Und Sie selbst haben sicher nicht die Absicht, in nächster Zeit zu verreisen, Mrs. Scollard, oder irre ich mich?«

»Allerdings, Sergeant.« Angesichts der Impertinenz dieses Sturkopfs hatte Elizabeths Nervosität kalter Verärgerung Platz gemacht. »Und zwar bei der frühesten sich bietenden Gelegenheit, spätestens jedoch morgen vormittag. Ich fahre nach Cork, um meinen Sohn dort im Krankenhaus zu besuchen. Meinen Sie, daß das gestattet ist?«

»Gar keine Frage! Wie unsensibel ich doch manchmal bin.« Der Polizist setzte ein entschuldigendes Lächeln auf. »Natürlich fahren Sie nach Cork. Wie lange werden Sie dort bleiben?«

»Das kommt darauf an, wie es um meinen Sohn bestellt ist, Sergeant. Wenn Sie mich jetzt bitte entschuldigen, mein Vater erwartet mich.«

»Wenn Sie es sich noch einmal anders überlegen und uns doch wissen lassen, wo wir ein paar Worte mit dem jungen Mann wechseln können – ich wiederhole hier, es ist nur eine Frage der Zeit…« Der Sergeant machte eine bedeutsame Pause, zog die Tür ein Stückchen weiter auf, trat einen Schritt zurück und ließ Elizabeth vorbei. »Nochmals mein aufrichtiges Beileid, Ma'am! Ich bin sicher, daß man bald wieder voneinander hören wird.«

Zitternd verließ Elizabeth die Polizeiwache und ging eilig zu dem vereinbarten Pub. Vermutlich wirkte ihr Aufzug – das langärmlige, dunkle Kleid – an diesem herrlichen Maimorgen wie eine Tarnung, darum hielt sie verlegen den Kopf gesenkt. Als sie die Kneipe betrat, entdeckte sie ihren Vater vor einem Glas Whiskey an der Bar.

Sobald er sie erblickte, ließ er den Rest stehen und begleitete sie in den Sonnenschein hinaus. Er nahm ihren Arm, führte sie über die Straße zu seinem Wagen, öffnete ihr den Schlag und räusperte sich: »Und, bist du zu einem Ergebnis gekommen?«

Die direkte Frage überrumpelte Elizabeth, denn eigentlich

hatte sie nicht mit Einzelheiten herausrücken wollen. »Ja, Daddy – oder eher nein«, entfuhr es ihr. »Oh, Daddy, ich fürchte, ich habe alles noch viel schlimmer gemacht!«

»Warte, bis ich den Wagen zum Laufen gebracht habe. Dann höre ich dir zu.« St. John scheuchte eine Horde neugieriger Kinder davon, warf den Motor an und schob sich auf den Fahrersitz.

»Bitte, ich möchte dich nicht in die Sache hineinziehen«, sagte Elizabeth, als sich der Wagen langsam in Bewegung setzte. »Es ist und bleibt mein Problem. Schließlich bin ich eine erwachsene Frau.« Trotzdem hätte sie sich liebend gerne einem Menschen anvertraut.

»Wie du meinst, Beth. Erzähl mir nichts, was du für dich behalten willst.«

Geschickt lenkte er den Wagen an mehreren Pferdefuhrwerken und einem Pferch voller junger Kälber vorbei.

»Vielleicht wärst du schockiert.«

»Ich bin ein Leben lang Rechtsanwalt. Mich schockt nichts mehr so leicht.«

In ihren Gedanken versuchte sie, die Geschichte so zu ordnen, daß sie korrekt und in der richtigen Reihenfolge laut wurde. »Das Gespräch mit dem Sergeant ist nicht gut verlaufen, Daddy«, setzte sie schließlich zögernd an.

»Ach nein? Obgleich ich ihn nicht gut kenne, hat er auf mich durchaus tüchtig gewirkt.«

»Das ist er auch«, gestand Elizabeth ihm zu. »Vielleicht sogar zu tüchtig. Da liegt die Schwierigkeit. Ich war diejenige, die ein fürchterliches Durcheinander angerichtet hat.«

Ihr Vater sah sie an, doch dann wandte er sich wieder der schmalen, gewundenen Straße zu, und ein paar Minuten schwiegen sie. »Verdammt!« Am Ende einer langgezogenen S-Kurve trat St. John hart auf das Bremspedal. Vor seinem Wagen tauchten ein Mutterschaf und zwei ausgewachsene Lämmer auf. »Elende Viecher!« wetterte er. »Der Besitzer von diesen Kreaturen gehört vor Gericht gestellt. Ist alles in Ordnung, Beth?«

»Absolut!« Elizabeth saß so tief versunken in ihrem Sitz, daß sie die Gefahr gar nicht mitbekommen hatte.

»Diese Gegend ist einfach fürchterlich!« Langsam fuhr Elizabeths Vater wieder an und abermals verfielen sie in Schweigen, bis St. John in Ballycrovane ein zweites Mal fragte, ob alles in Ordnung sei.

Das Ausmaß an Freundlichkeit und Solidarität, mit dem ihr Vater ihr seit neuestem begegnete, verblüffte und erfreute Elizabeth. Aber inzwischen erschien ihr ihr Bedürfnis, St. John noch mehr anzuvertrauen, falsch. Die Vertrautheit zwischen ihnen war für eine derartige Belastungsprobe einfach noch zu brüchig. »Alles wieder in Ordnung, Daddy, keine Sorge.« Zur Bekräftigung legte sie ihm die Hand auf den Arm.

Den Rest der Fahrt brachte sie sehr nachdenklich hinter sich. Ein Auto war in Béara immer noch eine Seltenheit, und um nicht auf die Blicke und Grüße von allen Seiten reagieren zu müssen, schloß sie die Augen. Erst als der Wagen vor dem Tor des Hofs zum Stehen kam, klappte sie sie wieder auf.

Ehe er den Motor abschaltete, fragte ihr Vater ein letztes Mal: »Ich möchte keineswegs neugierig sein – aber bist du sicher, daß ich dir nicht irgendwie behilflich sein kann, Beth?«

»Vielleicht brauche ich dich noch, Daddy. Aber im Augenblick hab bitte Geduld.« Ehe er aus dem Wagen steigen konnte, hielt sie ihn zurück. »Falls ich keine Gelegenheit mehr dazu bekomme, laß mich dir bitte jetzt sagen, daß ich dir wirklich dankbar bin für all deine Unterstützung.«

Zu ihrem Entsetzen wurde er puterrot. »Ich bin dein Vater, Beth!« Sein Unbehagen war eine große Gefahr für ihr mühsam errungenes Gleichgewicht, so daß sie rasch auf ihrer Seite ausstieg.

»Wenn es dir recht ist, bleibe ich noch ein paar Minuten und hole ein bißchen frische Luft.« Eilig marschierte St. John die Straße hinab.

»In Ordnung, Daddy.« Mit zugeschnürter Kehle sah sie ihm nach. Sein Anzug war zu gut geschnitten, seine Schuhe waren zu blank poliert, seine Tweedmütze saß zu fest auf seinem Kopf für ein Leben in Lahersheen. In diesem Augenblick liebte sie ihn mehr als je zuvor, wobei bereits ein neuerlicher Abschied bevorstand. In gewisser Weise würde er ihr, nach dieser tröstlichen Nähe, mehr als je zuvor fehlen.

Im Haus war alles ruhig. Von den Kindern war einzig Abbie da, die in ihrer Wiege schlummerte. »Wo sind denn alle hin?« fragte Elizabeth Ida und Tilly, als sie in die Küche trat.

»Ich habe sie rüber zu uns nach Haus geschickt.« Tilly hievte sich von ihrem Stuhl und trat an die Anrichte. »Mick fährt sie mit dem Pferdewagen spazieren. Es ist ein so wunderbarer Tag und sie sind alle so traurig; außerdem gibt es hier einfach nichts für sie zu tun. Deswegen hielt ich ein wenig Ablenkung für angebracht. Du hast doch nichts dagegen?«

»Dagegen ...?« Elizabeth zog sich die Schuhe aus. »Ganz im Gegenteil. Ich bin dir von Herzen dankbar.« Es schien, als brächte sie ihre Tage in letzter Zeit ausschließlich mit Danksagen zu, dachte sie erschöpft.

»Auch wenn es die Stimmung nicht ändern wird, Lizzie, solltest du sie am besten ab morgen wieder in die Schule schicken.«

»Das werde ich«, sagte Elizabeth. »Aber im Grunde müssen sie von alleine darauf kommen. Zwingen möchte ich sie nicht.« Sie warf sich auf einen der Stühle am Tisch und griff dankbar nach der Tasse Buttermilch, die Tilly ihr reichte. »Ich hasse es, dich schon wieder um einen Gefallen zu bitten – aber könntest du noch einmal die Kleinen übernehmen, Tilly? Morgen früh fahre ich zusammen mit Daddy und Ida nach Cork zurück. Francey ist inzwischen sicher vollkommen außer sich.«

»Ich bleibe noch«, entschied Ida impulsiv. »Natürlich mußt du nach Cork; aber Tilly kann sicher jemanden brauchen, der mit zulangt und bei mir daheim bin ich entbehrlich.« Ida, deren Ehemann sofort nach der Beerdigung wieder abgefahren war, brachte ihr Leben in relativem Luxus zu. »Ich bleibe so lange, bis du wieder auf die Füße gefunden hast, Beth.«

»Das wäre zuviel...«

»Nein, das ist es nicht«, fiel Ida ihr ins Wort. »Meine Liebe, nimm doch nur einmal in deinem Leben etwas Hilfe an. Wenn schon nicht um deinetwillen, dann wenigstens deinen Töchtern zuliebe.«

Elizabeth starrte die beiden Frauen an, deren Rat sie bisher immer in den Wind geschlagen hatte. Doch keine von ihnen nahm ihr das offenbar übel. Vielmehr unterstützten sie sie auch jetzt noch treu und hilfreich. Und dann war da noch ihre Familie; mit ihrer Eigensucht und ihrem Leichtsinn hatte sie ihnen das Leben sicher schwer gemacht, und trotzdem standen sie ihr bei. Selbst Corinne, der gegenüber sie erst vor kurzem so bösartig gewesen war, drückte auf die ihr eigene Weise echte Anteilnahme aus.

Und wie stand es mit Daniel? Ihre alles verschlingende, gefährliche körperliche Besessenheit war der Grund für seine momentane Notsituation, und trotzdem stand er, statt sich in Vorwürfen gegen sie zu ergehen, weiter treu zu ihr.

Sie brachte den Menschen in ihrer Nähe nichts als Schwierigkeiten ein, dachte sie, von plötzlichen Selbstvorwürfen erfüllt. Deren Zuneigung hätte sie gar nicht verdient. Um ihre Erschütterung zu verbergen, trank sie einen großen Schluck von ihrer Buttermilch. »Hoffentlich wißt ihr beide, was ich für euch empfinde«, stammelte sie schießlich.

»Ach, halt die Klappe, altes Haus!« Tilly verbarg ihre Verlegenheit hinter Schnoddrigkeit. »Wir wissen, der liebe Gott hat dich uns auf den Hals geschickt, weil er uns auf die Probe stellen will.«

»Allerdings!« pflichtete Ida ihr fröhlich bei. »Weshalb sonst sind Tilly und ich wohl auf der Welt, als um dafür zu sorgen, daß es Prinzessin Elizabeth Sullivan wohl ergeht?«

»Ich meine es ernst.«

»Das wissen wir.« Ida sah sie lachend an. »Und wir lieben dich trotzdem, nicht wahr, Tilly?«

Sie versetzte der anderen einen solchen Puff, daß Tilly zu jammern begann. »He! Das tat wirklich weh!«

»Verzeihung«, entgegnete Ida ungerührt und wandte sich dann, die Hände in die Hüften gestemmt, wieder an Elizabeth. »Jatzt trink deine Milch aus und dann machst du am besten noch ein kurzes Schläfchen, ehe die Horde von ihrem Ausflug wieder eintrudelt.«

All der entgangene Schlaf und die durchgestandenen Turbulenzen forderten ihren Tribut, so daß Elizabeth den Rest des Tages traumlos verschlief; nur sehr langsam kam sie wieder zu sich, als Ida das Schlafzimmer betrat und sie behutsam weckte. »Beth! Beth! Jetzt gibt's ein bißchen Suppe!«

»Wie spät ist es?« Elizabeth richtete sich mühsam auf.

»Bereits nach acht.« Ida schüttelte die Kissen. »Ich wollte dich nicht zu lange schlafen lassen, denn dann wärst du ganz allein mitten in der Nacht aufgewacht. Setz dich brav hin und iß deine Suppe, ja?« Elizabeth tat wie ihr geheißen, und die Freundin stellte ihr ein kleines Holztablett auf den Schoß.

»Die Mädchen!« Auf einmal erinnerte sich Elizabeth an alles, was geschehen war, und strebte aus dem Bett.

»Entspann dich.« Ida drückte sie zurück. »Draußen in der Küche läuft der Laden wie geschmiert. Sämtliche Kinder haben ordentlich zu Abend gegessen und Tilly hat Abigail mit zu sich nach Hause genommen, damit du nachher in Ruhe weiterschlafen kannst. Außerdem sitzt dein Vater glücklich und zufrieden vor dem Kamin. Ich habe noch einen Tropfen Alkohol im Schrank gefunden und ihm ein Gläschen serviert. Das ist doch sicherlich in Ordnung?«

»Ich stehe auf, sobald ich mit der Suppe fertig bin, ja?« Elizabeth sah die Freundin dankbar an. »Oh, Ida, ich wüßte nicht, was ich ohne dich hätte anfangen sollen.«

»Hauptsache, es ist alles zu Eurer Zufriedenheit, Hochwohlgeboren!« Ida machte einen Knicks und kehrte lachend in die Küche zurück.

Allein im Raum überfielen Elizabeth heftige Schuldgefühle. Was würde Ida wohl denken, wüßte sie, daß die Freundin, der sie so uneigennützig zur Seite stand, bereits in wenigen Stunden den Flüchtigen träfe, der als Mörder ihres Mannes galt? Ein paar Minuten lang spielte Elizabeth mit dem Gedanken, sich Tilly und Ida anzuvertrauen. Sie beide waren so taktvoll gewesen, nicht zu fragen, was sie am frühen Morgen auf der Polizeiwache wollte. Doch aus ihnen Mitwisserinnen zu machen, hielt sie für unfair. Aber noch während sie die dicke Gemüsebrühe genoß, mußte sie sich eingestehen, daß dies nicht der wahre Grund für ihr fortgesetztes Schweigen war. Sie wollte es den beiden nicht sagen, weil sie wahrscheinlich versuchen würden, sie abzubringen von ihrem wahnsinnigen Tun.

Durch das Fenster des Schlafzimmers konnte sie sehen, daß es noch längst nicht dunkel war. Erst in Stunden käme die Nacht. Sie leerte die Suppenschale endgültig, zog einen Morgenmantel über und ging in die Küche.

Der Abend war so warm, daß die Tür nach draußen offenstand. Das Licht fiel auf St. Johns graumeliertes Haar. Mary und Margaret hockten, zerknüllte Taschentücher in den Händen, auf der Fensterbank und sahen stumm den eifrig zwischen den Pflastersteinen pickenden Hühnern zu. Im Gegensatz zu ihren Gesichtern war Kathleens Miene hart und starr. Sie saß kerzengerade auf einem Küchenstuhl, doch als Elizabeth den Raum betrat, stand sie sofort auf und wandte sich zum Gehen.

Elizabeth blickte in die Spülküche, wo Ida so leise wie möglich das Geschirr vom Abendessen abtrocknete. »Geh nicht, Kitty«, sagte sie und hielt Kathleen am Arm zurück. »Ich möchte mit euch allen sprechen.«

»Worüber?« Das Mädchen weigerte sich, Elizabeth auch nur anzusehen.

»Darüber, wie es in den nächsten Tagen weitergehen soll«, gab Elizabeth möglichst ruhig Auskunft.

»Ich habe Mick Harrington gesagt, daß wir uns noch zusammen einen Pint im Pub genehmigen.« St. John stand auf und reckte sich. »Es wird nicht spät werden, Beth.«

»Bleib, solange du willst, Daddy, und danke, daß ich den ganzen Nachmittag schlafen durfte.«

»Falls du schon im Bett bist nachher: Wenn es dir recht ist, fahren wir morgen früh gleich nach dem Aufstehen.«

»Gerne.«

Kathleen blieb beharrlich in der Ecke, als St. John seine Mütze vom Haken nahm und hinausging; schließlich setzte sie sich als letzte an den Tisch. Elizabeth wartete, bis sie die Aufmerksamkeit aller besaß, ehe sie mit einer Nüchternheit, die sie keineswegs empfand, verkündete: »Hört zu, Mädchen, wie ihr wißt, fahre ich morgen wieder nach Cork, um Francey zu besuchen.«

»Morgen ist sein Geburtstag«, warf Margaret ein.

In der allgemeinen Aufregung hatte Elizabeth vollkommen vergessen, daß Francey morgen sechs wurde. »Daran habe ich natürlich auch gedacht«, log sie schnell. »Und natürlich ist das einer der Gründe, weshalb ich zu ihm muß. Ich kann ihn ja wohl kaum an seinem Geburtstag alleine im Krankenhaus liegenlassen, was meint ihr? Nun, ihr wißt, dies ist für uns alle eine schwere Zeit ...«

»Würdest du mich vielleicht entschuldigen?« Kathleen schob ihren Stuhl zurück.

»Ich möchte mit euch allen reden.« Elizabeth hatte das Gefühl, wenn sie Kathleen jetzt verlöre, dränge sie nie wieder zu ihr durch. Der Kontakt zu Neeleys zweitältester Tochter war nie so eng gewesen wie zu den anderen; aber sie wollte nicht sang- und klanglos aufgeben. »Bitte setz dich wieder hin, Kitty.«

»Ich möchte *nicht,* daß irgend jemand mich noch Kitty nennt«, rief das Mädchen schrill aus. »Mein Name ist *Kathleen.* Ich bin beinahe fünfzehn Jahre alt und mein Name ist Kathleen. Habt ihr das alle kapiert?« Sie starrte die anderen böse an, ehe sie entschlossenen Schrittes die Küche verließ.

Mary erhob sich, um ihr nachzugehen, aber Elizabeth hielt sie zurück. »Laß sie gehen. Sie kommt schon wieder.«

»Daddy hat sie immer Kitty genannt. Das wird es sein«, bemerkte Margaret.

»Da hast du sicher recht«, pflichtete Elizabeth ihr bei. In gewisser Hinsicht war es sogar eine Erleichterung, mit den anderen beiden zu sprechen, ohne Kathleens ständige Ablehnung. Mary und Margaret saßen still da, während sie ihnen erklärte, was sie während ihrer Abwesenheit zu beachten hatten.

Noch während sie darum bat, daß zum Beispiel die Schulkinder stets rechtzeitig losgeschickt wurden, warf Margaret die Frage auf, die sie alle wahrscheinlich seit Tagen am meisten beschäftigte: »Was soll aus uns werden? Meinst du, daß du den Hof verkaufen mußt?«

»Ich weiß es nicht«, erwiderte Elizabeth wahrheitsgemäß. »Zwar hat euer Vater ein Testament hinterlassen, demzufolge der Hof jetzt mir gehört, aber ob wir es schaffen, ihn allein zu bewirtschaften, wird sich herausstellen. Also ist die ehrliche Antwort, daß alles noch in den Sternen steht. Aber in Castletown gibt es einen Anwalt«, fügte sie tröstend hinzu, »der all die Dinge für uns regeln kann; außerdem ist Grandad Sullivan ebenfalls Rechtsanwalt, und was den Besitz angeht, wird auch er schauen, wie er uns helfen kann.«

»Wirst du wieder heiraten?«

»Halt die Klappe!« Zu spät kniff Mary ihre Schwester in den Arm. Die Frage kam vollkommen überraschend für Elizabeth.

»Was meinst du damit, Maggie?« brachte sie mühsam hervor.

»Wir haben Gerüchte gehört«, erklärte Margaret unverblümt.

»Hör nicht auf sie, Mammy! unterbrach Mary eilends. »Es ist bloß Unsinn. Du kennst sie – hat den ganzen Tag nichts anderes im Sinn, als am Hoftor zu stehen und blödsinnig zu tuscheln.«

»Und?« drängte Margaret, wobei sie Elizabeth nicht für eine Sekunde aus den Augen ließ.

Elizabeths Selbsterhaltungstrieb gewann die Oberhand und machte sie hellwach. »Natürlich nicht!« rief sie mit gespielter Empörung aus. »*Natürlich* nicht.«

»Tja, warum erzählen die Leute dann so etwas?«

»Sie erzählen überhaupt nichts, Mammy.« Abermals mischte sich Mary verzweifelt ein. »Noch ein Wort, Maggie Scollard«, fuhr sie ihre Schwester an, »und du kriegst eine Ohrfeige!«

»Schon gut, Mary«, beschwichtigte Elizabeth. »Laß sie nur. Vielleicht ist es sogar besser, wenn ich weiß, was so über mich im Umlauf ist.«

»Ich mag mir das einfach nicht mehr mit anhören.« Jetzt schob Mary ihren Stuhl zurück und eilte aus dem Raum.

Elizabeth horchte, ob Ida noch mit dem Geschirr beschäftigt

war. Dann stützte sie ihr Kinn in die Hände und sah Margaret an. »Also, Maggie«, begann sie. »Jetzt sag mir bitte, was man sich erzählt.«

Selbst sehr direkt, kam Margaret schwer damit zurecht, wenn man ihr in derselben Weise begegnete. »Nichts weiter«, murmelte sie beschämt. »Und sowieso glaube ich davon kein Wort.«

»Wovon glaubst du kein Wort?«

»Mammy, ich habe es nur ein einziges Mal gehört. Außerdem ist es nur ein dummes Sprichwort, mehr nicht...«

»*Was?*« Allmählich war Elizabeth am Ende ihrer Geduld.

»Heirate ein Ding, ehe es flügge ist, und es fliegt dir eines Tages davon.«

Margaret murmelte die Worte so leise, daß Elizabeth sie kaum verstand. Sie kannte den Spruch. »Ich verstehe«, sagte sie. Sie verspürte nicht den geringsten Wunsch, das Gespräch in dieser Richtung auszudehnen. »Ich bin froh, daß du das auch nur für dummes Gerede hältst, Maggie.«

»Kitty hat es mir gesagt.« Maggie wurde puterrot. »Sie hat gehört, was man sich überall erzählt. Du sollst eine Frau sein mit lockerer Moral.«

Beinahe hätte Elizabeth über die Wortwahl gelächelt, aber dafür war die Situation leider zu ernst. »Glaubst du, daß ich das bin, Maggie?« fragte sie leise. »Weißt du, was das ist?«

»So ungefähr. Sie hat gesagt, daß man eine Frau so nennt, wenn sie ein Baby bekommt, ohne verheiratet zu sein. Oder wenn sie verheiratet ist und trotzdem noch einen Freund hat.« Plötzlich kam Margaret so richtig in Fahrt. »Und dann hat sie gesagt, daß auf einer schmutzigen Tür selbst noch ein Blechklopfer glänzt. Kitty meinte, das wäre der Grund gewesen, weshalb Daddy dir die – dir die Haare...« Mit einem Mal brachte sie kein Wort mehr heraus.

Ihre Bestürzung kam so plötzlich und unerwartet für Elizabeth, daß sie zu ihrer Stieftochter rannte, sich neben sie setzte und sie in die Arme nahm. »Oh, Maggie, liebste Maggie. Bitte, bitte weine nicht.«

»Ich kann nichts dafür.« Maggie schluchzte sich an Elizabeths Schulter aus. »Was soll ich denn machen? Sag mir, was ich soll…«

»Nichts, mein Schatz, gar nichts. Wir müssen diese Sache gemeinsam durchstehen. Wein dich ruhig erst einmal richtig aus, armes Ding!« Vor lauter Mitleid hätte sie beinahe ebenfalls geweint, doch sie riß sich zusammen und wiegte das Mädchen wie ein kleines Kind.

Nach einem Augenblick, während Margaret sich langsam beruhigte, bemerkte Elizabeth, daß sie nicht mehr allein mit ihrer Stieftochter in der Küche war. Ida stand betreten ein paar Meter von ihnen entfernt am Herd. »Ist alles in Ordnung mit ihr?« Das Gesicht der Freundin drückte echte Sorge aus.

»Gleich wird es ihr wieder bessergehen. Sie hat diesen Ausbruch einfach gebraucht. Wir alle brauchen Zeit.«

»Ja«, sagte Ida nachdenklich, und Elizabeths Herz machte einen schuldbewußten Satz. Sollte dies eine Warnung sein? Waren die bösen Gerüchte auch zu Ida gedrungen?

Sie konzentrierte sich wieder auf Margaret, deren Schluchzen endlich vollkommen verklang. »Warum gehst du nicht und legst dich auf mein Bett, Maggie?« Nochmals nahm sie das Mädchen in den Arm. »In meinem Schlafzimmer ist es wunderbar still.«

»In Ordnung.« Margaret stand auf, trottete traurig hinüber ins Schlafzimmer und zog die Tür hinter sich zu.

»Dort drüben bin ich fertig.« Ida wies in Richtung der Spülküche. »Aber möchtest du vielleicht, daß ich dir noch ein wenig Gesellschaft leiste?«

»Nein, es geht schon.« Alle meinten es gut mit ihr, aber Elizabeth sehnte sich danach, endlich einmal allein zu sein. Bis zum Einbruch der Dunkelheit war es noch eine Ewigkeit, aber sie fühlte sich in einem engmaschigen Netz aus beobachtenden Augen gefangen und bekam kaum noch Luft. »Ich kann dir gar nicht sagen, wie sehr wir alle zu schätzen wissen, was ihr für uns tut«, sagte sie, wandte sich ab und wischte nicht existente Krümel von der Tischdecke in ihre Hand. »Und dank deiner Hilfe ist sogar wieder Ordnung eingekehrt. Aber um ehrlich zu sein, bin ich immer noch vollkommen k.o. Wahrscheinlich gehe ich doch gleich wieder ins Bett. Wie du weißt, muß ich morgen früh raus.« Gesenkten Hauptes fuhr sie mit ihrem überflüssigen Säubern des Tisches fort, denn sie wagte nicht, Ida ins Gesicht zu sehen. »Geh ruhig rüber zu den Harringtons, Ida. Ich schicke Daddy nach, wenn er aus dem Pub zurück ist.« Mit dem Versprechen, am nächsten Morgen rechtzeitig da zu sein, um die Kinder für die Schule fertigzumachen, umarmte Ida Elizabeth kurz und brach auf.

Irgendwie stand Elizabeth die nächsten anderthalb Stunden bis zur Rückkehr ihres Vaters durch. Als sie das Badezimmer hatten anbauen lassen, hatten sie es unmittelbar neben dem Schlafzimmer der Kinder angelegt; daher hörte sie hin und wieder eins von ihnen auf die Toilette gehen. Aber nach einer Weile herrschte endgültig Ruhe und sie nahm an, daß alles schlief. Sie beschäftigte sich, indem sie das Porzellan auf der Anrichte ordnete, und als es dort nichts mehr zu tun gab, schrubbte sie den Küchentisch, bis ihre Hände rauh waren. In dem Gedanken daran, wie sie sich für Daniel anfühlen würden, cremte sie sie gründlich ein. Immer wieder blickte sie durch die offene Tür, doch immer noch erstrahlte die Welt in erbarmungsloser Helligkeit.

Als sie gegen Viertel vor elf Kleider bügelte, die vor lauter Stärke bereits raschelten, traf endlich ihr Vater aus dem Pub wieder ein; nachdem dann auch er zu den Harringtons hinüberstapfte, stand sie in der Mitte der blitzsauberen Küche und atmete auf.

Etwas weniger angespannt blickte sie durch die Tür des Kinderzimmers.

»Hallo, Mammy«, flüsterte Goretti und hob ihren Kopf.

Elizabeth legte einen Finger an ihre Lippen. »Hallo, mein Schatz«, wisperte auch sie. »Ist alles in Ordnung mit dir?«

»Ja. Aber ich kann nicht schlafen.«

»Mach einfach fest die Augen zu, und dann wird es ganz schnell morgen. Hast du deine Gebete aufgesagt?«

»Ja.« Die Kleine nickte ernst. »Wann kommt Daddy aus dem Himmel zurück?«

»Darüber sprechen wir morgen früh. Und jetzt sei ein braves Mädchen und mach die Augen zu.« Elizabeth wußte, wahrscheinlich sollte sie Goretti aus dem Bett nehmen und mit ihr sprechen – aber endlich brach draußen die Dunkelheit herein.

Sie blickte zu dem Bett, in dem Kathleen leise schnaufend neben Mary lag.

Vorsicht war geboten und furchtbare Eile… »Gute Nacht, Goretti«, flüsterte sie. »Schlaf schnell und fest.«

»…und laß dich nicht von Flöhen beißen!« erwiderte das Kind und klappte lächelnd die Augen zu.

Elizabeth ging zur Küchentür und blickte in den Hof hinaus. Daß sie eines Tages die magische Helligkeit von Sommernächten in Béara verfluchen würde, hätte sie niemals gedacht. Das Dämmerlicht im Inneren des Hauses hatte sie getäuscht. Obgleich bereits elf Uhr vorüber war, konnte man draußen noch alles deutlich erkennen.

Doch sie hielt es einfach nicht mehr aus, so daß sie über den Hof in Richtung des oberen Feldes sprintete. Als sie in Sichtweite der alten Hütte kam, vermeinte sie, eine winzige Bewegung wahrzunehmen, und zwang sich, ihr Tempo zu drosseln. Für den Fall, daß jemand anderes als Daniel in der Hütte war, würde ihre Atemlosigkeit sicher seltsam wirken. Als jedoch Daniels unverkennbare Gestalt aus dem Schatten der Ruine trat, rannte sie wieder los.

Beim Näherkommen bemerkte sie, daß er mittlerweile wohl Rasierapparat und einen Kamm aufgetrieben hatte. Seine Wangen waren glatt und sein Haar halbwegs ordentlich frisiert.

»Daniel!« Nach einem atemlosen Kuß zog sie ihn hinter sich in das Gemäuer. »Wir müssen vorsichtig sein«, keuchte sie. »Der Sergeant sucht dich überall.«

»Was ist passiert?«

Möglichst präzise schilderte Elizabeth, was am Vormittag zwischen ihr und dem Polizisten abgelaufen war. Daniel hörte schweigend zu. Das Weiß seiner Augen schimmerte im vom Blattwerk grünlichen Dämmer. Am Ende sank er spürbar in sich zusammen, als hätte man ihm den letzten Rest seiner Energie mit einer Spritze abgesaugt. »Dann bleibt mir wohl nichts anderes übrig, als mich zu stellen«, murmelte er.

»Es tut mir so leid, Daniel – und alles meinetwegen!« Elizabeth wandte sich von ihm ab, ehe sie zornig eine Efeuranke von der Wand riß und die Blätter zwischen ihren Fingern zu zermalmen begann.

»Du hast dein Möglichstes getan.«

»Ich meine nicht nur heute morgen, sondern die ganze Tragödie. Niemals hätte ich...« Vor lauter Frustration brachte sie kaum noch einen zusammenhängenden Satz heraus.

»Was hättest du nicht?« Wieder einmal benahm er sich, als wäre er der Ältere.

»Niemals hätte ich meine Beherrschung aufgeben dürfen.« Sie warf die traurigen Überreste der Efeublätter über die Schulter, »... und meine Vernunft!«

»Tut es dir leid, daß du mir damals auf dem Knockameala begegnet bist?« Knietief im Ginster und im schneidenden Gras stand er da wie eine dunkle Statue.

»Natürlich nicht!« Am liebsten hätte sich Elizabeth in seine Arme geworfen, aber sie zwang sich zur Zurückhaltung, ging statt dessen ungeachtet der zahllosen Brennesseln in die Hocke und warf die Hände vors Geschicht.

»Elizabeth, bitte nicht!« Sofort war er neben ihr, zog ihre Hände beiseite und küßte sie.

»Daniel, du mußt dich retten. Ich besorge dir Geld von meinem Vater. Geh fort von hier.« Sie erwiderte seinen Händedruck. »Daddy hat gesagt, daß er mir helfen will...«

»Du hast ihm von mir erzählt?«

»Noch nicht, aber er wird dir helfen, das weiß ich! Er hat einflußreiche Freunde. Daniel, du könntest in die Vereinigten Staaten fliehen.« Elizabeth sprang wieder auf ihre Füße. »Ja, das ist es, Amerika!«Aufgeregt stapfte sie zwischen den Balken herum. »Und zwar nicht nach Montana, weil jeder hier irgend jemanden in Montana kennt. Ich denke, daß New York oder Boston – oder vielleicht sogar Chicago – günstiger ist.«

»Vor so einer Sache läuft man nicht einfach davon.« Angesichts der Entschiedenheit, mit der er sprach, blieb sie abrupt stehen und sah ihn an. Er stand nicht weit von ihr entfernt und hatte die Hände in die Hüften gestemmt. Sie rannte zu ihm und schlang die Arme um seinen starren Leib. »Du mußt, Daniel – sie werden dich einsperren. Vielleicht *hängen* sie dich sogar!«

»Sie werden mich nicht hängen. Ich bin unschuldig, Elizabeth, und brauche nicht unterzutauchen«, sagte er entschieden. »Einmal bin ich davongelaufen – und sieh, was dabei herausgekommen ist! Außerdem nähme ich bestimmt kein Geld von dir.«

»Geld ist doch nichts weiter als ein paar Fetzen Papier und ein paar Stücke billigen Metalls. Du könntest in Amerika eine Menge verdienen, und dann zahlst du es uns eben einfach irgendwann zurück.«

»Nein!«

Egal, wie sehr sie auch während der folgenden Minuten versuchte, ihn von der Notwendigkeit einer Flucht zu überzeugen, blieb er starrsinnig, und nach einer Weile sah sie ein, daß ihr Bemühen sinnlos war. Also gab sie auf, und ihr Kopf sank an seine Brust. Er schlang seine Arme um ihre Taille und legte seine Wange auf ihr Haar. »Wie hast du es geschafft, dich zu rasieren?« fragte sie nach einem Augenblick.

»Mein Bruder«, lautete die kurze Antwort.

»Würde er dir helfen?«

»Er würde, wenn er könnte, aber da ist wohl nicht viel zu machen, was meinst du?«

Elizabeth wurde seines regelmäßigen Herzschlags unter ihrem Ohr gewahr, und die Vorstellung, daß dieses Herz per richterlichen Erlaß zum Stillstand gebracht werde, daß der Körper dieses Jungen am Ende eines Seiles baumeln würde, versetzte sie in absolute Panik.

Als hätte er ihre Gedanken gelesen, wurde seine Haltung plötzlich schlaff. »Ich bin hundemüde«, sagte er.

Von Gewissensbissen erfüllt, weil sie ihn derart bedrängte, klammerte sie sich mit der Kraft der Verzweiflung an ihn.

»Mein armer Liebster«, flüsterte sie. »Hör zu, bei mir zu Hause schlafen sie. Komm einfach mit und iß etwas.«

»Das ist unmöglich!« Er zog sich von ihr zurück. »Ich verwickle bestimmt nicht noch deine ganze Familie in meine Lage.«

»Als ob das nicht bereits der Fall wäre! Nun komm schon, ich befehle es!« Da es wieder etwas zu tun gab, fühlte sie sich etwas besser als vorher. »Ich erkunde mal die Lage«, sagte sie.

Sie trat vorsichtig aus der Hütte, um sicherzugehen, daß niemand in der Nähe war. Irgendwo zu ihrer Linken wurde ein leises Zischen laut und aus dem Augenwinkel sah sie etwas flattern. »Oh!« schrie sie erschrocken auf, als ähnlich einem Gesicht eine Eule mit lautlosem Flügelschlag über den Ziegelhaufen, der einst das Dach gewesen war, und über dem offenen Feld verschwand. Nach ein paar Sekunden wurde der Vogel so vollkommen von der Dunkelheit verschluckt, daß Elizabeth meinte, sie hätte vielleicht nur eine Erscheinung gehabt. »Hast du das gesehen?« Das Herz klopfte ihr bis zum Hals.

»... war nur eine Eule! Obwohl es hier in der Gegend nicht viele von ihnen gibt.«

»Denkst du, daß das ein Omen ist?«

»Ich bin nicht abergläubisch. Es war nichts als ein harmloses Federtier.«

Trotzdem erfaßte Elizabeth aufgrund des plötzlichen Auftauchens dieses nächtlichen Geschöpfs eine böse Vorahnung. Zitternd sah sie sich auf der offenen Weide nach möglichen weiteren Bewegungen um und nahm Daniels Hand erst, als sie sicher war, daß ihre einzige Gesellschaft aus ein paar Kühen und Rindern bestand. »Komm«, flüsterte sie. »Beeil dich, ja?«

Schnellen Schrittes überquerten sie das Gras; aber in der Nähe der Hecke, hinter der das Haus verborgen lag, blieb Daniel stehen und zog Elizabeth abermals an seine Brust. »Vielleicht bekommen wir für lange Zeit keine Gelegenheit mehr dazu.«

Elizabeth fand die Kraft, den Gedanken zu verdrängen, daß sie ihn unter Umständen niemals mehr wiedersah. »Morgen fahre ich nach Cork, um Francey zu besuchen«, flüsterte sie.

»Und ich gehe gleich in der Früh zur Polizei«, sagte er mit lauter, entschlossener Stimme und senkte seinen Mund auf ihre Lippen.

»Das freut mich zu hören!« Hinter der Hecke traten der Sergeant und ein junger Polizist hervor.

15

Während der nächsten zehn Tage gab es immer wieder Augenblicke, in denen Elizabeth dachte, es schlüge endgültig alles über ihr zusammen. Francey nur zweimal am Tag besuchen zu dürfen, war bereits schlimm genug – die Schreie des Kindes, wenn sie allabendlich das Krankenhaus verließ, brachen ihr das Herz –, aber noch unerträglicher war die schreckliche Ungewißheit über Daniels Schicksal.

Ehe sie ein paar Stunden nach seiner Verhaftung mit ihrem Vater nach Cork gefahren war, suchte sie die Harringtons auf. Ida war noch nicht wach gewesen, aber Tilly hatte ihr, Abigail in den Armen, geöffnet.

»Elizabeth!« hatte sie überrascht gerufen. »Wie kommst du denn hierher!«

»Es ist etwas passiert, Tilly.« Eilig hatte Elizabeth Abbie genommen und an ihre Brust gedrückt. »Etwas so Schreckliches, daß ich keine Zeit habe, lange um den Brei zu reden. Ich muß dich bitten, mir eine wahre Freundin zu sein und etwas für mich zu tun, was du nicht billigen wirst. Sag einfach ja oder nein, Tilly – aber wenn du nein sagst, weiß ich nicht mehr weiter. Du bist meine letzte Hoffnung.«

Tilly hatte aufmerksam und ohne zu unterbrechen zugehört, als Elizabeth ihr die letzten Ereignisse unterbreitete. »Glaubst du, daß ich die Wahrheit sage? Glaubst du, daß Daniel die Wahrheit sagt?«

»Ja.«

Tillys eindeutige Antwort war eine solche Erleichterung für

Elizabeth, daß sie das Baby auf den Boden setzte und der Freundin um den Hals fiel. »Dafür werde ich dir ewig dankbar sein.«

»Was soll ich für dich tun?«

»Bitte, gehe möglichst oft zum Postamt in Ardgroom oder Eyeries, ruf mich an und laß mich wissen, was passiert.«

»Dann wüßte sofort der ganze Bezirk Bescheid.«

»Der Bezirk kümmert mich längst nicht mehr.«

Tilly hatte gezögert und Elizabeth erkannte die Unmöglichkeit ihres Vorschlags. Beim besten Willen konnte Tilly ihr nicht in dieser Form helfen. Sie mußte an sich denken, an ihren Mann und die Menschen, denen sie außer Elizabeth verbunden war. Durch ihre stumme Ablehnung hatte Tilly ihr deutlich gemacht, auf welch einsamem Posten sie inzwischen stand. Sie war eine Zugezogene – Neeley Scollard hingegen, dessen Familie seit Generationen in Béara zu Hause war, ein Einheimischer.

»Schon gut!« Abermals umarmte sie die Freundin. »Tut mir leid, Tilly. Ich finde einen anderen Weg. Es war sehr rücksichtslos von mir, dich darum zu bitten. Bitte sei mir nicht böse deshalb. Ich habe nicht genug nachgedacht.« Sie hielt Tilly auf Armeslänge von sich und schaute sie dankbar an. »Aber wenigstens fahre ich in der Gewißheit ab, daß du uns glaubst.«

»Das tue ich. Und, Lizzie, ich finde schon eine Möglichkeit, dich anzurufen, falls mir irgend etwas zu Ohren kommt. Versprochen. Es ist alles so furchtbar traurig.«

»Natürlich wirst du es versuchen«, hatte Elizabeth eilig bestätigt. »Außerdem habe ich es mir wirklich nicht richtig überlegt. Schließlich werde ich ihm näher sein als du. Ganz sicher wird er nach Limerick oder sogar nach Dublin gebracht.« Das Wort Gefängnis auszusprechen brachte sie nicht über sich.

Wieder nahm sie Abigail hoch und herzte sie innig. »Gib Mammy einen Kuß, meine Süße«, und nachdem Abbie der Bitte nachgekommen war, verabschiedete sie sich von Tilly. »Und verzeih mir, daß ich mit diesem Ansinnen an dich herangetreten bin.«

»Schwamm drüber!«

An der Tür hatte sie sich noch einmal umgedreht. »Irgendwann mache ich das alles wieder gut, Tilly. Eines Tages werde ich in der Lage sein, dir zurückzuzahlen, was du für mich leistest.«

»Raus mit dir!« Tillys rundliches Gesicht hatte sich rötlich verfärbt.

Während der folgenden Woche bekam Elizabeth immer noch bruchstückweise mit, was geschah. An ihrem zweiten Tag in Cork hatte es Tilly – die liebe Tilly – tatsächlich geschafft, sich des privaten Telephons des Arztes in Castletownbere zu bemächtigen, Elizabeth zu versichern, daß innerhalb der Familie alles unter Kontrolle war und daß Ida sich mehr als tapfer schlug. Des weiteren sei Daniel am Abend nach seiner Verhaftung in einer Sondersitzung vor den Friedensrichter in Eyeries gekommen und des Mordes angeklagt worden. Anschließend habe man ihn ins Gefängnis nach Limerick gebracht, und eine Woche später gäbe es vor dem Bezirksgericht in Bantry eine erneute Haftüberprüfung. Niemand schien zu wissen, wann oder wo die Sache zur Verhandlung kam.

Daniels Familie, fügte Tilly hinzu, ginge es furchtbar schlecht, und auf der gesamten Halbinsel sprach man von nichts anderem.

»Was sagen die Leute denn?« Nur mit Mühe raffte sich Elizabeth zu dieser Frage auf.

»Mach dir darüber keine Gedanken, Mädel!« brüllte Tilly über das enorme Knistern in der Leitung hinweg. »Du hast jede Menge Freunde hier. Mick und ich erzählen überall, daß wir von Daniels Unschuld überzeugt sind.«

»Was bedeutet, daß alle anderen ihn für schuldig halten.« In Elizabeths Kehle bildete sich ein Klumpen.

»Wir jedenfalls wissen Bescheid, Lizzie. Verlier nicht den Mut, am Ende kommt ganz sicher die Wahrheit ans Licht.«

Aufgrund seiner guten Kontakte hatte Elizabeths Vater weitere Einzelheiten in Erfahrung gebracht. Offensichtlich war inzwischen der halbe Bezirk befragt und genügend Beweise gesammelt worden, so daß sich der Fall innerhalb eines Monats vor den Staatsanwalt bringen ließe. Bis dahin würde Daniel McCarthy allwöchentlich dem Untersuchungsrichter vorgeführt.

»Sicher wollen Sie auch von dir eine Aussage, Beth«, informierte ihr Vater sie, ohne ihr dabei ins Gesicht zu sehen. »Sobald du meinst, daß du es schaffst, fahre ich dich gerne zur Polizei.«

Um ein Haar hätte Elizabeth verraten, wie es um sie und Daniel stand. »Ich kann nicht.« Hilflos zuckte sie die Schultern. »Zumindest jetzt noch nicht.«

»Tja, wann immer du in der Lage bist...« Sie saßen zusammen am Küchentisch. St. John Sullivan hatte es sich angewöhnt, mittags zum Essen zu Hause zu sein, und aus der Spülküche drangen die tröstlichen Geräusche klappernden Geschirrs herein. Irgendwo im Haus erklang leises Klimpern; Corinne spielte seit kurzer Zeit wieder Klavier. Die Atmosphäre war gemütlich und heimelig, und die Ereignisse in Lahersheen erschienen Elizabeth beinahe wie ein vergangener Alptraum. »Bist du sicher, daß du mir nichts sagen willst, Beth? Wie zum Beispiel an dem Tag nach deinem Besuch auf der Polizeistation?« St. John rückte Gabel und Löffel auf seinem Dessertteller zurecht.

Elizabeth vertraute ihm inzwischen so sehr, daß sie sich geradezu danach sehnte, ihm endlich alles zu beichten. Trotzdem wußte sie, daß ihr disziplinierter Vater und die rätselhafte Corinne niemals ihre Besessenheit von Daniel Carrig verstehen oder akzeptieren könnten. Sicher wäre diese abermalige Entgleisung ihrer Tochter zuviel für sie. »Nein, Daddy«, wehrte sie ab. »Eigentlich nicht.«

»Es sind deine Angelegenheiten.« St. John warf einen Blick auf seine Uhr und machte sich fertig. »Wenn du mich brauchst, weißt du, wo du mich findest.«

»Danke.«

Die Tage vergingen, ohne daß Elizabeth etwas davon mitbekam. Einzige Fixpunkte waren die schwierigen Besuche im Krankenhaus. Auch wenn ihre Mutter mit ihren milden Hinweisen, daß sie doch ihre alten Freundinnen einmal besuchen könnte, auf taube Ohren stieß, ging sie, da sie die erdrückende Atmosphäre – und vor allem die besorgten Blicke der treuen Maeve – einfach nicht mehr ertrug, Stunde um Stunde spazieren, bis sie abends mit wunden Füßen nach Hause kam. Sogar einen Friseurtermin vereinbarte sie auf Corinnes Betreiben, interessierte sich jedoch nicht im geringsten für das Resultat.

Wie zum Hohn auf ihren Gemützustand blieb das Juniwetter wunderbar. Elizabeth wurde von der Vorstellung gequält, daß all das Licht und der Sonnenschein dem naturliebenden Daniel in seiner düsteren Zelle vorenthalten blieb.

Am achten Tag rief ihr Vater aus seinem Büro an, um ihr zu erklären, daß Daniels erster Antrag auf Haftentlassung vom Gericht in Bantry innerhalb von zwei Minuten abgeschmettert worden war. Noch lange nachdem er aufgelegt hatte, starrte Elizabeth den schweren, schwarzen Hörer an. Gerade kam sie von ihrem Besuch im Krankenhaus zurück, und der zweite wäre erst nach dem Abendessen erlaubt. Sie legte den Hörer auf, schnappte sich ihre Handtasche, eilte, ohne sich die Mühe zu machen, einen Mantel anzuziehen oder einen Hut aufzusetzen, aus der Tür und nahm den ersten vorbeifahrenden Bus in die Patrick Street. Doch was nun? Sie blickte hinüber zum Savoy-Kino, in dem ein Film mit Judy Garland und Gene Kelly lief. Elizabeth hatte seit Jahren keinen Film mehr angeschaut; aber ihre Mutter kannte und liebte das Musical – zumindest brächte sie auf diese Weise ein bis zwei Stunden herum. Also überquerte sie die Straße und steuerte die Kinokasse an.

Weniger als vierzig Minuten später trat sie tief erschüttert aus dem Saal in den warmen Sonnenschein hinaus. Sie hatte nicht einmal den Anfang des Films mitgekriegt. Die vorgeschaltete Wochenschau führte ihr zum ersten Mal seit Jahren die schreckliche Wirklichkeit der Geschehnisse in West- und Osteuropa vor Augen, wo dem schrecklichen Bericht, den sie soeben gesehen hatte, zufolge eine Gruppe von siebenundvierzig Gefangenen bei einem Fluchtversuch aus einem deutschen Lager erschossen worden war. Außerdem hatte es geheißen, daß die Sowjetarmee Sewastopol zurückerobert und die Alliierten in einer italienischen Stadt namens Monte Cassino einen beachtlichen Sieg errungen hatten. Inzwischen marschierten sie auf Rom zu. Die körnigen Bilder und der knappe, emotionslose

Ton des englischen Kommentators zerstörten den romantischen Klang dieser Ortsnamen ein für allemal.

Obgleich man im allgemeinen in Béara begierig Zeitung las, hatte Elizabeth stets so viel zu tun gehabt und war mit den Alltagssorgen so zugedeckt, daß sie kaum je einen Blick in eins der Blätter geworfen hatte. Auf diese Weise schaffte sie es, den Krieg bislang lediglich als Unbequemlichkeit zu empfinden. Sie selbst hegte immer nur bescheidene Wünsche und rauchte auch nie, so daß die nationale Besessenheit, genug passable Zigaretten aufzutreiben, an ihr vorüberging. »Der Notstand« hatte für sie lediglich bedeutet, daß es weder Orangen noch Schokolade gab, und der streng rationierte, mehrfach benutzte Tee nach einer Weile den Geschmack von Sägemehl annahm.

Viele der jungen Männer aus der Umgebung hatten sich den Nationalen Verteidigungskräften oder dem Äquivalent der Marine angeschlossen, nicht zuletzt, weil man mit den Uniformen auf Tanzveranstaltungen Eindruck schinden konnte. Und bis zu dem im letzten Jahr verhängten strengsten Reiseverbot zwischen Großbritannien und Irland hatte hin und wieder einer der Jungen auf Urlaub aus Frankreich oder England die Familie besucht. Neeley, durch und durch Republikaner, hatte die khakifarbene Uniform der Briten stets als Affront gesehen, und auch wenn Elizabeth vollkommen unpolitisch war, hatten die Scollards nie auch nur die geringste Sympathie für die, wie er es genannt hatte, britischen Tommies gezeigt.

Infolge ihrer bisherigen Gleichgültigkeit hatten die Bilder von Schlamm, Wunden, Gräbern, zerstörten Landschaften, ernsten Politikergesichtern und erschöpften Soldaten sie zutiefst erschreckt, und mit einem Mal kamen ihre eigenen Probleme ihr winzig und unbedeutend vor. Allerdings erinnerten die Gesichter einiger dieser Jungen unter den schmutzigen Helmen sie so schmerzlich an Daniel, daß sie meinte, die Sehnsucht nach ihm raube ihr noch den Verstand. Doch zweifellos würde sie seine Probleme durch einen Besuch nur noch verschlimmern, und so unterdrückte sie den verführerischen Impuls. Trotzdem müßte sie ihm zeigen, daß er in seinem Elend nicht alleine war.

Am besten, sie schriebe einen Brief. Je mehr sie darüber nachdachte, um so besser erschien ihr die Idee; sicherlich würde der Brief zensiert von den Beamten des Gefängnisses – also böte er eine hervorragende Gelegenheit, deutlich zu machen, was wirklich geschehen war. Voller Ungeduld wartete sie auf den Bus, und als sie zu Hause war, rannte sie eilig in ihr Zimmer hinauf.

Den Rest des Nachmittags brachte sie mit dem Verfassen eines Schreibens zu. In möglichst sachlichem Ton faßte sie die Ereignisse nochmals zusammen. Angefangen bei ihrer ersten Begegnung oben auf dem Knockameala bis hin zu dem Augenblick, in dem Daniel verhaftet wurde, schloß sie diese Version des Zwischenfalls auf Jimmy Deeneys Tanzveranstaltung, den geschenkten Lachs und selbst Daniels Fußballspiel mit Francey ein. In der Tat ließ sie nichts aus außer die Erwähnung ihrer Zärtlichkeiten.

Vielleicht fragst du dich, Daniel,

formulierte sie das – einzig für die Behörden bestimmte – Ende des Briefs, *weshalb ich das alles nochmals in den Einzelheiten aufschreibe. Ich tue es, um dir zu zeigen, daß du, falls es tatsächlich zu einem Prozeß kommt, nichts zu befürchten hast. Du brauchst nur die Wahrheit zu sagen. Ich bin sicher, daß man dir letztendlich glauben wird.*

Dir ist bekannt, daß mein Mann im Grunde seines Herzens ein guter Mensch war. Wie wir alle hatte er seine Fehler – und er hätte an dem Abend in Castleclough nicht derart unbeherrscht über dich herfallen sollen. Doch wie jeder im Bezirk bestätigen wird, ging hin und wieder sein Temperament mit ihm durch. Aber ganz sicher hielt er viel von Gerechtigkeit und er wäre der erste gewesen, der sich für dich verwendet hätte, bei einer fälschlichen Anklage wegen Mord.

Hoffentlich bleibst du gesund und bist nicht allzu deprimiert, Daniel. Tilly Harrington hat mir erzählt, daß in der Gemeinde – verständlicherweise – viel über die Sache geredet wird, aber viele, viele Menschen glauben die Wahrheit, nämlich an deine Unschuld. Sicher liegt diese ganze unglückselige Gegebenheit bald hinter dir.

Sie hörte auf zu schreiben und nagte an ihrem Füllfederhalter. Sie müßte noch etwas hinzufügen, das nur für sie beide von Bedeutung war, irgendeine Botschaft. Nach langem Nachdenken fuhr sie schließlich eilig fort:

Verlier nicht den Mut und die Zuversicht. Bald wirst du wieder bei deiner Familie und uns allen auf dem Knockameala sein.

Dann jedoch einnerte sie sich daran, daß Neeley auf dem Berg gestorben war, riß die Seite durch und formulierte die letzten Worte neu.

Bald wirst du wieder bei deiner Familie und uns allen in Béara sein. Wir denken unaufhörlich an dich.

Sie wußte, daß es unbeholfen klang, aber er würde die intime Bedeutung der Worte trotzdem verstehen. Wieder dachte sie lange nach, ehe sie schließlich endete mit:

Gott schütze dich.
Deine wahre Freundin
Elizabeth Scollard.

Auf dem Weg zur Post hielt sie den Brief eng an ihre Brust gepreßt und konzentrierte sich mit einer solchen Inbrunst darauf, als könne sie dadurch die Auswirkung dieses Schreibens positiv beeinflussen. Zu guter Letzt warf sie den Brief ein, blieb noch einen Moment vor dem Kasten stehen und wandte sich erst wieder zum Gehen, als eine andere Frau sie seltsam musterte, sich räusperte und sagte: »Bitte, entschuldigen Sie.« Sie hoffte von ganzem Herzen, daß ihr Schreiben positive Weichen stellte.

Wenigstens eine gute Nachricht bekam sie noch an jenem Tag. Als sie eine halbe Stunde später ins Krankenhaus kam, teilte ihr die Stationsschwester mit, daß Francey in zwei Tagen heim dürfe.

Am Tag vor ihrer Rückkehr nach Lahersheen – dem Tag, an dem sie Francey nach Hause holen wollte, fuhr Elizabeth in Begleitung ihres Vaters zur Polizeistation am Union Quay. »Überlaß das Reden mir«, drängte er, während sie gemeinsam das Büro betraten.

Dank der beruhigenden Gegenwart ihres Vaters, der in dem Ruf stand, ein durch und durch solider Anwalt zu sein, war dieser Termin weniger beängstigend für Elizabeth, als es das Gespräch mit dem Sergeant in Béara gewesen war. Der junge Amtmann, der ihre Aussage protokollierte, war beinahe unterwürfig, und sein gerötetes Gesicht verriet, für wie peinlich er die Befragung hielt. Elizabeth hatte sich ihre Worte sorgfältig zurechtgelegt, so daß sie so knapp und präzise wie möglich Bericht erstattete. Sie beschrieb die Benachrichtigung vom Tod ihres Mannes und schilderte kurz ihre Version der Ereignisse. Dann holte sie tief Luft und gestand, sie hätte die Überzeugung von der Unschuld des Angeklagten infolge zweier Gespräche mit ihm erlangt. Das erste Gespräch wäre auf sein Betreiben hin, das zweite auf Verabredung erfolgt. Zu ihrer Erleichterung blieb die Miene ihres Vaters bei dieser Erklärung ebenso neutral wie zuvor.

Der Polizeibeamte enthielt sich jeden Kommentars. Er beschränkte sich darauf, das Protokoll noch einmal zu verlesen und sie zu bitten, es selbst zu prüfen, ehe sie es unterschrieb. Sie tat, wie ihr geheißen, und das schien das Ende der Angelegenheit zu sein.

Auf dem Weg zum Krankenhaus jedoch – sie gingen zu Fuß, um das Benzin zu sparen, das ihr Vater für die Fahrt nach Béara auf dem Schwarzmarkt erstanden hatte – kam St. John noch einmal auf das Thema zurück. »Elizabeth, mir wurde berichtet, daß du an ihn, an Daniel McCarthy, geschrieben hast.«

»Ja.« Elizabeth war so überrascht, daß sie es prompt eingestand. »Woher weißt du das?«

»... spielt keine Rolle.« Ihr Vater blieb stehen und blickte über die Kaimauer auf den Lee hinab. »Ich denke, es ist an der Zeit, daß du mir die Wahrheit sagst«, erklärte er unmißverständlich. »Ich kann dir nicht helfen, wenn ich nicht alles weiß.«

Elizabeth schwieg. Die Fahrräder, Pferde, Busse und Taxis, das Sonnenlicht, das die braunen Reflexe auf der Wasseroberfläche unter ihr tanzen ließ, bekamen eine überdeutliche Gestalt. Nervös strich sie sich die Haare aus der Stirn, bis sie merkte, daß es nichts mehr wegzustreichen gab.

»Ich warte, Elizabeth.« Ihr Vater legte die Hände auf die geschwungenen grauen Steine der Kaimauer.

»Na schön!« Elizabeth reckte entschlossen das Kinn. »Wir lieben einander, Daddy, Daniel und ich.« Noch während sie sprach, wurde ihr bewußt, daß das Wort ›Liebe‹ bisher weder sie noch Daniel jemals verwendet hatte, und daß es angesichts der Natur ihrer Besessenheit auch wohl kaum paßte.

»Habe ich das nicht schon einmal gehört?« St. Johns Bitterkeit traf sie wie ein Pfeil ins Herz.

»Tut mir leid, Daddy, aber es ist leider so. Und wenn du jetzt nichts mehr mit mir zu tun haben willst, kann ich das sehr gut verstehen.«

»Wie weit ist die Sache schon gegangen?«

Elizabeth machte sich nicht die Mühe, die Ahnungslose zu spielen. »Nicht so weit, wie du denkst, Daddy«, sagte sie einfach. »Falls du wissen willst, ob wir schon miteinander geschlafen haben – nein! Wir wollten niemals jemandem weh tun.«

»Tja, das ist zumindest ein entfernter Trost.« Die Röte oberhalb von St. Johns Hemdkragen verriet, wie schwierig diese Unterhaltung für ihn war. Elizabeth wünschte sich von ganzem Herzen, er hätte ihnen beiden dieses Gespräch erspart. Als sie weitergingen, sah er sie immer noch nicht wieder an. »Also, jetzt bin ich wenigstens auf dem laufenden. Du hättest es mir längst sagen sollen, Beth.«

Am liebsten hätte sie ihm erklärt, weshalb sie nicht bereits viel früher zu ihm gekommen war: daß sie sich sehnlichst wünschte, das neue Gleichgewicht zwischen ihnen beiden bliebe erhalten. Sie war doch so unerhört glücklich über die zarten Bande, die sich nach der ewigen sowohl emotionalen als auch räumlichen Distanz zwischen ihnen in den letzten Wochen entwickelten. Aber während sie im hellen Sonnenlicht ein Stück von ihm entfernt angespannt über die Brücke zur South Mall ging, brachte sie die Worte einfach nicht heraus. Sie schaffte es lediglich zu gestehen: »Es tut mir leid, Daddy, aber ich konnte es einfach nicht.«

»Von jetzt an überläßt du die Angelegenheit besser mir.« Als sie die Straße überquerten, nahm er ihren Arm, und Elizabeth schielte ein wenig zur Seite. Ratlos fragte sie sich, was er meinte mit diesem Satz; aber sein Gesicht war total verschlossen und weitere Fragen zu stellen wagte sie einfach nicht.

Francey, dessen kahlgeschorener Kopf unter einem jungfräulichen weißen Verband steckte, erwartete sie bereits. »Habt ihr mir etwas mitgebracht?« fragte er ungeniert.

»Nein, und jetzt sei schön brav.« Elizabeth gab ihm einen Kuß. Da ihn während seines Krankenhausaufenthalts die Schwestern und andere Patienten nach Kräften verwöhnt hatten, würden die nächsten Tage mit ihm sicherlich nicht leicht.

Sie fuhren mit einem Taxi zu ihrem Haus in Blackrock zurück, wo Maeve einen furchtbaren Zirkus um Francey veranstaltete, indem sie ihm löffelweise Sahne auf Berge von Apfelkuchen häufte und ihm aufgrund des kriegsbedingten Zitronenmangels Glas um Glas selbstgemachten Johannisbeersaft einflößte.

»Sicher wird ihm von all dem Süßkram schlecht!« Corinne hatte sich zu Francey und Elizabeth an den Küchentisch gesetzt und beobachtete zweifelnd, wie ihr Enkel, dessen Kopfverband vor dem warmen Braun des Backsteinherdes extrem weiß erschien, die ganzen Genüsse in sich hineinschaufelte.

»Nein, bestimmt nicht, Großmutter«, sagte er mit vollem Mund. »Schließlich bin ich jetzt ein großer Junge und das Zeug ist einfach toll.«

»Um Himmels willen, Francey, bitte sprich anständig«, schalt Elizabeth.

»Das tue ich doch«, protestierte er und schob sich einen weiteren Löffel voll in den Mund. »Alle reden so.«

»Beth, kommst du mal bitte kurz heraus?« Ihr Vater trat durch die Tür.

»Leistest du ihm währenddessen Gesellschaft, Mutter?« Elizabeth stand eilig auf.

»Ja, meine Liebe, aber du bist doch hoffentlich gleich zurück?«

Obwohl Elizabeth und Corinne aufgrund der momentanen

Krisensituation eine Art Waffenstillstand geschlossen hatten, kam Elizabeth nach wie vor mit der Persönlichkeit ihrer Mutter so wenig zurecht, daß sie die Zähne zusammenbeißen mußte, um nicht zu erwidern, sie und ihr Sohn, die offenbar ziemlich störten, wären ja nicht mehr lange da. »Selbstverständlich, Mutter«, zügelte sie sich statt dessen, ehe sie hinter ihrem Vater durch den schwach beleuchteten Korridor in sein Arbeitszimmer ging.

Dort angekommen, schloß er sorgfältig die Tür und nahm hinter seinem Schreibtisch Platz, als wäre sie eine Klientin und hier zu einem offiziellen Beratungsgespräch. »Was ist los, Daddy?« Elizabeth war alarmiert. Was konnte nun schon wieder schiefgelaufen sein?

Ihr Vater wartete, bis sie ihm gegenübersaß, ehe er die Finger verschränkte und über ihre Spitzen hinweg seine Tochter mit strengem Blick maß. »Frag mich nicht, wie ich es eingefädelt habe – aber falls du den jungen McCarthy, bevor du nach Lahersheen zurückfährst, kurz besuchen willst, dann ist das okay. Obwohl ich beim besten Willen nicht weiß, wo ich das Benzin für die Fahrt nach Limerick herbekommen soll. Ich habe all meine Kontakte überstrapaziert. Am besten nehmen wir also den Bus oder mieten eine Droschke für den Weg.«

Elizabeth war so verblüfft, daß sie die Bedeutung des Gesagten kaum verstand. Ihr Vater verhielt sich derart grimmig, als handle es sich um ein Todesurteil. Dann allerdings sprang sie jubelnd auf. »Daddy!« Um ein Haar wäre sie um den Schreibtisch gerannt und hätte ihren Vater geküßt.

»Reiß dich zusammen, Elizabeth!« Die Strenge seines Tones verstärkte sich.

»Ja, Daddy.« Artig setzte sie sich wieder und fragte: »Wann?«

»Heute abend um halb sieben.« St. John blickte auf die Uhr. »Jetzt ist es fast eins. Am besten nehmen wir ein Taxi, wenn du rechtzeitig dort sein willst.«

»Danke, Daddy.«

»Ich warne dich. Es wird ein sehr kurzer Besuch sein und außerdem werdet ihr strengstens überwacht. Ganz abgesehen davon«, er stieß einen Seufzer aus, »daß mich die ganze Sache ein Vermögen kostet.«

»Tut mir leid, Daddy.«

»Vielleicht wäre es keine so gute Idee, deiner Mutter gegenüber ein Wort davon verlauten zu lassen.«

»Natürlich nicht.« In Elizabeths freudige Erregung mischte sich ein wenig Furcht vor dem, was sie erwartete; denn ihre Vorstellung von Gefängnissen basierte vor allem auf der Lektüre von Romanen aus dem letzten Jahrhundert. Möglichst gemessenen Schrittes kehrte sie in die Küche zurück und erklärte ihrer Mutter, zur Klärung von Neeleys Angelegenheiten müsse sie zusammen mit ihrem Vater nochmals in sein Büro.

»Es gibt einiges zu klären, Corinne«, bekräftigte auch St. John. »Wahrscheinlich essen wir im Oyster zu Abend. Wartet am besten nicht auf uns, sicher wird es spät.«

»Darf ich mitkommen?« Francey sprang von seinem Stuhl.

»Nein, mein Schatz«, sagte Elizabeth hastig. »Großvater und ich haben sehr private Erwachsenendinge zu besprechen.« Flehend sah sie ihre Mutter an.

»Er käme bestimmt wirklich gerne mit. Bist du sicher, daß du ihn nicht dabeihaben kannst, Beth? Bestimmt würde er gerne mit all den wunderbaren Schreibmaschinen spielen, nicht wahr, Francey?«

Wieder biß Elizabeth die Zähne zusammen, als sie den leidenden Ton ihrer Mutter vernahm. »Weißt du was?« Sie zwang sich zu weitest möglicher Unbeschwertheit. »Wenn du zu beschäftigt bist, frage ich einfach Maeve, ob sie sich um ihn kümmern will.«

»Das ist nun auch wieder nicht nötig, mein Schatz«, sagte ihre Mutter, ehe sie sich mit einem Seufzer erhob. »Komm schon, Francey, ich zeige dir, wie man auf dem Klavier eine Tonleiter spielt.«

Das Innere des Gefängnisses war noch furchteinflößender als in Elizabeths Vorstellung. Während sie zusammen mit ihrem Vater in einem kleinen Besuchsraum darauf wartete, daß man Daniel hereinführte, versuchte sie, die dicken Wände und den unebenen Boden möglichst zu übersehen. Sie und St. John saßen auf harten Holzstühlen auf einer Seite eines verkratzten Tischs. Ihnen gegenüber auf der anderen Seite stand ein einzelner leerer Stuhl, hinter dem seitlich der schweren Eisentür ein kleiner Hocker stand. Sicher, dachte Elizabeth, für die Wache, unter deren Kontrolle das Treffen verlief. Das winzige Gitterfenster hinter ihnen war so hoch angebracht, daß trotz des wunderbar hellen Abends draußen eine nackte Glühbirne über ihren Köpfen eingeschaltet werden mußte.

Eins der Beine von Elizabeths Stuhl war wesentlich kürzer als die anderen – oder aber der Boden schien an dieser Stelle besonders uneben zu sein –, so daß sie bei jeder Bewegung befürchtete, das Gleichgewicht zu verlieren. »Das Ganze ist einfach lächerlich«, sagte sie schließlich, an ihren Vater gewandt. »Sie haben halb sieben gesagt.« Sie sah auf ihre Uhr. »Und jetzt ist es bereits zehn vor.«

»Geduld«, beschwichtigte ihr Vater. »Vielleicht vergißt du freundlicherweise nicht, daß man dir mit der Besuchserlaubnis einen Gefallen tut.« Dies war das erste Mal, daß er seit Betreten des Raumes seinen Mund aufmachte.

Der Gestank in der Zelle – eine widerwärtige Mischung aus Desinfektionsmittel, feuchtem Stein und gekochtem Kohl – war geradezu überwältigend. »Bah!« Elizabeth erschauerte. »Wie halten die Angestellten diesen furchtbaren Geruch nur aus?«

»Ich habe dich gewarnt!«

Elizabeth verstummte, aber je länger sie warten mußte, um so gereizter wurde sie. Als sich die Tür ihnen gegenüber endlich knarrend öffnete, war sie so nervös, daß sie kaum noch Luft bekam.

Daniel blieb im Türrahmen stehen, ehe eine schnelle Abfolge verschiedenster Gefühle seine Miene überflog. Versteinerung wurde erst durch Unglauben und dann durch Strahlen ersetzt. »Elizabeth!« Es schien, als wolle er auf sie zulaufen, und Elizabeth war bereits im Begriff aufzustehen, als er in Richtung des hinter ihm stehenden Uniformierten sah und sich bezwang.

»O mein Gott!« Elizabeth erstarrte. Man hatte Daniel tatsächlich Handschellen angelegt!

Ihr Vater erhob sich von seinem Platz. »Ich bin Mrs. Scollards Vater, Mr. McCarthy«, sagte er förmlich. »Außerdem Rechtsanwalt.«

Die Verwendung des Namens ihres Mannes traf Elizabeth wie ein Hieb. Eindeutig machte ihr Vater es ihr, trotz seiner ursprünglichen Großzügigkeit, nicht leicht. Aber die jähe Erkenntnis, daß sie ganz alleine stand, verlieh ihr neue Kraft; daher beugte sie sich so weit vor, daß ihr Vater aus ihrem Blickfeld schwand. »Wie geht es dir, Daniel?« Sie merkte, daß St. John sich wieder auf seinen Stuhl sinken ließ.

»Es geht mir gut, Mrs. Scollard«, erwiderte Daniel und am liebsten hätte Elizabeth geweint. Gleichzeitig ersetzte heißer Zorn ihre Nervosität. Sie war wütend auf ihren Vater und seine Gefühllosigkeit, auf Neeley, weil er gestorben war, auf die Polizei, auf jeden, der sich gegen sie und Daniel Carrig verschworen hatte. »Kann er sich setzen?« Sie mußte sich zwingen, den Uniformierten nicht anzuschreien.

»Bitte.« Der Mann nickte Daniel zu.

Elizabeth versuchte verzweifelt, ihren Groll in Schach zu halten, während Daniel und der Wärter Platz nahmen. Die gefesselten Hände hielt Daniel unter den Tisch. »Ich habe Ihren Brief bekommen«, sagte er zögernd, wobei sein Blick in Richtung ihres Vaters flackerte.

»Das freut mich. Sobald ich wieder zu Hause bin, schreibe ich dir noch einmal.«

»Wann fahren Sie zurück?«

»Morgen.«

Stille senkte sich über den kleinen Raum, und ebenso schnell, wie sie gekommen war, legte sich Elizabeths Verärgerung. Mit einem Mal war sie so müde und traurig, daß sie ins Wanken geriet. *Oh, Daniel,* weinte sie stumm. *Komm doch mit! Sag, daß das alles nicht geschehen ist, und komm einfach mit...*

»Wie geht es Francey?« war schließlich er derjenige, der das Schweigen brach.

»Fit wie ein Turnschuh«, krächzte sie. »Die Krankenschwestern haben ihn furchtbar verwöhnt. Zwar hat er noch einen dicken Kopfverband, aber nicht mehr lange, und bald wird er wieder vollkommen der alte sein.«

»Bitte grüßen Sie ihn von mir…« Seine Stimme brach.

»Das werde ich.«

»Ich war nie mit ihm bei dem versprochenen Fußballspiel.«

»Dazu bekommst du sicher bald Gelegenheit.«

Dies war einfach grauenhaft und viel, viel schlimmer, als ihn gar nicht zu sehen. Die Handschellen, sie beide gefangen zwischen den bohrenden Blicken ihres Vaters und des Wachmannes im Hintergrund.

Aus dem Augenwinkel sah Elizabeth, daß der Wärter eine Uhr aus seiner Tasche zog. Sicher war die Zeit noch nicht vorbei? Sie riß sich zusammen und wandte sich unmittelbar an Daniel. »Bitte hab Vertrauen«, sagte sie, wobei sie ihrer Stimme einen entschiedenen Klang verlieh. »Ich weiß, die Dinge sehen schlimm aus, aber ich *verspreche* dir, daß am Ende alles gut werden wird. Daran mußt du glauben, Daniel.«

Sie atmete tief ein, ehe sie weitersprach – und dann gab es plötzlich kein Halten mehr. Dies war nicht der Moment, in dem man auf subtile Weise zwischen sexueller Besessenheit und Liebe unterschied. Ihren inneren Dialog zu diesem Thema würde sie später einmal fortführen. »Ich liebe dich von ganzem Herzen«, flüsterte sie.

»Bisher hatten wir nie Gelegenheit, es uns zu sagen«, ergänzte sie, ohne darauf zu achten, daß ihr Vater auf seinem Stuhl steif wurde wie eine Salzsäule. Sie beugte sich so weit über den Tisch, daß ihr die Kante schmerzhaft in die Eingeweide schnitt. »Es dir hier an diesem üblen Ort zum ersten Mal zu sagen ist fürchterlich, aber im Augenblick habe ich keine Wahl.«

Auch Daniel beugte sich möglichst weit vor, und seine Augen leuchteten. »Elizabeth…«, setzte er an, ehe sie ihn unterbrach.

»Pst«, unterbrach sie ihn. »Ich bin noch nicht fertig.«

Sie senkte ihre Stimme noch weiter herab und hoffte, daß sie, pointiert wie eine Speerspitze, einzig an Daniels Ohr drang.

»Wir haben nicht viel Zeit, also möchte ich, daß du diesen Augenblick niemals vergißt.« Feierlich betonte sie jedes einzelne Wort: »Ich liebe dich, Daniel McCarthy!«

Ehe noch etwas gesagt werden konnte, war der Wachmann auf seinem Plan und packte Daniel am Arm. »Die Zeit ist um, guter Junge!«

Daniel wandte sich gehorsam zum Gehen, aber obgleich der Wärter weiter beharrlich an ihm zog, blieb er, der er einen Kopf größer und wesentlich kräftiger als der Beamte war, im Türrahmen stehen und drehte sich noch einmal um. »Ich liebe dich auch.« Sein Lächeln war so hell, daß Elizabeth den Eindruck hatte, als erstrahle mit einem Mal die ganze Gestalt.

„Daniel…« Sie machte einen Schritt in seine Richtung, aber der Wachmann schleppte ihn mit sich.

»Was auch immer geschieht, ich liebe dich ebenfalls, mein Herz!« wiederholte Daniel und betrachtete sie mit blitzenden Augen, ehe er sich lächelnd und schulterzuckend von dem Wärter hinausführen ließ.

Nachdem die Tür hinter ihm ins Schloß gefallen war, horchte Elizabeth angestrengt in der Hoffnung, seine Schritte zu vernehmen. Doch alles, was sie hörte, war ein gedämpftes Rasseln, als der Aufseher mit seinem Gefangenen eine weitere Eisentüre durchschritt. Sie wartete noch eine Sekunde ab, wandte sich dann blind ihrem Vater zu und sank ihm schluchzend in die Arme.

St. John zögerte, ehe er ihr zärtlich über die Haare strich. »Es wird schon wieder«, tröstete er unbeholfen.

Auf dem Rückweg nach Cork hüllte Elizabeths Vater sich in Schweigen, und erst am nächsten Tag, auf halbem Weg zurück nach Lahersheen, brachte er die Sprache erneut auf Daniel. Die ganze Zeit, während sie über die schlaglochbewehrten Straßen holperten, grübelte Elizabeth darüber nach, ob ihr Vater mißbillige, was im Gefängnis vorgefallen war; nebenbei ließ sie sich voller Dankbarkeit von dem genesenen Francey und seinem fröhlichen Geplappere ablenken.

Als sie die Berge oberhalb von Glengarriff überquerten, schlief Francey schließlich ein und St. John sah seine Tochter an. »Es läßt mir keine Ruhe, Beth.« Er räusperte sich.

»Ja, Daddy?« Elizabeths Herz machte einen furchtsamen Satz.

»Ich mache mir Sorgen um dich.«

»Das brauchst du nicht. Bitte, Daddy, ich weiß, was du denkst...«

»Na ja, sieht nicht so aus...« St. John verlangsamte das Tempo des Wagens, ehe er um eine S-Kurve schlich. »Du glaubst also wirklich, was der Junge behauptet?«

»Allerdings«, äußerte Elizabeth in leidenschaftlichem Ton. »Oh, Daddy, absolut! Gibt es irgendeine Möglichkeit, ihm zu helfen?«

»Tja, es scheint, als stünde vor Gericht sein Wort gegen das der Polizei, und nach allem, was ich bisher weiß, Beth, sprechen sämtliche Indizien gegen ihn.«

»Ja, aber das bedeutet noch lange nicht, daß er ein kaltblütiger Mörder ist. Daddy, Daniel hat Neeley nicht ermordet. Es war ein *Unfall.* Warum will das nur niemand akzeptieren?«

St. John sah sie von der Seite an. »Wie alt ist er überhaupt?«

»Zwanzig«, sagte Elizabeth.

»Möglicherweise geht es mich ja nichts an – aber ist er nicht ein bißchen zu jung für dich?«

»Du hast recht, das geht dich wirklich nichts an.«

»Bitte, werde nicht ausfallend! Wenn ich mich mit euch befassen soll, halte zumindest deine Zunge im Zaum.«

»Oh, Daddy, Verzeihung!« Elizabeth wußte, daß sie zu weit gegangen war. »Willst du ihm wirklich helfen?«

»Ich kann nichts versprechen. Aber vielleicht telephoniere ich mal mit ein paar meiner Kollegen. Obgleich er bereits einen Anwalt hat, dem ich keinesfalls den Rang ablaufen will.«

»Ja, aber mit jemandem wie dir an der Seite – oh, Daddy, würdest du das wirklich übernehmen?«

»Mal sehen«, stellte ihr Vater in Aussicht. »Unter Umständen läßt sich die Anklage von Mord auf Totschlag reduzieren, da dieser Tatbestand nun einmal vorliegt. Und dann können wir in Berufung gehen und versuchen, auf diesem Weg das Strafmaß zu verringern.«

»Aber, Daddy, er ist unschuldig.«

»Elizabeth«, sagte St. John mit angestrengter Geduld. »Das Gesetz interessiert sich nur für Fakten und Beweise. Und die einzigen Beweise, die es bisher gibt, sprechen sämtlich gegen ihn: sein Gewehr, die Schlägerei während der Tanzveranstaltung – die, soweit ich weiß, jede Menge Zeugen bestätigten –, die Tatsache, daß er davongelaufen ist. Dein – hm – Interesse an ihm.«

Elizabeth sah ihren Vater verzweifelt an. »Oh, Daddy!« schluchzte sie.

»Aber du darfst die Hoffnung nicht aufgeben«, fuhr ihr Vater fort. »Ich habe vor Gericht schon viele Überraschungen erlebt. Irgendwann in den nächsten Tagen werde ich ihn noch einmal besuchen, ja?«

Weiter sagte er nichts; aber ehe er am nächsten Tag nach Cork zurückfuhr, kurbelte er noch einmal das Fenster des Wagens herunter: »Bitte, Elizabeth, tu nichts Unüberlegtes, ja? Wenn du schon nicht an dich selbst denkst, dann wenigstens an die anderen. Mehr können deine Mutter und ich nicht verkraften!«

Eine Woche später dachte Elizabeth an die mahnenden Worte ihres Vaters zurück und fragte sich, ob die Expedition, auf der sie sich gerade befand, wohl als unüberlegt zu werten war.

Tagelang hatte sie zwischen Trauer und Panik hin und her geschwankt, und dann bekam sie zufällig eine Unterhaltung zwischen Tilly Harrington und Tillys Cousine in Eyeries mit, in der es um eine der Kartenleserinnen der Gegend ging: eine Engländerin in Caherkeem, auf der anderen Seite der Bucht. Ehe sie wußte, wie ihr geschah, hatte sie beschlossen, sich von ihr Rat zu holen. Alles, hatte sie gedacht, alles täte sie, was ihr ein wenig Hoffnung bescherte.

»Bist du dir sicher?« Tilly hatte sie zweifelnd angesehen. »Mit Tarot muß man ziemlich vorsichtig sein.«

»Ich finde es eine großartige Idee – Mrs. Charlton Leahy ist wirklich brillant!« Tillys Cousine, eine Matrone Ende Fünfzig, war eine begeisterte Anhängerin des Tarot.

Elizabeth hatte bereits zuvor von Alison Charlton Leahy gehört. Vor dem Krieg hatte sie in Béara Urlaub gemacht, sich in die Umgebung und einen Mann aus Béara verliebt und ihn, da sie Protestantin war und nicht konvertieren wollte, per Sondererlaubnis geehelicht.

Sie war nicht die einzige Kartenlegerin im Bezirk. Béara schien eine Reihe von mystisch veranlagten Fremden anzuziehen, und viele dieser »Zugezogenen« hatten ein mehr als flüchtiges Interesse an Übersinnlichem. Obgleich die Kirche angesichts dieser Praktiken erbost die Stirn runzelte – auch die Zigeuner und Wahrsager, die auf den Jahrmärkten arbeiteten, wurden höchstens geduldet –, hatte sie, da Mrs. Charlton Leahy und viele ihrer Zunftgenossen keine Katholiken waren, kaum eine Handhabe. Mrs. Charlton Leahy galt als eine der besten Kartenlegerinnen auf der gesamten Halbinsel, und trotz der Bemühungen ihrer Gegner, ihrem Treiben ein Ende zu bereiten, kamen stets viele Kunden zu ihr.

Und so wurde Elizabeth an einem stürmischen Tag in die gemütliche Küche der Engländerin geführt. »Ist es nicht wunderbar?« Die Frau strahlte sie fröhlich an. »Sieht aus, als wäre dieser verdammte Krieg bald endlich vorbei!« Elizabeth lächelte zustimmend. Auch wenn man in Béara von allem nur wenig mitbekam, verfolgten auch hier die Menschen gespannt den Vormarsch der Alliierten, deren Landung in der Normandie vor einer Woche erfolgreich verlaufen war.

Als sie ein paar Minuten später beobachtete, wie Mrs. Charlton Leahy konzentriert die auf dem zwischen ihnen stehenden Tisch ausgebreiteten Karten betrachtete, kam ihr der Gedanke, daß die Frau ihrem bisherigen Bild von einer Wahrsagerin nicht im geringsten entsprach. Dünn und grobknochig mit krausem, dunkelblondem Haar, sanften blauen Augen und großen Händen und Füßen, hätte sie eher auf eins der verschwommenen Photos von Mitgliedern der High Society auf der Rückseite des *Tatler* gepaßt als in ein bescheidenes Landhäuschen. Selbst die

Umgebung war vollkommen anders als in ihrer Vorstellung: die Karten lagen auf einem ganz gewöhnlichen Tisch in einer normalen Küche, die mit der üblichen Anrichte sowie dem sonstigen Mobiliar dem allgemeinen Standard entsprach. Einziges Zugeständnis an Mrs. Charlton Leahys Kunst war der kleine Topf mit Räucherstäbchen am Ende des Tischs. Mrs. Charlton Leahy selbst trug praktische Gummistifel.

Während die Zeit verging, steigerte sich Elizabeths Nervosität. Sie hatte nicht nur Angst vor dem, was die Frau vielleicht aus den Karten lesen würde, sondern vor allem davor, daß wahrscheinlich der gesamte Bezirk innerhalb weniger Minuten erführe, daß sie hierhergekommen war. Das Wetter hatte die Überquerung der Bucht per Boot unmöglich gemacht, und so stand unübersehbar die Pferdekutsche der Harringtons vor Mrs. Charlton Leahys Haus.

Die treue Tilly wartete geduldig im Salon.

»Wann ist Ihr Geburtstag, meine Liebe?« Mrs. Charlton Leahy blickte nicht von ihren Karten auf. Ihre Stimme klang sanft und ruhig.

»Am neunzehnten August.«

»Ah, Löwe«, meinte sie. »Das paßt. Und jetzt, meine Liebe«, befahl sie, »müssen Sie sich noch einmal genauso konzentrieren wie vorhin, als Sie die Karten aussuchten. Ich kann diese Arbeit nicht alleine tun. Ihre Fragen und Bemerkungen sind wichtig für die Genauigkeit meiner Weissagung. Je offener Sie mir gegenüber sind, um so akkurater wird meine Interpretation.«

Elizabeth schnürte sich die Kehle zu. Als sie eben den Stapel dreimal mit der linken Hand durchteilte und dann einige der Karten ausgewählt hatte, war sie sich vollkommen lächerlich vorgekommen; aber jetzt erkannte sie die Ernsthaftigkeit von Mrs. Charlton Leahy, und zum ersten Mal schaute sie die leuchtend bunten, reich verzierten Karten, auf denen man häufig Menschen abgebildet sah, genauer an. Eine von ihnen, in der Mitte, fiel ihr besonders auf. Soweit sie sehen konnte, zeigte die Karte einen an einem Knöchel aufgehängten Mann. Sofort dachte sie an Daniel.

»Die Karten sind stets im Zusammenhang zu sehen, meine Liebe.« Ganz offensichtlich hatte Mrs. Charlton Leahy ihre Gedanken erraten. »Der Hängende Mann ist nicht unbedingt das, als was er erscheint. Es kommt darauf an, an welcher Stelle er liegt, und was sich links und rechts von ihm befindet. Häufig zeigt er, daß man eine schwierige Situation akzeptiert oder akzeptieren wird und daß man ein Opfer bringt, einen Akt der Selbstlosigkeit begeht. Aber diese Karte liegt, was wir ›ungünstig‹ nennen, meine Liebe – so daß ich sagen würde, Ihr Opfer, das Sie gebracht haben oder bringen werden, erfolgt unglücklicherweise nicht freiwillig.« Sie faltete die Hände.

»Aber wir greifen den Dingen vor, und, wie gesagt, am besten liest man die Karte mit den anderen gemeinsam. Wenn ich mit dem Studieren aller Konstellationen fertig bin, wird es klarer sein. Aber ich kann sagen, daß ihre Karten im großen und ganzen, auch wenn sie definitiv auf Schwierigkeiten hinweisen – wer von uns hat keine? –, positiv zu werten sind. Ihre Verteilung ist durchaus ermutigend, also machen Sie sich keine Sorgen, ja?«

Elizabeth nickte, und Mrs. Charlton Leahy sah sie offen an. »Nun, ich möchte Ihnen sagen, meine Liebe, daß ich natürlich weiß, wer Sie sind. Sie sind das unglückliche Mädchen, dessen Mann durch einen Schuß ums Leben kam. Ist das Ihr Anliegen?«

»Äh…« Elizabeth wollte es nicht zugeben; aber ihre Sorge stellte sich als unbegründet heraus, denn die Kartenlegerin beantwortete sich die Frage bereits selbst.

»Ja, hier sehe ich es«, nickte sie. »Der Turm bedeutet, daß Sie einen undurchsichtigen Verlust erlitten haben und Ihr Leben eine dramatische Wendung genommen hat. Aber«, fuhr sie fort, »diese Karte bedeutet außerdem, daß auf diese Weise eine peinigende Situation geklärt wurde. Nur Sie werden in der Lage sein zu sagen, wie sich diese Sache zu ihrem Vorteil wenden läßt. Wissen Sie«, sie blickte kurz auf, »ich kann Ihnen lediglich die Möglichkeiten aufzeigen, meine Liebe. Die Karten sagen aus, was im Augenblick passiert und was wahrscheinlich weiter passieren wird. Sie bieten Ihnen Richtungen und Möglichkeiten an, aber Sie sind diejenige, die alles in der Hand hat, und es liegt an Ihnen, ob Sie Ihr Schicksal meistern oder nicht. Und vergessen Sie nicht, *Sie* haben die Karten ausgesucht, Ihr Unterbewußtsein hat Sie bei der Auswahl der Karten und ihrer Reihenfolge *geführt.* Das ist der Grund, weshalb ich Sie gebeten habe, sich zu konzentrieren und nur die Karten auszuwählen, von denen Sie meinen, daß sie mit Ihnen ›sprechen‹. Aber egal, was die Bilder sagen oder wie ich sie für Sie interpretiere, dürfen Sie niemals außer acht lassen, daß es immer noch einen freien Willen gibt.«

»Ich verstehe.« Mrs. Charlton Leahys Ton drückte eine solche Nüchternheit aus, daß Elizabeth neue Zuversicht gewann. Und mit jeder gedeuteten Karte wuchs ihre Faszination. Sie und Tilly hatten sich ohne Terminvereinbarung auf den Weg hierher gemacht, so daß Mrs. Charlton Leahy, falls es denn nicht zu ihrer Tätigkeit gehörte, über alles und jeden auf der Halbinsel ständig genauestens informiert zu sein, eigentlich nicht hatte wissen können, um was es ging. Sicherlich hatte Charlton Leahy von ihrer ersten Liebe gehört und davon, daß ihr erstes Kind nicht von ihrem Ehemann stammte – darüber wußte schließlich ganz Béara Bescheid –, aber wie kam sie darauf, daß Elizabeths Ehe letztlich unerfüllt geblieben war?

Auch die Situation mit Daniel Carrig schien sie zu verstehen, da sie völlig sachlich von einer ›kürzlich begonnenen, ungewöhnlichen und sehr tiefen körperlichen Bindung mit großen Hindernissen‹ sprach.

»Und wie wird sich diese Bindung weiterentwickeln?« Mit einem Mal hatte Elizabeth das Gefühl, auf lauter Reißnägeln zu sitzen.

Mrs. Charlton Leahy zögerte. »Es ist nicht so, daß ich Ihrer Frage ausweiche, meine Liebe, aber sie kommt ein wenig verfrüht.«

»Ich verstehe.«

Wieder sah die Frau die Karten an. »Ja«, murmelte sie, mehr zu sich selbst. »Die Vier liegt ungünstig... der Ritter ...der

Mond... ja... die Hohepriesterin... Wie denken Sie über eine erneute Heirat?« fragte sie mit einem Mal.

In Elizabeth wallte heiße Freude auf. Dies überstieg ihre kühnsten Hoffnungen. »Das wäre wunderbar, schöner als alles andere...«, setzte sie leidenschaftlich an, aber Mrs. Charlton Leahy hob abwehrend die Hand.

»Sieht aus, als gäbe es Verzögerungen und Schwierigkeiten«, sagte sie. »Ja – Verzögerungen.«

Natürlich! dachte Elizabeth. Sie war offiziell in Trauer, und eine abermalige Heirat käme frühestens in einem Jahr in Betracht.

Wieder hob Alison Charlton Leahy, als hätte die Kundin laut gesprochen, die Hand. »Es gibt zahlreiche Hindernisse, und zwar vielleicht andere als die, die Sie im Augenblick erkennen. Aber sie sind nicht unüberwindlich. Eindeutig liegt es an Ihnen, was geschehen wird. Wie die Karten zeigen, besitzen Sie gegenwärtig eine beachtliche Stärke und einen beachtlichen Mut. Ja, Weisheit auch«, fügte sie hinzu. »Aber Sie müssen wachsam sein. Ich sehe Anzeichen dafür, daß Sie eine Gefahr erst dann erkennen, wenn es zu spät ist. Denn ebenso wie offene, klare Hindernisse gibt es auch die, die im Verborgenen lauern. Es ist sehr, sehr wichtig, daß Sie stets auf der Hut bleiben. Vielleicht neigen Sie im allgemeinen dazu, einen Schritt zu tun, ohne vorher zu gucken, ob er auch sicher ist?«

»Allerdings.« Elizabeth lächelte.

Die Frau schüttelte den Kopf. »Sehen Sie diese Karte hier? Das sind Sie – die Zauberin. Und diese Person hier – die Kaiserin – auf ihren Rat sollten Sie hören. Sie ist Ihre Beschützerin, wahrscheinlich eine Ältere. Ihre Mutter vielleicht?«

Unwillkürlich lächelte Elizabeth erneut. »Wohl kaum«, sagte sie. Sofort fiel ihr Tilly ein, und Mrs. Charlton Leahy beobachtete den Wechsel der Gefühle, den ihr Gesichtsausdruck verriet. »Nun«, sagte sie. »Hören Sie auf das, was diese Person Ihnen rät.«

»Wann wird die Hochzeit sein?« Elizabeth interessierte sich weniger für Tilly als für Daniel.

Mrs. Charlton Leahy sah sie reglos an. »Ich habe Sie gefragt, was Sie von einer erneuten Hochzeit halten, meine Liebe, weil es so aussieht, als würden Sie sich noch mal binden. Einmal als eine Art Geschäft.«

»Noch mal?« Elizabeth sah sie verwundert an. »Sie meinen sicher meine erste Ehe und dann eine weitere.«

»Nein, Sie heiraten noch zweimal. Einmal als eine Art Geschäft«, wiederholte die Kartenlegerin. »Aber bedenken Sie immer, daß Sie in allen Dingen freie Wahl haben! In Ihren Karten steht nur eine Möglichkeit.«

»Welche – welche der Hochzeiten wird die geschäftliche sein?« Inzwischen stand Elizabeth vollkommen in Mrs. Charlton Leahys Bann.

»Die erste. Aber in gewisser Weise bereitet sie die zweite vor.«

»Sie meinen, ich heirate wegen Geld?«

»Sie werden die *Gelegenheit* dazu bekommen«, verbesserte Mrs. Charlton Leahy sie, ehe sie abermals auf die Karten blickte. »Ja, es ist eindeutig ein Geschäft. Ich kann nicht sagen, ob es dabei um Geld geht oder um etwas anderes.« Ihre hellen Augen durchdrangen Elizabeth, als wollten sie ihr geradewegs in die Seele schauen. »Und anscheinend steht diese Hochzeit unmittelbar bevor, meine Liebe. Vielleicht wissen Sie bereits etwas davon? Ist nicht doch dieses Ereignis der Grund, weshalb Sie zu mir gekommen sind? Weil Sie nicht wissen, wie Sie sich entscheiden sollen?«

Elizabeth war zu überwältigt, um zu einer klaren Antwort in der Lage zu sein. Sie lehnte sich auf ihrem Stuhl zurück und versuchte, das alles zu begreifen. »Nein«, flüsterte sie dann, »bisher habe ich überhaupt noch nicht an so etwas gedacht.«

Aber stimmte das? Hatte sie nicht tief in ihrem Inneren gehofft, eines Tages würden sie und Daniel Carrig Mann und Frau?

Und dann folgerte sie weiter: Wenn diese Ehe in so naher Zukunft lag, bedeutete das, daß Daniel bald aus dem Gefängnis kam. Doch das aufkommende Glücksgefühl legte sich bereits nach einem Augenblick. Wie konnte eine Hochzeit mit Daniel auf einem Geschäft beruhen? Und viel bedrohlicher noch, weshalb sollte sie ein drittes Mal heiraten wollen, wenn sie erst mit ihm zusammen war?

Außer er stürbe jung…

Mrs. Charlton Leahys Miene wurde sanft, als sie die offensichtliche Betroffenheit ihrer Kundin sah. »Lassen Sie es mich bitte erneut betonen«, sagte sie, »daß sich am Ende alles zum Guten wenden wird. Sie haben noch zahlreiche Schwierigkeiten und Probleme zu bewältigen – aber am Ende werden Sie glücklich. Die Liebe in diesen Karten ist sehr, sehr stark. So stark, daß sie sich selbst, wenn Sie es versuchten, nicht ersticken ließe. Ich würde sogar so weit gehen zu sagen, daß man Ihnen diese Liebe bereits entgegenbringt.«

»Weshalb sollte ich versuchen, sie zu ersticken?« Elizabeth sah die Kartenlegerin verständnislos an.

»Das können nur Sie alleine beurteilen, meine Liebe.« Den Kopf abermals über die Karten gebeugt, bekräftigte Mrs. Charlton Leahy: »Sehr, sehr stark. Und außerdem«, ergänzte sie munter, »sehe ich – allerdings mit etwas Abstand zu Ihnen – eine Reise über tiefe, dunkle Gewässer.«

Elizabeth starrte sie sprachlos an. Irgend etwas an den Worten der Frau war zutiefst beunruhigend, und außerdem hatten sie ihr wesentlich mehr enthüllt als erwartet. Bisher hatte sie Kartenlesen als ähnlichen Humbug wie das Deuten von Teeblättern abgetan – ein harmloses Vergnügen, dem selbst Tilly hin und wieder frönte und bei dem man stets nur vage Allgemeinplätze zu hören bekam. Sie hätte nicht erwartet, daß diese Frau ihr eine derart genaue Prognose der Zukunft erstellte. Es paßte alles so unwiderlegbar auf sie, daß sie nervös zu kichern begann. »Tiefe, dunkle Gewässer? Das ist wahrscheinlich das Boot nach Lehersheen!«

Mrs. Charlton Leahy reagierte nicht einmal mit einem Blinzeln auf den banalen Scherz. »Sind Sie zufrieden mit dem, was ich Ihnen eröffnet habe, meine Liebe?« ging sie über Elizabeths Worte hinweg. »Oder wollen Sie noch einmal andere Karten aussuchen? Kostenlos«, fügte sie hinzu.

»Nein, vielen Dank!« Beinahe hätte Elizabeth geschrien. Die erste Lesung hatte sie schon genug erschreckt.

»Also gut. Und jetzt, meine Liebe, muß ich zwei Dutzend hungrige Hühner füttern.« Die Dame stand auf und blies die Räucherstäbchen aus, so daß der verbleibenden Glut eine Wolke duftenden, blauen Rauchs entstieg. »Es ist immer ein besonderes Vergnügen, jemandem die Karten zu lesen, der derart offen ist«, sagte sie. »Ich nehme an, Sie machen so etwas zum ersten Mal?«

»Ja.«

»Nun, wie Sie zweifellos wissen, geschieht nichts in diesem Leben zufällig. Menschen wie ich sind nie überrascht über neue Interessenten. Auch wenn es nur selten jemand eingesteht, kommen doch die meisten erst dann, wenn sie bereit dafür sind. In Ihrem Leben gibt es augenblicklich enorme Veränderungen, meine Liebe, so daß Sie einer gewissen Logik zufolge gerade jetzt bei mir erschienen sind.«

Elizabeth bezahlte, rief Tilly aus dem Salon, und Mrs. Charlton Leahy führte sie beide zur Küchentür. Als sie sie öffnete, und Elizabeth den warmen, duftenden Kokon der Küche verließ, traf die kalte, feuchte Luft draußen sie fast schockartig. »Und vergessen Sie nicht, meine Liebe«, die Kartenlegerin tätschelte Elizabeths Arm, »ich habe Ihnen lediglich Informationen gegeben. Nutzen Sie sie – sie sind wie eine Landkarte. Aber es liegt einzig an Ihnen, welchen Weg Sie am Ende einschlagen.«

16

An jenem Abend geschah etwas, das die nachmittägliche Kartenlesung in ein noch bedeutsameres Licht rückte.

Mit Marys und Margarets Hilfe räumte Elizabeth die Reste vom Abendessen ab, als plötzlich Francey hereingeschossen kam. »Mammy, da draußen ist wer für dich.«

»Jemand«, kam Elizabeths automatische Korrektur. »Und

setz deine Mütze wieder auf.« Francey hatte seinen Verband eigenmächtig entfernt; aber Elizabeth bestand darauf, daß er draußen wenigstens eine Mütze trug, um seinen kahlrasierten Schädel vor Zugluft zu schützen. Sie wischte sich die Hände an der Schürze ab und ging in den Hof.

Auch wenn es immer noch windig war und für Juni ungewöhnlich kalt, hatte zumindest der Regen aufgehört. Mitten im Hof stand, die Mütze in der Hand, Mossie Breac.

»Mossie.« Elizabeth lächelte freundlich. Der Eindruck ständiger Wachsamkeit, den er erweckte, störte sie zwar weiterhin; aber nach Neeleys Tod hatte er sich bezüglich der Arbeiten auf dem Hof sehr hilfsbereit gezeigt, wofür sie ihm wirklich dankbar war.

»Abend, Lizzie«, grüßte er. »Tut mir leid, wenn ich störe...« Er wirkte erstaunlich unsicher.

»Du störst keineswegs, Mossie«, sagte Elizabeth lebhaft. »Kommst du mit rein? Obwohl ich fürchte, daß in der Küche im Augenblick ein ziemliches Gedränge herrscht.« Anders als die meisten anderen Häuser, besaß dasjenige der Scollards keinen ›Salon‹. Die Küche erstreckte sich über die gesamte Breitseite.

»Nein, lieber nicht.« Obgleich er seine normale Tageskleidung trug, schienen ihm der Kragen und die Krawatte mit einem Mal lästig zu sein; denn er fuhr mit einem Finger darunter, als wären sie zu eng. »Trotzdem vielen Dank. Ich bin nur vorbeigekommen, um dir zu sagen, daß euer Torf drüben bei Derryvegill inzwischen wunderbar trocken ist.«

Elizabeth war ehrlich verwirrt. Sie wußte bereits, daß Mossie die Arbeit im Moor nach Neeleys Tod weitergeführt hatte. Vielleicht hoffte Mossie auf eine Bezahlung? Es wäre ungewöhnlich für eine Gegend, in der Nachbarn einander stets helfend unter die Arme griffen; aber Elizabeth war die Rolle des Haushaltsvorstandes noch fremd, und vielleicht kannte sie einige Gepflogenheiten bisher nicht? »Danke, Mossie«, setzte sie vorsichtig an. »Ich weiß gar nicht, wie ich dir dafür danken soll. Bestimmt hätte Neeley gewollt, daß ich meine Dankbarkeit in einer Weise zum Ausdruck bringe, die man greifen kann. Du bist doch hoffentlich nicht beleidigt, wenn ich dich ein wenig entschädige für all die Mühe, die du dir unseretwegen machst?«

Er war derart empört – »Das würde mir ja nicht mal im Traum einfallen!« –, daß sie sich beeilte, sich zu entschuldigen. »Bitte nimm es mir nicht übel, Mossie«, sagte sie. »Ich kenne mich mit diesen Dingen nicht gut aus. Sei ein wenig nachsichtig mit mir.« Ein plötzlicher Windstoß riß an ihrem dünnen Kleid und schlang es eng um ihren Leib. Gerade noch rechtzeitig, um nicht halb entblößt vor dem Nachbarn zu stehen, hielt sie den Saum fest. »Hör zu. Hier draußen ist es wirklich kalt. Ich bestehe darauf, daß du mit hereinkommst und wenigstens etwas trinkst. Wir haben gerade die neue Teeration gekriegt.«

Er zögerte, und sie dachte bereits, er lehne ab. Dann allerdings besann er sich eines Besseren. »Vielen Dank.«

Elizabeth scheuchte Kathleen von dem ›guten‹ Stuhl neben dem Kamin, auf dem sie sich mit ihrer Lektüre räkelte – seit dem Tod ihres Vaters vergrub sie sich hinter Büchern, Zeitschriften, Zeitungen, allem Gedruckten, was ihr in die Hände fiel –, bat Mossie, sich zu setzen und stellte den Wasserkessel auf. Die anderen drei Schulgänger hatten die Köpfe über ihre Hausaufgaben gebeugt, und nachdem sie an ein Ende des Tisches verbannt waren, räumte sie eine Ecke frei und schnitt eine Scheibe frischen Brots. Automatisch blickte sie in Richtung Kamin, um nach Abigail zu sehen, ehe ihr einfiel, daß die Wiege der Kleinen seit Neeleys Tod in ihrem Schlafzimmer stand.

Sie zermarterte sich das Hirn nach einem unverfänglichen Gesprächsthema, und als sie das Brot mit Butter bestrich, fiel ihr Mossies Großtante ein, der sie bisher ein-, zweimal begegnet war. »Wie geht es Bel?« fragte sie in gezwungen munterem Ton, während sie ordentlich Schinken auf die Butter gab.

»Bestens.« Wieder zupfte Mossie an seiner Krawatte. »So gut, wie eine Frau ihres Alters es erwarten kann.«

»Sie sagen, so, wie es aussieht, wäre der Krieg bald vorbei.«

»Das habe ich auch schon gehört.«

Während sie das Wasser in die Teekanne goß, hörte Elizabeth

sich weitere Belanglosigkeiten äußern und fragte sich, wie lange man auf diese Weise ein Gespräch in Gang halten konnte. Sie ließ den Tee ziehen – er schien doppelt so lange zu brauchen wie sonst –, schenkte ihm ein und reichte Mossie das Mahl auf einem kleinen Blechtablett. Dann setzte sie sich in der Hoffnung, gastfreundlich genug zu sein, auf die andere Seite.

»Trinkst du nichts?«

»Nein danke, wir haben gerade zu Abend gegessen.«

Wieder erstarb das Gespräch.

Mossie nahm einen Schluck. »Wunderbar, mal richtigen Tee zu trinken.«

Eins der Kinder am Tisch verrückte seinen Stuhl, so daß ein hölzernes Bein über den Steinboden knirschte. Davon abgesehen vernahm man im Raum einzig das Kratzen mehrerer Füllfederhalter. Da die Tür geschlossen war, drang nicht einmal das Heulen des Windes herein, und die Stille zwischen ihr und Mossie senkte sich wie ein schwerer Mantel auf Elizabeth. »Bitte entschuldige mich, Mossie«, sagte sie. »Ich lege nur noch ein paar Stücke Torf nach, ja?« Sie ließ sich unnötig lange Zeit, und als sie sich wieder zu ihm umdrehte, leerte er gerade seine Tasse und stand auf. »Tja, dann werde ich mal wieder gehen.«

»In Ordnung, Mossie.« Kaum schaffte sie es, ihre Erleichterung zu verbergen.

Aber gerade, als sie die Tür hinter ihm schließen wollte, drehte er sich noch einmal zu ihr um. »Du gehst heute abend nicht mehr fort?« Sein Blick war ebenso reglos und unergründlich wie an dem Abend von Jimmy Deeneys Tanzveranstaltung.

»Nein, Mossie, warum?« Er machte sie wirklich nervös.

»Jemand, den ich kenne, würde gerne mit dir sprechen.«

»Ach, tatsächlich? Wer denn, wenn ich fragen darf?«

»Ein entfernter Verwandter. Wäre es in Ordnung, wenn wir so gegen zehn kämen, oder ist das zu spät?«

Beinahe hätte sie gesagt, da schliefe sie schon; doch mit einem Mal fiel ihr die Ermahnung der Kartenlegerin ein, ihre Chancen zu nutzen. »Also gut, Mossie«, sagte sie langsam. »Aber willst du mir nicht verraten, wer sich mit mir unterhalten möchte?«

Er zögerte, doch dann setzte er mit dem ihm eigenen schiefen Lächeln seine Mütze auf. »Das wirst du dann schon sehen.«

Sobald sie abermals aufgeräumt hatte, schickte Elizabeth Francey und die beiden jüngeren Mädchen ins Bett, ging in ihr eigenes Schlafzimmer und setzte den abendlichen Brief an Daniel auf. Nun, da ihr Vater und wahrscheinlich auch ihre Mutter, über ihre Gefühle Bescheid wußten, war es ihr gleichgültig, wer von dem Gefängnispersonal ihre Briefe las.

Alle sieben Kinder schliefen und die Küche erstrahlte in sauberem Glanz, als Elizabeth kurz vor zehn die Lampen anzündete, sich an den Tisch setzte und auf ihre Besucher wartete.

Um fünf nach drang das Knirschen von Stiefeln zu ihr, und sie ging an die Tür.

Mossies strahlender Begleiter war ein Spatz von einem Mann, kaum größer als eins fünfzig, so schmal wie Mossie breit, und von einer erstaunlichen Beweglichkeit. Mit seinem geölten Haar, dem marineblauen Anzug und den polierten braunen Schuhen sah er herausgeputzt aus wie eine Schaufensterpuppe. Mossie übernahm die gegenseitige Vorstellung. »Dies ist Johnny Thade, Johnny Thade Sheehan, ein Cousin von mir aus Lacknaheeny hinter Adrigole – Mrs. Elizabeth Scollard.«

»Angenehm! Kommen Sie doch herein.« Elizabeth gab den beiden Männern die Hand, trat höflich zurück und ließ sie an sich vorbei. »Möchten Sie vielleicht eine Tasse Tee?« Sie stellte den Wasserkessel auf den Herd.

»Wir haben etwas mitgebracht.« Auch Mossie, so bemerkte sie, hatte sich in seine besten Kleider geworfen. Im dämmrigen Licht der Lampen lag der Kragen seines weißen Hemdes leuchtend wie frischer Schnee auf seiner sonnengebräunten Haut. Er zog eine Flasche Whiskey aus der einen Tasche seines Tweedmantels und eine Flasche Port aus der anderen; beide stellte er vorsichtig auf den Küchentisch. »Du trinkst doch sicher ein Glas Portwein mit uns?«

Elizabeth wunderte sich ein wenig über sein förmliches Gebaren. Offenbar waren die beiden hier, um ein Geschäft abzuschließen oder ähnliches. Seit Neeleys Tod kümmerte sich Mossie um ihr Vieh – vielleicht hatte er einen Kauf im Sinn? Bereits vor langer Zeit hatte sie entdeckt, daß das ausgeklügelte System der Buschtrommeln von Béara die schnellste und wirksamste Form der Nachrichtenübertragung in ganz Irland war: und mittels dieser Methode wußte sicher der gesamte Bezirk darüber Bescheid, daß Neeley ihr sowohl den Hof als auch den Viehbestand hinterlassen hatte.

Sie dachte fieberhaft nach, während sie vor die Anrichte trat und drei Gläser aus einem der Fächer nahm. Falls Mossie die Tiere wollte, bräuchte er auch Weideland. Ihr war bereits der Gedanke gekommen, daß es vielleicht nicht dumm wäre, einen Teil ihres Landes zu verpachten: denn auf diese Weise hätte sie zumindest, wenn auch geringe, so doch regelmäßige Einkünfte. Auf Dauer würden die Nachbarn sicher nicht Neeleys Arbeit übernehmen; außerdem hatte Elizabeth, auch wenn sie sich allmählich daran gewöhnte, keine allzu große Lust, außer sieben Kindern obendrein regelmäßig noch ein Dutzend Tiere zu versorgen.

Aber, so dachte sie, am besten gäbe sie sich zurückhaltend bei dem Handel.

Plötzlich gesellte sich ein weiterer Gedanke zu ihren Überlegungen: Wenn Daniel Teil ihrer Zukunft würde, was hielte er dann davon? Hätte er vielleicht selbst gern Tiere und Land? »Bitte sehr.« Sie stellte die Gläser auf den Tisch.

Mit feierlicher Miene schenkte Mossie ihnen ein, erst den Portwein für sie und dann den Whiskey für sich und seinen Cousin, wobei er jedes der Gläser sorgsam gegen das Licht hielt, als wolle er sichergehen, daß es auch nicht die geringste Verunreinigung in den kostbaren Flüssigkeiten gab. »Auf deine Gesundheit, Lizzie!« Er hob sein Glas und musterte sie über den Rand hinweg.

»Bravo«, meldete sich Johnny Thade nun zu Wort. »Auf daß es uns allen wohl ergehe!«

Seine piepsige Stimme paßt genau zu seinem Erscheinungsbild, dachte Elizabeth, während sie den Männern zuprostete. »Gentlemen!«

Alle drei tranken einen Schluck und nahmen Platz.

»Mein Beileid zu Ihrem traurigen Verlust, Ma'am«, brach Mossies Cousin die peinliche Stille.

»Vielen Dank.« Wieder nippte Elizabeth an ihrem Glas. Der Port wärmte sie und hatte natürlich für ihren unerfahrenen Gaumen einen überraschend angenehmen Geschmack.

»Gute Partner sind selten.« Wie um seinen Worten Nachdruck zu verleihen, beugte sich Johnny Thade mit blitzenden Augen nach vorn.

»Allerdings.« Elizabeth wünschte, die beiden kämen auf den Punkt. Sie sah Mossie an. »Nun, Mossie«, sagte sie brüsk, »danke für den Wein. Aber weshalb seid ihr hier?«

Mossie nagte an seinen Lippen. »Mein Cousin möchte dir einen Vorschlag machen.«

»Ja?« Elizabeth wandte sich an den anderen Besucher.

Johnny Thade schob seinen Stuhl ein Stückchen zurück und räusperte sich, als wäre er Kandidat bei einem Vorlesewettbewerb. »Wenn ich sagte«, setzte er an und schwellte stolz die magere Brust, »daß gute Partner selten sind, Mrs. Scollard, dann muß ich hinzufügen, daß es Ausnahmen von dieser Regel gibt. Mein Cousin hier, Maurice Breac Sheehan, ist eine solche Ausnahme.«

»Allerdings.« Fasziniert beobachtete Elizabeth Mossie, der seinen Whiskey anstarrte.

»In ganz Béara gibt es keinen Mann, der ehrlicher, würdevoller und großzügiger ist. Auch wenn Sie es vielleicht nicht wissen, Mrs. Scollard, da Mossie sein Licht stets unter den Scheffel zu stellen pflegt, ist mein Cousin obendrein ein überaus intelligenter Mann. In der Schule hat der Lehrer immer gesagt, Maurice Sheehan wäre der beste Schüler von der gesamten Halbinsel. Er wäre geeignet für die Universität von Oxford, vielleicht sogar für die Sorbonne, hat sein Lehrer gesagt, nur daß so etwas damals einfach nicht möglich war... Mossie Breac« – Johnny schien sich für sein Thema zu erwärmen, und so beugte er sich mit ernster Miene noch weiter über den Tisch –, »ist innerhalb und außerhalb seiner Familie als ein treusorgendes Mitglied bekannt, vorsichtig, aber ohne jegliche Niedertracht. Fragen Sie die Nachbarn! Ein schlimmer Mann, Mrs. Scollard, steckt wie ein Schwert in den Eingeweiden der Natur.« Er nahm sein Glas und leerte es in einem Zug. Verwundert – was hatte das alles mit Vieh und Land zu tun? – schenkte Elizabeth ihm nach.

Johnny Thade stärkte sich erneut und fuhr dann eifrig fort: »Auf Verlangen legen wir gerne das Attest eines Arztes vor, das bestätigt, daß Maurice Sheehan keine ansteckende Krankheit hat. Seit Generationen sind wir Sheehans eine gesunde, fruchtbare Familie.«

Und endlich, während Johnny Thade, seine eigene Wortgewandtheit übertreffend, immer schwindelerregendere Höhen der Eloquenz erklomm und die Vorzüge seines Vetters wie die eines Rassehengstes pries, dämmerte es Elizabeth, warum diese beiden Helden bei ihr vorsprachen.

Dies war ein Heiratsantrag, und Johnny fiel die Rolle des Mittlers zu.

Die Situation war in der Tat grotesk, beinahe hätte sie laut gelacht. »Tut mir leid, wenn ich Sie unterbreche, Johnny«, unterbrach sie seine Lobeshymnen. »Aber verstehe ich das richtig? Sind Sie als Heiratsvermittler hier?«

»Dies ist keine professionelle Angelegenheit«, antwortete der kleine Mann in aller Würde. »Ich werde von meinem Vetter nicht bezahlt, Mrs. Scollard.« Seine Stimme bebte vor lauter Ernsthaftigkeit. »Der liebe Gott hat Sie beide füreinander bestimmt. Wie ich hörte, haben Sie ein Problem. Nun, auch mein Cousin hier«, wies er schwungvoll auf Mossie, »hat ein Problem. Wissen Sie …« Johnny stellte sein Glas auf den Tisch, hielt beide Hände, die Handflächen nach oben, in die Luft, und hob wie ein Jongleur die Rechte ein Stück an: »Sie sind eine anständige Frau mit einem schönen Hof und ohne Mann, der die Arbeit für Sie tätigen kann …« Nun hob er auch die linke Hand: »Und Mossie ist ein anständiger Mann ohne Hof und ohne Frau, die die Einsamkeit von seinem Lager vertreiben kann.« Jetzt breitete er beide Arme aus, als wäre ihm das Jonglieren geglückt. »Und wie Sie wissen, gab es früher zwischen Ihren beiden Familien wegen dieses Landes böses Blut. Dies ist eine gottgesandte Gelegenheit, das alte Unrecht auszuräumen. Sehen Sie? Was könnte klarer sein?« Zufrieden klopfte Johnny mit beiden Händen auf den Tisch, ehe er abermals sein Glas an seine Lippen hob, einen großen Schluck durch seine Kehle rinnen ließ und fortfuhr mit der Aufzählung der Vorteile, die diese Heirat ihnen beiden bot: die hübsche Summe, die Mossie auf dem Postamt gespart hatte, sein Talent für die Feldarbeit und im Umgang mit jeder Sorte Vieh seine körperliche Kraft.

Obgleich sie merkte, daß der Gegenstand all dieser Lobhudelei in die Tiefen seines Whiskeys starrte, wagte Elizabeth nicht, Mossie anzusehen, so daß sie, starr wie ein erschrecktes Kaninchen, weiter Johnny Thade ansah, der sich immer mehr in Hitze redete. »Natürlich ist Mossie Breac ein Mann von tadellosem Charakter«, pries er weiter. »Er trinkt und raucht mit Maßen und selbstverständlich hält er viel von Moral. Kein Priester«, schrie Johnny jetzt, »und kein Vater eines Mädchens hatte je Grund zur Klage gegen ihn; keine junge Dame war je gezwungen, seinetwegen nach England oder ins Konvent zu gehen. Aber lassen Sie mich erwähnen, auch wenn ich Gefahr laufe, indiskret zu sein«, fuhr er mit gesenkter Stimme fort, »daß kein Zweifel, Mrs. Scollard, an seiner uneingeschränkt funktionierenden Männlichkeit besteht, falls Sie mich verstehen.« Er machte eine Pause, um sicherzugehen, daß die Bedeutung dieser letzten, sensationellen Aussage nicht unverstanden blieb.

»Nun, was sagen Sie?« Wie ein Anwalt, der den Fall seines Mandanten so geschildert hatte, daß jetzt dessen Unschuld hundertprozentig bewiesen war, lehnte er sich bequem zurück. »Kommen wir ins Geschäft?«

Inzwischen hatte Elizabeth wirklich genug. Sie stand auf und korkte die Portweinflasche wieder zu. »Tut mir leid, daß ich Sie enttäuschen muß«, sagte sie, so höflich es ihr irgend möglich war. »Aber im Augenblick denke ich wahrlich nicht an die nächste Heirat.«

»Aber nein, weit davon!« Unbeeindruckt erhob sich auch

Johnny Thade von seinem Stuhl. »Alles, worum wir bitten, ist eine Absichtserklärung, falls Sie verstehen. Im Augenblick sind wir lediglich auf eine Verlobung aus. Solange nicht wenigstens das erste Gänseblümchen auf dem Grab Ihres Mannes wächst, ist es völlig verständlich, daß Sie noch nicht Ihre Zukunft planen. Aber es gibt weder ein göttliches noch ein menschliches Gesetz, welches ein ernsthaftes Versprechen untersagt. Und mein Cousin hier würde selbstverständlich eine angemessene Trauerzeit verstreichen lassen.«

»Tut mir leid, aber meine Antwort lautet nein.« Elizabeth rang um ihre Beherrschung. »Danke, daß Sie gekommen sind. Ich fühle mich durch das Angebot wirklich geehrt, aber jetzt möchte ich Sie beide nicht länger aufhalten.« Sie korkte auch die Whiskeyflasche zu und hielt sie Mossie hin.

»Behalt sie nur, Lizzy.« Dies war der zweite Satz, den er seit seiner Ankunft von sich gab. Immer noch sah er sie nicht an. Seine Haltung verriet eine seltsame Anspannung, die die eines enttäuschten Verehrers weit überstieg. Hätte Elizabeth es nicht besser gewußt, hätte sie gedacht, Mossie sei auf ihre Ablehnung gefaßt gewesen. Doch in seiner Niederlage kam er ihr statt resigniert eher ungewöhnlich abwartend vor.

Sein Cousin verströmte ebenfalls eine eigenartige Gelassenheit. »Ja«, drängte er. »Behalten Sie die Getränke, Mrs. Scollard. Nun, da das Thema eröffnet ist, unterhalten wir uns ja vielleicht noch ein andermal.«

Elizabeth mußte verhindern, daß Mossie irgendwelche falschen Hoffnungen nährte. »Ich glaube nicht«, sagte sie mit aller ihr zu Gebote stehenden Entschiedenheit. »Danke für Ihr Interesse, aber, wie gesagt, bisher steht mir nicht im entferntesten der Sinn nach einer erneuten Heirat.«

»Im Augenblick nicht.« Der kleine Mann gab sich hartnäckig. »Aber könnten wir uns vielleicht darauf einigen, dies als ein Vorgespräch anzusehen? Ich gehe doch davon aus, daß zumindest das Eis gebrochen ist.«

»Keineswegs. Aber trotzdem vielen Dank für Ihren Besuch.« Elizabeths Ton ließ keinen Einwand mehr zu, und dieses Mal schien Mossies Vetter endlich zu verstehen. »Unser Besuch hat hoffentlich niemandem weh getan, oder?«

»Nein, das hat er nicht.« Elizabeth trat an die Tür und hielt sie auf.

Beide Männer gaben ihr die Hand. »Trotzdem komme ich morgen früh zurück, Lizzie.« Mossie sah ihr tapfer ins Gesicht. »Wegen der Tiere«, fügte er leise hinzu und wandte sich dann eilig ab. Mit dem unangenehmen Gefühl, daß er eigentlich noch etwas anderes hatte sagen wollen, schloß Elizabeth die Tür hinter den beiden. Es keimte in ihr der Verdacht, daß dies noch nicht das Ende der Geschichte bedeutete.

Vielleicht war er auch nicht der einzige mit derartigen Ambitionen, dachte sie. Schließlich gab es in der Umgebung zahlreiche Männer, denen es gefallen würde, plötzlich Besitzer eines einigermaßen ansehnlichen Hofs zu sein. Müßte sie nicht die Zukunft der Kinder sichern, würde sie sich eher glücklich schätzen, wenn Neeley das Land jemand anderem vermacht hätte.

In jener Nacht wälzte sie sich stundenlang auf ihrer Matratze. Immer wieder tauchten das Zwergengesicht und die verschmitzten Augen von Mossies Vetter im Austausch mit dem sanften, ernsten Blick von Alison Charlton Leahy vor ihr auf. Sie zerbrach sich förmlich den Kopf nach den Empfehlungen der Kartenlegerin: *Hindernisse, Verzögerungen, eine Heirat als Geschäft... eine verborgene Gefahr...*

Die prognostizierte Vernunftheirat hatte sie soeben abgelehnt. Aber hatte Mrs. Charlton Leahy nicht wiederholte Male gesagt, daß sie einen freien Willen und das Recht zur freien Entscheidung besaß? Nun, dachte sie aufgebracht, Mossie Breac Sheehan zu heiraten wäre ganz sicher nicht ihre Wahl.

Jedoch neue Hoffnung keimte in ihr auf, hatte die Frau nicht außerdem gesagt, diese Verbindung wäre für ihre Ehe mit Daniel vorteilhaft?

Am nächsten Morgen hätte sie, gereizt und müde, Mossie am liebsten vor die Tür gesetzt, als er gegen halb zwölf erschien. Aber sie mußte sich zusammenreißen. »Komm rein, Mossie.«

Sie formulierte die Einladung so knapp wie möglich, ohne daß es gegen die Höflichkeitsregeln verstieß.

Das Wetter hatte sich in der ihm eigenen Art dramatisch zum Besseren gewandelt. Francey und Johanna spielten draußen auf dem Feld und das Baby hielt seinen Mittagsschlaf. Als Mossie die ruhige Küche betrat, fiel ihr abermals die eigenartige Anspannung auf, mit der er ihr in letzter Zeit begegnete.

Er lehnte die übliche Erfrischung und das Angebot, Platz zu nehmen, ab und blieb mit leicht gespreizten Beinen stehen. Während Elizabeth auf eine Einleitung wartete, bemerkte sie, daß sein gebräuntes Gesicht ungewöhnlich bleich aussah.

»Es geht um folgendes«, begann er ohne lange Umschweife. »Ich habe dich gebeten, mich zu heiraten – und wir wissen beide, daß ich es in ehrenwerter Absicht tat.« Sein Blick, der auf irgendeine Stelle hinter Elizabeths Schulter geheftet war, schweifte wie so oft in die Ferne. »Und jetzt frage ich dich noch einmal. Lizzie, würdest du mich – bitte – heiraten? Ich habe dich schon seit langer Zeit sehr gern.«

Elizabeth hatte das Gefühl, das Blut gefriere ihr in den Adern. »Tut mir leid, Mossie«, sagte sie so ruhig, wie es ging. »Aber ich fürchte, die Antwort ist immer noch nein. Ich bin dir wirklich dankbar für alles, was du seit Neeleys Tod für uns getan hast, und dein Angebot ist natürlich sehr schmeichelhaft für mich…«

»Denkst du denn wenigstens einmal darüber nach?«

Ohne brutal sein zu wollen, kam sie zu dem Schluß, daß es unfair wäre, falsche Hoffnungen in ihm wachzurufen. »Ich glaube nicht«, sagte sie sanft. »Tut mir leid.«

Er blickte auf, und die Intensität seiner Verletztheit erschreckte sie, doch eine Sekunde später meinte sie, die Trauer in seinem Blick sei nur ein Produkt ihrer Phantasie gewesen. Denn mit einem Mal machte Mossie eine erstaunliche Wandlung durch. Seine Miene erstarrte, und es schien, als wachse er: Der Mann, der plötzlich vor ihr stand, war alles andere als ein abgewiesener Bittsteller.

»Wenn du mich jetzt bitte entschuldigen würdest…«, begann sie nervös, doch er fiel ihr ins Wort.

»Nein, wenn du es mir erlauben würdest, könnte ich dich davon überzeugen, daß eine Heirat mit mir das beste ist«, sagte er fest.

Elizabeth hatte das Gefühl, daß er ihr jetzt aus unerfindlichen Gründen voraus war. »Ich habe dir doch schon erklärt...«, setzte sie an.

»Vielleicht sollte ich es anders formulieren«, unterbrach er abermals. »Ich denke, es wäre zu *deinem* Vorteil, wenn du mich anhören würdest.«

»Tut mir leid, Mossie.« Elizabeth versuchte, verlorenen Boden zurückzugewinnen. »Aber ich muß dich wirklich bitten zu gehen.« Ihre Stimme festigte sich. »Was muß ich denn noch sagen, damit du mein Nein begreifst?«

Er starrte sie reglos an. »Ich an deiner Stelle würde erst einmal zuhören.«

Vor ihrem nächsten Protest ging er an ihr vorbei, und noch während sie ihm mit offenem Mund nachschaute, setzte er sich auf den Stuhl neben dem Kamin. »Noch einmal, Lizzie«, sagte er, wobei er ins Feuer sah, »gebe ich dir die Gelegenheit, meinen Antrag anzunehmen. Vielleicht sollte ich hinzufügen, daß die Zeit auf meiner Seite ist.«

Zum ersten Mal seit Beginn des Gesprächs spürte Elizabeth so etwas wie Furcht. Dieser autoritäre Mensch war ein vollkommen anderer Mossie als der, den sie seit Jahren als Nachbarn kannte. Bisher hatte sie ihn immer nur als einen der zahlreichen, bedauernswerten Junggesellen gesehen, die vom Schicksal irgendwo auf dem irischen Land zu einem Leben in Einsamkeit gezwungen waren. Doch das war wohl ein Irrtum. Mossie besaß eine komplexe Persönlichkeit, er war kein Mensch, der sich mit den anderen über einen Kamm scheren ließ.

»Du wirst mich niemals dazu überreden können, etwas so Abscheuliches zu tun, wie jemanden zu heiraten, den ich nicht – ich meine, der...« Noch während der Satz über ihre Lippen kam, wußte sie, daß diese Beleidigung ein Fehler war.

»Ach nein?« Die Beine seines Stuhls quietschten auf dem Steinboden, als er ein plötzliche Bewegung vollführte. Doch statt daß er, wie sie befürchtet hatte, auf die Füße sprang, blieb er sitzen. Trotz des in der Küche herrschenden dämmrigen Lichts sah sie auch noch den letzten Rest Farbe aus seinem Gesicht weichen. »Jemanden wie mich?« fragte er so leise, daß sie ihn kaum hörte. »Dabei waren Sie bisher gar nicht so anspruchsvoll, Fräulein Anwaltstochter aus Cork!«

»Verschwinde!« fuhr Elizabeth ihn an.

Er drehte sich um. »Ich habe versucht, die Sache vernünftig anzugehen, so wie es sich gehört. Aber so überzeugt man dich nicht, wie? Mit deiner Erhabenheit und deiner Eleganz, deinen weichen Kleidern und deinen Seidenstrümpfen bist du zu gut für jemanden wie mich. Wir Bauern waren schon immer unter deiner Würde, nicht wahr, Lizzy?« Er lächelte. »Abgesehen natürlich von einem... oder zweien? Am Ende waren es noch mehr? Nur, daß jemand wie ich natürlich zu dumm ist, davon etwas mitzubekommen.«

Elizabeth hatte es die Sprache verschlagen. Mossie beugte sich so weit vor, daß er beinahe vornüberkippte, und sah sie von unten an. »Meine Familie hat sich krummgelegt für das Land, das du jetzt dein Eigen nennst«, sagte er beinahe drohend. »Aber eine Zugezogene wie du hat natürlich keine Ahnung, was es für jemanden wie mich bedeutet, von einem Stückchen Land leben zu müssen, das nur aus Steinen besteht. Derweilen muß ich mit ansehen, wie du, die nicht einmal einen Stechginster von einer Stechpalme unterscheiden kann, es dir auf diesem hübschen Hof gemütlich machst, der rechtmäßig mir gehört und der jetzt verfällt, weil du dir die Hände mit der Drecksarbeit natürlich nicht schmutzig machen willst.«

Elizabeth sah, daß er vor Leidenschaft zitterte. Mühsam krächzte sie: »Das ist doch alles ewig her...«

»Dieser Hof *liegt mir im Blut!*... Es ist meiner«, wiederholte er etwas ruhiger, ehe er fortfuhr: »Obwohl ich natürlich nicht erwarte, daß du das verstehst.«

Während er Luft holte, sammelte Elizabeth ihren verbleibenden Mut und sagte: »Es ist das Land, das du heiraten willst, nicht mich.«

»Meinst du?« fragte er leise und wieder schweifte sein Blick in die Ferne.

»Jawohl – liegt doch auf der Hand! Aber ich finde, das ist ein verabscheuungswürdiger Grund für eine Heirat. Was meinst du eigentlich, wo du lebst? Im Mittelalter?«

»Ich wußte, daß jemand wie du die Bedeutung des Landes hier für uns nicht verstehen kann. Aber da wir gerade davon sprechen – vermutlich gibt es niemanden ohne einen Schwächepunkt.« Sie versuchte, seinem Blick standzuhalten, doch es gelang ihr nicht. »Nehmen wir zum Beispiel dich. Deine Schwäche ist das andere Geschlecht, nicht wahr, Lizzi?«

Sie sprang von ihrem Stuhl, stürzte auf ihn zu und hätte ihm die Augen ausgekratzt, hätte er nicht bereits vorher ihre Handgelenke gepackt. Obgleich er immer noch saß, war sein Griff von erstaunlicher Kraft. Und in seinen grauen Augen sah Elizabeth, daß es sinnlos wäre zu leugnen, was er so deutlich erkannte. Obgleich sie vor Verlegenheit kaum Luft bekam, klammerte sie sich verzweifelt an einen letzten Rest Selbstbewußtsein. »Du hast das Recht zu denken, was du willst, Mossie; aber falls ich so sagen darf, ist dies wohl kaum eine geeignete Methode, um meine Hand anzuhalten. Sicherlich verstehst du, daß ich dich nach dieser Unterhaltung nicht einmal dann heiraten würde, hinge mein Leben davon ab. Außerdem wäre ich dir dankbar, wenn du mich loslassen würdest. Du tust mir weh.«

»Hör mich erst einmal zu Ende an. Ich denke, daß du dir die Sache dann vielleicht doch noch einmal überlegst.« Langsam ließ er ihre Handgelenke los und blickte auf ihre Hände herab, als gehörten sie jemand anderem. »So habe ich es nicht gewollt. Aber wenn es anders nicht möglich ist...« Er seufzte, doch dann bekam seine Stimme einen geschäftsmäßigen Ton. »Jetzt spitz bitte deine Ohren. Es könnte sein, daß das, was du zu hören bekommst, durchaus von Interesse für dich ist.«

Elizabeth rieb sich die schmerzenden Handgelenke und wollte gerade schreien, daß Mossie endlich verschwinden sollte, als er hinzufügte: »Außerdem denke ich, daß die Sache auch Danny McCarthy dient.«

Müde sank sie auf einen Stuhl und versuchte, ihm das Wort zu erteilen – aber sie brachte einfach keinen Ton heraus.

Mossie wartete eine Sekunde, und als ihm klarwurde, daß sie ihm tatsächlich zuhören wollte, sagte er knapp: »Ich war in jener Nacht oben auf dem Berg und habe alles mitbekommen.«

Während Elizabeths Herz immer heftiger gegen ihre Rippen schlug, schilderte er mit dürren Worten, was zwischen Daniel und Neeley vorgefallen war.

»Aber das ist genau das, was Daniel der Polizei gesagt hat«, weinte sie, ehe sie sich unterbrach. »Warum rückst du erst jetzt damit heraus? Warum hast du dich nicht gleich als Zeuge zur Verfügung gestellt?« Ihre Verwirrung legte sich und Zorn gewann die Oberhand. »Dadurch hättest du ihm allerhand Qual erspart.«

»Vielleicht.« Äußerlich blieb Mossie ruhig, aber sie spürte, daß er innerlich gespannt wie die Saite einer Violine war.

»Wir müssen sofort nach Castletown – am besten nehmen wir die Pferdekutsche der Harringtons …« Dann bemerkte sie seinen reservierten Gesichtsausdruck. »Aber das ist noch nicht alles, stimmt's?«

»Ganz richtig«, bestätigte er ihr. »Am besten rede ich gar nicht lange drum herum. Ich gehe zur Polizei und mache meine Aussage, wenn du dich bereit erklärst, mich zu heiraten. Weigerst du dich hingegen, behalte ich das, was ich weiß, weiterhin für mich.« Mossie atmete schwer aus, als hätten die Worte eine Wolke giftigen Atems produziert.

»Das ist ja wohl die Höhe!« Elizabeth traute ihren Ohren nicht. »Dann gehe ich eben allein zur Polizei. Sie werden dich zwingen, zu berichten, was du gesehen hast.«

»Meinst du wirklich? Du erinnerst dich doch sicher noch an Jimmy Deeneys Tanzveranstaltung, Lizzie? Den Abend, an dem du mich benutzt hast, als wäre ich eine Schachfigur?« Er schüttelte den Kopf, als schwirre die Erinnerung wie eine bösartige Wespe durch seinen Kopf. »Aber das ist jetzt egal … Soweit ich mitbekam«, fuhr er leise fort, »hast du selbst gesagt, du würdest deinen Mann am liebsten umbringen. Und das habe nicht nur ich gehört. Es könnte dir entgangen sein, daß auch ein anderer Mann die Worte mehr als deutlich vernommen hat. Diese Person ist zufällig ein Cousin zweiten Grades von mir. Und natürlich weiß jeder, der auf dem Fest war, warum du diese Drohung ausgestoßen hast. Weil dein Mann etwas dagegen hatte, daß du dich Danny McCarthy derart offenkundig an den Hals wirfst.« Elizabeth fühlte sich wie ein Kaninchen in einer Falle, während er gnadenlos weitersprach. »Wie meinst du wohl, wirkt das? Du wolltest Neeley gerne an den Kragen, weil er dich davon abhielt, mit deinem Schwarm zu tanzen, und als nächstes...«

Er machte eine Pause, da sie endlich die Bedeutung des Gesagten überdeutlich begriff. »Wem wird die Polizei also glauben? Dir und Danny McCarthy oder mir, meinem Cousin zweiten Grades und Dreiviertel der Gemeinde?«

Er erhob sich von seinem Stuhl. »Am besten denkst du erst einmal in Ruhe über alles nach. Ich werde nicht wiederkommen, ehe du mir nicht deinen Bescheid schickst.« Ohne sie noch länger anzusehen, fuhr er beinahe beiläufig fort: »Aber mach dir keine Sorgen um den Hof. Ich würde es nicht ertragen, mit ansehen zu müssen, wie du ihn verkommen läßt. Also kümmere ich mich weiter um Feld und Vieh.« Er hob seine Mütze vom Boden auf und ging zur Tür. Ehe er nach draußen trat, drehte er sich jedoch noch einmal um, so daß seine breite Gestalt das Sonnenlicht im Rücken hatte und sein Gesicht im Schatten lag. »Und vergessen Sie nicht, Mrs. Scollard, ich habe es auf anständige Weise versucht.«

Elizabeth fror innerlich. »Und was ist mit dem Gesetz?« flüsterte sie. »Wenn ich dich vor Gericht als Zeugen benennen würde, stündest du unter Eid.«

»Du überraschst mich, Elizabeth. Vielleicht haben uns die Engländer moderne Anwälte und moderne Gesetze geschickt, aber wir leben hier nicht in der Stadt. Hast du etwa seit deiner Ankunft in Béara überhaupt nichts gelernt? Die Tradition steht über dem Gesetz. Und schließlich geht es hier um unseren Grund und Boden.«

In diesem Augenblick erkannte Elizabeth, daß er tatsächlich

zu einem Meineid in der Lage war – und bereit, alles mögliche zu schwören. Sie atmete keuchend aus. »Wenn ich gestern abend bereits ja gesagt hätte«, grollte sie, »hättest du mir nie etwas davon erzählt. Du hättest Daniel im Gefängnis verrotten – oder ihn sogar aufhängen lassen.«

Er rückte seine Mütze zurecht. »Wahrscheinlich nicht«, kam seine Erwiderung. »Aber das wirst du nie erfahren, nicht wahr?« Mit einem Mal drückte seine Miene Trauer aus. »Weißt du«, ergänzte er, »ich wollte, daß du mich um meinetwillen und nicht seinetwegen heiratest. Wer weiß, vielleicht hätten wir eine ebenso große Chance wie die meisten anderen gehabt.«

Er wandte sich von ihr ab und trat in den goldenen Tag hinaus. »Aber wir können das Rad der Geschichte nicht zurückdrehen.« Er schüttelte sich wie ein nasser Hund. »Dieses Land hat meiner Familie gehört«, fügte er so leise hinzu, daß sie ihn kaum verstand. »Vergiß nicht – ich warte auf deine Antwort!«

Nachdem er gegangen war, wäre Elizabeth am liebsten schnurstracks zu Tilly Harrington gelaufen, um sich ihr anzuvertrauen. Aber dann hielt sie sich zurück. Am besten dächte sie erst einmal über ihre Bedrängnis nach.

Wie hatte sie nur so blind sein können Mossies Gefühlen gegenüber? Schließlich hatte er sie über all die Jahre hinweg ständig mit eigenartigen Blicken bedacht.

Andererseits kam ihr sein Antrag so unvorhergesehen, daß sie kaum zu unterscheiden vermochte, inwieweit dieses Gefühl ihr selbst oder ihren Ländereien galt. Mossie hatte die Wahrheit getroffen mit seiner Behauptung, sie als Städterin könne unmöglich verstehen, welch leidenschaftliche Liebe die Bauern mit ihrem Land verband.

Hatte er die versteckte Andeutung eines Meineids tatsächlich ernst gemeint?

Wegen einiger Weiden und Felder?

Elizabeth wußte die Antwort bereits, ehe ihr Hirn auch nur die Einzelheiten durchschaute. Und um sein Argument noch zu bekräftigen, hatte Mossie erklärt, er fühle sich durch seine Geburt als rechtmäßiger Besitzer des Grundes, um den es ging.

Sie stapfte durch die Küche und zwang sich, die Angelegenheit aus Mossies Perspektive zu beurteilen. Die einzige Möglichkeit, seine Besessenheit nachzuempfinden, sah sie im Vergleich mit ihrer eigenen Besessenheit. Allein bei der Erinnerung an Daniel, an sein gelocktes Haar, den geraden Rücken, seinen vollen Mund und die weiche Haut wallte wohlige Wärme in ihr auf. Zog ein Mann sie an, setzte sie sich, wie in der Vergangenheit unmißverständlich unter Beweis gestellt, schamlos über alle Moralvorstellungen und Vernunft hinweg. Falls Mossies Begierde nach Land ebenso drängend war wie ihr eigenes Verlangen nach Daniel, dann scheute er sicher keine Mittel, sie zu befriedigen.

Könnte sie vielleicht einen Nutzen daraus ziehen, daß Mossie eine Schwäche für sie hatte? Könnte sie ihn dazu bewegen, zu Daniels Gunsten auszusagen und gleichzeitig seinen Heiratsantrag fallenzulassen?

Dann erinnerte sie sich jedoch daran, wie billig sie sich gefühlt hatte nach ihrer Verführung Neeleys, bloß damit er sie zu dem Tanzabend begleitete – und verwarf diese Möglichkeit. Ein solches Gefühl der Erniedrigung ertrüge sie kein zweites Mal.

Aber... es ging um Daniel! Wieder versuchte sie, Mossies Gedanken nachzuvollziehen. Wenn er bereit war, bis zum Letzten zu gehen, weshalb sollte sie es nicht genauso halten?

Mitten in der Küche blieb sie stehen. Vielleicht überließe sie ihm einfach das Land? Da erkannte allerdings die Anwaltstochter in ihr, daß sie, selbst als Alleinerbin, die Verantwortung für die Zukunft von Neeleys Kindern trug.

Oder vielleicht ein Verkauf?

Aber Mossie brächte niemals die angemessene Summe auf.

Gegen einen symbolischen Betrag?

Wovon bestritten sie und die Kinder dann ihren weiteren Lebensunterhalt?

Wie wäre es, wenn sie Mossie einen anderen – schriftlichen – Vorschlag unterbreitete? Daß er, wenn er sich für Daniel verwendete, einen Anspruch auf die Ländereien hätte, aber nicht auf sie?

Könnte sie ihm den ganzen Grund verpachten und ihm ein

lebenslanges Nutzungsrecht gewähren? Aber noch während sie darüber nachdachte, wußte sie, daß es keinen Kompromiß gab. Mossie trachtete danach, wieder in seinen rechtmäßigen Besitz zu gelangen.

Könnte sie selbst zur Polizei gehen und verkünden, daß es einen Zeugen gab? Aber wenn Mossie die Sache kategorisch abstritt, hätte sie gegen ihn nicht die geringste Chance.

Während des restlichen Tages verfolgte ihr Dilemma sie unerbittlich, und als die Kinder aus der Schule kamen, verströmte sie eine derart gereizte Nervosität, daß Kathleen noch vor dem Abendessen mit beleidigter Miene im Schlafzimmer verschwand, Francey, Goretti und Johanna mit Trauermienen in einer Ecke der Küche kauerten und Margaret bei ihren Hausaufgaben Zuflucht nahm. Selbst die normalerweise so gelassene Mary schniefte in ein Taschentuch.

Gerade noch rechtzeitig hielt sich Elizabeth zurück, sonst hätte sie abermals herumgeschrien, wie faul und nutzlos der ganze Haufen war. Sie sah die verstörten Kinder an und sofort wallten Schuldgefühle in ihr auf. Besonders jetzt, nachdem ihnen der Vater auf so tragische Wiese genommen war, brauchten sie keine Beschimpfungen, sondern liebende Unterstützung. »Tut mir leid«, weinte sie. »Entschuldigung!«

»Schon gut, Mammy«, sagte Margaret und sah nervös in die Runde. »Wir verstehen dich.«

»Hier...« Elizabeth nahm den Rest der Zuckerration aus der Anrichte. »Wir alle haben in letzter Zeit so viel durchgemacht, daß es sicher für den Rest unseres Lebens reicht. Zum Teufel mit der ewigen Sparsamkeit, jetzt haben wir uns wirklich eine Eiercreme verdient.«

Während sie die Eier über einer Schüssel aufschlug, versammelte sich die ganze Schar um den Tisch. Eiercreme, auf die sie alle versessen waren, hatte es zum letzten Mal an Weihnachten gegeben.

Als Beigabe zu der Köstlichkeit kochte sie noch einen Brotpudding und stellte zu ihrem Erstaunen fest, daß die heimelige Tätigkeit ihre verzweifelten Gedanken bannte. Sie wollte ihren

Ausbruch von vorher wiedergutmachen und bemühte sich um Ruhe und Herzlichkeit.

Als das ungewöhnliche Mahl fertig war, gesellte sich sogar Kathleen zu ihnen.

»Und was nehmen wir jetzt anstelle von Zucker?« fragte Margaret, während sie auf ihren dampfenden Teller sah. »Schließlich hast du alles verbraucht.«

Elizabeth schob sich einen Löffel süßen Puddings in den Mund. »Dieser Krieg kann nicht ewig dauern«, meinte sie. »Spätestens Weihnachten müßte er aus sein. Das sagen alle.«

»Hm!« So schnell gab Margaret nicht auf. »Aber was machen wir bis zum Ende der Woche?«

»Sollten wir uns vielleicht ein paar Bienenstöcke zulegen?« fragte Elizabeth, während sie Abigail einen Löffel Eiercreme in das begierig aufgesperrte Mündchen schob. »Ihr erinnert euch doch bestimmt daran, daß ich im letzten Sommer ein bißchen Honig von einem Mann drüben aus Derryconnla geholt habe? Er könnte uns helfen. Und wenn wir unseren eigenen Honig hätten, bräuchten wir keinen Zucker mehr.« Diese Erwägung lenkte alle erfolgreich ab, so daß es Elizabeth erspart blieb, weiter über diese momentane Verschwendung zu diskutieren.

Während sie die Kinder beobachtete und ihnen zuhörte, wie sie aufgeregt über Bienen und Honig schwatzten, wurde ihr abermals bewußt, daß sie die alleinige Verantwortung für diese jungen Leben trug. Bei ihren verzweifelten Überlegungen, wie sie sich Mossies Forderungen am besten entwand, hatte sie einzig an sich selbst gedacht: doch dieser Hof und diese Umgebung waren das Zuhause der Kinder, sie gab ihnen Sicherheit, bildete die Konstante in ihrem Dasein, das sich so grausam verändert hatte – niemals durfte sie diejenige sein, die ihnen diese letzte Zuflucht nahm. Sie würde sich selbst verabscheuen, wenn sie das Leid hier noch vergrößerte.

Sie begriff, wie bereits einige Male in ihrer Vergangenheit – wie zum Beispiel, als sie Neeley gedroht hatte, zu gehen –, daß sie in der Falle saß.

Und mit dieser Erkenntnis kehrte auch ihre Vernunft zurück.

Gegen acht Uhr an jenem Abend übertrug Elizabeth Mary die Aufsicht über den Nachwuchs und machte sich auf den Weg zu Mossie Breac Sheehan.

Der Pfad zu dem Haus von Mossies Tante hinauf war zu uneben für ihr Fahrrad; daher stieg sie widerwillig ab, legte es in den Graben, blieb einen Augenblick stehen und sammelte sich. In der Tasche ihrer Strickjacke trug sie zwei Dokumente, anhand derer sie über ihre und Daniel Carrigs Zukunft zu verhandeln beabsichtigte.

Während der letzten Tage waren die Fuchsien in Béara vollständig erblüht. Die hohen, ungestutzten Hecken zu beiden Seiten des Weges quollen über vor winzigen Laternen und auf dem grasüberwachsenen Pfad blitzten unzählige rote und purpurfarbene Sterne auf. Aber Elizabeth war derart in ihre Gedanken vertieft, daß sie achtlos an den Blüten zupfte, Knospen zerdrückte und Blätter zwischen ihren Fingern zerrieb. Sie stach sich an einem Dorn, und während ein leuchtender Blutstropfen über die pinkfarbenen Blätter der zerstörten Blüte rann, ging sie die vor ihr liegende Diskussion im Geiste durch. Selbstsicher, vor allem aber präzise müßte sie sich äußern.

Sie ließ die Blüte fallen, saugte an ihrem Finger, bis er nicht mehr blutete, und marschierte weiter.

Mossies zweigeschossiges Haus war genau wie ihr eigenes aus solidem Stein gebaut. Der kleine Hof empfing sie sauber und aufgeräumt, unterhalb der Mauer waren hübsche Beete angelegt. Allerdings nahm Elizabeth nur wenig von der Umgebung wahr, da die obere Hälfte der Küchentür weit offenstand.

Unmittelbar auf ihr Klopfen humpelte Mossies Tante Bel herbei. »Guten Abend«, sagte Elizabeth. »Ich frage mich, ob Mossie wohl in der Nähe ist. Erinnern Sie sich an mich, Ma'am? Ich bin Lizzie Scollard.«

»Aber natürlich kenne ich Sie, kommen Sie doch herein …« Bels Rücken war von Arthritis gebeut. Mit krummen Fingern schob sie den Riegel der Tür zurück und machte sie weit auf. »Ein wunderbarer Abend, dem Herrn sei Dank«, sagte sie. »Tut mir leid, daß Sie solche Schwierigkeiten haben, Lizzie. Ich konnte leider nicht in die Kirche kommen, aber Mossie war ja sicher da. Wie man mir erzählte, hatte Neeley eine wirklich schöne Beerdigung.«

»Allerdings. Haben Sie die Beete angelegt, Ma'am?« Elizabeth verspürte nicht das geringste Verlangen nach Beileidsbekundungen, so daß sie auf die Blumenrabatten wies.

»Seit ich Rheuma habe, schaffe ich das nicht mehr. Also kümmert sich Mossie darum. Er ist einfach vorbildlich.«

In der Tat? dachte Elizabeth, doch sie sagte nichts. Diese ganze Sache ging die arme Bel nichts an.

»Unbedingt«, fuhr Mossies Tante fort. »Er hat schon immer einen grünen Daumen besessen, der alles zum Blühen bringt.«

»Das freut mich.« Elizabeth hoffte, nicht allzu ironisch zu klingen. »Ist er zufällig da?« Zu ihrer eigenen Verwunderung war sie nicht im mindesten nervös.

»Er ist irgendwo draußen«, sagte die alte Dame und schlurfte auf schmerzenden Beinen in die Küche zurück. »Johnny Thade ist bei ihm.« Sie hantierte an dem Riegel des Fensters und bekam es schließlich auf. »Mossie«, rief sie mit zittriger Stimme hinaus.

Als sie eine leise Antwort hörte, verspürte Elizabeth zum ersten Mal, seit sie ihr Daheim verlassen hatte, ein gewisses Bangen.

»Er kommt sicher gleich«, sagte Bel. »Möchten Sie etwas trinken?«

»Danke, aber ich bleibe nicht lange. Ich wollte nur schnell mit Mossie sprechen, und dann muß ich wieder zu den Kindern.«

»Himmel, die armen vaterlosen Geschöpfe!« Unter Qualen setzte sich Bel auf einen bequemen, mit abgewetzten Kissen ausgelegten Stuhl.

»Vielleicht sollte ich ihm entgegengehen«, sagte Elizabeth.

»In Ordnung. Ich hoffe, Sie verzeihen mir, wenn ich nicht aufstehe, um Sie an die Tür zu begleiten.«

»Selbstverständlich...« Froh, ihr zu entkommen, überlegte Elizabeth, welche Pläne Mossie wohl in bezug auf seine Tante hegte. Ganz offensichtlich käme die Frau niemals allein zurecht.

Bels körperliche Gebrechlichkeit hatte ihre Entschlossenheit noch verstärkt. Draußen im Hof sah sie, daß Mossie über das mit Binsen bestandene Feld in ihre Richtung kam, und dankte dem Himmel, daß Johnny Thade nicht bei ihm war.

»Ich hätte dich nicht so schnell erwartet«, sagte er und zeigte auf seine schmutzigen Arbeitskleider, als er in Hörweite gelangte. »Im Moment lege ich gerade einen Graben trocken.«

Elizabeth hielt sich nicht lange mit Höflichkeitsfloskeln auf. »Gibt es irgendwo eine Stelle, an der man sich ungestört unterhalten kann?«

»Das Haus ist klein.«

»Meinetwegen können wir auch draußen bleiben.« Sie sah sich um. »Da drüben.« Sie zeigte auf eine alte Gartenbank, die neben einem Schuppen in der Sonne stand.

»Hast du über meinen Vorschlag nachgedacht?« fragte er, als sie saß. Obgleich die Worte klangen, als spräche er beispielsweise über ein Stück Vieh, spürte Elizabeth, wie angespannt er war.

Um ihn ein wenig leiden zu lassen, antwortete sie nicht sofort. Energisch umklammerte sie die Papiere in der Tasche ihrer Strickjacke. »Ich hätte einen Gegenvorschlag für dich.«

»Bin ganz Ohr«, kam seine trockene Erwiderung, doch Elizabeth achtete nicht darauf.

Nun, da der Augenblick gekommen war, erfaßte sie eine unerhörte Ruhe. Sie zog die beiden Blätter aus der Tasche, überflog sie, wählte dann eins der beiden zuerst und strich es sorgsam glatt. Während sie es tat, kam ihr der Gedanke, wie unpassend dieser romantische Ort für diese Unterhaltung war. Die Seitenwand des Schuppens im Rücken, saß sie auf einer windgeschützten Bank, von der aus man in Richtung Süden auf hübsche Rankgewächse sah, unter anderem zwei Sorten betörend duftender Rosen. »Ich möchte dir etwas vorlesen«, begann sie entschlossen und sah ihn von der Seite an.

Aber falls Mossie überrascht war, ein Dokument in ihrer Hand zu sehen, so zeigte er es nicht.

»Es ist alles sorgfältig überlegt, und meine Bedingungen sind unumstößlich. Hast du das verstanden?«

Beinahe unmerklich nickte er.

Elizabeth nahm das Blatt von ihrem Schoß. »Gegenwärtig«, las sie vor, »bist du, Maurice Sheehan, befugt, den Scollardschen Hof nach deinem Belieben zu bewirtschaften; aber da meine Kinder und ich über kein Einkommen verfügen, zahlst du uns dafür eine angemessene Pacht. In fünfzehn Jahren, wenn mein jüngstes Kind die Schule verlassen hat und unabhängig ist, wird das gesamte Land bis an dein Lebensende an dich übergehen. Nach deinem Tod jedoch fällt das Land an Neeleys Familie zurück. Das legst du testamentarisch fest. Beide Urkunden, deine und meine, werden gleichzeitig vor einem Anwalt meiner Wahl, nämlich meinem Vater, angefertigt.«

Sie blickte auf. »Ist das klar?« fragte sie.

»Vollkommen.« Mossies Miene verzog sich keinen Deut.

»Bist du einverstanden?«

»Nein.«

»Warum nicht?« Da Elizabeth auf diese Reaktion mehr oder weniger gefaßt gewesen war, hatte sie das zweite Schreiben aufgesetzt; aber trotzdem hoffte sie, daß ihm ihre Empörung nicht verborgen blieb.

»In dem Schreiben steht nichts davon, daß du mich heiratest.«

»Ich dachte, dich interessiert das Land?«

»Auch.«

Sie starrten einander an, und in dem Bewußtsein, Mossie abermals unterschätzt zu haben, wandte sich Elizabeth als erste ab.

»Das Land gehört meiner Familie«, sagte Mossie beinahe sanft.

Sie durfte auf keinen Fall die Geduld verlieren, dachte Elizabeth. »Aber ich bin kein Teil davon!«

»Das Land gehört meiner Familie ohnehin«, wiederholte er.

Elizabeth gab sich geschlagen und zog, ohne Mossie auch nur anzusehen, das zweite Blatt hervor.

»Ich werde dich unter einigen Bedingungen heiraten«, las sie in möglichst förmlichem Ton. »Zum ersten werde ich dich nicht heiraten, ehe nicht die offizielle Trauerzeit vorüber ist, also in frühestens einem Jahr. Und zum zweiten«, sie holte tief Luft, so daß das Blatt in ihrem Schoß leicht zitterte, »werde ich zwar vor dem Gesetz deine Frau sein, aber in keinem anderen Bereich. Das heißt, ich lebe weiterhin in meinem Haus, und du bleibst hier.«

Er machte eine Bewegung, und sie hörte sein Schnauben. »Die dritte Bedingung ist, daß du niemals jemandem gegenüber über die Gründe unserer Heirat sprichst. Niemals. Angesichts der ungewöhnlichen Umstände unseres Ehelebens werden die Leute natürlich Gerüchte ausstreuen, aber damit mußt du leben.

Zugleich jedoch habe ich das Recht, eine kleine Zahl von Menschen, denen es zusteht, in die Wahrheit einzuweihen. Allerdings garantiere ich, daß ich nichts erzählen werde, solange die Person nicht ihrerseits gelobt, das Geheimnis für alle Zeit bei sich zu behalten.

Darüber hinaus soll niemand von unserer Verlobung erfahren, ehe nicht das Aufgebot bestellt ist. Und das wird frühestens ein Jahr und eine Woche nach Daniel McCarthys Entlassung aus dem Gefängnis geschehen.

Die vierte Bedingung ist die, daß ich mein Leben auch nach unserer Eheschließung so führen werde, wie ich es will, ohne daß du etwas dazu zu sagen hast. Als Gegenleistung«, sie beschleunigte ihr Tempo, »überschreibe ich dir das Land unter der Bedingung, daß Neeleys Kinder immer ein Dach über dem Kopf haben – und bis zu unserer Hochzeit verpachte ich dir das Land, so wie es in dem ersten Schreiben steht.

Falls du auch nur eine der vier Bedingungen nicht einhältst, sie hielt im Lesen inne und hob den Kopf, »egal welche, Mossie – solltest du mir zum Beispiel nachschleichen, wenn ich irgendwo spazierengehe –, dann wirst du niemals auch nur einen Quadratzentimeter des Landes besitzen, das schwöre ich! Nicht einen Quadratzentimeter. Und natürlich hängt alles davon ab, ob du gleich morgen früh zur Polizei gehst und zugunsten von Daniel aussagst.«

Eine große Biene summte an Mossies Gesicht vorbei, aber er blinzelte nicht einmal. »Ein Jahr und eine Woche?« krächzte er.

»Man merkt, daß du die Tochter eines Anwalts bist. Und welche Garantie habe ich, daß du es dir nicht noch einmal anders überlegst, wenn er erst aus dem Gefängnis entlassen ist?«

»Keine«, erwiderte Elizabeth, »außer meinem Wort und diesem Stück Papier. Aber ich nehme an, daß es, da ich es in Gegenwart von Zeugen zu unterschreiben gedenke, einen gesetzlichen Wert haben wird.«

»Vor Zeugen? Ich dachte, daß außer ein paar Auserwählten niemand etwas von der Abmachung erfahren darf?«

»Die Zeugen werden einzig unsere Unterschriften bestätigen.«

Wieder sah er sie an. »Du darfst es also den Leuten erzählen, ich aber nicht?«

»Die Menschen, an die ich denke, sind Leute wie mein Vater – und...« Zum ersten Mal zögerte sie.

»Und Danny McCarthy«, beendete er leise ihren Satz.

»Ich habe doch schon gesagt«, fuhr sie starrsinnig fort, »daß ich niemanden ins Vertrauen ziehe, der meiner Meinung nach nicht ein *explizites Recht* darauf hat. Falls dieser Punkt in dem Dokument nicht deutlich genug ist, ändere ich die Passage gerne entsprechend deinen Wünschen ab. Gibt es jemanden auf deiner Seite, der ein Recht oder gar einen Anspruch auf ein Mitwissen hat?«

»Was denkst denn du, Elizabeth?« Meinst du, ich gebe gerne öffentlich bekannt, daß ich eine Frau zwingen mußte, mich zu heiraten?«

Es erfüllte sie mit wilder Freude, daß er endlich den Anstand hatte, einigermaßen beschämt zu sein. »Dieses Dokument wird erst unterzeichnet, *nachdem* du bei der Polizei gewesen bist.«

»Nachdem ich bei der Polizei gewesen bin?« Er sah sie mit seinem schiefen Lächeln an. »Elizabeth, hältst du mich für vollkommen blöd? Wir werden das Papier unterzeichnen, ehe ich auch nur in die Nähe irgendeiner Polizeistation gerate. Und außerdem werden wir ein weiteres Dokument aufsetzen, das garantiert, daß du dein Wort hältst und mich in einem Jahr heiratest. Einen amtlichen Verlobungsvertrag, Elizabeth!«

Sie wußte, wie bedeutsam ein solches Abkommen war: sollte sie ihr Heiratsversprechen nicht einhalten, wäre er zu einer Klage gegen sie wegen Wortbruchs befugt.

»Wie gesagt, die Bedingungen stehen unumstößlich fest.« Sie faltete die Papiere und schob sie in die Tasche ihrer Strickjacke zurück.

Aber Mossie war nicht weniger entschlossen als sie, und da sie immer wieder Daniels Kopf in der Schlinge des Henkers vor sich sah, brachte er sie schließlich doch zu dem vorgeschlagenen Kompromiß. »Also gut!« brüllte sie zuletzt. »Ich unterschreibe dein verdammtes Dokument. Aber sprich nie wieder auch nur ein Wort mit mir. Nie wieder, ja?«

»Das muß ich leider, wenn ich, wie du es verlangst, dein Land für mehr als ein Jahr pachten soll.«

»Und ich verlange, daß alles, was auf unseren Feldern wächst, jeder Grashalm, schriftlich registriert wird, damit du mich und meine Kinder nicht betrügen kannst.«

Mossie sah sie von der Seite an. »Du hast keine besonders hohe Meinung von mir«, bemerkte er nach einem Augenblick.

»Was?« Elizabeth stieß ein ungläubiges Gelächter aus. »Was würdest du denn von mir halten, wenn die Situation andersherum wäre, Mossie? Erpressung ist nun einmal nicht besonders ehrenwert.«

»Und Ehebruch?«

Seine Antwort brachte sie aus dem Gleichgewicht, aber immer noch gab sie nicht klein bei. »Du hast ja keine Ahnung…«

»Nein, dazu bin ich auf diesem Gebiet sicher zu unerfahren.«

»Ich habe damit nicht sagen wollen…«

»O doch, das hast du, Elizabeth. Aber lassen wir das. Mir steht der Sinn eben nach etwas Dauerhafterem als ein paar Schmusestunden im Heu – oder oben auf dem Berg. Neeley hätte das sicher verstanden.«

»… daß du mich erpreßt?«

»Ich glaube, in dieser Situation, ja.« Er legte die Hände auf seine Knie, und sein Blick schweifte in die Ferne. Elizabeth sah seine abgebrochenen Fingernägel, seine rauhe Haut – und gab ihm recht. Sie verstand die Einheimischen nicht, würde sie sicher niemals verstehen. Aber deshalb gäbe sie noch längst nicht auf. »Das hast du schon einmal gesagt«, stellte sie fest. »Du bist so arrogant, daß es kaum zu ertragen ist.«

»Meiner Ansicht nach, Lizzie«, sagte er in ruhigem Ton, »bist du mir in dieser Beziehung zumindest ebenbürtig. Und wenn man sich zu Hunden schlafen legt, ist es nun mal kein Wunder, wenn man Flöhe kriegt.«

Sie stand auf und sah ihn verächtlich an. »Und das alles nur, damit du ein paar Quadratmeter elenden Bodens in die Finger kriegst.«

»Das Land werde ich mir mit meinem eigenen Schweiß erarbeiten. Ich bin nicht der erste und werde ganz sicher auch nicht der letzte sein, der in einen Hof in Béara einheiratet.« Tatsächlich gab es immer wieder Männer, die Frauen wegen ihres Besitzes heirateten.

»Bringen wir die Sache hinter uns«, sagte sie jetzt. »Setz dein Papier auf, und ich unterschreibe es. Aber füge auf alle Fälle eine Klausel ein, derzufolge der Vertrag, falls du dich weigerst, zur Polizei zu gehen, nichtig wird.«

»Tja, alle guten Beziehungen sind auf gegenseitigem Vertrauen aufgebaut.«

Als sie sein ironisches Lächeln sah, empfand Elizabeth beinahe so etwas wie Bewunderung für ihn. In der Vergangenheit war sie blind gewesen für Mossie Breac Sheehans Intelligenz und Gerissenheit. »Wo ist dein Cousin?» fuhr sie ihn an.

»Noch immer mit Graben beschäftigt.«

»Hol ihn her. Wir brauchen ihn und deine Tante als Zeugen für meine Bedingungen. Ich wähle als Zeugen für die Unterzeichnung deines Papiers die Harringtons. Bring es nachher bei mir vorbei. Die Harringtons gehen nicht vor zwölf ins Bett.«

»Zu Befehl, Euer Majestät.« Er schob sich eine imaginäre Locke aus der Stirn. »Aber werden sie keine Fragen stellen?«

»Sie werden einzig die Unterschriften sehen, und sicherlich denken, daß es um Geldgeschäfte geht. Schließlich ist es hier in der Gegend normal, daß ein Nachbar dem anderen hin und wieder aus der Klemme hilft. Soviel zumindest habe ich seit meinem Kommen gelernt.«

»Du hast alles minutiös durchdacht, nicht wahr, Elizabeth?« Mossie schien eine Mücke ins Auge geflogen zu sein. »Aber ehe wir unser Geschäft abschließen«, er rieb an seinem Auge herum, »möchte ich dir versichern, daß Neeleys Land bestens versorgt wird. Diese Garantie gebe ich dir auch ohne ein Stück Papier.«

»Sag mir nur eins«, unterbrach Elizabeth ihn in neuerlicher Empörung. »Ich kann es nicht fassen. Warum hast du so lange mit deiner Eröffnung gewartet, daß du in jener Nacht oben auf dem Knockameala warst?«

Er ließ seine Hand sinken und schaute in die Ferne. »Du würdest es mir sowieso nicht glauben.«

»Vielleicht wärst du überrascht.«

»Noch nicht.«

Er machte sich auf die Suche nach Johnny Thade und ließ Elizabeth in einem Wirrwarr der Gefühle – sie wußte nicht, ob sie wegen seines allzu großen Selbstvertrauens wütend auf ihn, in bezug auf ihre eigene Zukunft verängstigt oder wegen Daniels baldiger Entlassung aus dem Gefängnis glücklich war – allein zurück.

Sobald Mossie hinter dem Haus verschwand und weder Elizabeth Scollard noch sonst ein Mensch ihn sah, sank er rückwärts gegen eine efeuüberwucherte Regentonne, warf die Hände vors Gesicht und brach in Tränen aus.

17

Die nächsten achtzehn Stunden kamen Elizabeth endlos vor. Auch während dieser Nacht tat sie kein Auge zu, so daß sie am Morgen ihre Frühstücksroutine beinahe schlafwandlerisch erledigte.

Tilly, die gegen halb zwölf zum Plaudern kam, fand sie nervös und hohlwangig in der Küche vor. »Es hätte wohl keinen Sinn zu fragen, was los ist, nein?«

»Ach, nur das Übliche!« Elizabeth schleuderte den Besen in die Ecke.

»Wer war denn das?«

»Wer war was?«

»Wen hast du da gerade mit dem Besen erschlagen, wenn ich fragen darf?«

»Tut mir leid, Tilly. Ich bin einfach schlecht gelaunt, weil ich zu wenig Schlaf bekomme. Im Moment ist mir wirklich alles zuviel.« Elizabeth hob den Besen auf und stellte ihn neben den Schrank. »Hast du irgend etwas gehört?« Es ließ ihr keine Ruhe. Immerhin bestand die Chance, daß Tilly, deren Haus wesentlich näher als dasjenige der Scollards bei der Gemeinde lag, irgendein Gerücht in bezug auf Daniels Fall zu Ohren gekommen war.

»Wovon?«

»Zum Beispiel von einem Prozess«, erläuterte Elizabeth gereizt.

»Viel eher geht hier etwas vor sich, wovon ich nichts weiß.« Tilly setzte sich an den Tisch.

»Das ist mal wieder typisch!« fuhr Elizabeth sie an. »Warum mußt du immer gleich denken, daß etwas los ist, nur weil ich nervös bin? Ich wünschte, ihr würdet mich alle einfach in Ruhe lassen.«

»Kein Problem«, meinte Tilly kurz angebunden.

»Oh, ich habe nicht dich gemeint.« Sofort wurde Elizabeth von ehrlicher Reue ergriffen. »Wirklich nicht. Verzeihst du mir?«

»Habe ich denn eine Wahl? Willst du darüber reden? Hat diese Frau, diese Charlton Leahy etwas gesagt, was dich bedrückt? Du bist nicht mehr die alte, seit du – oh, guten Morgen, Sergeant!«

»Morgen, Mrs. Harrington, Mrs. Scollard.« Der Sergeant lüftete seine Kopfbedeckung. »Dürfte ich vielleicht kurz mit Ihnen sprechen, Mrs. Scollard?« fragte er.

»Kommen Sie herein, Sergeant.« Nun, da der Augenblick gekommen war, wußte Elizabeth nicht, ob sie lachen oder weinen sollte vor Erleichterung.

Der Sergeant, ein großer, drahtiger Mann, schien den gesamten Sauerstoff in der Küche für sich zu beanspruchen, als er über die Schwelle trat. »Es wird nicht lange dauern, Mrs. Harrington…«, sagte er und Tilly, die den Wink verstand, erhob sich.

»Ich komme dann später wieder, Lizzie.«

Nachdem sie gegangen war, zog der Polizeibeamte sein Notizbuch hervor. »Dürfte ich mich vielleicht setzen, Mrs. Scollard?«

»Bitte sehr.«

Elizabeth nahm ihm gegenüber Platz, während er mit einer Langsamkeit, die sie beinahe in den Wahnsinn trieb, die Seiten seines Büchleins durchblätterte. Endlich hob er den Kopf und sah sie an. »Ich bin sicher, Sie wissen, weshalb ich da bin.« Er sagte es so lauernd, als versuche er, sie in eine Falle zu locken, aber seine Miene blieb verschlossen. Nach ihrer letzten Begegnung mit ihm war Elizabeth jedoch derart auf der Hut, daß sie nicht einmal mit den Wimpern zuckte, als sie erwiderte: »Ich nehme an, es hat etwas mit dem Tod meines Mannes zu tun?«

»So könnte man sagen, ja.«

»Gehen die Untersuchungen voran?«

»Angeblich« – ob der versteckten Betonung des Wortes spannte sich Elizabeth noch stärker an –, »angeblich gab es einen Zeugen oben auf dem Berg.« Seine hellen Augen waren derart ausdruckslos, daß sie ebenso einem Kabeljau hätten gehören können, der im Maul eines Fischotters hing.

»Wirklich? Das sind ja interessante Neuigkeiten. Wer ist dieser Zeuge, wenn ich fragen darf?« Elizabeth hatte das Gefühl, als ob ihr Rücken, bewegte sie sich auch nur einen Millimeter, in tausend Stücke barst.

»Einer Ihrer Nachbarn. Ein gewisser Maurice Sheehan.«

»Mossie? O ja. Er ist sehr nett und hilft uns bei der Versorgung des Viehs.«

»Offenbar hat er die ganze Sache mitbekommen. Oder zumindest sagt er das.«

»Nun, wie erfreulich, Sergeant.« Elizabeth klang erleichtert.

»Allerdings ist es ein bißchen seltsam, daß er erst jetzt, mehrere Wochen nach dem tragischen Ereignis, zu uns gekommen ist...« Wieder blätterte er in seinem Notizbuch. »Sechsundzwanzig Tage später, um genau zu sein. Warum, meinen Sie, hat dieser Mann sechsundzwanzig Tage gebraucht, ehe er sich meldete?«

»Keine Ahnung, Sergeant. Woher soll ich das wissen?«

»Sehr merkwürdig, finden Sie nicht?«

»Sergeant, bekanntlich stamme ich nicht von hier. Bezüglich der Art, in der man die Dinge hier angeht, lerne ich immer noch dazu. Vielleicht hatte er einfach Angst?« Elizabeths Hirn arbeitete auf Hochtouren.

»Weshalb sollte er Angst gehabt haben?«

»Vielleicht dachte er, unter Umständen fiele der Verdacht auf *ihn*?« Elizabeth faltete ihre Hände im Schoß und sah den Sergeant abwartend an.

»Möglich.« Der Polizeibeamte schob seine Notizen in die Brusttasche seiner Jacke zurück.»Tja, dann mache ich mich mal wieder auf den Weg.«

»Danke, daß Sie extra gekommen sind, um mir Bescheid zu geben, Sergeant.« Sie stand ebenfalls auf und war bereits an der Tür, um ihn zu verabschieden, als er plötzlich stehenblieb. »Interessiert es Sie denn überhaupt nicht zu erfahren, was dieser Maurice Sheehan zu Protokoll gegeben hat, Mrs. Scollard?«

Zu spät erkannte Elizabeth, daß sie doch in die Falle gegangen war. »Aber natürlich, Sergeant«, sagte sie. »Was hat er gesagt? Warum war er überhaupt dort?«

»Es scheint, als wandere die Hälfte der Bevölkerung dieses Bezirks nachts in den Bergen herum«, lautete die trockene Erwiderung.

»Vielleicht ist es ganz einfach, Sergeant. Ich kenne Mossie – Maurice hat dort oben Fallen aufgestellt, und ein, zwei andere Männer jagen Kaninchen oder schießen Füchse...«

Der Sergeant schien genug zu haben von den ständigen Wiederholungen. »Also, Mrs. Scollard«, sagte er. »Irgendwie entspricht Maurice Sheehans Version der Ereignisse exakt Ihren Behauptungen – und denen des jungen Mannes, natürlich. In der Tat gibt es bezüglich der drei Aussagen eine erstaunliche Übereinstimmung.«

»Das klingt mir logisch.« Dieser Kerl brächte sie nicht weiter aus der Fassung, beschloß Elizabeth. »Wie ich Ihnen bereits erklärte, habe ich nie daran geglaubt, daß mein Mann ermordet wurde.«

»Ja«, sagte der Sergeant langsam. »Das haben Sie. Auf jeden Fall ist Mr. Sheehan jetzt bereit, in den Zeugenstand zu treten und seine Aussage unter Eid zu wiederholen.«

»Gott sei Dank!« Elizabeth hoffte, daß sie eine angemessene Mischung aus Überraschung und Selbstverständlichkeit zum Ausdruck brachte, und unter dem Vorwand, nach dem Feuer im Ofen zu sehen, wandte sie sich ab. »Wann wird die Verhandlung Ihrer Meinung nach stattfinden?« fragte sie über die Schulter zurück. »Natürlich würde ich, wenn möglich, gern anwesend sein.«

»Sicher. Die Akte liegt bereits beim Staatsanwalt. Vermutlich wird die Anklage auf Totschlag lauten. Da man angesichts dieser neuen Entwicklung keine Geschworenen braucht, nehme ich an, daß der Fall entweder am nächsten Verhandlungstag in Bantry, oder, noch günstiger, bereits am nächsten Dienstag in Ballyfee vor den Richter kommt. Das wäre der zwanzigste.«

Elizabeth schloß die Ofentür. »Und was bedeutet das? Wird Daniel – Danny McCarthy dann wieder auf freien Fuß gesetzt?«

»Das kommt darauf an, wie der Prozeß verläuft«, sagte der Sergeant. »Schließlich wurde ein Mann durch McCarthys Waffe in den Tod geschickt.«

»Aber wenn es ein Unfall war, dann ...«

»Die Aufgabe der Polizei besteht darin, Beweise zu sammeln. Alles weitere liegt beim Gericht.«

Elizabeth wußte, daß sie sich besser zurückhielt. »Danke, daß

Sie mir Bescheid gegeben haben«, sagte sie kühl, richtete sich zu ihrer ganzen Größe auf und blickte durch die Tür in den Sonnenschein hinaus.

»Es ist ganz normal, daß Sie sich für die Angelegenheit interessieren, Mrs. Scollard. Auch Sie selbst werden bestimmt als Zeugin aufgerufen.«

»Wissen Sie, wann Sergeant Coyle wieder nach Eyeries kommt?« Auch wenn diese Frage etwas direkt war, konnte sie sich nicht verkneifen, ihm deutlich zu machen, daß sie den eigentlich zuständigen Beamten bevorzugte.

»Soweit ich weiß, geht es ihm schon besser; aber das Bein ist an drei Stellen gebrochen, so daß er sicher erst wieder in ein paar Monaten seinen Dienst antreten kann.«

»Wir vermissen ihn alle.«

»Ich bin sicher, daß Sie das tun.«

Elizabeth behielt die Fassung, bis die Tür hinter ihm ins Schloß fiel. Dann allerdings begann sie zu zittern und lehnte sich erschöpft an eine Wand. Ohne es zu wissen, hatte sie den Atem angehalten, so daß ihr regelrecht schwindlig war. Sie rührte sich nicht, bis sie ein paar Minuten später ein entschiedenes Klopfen vernahm. »Laß uns rein, Mammy, laß uns rein!«

Widerstrebend öffnete sie die Tür und fand Johanna und einen empörten Francey auf der Schwelle. »Du hast uns ausgesperrt.«

»Du hast uns ausgesperrt«, echote Johanna.

»Nein, das habe ich nicht.« Lachend nahm Elizabeth die beiden in die Arme und wirbelte sie fröhlich im Kreis herum. »Kommt rein, kommt rein, meine kleinen Lieblinge.«

»Was ist los? Wir haben einen Polizisten gesehen.« Francey entwand sich zappelnd ihrem Griff. Manchmal, dachte Elizabeth voller Zärtlichkeit und ließ ihre Schätze los, klang ihr Sohn wirklich wie ein alter Mann.

»Der Sergeant hat uns nur einen kurzen Besuch abgestattet, Herr Naseweis«, sagte sie. »Es ist nichts passiert, alles okay!«

»Wird er uns verhaften?« Johanna klang weniger verängstigt als vielmehr interessiert.

»Nein, aber nein, keine Rede! Und jetzt«, sagte Elizabeth aufgeräumt und schneuzte sich, »mag jemand Rosinenbrötchen?«

»Ich! Ich!« brüllten die beiden, während im gleichen Augenblick Abigail in ihrer Wiege in Elizabeths Schlafzimmer zu krähen begann.

Bis zum Abend hatte die Neuigkeit von Mossies Aussage im gesamten Bezirk die Runde gemacht. »Ist es wahr?« Tilly platzte in die Küche, wo Elizabeth mit den Kindern zusammen speiste.

»Ist was wahr?« Seelenruhig wischte Elizabeth Abigail den Mund mit einer Serviette ab.

»Also bitte, Lizzie, du weißt genau, was ich meine. Schließlich war der Sergeant hier, oder etwa nicht?«

»Und du hast ihn mit eigenen Augen gesehen. Ja, es ist wahr, falls du die Sache mit Mossie Sheehans Aussage meinst –« Elizabeth sah die Freundin mit leuchtenden Augen an.

»Dann sieht es also aus, als hätte Daniel die Sache bald hinter sich.«

»Wenn es nach diesem Clancy ginge, wäre ich mir nicht so sicher. Oh, Tilly, er ist einfach widerlich!«

»Zum Teufel mit dem Kerl! Aber jetzt, wo Mossie in den Zeugenstand treten wird, verkürzt sich das Verfahren doch sicherlich...«

»Das hoffe ich«, sagte Elizabeth. »Aber, Tilly, selbst für den Fall, daß du bisher nie gebetet hast, tu es bitte jetzt. Vielleicht findet die Verhandlung bereits am kommenden Dienstag statt.«

»Ich werde auf den Knien herumrutschen, bis meine Strümpfe durchgescheuert sind«, versprach Tilly. »Aber ist er nicht ein elender Schuft?«

»Der Sergeant?«

»Mossie Breac. Warum, in aller Welt, hat er nicht früher ausgesagt?«

»Bestimmt hatte er Angst. Du weißt doch, wie sehr es die Leute hassen, zur Polizei zu gehen.«

»Vielleicht. Aber trotzdem...«

Während sich Tilly in weiteren Spekulationen über Mossies Zögern erging, überlegte Elizabeth, wie ihre Freundin die Neuigkeit aufnehmen würde, daß sie so gut wie verlobt war mit diesem Halunken. Aber sie brachte es einfach nicht über sich, ihr es bereits heute abend mitzuteilen. Eins nach dem anderen, sagte sie sich. Und wer wußte, was alles passieren würde im Laufe dieses Jahres?

Am folgenden Dienstag reiste Elizabeth in der tröstlichen Gesellschaft der beiden Harringtons auf der *Prinzessin Béara* in das Städtchen Ballyfee.

Sie gingen direkt zum Gerichtsgebäude, um den Prozeßbeginn in Erfahrung zu bringen. Da Daniel aus Limerick an den Verhandlungsort überführt werden mußte, hatte man für die Erörterung seines Falls die Nachmittagssitzung gewählt. Es war kurz vor zwölf, und gerade als die drei den Verhandlungssaal betraten, sah der Richter auf seine Uhr, unterbrach die Rede des jungen Anwalts, der vor ihm stand, verkündete, jetzt wäre Mittagszeit und ab zwei Uhr fände die Fortsetzung statt. Nachdem er den Saal verlassen hatte, wandte sich Mick an einen der Polizisten, der seinerseits mit dem Gerichtsdiener sprach. Es hieß, die Termine verschöben sich ein wenig, so daß der Beginn von Daniels Verhandlung wohl kaum vor drei zu erwarten war.

Elizabeth und die Harringtons gingen ins Restaurant des einzigen Hotels am Ort, wo St. John Sullivan sie bereits erwartete. Er war kein offizielles Mitglied von Daniels Verteidigerteam, aber hatte Wort gehalten und den Kollegen aufgrund seines reichen Erfahrungsschatzes so manchen guten Rat erteilt. Außerdem hatte er, nachdem Mossie Sheehan als Zeuge vorstellig geworden war, seinen beachtlichen Einfluß auch auf seiten der Staatsanwaltschaft genutzt und erreicht, daß man Elizabeth, die als Zeugin der Anklage aufgelistet war, nur dann in den Zeugenstand riefe, wenn irgend etwas vollkommen danebenginge. »Es bestehen gute Aussichten«, sagte er und löffelte genüßlich seine Suppe. »Vor allem bin ich froh, daß wir Eager haben.« Eager war der Name des Richters, der den Fall verhandelte.

»Auch wenn das natürlich keine Garantie ist«, fügte er warnend hinzu.

Elizabeth, die zu nervös zum Essen war, gab ihre Suppe unangetastet zurück und spielte, als das Hauptgericht serviert wurde, mit ihrem Stück trockenen Lammfleischs auf ihrem Teller. Tapfer hielten Mick und Tilly ein Gespräch in Gang. Der *Independent* hatte an jenem Morgen seitenlang über Hitlers neueste Waffe, die V-1-Rakete, lamentiert. »Die Dinger werden Wünschelruten genannt«, sagte Mick, »und sie fliegen von ganz allein. Wirklich ein Horror, finde ich!«

Ihr Vater, der regelmäßig die neuesten Entwicklungen des Krieges über den Rundfunk verfolgte, griff das Thema auf, doch Elizabeth beachtete das Gespräch nicht. Sie hatte Daniels Eltern entdeckt. Die beiden saßen allein an einem Tisch in der hintersten Ecke des Lokals. Sollte sie zu ihnen hinübergehen? Aber was gab es zu sagen? Sie war ihnen bisher nur ein-, zweimal begegnet; zwar waren die beiden auf Neeleys Beerdigung gewesen, aber seit Daniels Verhaftung hatte sie sie nicht mehr gesehen.

Verstohlen beobachtete sie, wie das Paar sich mit gesenkten Köpfen und stumm ihren Tellern widmete, als befürchteten sie, es könnte ein Bissen auf den Boden fallen. Sie sahen so verschüchtert und einsam aus, daß Elizabeth nicht zum ersten Mal, seit sie ihrem Sohn oben auf dem Knockameala begegnet war, Schuldgefühle empfand. Welche Wendung auch immer der Prozeß heute nahm, wußte sicher nur Gott allein, wie sehr sie sich wegen der Bezahlung der Anwälte verschuldeten.

Sie ertrug die Atmosphäre nicht länger. »Ich habe keinen Hunger«, sagte sie und legte ihr Besteck auf den vollen Teller zurück. »Hier drinnen ist es furchtbar stickig. Lieber gehe ich raus und schnappe ein wenig frische Luft.«

»Soll ich mitkommen?« Tilly schob ihren Stuhl zurück.

»Nein, bleib du nur hier und iß in Ruhe auf. Wenn du nichts dagegen hast, wäre ich gern einen Augenblick allein, Tilly.« Als sie aus dem Speisesaal flüchtete, sah sie mit einem Seitenblick, daß die McCarthys aufgehört hatten zu essen und sie beobachteten. In ihren Augen trug zweifellos allein sie die Schuld an dem Elend ihres Sohnes.

Neben dem einmal im Monat stattfindenden Viehmarkt bestand Ballyfees zweite Attraktion aus einer kleinen Burgruine, die einst ein Nebensitz des Clans der O'Sullivans gewesen war. Das Gebäude, von dessen Zinnen und durch dessen inzwischen blinde Fenster man auf das Meer schauen konnte, lag auf einem Hügel oberhalb der Stadt. Die meisten Geschäfte waren während der Mittagszeit geschlossen, und nachdem Elizabeth ein paar Minuten lang ziellos den Marktplatz überquert hatte, schlug sie den überwachsenen Pfad zu der Ruine ein. Auf halbem Weg bemerkte sie überall dichte Holunderranken. Obgleich Holunderwein etwas durchaus Köstliches war, wußte sie, daß es Unglück brachte, wenn man die Blüten berührte. Sie zögerte. Immerhin könnte sie unabsichtlich eine der Dolden abreißen ... Sie sagte sich, derartige Befürchtungen wären einfach lächerlich, doch zugleich achtete sie sorgfältig darauf, an den cremigen flachen Blütenständen vorbeizugelangen, ohne sie zu beschädigen.

Als sie die Grabenböschung vor der Burg erreichte, fand sie sich in kreatürlicher Gesellschaft. Außer ihr hatte noch ein halbes Dutzend Kühe hier oben Zuflucht gesucht. Der mit dürren Büschen bewachsene steinige Untergrund war mit Kuhdung bedeckt, welcher, vermischt mit der von den Rindern aufgewühlten Erde, sicher niemals trocknete. Elizabeth, die um ihre guten Schuhe bangte, wollte gerade kehrtmachen, als sie unter sich in der Nähe des Marktplatzes einen Wagen und ein Motorrad um eine Ecke biegen sah. Obgleich sie aus der Ferne nichts Genaueres erkennen konnte, wußte sie sofort, daß dies die Polizei mit Daniel war. Während sie auf die Fahrzeuge hinunterblickte, verlangsamten diese ihr Tempo, rollten über den friedlichen Marktplatz und verschwanden durch einen Torbogen unmittelbar neben dem Gericht.

Erst in diesem Augenblick wurde ihr die volle Bedeutung dessen, was in den nächsten paar Stunden bevorstand, bewußt. Vielleicht wäre Daniel bereits heute abend wieder auf freiem

Fuß. Oder – denn schließlich kam es, wie ihr Vater immer wieder betont hatte, auf den Richter an – er stünde am Anfang einer langen Gefangenschaft in dem grauenhaften Kerker von Limerick, der sie allein, wenn sie sich daran erinnerte, erschauern ließ. Vielleicht würde er auch einfach in die Untersuchungshaft zurückgeschickt. Das wußte niemand so genau. Ohne darauf zu achten, daß sie vielleicht ihr Kostüm ruinierte, setzte sie sich ins Gras. Ihr Impuls, dem sie keinesfalls folgen durfte, drängte sie, den Hügel hinunterzufliegen und sich Zugang zu ihm zu verschaffen. Statt dessen sah sie sich wie eine ganz gewöhnliche Touristin um. Was jedoch nicht die geringste Ablenkung bot, da gerade Daniel ein Freund derart verwunschener Orte war und es sicher besonders genießen würde, hier oben in der geräumigen, luftigen Einsamkeit zu verweilen.

Von ihrem Platz aus, dem höchsten Punkt in der hügeligen Umgebung, konnte sie außer zu ihrer Rechten, wo sich die steinerne Burgruine erhob, meilenweit in alle Richtungen blicken. Verglichen mit Lahersheen kam ihr diese Landschaft geradezu lieblich vor. Jetzt, zur Mittagszeit, arbeiteten nur wenige Menschen draußen; aber auf den manchmal grünen, manchmal schwach goldenen Weiden, die sich, einzig von sorgsam gestutzten Hecken unterbrochen bis hinab an die Küste erstreckten, machte sie mehrere Herden gemächlich grasender oder wiederkäuender Kühe aus. Auf einer Koppel zu ihrer Linken standen zwei schlanke Pferde und fegten sich im Schatten einer Ulme gegenseitig mit den Schweifen die Fliegen aus dem Gesicht, während auf der Wiese unterhalb der Stelle, wo sie gerade saß, ein Esel mit geschlossenen Augen an einem Zaun stand und sich wohlig daran scheuerte.

Zwischen ihrem Sitzplatz und der zu ihrer Linken liegenden Stadt verlief halbmondförmig ein schmaler Strand, an dem sich die Brandung in langen, weißen Wogen brach. Er war bevölkert, doch nicht überfüllt: Kinder rannten ins Wasser oder heraus oder beschäftigten sich mit Dingen, die Elizabeth nicht sah; ein paar Erwachsene jagten ausgelassen einem Ball nach. Dies alles war so weit von den düsteren, turbulenten Ereignissen in ihrem eigenen Leben entfernt, daß die Sehnsucht nach Normalität sie schmerzlich zusammenfahren ließ.

Dann jedoch stand sie mit einem Ruck auf. »Selbstmitleid nützt auch nichts«, schalt sie sich, ehe sie sich daran erinnerte, was geschehen war, als sie zum letzten Mal auf der Kuppe eines Hügels mit sich selbst redete; erschrocken sah sie sich um. Doch ihre Sorge stellte sich als unbegründet heraus: dieses Mal war die einzige Antwort das rhythmische Mahlen der Kühe ringsum.

Langsam kehrte sie in die Stadt zurück, wobei sich ihre Nervosität mit jedem ihrer Schritte steigerte.

Um zwanzig vor zwei betrat sie wieder das Hotel. Daniels Eltern waren nirgends zu sehen, aber ihr Vater und die Harringtons erwarteten sie im Foyer. »Am besten gehen wir schon mal rüber.« St. John knöpfte die Jacke seines Anzugs zu und nahm seine Aktentasche in die Hand. Ob Winter oder Sommer, er sah immer unverändert aus: stets trug er einen gediegenen, dreiteiligen Anzug, ein altmodisches Hemd mit hohem Kragen und einen sorgsam gebundenen, breiten Schlips. Seine Berechenbarkeit, die Elizabeth in jüngeren Jahren oft aufgebracht hatte, kam ihr plötzlich tröstlich vor. Ähnlich dem Strahl eines Leuchtturms hellte sie den Nebel der Ängste und Verwirrung auf, in dem Elizabeth gefangen war. »Was auch immer heute nachmittag geschieht, Daddy, auf alle Fälle danke ich dir«, sagte sie und gab ihm einen Kuß.

Überrascht und verlegen hob er die Hand an die Stelle, wo ihr Kuß gelandet war. »Tja, nun, wenn wir im Gerichtssaal noch Plätze bekommen wollen, machen wir uns mal auf den Weg!«

Der Verhandlungssaal, der einschließlich der Polizei, den Anwälten und des Gerichtspersonals höchstens Platz für fünfundvierzig Menschen bot, füllte sich bereits. »Jetzt dürfte es nicht mehr allzu lange dauern.« Tilly drückte Elizabeth ermutigend die Hand, als sie sich zu viert auf eine der verkratzten Bänke schoben, die für die Öffentlichkeit vorgesehen waren.

Elizabeth war schon früher in Gerichtsgebäuden gewesen – hin und wieder hatte ihr Vater sie früher mitgenommen, um ihr zu zeigen, welches die schwierigere Seite seiner Arbeit war –

aber nie zuvor hatte sie einen derartig heruntergekommenen Raum wie diesen gesehen. Die graubraunen Wände wiesen feuchte Flecken auf, und das gesamte wild zusammengewürfelte Mobiliar schien woanders ausrangiert worden zu sein. Selbst der einer Anrichte ähnelnde Richtertisch, der sich auf einem wackligen Podest über dem Raum erhob, sah aus, als hätte er bereits im vorigen Jahrhundert das Eßzimmer eines heruntergekommenen, ehemaligen Herrschaftshauses geschmückt. Außerdem hing ein stechender Geruch von Katzenurin in der Luft.

Auf der anderen Seite des schmalen Ganges, der zwischen den für die Öffentlichkeit bestimmten Bankreihen verlief, hatten sich die McCarthys – Eltern, Brüder, Schwestern und wahrscheinlich weitere Verwandte – in der ersten Reihe zusammengedrängt. Elizabeth war froh, daß sie hinter ihnen saß, und hoffte inbrünstig, daß zumindest Daniels Eltern sich nicht umdrehen würden.

»Bitte erheben Sie sich von Ihren Plätzen!« Kurz nach zwei stolzierte der Richter herein und während das letzte Murmeln der Zuschauer erstarb, nahm der arme, junge Anwalt, der am Mittag so unsanft unterbrochen worden war, seine Rede wieder auf.

Elizabeth, die am Rand ihrer Reihe saß, kapierte kaum ein Wort seines stockenden Vortrags. Bei jedem noch so leisen Geräusch fuhr sie in der Erwartung, endlich Daniel zu sehen, herum.

Bei einer dieser Gelegenheiten begegnete sie nicht Daniels, sondern Sergeant Clancys Blick; doch sie sah reglos an ihm vorbei in Richtung der anderen Polizisten, der Angeklagten und Zeugen, für die eine Bankreihe an der hinteren Wand des Saales bereitstand. Ein anderes Mal war es Mossie Sheehan, der den Raum betrat, und eilig wandte sie sich ab.

Es gab zahlreiche Vertagungen, häufig wurden die Angeklagten in die Untersuchungshaft zurückgeschickt und vielleicht hätte das Tempo, mit dem man Fall um Fall verhandelte, sie wahnsinnig gemacht, wäre ihr der wenig spannende irische Gerichtsalltag nicht bereits bekannt. Sie musterte den Richter und versuchte abzuwägen, zu welchem Schluß er wohl in Daniels Sache gelänge. Er schien Ende Fünfzig, Anfang Sechzig zu sein, hatte einen mürrischen Gesichtsausdruck und die unangenehme Eigenschaft, mit seiner Brille herumzuspielen, wenn er – wie anscheinend häufig – verärgert war. Wagte es ein Anwalt, ihm zu widersprechen, so erhielt er eine rüde Abfuhr. Einer ältlichen Witwe jedoch, der vorgeworfen wurde, bei einem Streit um ein altes Wegerecht einen Nachbarn tätlich angegriffen zu haben, begegnete er freundlich und voller Respekt.

Als Elizabeth sich das nächste Mal umdrehte, sah sie Daniel mitten ins Gesicht. Seine Miene hellte sich sichtlich auf, als er sie entdeckte; aber ehe sie sein Lächeln erwiderte, drehte sie sich rasch wieder um. Obgleich er rasiert und ordentlich gekleidet war, schien sein Körper in der kurzen Zeit seit ihrer letzten Begegnung geschrumpft zu sein; sein Gesicht war käsig, er hatte Gewicht verloren, und seine Wangen und Schläfen sahen unter dem strengen Gefängnishaarschnitt eingefallen aus. Er war mit Handschellen an einen Mann in Uniform gefesselt, der, wie Elizabeth vermutete, ein Gefängniswärter war, und saß eingezwängt zwischen diesem Aufpasser und einem Polizisten auf der Holzbank am Ende des Raumes.

Während der folgenden zehn Minuten drehte sie sich regelmäßig zu ihm um und schickte ihm ein ermutigendes Lächeln. Sie unterdrückte ihre eigene Aufregung und hoffte, daß ihm ihre Stärke Kraft verlieh; doch als der Gerichtsdiener endlich seinen Namen aufrief, krampfte sich ihr Magen zusammen. Es war zehn nach drei.

Die Atmosphäre im Verhandlungssaal lud sich merklich auf, als Daniel die Anklagebank, die nicht mehr als ein altes Podest mit einer Art Geländer war, betrat. Obgleich das Bezirksgericht von Ballyfee alle Arten von Gesetzesbrüchen verhandelte, waren Fälle wie dieser – Verbrechen aus Leidenschaft – selten genug, um auf besonderes Interesse in der Öffentlichkeit zu stoßen.

Elizabeth gefiel nicht, wie alles in erwartungsvolles Schweigen versank, als man Daniel vereidigte. Obgleich er die Schultern straffte und hoch erhobenen Kopfes die Worte des Gerichtsdieners nachsprach, klang seine Stimme in ihren Ohren schwach und verzagt. Sie ballte die Fäuste in ihrem Schoß, und Tilly, die ihre Erregung bemerkte, reckte solidarisch einen Daumen in die Luft.

Als erstes hatte der Staatsanwalt das Wort, der um ein kurzes Gespräch mit dem Richter bat. Nach einigem Murmeln bat der Richter auch Daniels Anwalt zu sich an den Tisch. Elizabeth, die versuchte, einzelne Worte zu verstehen, beugte sich angespannt nach vorn.

Während sich das Gespräch zwischen den Männern ewig in die Länge zog, hätte Elizabeth vor lauter Nervosität am liebsten aufgeschrien. Dann wandte sich der Staatsanwalt von der Gruppe ab, trat – verfolgt von den Blicken sämtlicher Anwesenden – auf Mossie Sheehan zu und flüsterte ihm etwas ins Ohr. Nach einer Minute nickte Mossie unsicher und erhob sich halb von seinem Platz, doch der Staatsanwalt drückte ihn sofort zurück. Elizabeths stummer Schrei schwoll an, als zöge jemand sämtliche Register einer Orgel der Länge nach heraus. Trotzdem gelang es ihr, ihre Stimme auf ein Flüstern herabzusenken, als sie sich über Tilly und Mick beugte und ihren Vater fragte, was da gerade vor sich ging.

»Pst!« St. John hob einen Finger an die Lippen. »Eager ist ein fairer Mann, es sieht durchaus vielversprechend aus.«

Während der Staatsanwalt mit fliegender Robe zurück an den Tisch des Richters eilte, schaute sich Elizabeth abermals nach Daniel um. Er starrte wie versteinert geradeaus. Sie folgte seinem Blick und bemerkte, daß er einen Flecken irgendwo oberhalb des Fensters fixierte. So deutlich, als stünde sie selbst und nicht er dort auf der Anklagebank, empfand sie seine Erniedrigung darüber, daß man ihn in aller Öffentlichkeit, vor seiner Familie und Nachbarn, die dicht genug vor ihm saßen, um jegliche Regung von Scham auf seinen Zügen mitzubekommen, wie einen Schwerverbrecher behandelte.

Da sie es nicht länger ertrug, ihn anzusehen, schloß sie die Augen.

Nach einem Augenblick rief jemand Mossie in den Zeugenstand, woraufhin er großen Schritts den Saal durchmaß und mit fester Stimme schwor, daß das, was er zu berichten hätte, der reinen Wahrheit entsprach.

Während Mossie den Anfang der Geschichte erzählte, kniff Elizabeth weiterhin die Augen zu. Sie öffnete sie nicht einmal, um zu sehen, welche Seite ihn gerade der Befragung unterzog. Die dünne Haut ihrer Augenlider zitterte und das Klopfen ihres Herzens schwoll zu einem ähnlichen Donnern wie das des Wasserrades an, zu dessen Besichtigung sie als Kind einmal mitgenommen worden war. Sie tastete nach Tillys Hand und drückte sie, als sie sie fand, so fest, daß sie sie beinahe zerquetschte.

Dann merkte Elizabeth, obgleich sie nicht besonders gläubig war, daß sie plötzlich betete, und passend oder nicht, flüsterte sie lautlos das Magnifikat. Wieder und wieder sprach sie sich die ersten Zeilen im Rhythmus des Wasserrades, im Rhythmus des Zitterns ihrer Lider vor.

Meine Seele preist die Größe des Herrn. Und mein Geist jubelt über Gott, meinen Retter. Denn auf die Niedrigkeit seiner Magd hat er geschaut. Siehe, von nun an preisen mich selig alle Geschlechter... Meine Seele preist die Größe des Herrn. Meine Seele preist die Größe des Herrn...

Sie konzentrierte sich ausschließlich auf ihr Gebet und schloß alles andere aus ihren Gedanken aus.

Denn der Mächtige hat Großes an mir getan, und sein Name ist heilig. Er erbarmt sich von Geschlecht zu Geschlecht über alle, die ihn fürchten; er vollbringt mit seinem Arm machtvolle Taten; er zerstreut, die im Herzen voll Hochmut sind; er stürzt die Mächtigen vom Thron und erhöht die Niedrigen.

Tillys Hand, die sie immer noch umklammert hielt, entglitt ihr langsam. Dieser Kampf um Konzentration kam ihr nun lebenswichtig vor. Sie hatte das Gefühl, wenn sie ihre Kräfte bündelte, könnte sie Einfluß nehmen auf das, was hier geschah.

Er erbarmt sich von Geschlecht zu Geschlecht.

Mit einem Mal bahnte sich Mossies zögernde Stimme zu ihr durch und buhlte um ihre Aufmerksamkeit, so daß sie ihre stummen Bemühungen verdoppelte. *Erbarmen, Erbarmen, Erbarmen...* wiederholte sie im Geiste ein ums andere Mal.

Mossie kam ans Ende seiner Aussage, verließ mit steinerner Miene den Zeugenstand und kehrte an seinen Platz zurück. Elizabeth starrte eisern geradeaus, als er an ihr vorüberging.

Dann traten Staatsanwalt und Verteidiger abermals an den Richtertisch, und berieten sich erneut quälende Minuten lang im Flüsterton.

Auch sie nahmen wieder ihre Plätze ein und der Richter breitete ohne jede Eile eine Reihe von Papieren vor sich aus. In dem stillen, stickigen Raum erschien Elizabeth das Rascheln der Blätter so laut wie das Klappern der losen Dachpfannen ihres Hauses in einer stürmischen Winternacht.

Der Richter machte sich eine Notiz. Dann griff er nach einer Karaffe, schenkte sich etwas Wasser in ein Glas, hob es an seinen Mund, trank langsam einen Schluck und schlug eine weitere Akte auf.

Die Anspannung sämtlicher Anwesenden steigerte sich ins Unerträgliche, und Elizabeth hatte das Gefühl, daß, wenn sie auch nur die kleinste Bewegung vollführte, irgendein kosmisches Gleichgewicht aus den Fugen geriete und das gesamte Gebäude auseinanderbräche.

Gerade als sie dachte, sie hielte es nicht mehr aus, hob Richter Eager endlich den Kopf, blickte über den Rand seiner Brille in Richtung der Anklagebank und wandte sich, als wäre er Gast auf einer Dinnerparty, im Plauderton an Daniel. Er erklärte ihm, wegen Totschlags verurteile er ihn zu sieben Jahren Haft, setze die Strafe jedoch aufgrund der ungewöhnlichen Umstände zur Bewährung aus. Er ermahnte ihn, in Zukunft besser aufzupassen, und fügte hinzu, er habe Glück, mit derart guten Nachbarn gesegnet zu sein.

Nächster Fall.

Elizabeth nahm nur die Worte »sieben Jahre« wahr. Und wie an dem Morgen, als der Priester und der Sergeant ihr erklärt hatten, Neeley wäre tot, veränderten die Gegenstände und Menschen im Saal plötzlich mit alarmierender Geschwindigkeit ihre Größe und Gestalt. Sie schloß die Augen. Dann jedoch schüttelte Tilly sie. »Lizzie, Lizzie! Allmächtiger!«

»Was ist?« Endlich machte sie die Augen wieder auf. »Was ist?«

»Hast du denn nicht zugehört? Oh, Lizzie!« Tilly hob ihre Hand an den Mund, so daß Elizabeth den Rest ihrer Worte nicht mehr auffing.

Sie sah sich um. Überall sprachen die Leute aufgeregt durcheinander und der Richter schlug wiederholte Male mit seinem Hammer auf den Tisch.

»RUHE!« Das Brüllen des Gerichtsdieners, ein eher schmächtiger Wicht, hätte selbst einem Zirkusdirektor zur Ehre gereicht.

Endlich wagte Elizabeth es, Daniel anzusehen. Suchend blickte er sich nach seinen Eltern um, schien verwirrt und verlegen zu sein, als wisse er nicht, was er mit seinen Händen anfangen sollte. Er machte eine leichte Bewegung, als wolle er einen Schritt in ihre Richtung tun, ehe er sich schließlich eines Besseren besann.

»Was ist passiert?« fragte Elizabeth an ihren Vater gewandt.

»Ja, freust du dich denn nicht, Beth?«

»Was? Ich soll mich freuen?« Ihre Stimme wurde lauter und wieder schlug der Richter mit seinem Hammer auf den Tisch.

»RUHE IM GERICHT!« dröhnte der Aufseher.

Dann trat der Leiter von Daniels Verteidigerteam auf seinen Mandanten zu und schüttelte ihm die Hand.

»Wird er freigelassen?« flüsterte Elizabeth, wobei ihr die Verwirrung ins Gesicht geschrieben stand.

»Pst!« St. John stand zusammen mit Mick und Tilly auf. »Wir unterhalten uns draußen weiter, ja?«

Elizabeth folgte den anderen widerstrebend, und von der Tür aus blickte sie noch einmal auf Daniel zurück, der, immer noch auf der Anklagebank, unsicher zu dem Polizisten und dem Gefängniswärter, die ihn in den Verhandlungssaal begleitet hatten, hinüberspähte. Sie versuchte, seine Aufmerksamkeit auf sich zu ziehen, aber Tilly und ihr Vater zogen sie eilig mit sich.

Draußen vor dem Gerichtsgebäude wurde ihr Vater von einem befreundeten Kollegen angesprochen, während Mick Harrington, der es nicht mehr erwarten konnte, eine Zigarette zu rauchen, ein Stück zur Seite trat und sich einen Glimmstengel anzündete.

»Oh, Lizzie!« Tilly packte Elizabeth erneut bei den Schultern und schüttelte sie vor Begeisterung. »Dein Daddy ist wirklich zufrieden mit dem Ausgang des Prozesses. Er sagt, im Grunde hätte er niemals ein so günstiges Urteil zu erhoffen gewagt. Ich weiß nicht, ob ich lachen oder weinen soll.«

»Er wird entlassen? Ich dachte, er ist zu sieben Jahren verurteilt worden?«

»Die Strafe wurde zur Bewährung ausgesetzt, du dumme Gans!« Tilly umarmte sie.

»Zur Bewährung ausgesetzt?« wiederholte Elizabeth. Von Tilly halb erwürgt, wagte sie kaum zu glauben, daß die Sache tatsächlich so glimpflich ausgegangen war. Dann jedoch wallte ein solches Gefühl der Leichtigkeit in ihrem Innern auf, daß sie meinte, sie schwebe jeden Augenblick davon. »Er ist frei? Wirklich frei?«

»Allerdings!« Tilly sah in Richtung ihres Ehemannes, der, da er nur ungern teilnahm an emotionalen weiblichen Exzessen, in einiger Entfernung das Schaufenster eines Gebrauchtwarenhändlers für Ackergeräte betrachtete. »Aber Lizzy«, bat Tilly in beinahe flehendem Ton. »Bitte laß die Dinge jetzt langsam angehen, ja? Versprich es mir!«

Elizabeth bekam keine Gelegenheit zu antworten, da in diesem Augenblick Daniel im Kreise seiner Familie auf die Straße trat.

Tilly legte ihr eine warnende Hand auf den Arm, doch diese Geste erwies sich als überflüssig; denn als Elizabeth ihn sah, trat sie, statt, wie Tilly angenommen hatte, auf ihn zuzulaufen, verlegen einen Schritt zurück. Nicht nur, weil sie das Gefühl hatte, daß sowohl die Gruppe um Daniel als auch die Harringtons und ihr Vater sie beobachteten, sondern weil sie derart überwältigt von dem Geschehen war, daß sie dem momentan nicht ganz zu folgen vermochte. Seine Entlassung, so innig erhofft, so leidenschaftlich herbeigesehnt, war einfach zu plötzlich für sie gekommen.

Umringt von jubelnden Mitgliedern seiner Familie, stand Daniel immer noch verwundert da. Hier draußen im hellen Sonnenschein fiel um so stärker auf, wie bleich er war. Als Reaktion auf die zahlreichen Glückwünsche hatte er ein zögerndes Lächeln aufgesetzt, und als man ihm die Hände schüttelte, gehörten ihm diese irgendwie gar nicht. Er wandte sich seiner Mutter zu, einer kleinen, dünnen Frau in einem altmodischen braunen Kostüm, deren Gesicht unter dem glockenförmigen Hut kaum zu erkennen war; der Blick, den sie austauschten, als er sie in die Arme nahm, führte dazu, daß Elizabeth sich noch weiter zurückzog.

Als sich Mrs. McCarthy zur Erwiderung der Umarmung auf die Zehenspitzen stellte, sah Elizabeth, daß die Sohlen ihrer neuen braunen Schuhe nicht durch den kleinsten Kartzer verschandelt waren. Dieses Detail setzte ihrer Freude einen zusätzlichen Dämpfer auf. Welches Recht hatte sie, über diese brave Frau, diese Familie Schande zu bringen? Zugleich jedoch sehnte sie sich selbstsüchtig nach einem ähnlichen Gefühl der Zusammengehörigkeit. Doch der Gedanke an eine derartige Zärtlichkeit zwischen ihr und ihrer Mutter überstieg ihre Vorstellungskraft bei weitem.

Dann nahm Elizabeth plötzlich über Mrs. McCarthys Kopf hinweg Daniels suchende Augen wahr.

Zu gleicher Zeit bemerkte sie, daß Mossie Sheehan durch die schwere Eichentür des Gerichtsgebäudes trat und auf die McCarthys zuging, ehe er sich eines Besseren besann und plötzlich stehenblieb.

Geschah ihm ganz recht, wenn er nicht wußte, ob er dort willkommen war, dachte Elizabeth grimmig, und packte Tillys

Arm. »Komm, Tilly, laß uns gehen.« So unauffällig wie möglich zog sie die Freundin in Richtung von Mick und somit vom Ort des Geschehens fort.

»Und was ist mit deinem Vater?« protestierte Tilly überrascht.

»Der wird uns schon finden. Ich muß hier einfach weg.«

»Ich kann dich nicht verstehen, Lizzy Scollard«, zischte Tilly, ehe sie in Hörweite ihres Ehemannes kam. »Du bist mir ein Rätsel. Bestimmt verlöre selbst ein Heiliger irgendwann einmal die Geduld mit dir.«

»Du hast recht«, flüsterte Elizabeth zurück. »Ich erkläre dir alles später, ja? Außerdem tue ich nur, was du von mir verlangst. Du hast gesagt, ich soll geduldig sein, also überstürze ich die Dinge eben nicht.« Dann sagte sie, an den gemütlichen Mick Harrington gewandt, der inzwischen vor dem Schaufenster des Gemüsehändlers stand: »Ich bin sicher, daß du inzwischen halb verdurstet bist. Komm, Mick, du und Tilly, ihr seid auf ein Gläschen eingeladen.«

Die Gründe für Elizabeths überstürzten Rückzug waren zu komplex, als daß sie sie ohne gründliches Nachdenken hätte benennen können: zum einen wollte sie Mossie Sheehan nicht die Befriedigung zuteil werden lassen, daß er in aller Öffentlichkeit seine Vermutung über die Tiefe ihrer Beziehung zu Daniel bestätigt bekam – aber das war nicht alles. Ihr Instinkt hatte ihr geraten, ihre erste Begegnung mit Daniel am besten unter vier Augen stattfinden zu lassen; darüber hinaus hatte die Szene zwischen ihm und seiner Mutter, deren Zeugin sie soeben geworden war, sie vollkommen aus dem Gleichgewicht gebracht. Wegen ihrer eigenen angespannten familiären Beziehungen hatte sie bisher nie ernsthaft in Betracht gezogen, welche Auswirkung ihre Liebe zu Daniel auf andere Menschen haben könnte – schlichte Seelen, deren Leben sich auf Selbstaufopferung und Loyalität gründete. Sie brauchte Zeit, um sich über all diese Dinge klarzuwerden, ehe sie Daniel kopflos in die Arme sank.

Aber es sollte offenbar nicht sein.

St. John Sullivan fand sie in der Bar des Hotels, und sie nahmen gerade zu viert an einem Tisch Platz, als der Mc Carthy-Clan auftauchte. Elizabeth, die, den Rücken zur Wand, inmitten ihres eigenen Grüppchens saß, duckte sich. Die ihr gegenübersitzende stets aufmerksame Tilly bemerkte ihre Bewegung und wollte die Ursache ihres Verhaltens ergründen. Als sie die Freundin wieder ansah, runzelte sie die Stirn, wie um zu sagen: »Reiß dich endlich zusammen, ja?«

Elizabeths Vater war damit beschäftigt, Mick Harrington auseinanderzusetzen, nach welchen gesetzlichen Regeln der Prozeß verlaufen war, und Elizabeth beugte sich vor und tat, als höre sie ebenfalls voller Interesse zu. Glücklicherweise lag die Bar, deren Wände mit Mahagonipaneelen und tiefroten Tapeten verkleidet waren, in relativer Dunkelheit; außerdem war die Ecke, in der sie saßen, größtenteils durch andere Menschen verdeckt, so daß ihre Anwesenheit bisher niemandem von den fröhlich plaudernden, lachenden McCarthys aufgefallen war.

Die ganze Zeit, während sich ihr Vater in langatmigen Ausführungen über das irische Rechtssystem erging, beobachtete Elizabeth aus dem Augenwinkel, was drüben bei der anderen Gruppe geschah. Daniels Vater stand auf und wandte sich der Theke zu, und die anderen machten es sich auf einer L-förmigen Bank und ein paar kleinen Hockern bequem. Daniel, der auch auf einem der Hocker saß, hatte dem übrigen Raum den Rücken zugekehrt.

Unbemerkt zu verschwinden wäre eine Ding der Unmöglichkeit.

Ein paar Minuten später war es einer von Daniels älteren Brüdern, der sie entdeckte. Immer noch aus dem Augenwinkel bemerkte sie, wie er mit dem Kopf in ihre Richtung wies, woraufhin die gesamte Gruppe in Schweigen versank und zu ihnen herüberschaute.

Sie sah, daß sich Daniel erhob und durch das Gedränge schob. Er bewegte sich mit unnatürlicher Langsamkeit, und die Geräusche um sie herum – die Stimme ihres Vaters, das Geplauder, das Gelächter, das Klingen von Gläsern, das Huschen der beiden Angestellten hinter der Bar – verschwammen miteinander, bis es schien, als wäre alles in eine gurgelnde Flüssigkeit getaucht. All ihre Zweifel, all ihre panischen Analysen machten der Gewißheit Platz, daß er in ihre Richtung kam. Als sie ihre Miene sahen, drehten sich ihr Vater und Tilly um. Mick Harrington senkte verlegen den Kopf.

»Hallo, Daniel!« Am liebsten wäre sie aufgesprungen, doch sie unterdrückte den Impuls.

»Es freut mich, daß du gekommen bist, Elizabeth«, stellte Daniel einfach fest und wandte sich dann ihrem Vater zu. »Mr. Sullivan, ich weiß nicht, wie ich Ihnen jemals danken soll. Mein Anwalt hat mir berichtet, wie Sie sich für mich eingesetzt haben.«

»Nun, der Gerechtigkeit wurde Genüge getan.« St. John räusperte sich.

»Ich würde gern bald mal mit dir reden, falls es möglich ist.« Daniel wandte sich wieder an Elizabeth.

»Aber gern.« Allerdings war es noch viel zu früh. Die Feindseligkeit von Daniels Verwandten ertrüge sie einfach noch nicht. Besonders, da ihr deren Haltung in gewisser Weise sogar gerechtfertigt erschien. »Fährst du mit dem Dampfer zurück?«

»Meine Eltern haben eine Droschke gemietet für uns alle.«

»Dann kommst du vielleicht heute abend kurz herüber, ja?« Seine Augen, so dunkel in dem bleichen Gesicht, betrachteten sie mit einer derartigen Intensität, daß es sie Mühe kostete, weiterhin auch nur halbwegs die Fassung zu bewahren. »Ich habe auch Tilly und Mick eingeladen.« Tilly, der bisher von einer Einladung nichts bekannt war, rutschte unbehaglich auf ihrem Stuhl herum, aber Elizabeth ignorierte sie. »Wir sind sehr froh darüber, wie alles ausgegangen ist«, fuhr sie verzweifelt fort. Damit hatte sie natürlich mal wieder das vollkommen Falsche gesagt. Wie konnte sie froh sein, daß ihr Mann tot war?

»Vielen Dank. Dann sehen wir uns also heute abend«, sagte Daniel und sah erneut ihren Vater an. »Auch Ihnen danke ich nochmals, Mr. Sullivan. Ich möchte Ihnen mitteilen, daß meine gesamte Familie Ihnen zutiefst verbunden ist.« Diese kleine

Rede war so altmodisch, daß Elizabeth beinahe erwartet hätte, am Ende eine kurze Verbeugung zu sehen.

Daniels Familie hatte die ganze Zeit zu ihnen herübergeschaut, und auch nun, da er wieder zu ihnen kam, blickten sie weiter auf Elizabeth.

»Ich denke, wir sollten gehen«, sagte Elizabeth zu Tilly und Mick. »Sonst verpassen wir noch das Schiff. Und, Daddy, ich nehme an, daß du sicher auch allmählich fahren willst.« Das Schiff führe erst in einer Stunde ab, aber vielleicht, so dachte sie, käme sie an den McCarthys leichter vorbei, wenn sie nicht alleine war.

Die anderen drei leerten schweigend ihre Gläser. Seit Daniels Auftauchen schienen sie alle mit Stummheit geschlagen. Elizabeth rührte ihr eigenes Getränk nicht an. Statt wie noch vor einer halben Stunde von stiller Freude war sie inzwischen von Verzweiflung erfüllt. Empfand Daniel ihre Reserviertheit gar als Abfuhr? Irgendwie kam sie mit der Situation nicht mehr zurecht. Sie hoffte nur, die anderen wären auch aufbruchsbereit.

Endlich hatte als letzter der drei auch ihr Vater sein Glas geleert, und sie standen auf. Sie ließ ihnen den Vortritt, und wandte sich dann hoch erhobenen Hauptes steifbeinig ebenfalls zum Gehen. Kurz vor der Tür jedoch gingen die Nerven mit ihr durch, so daß sie plötzlich den Kopf drehte und sich umschaute, als gäbe es hinten an der Theke eine außerordentlich interessante Entdeckung zu machen.

Dann, nachdem sie das Foyer des Hotels durchquert hatte und endlich draußen in der Sonne stand, kam sie sich wie der größte Feigling aller Zeiten vor. Am besten machte sie auf der Stelle kehrt, ginge zu Daniels Eltern zurück und sagte irgend etwas zu ihnen, um das Eis zu brechen, das zwischen ihnen lag.

Ehe sie es sich noch einmal anders überlegen konnte, entschuldigte sie sich bei ihren Begleitern, sagte, sie hätte etwas vergessen, und eilte schnurstracks zurück.

Allerdings führte ihr Vorhaben nicht zu dem gewünschten Erfolg, denn im Foyer lief sie Daniels älterem Bruder, der auf dem Weg zu den Toiletten war, geradewegs in die Arme. Er baute sich vor ihr auf und bedachte sie mit einem höflichen, doch zugleich stählernen Blick. »Mrs. Scollard?« begann er. »Vielleicht steht es mir nicht zu, das zu übernehmen: aber meine Eltern und ich würden es sehr zu schätzen wissen, hielten Sie sich in Zukunft von Daniel fern.«

Mit einem letzten Blick unter seinen dichten Brauen hervor, der keinen Zweifel darüber ließ, wie weit unten sie in seinen Augen auf der Skala der Menschheit angesiedelt war, machte er auf dem Absatz kehrt und ließ sie wie vor den Kopf geschlagen zurück. Nach dieser Begegnung war ihr klar, daß sie sicher nie wieder freiwillig einem Mitglied von Daniels Familie gegenübertrat.

Gerade als sie zusammen mit Tilly und Mick an Bord der *Prinzessin Béara* gehen wollte, spürte Elizabeth, daß jemand sie beobachtete. Sie drehte sich um und fand sich Sergeant Clancy gegenüber. »Gratuliere, Mrs. Scollard«, sagte er ironisch – sein Gesichtsausdruck verriet, daß der Polizist bis an sein Lebensende von ihrer ebenso wie von Daniels Schuld überzeugt sein würde.

Oblgeich sie an jenem Abend bis nach Mitternacht wartete, ließ Daniel sich nicht mehr blicken.

18

Über Nacht hatte sich im Nordosten ein Sturmtief zusammengebraut, so daß am Morgen der Regen in horizontalen Wogen gegen die Fenster schlug. Er war so schlimm, daß Elizabeth, obgleich höchstens ein für Béara so ungewöhnliches Ereignis wie ein Erdbeben die Kinder davon abhalten würde, in die Schule zu gehen, erschöpft und rotäugig überlegte, ob sie die Mädchen, statt sie bei einem solchen Unwetter zwei Meilen marschieren zu lassen, nicht besser zu Hause behielt.

Aber die Aussicht darauf, den ganzen Tag mit sämtlichen

Kindern in der engen Küche zusammengedrängt zu sein, führte dazu, daß sie sich eines Besseren besann; übrigens hatte auch Neeley stets betont, daß von sämtlichen Häusern in Lahersheen das ihre aufgrund eines unmittelbar dahinter liegenden Einschnitts in den Bergen vom Nordostwind am stärksten betroffen war. Wahrscheinlich tobte das Unwetter ein Stück weiter unten bereits weniger schlimm.

Außerdem waren Nordoststürme in Béara eine Seltenheit – sicher würde sich auch dieser spätestens in ein paar Stunden beruhigen.

Sie weckte die älteren Mädchen, machte ihnen Frühstück, legte ihnen ihre Taschen zurecht und händigte ihnen Regenjacken und Gummistiefel aus. Gerade als sie sich an der Tür von ihnen verabschiedete, entdeckte sie über ihre Köpfe hinweg eine Gestalt, die mit flatterndem Regenmantel auf einem Fahrrad mühsam den Hügel erklomm. Der Kopf war bloß und unverkennbar der von Daniel.

Francey, der neben ihr stand, erkannte ihn ebenfalls. »Das ist Danny McCarthy«, brüllte er und rannte ungeachtet der Misere draußen auf der Suche nach seinem Fußball ins Haus zurück.

Nun, da der Augenblick des Zusammentreffens mit Daniel gekommen war, erfaßte Elizabeth, die noch vor wenigen Stunden von nichts anderem geträumt hatte, Panik. Die Erkenntnis, daß ihrer beider Beziehung für seine Familie ein Unglück bedeutete, hatte ein bisher verdrängtes Verantwortungsgefühl in ihr geweckt; doch jetzt, da sie ihn erblickte, fühlte sich ihr verräterischer Körper so machtvoll von ihm angezogen, als wäre sie ein Lachs an seiner Angel.

Um noch ein wenig Zeit zu gewinnen, tat sie, als hätte sie ihn nicht gesehen, kehrte in die Küche zurück und schloß mühsam die Tür. Dann sah sie, daß Francey sich in eine um einige Nummern zu große Öljacke kämpfte. »Was machst du da?« fuhr sie ihn barsch an.

»Ich gehe raus und spiele Fußball«, erwiderte er, ohne auch nur aufzusehen.

»Red keinen Unsinn – denk an deinen Kopf! An einem solchen Tag gehst du außerdem nirgendwohin.«

Dieses Mal schaute er hoch. »Warum denn nicht?«

Elizabeth verabscheute den weinerlichen Ton, mit dem Francey aus dem Krankenhaus zurückgekommen war. »Weil ich es sage, darum!« Mit drei Schrittne war sie bei ihm und entwand ihm unsanft das enorme Kleidungsstück. Er wehrte sich und sie gab ihm einen Klaps, nicht stark, aber heftig genug, ihn zum Weinen zu bringen. Sie hätte an den Fingern einer Hand abzählen können, wie oft ihr Sohn bisher von ihr geschlagen worden war. Körperliche Gewalt haßte sie, so daß sie umgehend Gewissensbisse empfand. Um alles noch schlimmer zu machen, schluchzte Johanna, die bisher friedlich in einer Ecke gespielt hatte, solidarisch mit. Elizabeth wußte, daß Daniel jeden Augenblick klopfen würde, doch sie war wie gelähmt. Am liebsten hätte sie Francey tröstend geküßt; aber bei der Erziehung eines Kindes war Konsequenz unerläßlich. Gleichzeitig fragte sie sich, ob Daniel wohl begriff, daß sie ihn absichtlich übersehen hatte.

Sie war derart aufgewühlt, daß sie, als das unausweichliche Klopfen ertönte, fürchtete, Daniel sähe ihr auf der Stelle ihre Verrücktheit an. Und während sie durch die Küche flog, hatte sie immer noch nicht entschieden, ob sie ihn hereinbitten sollte oder nicht. Als sie die Tür öffnete, riß ein besonders heftiger Windstoß sie ihr aus der Hand. Daniel fing sie auf und trat ein, ehe sie auch nur wußte, welches die angemessene Begrüßung war. »Hallo«, sagte sie leise, während er wie ein gestrandeter Seehund mit tropfenden Kleidern auf der Schwelle stand.

Ohne auch nur zu versuchen, die Wasserströme aufzuhalten, die ihm in die Augen rannen, stand er wie angewurzelt da. Sein Haar war durch den Regen noch dunkler als gewöhnlich, wodurch die Blässe seiner Haut eine besondere Betonung erfuhr, und Elizabeth starrte unverwandt auf die noch bleichere Linie an seiner Stirn – dort, wo man ihm das Haar im Gefängnis geschnitten hatte. Das Band weißer Haut sah frisch wie das von einem Säugling aus.

Sie wußte nicht, wann sie zum letzten Mal wirklich verlegen gewesen war, aber mit einem Mal wurde sie sich ihres Erscheinungsbildes überdeutlich bewußt. Ihre nackten Füße steckten in einem Paar Pantoffeln, ihr kurzes Haar hing ihr achtlos in die Stirn, und da sie im Haus keine Trauerkleider trug, hatte sie sich in eine alte, braune Strickjacke gehüllt, die schlabberig über einem noch älteren Baumwollfetzen herunterhing. Aber angesichts der Art, in der Daniel sie betrachtete, bekam sie eine Gänsehaut. »Setz dich«, sagte sie. »Und zieh am besten deine nassen Sachen aus, du bist ja vollkommen aufgeweicht.« Um ihre Verwirrung zu verbergen, wandte sie sich dem immer noch schluchzenden Francey zu und zog ihn derart innig in die Arme, daß er vor lauter Überraschung die Tränen hinunterschluckte.

Als sie sich wieder Daniel zuwandte, rührte er sich, den Regenmantel in der Hand, immer noch nicht. »Hier, am besten hänge ich den für dich auf.« Sie nahm ihm den Mantel ab und breitete ihn mit übertriebener Sorgfalt über einem der Stühle aus. »Möchtest du vielleicht ein Handtuch, um dir die Haare zu trocknen?« fragte sie.

»Danke.« Dies war das erste Wort seit seiner Ankunft.

»Francey, lauf und hol mir ein Handtuch aus dem Badezimmer, ja?« bat sie ihren Sohn, und während er aus dem Zimmer stolperte, starrte sie in Richtung der Tür, durch die er zurückkommen würde, als erwarte sie ihn jeden Augenblick mit dem Heiligen Gral in Händen. Johanna, der die eigenartige Stimmung ihrer Mutter nicht verborgen geblieben war, schluchzte ebenfalls nicht mehr und musterte Daniel aus der Ecke mit großen Augen.

Elizabeth reichte ihm das Handtuch und wandte sich dann dem Ofen zu. Allerdings bekam sie jede seiner Bewegungen mit, als er sich die Haare trockenrieb. Während sie sich umständlich mit dem Wasserkessel und der Teekanne beschäftigte, zählte sie stumm rückwärts von fünfzig bis null. Auch heute blieb dieser alte Trick, den sie stets anwandte, wenn sie um Fassung rang, nicht ohne Erfolg. Bei zehn hatte sie ihre gewohnte

Ruhe wiedererlangt, so daß sie munter sagte: »So ist's besser«, als sie sich umdrehte und sah, wie er sich mit den Fingern durch seine Mähne fuhr. »Setz dich doch ein bißchen. Das Wassser kocht sicher jeden Augenblick.«

Daniel nahm Platz und sofort drängte sich Francey neben ihn mit seinem Fußball im Arm, wobei er wie ein kleiner Papagei die Worte erwachsener Männer nachplapperte, die er zufällig irgendwo auf der Straße oder während eines der Kartenabende aufgeschnappt hatte.

»Laß Daniel in Ruhe, Francey!« Mit einer Kanne kostbaren, frisch gebrühten Tees näherte sich auch Elizabeth dem Tisch. »Geh und spiel mit deiner Schwester, ja?«

»Bah, das ist doch nur ein Mädchen«, schnaubte er. »Ich will hierbleiben und mit Danny McCarthy reden.« Aber dann wandte er sich ohne weitere Widerrede seiner Schwester zu, nachdem Danny ihm versprochen hatte, noch vor dem Wochenende zurückzukommen und ihm schonsamen Fußballunterricht zu erteilen, falls das Wetter es erlaube.

Erst zum zweiten Mal, seit sie ihn kannte, saß Elizabeth Daniel gegenüber an ihrem eigenen Tisch. Und auch wenn sie sich geradezu verzweifelt an die letzten Reste ihres Anstands und Verantwortungsgefühls klammerte, die sie noch besaß, wußte sie, daß der Kampf bereits verloren war. »Du bist gestern abend nicht gekommen«, sagte sie.

»Wir waren erst spät zu Hause, und dann schneiten noch eine Menge Nachbarn herein. Sie waren sehr gut zu Mam und Dad.«

»Natürlich. Das verstehe ich. Meine eigenen Nachbarn waren auch rührend!« Elizabeth erkannte seinen nackten Blick und brachte kein weiteres vernünftiges Wort heraus. »Tee?« fragte sie verzweifelt, während sie die Flüssigkeit bereits einschenkte.

Daniel fügte seinem Tee noch einen Tropfen Milch hinzu, führte den Becher an den Mund und hob den Blick.

»Nicht!« flüsterte sie und schaute über ihre Schulter, um zu sehen, ob Francey oder Johanna etwas aufgefallen war; aber die beiden waren in ein kompliziertes Spiel mit als Zugwaggons verwendeten Bauklötzen vertieft.

»Was, nicht?« Daniel heftete seine Augen auf sie.

»Guck mich nicht so an.«

»Wie?«

»So ...«

»Was soll ich denn machen?« fragte er. »Wann werden wir uns sehen?«

Ihr Gefühlsleben befand sich in einem solchen Chaos, daß sie vergessen hatte, wie außergewöhnlich zielstrebig er in diesen Dingen war. »Wir sind doch gerade beisammen«, erwiderte sie schwach.

»Du weißt, was ich meine!«

Elizabeth wurde schwindelig. »Bald«, flüsterte sie.

»Heute abend.«

Angesichts seines sanften Befehlstons steigerte sich Elizabeths Erregung ins Unerträgliche. Sie war noch nicht bereit, mußte an ihre Lage denken, an seine Familie ... Dann jedoch verselbständigte sich ihre Stimme. »Wo?«

»In der verfallenen Hütte neben dem Feld?«

»Nein.« Elizabeth erinnerte sich an Mossies Geständnis, sie regelmäßig zu beobachten. Doch nun, da der Würfel gefallen war, überlegte sie eilig, wo in der Nähe man ungestört wäre, und mit einem Mal tauchte vor ihrem geistigen Auge verführerisch wie eine Sirene der rauchig-goldene Kilcatherine-Kopf aus ihrem Traum von der juwelenbedeckten Landschaft auf. »Auf dem Friedhof von Kilcatherine«, sagte sie. Nun, da es kein Zurück mehr gab, fühlte sie sich frei und mutig. »Dort geht nach Einbruch der Dunkelheit niemand mehr hin.«

Offenbar fand er den Ort für ihre Verabredung durchaus angemessen. »Heute ist der längste Tag des Jahres«, sagte er. »Da bleibt es ewig hell.«

»Bei diesem Wetter«, entgegnete Elizabeth, »wird es spätestens um halb elf dunkel sein.«

Aber typisch für Béara hätte man bereits am frühen Nachmittag meinen können, der morgendliche Sturm wäre über einen anderen Planeten gebraust. Als die Mädchen, die Regenjacken über dem Arm, barfuß am Rand der glühenden Straße von der Schule nach Hause getrottet kamen, fanden sie Elizabeth im Garten vor. Sie hängte Wäsche in die Sonne, deren Hitze einer Insel in der Ägäis alle Ehre gemacht hätte.

Die langen, hellen Stunden des Nachmittags gingen über in noch längere, helle Abendstunden, bis gegen acht Uhr Tilly Harrington erschien. »Ach, du bist's!« Elizabeth versuchte erfolglos, ihre Nervosität zu verbergen.

»Wen hast du denn erwartet?« fragte Tilly aufgeräumt. »Gracie Fields?« Selbst in diesem Teil Europas, der vom Krieg weitgehend verschont geblieben war, besaß Unsere Gracie ihre Anhänger, zu denen auch Tilly uneingeschränkt gehörte. Ihr anscheinend unerschöpfliches Erbe hatte ihr nicht nur ein Radio – eins der ersten der Halbinsel –, sondern obendrein ein Grammophon und eine kleine Plattensammlung beschert, aufgrund derer ihr Haus zu einem beliebten Gemeindetreffpunkt geworden war.

»Tut mir leid«, seufzte Elizabeth. »Natürlich habe ich es nicht so gemeint, wie es klang.« Sie fegte weiter den Hof, der bereits blitzsauber war.

»Hm!« Tilly nahm auf der Bank neben der Regentonne Platz. »Und, wie geht's?«

»Gut, phantastisch.«

»Heute morgen habe ich Daniel zu dir fahren sehen.«

Am liebsten hätte Elizabeth die Freundin angefahren, daß Daniels Besuch bei den Scollards für sie wohl kaum von Interesse war. Nichts und niemand konnte sich, so schien es, über eines der Felder bewegen, ohne daß Tilly etwas davon mitbekam. Aber sie hielt ihre Zunge im Zaum und drosch statt dessen weiter mit dem Besen auf die Steine ein.

»Gab es irgendwelche Neuigkeiten?«

Entweder hatte Tilly es darauf abgesehen, ihre Nerven zu strapazieren, dachte Elizabeth, oder aber sie selbst benahm sich aufgrund ihrer Schuldgefühle und ihrer Furcht vor Entdeckung so unleidlich. Sicher war es Letzteres. »Nein«, sagte sie. »Er hat nichts Besonderes erzählt.« Sie stellte den Besen neben die

Küchentür. »Sie sind gestern abend erst spät nach Hause gekommen und hatten dann noch jede Menge Besuch. Deshalb kam er nicht mehr.« Tilly und Mick hatten getreulich bis beinahe elf Uhr in Elizabeths Küche ausgeharrt.

»Verstehe.« Tilly hob den Kopf und blickte über das Hoftor hinweg. »Oh, da drüben ist Mossie. Abend, Mossie!« schrie sie und winkte ihm eifrig.

Mossie, der gerade mit der Reparatur eines Türpfostens am anderen Ende der Weide beschäftigt war, richtete sich auf und schob sich die Hand ins Kreuz, als täte es ihm weh. »Abend, Tilly!« brüllte er zurück. »Wunderbarer Abend, was?«

»Um Himmels willen, Tilly, lad ihn bloß nicht ein«, zischte Elizabeth.

»Was hat dir der arme Mossie denn getan? Weshalb bist du überhaupt so schlecht gelaunt? Obwohl ich mir den Grund dafür natürlich denken kann!« Tilly ließ sich von niemandem so leicht einschüchtern. Sie beide beobachteten, wie Mossie sich wieder abwandte und weiterhämmerte. »Immerhin ist er ein unermüdlicher Arbeiter. Du hast mit ihm wirklich Glück gehabt. Ich bin sicher, daß er alles unermüdlich verbessern wird. Nicht daß Neeley, Gott sei seiner Seele gnädig, ein schlechter Bauer gewesen wäre.« Tilly bekreuzigte sich. »Weit davon! Aber Mossie ist geradezu besessen von der Farmarbeit. Also hast du mit ihm ein gutes Geschäft gemacht.« Elizabeth erinnerte sich daran, daß Tilly immer noch dachte, das von ihr bezeugte Abkommen zwischen ihr und Mossie beträfe die Verpachtung ihres Hofs.

Die Freundin wandte ihr Gesicht der Sonne zu, die im Westen glühend unterging. Sie machte die Augen zu und genoß die Wärme auf ihrer Haut. »Also, wann siehst du ihn das nächste Mal?«

»Wen? Mossie?«

»Spiel nicht die Unschuld vom Lande, Elizabeth Sullivan. Daniel McCarthy, wen sonst!«

Einen Augenblick lang schwankte Elizabeth ernsthaft, ob sie sich Tilly anvertrauen sollte – schließlich war Tilly ihr eine so gute Freundin, daß sie es eigentlich verdient hätte, eingeweiht zu werden – aber ihre Verabredung mit Daniel stand so dicht bevor, daß sie sie nicht durch irgendwelchen Klatsch gefährden wollte. »Wir haben noch nichts ausgemacht«, sagte sie leise. »Es ist sicher am besten, wenn wir erst mal abwarten…«

»Hm!« Tilly machte nicht einmal die Augen auf. »An deiner Stelle wäre ich sehr vorsichtig, Lizzie. Hier in der Umgebung haben selbst die Gräben Augen und Ohren. Da bleibt nichts lange geheim.«

»Denkst du, das weiß ich nicht? Aber vielleicht könnten wir ja jetzt mal das Thema wechseln?« Elizabeth setzte sich neben Tilly auf die Bank und wandte ihr Gesicht ebenfalls der Sonne zu. Sie versuchte, sich zu entspannen, indem sie die Geräusche des Sommerabends auf sich wirken ließ: das Summen von Bienen, Fliegen und Wespen, das stetige Pochen des Hammers, mit dem Mossie auf den Pfosten schlug, die dünnen, entfernten Rufe und Pfiffe eines Mannes, der seinen Schäferhund abrichtete, der gedämpfte Lärm des Fußballspiels auf dem unteren Feld. Die Mädchen hatten ihre Hausaufgaben beendet, kickten auf Franceys Drängen hin ihm seinen Ball zu und, obgleich das Feld in einer Entfernung von über einer Viertel Meile hinter dem Haus verborgen lag, hallten ihre Rufe und Schreie herüber wie die Schwingungen einer Glocke.

»Schön, die jungen Stimmen zu hören, nicht wahr?« Tillys Stimme drückte eine gewisse Wehmut aus. Was war das nur für eine Welt, dachte Elizabeth, in der eine Frau wie Tilly, von Natur aus mütterlich und liebevoll, die einen Finger dafür geben würde, Mutter auch nur eines einzigen Kindes zu sein, keine Babys bekam, während sie selbst Mutter von sieben – weder geplanten noch ersehnten – Erdenbürgern war.

Von ihren eigenen bösen Gedanken entsetzt, versicherte sie sich eilig, daß sie kein einziges von ihnen würde missen wollen, auch keines der Mädchen, denen sie nicht durch Blutsverwandtschaft verbunden war.

Der Zug der Selbstvorwürfe nahm unaufhaltsam seinen Gang: hier war sie, dachte sie, mit einem Mann, der kaum unter der Erde lag, und wehrte einen zweiten ab, weil sie sich in einen dritten vergafft hatte. In einen sechs Jahre jüngeren Knaben. Was war sie bloß für eine Person? Seit Anbeginn der Welt hatten Tausende, Millionen, nein Milliarden von Frauen dieses perfide körperliche Verlangen bezähmt.

Aber nicht Elizabeth Sullivan. Nein, sie nicht!

Und wenn sie bedachte, welches Unglück sie allein über Daniels Familie brachte…

Der Frieden des Abends verflog, während sie sich selbst wegen ihrer Schwächen und Sünden schalt: Mossie Sheehan hatte den Nagel auf den Kopf getroffen, ebenso wie vielleicht zuvor ihr Mann. Sie war eine Schlampe, nichts anderes!

Und berechnend obendrein! Trotz der Wärme, die sie umgab, erschauerte Elizabeth, als sie sich an die lebhaften Phantasien über das bevorstehende Treffen auf dem Friedhof erinnerte, denen sie sich tagsüber hingegeben hatte. Wie skrupellos konnte ein Mensch nur sein? Angesichts des Ausmaßes ihrer Verworfenheit wurde ihre Selbstverachtung grenzenlos: In der Tat plante sie, genau an der Stelle Sex zu haben, an der die Leiche ihres frisch verstorbenen Ehemannes begraben lag.

»Was ist los, Lizzie?« Tilly sah sie mit besorgter Miene an.

»Was soll denn los sein?« Elizabeth kämpfte geradezu verzweifelt gegen ihr Schlottern an.

»Du zitterst wie Espenlaub.« Tilly legte ihr eine Hand auf die Stirn. »Meinst du, du hast vielleicht Fieber?«

»Ich kann mich einfach selbst nicht mehr leiden, Tilly.«

Ob sie sich leiden konnte oder nicht, schlich Elizabeth um Punkt halb zwölf an jenem Abend über die Felder in Richtung des Friedhofs von Kilcatherine. Im Westen leuchtete der Himmel von lachs- und goldfarbenen Überresten der Mittsommersonne, so daß trotz des fehlenden Mondes jedes Detail der Umgebung genau zu erkennen war. Selbst die Kaninchen tollten noch vergnügt herum.

Wie eine Diebin hielt sie sich stets dicht bei den Steinmauern und Hecken, während sie durch ein möglichst gleichmäßiges Tempo und ein Schwingen ihrer Arme gegenüber möglichen

Beobachtern lediglich den Eindruck einer späten Spaziergängerin zu erwecken hoffte. Das hatte sie auch Mary erklärt, ohne ihr dabei ins Gesicht zu sehen. »Ich ersticke hier drinnen«, hatte sie gesagt und sich zu Gelassenheit gezwungen. »Außerdem bin ich mir sicher, daß ich sowieso nicht schlafen kann. Ich glaube, wenn ihr alle sicher in euren Betten liegt, gehe ich noch ein bißchen an die frische Luft...«Woraufhin die pflichtbewußte Mary zugesagt hatte, während des »Stündchens«, in dem ihre Stiefmutter außer Hauses wäre, auf die Geschwister aufzupassen.

Aber als ahnten sie ihre Pläne, hatten sich an diesem Abend sämtliche Kinder weniger umgänglich als sonst gezeigt und zahlreiche Taktiken eingesetzt, um nicht ins Bett zu müssen – bis Elizabeth am Ende Mordgelüste hegte. Als jedoch schließlich auch das letzte Gemüse im Bett verschwunden war, hatte sie sich getreu dem Prinzip, »wenn schon, denn schon« wie eine Braut für ihre Verabredung zurechtgemacht. Obgleich sie eins ihrer Trauerkleider und eine dünne schwarze Strickjacke trug und ihr verräterisches Blond unter einem dunklen Tuch verborgen war, hatte sie ihr Haar sorgsam gewachsen und so lange gebürstet, bis es schimmerte, hatte sich die Spalte zwischen ihren Brüsten mit Kölnisch Wasser betupft und aus der in einem anderen Leben von Corinne zusammengestellten Brautausstattung ihre Seidenunterwäsche hervorgeholt.

Nachdem sie einen großen Bogen um Häuser und Stallungen der umliegenden Höfe geschlagen hatte, blieb sie an einer Stelle stehen, von der aus der kleine Friedhof deutlich zu überblicken war. Links von ihrem Beobachterposten blitzte diamantgleich ein einzelner Stern über dem Gipfel des Knocknasheeog auf, während zu ihrer Rechten, ein paar Meilen hinter der Landzunge, die schwarze Masse des Bull Rock auf dem rosenfarbenen Meer zu schwimmen schien. Doch sie war blind für alles außer dem Flecken Erde, der unmittelbar vor ihr lag. Im Schatten eines Weißdornstrauchs bemühte sie sich, wieder zu Atem zu kommen; gleichzeitig hielt sie angestrengt nach einer Bewegung Ausschau, nicht nur auf dem Friedhof, sondern – Tillys

Warnung über die Augen und Ohren der Gräben im Kopf – ringsum.

Vor allem fürchtete sie, Mossie Sheehan irgendwo zu sehen, aber der Friedhof lag schlafend da. Das flache, graue Gewässer der Coulagh-Bucht, ja selbst die Augen der keltischen Kreuze auf dem Friedhof kamen ihr blinder und friedvoller vor als gewöhnlich. Ehe sie die letzten Schritte des Weges unternahm, zog Elizabeth, als beträte sie eine Bühne, ihr Kleid über den Hüften glatt, wobei der Stoff sinnlich über die darunterliegende Seide strich.

Dann wallte eine andere Sorge in ihr auf: Was, wenn man Daniel nachspionierte? Am besten hätte sie irgendein Signal mit ihm ausgemacht. Aber er war bekannt dafür, daß er nächstens durch die Gegend lief, beruhigte sie sich hastig, und was wäre natürlicher nach seiner Gefangenschaft, als daß er die wiedergewonnene Freiheit in vollen Zügen genoß?

Es reicht! dachte sie und überquerte entschlossen das offene Feld vor der steinernen Mauer, die den Friedhof umgab. Dann hatte sie ihr Ziel erreicht, doch immer noch machte sie nirgends auch nur eine Spur von Daniel aus.

Für den Fall, daß jemand sie beobachtete, ging sie hinüber zu der Stelle, an der Neeley lag. Die frisch aufgehäufte Erde lag immer noch unter einem Fischernetz, das man zum Schutz der von Neeleys amerikanischen Verwandten geschickten künstlichen Blumengebinde vor Stürmen dort befestigt hatte. Wegen der kriegsbedingten Verzögerungen des Postverkehrs waren die Gebinde erst vor wenigen Tagen eingetroffen.

Aufgrund des ihr anerzogenen Widerwillens gegen alles Künstliche verabscheute Elizabeth die Sträuße, deren grelle Farben und vorgetäuschte Echtheit sie abstoßend fand. Aber jetzt bückte sie sich und tat, als zupfe sie das Netz zurecht, während sie angestrengt lauschte, ob sich jemand näherte. Alles, was sie jedoch hörte, war das Meer, dessen gedämpftes Wogen wie ein ununterbrochenes Seufzen klang.

Plötzlich nahm sie Neeleys verbitterte Stimme wahr. »Du wirst kein Glück haben!« sagte er so klar, daß sie, halb in der Erwartung, ihn direkt hinter sich zu sehen, erschrocken auf die Füße sprang. Wie zu Schulzeiten beugte sie sich eilig vor und riß die kleine Flasche Weihwasser hinter dem Grabstein hervor. Sie schüttete sich ein paar Tropfen der Flüssigkeit in die Hand, bekreuzigte sich, schob die Flasche hinter den Stein zurück und rannte wie von Furien gehetzt davon, als sie plötzlich Daniel die Straße herunterkommen sah.

Er entdeckte sie im selben Augenblick und fing ebenfalls zu rennen an.

Dann sprang er über die Mauer, so daß sie mit ihm zusammenstieß und sich ihre Lippen mit geradezu verzweifelter Eile vereinigten. »Ich dachte, es würde nie mehr dunkel«, keuchte er zwischen Küssen, mit denen er nicht nur ihren Mund und ihre Wangen, sondern obendrein ihre Stirn, ihren Hals und ihre Ohren traf.

»Ich auch …« Elizabeth stand ihm in ihrem Verlangen nicht nach. Ihr Körper verzehrte sich nach ihm wie nach einer langen Hungersnot. »Oh, Daniel, ich hatte solche Angst, daß du nicht kommen würdest.«

Obgleich sie vor Begierde loderte und sie an einer geschützten Stelle standen, an der man sie von keinem der Häuser aus sehen konnte, riß sich Elizabeth in der Erinnerung an Neeleys Stimme von ihm los. »Nicht hier, nicht hier«, keuchte sie und zog ihn hinter sich her. Aber sein Verlangen nach ihr war übermächtig, so daß er ihr, obgleich er sich von ihr bewegen ließ, gleichzeitig das Tuch und die Haare nach hinten strich und das zarte Fleisch unter ihrem Kinn zu liebkosen begann.

Küssend bewegten sie sich auf das andere Ende des Friedhofs zu. Das gußeiserne Tor im Westen war abgesperrt, und als er ihr von hinten beim Übersteigen des Hindernisses half, schob sich der Rock ihres Kleides an ihrem nackten Bein hinauf, so daß seine Hand mit einem Mal auf ihrem bloßen Schenkel lag. Eilig senkte er den Kopf und vergrub seine Lippen in ihrer weichen Kniekehle. Das Gefühl war so warm und angenehm, daß Elizabeth den Kopf in den Nacken warf und leise zu stöhnen begann. »Nicht hier, nicht hier«, wiederholte sie trotzdem. »Bitte …«

Als auch er außerhalb des Friedhofs stand, nahm sie von neuem seine Hand, führte ihn über einen Graben und über das hinter dem Friedhof liegende Feld in Richtung einer kleinen Senke, in der man sie höchstens entdecken konnte, wenn man unmittelbar über ihnen stand. Dort angekommen, drehte sie ihn zu sich um, erlaubte ihm, sie endlich wieder zu umarmen; gemeinsam stolpterten sie in die mit aufgrund des morgendlichen Unwetters noch feuchten, duftenden Farne und Gräsern bewachsene Mulde. »Elizabeth, Elizabeth«, flüsterte er. »Du weißt nicht, wie oft ich daran gedacht habe…« Mit einer Hand tastete er sich beinahe unsanft einen Weg über ihren Schenkel hinauf, bis er ihre Hüfte, ihren Po zu fassen bekam.

Zappelnd schob Elizabeth ihr Kleid an ihrem Körper hinauf und bot ihm die Haut ihres Bauchs, die Weichheit zwischen ihren Beinen feil. Dann zerrte sie ihm das Hemd aus der Hose, bis ihre Hand die junge Haut seines Rückens mit den harten, zuckenden Muskeln fand.

Die ganze Zeit über, während er sie knetend ertastete, bedeckte er sie mit heißen, drängenden Küssen – auf ihren Hals, ihre Schultern, ihren Bauch, zwischen die Brüste und immer wieder auf ihren Mund. Seine unerfahrenen Lippen waren süß und hart, seine Zunge beinahe rücksichtslos; aber inzwischen begehrte sie ihn so sehr, daß sie sich der Eroberung sämtlicher Zonen ihres Leibes bereitwillig ergab.

Mit einem Mal hielt er inne und keuchte: »Ich habe noch nie – ich habe noch nie…«

»Natürlich nicht.« Ihr Atem ging ebenfalls stoßweise. »Aber keine Angst, es ist alles gut…« Eilig zog Elizabeth ihre Unterwäsche aus, zog seinen Kopf abermals zu sich herab und küßte ihn, während sie nach den Knöpfen seiner Hose tastete.

Er stand vollkommen still, während sie ihm die Hose über die Schenkel schob, aber sie spürte, daß er innerlich vor Sehnsucht zitterte. Als er dann ebenfalls unbekleidet war und sie ihn an sich zog, stöhnte er: »Allmächtiger…«

»Nur eins.« Sie hielt seine Männlichkeit in ihrer Hand. »Du mußt dich sofort aus mir zurückziehen, wenn ich es sage, ja?«

»Alles, was du willst, Elizabeth...« Er rang nach Luft, drang endlich in sie und schien sie so vollkommen auszufüllen, daß sie für eine Sekunde zusammenfuhr und beinahe die Beherrschung verlor; aber sie riß sich zusammen und nahm ihn fest und liebevoll in ihre Arme, während er sich langsam auf ihr zu bewegen begann. Sie spürte, daß seinen Leib ekstatische Schauer durchzuckten, und indem sie ihre Hüften bewegte, stieß sie ihn gerade noch rechtzeitig aus sich heraus, ehe sein Körper steif wie ein Brett über ihr zusammenklappte. Er öffnete den Mund und ihm entfuhr ein langer, leiser Schrei wie der eines getroffenen Tieres.

Elizabeth preßte ihn dicht an sich, während sie seinen Rausch genoß. Sie küßte seinen Hals, ehe er keuchend sein Gesicht an ihrer Schulter vergrub. »Tut mir leid, tut mir leid, o Elizabeth, es tut mir leid...«

»Was denn? Es muß dir nicht leid tun, Liebster, mein Liebster, es gibt nichts, was dir leid tun muß...« Sie streichelte seinen Hinterkopf, die feine Haut zwischen Haaransatz und Hemdkragen. »Gar nichts muß dir leid tun, du bist wunderbar, ein herrlicher, wunderbarer Mann...«

Über seine Schulter hinweg sah sie, daß am inzwischen dunklen Himmel ein Meer von Sternen funkelte, die einzeln, in kleinen Gruppen oder aber in dichten, milchigen Straßen flackerten. Zum ersten Mal in ihrem Leben merkte Elizabeth, wie farbenfroh der Nachthimmel war. Die Gestirne leuchteten nicht nur in dem von ihr erwarteten, eisigen Weiß, sondern sie strahlten in zartem Rosa, Rot und Gelb, ja sogar Grün. Einige Sterne schienen beständig wie Glühbirnen, andere kamen und gingen, wieder andere pulsierten, zitterten oder tanzten gar. In ihrem Zustand der Glückseligkeit kam es ihr vor, als hätte irgendein kosmischer Juwelier einen Schatz lebendiger Diamanten auf einem Tuch aus blauem Samt verstreut.

Inzwischen lag Daniel vollkommen reglos da, und allmählich kehrten ihre Gedanken in die Wirklichkeit zurück. Angenommen, es käme zufällig jemand vorbei? Angenommen, eins der Kinder wäre plötzlich krank?

Er spürte die Veränderung in ihr, stützte sich auf einen Ellbogen und sah sie fragend an. »Habe ich es richtig gemacht?« flüsterte er.

»Perfekt, mein Liebster, du warst perfekt!« Während ihrer Ehe hatte sie George Gallaher regelmäßig dafür verflucht, daß er auf dem Gebiet körperlicher Leidenschaft ein allzu tüchtiger Meister gewesen war. Denn das, was sie nicht gekannt hätte, hätte sie während ihres Zusammenseins mit Neeley ja auch nicht vermißt. Aber jetzt dachte sie an ihre erste Begegnung mit George voller Dankbarkeit zurück. Wie hatte er doch an jenem ersten Abend im hohen Gras so richtig gesagt: *Was wir heute abend getan haben, ist wunderbar. Vergnügen ist nichts Schändliches, Liebe zwischen einem Mann und einer Frau nichts Verbotenes...* Jetzt sprach sie seine Worte nach und gab Daniel einen Kuß. »Und du wirst sehen, es steigert sich noch.« Aber als er ihren Kuß mit einer Leidenschaft erwiderte, die erahnen ließ, daß er noch einmal von vorne beginnen wollte, schob sie ihn von sich. »Ich muß gehen, mein Herz, die Kinder sind allein.«

»Wann werde ich dich wiedersehen?«

»So nicht noch einmal. Es ist zu gefährlich, Daniel. Aber ich werde mir etwas überlegen, das verspreche ich.«

»Heute ist mein Geburtstag«, sagte er jetzt schüchtern. »Du hast mir das herrlichste Geschenk der Welt gemacht.«

»Oh, Daniel! Das wußte ich nicht – dein Geburtstag ist am längsten Tag des Jahres?«

»Am zweiundzwanzigsten. Ich nehme an, wir haben inzwischen den zweiundzwanzigsten.«

»Alle guten Wünsche dir, liebster Schatz!« Aber sie küßte ihn auf eine Weise, die verriet, daß sie tatsächlich bereits im Gehen begriffen war.

Sie standen auf und zogen sich eilig wieder an. Und obgleich Elizabeth so bereitwillig die Führung übernommen hatte im Verlauf ihres Zusammenseins, empfand sie plötzlich eine gewisse Verlegenheit, als sie ihre seidene Unterhose von der Stelle aufhob, wo sie sie so achtlos fallen gelassen hatte, und als sie sie anzog, kehrte sie Daniel den Rücken.

Doch ihre Verlegenheit verflog, als sie mit einem Mal das Bild ihrer Mutter vor sich sah. Was würde Corinne wohl denken, wenn sie sehen könnte, zu welchem Zweck sie einen Teil ihrer – so sorgsam ausgewählten – Brautausstattung verwendete? Und nicht nur die Brautausstattung, sondern die Trauerkleider ebenfalls: Sie zog ihre Strickjacke aus und band sie sich um die Taille, damit man die Flecken auf ihrem Rock nicht sah.

Als sie sich wieder zu Daniel umdrehte, schob er sich gerade das Hemd in den Gürtel. Im Licht der Sterne konnte sie sehen, daß seine Augen glückselig leuchteten. Er hielt in seiner Bewegung inne und hob die Arme in die Luft. »Ich liebe dich, ich liebe dich, ich liebe dich! Dies war die wunderbarste Nacht meines Lebens«, rief er laut aus, daß Elizabeth erschrocken hinter sich sah, um zu überprüfen, ob es immer noch keine unliebsamen Zuschauer gab. »Daniel, dies ist eine schwierige Situation«, sagte sie, nahm seine Hände und zog sie herab. »Aber ich habe das Gefühl, daß wir uns treffen dürfen. Nicht, daß wir heimlich in Gräben herumschleichen, das halte ich für falsch – trotzdem ist eine solche Liebe erlaubt... eines Tages auch vor aller Welt. Aber wir müssen die Sache langsam angehen, abgemacht?«

»Ich möchte dich heiraten. Wirst du mich heiraten, Elizabeth?« Dann, als er ihre Miene sah, brach er plötzlich ab. »Oh...«

Elizabeth legte einen Finger an seinen Mund. »Wir werden noch jede Menge Zeit haben, um über solche Dinge zu reden, Daniel«, flüsterte sie. »Vorläufig bin ich jedoch noch in Trauer.«

Er nahm die Hand, die auf seinen Lippen lag, und hielt sie von sich. »Ich meine ja nicht, daß es sofort geschehen soll.«

Sie dachte eilig nach. »Komm morgen abend zu uns. Francey ist nach wie vor ganz versessen auf deine Fußballektionen.« Selbst wenn Mossie in der Nähe wäre und die Wahrheit ahnte, könnte er nicht viel tun gegen eine sportliche Zusammenkunft mit einem Kind. Sie drückte Daniels Hand. »Dann reden wir weiter, ja?«

»Bist du sicher, daß ich kommen soll?« Der Schmerz in seiner Stimme erinnerte Elizabeth daran, daß er trotz seines äußerlichen Selbstbewußtseins wesentlich unerfahrener war als sie. »Natürlich, Daniel.« Sie gab ihm einen zärtlichen, beinahe mütterlichen Kuß. Er reagierte ruhig und voller Dankbarkeit darauf, und als sie sich anschließend gegenüber standen, hatte Elizabeth das Gefühl, daß der Kreis, der an dem Abend von Jimmy Deeneys Tanzveranstaltung in Castleclough seinen Anfang genommen hatte, endlich geschlossen war. »Jetzt muß ich wirklich nach Hause.« Sanft löste sie sich von ihm.

»Bis morgen.« Sie blies ihm einen Kuß zu, trat ein paar Schritte zurück und machte sich auf den Weg über das Feld zurück. Nach ungefähr fünfundzwanzig Metern drehte sie sich noch einmal zu ihm um. Er stand unverändert an derselben Stelle; doch auch wenn es hell genug war, um ohne die Taschenlampe zurechtzukommen, die sie zur Vorsicht mitgebracht hatte, konnte sie aus der Entfernung sein Gesicht nicht sehen.

Er hob einen Arm, als wolle er winken, ehe er ihn plötzlich wieder sinken ließ. Elizabeth schickte ihm einen letzten Kuß und balancierte dann auf den beiden Planken, die als behelfsmäßige Brücke dienten, über den Graben hinweg. Und als sie, ehe sie in den Schatten einiger Brombeerbüsche trat, zum letzten Mal zurückblickte, war er nicht mehr da.

Während sie nach Hause eilte, hüllte Daniels Geruch sie wie ein feiner Nebel ein. Doch neben seinem Geruch schien, wenn auch weniger greifbar, etwas von ihm selbst auf sie übergegangen zu sein. Allerdings hatte sie keine Zeit für derart sentimentale Überlegungen, denn während sie gehetzt die dunklen, ruhigen Felder überquerte, erwachte in ihr plötzlich ein ungutes Gefühl.

Sie ging immer rascher, beinahe wäre sie gerannt. Trotzdem kam ihr die Entfernung von weniger als einer halben Meile endlos vor. Bei allen möglichen Schatten fuhr sie zusammen und hätte fast aufgeschrien, als eine Fledermaus an ihr vorüberflatterte. Die ganze Zeit über redete sie sich ein, daß ihre Angst sicher nur wieder Resultat ihrer Schuldgefühle war.

Dennoch seufzte sie erleichtert auf, als sie von der letzten Erhebung aus das Haus friedlich vor sich liegen sah. Erst in diesem Moment erkannte sie, daß sie, als Vergeltung für ihr Tun, schon das Haus in Flammen gesehen hatte oder zumindest die Kinder aufgrund ihrer Abwesenheit in Panik. »Gott sei Dank«, flüsterte sie, ehe ihr die Ironie der Situation vollends zu Bewußtsein kam. »Du bist wirklich eine schöne Heuchlerin. Predigst anderen Menschen, sich ihres Liebeslebens nicht zu schämen, während du selbst tief in deinem Inneren die ganze Zeit über empfindest wie ein Missionar!«

Im letzten Jahr hatte sie zusammen mit Neeley die Mission in Castletownbere besucht. Wie gewöhnlich war die Kirche anläßlich des »Partnerschaftsabends«, der wegen seines hohen Unterhaltungswerts im gesamten Bezirk einen legendären Ruf genoß, bis auf den letzten Platz besetzt gewesen, und zunächst hatte sich Elizabeth in der Rolle der distanzierten Beobachterin gewähnt.

Als jedoch der Prediger zu Hochform auflief und seine Visionen der makabren und ausschließlich für fleischliche Sünden vorgesehenen Höllenqualen mit apokalyptischer Genauigkeit schilderte, hatte Elizabeth es nicht mehr geschafft, sich seinem Donnern zu entziehen. Obgleich sie sich mit aller Kraft gegen den über sie hereinbrechenden Strom des Grauens stemmte, hatte er bei ihr genau wie bei allen anderen Kirchenbesuchern eine voyeuristische, doch zugleich entsetzte Betroffenheit geweckt.

Der selbsternannte Apostel hatte sie so beeindruckt, daß sie später in jener Nacht, züchtig auf ihrer Seite des Ehebettes liegend, geradezu erleichtert darüber gewesen war, seit ihrer Heirat gegen fleischliche Sünden gefeit zu sein. Die Ehe mit Neeley war für sie durch das Fehlen jeder Lust geprägt; einzige Flecken auf ihrer in den letzten Jahren reinen Seele waren ihre geheimen Gedanken und Phantasien, doch auch derer würde sie sich infolge des soeben Gehörten umgehend entledigen.

Natürlich hatte dieses Ereignis stattgefunden, ehe sie mit Tilly nach Glengarriff gefahren und ehe sie Daniel Carrig McCarthy begegnet war.

Inzwischen war sie fast zu Hause angelangt. Dann hörte sie plötzlich, wie Rex, ein braver Hütehund, aufgeregt zu bellen begann. Was geschah dort?

Sie rannte gerade noch rechtzeitig auf das Hoftor zu, um zu sehen, wie der Hund über die Mauer sprang und, als wäre der Teufel hinter ihm her, über das obere Feld zu jagen begann. »Rex!« rief sie so laut es ging, ohne zu schreien. *»Rex!«* Ohne auf sie zu achten, rannte der Hund weiter, bis er schließlich hinter einer Hecke verschwand. Nun, zumindest bellte er nicht mehr.

Als Elizabeth endlich den Hof betrat, drang aus dem Hühnerstall ein aufgeregtes Gackern an ihr Ohr. Nun wußte sie, weshalb der Hund so außer sich gewesen war – offensichtlich trieb sich in der Nähe ein Fuchs herum. Sie öffnete die Tür des Stalls. Die Hennen saßen auf ihren Stangen, aber sie schienen inzwischen wieder ein wenig ruhiger zu sein. Sorgsam legte sie den Riegel vor und suchte die Bretterwände nach frischen Löchern ab. Alles war in Ordnung.

Nun trat sie durch die Küchentür und schlich auf Zehenspitzen durch den Raum, als sie plötzlich mit dem Fuß gegen etwas auf der Schwelle der Tür ihres Schlafzimmers stieß. An einen Milchkrug gelehnt, entdeckte sie einen Zettel. »Ich habe heute mit der Lehrerin gesprochen«, stand dort ohne Anrede in Kathleens klarer, gerader Schrift. »Und sie sagt, daß sie sich bei den Nonnen für mich verwenden wird. Ich möchte aufs Internat nach Cork, um mein Abitur zu machen. K.«

Dies war das erste Mal, daß Kathleen ihr gegenüber etwas von ihren Zukunftsplänen verlauten ließ. Allerdings schien Elizabeth in letzter Zeit derart mit ihren eigenen Problemen beschäftigt, daß sie die Entwicklungen innerhalb der Familie kaum noch wahrnahm.

Dann kam ihr ein weiterer Gedanke: offensichtlich hatte Kathleen die Nachricht deponiert, nachdem Beth aus dem Haus war. Hatte Kathleen sie gehen sehen? Oder schlimmer noch, hatte sie ihre Vorbereitungen mitbekommen und darauf gewartet, daß sie endlich ging? War diese Nachricht Kathleens Art zu zeigen, daß sie mit ihrer Stiefmutter nicht mehr unter einem Dach leben wollte? Elizabeth lauschte angestrengt, aber im Schlafzimmer der Kinder war alles ruhig. Niemand schien zu horchen oder sie zu beobachten.

Den Zettel in der Hand betrat sie ihr eigenes Reich, als mit einem Mal ein diskretes, aber entschiedenes Klopfen am Eingang erklang. Sie fuhr herum. War Daniel ihr etwa gefolgt? Noch während sie zögerte, klopfte es ein zweites Mal.

Auf Zehenspitzen schlich sie zurück und öffnete die Tür einen Spaltbreit.

Mossie Sheehan tippte sich mit dem Finger an die Mütze. »Abend, Elizabeth«, sagte er, als wäre es sieben und nicht halb eins. »Ich stieg gerade vom Knockameala runter und da habe ich Rex gehört. Deshalb komme ich nur mal schnell vorbei und schaue, ob alles in Ordnung ist.«

»Das ist es, Mossie, vielen Dank.«

Immer noch rührte er sich nicht vom Fleck. »Nun, solange es keine Probleme gibt«, meinte er. »Übrigens«, er machte eine bedeutungsvolle Pause, »nimm dich lieber in acht!«

»Wovor, wenn ich fragen darf?« Nur mit Mühe brachte Elizabeth die Worte heraus.

Während er im Licht der Sterne verharrte und sie ruhig musterte, erschien ihr sein Körper massiver und kräftiger als bei Tageslicht. »Wie ich hörte, treibt sich ein Fuchs in der Gegend herum«, sagte er und machte auf dem Absatz kehrt.

19

Am nächsten Morgen sprach Elizabeth Kathleen während des Frühstücks auf die Nachricht an. »Willst du ernsthaft nach Cork gehen?« fragte sie, während sie dem Mädchen Haferbrei in eine Schüssel gab.

Kathleen starrte auf den Tisch. »Ich hätte wohl kaum einen Zettel geschrieben, wenn es nicht mein Ernst wäre, oder?«

»Hüte deine Zunge«, schalt Elizabeth halbherzig und wandte sich dann Kathleens älterer Schwester zu. »Wie steht's mit dir, Mary? Willst du auch Abitur machen?«

»Nein!« Mary aß bereits. »Ich denke, sie ist verrückt. Ich kann es kaum erwarten, endlich die Schule hinter mir zu haben.«

»Tja, und wie sehen dann deine Pläne aus ?«

»Keine Ahnung.« Mary zuckte mit den Schultern und sah ihre Stiefmutter an, als überraschte diese Frage sie.

Augenblicklich erkannte Elizabeth, daß es unerläßlich wäre, sich mit den beiden hinzusetzen und über ihre Zukunft zu sprechen. Irgendwie hatte sie die letzen Jahre in einer monotonen Routine zugebracht, ohne je danach zu fragen, was nach der Kinderzeit aus Neelys Töchtern werden sollte. Im allgemeinen verbrachten Mädchen hier auf dem Land die Zeit zwischen dem Verlassen der Schule und der Hochzeit mit irgendwelchen Jobs oder aber zu Haus. Viele von Ihnen wanderten bereits im Alter von vierzehn Jahren zu Verwandten nach Montana oder England aus; aber weil im Augenblick jeder Reiseverkehr zwischen Irland und Großbritannien brachlag, fiel letzteres als Arbeitsmarkt natürlich aus. Und da Elizabeth Neeleys amerikanischen Verwandten niemals begegnet war, gefiel ihr der Gedanke, sich auf einmal bei ihnen zu melden, nicht. Trotzdem wurde es Zeit, so bald wie möglich etwas für Mary und Kathleen zu organisieren.

Während die vier Schulkinder frühstückten, schämte sich Elizabeth für ihren bisherigen Mangel an Aufmerksamkeit. Allein für das Wohlergehen der Kinder verantwortlich, mußte sie sich auch um sie kümmern! »Wir werden darüber reden, wenn ihr heute nachmittag nach Hause kommt, einverstanden?« sagte sie durch die geschäftige Stille zu Kathleen, während sie Gorettis Zöpfe zu flechten begann.

»Darüber gibt es nichts zu reden!« Kathleens Stimme verriet ihre Entschiedenheit. »Ich gehe, und das wär's!«

»Tut mir leid, aber es ist wohl erwähnenswert«, sagte Elizabeth in gereiztem Ton, »daß das Internat einiges kosten wird.«

»Das habe ich schon mit Grandad Sullivan geklärt«, erwiderte Kathleen.

»Du hast *was*?« Jetzt war Elizabeth ehrlich erbost. »Du hattest kein Recht, dich an ihn zu wenden, ohne mir etwas davon zu sagen, Kitty.«

»Ach nein?« fragte Kathleen und bedachte sie mit einem herausfordernden Blick. »Grandad Sullivan hat zu mir gesagt, daß ich ihm, falls ich irgend etwas brauche, jederzeit schreiben kann.«

Elizabeth ließ von Gorettis Haaren ab. »Wann hat er das gesagt?«

»Auf der Beerdigung meines Vaters.« Indem sie dem Wort Vater eine besondere Betonung verlieh, ließ Kathleen keinen Zweifel darüber, auf wessen Seite sie stand und was sie für ihre Stiefmutter empfand. Sie glitt von ihrem Stuhl und wandte sich zum Gehen. »Ich hole meinen Ranzen. Kommst du mit, Mary?«

Elizabeth war hin und her gerissen zwischen dem Wunsch, Kathleen zu schütteln, und dem Mitleid, das sie für sie wegen ihrer Trauer um Neeley empfand.

»Achte nicht weiter auf sie«, meinte Mary versöhnlich, ehe sie sich ebenfalls von ihrem Platz erhob. »Irgendwann kommt sie bestimmt darüber hinweg.«

»Worüber? Sie scheint entschlossen zu gehen.«

»Nein – ich meine – ach, egal. Am besten hole ich auch schnell meine Tasche, sonst kommen wir noch zu spät. Beeil dich, Margaret!« Mary zog Margaret, die noch am Kauen war, von ihrem Stuhl, schnappte sich die auf dem Tisch liegende Bürste und fuhr sich damit so energisch durch ihr Haar, daß Elizabeth nicht wagte, weiter in sie zu dringen. Mary schien irgendwelche geheimen Gedanken von Kathleen zu kennen, bei denen es nicht nur um den Verlust des Vaters ging.

Ihre Welt wurde einfach zu kompliziert, dachte Elizabeth. Die Gefühle allzu vieler Menschen waren in dem Strudel gefangen, der sie umgab. Sie dachte an ihre eigene Beziehung zu Daniel, an die Trauer seiner Eltern, an Mossie, an das empfindliche

Gleichgewicht ihres Verhältnisses zu St. John und zu den Kindern, die sie umgaben – an die Traurigkeit, die Hoffnungen und Wünsche all dieser Individuen mit ihren einzigartigen Persönlichkeiten.

Das Bild von ihrem Haus, das sich sicher jedem Außenstehenden bot – sauber und aufgeräumt, schützend an den Fuß des Berges geschmiegt, ein Ort, an dem man gemütlich dem Familienleben und der Farmarbeit nachging, und an dem es als einzige Veränderungen den Wechsel der Jahreszeiten und das Heranwachsen der Kinder gab –, war erschreckend trügerisch. Im Inneren dieses soliden Gerüsts wirbelten Kräfte, deren elementare und potentiell zerstörerische Macht den Stürmen ähnelten, die die Umgebung regelmäßig heimsuchten.

Schließlich war es die unerschütterliche Margaret, die ihre Gedanken wieder in die Gegenwart zurückholte. »Ich möchte auch Abitur machen«, verkündete sie, während sie methodisch ihren Haferbrei und eine zweite Scheibe Brot zwischen ihre Lippen schob. »Wenn sie es kann« – sie wies mit dem Daumen in die Richtung, in die Kathleen verschwunden war –, »dann ich auch. Ich sage es dir lieber rechtzeitig, Mammy, damit du dich darauf einstellst.«

»In Ordnung, aber jetzt beeil dich, Schatz, sonst stell dich heute morgen mal zuallererst ein auf den Stock deines Klassenlehrers.« Sie zog Margaret die Schüssel weg, ehe sie ihr zärtlich in die Wange kniff. »Aua!« protestierte die junge Dame. »Laß das, Mammy, ich *hasse* es ...«

Elizabeth scheuchte sie alle aus dem Haus und wandte ihre Aufmerksamkeit den drei jüngeren Kindern zu. Sie wäre froh, so dachte sie, wenn für Francey und Johanna im September ebenfalls die Schule begann. Den ganzen Tag mit Abigail allein zu sein, käme ihr sicher wie ein permanenter Urlaub vor.

Gleichzeitig schlich sich eine weitere, verstohlene Überlegung ein. Auch die Organisaton ihres außerfamiliären Lebens würde dann einfacher.

Sie half den Kindern beim Anziehen, spülte das Geschirr und brachte die Frühstücksreste zu den Hühnern in den Hof hinaus.

Wieder war es ein herrlich sonniger Tag, und zum ersten Mal, seit sie in der Früh aufgestanden war, für kurze Zeit allein, kehrte Elizabeth, während sie die Brotkrumen und das Hafermehl ausstreute, in Gedanken zu ihrem nächtlichen Zusammensein mit Daniel zurück. Ihre Träumereien wärmten sie ebenso wie der helle Sonnenschein. Dann nahm sie aus dem Augenwinkel ein metallisches Blitzen auf dem oberen Feld wahr und hob den Kopf. Die mächtige Gestalt von Mossie Sheehan beugte sich über denselben Torpfosten wie am Vorabend. Das metallische Blitzen rührte von einer Säge her.

Der Tag verlor auf einmal seine Wärme, als Elizabeth ein für allemal bewußt wurde, daß dieser Mann ihre Zukunft verkörperte. Ebenso wie die niedrigen Steinmauern, die Neeleys Vorfahren zur Markierung ihrer Felder einzeln zusammengesetzt hatten, war Mossie Sheehan von nun an fester Bestandteil ihres Hofs. Und im hellen Tageslicht erkannte sie, daß seine ständige Gegenwart ungeachtet jeden Abkommens ihr und Daniels Leben störte.

Aber nicht nur das – obendrein galt es auch, die Sicherheit der Kinder zu bedenken. Sie sah sie alle vor sich, wie sie an jenem Morgen gewesen waren, Kathleen schmollend, Mary als Friedensstifterin, Margaret nüchtern wie eh und je, die treu ergebenen Kleineren, für die sie noch den Mittelpunkt des Lebens abgab. Sie mußte verrückt gewesen sein, sich einzubilden, daß sich die Welt entsprechend ihren Wünschen umformen ließ.

Und indem sie Daniel in diese Pläne fest einbezog, war sie auch ihm gegenüber alles andere als fair. Ginge es ihr wirklich um sein Wohlergehen, hätte sie ihn längst gewarnt... Elizabeth kehrte in die Küche zurück, schrubbte müde den Frühstückstopf und versuchte, in Worte zu fassen, wie eigentlich die Dinge lagen.

Ihr körperliches Verlangen nach Daniel war so stark, daß sie den Gedanken an eine Trennung einfach nicht ertrug – doch durfte sie allen Ernstes in Erwägung ziehen, diesen Jungen, der kaum zwanzig geworden war, zum Stiefvater von sieben Kindern zu machen, die teils kaum jünger waren als er selbst?

Und wie sollte sie ihm erklären, daß sie – sollte sich ihre innige Hoffnung auf eine göttliche Fügung nicht erfüllen – zunächst Mossie Breac Sheehan zu heiraten gezwungen war?

Wollte sie überhaupt noch einmal einen Ehemann?

Sie stellte den Topf scheppernd ins Regal und machte sich an die anderen Arbeiten, als stünde das Ende der Welt bevor und als würde Christus sie dann für den Zustand ihrer Küche zu Rechenschaft ziehen.

»Hallo, Elizabeth«, hörte sie beinahe eine Stunde später hinter sich. Da sie gerade mit dem Aufräumen der Anrichte beschäftigt war, lagen überall auf dem Boden verstreut Messer, Schöpflöffel, Stücke Zwirn, halb abgebrannte Kerzen, Streichhölzer, Dochte, Bleistifte und Füllfederhalter, halb leere Tintengläser, Briefpapier, alte Briefe, Türknaufe und andere überflüssige Gegenstände, die aus Pietät aufgehoben wurden. Sie wirbelte herum, entdeckte Daniel, der lässig im Türrahmen stand, und ihren Körper durchzuckte jener verräterische Blitz, den sie aus früheren Jahren fürchtete: genau in demselben Zustand hatte sie sich vor sieben Jahren befunden, als sie monatelang nichts anderes im Sinn hatte, außer an George Gallahers Seite – oder besser gesagt, in seinem Bett – zu sein.

Daniel Carrig McCarthy war so begehrenswert für sie, daß sie spürte, wie ihre guten Vorsätze schrumpften wie ein Veilchen im heißen Sonnenschein. »Hallo«, hauchte sie, »ich hatte dich nicht vor heute nachmittag erwartet.«

»So lange konnte ich es nicht aushalten«, sagte er leise, und die Intimität in seinem Blick versetzte ihrer Entschlossenheit den Todesstoß. Die weiße Linie unter seinem Haaransatz erschien ihr heute morgen weniger blaß. Er wirkte kraftvoll, frisch – und voller Zuversicht. Außerdem hatte er seine Kleidung mit Bedacht gewählt. Obgleich er keine Jacke trug, wirkte er mit der sorgsam gebügelten Hose, den glatten Hemdsärmeln und dem steifen, weißen Kragen regelrecht elegant. Am liebsten hätte Elizabeth, deren Finger wund waren von der energischen Reinigungsaktion des Fußbodens, den Kragen auf der Stelle geöffnet. Statt dessen wandte sie sich eilig ab und hoffte, bald wieder zu Vernunft zu kommen. »Francey!« rief sie laut. »Daniel ist hier, um dir Fußballübungen zu zeigen.«

Aber als sie sich wieder umdrehte und sich ebenso wie er an die Gefühle der vergangenen Nacht erinnerte, hätte sie ihn liebend gern neben sich auf den frisch geschrubbten Boden gezerrt. Auch wenn sie nicht mehr in der Lage war, ihren Blick von ihm zu lösen, unternahm sie einen letzten, verzweifelten Versuch. »Nun komm schon, Francey!« wiederholte sie. »Wo steckst du überhaupt?«

»Im Badezimmer«, kam die gedämpfte Antwort.

»Er ist gleich da«, gab sie Bescheid und fuhr sich verlegen mit den Händen durch das kurze Haar.

»Ich habe es nicht eilig«, flüsterte Daniel blinzelnd. »Schließlich führe ich das Leben eines untätigen Edelmannes, bis man mich im Herbst auf einem der Fischerboote in Ballycrovane braucht.«

»Setz dich!« Elizabeth wandte sich wieder der Anrichte zu und warf den Inhalt in wildem Durcheinander in die Schubladen zurück.

»Mossie Breac arbeitet auf dem oberen Feld«, sagte Daniel hinter ihr. »Wie ich höre, verpachtest du ihm das Land?«

»Genau.« Sie war froh, daß sie mit dem Rücken zu ihm stand.

»Tja, ich hoffe, daß du es ihm nur für ein Jahr verpachtet hast.«

»Warum denn?« Sie wußte, eine derart gute Gelegenheit zu einem klärenden Gespräch böte sich ihr sicher kein zweites Mal.

»Einfach so«, tat er geheimnisvoll, wartete, bis das Klappern der Gegenstände in den Schubladen verhallte, und fügte dann hinzu: »Du weißt doch genau wie ich, warum.«

Seine Zuversicht hätte ihr beinahe das Herz gebrochen, und krachend schob sie die beiden Schubladen zu. »Hör mal, Daniel!« Sie wandte sich ihm zu, aber die Gelegenheit, die Karten auf den Tisch zu legen, verflog, da in diesem Augenblick Francey angerannt kam.

»Ich bin fertig – wollen wir los, Daniel? Wo fangen wir an? Auf dem unteren Feld?«

»Mir vollkommen egal. Auf geht's, Kumpel...« Daniel riß dem Jungen den Ball aus der Hand und rannte behende durch die Tür.

Francey, und wenige Sekunden später auch Johanna, folgte ihm. »Ich auch, ich auch, warte auf mich, Danny.« Sie hoppelte, so schnell es ihr auf ihren kurzen, dicken Beinchen möglich war, ihnen nach.

Elizabeth setzte sich an den Tisch und stützte ihren Kopf müde in die Hände.

Nach einem Moment nahm sie Abigail aus ihrem Laufstall und setzte sie in den hölzernen Kinderwagen, den Neeley gebaut hatte für viele Kinder...

Auf halbem Weg die Straße zu Tillys Haus hinab blieb sie stehen und verfolgte das fröhliche Kicken. Eine der Weiden, die den Harringtons gehörte, erstreckte sich zwischen der Straße und ihrem eigenen unteren Feld; aber sie war überschaubar, so daß Elizabeth das Match genau mitbekam. Daniel rannte in großen Bögen über das Feld, warf oder trat den Ball und schoß ihn immer gerade noch rechtzeitig, ehe Francey die Geduld verlor, zu dem Jungen zurück. Johanna hatte die Arme ausgestreckt, so daß sie einem kleinen Flugzeug ähnelte, und rannte, froh, Teil dieses Vergnügens zu sein, hinter den beiden drein.

Während Elizabeth die drei beobachtete, erwischte Francey mit einem seiner ungeschickten Schüsse Daniel, der tat, als hätte ihn die Wucht des Treffers umgehauen, so daß er unter theatralischem Stöhnen rückwärts zu Boden ging. Dicht gefolgt von Johanna stürzte sich Francey auf ihn, um ihm den Ball zu entwinden, alle drei rollten ausgelassen durch das Gras, und Daniels gespielte Schmerzensschreie wurden nur vom schrillen Jauchzen der Kleinen übertönt. Auch der junge Mann empfand sichtlich ein so ungekünsteltes, kindliches Vergnügen an der Keilerei, daß Elizabeth, während sie sich wieder in Bewegung setzte, abermals zu Bewußtsein kam, daß sie die Führung in dieser Beziehung zu übernehmen gezwungen war.

Entgegen jeglicher Regel war Tilly nicht zu Hause. Mick trat, als er Elizabeth in den Hof kommen hörte, aus dem Pferdestall, und informierte sie, daß Tilly nach Eyeries zu ihrer Schwester gefahren sei. »Hoffentlich ist nichts passiert?«

»Nein, nein!« Mick wischte sich die Hände an den Zipfeln seines Hemdes ab. »Überhaupt nichts. Sie hatte einfach Lust, sie mal wieder zu besuchen.«

»Dann ist es ja gut.« Elizabeth wendete den Kinderwagen, lehnte die von Mick angebotene Erfrischung dankend ab und machte sich auf den Rückweg. Als sie um die letzte Kurve bog, sah sie, daß der Unterricht noch in vollem Gange war. Dieses Mal jedoch wurde auch sie bemerkt, und alle drei kamen auf sie zugerannt.

Francey war vollkommen atemlos. »Hast du uns gesehen, Mammy? Es war einfach toll. Wir hatten einen Riesenspaß...«

»Natürlich sah man das.« Elizabeth lächelte über die Hecke hinweg. »Sicher haben sie dich vollkommen fertiggemacht, Daniel. Oh, nein«, fügte sie betrübt hinzu, »dein schönes Hemd.« Zerknittert und voller Grasflecken hatte der Fetzen nur noch wenig Ähnlichkeit mit dem gepflegten, weißen Kleidungsstück, in dem er vor weniger als einer halben Stunde bei ihr auftauchte.

»Kein Problem, die Flecken gehen beim Waschen sicher raus«, sagte Daniel unbekümmert. Auch er atmete schwer, aber seine Augen blitzten übermütig, als er das Hemd eilig aufknöpfte, es auszog und ein paarmal wie eine Fahne um seinen Kopf schwenkte. Abgesehen von seinem abrasierten Haar kam er Elizabeth wie ein kraftstrotzender, arroganter, junger Keltenkrieger vor.

Was, wie sie ironisch dachte, fast der Wahrheit entsprach. »Komm mit ins Haus«, lud sie ihn ein, während sie den Kinderwagen weiterschob. »Dann weiche ich das gute Stück erst mal in Seifenlauge ein.«

Dicht gefolgt von den beiden Kindern trottete Daniel ein Stück vor ihr auf der anderen Seite der Hecke auf das Tor in der Umrandung der Harringtonschen Weide zu. Elizabeth konnte sich nicht sattsehen daran, wie das Sonnenlicht seinen schweißglänzenden, glatten, muskulösen Rücken umschmeichelte. Zum Teufel mit allen Vorbehalten, dachte sie. Weshalb sollte sie an einem so wunderbaren Tag nicht ein wenig glücklich sein? Welche Frau könnte, wenn sie von einem so prachtvollen Jungen vergöttert wurde, über ihrem Kopf eine Lerche sang und um sie herum die Sonne tanzte, weiter verkniffen sein? »Beeilt euch, ihr drei!« Lachend wie ein junges Mädchen stemmte sie sich gegen den Kinderwagen, der lärmend an dem Tor vorüberratterte. »Ihr lahmen Schnecken, ihr!«

Daniel, der am Tor auf die Kinder gewartet hatte, schwang sich über das Gatter auf die Straße, rannte ihr nach und faßte ebenfalls den Griff des Kinderwagens an. Seine Kraft führte dazu, daß das alte Gefährt sein Tempo plötzlich beinahe verdoppelte, so daß Abigail ob des wilden Schaukelns auf der unebenen Straße vor Begeisterung in die Händchen klatschte. »Wartet auf uns, wartet!« Francey und Johanna krabbelten unter dem Tor hindurch, und vorwärts ging die Jagd!

Als sie in Sichtweite des Hauses kamen, entdeckte Elizabeth, daß Mossie Sheehan, dessen Arme im Licht der Sonne wie zwei Schinken aufragten, unverrückbar hinter dem Hoftor stand.

Die fröhliche Prozession kam abrupt zum Stehen und am liebsten hätte Elizabeth auf der Stelle kehrtgemacht. Dann allerdings wallte flammender, irrationaler Ärger in ihr auf. Wie konnte Mossie Sheehan es wagen, sich abermals in ihr Leben zu mischen, einen Augenblick zu zerstören, der voll unschuldiger Freude war? Den Gedanken, daß ›unschuldig‹ vielleicht nicht unbedingt zutraf auf ihr Verhältnis zu Daniel, verdrängte sie, ehe er ihren Zorn bremsen konnte.

Sie ließ Daniel mit dem Kinderwagen stehen, trat vor und öffnete das Tor. »Würdest du den Wagen bitte mitbringen, Daniel?« bat sie und schluckte schwer, bevor sie vor Mossie trat. »Ja?« äußerte sie eisig, und ehe Daniel in Hörweite kam, fügte sie ungnädig hinzu: »Ich dachte, wir hätten eine *Abmachung!*«

»Natürlich haben wir die«, erwiderte er in normaler Lautstärke. »Genau deshalb bin ich ja hier. Ich bin gekommen, um zu fragen, was du mit deinen Bullen machen willst – nächste Woche findet in Castletown ein Viehmarkt statt. Das heißt, falls du die Tiere nicht an mich verkaufst.«

Elizabeth starrte ihn wütend an. Hinter sich hörte sie, wie Daniel das Hoftor schloß und wie er den Kinderwagen mit ratternden Rädern über die Steine schob. Dann passierte etwas, das ihr die Sprache verschlug. Als Mossie über ihre Schulter in Daniels Richtung sah, gingen seine Gesichtszüge plötzlich auseinander – sie musterte ihn genau, um sicherzugehen, daß sie keinem Irrtum unterlag. Mossie Breac Sheehan stellte sich absichtlich als Einfaltspinsel hin. Die Kinnlade fiel ihr herunter, als er Daniel zuwinkte. »Wie geht es dir, Danny? In Ballyfee hatte ich ja leider keine Gelegenheit zu fragen…«

Daniel brachte den Kinderwagen zum Stehen, legte den Kopf auf die Seite und sah Mossie unsicher an. Dann schob er langsam seine Arme durch die Ärmel des Hemds, das er in den Händen hielt, und knöpfte das Kleidungsstück langsam und bedächtig zu. »Alles klar, danke, Mossie«, sagte er. »Aber es gibt da etwas, das ich dich fragen möchte.«

»Schieß los!«

»Weshalb hast du so lange gewartet mit deiner Meldung bei der Polizei, was in jener Nacht tatsächlich geschehen war?«

Elizabeth rann ein kalter Schauder über den Rücken.

»Ehrlich gesagt, Danny«, druckste Mossie heraus, »weiß ich das selber nicht so genau. Irgendwie hatte ich die ganze Sache offenbar zunächst einfach verdrängt.«

»Du meinst, dein Gedächtnis hat dich im Stich gelassen?« Daniel sah ihn skeptisch an.

»Genau. Aber sobald mir alles wieder einfiel, bin ich sofort zu Lizzie gegangen.« Seine Verschlagenheit sowie seine unverfrorene Verwendung ihres Kosenamens schürten Elizabeths Zorn noch.

Doch da nicht nur Mossie, sondern auch Daniel sie musterte, beschloß Elizabeth, sich fürs erste aus der Sache herauszuhalten. Also sah sie Daniel gewinnend an und zuckte mit den Schultern, als wolle sie zum Ausdruck bringen, daß auch sie Mossie nicht ganz verstand.

Der jedoch blieb abwartend stehen, bis jemand anders das Wort ergriffe; daher fühlte sie sich gezwungen, zu bestätigen, daß Mossie tatsächlich zu ihr gekommen und auf ihr Drängen hin sofort zur Polizei gegangen war.

»Danke, Mossie, besser spät als nie, denke ich«, sagte Daniel langsam, und Elizabeth merkte, daß er die Geschichte wohl für wenig glaubhaft hielt.

»Nichts zu danken!« Mossie klang recht überzeugend; er schaffte es sogar, einigermaßen zerknirscht auszusehen. »Ich bin nur froh, daß sich jetzt alles zum Guten gewendet hat.« Er räusperte sich. »Und wegen der Bullen gibst du mir Bescheid, ja, Lizzie?«

»Ich werde es mir überlegen.« Elizabeth traute ihrer eigenen Stimme nicht, so daß sie eilig den Kinderwagen ergriff, ihn in eins der Nebengebäude schob, wo er normalerweise stand, und Abigail auf den Arm nahm. Als sie wieder hinaus in die Sonne trat, war Mossie nicht mehr da.

»Wirst du ihm die Tiere verkaufen?« Daniel ging neben ihr über den Hof in Richtung Haus.

»Wahrscheinlich«, kam ihre knappe Erwiderung. »Ich würde alles tun, um ihn vom Hals zu kriegen.«

»Hat er wirklich diese ...«, Daniel zögerte, »Gedächtnislücke gehabt?« Er blickte Mossie hinterher, der die Straße hinunterstapfte.

»Ach, zerbrechen wir uns doch nicht den Kopf über Kerle wie ihn!« Wieder schreckte Elizabeth davor zurück, Daniel gegenüber endlich auszupacken. Sie ging ins Haus, setzte Abigail in eine Ecke und gab ihr zum Spielen ein paar Deckel hin. Der darauf erfolgende Krawall machte eine normale Unterhaltung schwierig, wofür sie dankbar war. »Gib mir dein Hemd.«

»Ich gebe dir viel mehr als nur mein Hemd!« Daniel blickte eilig über seine Schulter, um sicherzugehen, daß die beiden größeren Kinder draußen waren, ehe er seine Arme um sie schlang.

»Daniel, jetzt nicht. Ich habe dir bereits gestern nacht gesagt, wir müssen vorsichtig sein.« Er roch nach Sonnenschein und frischem Schweiß, aber Elizabeth machte sich nachdrücklich von ihm los.

»Aber wann dann? Ich sagte es schon – ich *liebe* dich, Elizabeth!« Er trat einen Schritt zurück, und auch wenn seine Miene flehend war, erkannte sie an seinem wissenden Blick, daß sein Selbstvertrauen durch die vorübergehende Zurückweisung nicht im mindesten erschüttert war. Ihre eigene Laune jedoch, dachte sie verdrossen, war seit dieser neuerlichen Begegnung mit Mossie Sheehan an einem Tiefpunkt angelangt. Es schien, als schwinge sie auf einem gigantischen emotionalen Pendel hin und her, dessen Bewegungen einzig Mossie steuerte. Sie müßte dafür sorgen, daß sein Einfluß auf sie so schnell wie möglich ein Ende nahm. »Bald, mein Liebster«, versprach sie. »Sehr bald.« Sanft küßte sie ihn auf die leicht salzige, warme Brust. »So bald wie möglich!«

Aber als er sie, während sie sein gewaschenes Hemd zum Trocknen über einen Busch breitete, drängte, wieder zum Friedhof von Kilcatherine zu kommen, widerstand sie ihm. »Ich kann nicht. Tut mir leid, aber es geht wirklich nicht.«

»Obwohl ich dich liebe, Elizabeth?«

»Nun, mein Herr, wenn du mich liebst, mußt du dich ein bißchen in Geduld üben. Ich habe sieben Kinder, Daniel. Sieben!«

»Verzeih!« Er war ehrlich zerknirscht. »Du brauchst einen Mann im Haus«, sagte er, fügte jedoch angesichts ihres warnenden Blickes sofort hinzu: »Schon gut, schon gut – halt die Klappe, Daniel.« Er schnappte sich den Fußball, der in der Mitte des Hofes lag, und warf ihn gegen die Wand. »Aber ich werde morgen wiederkommen – und zwar, sobald die Sonne aufgegangen ist. Oh, Elizabeth!« Er beugte sich vor und fuhr mit einem Zeigefinger an ihrem Hals entlang. »Ich kann es gar nicht erwarten... wieder Sport zu treiben«, ergänzte er flugs, als er ihre Miene sah. Unschuldig riß er die Augen auf, trat einen Schritt zurück, warf den Fußball in die Luft und rief: »Francey, Johanna! Kommt heraus, kommt wieder, egal, wo ihr gerade steckt...«

Später an jenem Nachmittag, kurz bevor die Mädchen von der Schule eintreffen würden, preschte Francey in die Küche und verkündete voller Begeisterung, daß ein Lastwagen den Hügel herauf gefahren kam. Wie gewöhnlich war ein motorisiertes Fahrzeug in diesem Teil von Béara ein seltenes Phänomen, noch seltener, seit der Krieg fast den gesamten Verkehr lahmgelegt hatte. Elizabeth trat an die offene Hintertür, um hinauszusehen. Von dem Wunderding erspähte sie nur ein verrostetes Dach, das früher wohl einmal grün gewesen war, und das in einer Wolke braunen Staubs wie eine fette Raupe zwischen den leuchtenden Fuchsienhecken hindurch in ihre Richtung kroch. Elizabeth roch bereits den Dieselkraftstoff, der das Fahrzeug antrieb.

Das Spektakel hatte Kinder aus der gesamten Umgebung angelockt, und über das Stöhnen des röhrenden Motors hinweg drangen ihre aufgeregten Schreie an ihr Ohr. Elizabeth war zu dem Schluß gekommen, daß es sich bei dem Fahrzeug um den Neuerwerb eines der Fischer handelte, der auf der Küstenstraße zum Hafen von Cleanderry oder Ardgroom wollte. Mittlerweile befand sich der Lastwagen vollständig in ihrem Gesichtsfeld, holperte auf die ausgetretene Grasnarbe vor ihrem Tor und kam mit quietschenden Reifen gerade noch rechtzeitig zum Stehen. Automatisch fuhr sie sich durch ihr kurzes Haar und trat in den Hof hinaus, als der Motor ruckelnd verstummte.

Schließlich legte sich der Staub, und sie sah, daß in der Fahrerkabine zwei Menschen saßen. Die Tür auf der Fahrerseite öffnete sich und Elizabeths erwartungsfrohes Lächeln erstarb.

Der Mensch, der plötzlich vor ihr stand, war ein staubbedeckter George Gallaher. »Hallo, Elizabeth«, grüßte er und strich sich mit beiden Händen die Kleider glatt. »Wunderbarer Tag heute!«

Selbst für eine Million Pfund hätte Elizabeth in diesem Augenblick keinen Ton herausgebracht. Allerdings blieb ihr eine Antwort auch erspart, da sich die Beifahrertür öffnete und eine kleine Blondine, die ihr vage bekannt vorkam, auf die Straße sprang und sich neben George stellte, dem sie gerade bis zum Ellenbogen reichte.

George wandte sich ihr zu, nahm sie am Arm und stellte sie

Elizabeth vor, als wäre sie eine Debütantin auf ihrem ersten Ball. »Du kennst Hazel noch nicht, nicht wahr, Elizabeth? Dies ist Hazel Slye – Schauspielerin.« Allerdings erübrigte sich seine Erklärung, denn sobald er den Namen ausgesprochen hatte, erinnerte sich Elizabeth an ihren Auftritt mit ihm zusammen in Glengarriff.

Hazel war klein und drahtig, trug ihr blondes Haar in einem frechen Garçonschnitt. Aber besonders fielen in ihrem ovalen, elfengleichen Gesicht die Augen auf: eins war hellbraun mit grünen Punkten, das andere leuchtend blau. Elizabeth fand die Wirkung ihres direkten, mehrfarbigen Blicks beunruhigend. »An – angenehm«, stammelte sie und reichte dem Mädchen die Hand.

»Hallo, Mrs. Scollard«, sagte Hazel förmlich. »Ich freue mich, Sie kennenzulernen. George hat mir viel von Ihnen erzählt.«

»Ach ja?« Beinahe mußte Elizabeth sich ein Grinsen verkneifen. Nach all dem Tumult der letzten Wochen hatte ihr das Auftauchen dieses grotesken Paares gerade noch gefehlt. Sie merkte, daß überall entlang der Hecken und Mauern sowohl alte als auch junge Menschen mit gebanntem Interesse die Szene verfolgten. »Wollt ihr vielleicht hereinkommen?« schlug sie nach einer Weile vor. »Seid ihr auf der Durchreise?« Wieder hätte sie beinahe gelacht. Die Vorstellung, daß irgend jemand, und besonders dieses Paar, an einem so entlegenen Ort wie Lahersheen ›auf der Durchreise‹ sein konnte, war einfach lächerlich. Erst in diesem Augenblick wurde ihr die Bedeutung dieses Besuches klar.

»Francey ...«

»Danke, gern.« Georg zog ein Päckchen aus seiner Jacke, die – aus grasgrünem Rippencord – seinem ausgefallenen, geckenhaften Geschmack entsprach. »Wir haben dir ein kleines Geschenk mitgebracht. Ein bißchen Tee, Zucker, ein paar Rosinen ...«

»Wie nett von euch«, sagte Elizabeth, nahm das Päckchen und zwang sich zu Höflichkeit. »Bitte hier entlang.« Sie machte kehrt und ging vor ihnen zum Haus.

Francey, der die ganze Zeit über auf einer Seite des Tores gestanden hatte, rannte pfeifend vor der kleinen Gruppe her. Elizabeth drehte sich nicht um, um Georges Reaktion auf den ersten Anblick seines Sohnes zu beobachten.

Die beiden hatten wirklich eine Menge Tee spendiert, sicher eine ganze Monatsration; doch Elizabeth machte sich nicht die Mühe, besondere Begeisterung über diese Großzügigkeit zu zeigen. Statt dessen bot sie den beiden in der Küche Stühle an und schnitt ihnen ein paar Scheiben Schinken und Lamm sowie Brot zurecht.

Einzig Hazel tat, als wäre dieser Besuch vollkommen normal, indem sie Abigail auf ihren Knien schaukelte, ehe sie sich mit der Kleinen auf den Boden setzte und sich deren Sammlung außergewöhnlicher Spielzeuge widmete.

Der Quirl Francey hingegen verhielt sich ungewöhnlich ruhig. Er drängte sich neben Johanna in die Tür des Kinderzimmers und starrte den männlichen Besucher mit großen Augen an. Selbst wenn er nicht wußte, wer George war, verstand Elizabeth Franceys Verwunderung. In seinem kurzen Leben hatte er sicher nie ein exotischeres Geschöpf gesehen. Georges riesiger Leib in der grünen Jacke und den khakifarbenen Hosen füllte die ganze Küche aus, während er gelassen am Tisch thronte und jedesmal, wenn jemand in seine Richtung sah, freundlich lächelte. Sein fortgesetztes Schweigen machte Elizabeth gereizt, aber immer noch war sie mit Stummheit geschlagen. Nun stellte sie die improvisierte Mahlzeit vor die Gäste. »Bitte sehr«, sagte sie. »Tut mir leid, daß es nicht mehr ist, aber sicher könnt ihr euch denken, daß euer Besuch uns hier ziemlich überrascht.«

»Das Essen sieht köstlich aus, Mrs. Scollard.« Geschmeidig stand das Mädchen vom Boden auf und setzte sich wieder neben George. Ihre Garderobe stand der von George an Exotik nicht nach. Ihr enger schwarzer Rock und die noch engere goldfarbene Bluse wiesen ein schwarzbraunes Tigermuster auf, und mit dem gelben Tuch in ihrem hellen, buschigen Haar erinnerte sie Elizabeth an einen der kleinen Rotluchse im Dubliner Zoo. Sie war stark geschminkt, aber darunter, dachte Elizabeth, sah sie nicht viel älter als Mary oder gar Kathleen aus.

Ganz offensichtlich ließ sich George Gallaher inzwischen auf noch gefährlichere Spiele als früher ein. »Danke, Hazel, bitte nenn mich doch Elizabeth«, sagte sie spontan.

»Sehr gern.« Das Mädchen verzog ihren breiten Mund, wobei eine kleine Zahnlücke zum Vorschein kam.

Während Elizabeth den Tee einschenkte, bemerkte sie, daß Francey unter den Tisch gekrochen war und von dort aus George Gallaher anstarrte. »Das ist ungezogen«, ermahnte sie ihn, während sie gleichzeitig aus tiefstem Herzen hoffte, daß keiner ihrer Nachbarn unter dem Vorwand, ein Schwätzchen halten zu wollen, kam, um sich Lizzie Scollards eigenartigen Besucher genauer anzusehen.

Denn abgesehen von der Haarfarbe bestand zwischen George und Francey eine unübersehbare Ähnlichkeit.

»Ist das dein Sohn, Elizabeth?« fragte George mit einem Mal.

Vor Schreck verschüttete Elizabeth ein paar Tropfen Tee und wischte sie eilig mit ihrer Schürze auf. »Ja«, sagte sie.

»Bitte entschuldige, aber ich kann mich nicht mehr an seinen Vornamen erinnern.«

»Francey Scollard«, stellte der Junge sich vor. »Und wie heißt du?«

»George«, erwiderte der Schauspieler. »Ich habe dir ein Geschenk mitgebracht.«

»Ein Geschenk?« Francey runzelte die Stirn. »Warum?«

»Francey!« rief Elizabeth. »Wo bleibt dein Benehmen?«

»Hast du Johanna auch etwas mitgebracht?« Francey achtete gar nicht auf sie.

Grimmig dachte Elizabeth, daß sie in dieser ganzen Farce anscheinend höchstens eine Nebenrolle bekleidete. Sie erinnerte sich an den Abend, an dem Francey aufbegehrt hatte, Neeley wäre nicht mehr sein Dad, und wieder einmal erkannte sie, daß sie gegen Franceys, nur selten ins Spiel gebrachten, unerschütterlichen Willen machtlos war. Der Kleine hatte sich festgebissen, und abgesehen von körperlicher Gewalt gäbe es kein Mittel, um ihn von einer Sache abzubringen, die er einmal beschlossen hatte.

Hazel rettete die Situation. »Ich habe ein Geschenk für deine Schwester.« Sie streifte einen goldenen Armreifen über ihr Handgelenk und schob ihn über die Tischdecke Francey hin, der ihn sofort ergriff und ihn einer ernsten Musterung unterzog, ehe er ihn Johanna, die wie immer als sein Schatten fungierte, präsentierte. »Das ist eine Schlange, Johanna«, sagte er, als wäre Johanna seine Lieblingsnichte und nicht beinahe ebenso alt wie er. »Das da sind die Augen«, erklärte er, wobei er auf zwei kleine grüne Steine wies.

»Sie sagt danke.« Er wandte sich wieder an George.

»Und das hier ist für dich.« Elizabeth hatte den Eindruck, daß George überrascht war von Franceys unerschütterlicher Selbstsicherheit. »Aber sei vorsichtig, wenn du es aufmachst, ja?«

»Danke.« Francey nahm den Holzkasten, der ungefähr die Form und die Größe einer Zigarrenkiste hatte. Er schien ziemlich schwer zu sein und hatte einen glänzenden Messingverschluß.

»Oh!« Plötzlich war Francey nicht mehr der kleine alte Mann, als er mit großen Augen den Inhalt des Kastens erblickte. Auf einem schimmernden Samtbett lag das Modell einer Dampflokomotive, die bis ins letzte Detail einer echten Lok entsprach. »Der Rest des Zuges befindet sich draußen im Lastwagen«, sagte George. »Waggons, Schienen, ja sogar ein Miniaturbahnhof sind dabei. Die Eisenbahn hat mir gehört, als ich ein kleiner Junge war.«

Francey hob den Kopf und sah ihn an. »Warum?« wiederholte er.

»Ich bin – ich bin dein Onkel«, erläuterte George. »Und Onkel bringen immer Geschenke mit, wenn sie einen besuchen, oder etwa nicht?«

Francey runzelte die Stirn. »Wessen Bruder bist du denn?«

»Tja.« George zögerte. Nie zuvor hatte Elizabeth ihn derart verwirrt erlebt. »Nun – also, eigentlich bin ich eher so etwas wie ein Cousin, jawohl, ein Cousin deiner Mutter aus England – eh – Schottland, meine ich.«

»Und wie heißt du weiter?«

»Gallaher.«

Francey musterte ihn noch einen Moment lang, ehe er den Deckel des Kastens über der Lokomotive schloß. »Kann ich jetzt den Rest des Zuges sehen?« Da sie Francey kannte, wußte Elizabeth, daß das Thema von Georges genauer Verbindung zur Familie für ihn noch längst nicht abgeschlossen war.

George hingegen wirkte höchst erleichtert. »Selbstverständlich«, sagte er und erhob sich behende von seinem Platz. »Komm mit raus, dann holen wir alles zusammen rein.«

»Sie sind einfach wunderbar, Elizabeth.« Hazel beobachtete, wie Johanna hinter George und Francey hinaus in die Sonne trottete.

Elizabeth setzte sich auf den Stuhl, von dem George aufgestanden war. »Warum gerade jetzt? Und wie habt ihr uns gefunden?«

»In irgendeiner Zeitung gab es einen Bericht über den Prozeß«, erklärte Hazel. »Er hat ihn gelesen und den Namen erkannt. Die ganze Zeit schon redet er davon, daß er einen Sohn hat... Das mit Ihrem Mann tut mir leid«, fügte sie hinzu. »Es muß schrecklich für Sie gewesen sein.«

»Das ist es immer noch.« Allmählich fand Elizabeth Gefallen an dem seltsamen Fräuleinchen, auch wenn sein schwerer Dubliner Akzent eine sehr einfache Herkunft verriet.

»Ich habe es ihm gesagt.« Hazel winkte ärgerlich in Richtung der Tür. »Er müßte wissen, daß Sie sicher gerade in einer Zeit wie dieser nichts mit ihm zu tun haben wollen – aber er war einfach nicht aufzuhalten.«

»Bist du – bist du seine Freundin?«

»So in etwa. Sie kennen ja George – tja, nun, Sie kennen ihn, nicht wahr?« Beinahe fröhlich grinste sie Elizabeth an – »Männer!« – und rollte ihre mehrfarbigen Augen himmelwärts.

Sie war so direkt, daß sie Elizabeth mit jeder Minute besser gefiel. »Und was macht ihr hier in der Gegend?« erkundigte sie sich.

»Ab Montag treten wir mit unserer eigenen Truppe in Killarney auf. George erbte ein bißchen Geld, offenbar hat sein alter Herr irgendwann im letzten Jahr das Zeitliche gesegnet. Daher stammt auch der Lastwagen. Warum kommen Sie nicht und sehen sich die Vorführung an? Ich besorge Ihnen Freikarten...«

Die Vorstellung, nach Killarney zu reisen, erschien Elizabeth noch wesentlich verwegener, als es die Reise nach Glengarriff seinerzeit gewesen war. »Nein danke«, sagte sie. »Denk bitte nicht, ich mache mir nichts aus dieser Einladung – aber ich bin noch in Trauer.«

»Himmel!« Das Mädchen hob eine Hand an seinen Mund. »Wie dumm von mir!«

»Bitte, es ist schon gut. Was meinst du, plant George in Bezug auf Francey?«

»Ich weiß es wirklich nicht. Er hat selbst nicht weiter gedacht, als ihm einfach diesen verdammten Zug zu schenken. Ehrlich gesagt, Elizabeth, wollte er sich am Ende nur vergewissern, daß ihm tatsächlich die großartige Tat gelungen ist, sich fortzupflanzen. Vielleicht wird er bloß alt.«

Elizabeth lächelte. »George hat immer ein ziemliches Geheimnis aus seinem Alter gemacht.«

»Wollen Sie wissen, wie alt er ist? Ich habe ihn gezwungen, mir seine Geburtsurkunde zu zeigen«, verkündete Hazel übermütig.

»Also ist sein Alter...?« Elizabeth brachte die Frage kaum heraus.

»Vierundvierzig.«

Die Hausherrin schluckte schwer. »Warum, in aller Welt, hat er mir dann bereits vor sechs Jahren erzählt, daß er sechsundvierzig ist?«

»Ich glaube, daß George immer gerne alles auf einmal hat. Sechsundvierzig kam ihm bestimmt wie ein sicheres Alter vor. Immer noch jung genug, um einen hochzukriegen – bitte verzeihen Sie meine Direktheit –, aber nicht mehr jung genug, als daß irgend eins der unschuldigen Mädchen, die er becirct, ernsthafte Heiratsgedanken hegen würde.«

»Und du?« Irgendwie hielt Elizabeth sich zu dieser Frage berechtigt.

»Keine Ahnung.« Hazel zuckte mit den Schultern. »Auch wenn ich erst siebzehn bin, kommt es mir oft vor, älter als George zu sein. Ich bin eine Hüpfdohle.« Als sie Elizabeths verständnislose Miene sah, übersetzte sie: »Eine Tänzerin. Ich stehe auf der Bühne seit meinem vierten Lebensjahr. Aber inzwischen versuche ich mich als ernsthafte Schauspielerin.«

Elizbeth war, was Georges Absichten hinsichtlich ihres Sohnes betraf, immer noch nicht beruhigt. »Dann meinst du also nicht, daß er irgendwelche Schwierigkeiten machen will?«

»Wenn Sie mich fragen«, sagte Hazel ernsthaft, »schlage ich *Ihnen* vor, Schwierigkeiten zu machen. Jetzt, wo er endlich ein paar Kröten hat, sage ich Ihnen eins, Elizabeth, der – Mann – sollte – bezahlen – für – sein Kind!« Bei diesen Worten strich sie wie zur Betonung mit der Hand über den Tisch.

Die Küche verdunkelte sich, als George zusammen mit Francey durch den Türrahmen trat. Hazel sah sich erschrocken um. »Hast du gehört, was ich gesagt habe, George?«

»Was soll ich denn gehört haben?« Der Ausdruck seines schönen Gesichts war der vollkommener Arglosigkeit.

»Egal«, winkte Hazel ab. »Wir werden später darüber sprechen.« Gleichzeitig lüftete sie mit einem Seitenblick auf Francey, der aufgeregt mehrere Kästen auf dem Tisch zu stapeln begann, bedeutungsvoll die Brauen.

»Wo kann ich all die Sachen hinlegen, Mammy?« fragte Francey sie.

»Am besten bitten wir deinen Daddy ...«, begann Elizabeth gedankenlos und wurde plötzlich puterrot. »Tut mir leid«, murmelte sie. »Wenn ich morgen Mossie sehe, macht er dir in einem der Nebengebäude eine Ecke zurecht, ja?«

»Och«, Franceys Unterlippe fing gefährlich an zu zittern. »Ich will aber *jetzt* damit spielen ...«

»Morgen, habe ich gesagt.«

»Laß mich – darf ich?« bot George an. »Wenn du mir zeigen würdest, wo du die Dinger haben willst?«

»Tja, wie du meinst«, sagte Elizabeth und dachte, daß es tatsächlich immer wieder Wunder gab. Dies war nicht der George Gallaher aus ihrer Vergangenheit.

Als sie den Hof betrat, sah sie, daß immer noch zahlreiche Nachbarskinder in der Nähe des Lastwagens herumlungerten; doch ohne sie zu beachten, führte sie George und Francey zu dem seit dem Verkauf des Esels leerstehenden Stall. Er war zweigeteilt, und selbst wenn sie einen neuen Esel bekämen, wäre immer noch eine Hälfte für Franceys Zug und Schienen frei. »Hier rosten die Sachen wahrscheinlich, so daß sie im Winter ins Haus gehören, nicht wahr, Vetter George?« Sie konnte der Versuchung, ihm diesen kleinen Seitenhieb zu verpassen, einfach nicht widerstehen, und Gallaher setzte pflichtschuldigst ein reumütiges Lächeln auf.

Doch als er die grasgrüne Jacke auszog, um beim Arbeiten weniger beengt zu sein, starrte Elizabeth seinen prächtigen, wohlgeformten Torso an und fragte sich, ob sie nicht doch noch irgend etwas für ihn empfand.

Nein.

Es war erstaunlich, dachte sie, wie schnell ihr körperliches Verlangen nach dem damaligen Bruch verflogen war. Jetzt gefiel ihr George Gallaher nur noch im ästhetischen Sinne, als wäre er das Prunkstück irgendeiner Ausstellung. Sie konnte ihn sogar gern haben, gestand sie sich ein, als wäre er tatsächlich ihr Cousin.

Johanna kam ebenfalls in den Stall und Elizabeth nahm sie zärtlich in den Arm. Ruhig schauten sie zu, wie George und Francey sämtliche Kästen öffneten. Noch etwas war seltsam, dachte Elizabeth, während sie überlegte, wie verändert George ihr inzwischen erschien. Das hilfsbereite Benehmen dieses Schoßhundes von einem Mann war so weit von dem des Schwerenöters entfernt, dem sie noch im letzten Februar begegnet war, daß sie ihn fast nicht mehr wiedererkannte. Wäre es möglich, daß Mr. Gallaher tatsächlich nach all den Jahren auf eine ebenbürtige Partnerin gesstoßen war? Sie blickte durch die Tür des Stalls: Hazel Slye saß auf der kleinen Bank im Hof, ihr enger Rock war hoch genug gerutscht, so daß man ihre kleinen, wachsweißen Knie sah, und hatte ihr Gesicht mit geschlossenen Augen der warmen Sonne zugewandt. Sie war keine Schönheit, dachte Elizabeth, aber obgleich sie aufgrund ihrer Größe auf den ersten Blick verletzlich schien, besaß sie offensichtlich ein robustes Gemüt. Hazel war hartgesotten, voller Humor und eindeutig eine gestandene Frau. Wahrscheinlich hatte George schon immer eine solche Person gebraucht.

Während sie noch beobachtete, wie die Modelleisenbahn allmählich Gestalt gewann, entnahm sie Hazels Grüßen, daß offenbar ihre Schulmädchen zurückgekommen waren.

Sie stellte Johanna auf die Füße und trat in den hellen Tag hinaus. Neeleys vier Töchter standen in lockerer Reihe da und ihre Mienen variierten von Gorettis Schüchternheit bis hin zu Marys unverhohlener Verwunderung angesichts von Hazels Aufmachung.

»Gehören die alle Ihnen? Dafür wirken Sie aber viel zu jung.« Auch die Miene der Schauspielerin drückte Verblüffung aus.

»Ich habe sie mitgeheiratet.« Elizabeth lächelte. »Sie stammen von der ersten Frau meines Mannes. Sagt hallo zu unserem Gast, Mädchen. Dies ist Hazel Slye – eine Schauspielerin.«

Alle murmelten eine Begrüßung, nur Kathleen reagierte auf eine derart untypische Art, daß Elizabeth beinahe erschrocken zusammenfuhr. Ihr Gesicht, das normalerweise stets verschlossen war, strahlte glücklich auf. »Eine *Schauspielerin?*« keuchte sie, ehe sie, wie ungewollt ertappt, den Mund wieder zumachte.

Aber Elizabeth hatte keine Zeit, sich weiteren Gedanken über Kathleens sonderbares Verhalten hinzugeben; denn noch während die Kinder Hazel neugierig umrundeten, rätselte sie, wie sie sie mit George bekannt machen sollte, der sicher jeden Moment auf der Bildfläche erschien. Die drei Älteren würden sich von der Geschichte wohl nicht täuschen lassen, daß es sich bei diesem Mann, dem Francey wie aus dem Gesicht geschnitten war, um einen lange verschollenen Vetter aus Schottland handelte. Sie wußte, am besten klärte sie sie auf, ehe George Gallaher ihnen entgegentrat. »Kommt, Mädchen«, ordnete sie an, »laßt Miss Slye erst einmal in Ruhe. Ins Haus mit euch! Ich möchte, daß sich alle auf der Stelle die Hände waschen. Entschuldige uns einen Augenblick, Hazel«, fügte sie noch hinzu. »Ich bin sofort wieder zurück.«

»Wer ist drüben im Stall?« Margaret hatte Georges tiefe Stimme gehört, der Francey etwas zu erklären schien.

»Das sage ich euch drinnen. Und jetzt ab die Post.«

Fremde Besucher waren eine Seltenheit in Lahersheen, so daß die Mädchen aufgeregt durcheinanderplapperten. Während Elizabeth sie beim Händewaschen beobachtete, dachte sie, mit welch natürlicher Widerstandskraft Kinder doch gesegnet waren. Ihr Vater war seit kaum sechs Wochen tot, und auch wenn sie gelegentlich eins der Mädchen grüblerisch in die Ferne blicken sah, schien es doch, als hätten sie sich bereits damit abgefunden. Natürlich alle außer Kathleen, die derart in sich gekehrt und verschlossen war, daß Elizabeth sie nicht im entferntesten durchschaute.

Selbst jetzt beteiligte sie sich nicht an der aufgeregten Unterhaltung der anderen, sondern schien ganz in ihrer eigenen Welt versunken. Zum ersten Mal bemerkte Elizabeth, daß sie gewachsen und inzwischen sogar ein bißchen größer als ihre ältere Schwester war.

Das Palaver der Mädchen verstummte, als George Gallaher die Küche betrat. Dieses Mal reagierte selbst Kathleen und starrte die hemdsärmlige Erscheinung im Türrahmen ebenso offenmündig wie Margaret und Mary an. Georges Wirkung auf die Mädchen wäre witzig gewesen, hätte Elizabeth sich nicht Franceys wegen solche Sorgen gemacht – und hätte sie nicht die jugendliche Ehrfurcht auf den Mienen der Kinder erkannt.

»Hallo, Mädchen«, sagte George und automatisch wurde er wieder zu dem ursprünglichen Lebemann.

»Meine Lieben, dies ist George Gallaher. Er ist der Freund von Miss Slye und außerdem eine Art Verwandter von mir aus Schottland«, teilte Elizabeth ihnen schleunigst mit. Sämtliche jungen Damen standen wie angewurzelt da, aber aus dem Augenwinkel sah Elizabeth, daß Kathleens Hand an ihre Kehle flog. Hatte sie die Gesichtszüge erkannt? »Das hier sind meine großen Töchter«, fuhr sie möglichst gelassen fort.

George unterzog die Mädchen einer unverhohlenen Musterung, und Elizabeth, die wußte, wie ausgeprägt sein Faible für das Weibliche war, empfand so etwas wie mütterlichen Beschützerinstinkt. »Johanna, Abigail und Francey hast du ja bereits kennengelernt«, vermittelte sie steif.

»Ich fasse es einfach nicht«, sagte George und setzte sein unvergleichliches Lächeln auf. »Sechs Holde, und eine schöner als die andere!«

Mary und Margaret kicherten nervös, und Elizabeth meinte, obgleich sie sich als überempfindlich zurechtwies, in seinen Augen das Wort Harem zu lesen. Sie mußte die Mädchen loseisen von ihm. »Suchst du irgend etwas, George?«

»Ja. Der Boden im Stall ist uneben – hättest du vielleicht ein flaches Brett oder so?«

»Ich hole Ihnen etwas«, sagte Kathleen, ehe sich Elizabeth es versah.

»Nein, du bleibst hier und machst das weiter, was du eben begonnen hast«, sagte Elizabeth unnachgiebig. »Komm mit, George.« Sie packte ihn am Ellbogen und führte ihn, der er immer noch bewundernd den Kopf schüttelte, in den Hof zurück. Während sie zusammen mit ihm wieder auf den Stall zuging, spitzte sie die Ohren, um zu hören, was in der Küche geschah. Nach ein, zwei Sekunden totaler Stille brach dort explosionsartig ein Geschnatter los.

Die Mädchen sprachen immer noch aufgeregt miteinander, als sie, nachdem sie George ein paar Bretter ausgehändigt hatte, abermals das Haus betrat. »Tja«, begann sie, »es ist sehr unhöflich von uns, Miss Slye solange alleine zu lassen. Goretti, würdest du bitte zu ihr gehen und dich ein wenig mit ihr unterhalten, ja? Die anderen haben hier noch zu tun.« Sie wies auf die drei Älteren.

Nachdem Goretti gegangen war, rief sie die Großen zu sich an den Tisch. »Es gibt da etwas, was ich euch gestehen muß«, setzte sie eilig an. »Aber es ist sehr vertraulich – sogar ein Geheimnis – verstanden? Nur zwischen uns vieren. Ich verlaß mich auf euch!«

Mary und Margaret nickten ernst, doch Kathleen sah sie reglos an.

»Verstanden, Kathleen?«

»Ja.« Kathleen biß sich auf die Lippen.

»George Gallaher ist kein entfernter Verwandter von mir«, teilte Elizabeth ihnen mit, »sondern Franceys Vater. Aber Francey ist noch zu jung, deshalb sollt ihr ihm nichts davon erzählen. Abgemacht?«

»Und warum hast du es uns gesagt?« Nach einem Augenblick vollkommener Stille brachte Margaret diese Frage vor.

»Weil ihr alt genug seid, es zu erfahren!« Elizabeth ließ es klingen wie ein Kompliment. »Und wenn ihr George noch einmal seht, werdet ihr erkennen, wie ähnlich Francey ihm sieht. Ich wollte nicht, daß sich eine von euch darüber ausläßt.«

»Warum soll Francey nicht wissen, wer sein Vater ist?« Kathleen zupfte an einem ihrer Zöpfe.

»Wie gesagt, er kann es noch nicht verstehen.« Sie hatte keine Zeit, abzuwarten, ob Kathleen diese Antwort befriedigte, denn in diesem Augenblick erschien Hazel Slye auf der Schwelle. »Puh«, sagte sie, »draußen brütet eine Hitze! Man sollte kaum glauben, daß man in Irland ist. Wäre es unverschämt, wenn ich um ein Glas Wasser bäte?«

»Tja, wir haben Sommer – und dies ist Béara!« Elizabeth stand lachend auf und holte Hazel etwas zu trinken.

Eine Stunde später standen sie alle dicht gedrängt im Stall, um Franceys Eisenbahn zu bestaunen. Elizabeth erkannte, was für eine Kostbarkeit sie war: Irgendein meisterhafter Handwerker hatte sie liebevoll und bis ins letzte Detail originalgetreu zusammengebaut. Die grün-roten Waggons wiesen echte Glasfenster auf, die emaillierte Lokomotive war mit schimmernden Messingbeschlägen versehen, und der ebenfalls aus Messing hergestellte Schlüssel zum Aufziehen war so reich verziert, daß auch er ein kleines Kunstwerk darstellte.

George hatte die Schienen zu einer Acht gelegt, und Elizabeth verfolgte gebannt, wie die Eisenbahn eifrig Runde um Runde töffte, gegen den baumelnden, millimeterdünnen Schlauch des Wasserturmes stieß und am Bahnsteig des Bahnhofs vorüberratterte, auf dem winzige Blechmenschen – eine Krankenschwester, ein Gepäckträger, eine elegant gekleidete Dame und ihr zylinderbewehrter Ehemann – ewig neben einer winzigen Waage warteten. Während der Zug durch den Tunnel und über die Stellen holperte, an denen die Gleise sich kreuzten, war sie wie hypnotisiert. Am liebsten hätte sie sich bis zum Abend nicht mehr von der Stelle gerührt.

Trotz ihrer Versunkenheit bekam sie jedoch mit, daß jemand an ihrem Ärmel zupfte, und drehte sich um. »Mammy!« Es war Kathleen, die sie ungewohnt lebthaft ansah.

»Was ist?«

»Ich möchte mit dir reden – allein. Es ist wichtig.«

»Jetzt?«

»Ja.«

Elizabeth folgte Kathleen ins Haus zurück. »Worum geht's?«

Kathleen atmete tief ein, ehe die Worte aus ihr nur so heraussprudelten. Es war, als hätte jemand die Schleusen eines Dammes mit einem Ruck geöffnet. »Ich habe mit Hazel gesprochen«, beeilte sie sich. »Und, Mammy, bitte, bitte – sie sagt, es wäre in Ordnung, wenn du es erlaubst –, also bitte, darf ich mit ihnen nach Killarney reisen? Ich wollte schon immer Schauspielerin werden...« Sie brach ab, als hätte sie zuviel gesagt.

Elizabeth sah ihren flehenden Blick. Nie zuvor hatte sie Kathleen derart inbrünstig erlebt, und nie zuvor hatte sich Neeleys zweitälteste Tochter so direkt an sie gewandt. Die Sache bedeutete ihr zweifellos so viel, daß Elizabeth jetzt keinen Fehler machen wollte. »Ich verstehe«, sagte sie. »Aber was ist mit deinem Abitur – mit dem Internat?«

»Das habe ich alles mit Miss Slye – mit Hazel – geklärt«, fuhr Kathleen leidenschaftlich fort. »Sie sagt, wir könnten es diesen Sommer ausprobieren, und wenn ich nicht gut genug bin oder sonst etwas – ich würde ganz klein anfangen, mit Aushilfsjobs und kleinen Nebenrollen –, dann könnte ich im Herbst ja immer noch aufs Internat. Aber, Mammy, bitte, ich werde nie herausfinden, ob es mir liegt, wenn ich es nicht versuche. Bitte, Mammy, *bitte*...« Sie rang die Hände, und die Sache war ihr offenbar so ernst, daß in ihren Augen Tränen glitzerten.

Elizabeth hielt Hazel sicher für vertrauenswürdig – doch wie stand es mit George? Konnte sie Kathleen einer Schauspieltruppe anvertrauen, in der es einen Mann gab wie George Gallaher? »Liebling, du bist erst vierzehn Jahre alt«, hielt sie ihr vor Augen. »Das ist sehr jung, von daheim fortzugehen...«

»Im September werde ich fünfzehn – aber, Mammy, Hazel hat angefangen, da war sie gerade mal vier«, drängte Kathleen. »Ich weiß, daß ich es schaffen würde, wenn man mir die Chance gäbe. Und eine solche Gelegenheit bekomme ich bestimmt *nie* mehr. Das weiß ich ganz genau.«

Elizabeth dachte eilig nach. Killarney war zwar nicht gerade um die Ecke, aber zumindest lag es in erreichbarer Nähe; und zahlreiche Mädchen, die jünger waren als Kathleen, wurden allein nach England oder Amerika geschickt, um dort in den Haushalten von vollkommen fremden Menschen zu arbeiten. Sie betrachtete das Mädchen, dessen Gesicht vor Begeisterung und Verlangen leuchtete; wenn sie diesmal nicht nachgäbe, dann wäre die Möglichkeit, eine Beziehung zu ihr herzustellen, ein für allemal vertan. Aber konnte sie die Verantwortung übernehmen, falls irgend etwas Unvorhergesehenes geschah?

Während sie noch zögerte, veränderte sich plötzlich Kathleens Gesichtsaudruck. Er wurde verschlossen, drückte bleiernen Argwohn, ja vielleicht sogar Haßgefühle aus. »Du läßt mich nicht gehen, stimmt's?«

»Das habe ich nicht gesagt, Kitty – Kathleen –, ich überlege es mir.«

»... aha, es also auf die lange Bank schieben! Ich weiß, warum du nicht willst, daß irgend jemand etwas von diesem George Gallaher erfährt. Und es geht dabei auch nicht um Francey!«

»Was soll das heißen?«

»Ich weiß, was du mit Danny McCarthy treibst.« Sie senkte

den Kopf und sah schräg zu Elizabeth hinüber. »Was würde er wohl denken, wenn er erfährt, wie seine kostbare Angebetete *wirklich* ist?«

»Kathleen!« Elizabeth war so entsetzt, daß allein dieser Name sie Mühe kostete.

»Du kannst deine Überlegungen in der Pfeife rauchen! Ich gehe, ob es dir paßt oder nicht – auch ohne deine Erlaubnis!«

Elizabeth schluckte schwer. »Es tut mir leid, daß du das Gefühl hast, zu einer derartigen Ausdrucksweise greifen zu müssen, Kathleen. Denn, ob du es glaubst oder nicht, ich hätte dich sowieso nach Killarney gehen lassen. Lediglich ein wenig nachdenken wollte ich.«

Irgendwie erkannte Kathleen trotz ihrer Erbitterung die Aufrichtigkeit von Elizabeths Antwort. »Ach, tatsächlich?« fragte sie aggressiv, aber ihr Blick drückte zaghafte Zweifel aus.

»Jawohl!« Elizabeth fragte sich, ob sich noch irgend etwas retten ließ. Sie erinnerte sich an Alison Charlton Leaheys Warnung vor verborgenen Gefahren. Mossie Sheehan schien nicht der einzige Spion im Lager zu sein. Daher war es unmöglich, Kathleens Unverfrorenheit kommentarlos zu ignorieren. »Meine Beziehung zu Daniel geht dich nichts an, Kathleen.«

»Aber meinen toten Vater ging sie ganz sicher etwas an!« entgegnete Kathleen. »Du hast nicht besonders viel von ihm gehalten, oder?«

Elizabeth fand die Kraft, ihre Stieftochter eindringlich anzublicken, bis diese verlegen zu Boden sah. »Wir sprechen doch jetzt über dich und Killarney«, erinnerte sie sie.

»Und, kann ich gehen oder nicht?« Kathleen sah sie immer noch nicht wieder an.

»Ja – für eine Probezeit.«

Wieder fürchtete Elizabeth, das Mädchen bräche jeden Augenblick in Tränen aus. Sie machte die Augen zu, warf den Kopf in den Nacken, ballte die Fäuste und brachte flüsternd ein »Danke« heraus. Auch wenn sie nicht so weit ging, ihre Stiefmutter zu umarmen, öffnete sie die Augen wieder, spreizte ein wenig die Hände und trat vorsichtig auf sie zu. Wie durch ein

Wunder drückte ihr Blick plötzlich nicht mehr Haß und Verachtung, sondern ehrliche Freude aus – eine Regung, die Elizabeth bei Kathleen bisher noch nie bemerkt hatte.

Offenbar war Francey nicht der einzige Kuckuck in diesem Nest, überlegte sie, während sie diese rasche Wandlung beobachtete, und auch jetzt machte sie sich Vorwürfe, den verschiedenen Persönlichkeiten der Kinder nicht genügend Beachtung geschenkt zu haben. Aufgrund welcher Erbanlagen auch immer wies Kathleens Charakter einen eindeutigen Hang zur Dramatik auf. »Wie gesagt, für eine Probezeit«, schränkte Elizabeth nochmals ein. »Und du wirst erst fahren, wenn das Schuljahr beendet ist. Aber bis dahin sind es ja nur noch zwei Wochen«, fügte sie eilig hinzu, da sie kein Bedürfnis verspürte nach einer fortgesetzten Auseinandersetzung. »Und wenn du den ganzen Sommer über wegbleiben willst, mußt du noch einige Vorbereitungen treffen, für die du die vierzehn Tage gut brauchen kannst.«

»Darf ich es Hazel sagen?«

Elizabeth signalisierte ihr Einverständnis und wollte sich später George vorknöpfen.

Kathleen flog zur Tür. »Mammy?« Ehe sie nach draußen trat, drehte sie sich noch einmal um.

»Hm?«

»Das von eben tut mir leid.«

Elizabeth traute ihren Ohren kaum, und so nickte sie lediglich. Sie wußte, daß Kathleens zweifellos ehrliche Zerknirschung sicher nicht von Dauer war. Als das Mädchen in den hellen Sonnenschein entschwand, beschloß Elizabeth, in Zukunft doppelt so wachsam zu sein wie bisher.

Als sie sich an jenem Abend auf ihr Lager sinken ließ, fragte sie sich, wie vielen anderen Frauen in diesem Land wohl ein ähnlich turbulentes Leben beschieden war. Und auch wenn sie, wie vorauszusehen, abermals körperliches Verlangen nach Daniel empfand, kam es ihr gelegen, ihn heute abend nicht zu treffen. Sie war bis in die Tiefe ihrer Seele erschöpft, und sicher hätte jede weitere Anforderung an ihre Gefühle, selbst eine erfreuliche, zu ihrem Zusammenbruch geführt.

Wenigstens war sie relativ sicher, daß zumindest derzeit George keine Schwierigkeiten machen würde in bezug auf seinen Sohn. Ehe er und Hazel wieder abfuhren, hatte sie draußen auf dem Hof ein kurzes Gespräch unter vier Augen mit ihm geführt. »Ich wollte ihn nur sehen«, beteuerte er. »Hazel dachte, es wäre vielleicht eine gute Idee.«

Elizabeth hatte ihn angesehen. »*Hazel* dachte? Daß ich den Tag noch erleben darf, an dem dir die Meinung einer deiner Geliebten wichtig ist, George Gallaher!«

Zumindest hatte er den Anstand besessen, verlegen dreinzuschauen. »Ich weiß, ich weiß«, hatte er gesagt und beinahe flehend hinzugefügt: »Aber dir ist sicher klar, daß es zwischen uns nie funktioniert hätte...«

Elizabeth hatte es sich verkniffen, laut auszusprechen, wie sie die Sache sah. Es war zu spät, George Gallaher mit seinem damaligen schändlichen Verhalten zu konfrontieren. »Die Menschen ändern sich«, hatte sie statt dessen vielsagend geäußert und war verstummt.

Was er ihr offensichtlich hoch anrechnete, denn seine Miene hellte sich auf. »Meinst du, daß ich ihn hin und wieder einmal sehen kann? Außerdem schicke ich dir ein bißchen Geld für ihn, sobald ich etwas erübrigen kann.«

Elizabeth fielen Hazels Enthüllungen bezüglich Georges Erbe ein, und sie dachte, daß er anscheinend doch immer noch der alte war. »Wie du meinst«, hatte sie müde gesagt. »Du kannst ihn sehen, wann immer du willst; aber du überläßt es mir zu entscheiden, wann der richtige Augenblick für seine Aufklärung gekommen ist. Abgemacht?«

»Einverstanden – und, Elizabeth?«

»Was?«

»Du bist wirklich eine tolle Frau.«

»Vielen Dank! Noch eins, George. Ich vertraue dir Kathleen an. Wenn ich auch nur einen Hinweis bekomme – einen einzigen, George –, daß du ihr gegenüber einen deiner alten Tricks anzuwenden versuchst, dann breche ich dir, groß und kräftig wie du bist, sämtliche Knochen im Leib. Ist das klar?«

»Elizabeth!« Er legte seine beiden Hände an die Brust und blickte sie treuherzig an. »Also bitte – hab doch nur ein kleines bißchen Vertrauen zu mir...«

»Vergiß nicht, mit wem du sprichst!« Elizabeth reckte demonstrativ das Kinn. »Aber sie hat nun mal ihr Herz an diese Sache gehängt, und ich muß sie dir wohl oder übel überlassen. Aber sie ist noch keine fünfzehn Jahre alt, und es ist mir ernst, George. Ich werde dich bis ans Ende der Welt verfolgen – sogar bis nach London oder Hollywood – wenn es nötig ist.« Sie hatte die Genugtuung zu sehen, wie er etwas beschämt errötete, aber noch ehe er zu einem Protest ansetzen konnte, gesellte sich Hazel zu ihnen.

Mit dem Versprechen, den Lastwagen in zwei Wochen zurückzuschicken, um Kathleen abzuholen, machten sich die Besucher auf den Weg.

Es gab eine Zeit, dachte Elizabeth, während sie dem Gefährt nachschaute, da hätte selbst so ein lächerliches Kompliment wie ›du bist eine tolle Frau‹ sie vor lauter Glückseligkeit um den Verstand gebracht. Aber wie gesagt, die Menschen änderten sich mit der Zeit.

Den Rest des Abends verbrachten die Mädchen mit aufgeregten Diskussionen. Kathleen hatte sich in der ungewohnten Aufmerksamkeit der anderen gesonnt, und selbst jetzt noch, kurz vor Mitternacht, hörte Elizabeth lebhaftes Geflüster aus dem Nebenraum. »Schlaft endlich.« Sie klopfte an die Wand. »Sonst kriege ich euch morgen früh nicht aus den Betten.« Aber offenbar hörten die Mädchen, daß der Befehl nicht von Herzen kam, denn statt sich zur Ruhe zu begeben, brachen sie in übermütiges Kichern aus.

Sie war zu müde, um noch etwas zu sagen, und während sie die Augen schloß, war ihr letzter Gedanke, daß zumindest Mossie Sheehan den Takt besessen hatte, sich nicht sehen zu lassen an diesem Tag. Verschwommen stellte sie sich vor, wie Mossie und der prächtige George in ihrer Küche saßen, und es aufgrund ihrer Verschiedenheit zu blankem Unverständnis zwischen den beiden kam.

Und dann stellte sie sich vor, Daniel wäre ebenfalls überraschend aufgetaucht. Am besten hätte sie alle drei zusammen in der Küche eingesperrt und wäre davongerannt...

Ein infernalisches Trio, dachte sie und versuchte, sich ein unverfängliches Gesprächsthema zwischen diesen drei Männern vorzustellen, die so unterschieldich waren wie Tiere, Pflanzen und Mineralien. Eine lustige Kombination. Ehe sie sich vollends ihrer Müdigkeit ergab, amüsierte sie sich mit der Überlegung, wer von den dreien das Tier verkörperte, wer die Pflanze und wer das Mineral...

Seit langem hatte sie nicht mehr gelacht, jetzt jedoch kicherte sie ebenso vergnügt wie die Mädchen nebenan und sank höchst erheitert in Schlaf.

20

Im Laufe der Sommermonate kehrte in Elizabeths Leben allmählich wieder so etwas wie Routine ein.

Während der beiden Wochen nach Georges und Hazels Besuch hielten den gesamten Haushalt Kathleens Vorbereitungen für ihre Reise nach Killarney auf Trab, und auch nachdem sie schließlich abgefahren war, legte sich die Aufregung keineswegs, da sie alle täglich den Briefträger erwarteten.

Kathleens neuer Lebensabschnitt schien genau das Richtige für sie zu sein; ihren Briefen zufolge bestand ihre Arbeit vor allem in der Erledigung kleiner Botengänge, im Flicken beziehungsweise Waschen von Kostümen und in der Bedienung einer hinter den Kulissen befindlichen Geräuschkanone. Nebenbei hatte sie bereits nach kurzer Zeit auch kleinere Auftritte auf der Bühne, so daß sie Seite um Seite mit den Reaktionen des Publikums und dem Lob ihrer neuen Freunde George, Hazel und eines Mädchens namens Vanessa füllte.

Die Sprache und Munterkeit in diesen Briefen überraschte Elizabeth. Angesichts von Kathleens trübseligen langweiligen Schulaufsätzen zu Themen wie »Das Leben ohne Geld« hatte sie keine Ahnung davon gehabt, daß Neeleys Zweitälteste eine derartige Phantasie besaß. Und noch erstaunlicher war es, daß die Kathleen in diesen Briefen anders als früher in ihrer Aufsässigkeit glücklich, ja beinahe ekstatisch schien.

Die Saison in Killarney wäre Anfang September vorbei, doch nach einigen Wochen ließ Kathleen in ihren Schreiben durchblicken, daß sie ernsthaft eine Karriere auf der Bühne in Erwägung zog. Elizabeth wußte einfach nicht, was sie tun sollte. Sie hatte geschworen, ihrer Verantwortung für ihre Stieftöchter gerecht zu werden; und keinesfalls konnte das Leben herumziehender Schauspieler geeignet sein für ein junges Mädchen von knapp fünfzehn. Aber Kathleen war derart verbohrt, daß Elizabeth ein Veto wohl vergebens ausspräche.

Sie verschob die Auseinandersetzung – brieflich ließ sich so etwas immer schlecht erledigen –, ebenso, wie sie eine endgültige Entscheidung hinauszögerte. Allerdings erkundigte sie sich in der Zwischenzeit nach Internaten in Cork und fand heraus, daß Kathleen tatsächlich St. John gebeten hatte, ihr bezüglich einer weiterführenden Schule behilflich zu sein – eine Bitte, der ihr Vater nur allzu bereitwillig nachgekommen war.

Von diesen Problemen abgesehen hatte Kathleens Fortgang ihren eigenen Alltag ein wenig leichter gemacht. Ihre Beziehung zu Daniel Carrig schwankte immer noch zwischen den Extremen, besessener Leidenschaft und tiefer Sorge hin und her. Aus Furcht vor Mossie Sheehans Schnüffelei und wegen der endlos hellen Sommernächte brachte sie es einfach nicht über sich, Daniel noch einmal auf offenem Feld zu lieben oder in der verfallenen Hütte auf ihrem eigenen Land.

Für das Paar gab es somit keine Zuflucht – selbst die Heuschober in der Umgebung waren einfach zu dicht an den Häusern ihrer Besitzer gebaut – und die Schulferien bedeuteten, daß Elizabeth in ihrem eigenen Haus niemals alleine war. Doch mit jedem verstohlenen Kuß nahm ihrer beider Verlangen zu.

Ende August hatte Elizabeth es immer noch nicht über sich gebracht, Daniel zu sagen, worum es in ihrem Vertrag mit Mossie wirklich ging; und sein Flehen, endlich auch offen zu ihrer Liebe zu stehen, beantwortete sie dahingehend, daß sie noch in Trauer war. Außerdem würde man angesichts der Umstände, unter denen ihr Mann ums Leben gekommen war, ihre Beziehung mit einigem Recht als Skandal empfinden.

Selbst Tilly weihte sie nicht ein, denn sie hatte das Gefühl, dadurch brächte sie sie in eine schwierige Position; also hing die Frage ihres Verhältnisses zu Daniel wie ein dünner, aber undurchdringlicher Schleier zwischen den Freundinnen. Elizabeth verstand, daß sich Tilly in einem Dilemma befand. Sicher hatte sie ihre Loyalität und Großzügigkeit inzwischen allzu oft auf die Probe gestellt, und schließlich pflegten Neeleys und Micks Familien seit Generationen gute Nachbarschaft.

Materiell betrachtet allerdings ging es Elizabeth besser als je zuvor seit ihrer Eheschließung. Auf Tillys Rat hin hatte sie sich ein paar Enten und Gänse zugelegt. Ihre Versorgung stellte sich als überraschend einfach heraus und sicher bekäme sie für das Geflügel zu Weihnachten einen guten Preis. Das einzige große Tier, das sie behalten hatte, war die abwechselnd von Margaret und Goretti zu melkende Kuh zur Deckung des häuslichen Milchbedarfs. Von Neeleys zwölf Rindern hatte Mossie sechs verkauft und die anderen sechs auf dem Viehmarkt in Castletown an den Mann gebracht. Das Geld aus den Verkäufen lag sicher auf der Bank, und außerdem hatte ihr Vater trotz ihrer Ablehnung eine beachtliche Summe auf einem separaten »Sicherheitskonto« für sie in Castletownbere angelegt.

Darüber hinaus mußte sie, wenn auch höchst widerwillig, zugeben, daß ihr Land unter Mossie Breacs Hand aufzublühen schien.

Tilly hatte recht gehabt mit ihrer Behauptung, Mossie sei der geborene Farmer. Sieben Tage die Woche, bei Regen und Sonnenschein, arbeitete er wie ein Besessener vom Anbruch der Dämmerung bis in die Dunkelheit hinein, und selbst Elizabeth erkannte mit ihrem ungeübten Auge, daß Felder und Tiere unter seiner Fürsorge prächtig gediehen. Auch wenn sie ihn weiterhin verfluchte für die unmögliche Lage, in die er sie gebracht hatte, und mit Schrecken bemerkte, wie schnell die Zeit verging, bis die öffentliche Verlobung fällig würde, brachte sie seinen Fähigkeiten als Landwirt einen, wenn auch knurrigen, Respekt entgegen. Auf einem der Felder hatte er sogar Wurzelgemüse angepflanzt, und außer mit Torf war Elizabeths Kamin aufgrund von Mossies Rodungsarbeiten entlang der Grenzmauern und Gräben stets mit ausreichend Reisig und Feuerholz versorgt.

Da sie ihn jedoch immer noch hinter jeder Hecke und jedem Ginsterbusch in Lahersheen vermutete, wäre es ihr natürlich nicht im Traum eingefallen, Mossie ihren heimlichen Respekt einzugestehen; und jedesmal, wenn sie ihm auf dem Feld, Hof oder der Straße begegnete, nickte sie ihm lediglich wortlos zu. Angesichts ihrer bevorstehenden Hochzeit führte Mossie allerdings auf der Farm wesentlich umfangreichere Arbeiten als solche im Rahmen eines simplen Pachtvertrages aus, so daß es unmöglich war, jedem persönlichen Kontakt aus dem Weg zu gehen.

Wann auch immer sie mit diesem Kerl zu sprechen gezwungen war, machte Elizabeth deutlich, daß sein Verhalten in ihren Augen nicht besser als das eines elenden Wurmes war. Doch ihre Verachtung schien ihn nicht im geringsten zu beeindrucken, und egal, wie eisig oder einsilbig sie sich ihm gegenüber gab, reagierte er stets mit nervenaufreibender Gelassenheit.

Und während ihre Freundschaft zu Tilly durch ihre Beziehung zu Daniel nur ein wenig aus dem Gleichgewicht geraten war, erschwerte ihr Verhältnis zu dem Jungen den Umgang mit Mossie unverhältnismäßig. Obgleich sie wußte, daß diese Affäre immer, wenn sie Mossie begegnete, wie eine stumme, aber giftige Qualle zwischen ihnen waberte, schien Mossie ausschließlich an den sie beide betreffenden Farmarbeiten interessiert – konsequenterweise enthielt er sich jedes noch so dezenten Kommentars über ihr Privatleben.

Elizabeth sehnte sich regelrecht nach einer lautstarken, klärenden Benennung der Dinge, aber Mossie bot ihr nie die Gelegenheit dazu.

Am Abend des 20. August, dem Tag nach ihrem siebenundzwanzigsten Geburtstag, saßen sie und Tilly anders als sonst an schönen Abenden nicht im Hof, sondern auf zwei Küchenstühlen vor dem Haus. »Ich weiß nicht, warum wir nicht öfter hier sitzen«, sagte Tilly, während sie die niedrigen Steinmauern und die dahinterliegenden, sanft zur Coulagh-Bucht abfallenden Hügel betrachtete.

»Wahrscheinlich liegt das daran, daß wir gerne mitbekommen, was in der Umgebung passiert.« Elizabeth hatte all ihre Sorgen für den Augenblick von sich geschoben, so daß sie wohlig die Augen schloß. In einer Art verspäteten Frühjahrsputz hatte sie mit Hilfe der Kinder das gesamte Haus geschrubbt, auf der Wäscheleine zu ihrer Linken hingen, fast golden im Licht des letzten Sonnenscheins, Laken, Tischdecken, Staub- und Geschirrtücher; die Fuchsienhecken waren mit Teppichen, Decken und Federbetten bedeckt, und ihre Hände verströmten einen angenehmen Seifenduft. »Heute nacht schlafe ich sicher gut«, freute sie sich schon.

»Ich weiß, die meisten Menschen hassen Hausarbeit«, pflichtete Tilly ihr eifrig bei. »Aber von Zeit zu Zeit, ich weiß nicht... manchmal ist es richtig nett. Man hat das Gefühl, daß das Haus auf die Bemühungen reagiert, daß es einem irgendwie für die plötzliche Ordnung dankt. Weißt du, was ich meine?«

»Hm!« Elizabeth mochte der Freundin nicht ganz zustimmen. Ihrer Meinung nach bedeutete Hausarbeit reinste Monotonie, aber heute abend war sie zufrieden mit ihrem Werk, fühlte sich beinahe tugendhaft.

Die beiden verstummten, so daß nur noch das entfernte Muhen einer einsamen Kuh und, etwas näher, von einem Stoppelfeld, das gleichförmige Kratzen einer Wiesenknarre zu hören war.

»Ich nehme an, das Neueste von Jimmy Deeney weißt du bereits«, sagte Tilly nach einem Augenblick.

»Nein, aber ich bin sicher, du berichtest es mir...« Elizabeth fand den Mann vulgär, und so gab sie bei der Wahl jemandem anders ihre Stimme. In der Tat hatte Deeney trotz seiner Großzügigkeit sein Ziel nicht einmal in Lahersheen, Derryconnla und Eyeries erreicht; aber weiterhin gab er in sämtlichen Pubs des Wahlkreises fleißig Runden aus in der Hoffnung, auf diese Weise Anhänger zu ködern.

Tilly hatte für ihn gestimmt, und Elizabeths verächtlicher Ton kümmerte sie nicht. »Tja, offensichtlich hat er Castleclough gekauft«, rückte sie jetzt heraus. »Mit allem, was dazugehört.«

»Den alten Schrotthaufen? Was kann man denn damit anfangen?«

»Wie ich hörte, dort wohnen – zumindest während der Sommermonate. Da er schließlich von den Leuten hier gewählt werden will, hat er das Gefühl, hier im Südwesten von Cork auch einen Wohnsitz zu benötigen. Ich nehme natürlich an, daß es seiner Yankee-Frau nicht im Traum einfallen würde, auf Dauer in unserer Einöde zu versauern; aber die Vorstellung, Burgherrin zu sein, sagt ihr sicher zu. Obendrein gehören zu dem Haus jede Menge Land, ein gutes Stück des Flusses und sogar der kleine Privathafen unten am Meer.«

»Ja, aber ich kann mir nicht vorstellen, daß man den Kasten überhaupt noch einmal bewohnbar machen kann.«

»Unbedingt! Zwar fehlt das Dach, doch die Grundmauern sind ziemlich intakt. Außerdem bedeutet die Renovierung, daß es dort zumindest für ein paar Monate jede Menge Jobs gibt.«

Elizabeth überlegte, ob ihre Freundin damit auf Daniels Arbeitssuche anspielte; aber da sie den Frieden des Augenblicks nicht gefährden wollte, fragte sie, statt auf das Thema einzugehen: »Habe ich dir erzählt, daß von Kathleen eine Geburtstagskarte gekommen ist? Es geschehen doch immer wieder Zeichen und Wunder, was meinst du? Auf alle Fälle scheint sie sich ziemlich verändert zu haben. Bisher hat sie mir das Leben immer schwergemacht. Die Spielzeit in Kallarney ist bald vorbei«, fügte sie hinzu, während sie die warmen Strahlen auf ihrem Gesicht genoß. »Ich weiß einfach nicht, wie es mit ihr weitergehen soll. Sie hat einen Platz in dem Corker Konvent, aber offenbar will sie dort gar nicht mehr hin. Mittlerweile hat sie sich allen Ernstes in den Kopf gesetzt, sie wäre eine geborene Schauspielerin.«

»Hat sie denn überhaupt Talent?« Tilly schnipste einen Marienkäfer von ihrem Schoß.

»Keine Ahnung.« Elizabeth zuckte mit den Schultern. »Das ist es ja. Ich habe sie nie auf der Bühne gesehen. Diese ganze Sache kommt absolut überraschend. Und vermutlich würde sich Neeley im Grab umdrehen, wüßte er etwas davon.«

»Warum fährst du nicht hin und schaust ihr einmal zu? Entscheide doch erst dann, wenn du weißt, ob sie sich für die Bühne eignet!«

»Sicher, aber wie soll ich das bitte anstellen?«

»Kein Problem! Mossie kümmert sich weiter um die Farm, und ich werde Mary im Haushalt unterstützen – weißt du, Lizzie, die Kinder entwickeln sich und kommen immer besser allein zurecht. Außerdem wärst du schließlich nur für zwei Tage fort.«

Je mehr Elizabeth darüber nachdachte, um so attraktiver erschien ihr die Idee. »Würdest du wirklich einspringen, Tilly?« fragte sie zögerlich. »Ich hasse es, schon wieder deine Hilfe in Anspruch zu nehmen.«

»Irgendwann ist es sicher mal umgekehrt. Wart's nur ab, eines Tages werde ich diejenige sein, die deine Hilfe braucht. Außerdem tue ich dir keinen besonderen Gefallen damit. Du weißt, wie gerne ich den Haufen versorge.«

Elizabeths Gefühl hausfraulicher Zufriedenheit wurde verdrängt von der Vorfreude, nach Killarney zu fahren. Denn im Grunde wäre nur ein gewisses Maß an Planung und Diskretion erforderlich, damit Daniel sie begleiten könnte. Am besten gingen sie in ein Hotel – so wie damals mit George.

Hoffentlich merkte Tilly nicht, wie aufgeregt sie plötzlich war, als sie im Geiste bereits Pläne zu schmieden begann. Sie könnte auf die Trauerkleider verzichten, damit sie ein bißchen jünger aussah. Es wäre so eine Art Flitterwochen... »Würdest du das wirklich für mich tun, Tilly?«

»... habe ich doch eben schon gesagt, oder etwa nicht? Auf alle Fälle sollst du dich, wenn du schon mal herauskommst, ordentlich amüsieren.«

Auf diese Weise stand Elizabeth wenige Tage später nervös am Bahnhof von Killarney und wartete auf Daniel. Sie hatte ein Zimmer im Great Southern Hotel in unmittelbarer Nähe des Bahnhofs gebucht – die Reservierungsbestätigung steckte in ihrer Handtasche –, und ihren sorgsamen Plänen zufolge würden sie gemeinsam das Foyer des Hotels betreten, als wären sie zusammen angereist.

Sie spielte mit ihrem auf Hochglanz polierten Ehering und dachte, daß George Gallaher überrascht sein würde darüber, wie problemlos das kleine Mädchen von einst in die Rolle der Strategin hineingewachsen war. Da sie zum Beispiel gewußt hatte, daß ein gemeinsames Essen im Hotel oder auch nur in einem Restaurant unmöglich war, steckte sie allerhand Proviant für Daniel in ihre Tasche. Und mit dem herrlichen Gefühl, hoffnungslos sündig und verrucht zu sein, hatte sie als Termin für die Reise extra ihre unfruchtbaren Tage gewählt.

Aber ihre momentane Aufregung rührte von dem einen Teil ihres Vorhabens her, der nicht kalkulierbar gewesen war. Daniel kam per Autostop über Ardgroom und Kenmare her; aber da es aufgrund des Benzinmangels nur wenige Autos auf den Straßen gab, nahm ihre Sorge zu, daß ihn vielleicht niemand mitgenommen hatte und er irgendwo auf einem Berg steckengeblieben war.

Die andere Bedrohung, daß nämlich jemand von zu Hause sie beide auf dem kurzen Weg vom Bahnhof in die Hotelhalle sehen könnte, war so erschreckend, daß Elizabeth gar nicht daran zu denken wagte. Je länger sie nun wartete, desto nervöser wurde sie. Aus Furcht, es käme jemandem verdächtig vor, daß sie so lange in der Bahnhofshalle herumlungerte, erhob sie sich zum fünften- oder sechstenmal von ihrem Platz, um Ausschau zu halten.

Endlich sah sie voller Erleichterung, daß er ein Stück vom Hotel entfernt aus dem Anhänger eines Motorrads auf die Straße sprang. Am liebsten wäre sie zu ihm hinübergerannt, aber sie zwang sich, möglichst unauffällig gemessenen Schrittes den Hoteleingang anzusteuern.

Als Daniel sich ihr näherte, bemerkte sie, daß er seinen Sonntagsanzug und gute Schuhe trug und daß er seine inzwischen nachgewachsenen Locken mit Pomade gebändigt hatte. Aber falls er sich in diesem Aufzug älter oder weltgewandter vorkam, dachte sie voller Zärtlichkeit, täuschte er sich gründlich: er sah nämlich aus wie ein etwas zu groß geratener Konfirmand.

Elizabeth selbst hatte ebenfalls besonders große Sorgfalt auf ihre Garderobe verwandt: in ihrem ebenfalls wieder längeren Haar leuchtete ein weißes Band, und unter dem leichten, schwarzen Regenmantel, den sie sofort nach ihrer Ankunft in Killarney ausgezogen hatte, trug sie ein gegürtetes helles Baumwollkleid mit weit schwingendem Rock. Sicher hätte das Kleid besser ins sonnige Oklahoma als zwischen die verregneten Hügel von Béara gepaßt, aber sie wirkte darin bestimmt sehr jugendlich.

Sie grüßte Daniel mit ernstem Gesicht und drückte ihm, damit er nicht öffentlich seine Zuneigung zu ihr bekundete, warnend den Arm. »Angeblich sind wir doch in Flitterwochen«, protestierte er.

»Dafür haben wir noch jede Menge Zeit«, zischte sie ihm ins Ohr. »Und da wir frisch verheiratet sind, sollten wir ein wenig Schüchternheit an den Tag legen.«

»Oh... tut mir leid...«

»Es braucht dir nicht leid zu tun, Hauptsache, du bist bereit.« Inzwischen empfand sie einen gewissen Übermut, als wäre sie ein junges Mädchen und hätte die Schule geschwänzt.

»Oh, Elizabeth...« Seine Miene leuchtete auf.

»Pst!« Sie nahm seinen Arm und führte ihn erhobenen Hauptes die Stufen zum Hoteleingang hinauf.

Am Empfang legte sie die Buchungsbestätigung vor, wobei es sie überraschte, wie leicht die Täuschung des Angestellten gelang; doch sobald die Tür ihres Zimmers hinter dem Kofferträger ins Schloß gefallen war, lehnte sie sich an die Wand und atmete seufzend aus. Ohne es zu merken, hatte sie die ganze Zeit die Luft angehalten.

Mit zwei Schritten hatte Daniel sie erreicht. »Warte, warte!« Sie schob ihn beiseite und verriegelte die Tür. Doch noch während sie mit dem tückischen Schlüssel rang, lagen seine Hände bereits auf ihrer Brust und küßte er begierig ihren Hals.

Ihr erstes Zusammensein an diesem Tag war noch hektischer als während der Mittsommernacht in der grasbewachsenen Senke hinter dem Friedhof von Kilcatherine. Aber wie damals dominierte Elizabeth – trotz ihrer sorgsamen Berechnungen – die Furcht vor einer Schwangerschaft, so daß ein Teil ihres Hirns ihr Verlangen zügelte.

Doch als sie ihn, nachdem er gekommen war, in ihren Armen hielt und ihm über den feuchtglänzenden Rücken strich, verselbständigte sich ihr Körper in seiner Begierde. Als Reaktion darauf war Daniel innerhalb von Sekunden abermals bereit; doch ehe er Gelegenheit bekam, erneut in sie einzudringen, rückte sie von ihm ab. »Nein, nein, jetzt nicht, halt mich einfach fest, ganz fest...« Ihr Atem ging stoßweise, und die Gefühle, die in ihrem Inneren tobten, kamen den Zungen der gespaltenen Blitze gleich, in deren grellem Licht während eines heißen Nachmittags vorige Woche der Gipfel des Tooreennamna erbebt war. Instinktiv preßte sie einen von Daniels Schenkeln zwischen ihren Beinen zusammen, als plötzlich unvermutet der zweite Orgasmus ihres Lebens ihren Körper ins All katapultierte.

Als Elizabeth schließlich die Augen wieder öffnete und Daniels bestürzte Miene sah, lachte sie fröhlich auf. Um seinen Mund lag ein unsicheres Lächeln, und er flüsterte: »Ist alles in Ordnung? Du hast mich fürchterlich erschreckt.«

Sie streckte ihre Arme und Beine aus, und stützte ihre Hände links und rechts des Körpers an unsichtbaren Wänden ab. »Seit ich auf der Welt bin, ist es mir noch nie besser gegangen. Ich fühle mich wunderbar, bin wunderbar, du bist wunderbar. Du bist ein prachtvoller Mann.«

»Komm her!« Er packte sie.

Das zweite Mal gingen sie es langsamer an, und für Elizabeth, die auf seine Vorsicht vertraute, gestaltete es sich wesentlich erotischer. Trotzdem gab sie ständig Obacht und entwand sich ihm Sekunden, bevor er kam. Inzwischen war er selbstbewußt genug, um sich zu beschweren, als er wieder einen klaren Kopf hatte. »Ich wünschte, wir müßten nicht so aufpassen«, flüsterte er in ihr Haar.

»Ich auch, aber es geht nicht anders. Das weißt du genauso gut wie ich.«

»Wenn wir erst mal verheiratet sind, wird alles anders sein«, entfuhr es ihm.

Die Erotik des Augenblicks verflog, und Elizabeth zuckte zusammen.

Er spürte die Veränderung, stützte sich auf einen Ellenbogen und sah auf sie hinunter. »Tut mir leid, ich weiß, das hätte ich nicht sagen sollen. Aber es stimmt doch wohl, nicht wahr?«

Etwas von dem, was sie empfand, teilte sich Daniel mit, denn mit einem Mal trat an die Stelle seiner jugendlichen Kühnheit ein derart schmerzlicher Zweifel, daß sie seinen Gesichtausdruck kaum noch ertrug. Andererseits bot sich ihr jetzt die Gelegenheit, ihm gegenüber die Karten auf den Tisch zu legen, und sie mußte die Chance nutzen. Es war einfach nicht fair, ihn weiterhin im unklaren zu lassen.

Doch wie stets zuvor hatte Elizabeth auch jetzt sofort eine Ausrede parat. Weshalb sollte sie einen so wunderbaren Tag verderben, vielleicht den einzigen Tag, der ihnen je zusammen beschieden war? »Hör zu, mein Liebster!« Sie küßte ihn auf die Stirn. »Im Augenblick darf ich über eine erneute Heirat noch nicht einmal *nach*denken. Laß uns versuchen, jeden Tag zu leben, wie er kommt und dankbar für das zu sein, was möglich ist.«

»In Ordnung«, gab er nach. »Aber ich warne dich, Elizabeth, eines Tages werde ich dich heiraten, das steht fest. Sei also darauf vorbereitet.« Er küßte sie, aber inzwischen waren die Probleme für Elizabeth wieder zu greifbar geworden, als daß sie zum Austausch weiterer unbekümmerter Zärtlichkeiten in der Lage gewesen wäre. »Nicht jetzt!« Sie nahm seinen Kopf und hielt ihn von sich. »Ich muß los und herausfinden, wo die Aufführung von Kittys Truppe stattfindet. Außerdem habe ich noch gar keine Eintrittskarte.« Aus Angst, ihre Stieftochter nervös zu machen, sowie aus Gründen der Diskretion bezüglich ihres Verhältnisses zu Daniel, hatte sie Kathleen ihren geplanten Besuch in Killarney nicht vorangekündigt.

»Dafür ist doch noch jede Menge Zeit.«

»Durchaus nicht!« erklärte sie munter.

»Meinetwegen«, seufzte er. »Aber sieh zu, daß du bald wiederkommst. Ich hoffe, du läßt mich nicht allzulange allein.«

Als Elizabeth sah, daß er bereits wieder zu Kräften gekommen war, glitt sie lachend aus dem Bett. »Du bräuchtest eine Maschine statt einer Frau. Himmel, bist du unersättlich!« Sie marschierte in die Dusche.

Als sie aus dem Badezimmer zurückkam, lag er ebenso da, wie sie ihn verlassen hatte – rücklings in einem Meer zerwühlter Bettwäsche erinnerte er sie an den Otter, den sie einmal überrascht hatte, wie er gemütlich auf den kleinen Wellen des Glenbeg-Sees plätscherte. »Du bist wunderbar, Daniel«, sagte sie sanft. »Ich liebe dich.«

»Nicht so wie ich dich!«

Mit dem Versprechen, bald wieder zurück zu sein, verließ Elizabeth den Raum, stieg die breite, mit einem Teppich ausgelegte Treppe ins Foyer hinab und trat in den regnerischen Tag hinaus.

Die erste Person, die sie nach dem Verlassen des Hotels entdeckte, war George Gallaher. Ein Mädchen an seiner Seite, spazierte er gemächlich den Gehweg hinab.

Elizabeth setzte ein Lächeln auf und eilte den beiden nach.

Als sie ungefähr fünf Meter hinter dem Pärchen war, drehte Georges Begleiterin ihr Gesicht zur Seite und sah ihn an. Es handelte sich um niemanden anders als Kathleen.

Elizabeth war so schockiert, daß sie auf der Stelle stehenblieb, und, um Zeit zu gewinnen und wieder zu sich zu kommen, in das Schaufenster des nächsten Ladens starrte. Allerdings nahm sie die Dekoration – ein satinüberzogenes Federbett, eine Rolle Wachstuch, Polsterbezüge, Baumwollstoffe, Schürzen, Gummistiefel, Bindfaden, Handtücher, Geschirrtücher, Tischdecken, Laken und Kissenbezüge – in ihrer Verwirrung nur als vielfarbige, verschwommene Masse wahr.

Nach ungefähr einer Minute blickte sie ein zweites Mal auf. Kein Wunder, daß sie Kathleen nicht sofort erkannt hatte: sie sah vollkommen anders aus als das Schulmädchen noch vor zwei Monaten in Lahersheen. Ihr dunkles Haar hatte sie zu einer eleganten französischen Rolle frisiert, sie trug Schuhe mit hohen Absätzen, ein mit einem breiten, weißen Gürtel versehenes rot getupftes Kleid und war stark geschminkt.

Elizabeths erster Instinkt riet ihr, ihnen nachzulaufen und ihre Stieftochter zu zwingen, auf der Stelle mit nach Hause zu kommen. Dann allerdings wurde ihr klar, daß sie vielleicht Gespenster sah: weshalb sollte Kathleen nicht in Georges Gesellschaft bummeln gehen? Schließlich arbeitete sie ja auch mit ihm zusammen.

Außerdem gab es da noch eine Kleinigkeit, die sie hinderte, Kathleen umgehend zur Rede zu stellen – ihre Lippen umspielte ein ironisches Lächeln. Angesichts der Tatsache, daß ihr eigener Liebhaber sie im Great Southern erwartete, wäre sie eine verdammte Heuchlerin, wenn sie jetzt Neeleys Tochter – oder auch George selbst – eine Predigt über Moral und Anstand hielt. Aber Kathleen war minderjährig und vaterlos, so daß Elizabeth bei aller Zurückhaltung angestrengt den inzwischen ungefähr sechzig Meter entfernten Spaziergängern nachschaute.

Die beiden berührten einander nicht, und sie beschloß, zwar weiterhin wachsam zu sein, aber fürs erste davon auszugehen, daß die Beziehung zwischen George und ihrer Stieftochter vielleicht tatsächlich harmlos war. Allerdings blieb sie bei ihrem ursprünglichen Entschluß, Kathleen erst nach der abendlichen Vorstellung wissen zu lassen, daß sie in Killarney war.

Sie wartete, bis die zwei um eine Ecke verschwunden waren, ehe sie selbst weiterging. Killarney war eine kleine Stadt, so daß sie das Gemeindehaus, in dem die Vorstellung stattfinden sollte, leicht fand, eine Eintrittskrate erstand und zurückeilte zu Daniel.

Später an jenem Abend, während der Vorstellung, konnte Elizabeth einfach nicht sagen, ob sie Kathleen für eine talentierte Schauspielerin hielt. Ihre Stieftochter hatte drei winzige Rollen in dem Stück, der Übersetzung eines russischen Dramas, von dem Elizabeth nie zuvor etwas gehört hatte. Sie fand es derart überladen und langatmig, daß sie sich wiederholte Male wünschte, statt dessen würde das vielleicht allzu simple, dafür aber unterhaltsamere Melodram *Conn, der Shaughraun* aufgeführt. Kathleen tauchte als Zimmermädchen auf, als Nichte eines Nebendarstellers und, stark geschminkt und mit einer zerzausten, grauen Perücke auf dem Kopf, als gebeugte Bettlerin. Die Nichte sprach kein Wort und der Text des Zimmemädchens und der Alten zusammen fände mühelos auf einer halben Manuskriptseite Platz.

Von den drei Rollen war die des Zimmermädchens die bedeutendste. Auch wenn sie nicht viel zu sagen hatte und für den Handlungsverlauf nicht allzu wichtig war, trat sie wiederholte Male auf. Nun, zumindest war Kathleen in der Lage, sich graziös und anmutig zu bewegen, und ganz sicher mangelte es ihr nicht an dem nötigen Selbstvertrauen, dachte Elizabeth. Doch ihr Talent, wenn man es überhaupt so nennen konnte, war auch nicht so ausgeprägt, daß ihrer Stiefmutter sofort eine Schauspielerinnenkarriere eingeleuchtet hätte.

George stellte prachtvoll und hölzern wie eh und je einen, laut Text für Rußland nicht ungewöhnlichen, ewigen Studenten dar. Elizabeth fragte sich, ob er hoffte, durch diesen Programm-Hinweis seinem reifen Alter eine jugendliche Note zu verleihen. Hätte er nicht vor Jahren ihr selbst derart den Kopf verdreht, hätte sie jetzt vielleicht über die Begeisterung sämtlicher Zuschauerinnen für ihn gelacht.

Hazels schauspielerische Leistung hob sich allerdings deutlich von denen der anderen Akteure ab. Unter der Perücke, die schwarze Locken über ihren Rücken fließen ließ, hätte Elizabeth sie kaum erkannt, vor allem, da von dem unverkennbaren Dialekt, in dem sie gewöhnlich sprach, nichts mehr zu hören war. Sie spielte die übermütige Kammerzofe, der der Student George in hoffnungsloser Neigung verfallen war. Sie wirkte recht überzeugend, dachte Elizabeth und fragte sich, wie lange sie wohl bei einer solch drittklassigen Truppe blieb.

Doch ein Großteil des Stückes verging, ohne daß Elizabeth es mitbekam, denn immer noch war sie in ihre Überlegungen hinsichtlich Kathleens Zukunft vertieft.

Bis schließlich der Vorhang fiel, debattierte sie mit sich, welches die richtige Vorgehensweise war. Sie fragte den Hausmeister, durch welche Tür die Schauspieler kommen würden, lehnte sein Angebot, hinter der Bühne auf Kathleen zu warten, dankend ab, und begab sich nach draußen.

Wegen des bedeckten Himmels und der teilweisen Verdunkelung war es dunkler als normalerweise um diese Zeit; aber Elizabeth kam die Düsternis zupaß. Killarney war nur sechzig Meilen von Lahersheen entfernt, und aufgrund der Umstände von Neeleys Tod kannte man sie nicht nur in Béara, sondern überall in der Region. Natürlich hatte sie ein Recht, hier zu sein und sich die Aufführung ihrer Stieftochter anzuschauen; aber Daniels wegen wäre es um so besser, je weniger man sie sah. Aus Sicherheitsgründen hatte sie sich so gar einen Platz in der letzten Reihe ausgesucht; so weit sie es indessen beurteilen konnte, hatte außer ihr niemand von zu Hause der Vorführung beigewohnt.

Plaudernd und lachend kamen die Schauspieler schließlich alle zusammen heraus. Kathleen war die letzte der kleinen Truppe. »Hallo!« Elizabeth trat aus der Dunkelheit.

»Mammy!« Kathleen fuhr sich vor Überraschung mit der Hand an den Hals. »Was machst du denn hier?«

»Ich bin gekommen, um mir das Stück anzusehen. Immerhin ist es ein öffentliches Ereignis...« Elizabeth nahm ihre Stieftochter in den Arm, und zum ersten Mal erwiderte Kathleen nach kurzem Zögern ihre Zärtlichkeit.

»Elizabeth, wie schön!« Wieder ganz der Theatermann, hob George ihre Hand an seinen Mund. »Hazel kennst du ja bereits«, fuhr er fort und machte sie dann mit dem Rest der Truppe bekannt, auch mit Vanessa, dem anderen ›Mädchen‹, von dem Kathleen ständig in ihren Briefen berichtete, bei der es sich allerdings um eine große, gertenschlanke Frau von mindestens dreißig zu handeln schien.

»Gratuliere, es war wirklich eine gelungene Darbietung«, sagte Elizabeth an alle gewandt.

»Wir wollen noch ein bißchen bei Vanessa zusammen feiern«, sagte George. »Du kommst doch sicher mit?«

Abwartend, wie sie reagieren sollte, sah Elizabeth in Richtung von Kathleen, aber die Miene ihrer Stieftochter drückte nicht das geringste Unbehagen aus. »Also gut«, sagte sie entschlossen. »Aber nur für einen Augenblick.« Inzwischen saß Daniel seit über drei Stunden allein auf dem zerwühlten Bett in ihrem Hotelzimmer und verspeiste wohl traurig seinen Proviant.

Auf dem Weg zu Vanessas Unterkunft kam die Gruppe am Eingang des Great Southern vorbei. Elizabeth, die aus ihrer eigenen Jugend wußte, wie peinlich es war, wenn man in Gegenwart seiner Freunde neben den Eltern herspazieren mußte, folgte der Truppe zusammen mit Hazel, neben deren kleiner Gestalt sie sich wie eine Giraffe vorkam, in einiger Entfernung. Auf dem Weg an dem großen grauen Steingebäude vorbei wandte sie ihr Gesicht der Straße zu; aber als sie es sicher passiert hatten, nutzte sie die Gelegenheit und fragte die andere, was ihrer Meinung nach für Kathleen das Beste wäre. »Sie ist wirklich eifrig«, erklärte Hazel ihr. »Aber zu diesem Zeitpunkt kann man noch nicht sagen, ob sie es schaffen wird oder nicht. Ganz sicher ist sie alles anderes als dumm und bestimmt entwickelt sie sich noch; aber meiner Ansicht nach sollte sie weiter zur Schule gehen. Ich selber hatte leider nie die Gelegenheit dazu. Ach ja, ich ziehe weiter, hat sie Ihnen das schon erzählt oder geschrieben?«

»Nein, hat sie nicht. Und wohin?«

»Ich habe ein bißchen Geld gespart und möchte nach London. Dort habe ich einen Vorsprechtermin an der Schauspielschule. Mir reicht dieser Blödsinn hier!« Verächtlich winkte sie in Richtung der übrigen Truppe.

»Und wie willst du das anstellen? Ich dachte, sämtlicher private Reiseverkehr ist verboten?«

»Oh, es gibt immer Mittel und Wege«, sagte Hazel geheimnisvoll.

»Und was ist mit George? Ich dachte, du und George …« Ehe Elizabeth sich eines Besseren besinnen konnte, waren die Worte bereits heraus.

»Weiberheld!« Hazel schnaubte verächtlich auf. »Das ist alles, was er ist, ein elender Schürzenjäger. Ich kann ihn nicht mehr sehen und will nichts mehr zu tun haben mit ihm. Zwar bleibe ich bis zum Ende der Saison, weil ich ein *Profi* bin! Aber sonst … tut mir leid, Elizabeth.« Sie sah sie von der Seite an. »Er ist einfach …« Ach, schon gut!«

In Elizabeth wurde der alte Argwohn wach. »Bitte, Hazel«, bat sie und hoffte, die junge Frau bemerkte ihre Panik nicht. »Gibt es irgend etwas, was ich wissen sollte?«

»Nichts, nein, nein«, sagte Hazel schnell. »Er ist einfach ein widerlicher Weiberheld, basta! Wie alle Männer. Aber ich glaube kaum, daß ich Ihnen das erzählen muß.« Sie blieb stehen und packte Elizabeth am Arm. »Es gibt da etwas, oder sollte ich es Ihnen nicht erzählen? Bitte regen Sie sich nicht darüber auf, es lohnt sich nicht, aber …« Hazel atmete tief ein. »Wußten Sie, daß er eine ganze Reihe von Kindern hat?«

»Was?«

»Na ja, das ist vielleicht übertrieben. Außer ihrem Sohn gibt es jedenfalls noch ein zweites Kind«, verbesserte sich Hazel. »Übrigens auch einen Jungen. Zumindest ist er der einzige weitere Nachkomme, von dem ich weiß«, fügte sie düster hinzu.

Elizabeth wußte nicht genau, wie sie reagieren sollte auf diese Neuigkeit. Doch zu ihrer Überraschung schien ihr diese Mitteilung, zumindest für den Augenblick, nebensächlich. »Woher weißt du das?«

»Ich bin eben eine echte Dublinerin und deshalb nicht gerade blöd«, kam Hazels rätselhafte Erwiderung. *»Windbeutel!«* Sie spuckte angewidert aus, doch dann sah sie Elizabeth erschrocken an. »Sind Sie jetzt böse? Vielleicht hätte ich Ihnen besser nichts davon erzählt – aber ich bin einfach so wütend auf ihn. Unterdessen halte ich es nicht einmal mehr aus, mit ihm im selben *Raum* zu sein...« Angeekelt verzog sie das Gesicht.

»Bitte, Hazel«, drang Elizabeth, während sie weitergingen, in sie. »Du würdest es mir verraten, nicht wahr? Falls es noch etwas gäbe... was mich etwas angeht, meine ich.«

»Natürlich würde ich das«, entgegnete Hazel, ohne Elizabeth dabei anzusehen.

»Das glaube ich dir nicht.« Elizabeth packte ihren Arm. »Es geht um Kathleen, oder? Um Kathleen und George!«

»Elizabeth!« Hazel hob den Kopf und wieder einmal fiel Elizabeth trotz des schwachen, gedämpften Lichts, das auf die Straße fiel, die überraschende Mehrfarbigkeit ihrer Augen auf. »Bitte fragen Sie mich nichts, was mit George Gallaher zusammenhängt – dieser *Eintänzer!*« Wieder spuckte Hazel aus. »Tut mir leid«, sagte sie, »ich kann es nicht ändern. Jedesmal, wenn ich nur daran denke...« Sie riß sich zusammen und wählte ihre folgenden Worte sehr sorgsam aus: »Bitte vergessen Sie nicht, daß Kathleen inzwischen eine Kollegin ist und mir vertraut...«

Hazel gab ihr also, indem sie den Rest des Satzes unausgesprochen ließ, zu verstehen, was sie bereits seit dem Nachmittag befürchtete. »Oh, mein Gott!« Ihre Hand flog an ihren Mund. »Eine Tragödie!«

Aber während ihr Zorn auf George sie wie eine rote Woge zu überrollen begann, legte Hazel ihr die Hand auf den Arm. Ihre Finger fühlten sich hart wie Klauen an. »Sie wissen gar nichts«, beschwor sie sie. »Und ich habe nichts gesehen – bei allen Heiligen, ich habe nichts gesehen! Das sage ich nur so dahin. Wahrscheinlich ist sie nur ein wenig verschossen in ihn – Elizabeth – bitte...«

»Ich – ich...« Mehr brachte Elizabeth beim besten Willen nicht heraus.

»Hier ist das Haus«, sagte Hazel eilig, als sie vor einem schmalen Eisentor stehenblieb. »Bitte, Elizabeth, kein Wort!« Sie schlug sich mit der Hand vor die Stirn. »Das ist mal wieder typisch für mich. Hätte ich doch bloß dichtgehalten.«

»Das hast du ja sozusagen, Hazel«, Elizabeth bezwang mühsam ihren Grimm. »Aber jetzt bin ich wenigstens im Bilde. Keine Sorge, ich werde mich schon zusammenreißen. Aber laß mich nicht mit ihm allein, sonst...« Mit geballten Fäusten schnaubte sie wütend auf. »Sonst kann ich für nichts garantieren. Natürlich bleibt Kathleen unter diesen Umständen keinen Tag mehr hier...«

»Wie gesagt, Elizabeth, ich habe nichts gesehen«, flüsterte Hazel beinahe flehentlich. »Und ich werde sie im Auge behalten. In zwei Wochen ist die Saison doch sowieso vorbei.«

»Dann rede ich zumindest mit George...«

Jetzt baute sich Hazel heftig vor ihr auf. »Wenn Sie das tun, können Sie Kathleen genausogut gleich heute abend mitnehmen. *Denken Sie nach,* Elizabeth. Meinen Sie, sie würde Ihnen das jemals verzeihen?«

Elizabeths Zorn wurde durch diese Bedenken ein wenig gebremst. Sie erinnerte sich an die Monate, während derer sie selbst in George Gallaher verliebt gewesen war, und an ihren Groll gegen ihre Eltern damals. »Bist du sicher, daß es nicht weiter gegangen ist?« fragte sie Hazel jetzt.

»Ganz sicher. Sie ist noch sehr jung«, erklärte die Siebzehnjährige. »Ich verspreche Ihnen, ich passe auf sie auf – und vor allem achte ich auf George. Keiner der beiden wird mir auch nur eine Stunde entwischen.«

»Wie kann ich – ich bin wirklich nicht sicher, ob ich sie hier lassen soll...«

»Hören Sie, Elizabeth, ich verspreche Ihnen, wachsam zu sein. Ich werde mich um sie kümmern. Ganz bestimmt. Und jetzt beruhigen Sie sich, um Himmels willen, holen Sie am besten ein paarmal tief Luft... Also bitte, seien Sie so lieb...«

Gehorsam atmete Elizabeth, die merkte, daß sie zitterte, kräftig durch. Nach dem dritten Atemzug hatte sie sich tatsächlich einigermaßen gefaßt, und als Hazel ihr ein weiteres Mal von ganzem Herzen versicherte, Kathleen während der folgenden zwei Wochen nicht aus den Augen zu lassen, betrat sie halbwegs ruhig das Haus. »Und du schreibst mir sofort, falls irgend etwas passiert?« Auf der Schwelle blieb sie noch einmal stehen.

»Ehrenwort! Ich verspreche es.«

Sämtliche Gäste der Party – Vanessas Behausung stellte sich als kleines Wohn-Schlafzimmer heraus – waren viel zu sehr mit sich selbst beschäftigt, um zu bemerken, wie Elizabeth sich zusammennahm. Sie wurde mit Hallo begrüßt, bekam ein Glas Bier in die Hand gedrückt, und dann überließ man sie sich selbst. Kathleen, die in einer Ecke des Raumes gesessen hatte, ehe ihre Stiefmutter auftauchte, sah sie mit einem nervösen Lächeln an. Sie wirkte ungewöhnlich still, ja es schien ihr eindeutig unbehaglich zumute zu sein. *Aus gutem Grund, mein Mädchen,* dachte Elizabeth zähneknirschend, während sie sich auf einen Diwan sinken ließ.

Neeleys Tochter wirkte wesentlich weniger in sich gekehrt als in Lahersheen; doch andererseits zeigte sich auch nichts von der Lebhaftigkeit, die in ihren Briefen nach Hause mitschwang. Ebensowenig jedoch drückte ihre Miene, während sie George ansah, der eine seiner Theateranekdoten zum besten gab, irgendeine besondere Bewunderung aus. Elizabeth fühlte sich ziemlich verunsichert. George, so bemerkte sie, war wieder ganz der alte Charmeur, nicht der zahme Schoßhund, als der er während seines Besuchs in Laversheen auftrat – wie hatte sie sich doch geirrt, dachte sie irritiert. Nun, zumindest schien er damit zufrieden zu sein, allgemein im Mittelpunkt der Aufmerksamkeit zu stehen, ohne daß er eine der anwesenden Personen besonders beachtete.

Oder tat er am Ende nur so? Allerdings, so erinnerte sich Elizabeth, hatte er kein auffälliges schauspielerisches Talent…

Als Kathleens und ihre Blicke sich begegneten, hob sie ihr Glas, und dann, während sie Georges neuester Story lauschte, versuchte sie, die Sache mit den Augen des Mädchens zu sehen: kaum fünfzehn Jahre alt, hatte sie ihre erste und obendrein glamouröse Beschäftigung und erging sich in jugendlicher Schwärmerei für den sicher schönsten Mann, dem sie jemals begegnet war – obendrein der verflossene Liebhaber ihrer Stiefmutter. Und jetzt beobachtete genau diese Person sie!

Kein Wunder, daß es sie zwackte in ihrer Haut.

Elizabeth versuchte, sich zu entspannen; doch als sie die unnatürliche Brillanz der Geschichten vernahm und die lässige Art der Schauspieler registrierte, die einander ständig in die Arme nahmen, als wäre es das Normalste von der Welt, erinnerte sie sich glasklar an ihre Jugend. Es gab kaum einen Unterschied zwischen diesen Menschen und den Mitgliedern von Vivian Mellors' Truppe. Theatermenschen hatten ganz offensichtlich ein besonderes Talent fürs Amüsement; aber Elizabeth fragte sich, wieviel echtes Selbstbewußtsein sich wohl unter all der Weltgewandtheit befand. Wenn sie zum Beispiel dachte, daß Vivian Mellors seinen Namen geändert hatte, hießen viele von diesen Rogers, Hazels und Vanessas in Wirklichkeit sicher auch eher Dotty, Mary oder Seán. Und was verriet das über sie? Nun, wenigstens hatte sich Kathleen bisher noch keinen sogenannten Künstlernamen zugelegt.

Auch Hazel bewies Elizabeth, wie sehr sich eine Schauspielerin von einer normalen Sterblichen unterschied. Nach ihren leidenschaftlichen Beteuerungen, George zu hassen, hätte man erwartet, sie in seiner Nähe zumindest etwas beklommen anzutreffen, aber nein – kaum einen Meter von ihm entfernt beachtete sie ihn zwar nicht weiter, wirkte jedoch vollkommen entspannt.

Trotz ihrer Sorge um Kathleen war sich Elizabeth der Tatsache bewußt, daß die Zeit verflog und Daniel sie in ihrem Hotelzimmer erwartete. Aber sie konnte unmöglich sofort nach ihrem Kommen wieder gehen; daher wurde es beinahe Mitternacht, ehe sie sich endlich von ihrem Platz erhob. »Jetzt muß ich aber wirklich los. Bringst du mich noch an die Tür?« fragte sie das Mädchen. Sie verabschiedete sich von den anderen Mitgliedern der Truppe und verließ, dicht gefolgt von ihrer Stieftochter, den Raum.

»Danke, daß du gekommen bist.« Als sie beide allein an der Haustür standen, verspannte sich Kathleen sichtlich. Würde sie sich ihr etwa doch anvertrauen?

»Ich wollte es gerne«, antwortete Elizabeth. »Und ich freue mich, daß ich dich auf der Bühne gesehen habe. Du warst wunderbar.«

»Findest du wirklich?«

»Allerdings«, sagte Elizabeth. »Aber am besten unterhalten wir uns darüber, wenn du Ende nächster Woche nach Hause kommst, nicht wahr?« Da sie den inneren Aufruhr des Mädchens gut verstand, wählte sie ihre nächsten Worte mit Bedacht. »Brauchst du vielleicht irgend etwas, Kathleen? Gibt es Sachen, die du mir erzählen möchtest – irgend etwas, was ich für dich tun kann, solange ich in der Nähe bin?«

»Ich will nicht mehr aufs Internat!« brach es aus Kathleen hervor, wobei ihr zur Schau gestelltes Erwachsensein sie schlagartig verließ. »Leider habe ich gesagt, daß ich Abitur machen will – aber das war vor einer Ewigkeit. Inzwischen hat sich alles verändert, und ich will nicht mehr zur Schule gehen.«

»Wir werden sehen«, meinte Elizabeth behutsam. »Aber weißt du, schließlich war es deine Idee. Und wir haben uns alle ziemlich bemüht, sogar eine Menge Geld investiert. Grandad Sullivan …«

»Natürlich war es meine Idee, und es tut mir leid. Aber darf ein Mensch seine Meinung nicht auch mal ändern? Immerhin ist es mein Leben, um das es geht.«

»Warum redest du nicht mit Hazel über die Angelegenheit«, fragte Elizabeth möglichst ruhig. »Sie ist übrigens auch der Ansicht, daß du erst weiter zur Schule gehen und deinen Abschluß machen solltest. Danach könntest du immer noch eine Theaterausbildung machen.« Sie zögerte. »Bitte überstürze die Dinge nicht – du hast jede Menge Zeit, Kathleen.« Sie hoffte, daß das junge Mädchen die Bedeutung ihrer Worte verstand.

Aber Kathleen dachte nicht daran. »Hazel hat gut reden«, erwiderte sie aggressiv. »Schließlich wird sie selbst nach London gehen.«

»Das hat sie mir erzählt.« Wieder einmal hatte Elizabeth das untrügliche Gefühl, daß ihre Beziehung zu diesem gefühlsstarken Geschöpf am Rande einer Kastastrophe stand. Sie mußte vorsichtig sein, wenn sie nicht das gefährden wollte, was zwischen ihnen durch den Briefwechsel der letzten Wochen gewachsen war. Um die Tür des Hauses rankten sich Rosen, und zur Ablenkung nestelte sie an einem freihängenden Zweig. »Kathleen«, begann sie nun, »zwar habe ich gesagt, wir reden darüber, wenn du wieder zu Hause bist. Aber ebensogut kann ich dir jetzt gleich sagen, daß du noch keine fünfzehn und somit zu jung bist, um dich allein in London zurechtzufinden. Außerdem sind sämtliche Privatreisen untersagt, bis der Krieg vorüber ist. Aber, wie gesagt, sprich doch einmal mit Hazel über die Angelegenheit. Sie scheint sich auszukennen.«

»Ich bin beinahe fünfzehn, und verzeihe es dir nie, wenn du mich zwingst, das Theater zu verlassen. *Niemals.* Das Theater ist mein Leben. Ich *liebe* es.«

»Bitte, Kathleen, übertreib nicht...«

»Mammy, ich flehe dich an! Du weißt nicht, wie wichtig diese Welt für mich ist. Es ist eine Frage von Leben und Tod.«

»Selbstverständlich empfindest du in deinem Alter die Welt der Bühne sehr stark. Das ist dir momentan wichtig...«

»Ich warne dich!« Auch wenn Kathleens plötzliche Ratlosigkeit ein Alarmzeichen war, hätte nichts Elizabeth auf den tödlichen Ernst vorbereitet, in dem das Mädchen weitersprach. »Zuletzt wird dir dein Verbot leid tun«, sagte sie. »Verlaß dich drauf!«

»Paß auf, was du sagst, Kitty.«

»Und nenn mich nicht Kitty!«

»Also gut.« Inzwischen hatte Elizabeth genug. »Es tut mir leid«, sagte sie mühsam beherrscht. »Aber du hast mich vollkommen überfahren, und ich denke, daß dies weder der rechte Ort noch der rechte Zeitpunkt für eine derartige Diskussion ist. Ich muß darüber nachdenken, was dein Vater gewollt hätte...«

»Laß meinen Vater aus dem Spiel. Er ist tot, deinetwegen und wegen diesem...« Gerade noch rechtzeitig brach Kathleen ab.

Elizabeth riß sich zusammen, so gut es ging. »Gute Nacht, Kathleen«, sagte sie heiser. »Wir sprechen nächste Woche weiter über die Angelegenheit. Und morgen werde ich dir schreiben.«

»Erwarte bloß nicht, daß ich dir antworte!« Mit diesen Worten kehrte Kathleen ins Haus zurück und warf geräuschvoll die Tür hinter sich ins Schloß.

Während sich Elizabeth zum Gehen wandte, merkte sie, daß sie nicht nur die Bösartigkeit, sondern vor allem die Schnelligkeit, mit der der Streit über sie hereingebrochen war, erschütterte. Es war, als hätte Kathleen diese Auseinandersetzung nicht nur provoziert, sondern regelrecht geprobt, und zwar einschließlich der Rolle, die Elizabeth betraf. Und vor allem war der Streit beinahe zu hitzig verlaufen – so, als hätte Kathleen das Thema – ihren Schulbesuch – nur als Vorwand benutzt.

Sie zog das Gartentor zu und ging durch die dunklen Straßen zum Hotel zurück, wobei nicht einmal die Aussicht, endlich Daniel wiederzusehen, ihre Stimmung hob. Die Konfrontation mit Kathleen und ihre Sorge um das Mädchen hatten ihr jede Freude an der Reise geraubt. Nicht eine Sekunde zweifelte sie daran, daß Kathleen es schaffen würde, sie ins Verderben zu stürzen, wenn sie ihr verbot, beim Theater zu bleiben.

Aber welche Art Rache hatte sie im Sinn?

Elizabeth dachte über die verschiedenen Möglichkeiten nach, eine schlimmer als die andere. – Obgleich Ende August in Killarney normalerweise immer noch Sommer herrschte, waren nur mehr wenige Menschen unterwegs. Auf dem Weg zum Hotel begegnete sie einer einzigen Frau mit Hund und zwei jungen Männern, die an der hohen Steinmauer vor dem Grundstück des Great Southern lümmelten.

Als sie schließlich das Hotelzimmer betrat, sah sie Daniel auf den von ihm geordneten Decken sitzen. Er war frisch gewaschen und rasiert, seine Locken schimmerten im Licht der Petroleumlampen auf den Nachttischen. Bei ihrem Eintreten hob er den Kopf von dem Buch, in dessen Lektüre er vertieft war. »Ich habe mir schon Sorgen gemacht«, sagte er. »Es ist bereits nach Mitternacht.«

Elizabeths Laune besserte sich ein wenig, als sie seine großväterlichen Worte vernahm. »Oh, Daniel, es war wirklich ein schrecklicher Abend«, klagte sie und warf sich neben ihm auf das Bett. »Am besten sagst du nichts, sondern hältst mich einfach fest. Bitte halt mich!«

Er legte sein Buch beiseite und nahm sie so vorsichtig in den Arm, als wäre sie aus Porzellan. »Was ist passiert?« fragte er nach einer Weile.

»Ich fürchte, daß alles um mich herum zusammenbricht.«

»Daß was um dich herum zusammenbricht? Sag mir…«

»Du, ich, wir, der Hof, die Familie, einfach alles.«

Stumm strich er ihr übers Haar. »Das muß ja vielleicht ein Stück gewesen sein!« meinte er dann.

»O Daniel!« Lachend wandte sie sich ihm zu, gab ihm einen Kuß und stellte wieder einmal verwundert fest, daß er, auch wenn er manchmal recht jugendlich wirkte, in Augenblicken wie diesem ungeheuer reif und sensibel war. Aber als er den Kuß beendete und ihr erneut über die Haare strich, brachte sie es nicht über sich, ihn in ihre Sorgen einzubeziehen. Sie stieß einen Seufzer aus. Die ganze Geschichte war viel zu kompliziert…

Bei ihrem Seufzer zog er sie an seine Brust, als wäre sie ein kleiner Wildfang, der beim Spielen hingefallen war. »Sei nicht so traurig«, bat er sie. »Ich hasse es, wenn du traurig bist. Laß mich dir helfen.«

Sie schmiegte sich an ihn, und er küßte sie aufs Haupt. »Es ist nur noch eine Frage der Zeit, bis wir nicht mehr durch die Gegend schleichen müssen wie zwei Diebe in der Nacht«, murmelte er an ihrem Haar. »Und dann können Menschen wie Kathleen zur Hölle fahren! Außerdem die ganze Gemeinde gleich mit – Hauptsache, wir sind zusammen! Und ich verspreche dir, daß du nie wieder Grund haben wirst, traurig zu sein, wenn wir uns endlich richtig verbinden.«

Elizabeth blickte in sein ernstes, liebendes Gesicht und flüsterte: »Küß mich, ja?«

21

Sie brauchte nicht lange zu warten, um Kathleens Absicht zu durchschauen. Zwei Wochen nach ihrem Besuch in Killarney – am Tag vor Kathleens geplanter Abreise ins Konvent in Cork – überraschte sie das Mädchen in ihrem Schlafzimmer.

Sie hatte das Haus verlassen, um Tilly besuchen zu gehen, aber bereits nach wenigen Metern fand sie es recht kühl. Obgleich sie immer noch Trauerkleidung trug, hatte sie angefangen, die Strenge ihrer Garderobe zu mildern, indem sie sich kleine Farbtupfer leistete; heute hatte sie zu ihrem Rock eine violette Bluse ausgewählt, deren feiner Baumwollstoff nicht den geringsten Schutz gegen die von der Bucht heraufwehende Brise bot.

Also hatte sie, um sich eine Strickjacke zu holen, kehrtgemacht und war zu Hause angekommen, in ihr Schlafzimmer geeilt, wo sie Kathleen über die rechteckige Holzschachtel gebeugt vorfand, die sie unter einem Stapel Kleider in ihrer Kommode aufbewahrte: darin befand sich, neben den Geburts- und Taufurkunden der Kinder, ihr Schmuck und alles andere, was Elizabeth als wertvoll erachtete.

Wie zum Beispiel das handschriftliche Abkommen mit Mossie Sheehan.

»Was machst du da?« Sie eilte zu Kathleen hinüber, aber das Mädchen war schneller. »Ich bin sicher, daß sich Danny McCarthy ziemlich dafür interessieren würde!« Kathleen wedelte den Vertrag durch die Luft, ehe sie ihn hinter ihrem Rücken verbarg.

»Gib mir das sofort zurück!« Indem sie vollkommen reglos stehenblieb und ihrer Stimme einen möglichst autoritären Klang verlieh, hoffte Elizabeth, Kathleen einzuschüchtern.

Was ihr nicht gelang. »Das ist ja wohl nur gerecht«, gab die Schnüfflerin ebenso bestimmt zurück. »Du willst mein Leben ruinieren, und dafür ruiniere ich dein nettes, kleines Verhältnis mit deinem kahlgeschorenen Jüngelchen.« Ihre Stimme versprühte ein solches Gift, daß Elizabeth ihr am liebsten in das bleiche, schmollende Gesicht geschlagen hätte.

»Dieses Stück Papier geht dich überhaupt nichts an«, setzte sie an, ehe Kathleen sie unterbrach.

»Ach nein, Mammy? Schließlich wird Mossie Breac dadurch mein – ja, was wird er eigentlich genau, Mammy? Mein Stiefvater? Oder einfach ein weiterer Kerl, von dem sich meine Stiefmutter vögeln läßt? Oh, ich vergaß...« Sie wandte Elizabeth den Rücken und beugte sich zum Schutz vor einem möglichen Angriff über das Dokument, ehe sie so schnell wie möglich las: »Allerdings wird diese Ehe nur auf dem Papier bestehen und in keiner anderen Weise – jeder lebt weiterhin in seinem eigenen Haus.«

Sie wirbelte zu Elizabeth herum. »Von Mossie willst du dich also offenbar nicht befummeln lassen.« Frauen und vor allem junge Mädchen wie Kathleen drückten sich nur selten derart vulgär aus – aber im Augenblick interessierte sich Elizabeth nicht für Kathleens Sprache, sondern einzig für das Dokument. Doch als sie abermals einen Schritt nach vorne machte und versuchte, das Papier zu schnappen, glitt Kathleen geschmeidig wie ein Aal unter ihrem ausgestreckten Arm hindurch und stellte sich, den Vertrag immer noch hinter sich, rückwärts an die Wand. »Du hast wirklich an alles gedacht, nicht wahr, *Mammy*?« spottete sie. »Wie man bei uns so schön sagt, hast du genauestens überlegt, wie du deinen Kuchen essen und gleichzeitig aufbewahren kannst. Oder sollte ich vielleicht eher sagen, dein Pfund Fleisch?«

Elizabeth packte Kathleen bei den Schultern und versuchte, sie von der Wand zu ziehen, aber das Mädchen setzte sich vehement zur Wehr.

Dann trat Elizabeth, entsetzt von ihrem Tun – sie schüttelte das Kind an genau derselben Stelle, an der Neeley seinerzeit Francey gegen die Mauer geschleudert hatte –, eilig einen Schritt zurück, wodurch die körperliche Auseinandersetzung ein plötzliches Ende nahm. Keuchend standen sie einander gegenüber, und Elizabeth stellte entgeistert fest, welcher Haß in

Kathleens jungen Augen loderte. »Was habe ich dir getan, um das zu verdienen?« fragte sie atemlos.

»Es ist alles deine Schuld. Wenn du mich weiter beim Theater gelassen hättest, wäre dies nicht passiert.«

»Deine Niedertracht ist wohl kaum überbietbar«, sagte Elizabeth leise, während sie sich resigniert auf die Bettkante sinken ließ. »Aber los, tu, was du nicht lassen kannst, Kathleen. Ich halte dich nicht auf. Hoffentlich schaffst du es, mit den Konsequenzen deines Handelns zu leben.«

»Das werde ich. Verlaß dich drauf!« Aber zum ersten Mal verriet Kathleens Miene eine gewisse Unsicherheit, ehe sie den Versuch unternahm zu retten, was zu retten war. »Hier sind deine kostbaren Machenschaften!« Sie schleuderte Elizabeth die beiden Blätter hin. »Ich brauche sie sowieso nicht. Übrigens weiß ich schon seit *Monaten*, was du heimlich treibst.« Sie machte auf dem Absatz kehrt und rannte in ihr eigenes Zimmer hinüber.

Langsam bückte sich Elizabeth, hob die Blätter auf, faltete sie zusammen und schob sie in die Tasche ihres Rocks. Der Augenblick war gekommen, in dem sie Daniel gegenüber die Wahrheit nicht mehr verschweigen konnte. Sie mußte es ihm sagen, ehe er es von sonst jemandem erfuhr.

Sie wußte, wo sie ihn fand. Der Job auf dem Fischerboot hatte sich zerschlagen – sechs von Neeleys Vettern arbeiteten dort –, aber inzwischen hatte er bei der Renovierung in Castleclough eine Anstellung. Gewärmt von der Strickjacke, deretwegen sie gekommen war, verließ sie das Schlafzimmer.

»Was war denn los?« Mary, die gerade mit Abigail malte, blickte auf. »Ich habe ihr gesagt, daß sie nicht zu dir reingehen soll.«

»Das kann ich dir im Augenblick nicht erklären, Mary.« Elizabeth hörte die Schärfe in ihrer Stimme und entschuldigte sich. Mary gegenüber plagten sie schon seit langem Schuldgefühle. Obgleich sie die Schule inzwischen beendet hatte, zeigte Neeleys älteste Tochter keine Neigung, von zu Hause fortzugehen oder sich eine Arbeit zu suchen, so daß sie Elizabeth seit Beginn des Sommers ähnlich einer unbezahlten Haushälterin zur Seite stand. Elizabeth wußte, es war nicht fair. Es wurde höchste Zeit, daß sie sich für Mary ein Konzept ausdachte. »Ich werde es dir erzählen«, versprach sie jetzt. »Aber vorher muß ich noch kurz weg. Zum Tee bin ich wieder zu Hause. Falls Kathleen in der Zwischenzeit über die Sache spricht«, sie zögerte, »bedenke bitte, daß es immer zwei Seiten einer Medaille gibt.«

Mary nickte nachdenklich.

Als Elizabeth schließlich mit dem Rad zu Daniels Arbeitsstätte fuhr, weigerte sich ihr Gehirn, über die gefühlsmäßige Bedeutung der schrecklichen Aufgabe nachzudenken, die jetzt vor ihr lag. Bisher wollte sie sich mit dem Thema einfach nicht auseinandersetzen, weil es immer noch nicht unausweichlich schien.

Sie dachte daran, daß sie Mary so brüsk die jeweiligen zwei Seiten einer Medaille zu bedenken gegeben hatte. Nur, welches war genau ihre Seite bei dieser Angelegenheit? Hier bitte, dachte sie voller Gram, ist die Überlebende dreier Fehlgeburten, Mutter von sieben Kindern – von denen mich eins grundsätzlich haßt –, mit einem Leben, das ein vollkommenes Chaos ist, auf unrühmliche Weise verwitwet, verlobt mit einem Mann, den ich nicht liebe, verliebt in einen Jungen, den ich nicht haben kann. Und das alles, weil ich vor sieben Jahren in meiner jugendlichen Naivität dem Charme eines prinzipienlosen Draufgängers erlegen bin.

Nein, dachte sie, das war nicht fair. Nicht George Gallaher trug die Schuld an ihrem Schicksal. Diese Schuld trug einzig und allein sie selbst. Schließlich hatten die Kirche, die Nonnen und auch ihre Eltern sie oft genug gewarnt. Hätte sie doch nur ein wenig mehr Vernunft besessen, hätte sie sich doch nur ein wenig mehr beherrscht…

Aber wenn sie ehrlich war, mußte sie sich eingestehen, daß seither nicht alles in ihrem Leben schlecht gelaufen war. Zum Beispiel lebte sie isoliert von dem Krieg, der immer noch auf dem Festland wütete, hatte ein Dach über dem Kopf, genug zu essen auf dem Tisch und beinahe alles, was man zum Leben brauchte. Außerdem waren, anders als die unglückseligen Waisen und Flüchtlinge auf den schrecklichen Photos, die ihr gelegentlich aus den Zeitungen entgegenblickten, ihre Kinder sämtlich gesund.

Auch hatte sie etliche kleine Freuden, die alles andere als bedeutungslos waren, und obendrein mehr als einmal wahre zwischenmenschliche Liebe: als Francey nach seiner Geburt zum ersten Mal in ihren Armen lag, als sie mit den anderen gesunden Babys gesegnet wurde; auch in der, trotz all ihrer Sünden, neuen Beziehung zu ihrem Vater, und ansatzweise zu ihrer Mutter, in der warmen Freundschaft zu Tilly Harrington, in der körperlichen Vereinigung mit dem Partner ihrer Träume.

Mit dem Richtigen.

Sie durfte nicht länger drüber nachdenken, sonst brächte sie das, was vor ihr lag, niemals zustande. »Guten Tag!« grüßte sie einen Nachbarn, der einen mit Torf beladenen Esel die Straße entlang führte.

»Tag, Ma'am!« Er ließ eine Rute auf den Rücken des Tieres sausen, ehe er sich an den Rand seiner Mütze griff. »Herrliches Wetter heute, dem Himmel sei Dank!«

»Dem Himmel sei Dank!« Auch dies war ein positiver Aspekt, dachte Elizabeth, während sie sich über den Lenker ihres Rades beugte und eine steile Anhöhe erklomm. Die allmähliche Erkenntnis, daß sie auf eine Weise, die sie nicht genauer definieren konnte, Vertrauen entwickelt hatte zu den hiesigen Menschen – wie zu diesem im Grunde fremden Mann – und daß die Halbinsel Béara für sie zur Heimat geworden war.

Während sie fortfuhr mit der klinisch nüchternen Betrachtung ihrer Existenz, erkannte sie, daß vor kaum zehn Jahren die Städterin Elizabeth Sullivan laut aufgelacht hätte, bei der Prophezeiung, eines Tages würde sie auf diesem wilden, wunderschönen Flecken Erde zu Hause sein. Aber inzwischen wußte sie, daß ihr Béara stärker als je die Stadt ihrer Geburt ins Blut übergegangen war. An der höchsten Stelle der Straße stieg sie ab und sah sich unter dem Vorwand, das, was sie Daniel zu sagen hätte, erst mal ordnen zu müssen, lange um. Wie voraussehbar, wandten sich ihre Gedanken von dem zu erwartenden Elend ab und der prachtvollen Umgebung zu.

Von der Stelle, an der sie stand, erhob sich die grün-braungoldene Landschaft auf der einen Seite in sanften Wellen bis zu den niedrigen Kämmen der Hügel von Béara, während sie sich auf der anderen Seite ebenso sanft in Richtung des glitzernden Kenmareflusses neigte. Die violetten Gipfel der Grafschaft Kerry verschwammen im spätsommerlichen Dunst, so daß man hätte meinen können, sie schwebten über dem Land und gehörten an irgendeinen fernen Ort, den es einzig in der Phantasie von Künstlern und Träumern gab.

Doch noch während Elizabeth über die wehenden bräunlichen Gräser und die letzten Büschel Wollgras hinweg zum Horizont starrte, wallte ein solches Gefühl des Verlusts in ihr auf, daß sie plötzlich mit den Tränen rang.

Das gleiche war ihr bereits zwei Wochen zuvor passiert, als sie im Great Southern in Killarney kurz vor Anbruch der Dämmerung still in Daniels Armen lag. In jener Nacht hatten sie sich noch zweimal geliebt, und nachdem Daniel eingeschlafen war, betrachtete Elizabeth ihn im anbrechenden Tageslicht. Da sein Kopf ein wenig nach hinten gebogen war, hatte sie unter seinen Lidern hindurch den Schimmer seiner Augen gesehen. Seine tiefen, regelmäßigen Atemzüge brachten seine ebenfalls leicht geöffneten Lippen zum Flattern. Sie hatte ihn angesehen und ihre körperliche Erfülltheit war demselben Gefühl der Einsamkeit gewichen, das sie jetzt empfand. Es war, als bedeute das Menschsein, daß man sich täglich an die Vergänglichkeit und Sterblichkeit alles Lebendigen erinnerte. Als trüge jeder Keim des Glücklichseins zugleich den Gegenpol seiner eigenen Zerstörung in sich.

Da Elizabeth die Schönheit der Umgebung nicht länger ertrug, schwang sie sich wieder auf ihr Rad und rollte den Hügel hinab bis hinter einer Kurve, ähnlich einem viereckigen Boot auf einem Meer von Bäumen, das dachlose Herrenhaus von Castleclough sichtbar wurde. Die Zeit der Nachsicht mit sich selbst, die Zeit der Träume war vorbei. Elizabeth preßte die Lippen zusammen, als sie wenig später zwischen den hohen Steinsäulen am Eingang des Grundstücks vorüberfuhr.

Da die Auffahrt bereits gerodet war, türmten sich links und rechts des mit grobem Kies bestreuten Weges Berge von Blättern, Baumschößlingen und mit den Wurzeln ausgerissenen Büschen. Die abgefahrenen Reifen von Elizabeths Fahrrad knirschten laut und aus Angst vor einem Plattfuß – offenbar hegte sie doch noch ein gewisses Bangen vor der drohenden Konfrontation – stieg sie ab, lehnte das Rad gegen einen Stamm und bewältigte den Rest des Wegs zu Fuß. Vor sich nahm sie bereits die Geräusche von Werkzeugen und leise Männerstimmen wahr. Nach ungefähr hundert Metern ging sie unter einem efeuumrankten Torbogen hindurch und gelangte auf einen offenen Platz vor dem Haus, an dessen Fassade die Arbeiter ein Gerüst errichteten.

Sie erspähte Daniel sofort. Den Oberkörper entblößt, wuchtete er sich gerade ein langes Brett über die Schulter, das er wohl von einem Stapel im hohen Gras genommen hatte.

Noch während sie zögerte, wurde Elizabeth von einem Mann entdeckt, an dessen Namen sie sich nicht erinnerte, von dem sie jedoch wußte, daß er aus Derryconnla kam. Offenbar eine Art Vorarbeiter, leitete er die Arbeiten vom Boden aus. »Mrs. Scollard«, sagte er überrascht. »Was können wir für Sie tun?«

»Ich habe eine Nachricht für Daniel Carrig...« Elizabeth klammerte sich an ihre Erkenntnis, daß sie, wenn sie jetzt ins Wanken geriet, verloren war. »Ist er vielleicht zufällig gerade irgendwo in der Nähe?« Da sie nicht sehen wollte, ob ihr Gegenüber überrascht war oder nicht, wandte sie sich von ihm ab und betrachtete das Haus.

»Danny!« brüllte er. »Komm mal her.«

Elizabeth sah, daß Daniel über seine Schulter blickte, und selbst aus der Entfernung erkannte sie seine Betroffenheit darüber, daß man ihn ihretwegen rief. Angesichts all der Beobachter reckte sie entschlossen den Kopf. Sie vermochte solche Momente nur durchzustehen, indem sie tat, als befände sich eine andere Elizabeth Sullivan und nicht sie selbst inmitten dieser Arena.

Daniel warf das Brett von seiner Schulter, wobei das laute Krachen, als es auf den Boden traf, in der allgemeinen Stille besonders laut hallte. Mit vor Verlegenheit puterrotem Gesicht näherte er sich der Wartenden. »Hallo, Elizabeth«, murmelte er. »Ist irgendwas passiert?«

»Ich muß mit dir reden, Daniel«, sagte sie und fügte, an den Vorarbeiter gewandt, hinzu: »Es wird nicht lange dauern.« Der Mann verstand, ließ sie allein und rief den andern zu, sie sollten wieder an die Arbeit gehen.

»Es tut mir leid, daß ich so plötzlich hier auftauche«, begann Elizabeth, sobald der Vorarbeiter verschwunden war. »Aber es ist etwas passiert, weshalb ich unbedingt sofort mit dir reden muß.« Ohne lange nach links oder rechts zu schauen, drehte sie sich um und marschierte durch den Torbogen voraus. Nach ungefähr einer Sekunde hörte sie das Knirschen seiner Stiefel auf dem Kies.

Als sie sicher war, daß man sie beide von der Baustelle aus nicht mehr sah, blieb sie stehen und drehte sich zu ihm um. »Daniel, ich weiß nicht, wie du darauf reagieren wirst – das heißt, ich kann es mir denken –, aber ich muß dir dringend eine Mitteilung machen.«

»Was?«

Sie zwang sich, die Furcht in seinem Blick zu ignorieren, und fuhr eilig fort: »Ich kann dich nicht heiraten! Und zwar aus dem Grund, weil ich jemand anderen heiraten muß. Es ist eine Abmachung. Ich will es nicht. Du weißt, was ich für dich empfinde – wahr und wahrhaftig …«

Sie brach ab, als plötzlich alle Farbe aus seinen Wangen wich. »Du mußt?«

Elizabeth merkte, daß ihre Wortwahl unglücklich gewesen war. Heiraten zu »müssen« bedeutete, daß eine Frau ungewollt schwanger geworden war. Weshalb hatte sie nicht daran gedacht? »Das ist es nicht«, versicherte sie ihm, »sondern viel komplizierter.« Sie atmete tief ein und fuhr mit ihrer Beichte fort, wobei sie allerdings die ganze Zeit zu Boden sah. »Du siehst«, endete sie, als wäre sie ein Kind, das ein Gedicht aufsagte, und als wären die grauen Steine zu ihren Füßen die Zuhörerschaft, »ich mußte kommen und es dir sagen, ehe es Kathleen tut. Weil ich diejenige bin, um die es geht«, erläuterte sie. »Bestimmt verstehst du das. Und bitte begreife auch, warum ich mit dieser Sache nicht früher zu dir gekommen bin. Freilich ist das sehr selbstsüchtig von mir gewesen... aber ich wollte so lange wie möglich mit dir zusammenbleiben – ich konnte einfach nicht dagegen an, Daniel.« Sie blickte zu ihm auf und auch wenn sie gemeint hatte, auf seine Reaktion vorbereitet zu sein, erschütterte sie die Wirkung ihrer Worte.

Daniels blutleeres Gesicht sah vollkommen eingefallen aus, und seine Hände hingen schlaff zu beiden Seiten seines Körpers herab. Seine ganze Gestalt schien vor lauter Verzweiflung in sich zusammengesunken zu sein, als hätte sie ihn jeglicher Substanz beraubt.

Elizabeths aufgesetzte Härte verflog, und sie warf sich die Hände vors Gesicht. »Oh, Daniel«, stieß sie mit erstickter Stimme aus, »es tut mir leid, es tut mir wirklich furchtbar leid.« Aber innerhalb von Sekunden hatte sie die Tränen fortgewischt. »Es tut mir leid«, wiederholte sie mit normalerer Stimme. »Du kannst dir nicht vorstellen, wie es war, das alles die ganze Zeit für mich zu behalten. Sag doch etwas«, flehte sie, als Daniel immer noch starr wie eine Marmorstatue vor ihr stand. »Bitte, bitte, sag etwas – irgendwas...«

Endlich sah er sie an. Die Haut seines Gesichts sah fahl wie die von einem Leichnam aus.

»Dieser Mossie Breac Sheehan wird es noch bereuen, auch nur geboren zu sein.«

»Nein, du große Güte – nein!«

Elizabeth versuchte, seine Arme zu packen, aber er entzog sich ihrem Griff. »Laß mich in *Ruhe*!«

»Sag, daß du heute abend zu mir kommen wirst«, flehte sie ihn an. »Wir reden darüber...«

»Was gibt es da noch zu reden?« zischte er und sah dabei so grimmig aus, daß Elizabeth vor Schreck zu zittern begann. »Oh, Daniel, sag das nicht – so habe ich dich noch nie gesehen...«

Wieder versuchte sie, ihn zu berühren, aber er trat einen Schritt zurück und hob, als wolle er sie abwehren, die Hände hoch. »Bitte, Elizabeth, laß das! Erniedrige uns nicht auch noch!« Er machte auf dem Absatz kehrt und ging davon – nie in ihrem Leben vergäße sie das Bild seiner hängenden Schultern, geballten Fäuste und des tiefgesenkten Kopfs. Das Klopfen der Werkzeuge und der für die Bewohner der Halbinsel typische Singsang der Arbeiter vor dem unsichtbaren Haus kamen ihr befremdlich vor. Weshalb nahm niemand teil an dem, was soeben vorgefallen war? Es paßte einfach nicht, daß nur wenige Meter weiter vorne Männer sangen und hämmerten, als wäre nichts geschehen.

Sie schaffte es, sich zu ihrem Fahrrad zu schleppen. Dann jedoch rutschten ihr, als sie versuchte aufzusteigen, die Pedale weg, so daß ihr Schienbein an die Gabel stieß. Es tat nicht schlimm weh, aber dieses kleine Mißgeschick war der Tropfen, der das Faß zum Überlaufen brachte. Ihre Selbstbeherrschung verflog ebenso wie die künstlich aufrechterhaltene Distanz zu den Ereignissen, so daß sie – wenn auch kaum hörbar – hemmungslos wie ein verlassenes Kind zu schluchzen begann. Ihre Tränen vermischten sich mit dem Schleim aus ihrer Nase und dem Speichel aus ihrem Mund, während sie sich in den Sattel schwang und sich so weit über den Lenker beugte, daß ihr das Eisen in den Magen schnitt. Den körperlichen Schmerz brauchte sie jetzt, so daß sie sich tiefer und tiefer beugte, bis sie meinte, das Eisen spalte sie. Sie umklammerte das verrottete Gummi der Griffe, dann löste sich ein Teil des Kautschuks unter dem Druck ihrer Handballen, und sie hing weinend über dem kalten Metall.

Der Gefühlsausbruch war einfach zu heftig, um von Dauer zu sein, so daß er nach einer Minute abzuebben begann. Sie hatte kein Taschentuch, daher riß sie schließlich eine Handvoll Blätter von einem Baum, schneuzte sich damit und wischte sich mit den Ärmeln ihrer Strickjacke die Tränen von den Wangen. »Also bitte«, sagte sie laut und räusperte sich. »Jetzt reiß dich zusammen. Du mußt bei vollen Kräften sein, wenn du mit dem, was dir noch bevorsteht, fertig werden willst.« Sie erinnerte sich an Hazels Beruhigungsübungen, also warf sie den Kopf in den Nacken und atmete ein paarmal langsam aus und ein. Zu Anfang zitterte sie noch, aber sie blieb eine Weile mit geschlossenen Augen reglos stehen, bis ihre Verzweiflung nachließ.

Als sie sich halbwegs besser fühlte, öffnete sie die Augen wieder. Sie stand an einer Stelle der Einfahrt, die zu beiden Seiten mit ausgewachsenen Bäumen gesäumt war. Der von dichtem Blattwerk begrenzte Himmelsausschnitt schien unerbittlich, wie das blaue Auge eines Zyklopen auf sie herab. »Also bitte«, sagte sie abermals. »Jetzt ist wohl kaum der richtige Augenblick für Selbstmitleid.«

Sie war dankbar für die kühle Brise, die das Brennen ihrer Augen ein wenig linderte, als sie eilig das Grundstück von Castleclough verließ. Mit zusammengebissenen Zähnen und schmerzenden Waden trat sie energisch in die Pedale des alten Gefährts, trieb es den Hügel hinauf, als würde sie von Dämonen verfolgt. »Los, los, weiter, *weiter*!« ermahnte sie sich. »Dreh dich ja nicht um. Denk nicht nach. Mach das später...«

Sie bräuchte etwas zu tun. Wenn sie nach Hause käme, würde sie den Ofen säubern, ja, das wäre sicher genau das Richtige. Und auch der Kuhstall hatte eine gründliche Reinigung nötig. Viel zu lange drückte sie sich schon vor dieser Arbeit. Und dann könnte sie die Küchenwände kalken – Neeley hatte beim letzten Weißeln der Außenwände nicht allen Kalk verbraucht. Außerdem wies der kleine Stadel, in dem bisher immer das Vieh überwintert hatte, ein Fenster auf. Jetzt standen darin nur noch das Butterfaß und die Wäschemangel. Vielleicht sollte sie Vorhänge für das Fenster nähen, ein paar Stühle und einen Tisch hineinstellen und es als Spielhaus für die jüngeren Mädchen herrichten, damit sie an regnerischen Tagen nicht ständig in der Küche herumhignen. Nicht zuletzt hatte Francey sich gewünscht, daß sie ihm bei der Anfertigung eines weiteren Tunnels für seine Eisenbahn behilflich war...

Und wenn sie mit alldem fertig wäre, könnte sie ihre Bücher von früher durchblättern, die Lieblingsbücher, die sie nach ihrer

Heirat mitgebracht hatte aus Cork und die sie bisher aus Zeitmangel keines Blickes gewürdigt hatte. In den letzten zwei Jahren las sie nur einen einzigen Roman durch – *Rebecca* –, Maeves Weihnachtsgeschenk. Es wäre auch schön, sich mal wieder mit alten Freunden zu treffen…

Das Haus kam in Sicht und über das dahinterliegende untere Feld marschierten ihre Gänse mit gesenkten Köpfen hintereinander her. Das wäre noch etwas, was es zu erledigen galt, überlegte sie. Sie zweifelte, ob der Stall, in dem sie das Federvieh über Nacht einsperrte, sicher war. Am besten würde sie Mick Harrington bitten, ihn einmal zu kontrollieren.

Als sie schließlich keuchend mit dem Rad durch das Hoftor rollte, hatte sie in Gedanken bereits jede Minute der kommenden drei Wochen eingeteilt.

Auf dem Weg über den Zugang ins Haus zitterten ihre Beine von der quälenden Fahrt, so daß sie, in der Küche angelangt, ermattet auf den Stuhl am Fenster sank. Der Raum duftete nach frischem Brot, und auf dem Tisch schimmerten Tassen, Teller und Bestecke in dem Sonnenlicht, das über ihre Schulter fiel. Mary hatte bereits alles für den Tee vorbereitet: die Eier lagen, bereit, gekocht zu werden, ordentlich aufgereiht neben dem Herd, der Kessel pfiff und genau wie zuvor in Castleclough ging alles seinen normalen Gang.

»Hast du was, Mammy?« Mary, die gerade Butter auf einen Teller legte, hob den Kopf und sah Elizabeth besorgt an.

»Alles in Ordnung«, antwortete Elizabeth, wobei ihre Stimme allerdings derart krächzte, daß sie sich räusperte. »Schon gut«, wiederholte sie. »Ich bin nur ein bißchen erschöpft, mehr nicht. Wo ist Kitty?«

»Keine Ahnung.« Mary zuckte mit den Schultern. »Sie ist weggegangen.«

»Und die anderen?«

»Irgendwo in der Nähe. Maggie und Goretti zeigen Abbie Franceys Eisenbahn.« Mary wandte sich wieder der Butter zu.

Nach einem Augenblick kämpfte sich Elizabeth von ihrem Stuhl und durchmaß die Küche, um durch die Tür des Kinderzimmers zu sehen. Kathleens Koffer lag immer noch leer auf einem der Betten, und die Schuluniformen, der Morgenmantel, die Pantoffeln, Nachthemden und der Kulturbeutel – alles blitzneu – waren achtlos auf dem Boden und den anderen Betten verstreut. Wieder kämpfte Elizabeth gegen Tränen an, dieses Mal aus Empörung. Das Mädchen sollte längst mit Packen fertig sein. Am folgenden Morgen müßten sie noch vor dem Frühstück aus dem Haus.

Elizabeth kehrte in die Küche zurück. Mary strich die Butter mit zwei Spateln auf dem Teller glatt. Ihre sparsamen, geschickten Bewegungen hatten etwas Beruhigendes. »Soll ich dir helfen?« fragte Elizabeth. Sie mußte sich beschäftigen.

»Es ist alles fertig.«

Wenn es schon nichts zu tun gab, dann bräuchte sie zumindest ein wenig Ablenkung. »Mary«, fragte sie. »Bist du sicher, daß du mit deiner Arbeit hier im Haushalt zufrieden bist?«

»Was soll ich denn sonst machen?« Mary zögerte. »In der Schule war ich eine solche Niete, daß *ich* betimmt nie einen Job als Verkäuferin bekommen würde.«

»Stell doch dein Licht nicht so unter den Scheffel!« Marys beste Freundin, Tochter des Ladenbesitzers in Castleclough, hatte direkt nach Beendigung der Schule eine Stelle als Aushilfsverkäuferin in einer der beiden Drogerien in Castletownbere angetreten. »Du bist alles andere als dumm. Deine Talente waren bloß in der Schule nicht sichtbar.«

»Was denn für welche, Mammy?«

»Zum Beispiel bist du die beste Hausfrau, die mir je begegnet ist, und so wie du kommen nur wenige Menschen mit Kindern zurecht.«

»Du meinst also, ich wäre das geborene Hausmädchen?«

Zum ersten Mal lag in Marys Stimme so etwas wie Verbitterung. Nie zuvor hatte Elizabeth drüber nachgedacht, daß die liebe, zuverlässige Mary im Grunde ihres Herzens vielleicht frustriert oder unglücklich war. Wieder einmal empfand sie eine gewisse Hilflosigkeit. Irgendwie waren all diese jungen Dinger herangewachsen und hatten sich entwickelt ohne äußere Hilfestellung. »Natürlich nicht«, sagte sie mit aller Entschiedenheit. »Kein Hausmädchen. Jemand, mit dem zusammenzuleben etwas Wunderbares ist!«

Den Butterteller in den Händen schaute Mary zweifelnd auf. »Ich meine es ernst«, wiederholte Elizabeth. »Du bist ein wunderbarer Mensch. Und der Mann, der dich einmal bekommt, hat wirklich großes Glück.«

»Ja, ja, ja! Nur daß mich niemals ein Mann auch nur länger als eine Sekunde lang ansehen wird.« Mary wandte sich ab und stellte die Butter auf den Tisch.

Wieder einmal wirkten die ruhigen, geschickten Bewegungen, mit denen Mary durch die Küche ging, beruhigend auf Elizabeth. Sie setzte sich nieder und spürte, daß der Weinkrampf auf dem Weg von Castleclough und die körperliche Anstrengung der Fahrt zurück nach Hause eine reinigende, besänftigende Wirkung auf ihre Seele gehabt hatten. Allerdings war sie nicht betäubt genug sich einzubilden, daß es eine Flucht vor den Konsequenzen ihres Verhaltens gab. Sollte sie Mossie warnen?

Für weitere Überlegungen war sie zu müde, so daß sie zunächst einfach die Alltagsgeräusche aus der Küche – das Blubbern der Eier im Topf, das Krachen der Ofentür, als Mary das Brot herausholte, das Gackern einer Henne, die sich über die Schwelle gewagt hatte und in den Spalten zwischen den Steinen auf dem Boden zu picken begann – genoß. Sie hatte das Gefühl, von der Außenwelt abgeschnitten zu sein: das Trauma von Castleclough, die möglichen Gefahren, die Daniels Reaktion auf ihre Beichte beinhaltete, ja selbst ihre Beziehung zu ihm kamen ihr im Vergleich zur Normalität des Treibens in dieser kleinen, überschaubaren Welt, in der einem jeder Kratzer und unauslöschbare Tintenfleck auf dem Tisch wie ein Meilenstein und der kleine Riß in dem Wachstuch auf dem Kaminsims wie ein vertrauter Freund erschien, seltsam fern und unwirklich vor.

Während sie beobachtete, wie Mary geschickt die letzten Vorbereitungen für die Mahlzeit traf, machte sie sich im Geiste eine Notiz, ihr bei der Verschönerung ihres Aussehens und bei der Entwicklung eines gewissen Maßes an Selbstvertrauen behilflich zu sein. Anders als Kathleen oder Margaret hatte Mary nicht einmal einen Ansatz von Eitelkeit. Sie schien mit immer denselben alten Kleidern und denselben Schuhen zufrieden zu sein, beschwerte sich nie über ihr Haar und trug niemals auch nur einen Hauch von Lippenstift. Doch sie hatte ein süßes, herzförmiges Gesicht und ein Lächeln, das zu Herzen ging. Jetzt erkannte ihre Stiefmutter, daß dieses wunderbare Mädchen Gefahr lief, in die Rolle des Hausmütterchens zu rutschen, und daß sie selbst einen Großteil der Verantwortung für diese Fehlentwicklung trug. Es war einfach allzu bequem gewesen, sich auf Marys Arbeitseifer zu verlassen. »Soll ich die anderen rufen?« fragte sie jetzt.

»Ich kann das auch machen, wenn du willst.«

»Nein, du hast bereits mehr als genug getan.« Elizabeths schmerzende Muskeln ächzten, als sie sich von ihrem Platz erhob.

Abends um acht war die gesamte Familie ernsthaft um Kathleen besorgt. Zunächst hatte Elizabeth ihr Fehlen beim Tee als Folge ihres Schmollens abgetan, und erst als sie, aus einem Impuls heraus, Kathleens Habseligkeiten durchsah und feststellte, daß ihre Handtasche und ihr Kosmetiktäschchen – ein Geschenk von Hazel Slye – fehlten, wurde ihr klar, daß Kathleen fortgelaufen war. Soweit sie es beurteilen konnte, hatte sich ihre Stieftochter ohne Ersatzkleider aus dem Staub gemacht.

Ihre erste Reaktion war Zorn, dicht gefolgt von Selbstmitleid. Jetzt müßte sie zur Polizei nach Castletown, und sicher würden dadurch erneut Gerüchte in der Nachbarschaft geschürt. Irgendwann hielt sie das alles nicht mehr aus!

Dann allerdings wurde ihr die mögliche Bedeutung von Kathleens Verschwinden klar. Angenommen, das Mädchen litt wirklich und tat etwas Unüberlegtes? Elizabeth setzte sich auf das Bett. Die sorgsam gebügelten Schuluniformen erschienen ihr angesichts der Vorstellung von einer reglos mit dem Gesicht nach unten auf dem Kenmarefluß oder in der Coulaghbucht treibenden Kathleen wie der reinste Hohn. Dann allerdings nannte sie sich eine Närrin. Hätte ihre Stieftochter geplant, ins Wasser zu gehen, dann hätte sie sich wohl kaum die Mühe gemacht und extra ihren Schminkbeutel eingepackt.

Oder vielleicht doch? Kathleen neigte deutlich zum Melodram. Möglicherweise dachte sie an den Augenblick, in dem man sie finden würde, so daß sie sich, nostalgisch hergerichtet wie Ophelia, den Wellen übergab...

Elizabeth stand auf. Neben Kathleen verhielt auch sie sich jetzt hysterisch. Es war noch nicht einmal dunkel und das Mädchen erst seit ein paar Stunden fort. Falls sie sich tatsächlich davongemacht hätte, würde sie höchstwahrscheinlich versuchen, zu George oder Hazel oder, falls ihr das nicht gelänge, zu irgendeiner anderen Wanderbühne zu gelangen.

Dann gab es natürlich noch eine andere Möglichkeit, und zwar, daß Kathleen so wütend auf sie war, daß sie ihrer Stiefmutter eine Lehre erteilen wollte und das Make-up absichtlich mitgenommen hatte, um den Eindruck eines Abschieds zu erwecken.

Je länger Elizabeth darüber nachdachte, um so wahrscheinlicher erschien ihr das letzte Szenario.

Sie ging wieder in die Küche und wandte sich an die Reihe ernster Gesichter, die ihr entgegenblickten. Nur Abigail ging ihren normalen Babyvergnügen nach und stapelte in einer Ecke des Raums mehrere alte Blechbüchsen übereinander.

»Also«, begann Elizabeth. »Wir sollten uns nicht allzusehr aufregen. Im Grunde ist Kitty ein durchaus vernünftiges Mädchen, und ihr werdet sehen, sie taucht bald wieder auf. Was wir allerdings brauchen, ist ein Anhaltspunkt, wohin sie gegangen sein könnte. Margaret, ich hätte eine kleine Aufgabe für dich. Ich möchte, daß du bei den Harringtons nachfragst, ob sie Kathleen vielleicht zufällig gesehen haben, und, falls ja, welche Richtung sie von der Kreuzung aus eingeschlagen hat. Verstanden?«

Margaret nickte feierlich. Sie war sich der Bedeutung des Auftrags voll bewußt und trottete eilig los. Elizabeth sah die anderen Kinder an. »Und ihr«, sie ging zur Anrichte und zog eine

Rolle braunen Packpapiers aus einer der Schubladen. »Ihr bindet am besten erst mal eure neuen Schulbücher ein. Ihr beiden auch...« Sie nickte Francey und Johanna zu, für die Anfang der Woche der erste Schultag gewesen und denen bisher jeweils ein Buch von der Lehrerin ausgehändigt worden war. »Hier sind zwei Scheren. Würdest du den Kleineren behilflich sein, Mary?« Elizabeth brachte noch eine Rolle Klebeband herbei. »Und Francey«, ergänzte sie, »wenn du mit deinem Buch fertig bist, vergiß die Gänse nicht.« Elizabeths Sohn brachte allabendlich das Geflügel in den Stall.

Als sie alle beschäftigt waren, nahm Elizabeth Abigail auf den Arm und ging in den Hof hinaus. Sie stellte das Baby auf einen der Pfeiler des Tors und erlaubte ihr, zu »fliegen«, indem sie mit ihren kurzen, dicken Ärmchen ruderte, während sie den kleinen Plumpsack auffing. Das Gefühl des warmen Kinderkörpers hatte etwas Tröstliches.

Rex kam herüber, stützte sich mit den Vorderpfoten links und rechts des Pfeilers ab und stupste sie zärtlich. Elizabeth zog ihn an den Ohren, und er leckte ihr die Hand. Alles tat ihr weh.

Da inzwischen September war, brach die Dunkelheit ein wenig früher herein. In der Dämmerung hing am anderen Ende des Himmels ein dreiviertelvoller Mond wie eine verformte Scheibe am Ende einer cremefarbenen Federwolke. Die Stille am Abend, dachte Elizabeth, war etwas ganz anderes als die Stille zu Tagesbeginn. Spürbar kam alles Leben zur Ruhe: Die Vögel schienen während ihrer letzten Ausflüge des Tages weniger tatendurstig zu sein, und selbst die Wellen des Meeres schlugen weniger machtvoll gegen die Felsen von Cod's Head auf der anderen Seite der Bucht.

Während sie dem gedämpften Geplapper lauschte, das aus der Küche an ihre Ohren drang, und während Abigail jauchzend auf dem Pfeiler hopste, wobei sich ihre Beinchen falteten und auseinanderzogen wie zwei kleine Ziehharmonikas, dachte Elizabeth, ihre Entscheidung sei richtig gewesen: Ihre oberste Pflicht galt nicht den eigenen Wünschen und Bedürfnissen, sondern dem Wohlergehen dieser Sammlung von Individuen, die ihr anvertraut waren. Tatsächlich hatten bereits früher schon einmal die Kinder sie am Davonlaufen gehindert – deshalb kannte sie eigentlich ihren Platz bereits seit Jahren.

Außerdem hatte sie, zumindest für den Augenblick, gar keine Wahl. Elizabeth sah den ruhigen Himmel an und wußte, daß ihr die Lage über den Kopf gewachsen war. Ihre Affäre mit Daniel rief weder Skrupel noch Bedauern in ihr wach. Vielleicht könnten sie irgendwann in der Zukunft ungestört zusammen sein, überlegte sie, und es fiel ihr die Prophezeiung der Kartenleserin ein, daß sie zweimal heiraten würde. Aber, freier Wille hin oder her, im Augenblick sah sie sich im Kampf gegen das Schicksal unterlegen, momentan waren ihre emotionalen Ressourcen einfach erschöpft.

Sie würde Daniel sicher wiedersehen. Käme er nicht zu ihr, dann suchte eben einfach sie ihn auf. Und wenn sie einander gegenüberstünden, würde sie es auch schaffen, ihm zu erklären, daß Geduld vonnöten sei.

Gerade als sie Abigail von dem Pfeiler heben wollte, erblickte sie Margaret, die über das Feld in Richtung des Hauses geschossen kam. Ihr Tempo bedeutete sicherlich Neuigkeiten.

Und tatsächlich tauchte den Bruchteil einer Sekunde später Kathleen persönlich – neben Mossie Sheehan – auf der Straße auf.

Als sie die beiden sah, wußte Elizabeth beim besten Willen nicht, ob sie erleichtert oder wütend war. Nicht nur, daß Kathleen ihnen allen einen Schrecken eingejagt hatte, zog sie jetzt auch noch Mossie mit hinein. Was, zum Teufel, wollte sie von ihm?

Elizabeth kam der Gedanke, daß Kathleen die Dinge vielleicht unbewußt auf die Spitze trieb. Nun, wenigstens war das Mädchen in Sicherheit!

Margaret kam vor den beiden anderen bei ihr an. »Sie ist zurück«, keuchte sie. »Tilly ist ihr tatsächlich begegnet, aber ich war diejenige, die sie zusammen mit Mossie entdeckt hat.«

»Danke, Maggie. Inzwischen sehe ich die beiden selbst. Aber du hast deine Sache wirklich gut gemacht. Nimmst du bitte Abigail mit ins Haus?« Elizabeth stellte die Kleine auf den Boden.

»Meinst du, daß es Streit geben wird?« Margaret sah Elizabeth mit großen Augen an.

»Keine Ahnung«, knurrte Elizabeth. »Obgleich ich sie am liebsten erwürgen würde dafür, daß sie uns so einen Schrecken eingejagt hat.«

»Wahrscheinlich ist sie einfach fertig, weil sie morgen weg soll.«

»Warum mußt du sie auch noch verteidigen«, sagte Elizabeth böse. »Als sie uns verließ, um nach Killarney zu gehen, schien ihr das nicht das geringste auszumachen. Und jetzt nimm Abbie mit ins Haus.«

»Ich verteidige sie, weil ich ihre *Schwester* bin«, erklärte Margaret würdevoll und wandte sich dann mit vollkommen anderer Stimme – ähnlich der von Elizabeth, wenn sie mit ihr sprach – an Abigail: »Komm mit, mein Schatz.«

Elizabeth hielt ihren Zorn in Zaum, während sie darauf wartete, daß sich die beiden Ankömmlinge näherten. Sie gingen schweigend hintereinander her, und falls Kathleen irgend etwas Unrechtes im Schilde geführt hatte, so zeigte der zögernde Gang, mit dem sie Mossie folgte, daß ihr die Durchführung ihres Vorhabens offenbar mißlungen war. »Wo bist du gewesen, Kathleen?« fragte Elizabeth, als das Mädchen endlich vor ihr stand.

Kathleen setzte eine beleidigte Miene auf.

»Ich habe sie in Castletown aufgegriffen«, antwortete Mossie an ihrer statt. »Sie hat versucht, per Anhalter aus der Stadt herauszukommen.«

»Aus der Stadt?«

Mossie sah Kathleen an und schwieg. Offenbar wollte er die Situation nicht noch schlimmer machen, als sie bereits war. Also setzte Kathleen selbst zu einer Antwort an: »Ich wollte nach Cork.«

»Geh schon mal ins Haus«, befahl Elizabeth ruhig. »Ich komme in einer Minute nach.«

Hocherhobenen Hauptes marschierte Kathleen an ihr vorbei.

Inzwischen war Elizabeth doppelt empört; denn da Mossie Kathleen gefunden und nach Hause gebracht hatte, stand sie in seiner Schuld. »Danke, Mossie«, sagte sie steif. »Ich weiß es zu schätzen, daß du dich um sie gekümmert hast.«

Mossies Augen waren unter seinen schweren Lidern kaum zu erkennen. »Gern geschehen, Elizabeth«, sagte er. »Ich bin immer froh, wenn ich helfen kann.« Elizabeth wußte, daß sie ihn hereinbitten müßte, aber den Gedanken daran ertrug sie nicht. »Sie fährt morgen früh ins Internat«, schob sie also vor. »Und bis dahin haben wir noch furchtbar viel zu tun. Hoffentlich hast du nichts dagegen, wenn ich jetzt auch wieder reingehe?«

»Nicht das geringste.«

»Nochmals danke«, sagte sie, als er sich zum Gehen wandte. Selbstverständlich hätte Mossie Sheehan endlich einmal eine Lektion verdient – aber trotzdem ließ ihr Gewissen es nicht zu, ihn arglos in sein Verderben rennen zu lassen. »Mossie!« rief sie ihn zurück, ehe sie einen Rückzieher machen konnte.

Er drehte sich um und für den Bruchteil einer Sekunde meinte sie, eine nie zuvor gesehene Verletztheit in seinem Blick wahrzunehmen. »Es gibt da etwas, das ich dir sagen muß.«

»Oh?« Der Eindruck der Verwundbarkeit verflog und Mossies Miene war unergründlich wie zuvor. Elizabeth erinnerte sich daran, welche Verachtung sie für ihn empfand, und sagte steif: »Ich habe Daniel Carrig von unserer Abmachung erzählt.«

»Verstehe.« Er sah sie reglos an. »Du hattest das Recht dazu. Aber warum teilst du mir das mit?«

»Weil ...« Elizabeth brach ab. »Er – er hat die Sache nicht gut aufgenommen.« Mossies direkter Blick machte es ihr schwer, ihm zu verdeutlichen, daß er in Gefahr schwebte.

»Das glaube ich«, sagte er ruhig. »Tut mir leid.«

»Die Sache ist die«, fuhr Elizabeth tapfer fort, »er sagt, daß er sich dafür an dir rächen will.«

Mossie brach in lautstarkes Gelächter aus. »Dann muß er aber zusehen, daß er rechtzeitig aus den Federn kommt. Ich habe ein paar Kartoffeln für dich ausgegraben und lege sie dir am besten in den Hof.« Er tippte sich an die Mütze, wandte sich erneut zum Gehen und ließ Elizabeth sprachlos zurück.

Kathleen machte an jenem Abend keine Schwierigkeiten mehr, und Elizabeth gab sich die größte Mühe, einen erneuten Streit mit dem Mädchen zu vermeiden. Dies stellte sich als weiser Entschluß heraus, denn obgleich der Gleichmut, mit dem man ihrem Fluchtversuch begegnete, Kathleen zu verwirren schien, bereitete sie ohne zu murren alles für die Abreise am nächsten Morgen vor.

Elizabeth wartete, bis ihr gepackter Koffer in der Küche und daneben Kathleen in ihrem Nachthemd stand, ehe sie sie in dem vollen Bewußtsein, daß die anderen wahrscheinlich durch die angelehnte Tür des Kinderzimmers zuhörten, fragte, weshalb sie davongelaufen war.

»Ich mußte einfach weg, fertig!« Einen Augenblick lang drückte Kathleens Miene so etwas wie Überraschung aus, doch sofort darauf gab sich das Mädchen wie immer abweisend.

»Und warum mußtest du weg?«

»Darum. Es ist schließlich mein Leben.« Elizabeth bemerkte den bekannten, angriffslustigen Unterton, doch sie war einfach zu erschöpft, um darauf einzugehen. Außerdem wäre Kathleen ab morgen sicher im Internat untergebracht.

»Also gut«, sagte sie. »Dann werde ich nicht weiterfragen. Nur eines noch: Wohin hast du überhaupt gewollt?«

»Nirgendwohin...«, begann Kathleen, aber dann begriff sie den Gesichtsausdruck ihrer Stiefmutter. »Ich wollte nach Cork«, murmelte sie, »und Grandad Sullivan um Hilfe bitten.«

Dieses Eingeständnis überraschte Elizabeth. An ihre Eltern hätte sie in Zusammenhang mit Kathleens Davonlaufen zuallerletzt gedacht. »Was für Hilfe?«

»Ich wollte nach London!« Kathleen reckte trotzig das Kinn.

Elizabeth sah sie nachdenklich an. Sie mußte zugeben, daß ihre Stieftochter eine bewundernswerte Beharrlichkeit besaß. »Hör zu«, sagte sie. »Du hast uns allen einen Riesenschrecken eingejagt. Bitte, Kathleen, tu so etwas nie wieder, ja? Laß uns ein

Abkommen treffen. Es heißt, daß dieser elende Krieg bald zu Ende ist, und wenn du nächstes Jahr um diese Zeit immer noch so versessen aufs Theater bist, reden wir wieder darüber, ja?«

Falls sie Dankbarkeit oder auch nur Überraschung erwartet hatte, so lag sie damit falsch. Alles, was Kathleen erwiderte, war ein leises »Meinetwegen«, ehe sie in ihr Zimmer ging, und Elizabeth blieb zum zweiten Mal an diesem Abend sprachlos zurück. Und wenn sie Hundert würde, dachte sie, nachdem die Tür hinter ihrer Stieftochter ins Schloß fiel, verstünden sie und Kathleen einander sicher nie.

Zehn Minuten später war endlich Ruhe eingekehrt und zu müde, um an irgend etwas anderes als an ihr Bett zu denken, schleppte sich Elizabeth noch einmal in den Hof, um nach dem Geflügel zu sehen.

Alles war in Ordnung, und sie wollte gerade sagen »Feierabend«, als ihr einfiel, daß noch ein Laken zum Trocknen an der Wäscheleine hing. Eigentlich hatte sie keine Lust, noch einmal die fünfundzwanzig Meter bis zur Wäscheleine zu gehen – aber es war ein trockener Tag gewesen, und am Ende regnete es über Nacht.

Also schlurfte sie über den Hof und kletterte durch das Loch in der Mauer auf das Feld. Nachdem sie das trockene Laken abgenommen hatte, drehte sie sich wie immer, seit sie Daniel zum ersten Mal begegnet war – selbst während seiner Gefängniszeit – automatisch um und blickte zum mondbeschienenen Gipfel des Knockameala hinauf.

Auch ohne das über die Schulter gelegte Gewehr hatte sie ihn sofort erkannt.

Minutenlang fixierten sie einander aus der Ferne. Am liebsten hätte Elizabeth ihn gerufen, mit dem Laken gewinkt oder irgend etwas anderes getan, wodurch sie die schreckliche Starre zwischen ihnen beiden löste.

Doch sie war wie gelähmt.

Und dann verschwand er. Aufgrund der Dunkelheit und des räumlichen Abstands hatte sie ihn sich nicht umdrehen sehen. Plötzlich herrschte einsame Finsternis.

22

Elizabeth hatte beschlossen, nicht in Cork zu übernachten, wenn sie Kathleen in ihrem Internat ablieferte; statt dessen wollte sie einen Teil ihres Geldes in den Luxus einer Mietdroschke investieren, so daß sie noch am selben Abend wieder zu Hause wäre. Aber obgleich sie die Reise pünktlich morgens um acht Uhr angetreten hatten, brachte sie mehr Zeit als erwartet in der Klosterschule zu.

Da ihre Stieftochter niemals irgendwelche Zuneigung signalisierte, nahm die Trennung von Kathleen sie dann doch stärker mit als gedacht. Während des Abschiednehmens hatte das Ausmaß von Kathleens Erschütterung sie vollkommen überrumpelt. Das Mädchen schlang ihr die Arme um den Hals und klammerte sich an sie wie eine Ertrinkende.

Sie standen in einem spärlich möblierten, auf Hochglanz polierten Aufenthaltsraum des Konvents, in dem es an jenem warmen Tag unerträglich stickig war. »Was ist los, Kitty – Kathleen? Also bitte, liebes Kind«, hatte sie verzweifelt geschmeichelt, als ihre Stieftochter in herzerweichendes Schluchzen ausbrach. »Bald ist doch schon Weihnachten, und du bist wieder daheim. Es wird dir hier gefallen – sicher hast du dich innerhalb kürzester Zeit eingewöhnt.«

Aber Kathleen war untröstlich und ließ Elizabeth erst gehen, als sich eine der Nonnen zusammen mit einem der älteren Mädchen zu ihnen gesellte und darauf bestand, den Neuankömmling im Hause herumzuführen.

Mit gebrochenem Herzen folgte Elizabeth den dreien in die Eingangshalle, wo sich Kathleen, immer noch unter Tränen, von ihr verabschiedete. Obgleich sie groß gewachsen war, wirkte sie plötzlich wie ein Opferlamm, als sie, flankiert von ihren beiden Bewacherinnen, einen hallenden Gang hinunterging. Ehe sie um die Ecke bog, drehte sie sich noch einmal zu ihrer Stiefmutter um und winkte ihr verloren.

Elizabeth kam erst nach neun an jenem Abend zurück nach

Lahersheen. Mary hatte die kleineren Kinder bereits zu Bett gebracht, und die Küche war auf Hochglanz poliert. »Wie lieb von dir, Mary«, sagte sie, zog ihre Schuhe aus und nahm dankbar einen Becher heiße Milch entgegen, als sie sich ermattet auf den Stuhl neben dem Ofen sinken ließ.

»Erzähl uns alles ganz genau, Mammy.« Margaret hockte sich auf einen kleinen Hocker vor dem Stuhl. »Was meinst du, würde es mir dort gefallen?«

»Das kann ich noch nicht sagen, Maggie. Am besten warten wir ab und sehen, wie Kitty sich dort eingewöhnt. Es ist ein riesengroßes Haus, enorm...« Zwischen kleinen Happen des von Mary zubereiteten Abendessens beantwortete sie Margarets neugierige Fragen über den Konvent einigermaßen geduldig.

Auch Mary hörte zu, aber lediglich als interessierte Außenstehende, und abermals faßte Elizabeth den Entschluß, baldmöglichst mit ihr ihre eigene Zukunft zu besprechen. Nach einer Weile nahm sie die beiden Mädchen in den Arm und scheuchte sie ins Bett. Ein paar Minuten lang lauschte sie noch den Geräuschen im Badezimmer, doch ehe sie sich's versah, war sie, eingelullt von der Wärme des Ofens und der heißen Milch, im Sitzen entschlummert.

Irgendwann fuhr sie erschrocken hoch und sah auf ihre Uhr. Es war bereits nach elf, Zeit auch für sie, ins Bett zu gehen. Sie hievte sich vom Stuhl, als sie plötzlich das Gefühl hatte, Daniel sei irgendwo in der Nähe. Sofort hellwach, eilte sie mit drei Schritten zur Küchentür und blickte, noch während sie über den Hof rannte, zum Gipfel des Knockameala hinauf. Rex bellte bei ihrem jähen Auftauchen erschrocken los; doch als er sie erkannte, wedelte er entschuldigend mit dem Schwanz und stürzte neben ihr durch das Loch in der Mauer auf das obere Feld.

Er war tatsächlich dort, hob sich reglos vor dem sternenübersäten Himmel ab.

Was sollte sie nur tun? Es käme nicht in Frage, nach ihm zu rufen, denn dann wären innerhalb von zwei Sekunden alle Kinder wach. Also lief sie vielleicht besser den Berg hinauf? Doch noch während sie überlegte war Daniel, wie am Vorabend, plötzlich verschwunden.

Während des folgenden Tages zog es Elizabeth wieder und wieder aufs obere Feld hinaus. Als wolle es ihr behilflich sein, spielte auch das Wetter mit. Es blieb warm und sonnig wie zuvor, und so wusch und hängte sie mehr Wäsche als jemals in ihrem ganzen Leben auf. Aber bis zum Nachmittag war der einzige Mensch weit und breit Mossie Sheehan, der, den Arm voller Kohl, in den Hof gekommen war, und auf dessen Fragen nach Kathleen sie in frostiger Einsilbigkeit antwortete.

Gegen vier, als sie gerade wieder einmal von der Wäscheleine kam, schaute Tilly auf ein Schwätzchen vorbei. »Ich glaube, der Spätsommer ist wirklich meine Lieblingsjahreszeit.« Elizabeths Freundin sah sich fröhlich um.

»Meine auch«, pflichtete Elizabeth ihr bei. »Hättest du Lust auf einen Kaffee?«

Sie hatte eine Portion Kaffee-Ersatz aus Cork mitgebracht, brühte etwas davon auf und brachte die beiden dampfenden Becher in den Hof hinaus. Gemütlich setzten sich die beiden Frauen auf die kleine Bank draußen, wo das Rattern der von Francey und Johanna betriebenen Spielzeugeisenbahn aus dem Schuppen erklang. »Da hast du dir ja wirklich Mühe gemacht!« Tilly starrte auf die überladene Wäscheleine, wo die Kleider in der leichten Brise sicher innerhalb kürzester Zeit trockneten. »Und, irgendwelche Neuigkeiten aus Cork?«

Tilly machte es sich auf der schmalen Bank bequem, und in diesem Augenblick beschloß Elizabeth, ihr zu beichten, um was es in ihrem Abkommen mit Mossie tatsächlich ging. »Hör zu, Tilly«, setzte sie an. »Du weißt noch nicht alles. Tut mir leid, daß ich es dir nicht schon viel eher gesagt habe…« Sie beschrieb die Tatsachen so distanziert wie möglich und ließ nichts aus. »Und jetzt«, schloß sie, »habe ich Angst, daß es nochmals zu einer gewaltsamen Auseinandersetzung kommt. Oh, Tilly, ich bringe allen Menschen nur Unglück«, klagte sie.

»Wie kannst du Mossie unter diesen Umständen denn tatsächlich heiraten?« Tilly starrte die Freundin entgeistert an.

»Ich habe ihm mein Wort gegeben«, sagte Elizabeth. »Außerdem gibt es einen schriftlichen Vertrag – du und Mick, ihr habt meine Unterschrift bezeugt.«

»Kein Gericht der Welt würde ein derartiges Abkommen als legal ansehen. Ich erinnere mich nicht genau, wie man so etwas nennt – es hat etwas damit zu tun, daß eine gleichsam erzwungene Unterzeichnung eines Vertrages ungültig ist…«

»Ich habe ihm mein Wort gegeben«, wiederholte Elizabeth mit flacher Stimme. »Und wie ich dir bereits erklärte, könnte er mich aufgrund dieses Dokuments anzeigen, wenn ich mein Versprechen nicht halte.«

»Ja, aber…«

»Bitte, mach die Dinge nicht noch komplizierter, als sie sowieso schon sind, Tilly. Nun, zumindest komme ich im Augenblick mit meinem Leben halbwegs zurecht. Und was ändert es schon, wenn ich ihn heirate? Die Kinder sind das Wichtigste, und du hast selbst gesagt, daß er ein phantastischer Bauer ist – immerhin habe ich Vorsorge getroffen, daß er nicht unter demselben Dach leben wird wie ich.«

Tilly schwieg, doch dann brach es aus ihr heraus: »Gott steh euch allen bei!« Sie umklammerte ihren Becher Kaffee-Ersatz. »Du mußt Daniel aufhalten.«

»Ich weiß«, sagte Elizabeth und fragte dann beinahe aggressiv: »Was hättest denn du an meiner Stelle getan? Hättest du ihn vielleicht im Gefängnis verrotten lassen?« Statt zu antworten, nahm Tilly einen großen, nachdenklichen Schluck aus ihrem Becher.

Rex hatte sich zu ihren Füßen in der Sonne ausgestreckt, und als ihm Elizabeth jetzt den warmen Kopf tätschelte, wedelte er freudig mit dem Schwanz. In der Wärme und Helligkeit, umgeben von noch blühenden Ringelblumen, kam ihr während weniger unwirklicher Minuten die gesamte Situation beinahe lächerlich vor – wie der Schlußakt eines absurden Theaterstücks.

Nicht lange allerdings, und schon kehrte ihr Sinn für die Realität zurück, und während der folgenden vier Nächte ging sie regelmäßig auf das obere Feld, um Daniel Carrig auf dem Gipfel der Knockameala zu entdecken. Er blieb nie lange dort, verschwand immer wenige Minuten, nachdem sie kam, und so hatte sie keine Ahnung, wieviel Zeit er allnächtlich dort oben verbrachte und ihr Haus beobachtete.

In der fünften Nacht ging sie, sobald die Kinder in ihren Betten lagen, bereits um kurz nach halb zehn hinaus und kletterte, statt auf dem Feld stehenzubleiben, den Pfad zum Gipfel des Berges empor. Sie wußte nicht, ob er bereits auf seinem Posten war. Von dort, wo sie ging, war der Gipfel nicht auszumachen.

Obgleich inzwischen Mitte September, war es draußen immer noch sehr mild. Ein riesiger gelber Liebesmond, so ungewöhnlich groß und hell, daß er für den Himmel beinahe zu schwer erschien, beleuchtete den Weg. Die Taschenlampe, die sie trug, brauchte sie nicht, und so knipste sie sie aus. Sofort wurde sie sich einer einzigartigen Stille bewußt. Vielleicht lag es an der Helligkeit, daß keins der normalen nächtlichen Geräusche, das Rascheln und Scharren, das man normalerweise weiter unten in der Nähe ihres Hofes vernahm, an ihre Ohren drang.

Als sie auf der Höhe des Steinhaufens anlangte, blieb sie stehen, um einen weiteren Kiesel draufzulegen und sich genau umzusehen. Obgleich der Gipfel inzwischen sichtbar war, entdeckte sie nirgends die Umrisse einer menschlichen Gestalt. Sie zitterte. Wiewohl man es nicht wirklich kalt nennen konnte und sie sich nur wenige hundert Meter oberhalb des Daches ihres Hauses befand, wehte an dieser exponierten Stelle ein wesentlich schärferer Wind. Halb in der Erwartung, Mossie Sheehan hinter einem der Ginsterbüsche auftauchen zu sehen, schlang sie ihre Jacke enger um ihren Leib und lauschte angestrengt.

Jedoch vernahm sie lediglich die entfernte Brandung und, etwas näher, das leise Scharren eines kleinen Tiers. Nicht ein einziger Nachtvogel schrie. Es war, als verbeuge sich jede lebendige Kreatur vor der strahlenden Erhabenheit des Mondes.

Während sie weiterging, merkte Elizabeth, daß die Atmosphäre der Umgebung sie derart in Bann zog, daß sie beinahe auf Zehenspitzen durch das Dickicht schlich. Eingetaucht in dieses unverrückbare, ewige Licht kam sie sich klein und unbedeutend vor, als befände sie sich mit ihren Angelegenheiten im Plan des Universums auf gleicher Ebene wie die Insekten, deren Leiber unter ihren Schritten knackten.

Innerhalb weniger Minuten hatte sie den Gipfel erreicht. Ein leichter Wind war aufgekommen, zerzauste ihr das Haar und wehte ihr den Rock ihres schwarzen Kleides um die Beine, als sie, zu ihrer ganzen Größe aufgerichtet, hoch droben stehenblieb. Inzwischen war es ihr vollkommen egal, ob Mossie Sheehan oder irgendein anderer Nachbar merkte, daß und weshalb sie hier heraufgekommen war; aber nach einer Weile, als sie weder etwas hörte noch irgendeine andere Bewegung als das leise Zittern der Blätter wahrnahm, setzte sie sich auf einen Stein.

In all den Jahren, seit sie nach Lahersheen gekommen war, hatte Elizabeth den Knockameala nie in der Dunkelheit besucht. Wenn sie sich Daniel hier oben vorgestellt hatte, war er, vor allem aufgrund seiner eigenen Jagdgeschichten, immer umgeben von zahllosen Kaninchen, Füchsen, ja selbst Eulen und Fledermäusen. Vielleicht lag es nur an dieser besonderen Nacht, überlegte sie – aber die Wirklichkeit sah vollkommen anders aus, und statt vor Leben überzuborden, bot sich der Knockameala in silbrigem Schweigen dar. Die Zwillingsströme des Meeres, die links und rechts des Berges in die Bucht von Coulagh und in den Kenmarefluß mündeten, hoben sich wie phosphorisierende Bänder von den schwarzen Felsen ringsum ab, und an der Stelle, an der sie saß, beugten sich ausgeblichene Ginsterblüten an dicken, knorrigen Ästen demütig unter dem ätherischen Licht.

»Hallo!«

Ihr Herz machte einen erschreckten Satz. Sie hatte nicht gehört, daß jemand näher gekommen war. Im Licht des Mondes sah Daniels Gesicht hager und düster aus, wesentlich älter als das eines Zwanzigjährigen. »Hallo«, antwortete sie; doch da sie spürte, wie unzureichend diese Begrüßung war, nahm sie seine Hände und zog ihn herab, so daß er auf gleicher Höhe mit ihr war. »Ich habe dich jede Nacht gesehen«, sagte sie.

»Ich weiß – ich dich auch!«

»Warum bist du nicht heruntergekommen?«

»Es war noch nicht der Zeitpunkt da.«

»Ist er es jetzt?«

»Nein.«

»Warum bist du dann …?«

»Ich habe dich hier sitzen sehen«, unterbrach er sie. »Schon seit einer Viertelstunde beobachte ich dich.«

Ohne seine Hände loszulassen, rutschte Elizabeth von dem Stein, auf dem sie saß, bis sie dichter neben ihm auf den Knien hockte. »Ich liebe dich.« Sie hatte das Gefühl, daß es etwas gezwungen klang, und so wiederholte sie die Worte nachdrücklich: »Ich *liebe* dich.«

Zunächst reagierte er nicht. Doch dann hob er den Kopf und sah sie an. »Tust du das wirklich, Elizabeth?«

»Zweifelst du daran?«

»Immerhin heiratest du Mossie Breac.«

»Daniel«, weinte sie, »das ist nicht fair. Du weißt, wie es dazu gekommen ist. Es bedeutet mir überhaupt nichts. Ich habe dir doch erklärt …«

»Du mußt ihn nicht heiraten«, wiederholte er Tillys Worte vom Nachmittag.

Elizabeth neigte ihren Kopf, so daß er an seiner Brust zum Liegen kam. »Dann verklagt er mich bestimmt«, flüsterte sie. »Schließlich gibt es einen Vertrag. Ich könnte alles verlieren und dann stünden auch die Kinder plötzlich mit leeren Händen da …«

»Soll er dich doch verklagen. Soll er doch!« Sie vernahm die Leidenschaft in seinem Ton. Seine Hände wurden starr.

Sie hob den Kopf und sah ihn flehend an. »Ich kann nicht – ich würde es nicht ertragen. Die Kinder haben schon mehr als genug mitgemacht.«

»Und ich? Was ist mit mir?« fragte er verbittert.

»Daniel, sei doch vernünftig. Du weißt, daß ich den Vertrag nur unterschrieben habe, damit du aus dem Gefängnis kommst.«

Er schüttelte ihre Hände ab und stand eilig auf. Der Mond war in seinem Rücken, so daß sein Gesicht im Dunkeln lag. Von dort, wo sie kniete, erschien er ihr riesig und drohend wie ein Monolith. »Lieber wäre ich für den Rest meines Lebens im Gefängnis geblieben, als frei zu sein und mit anzusehen, wie du einen anderen nimmst.«

»Daniel, bitte, laß uns darüber reden...«

»Ich denke wie gesagt nicht, daß es zwischen uns noch etwas zu reden gibt, Elizabeth.«

»Hör mir doch wenigstens kurz zu.« Sie erhob sich ebenfalls. »Ich habe dir bereits gesagt, daß diese Ehe nur auf dem Papier besteht«, setzte sie verzweifelt an. »Wir werden nicht einmal unter einem Dach leben. Und Mossie hat schriftlich zugesagt, daß er sich in keiner Weise in mein Leben einmischt.«

»Was soll das heißen, Elizabeth? Daß Mossie Sheehan nichts dagegen haben wird, wenn wir uns für den Rest unseres Lebens heimlich hinter irgendwelchen Hecken herumtreiben? Daß er mir großzügigerweise erlauben wird, mit dir die Nächte zu verbringen? Nein danke.«

Beinahe hätte Elizabeth ihm von Alison Charlton Leahys Prophezeiungen erzählt. Aber dann unterließ sie es. Der Zeitpunkt war nicht der richtige, und da sie bisher nie über dieses Thema gesprochen hatten, wußte sie nicht, ob er überhaupt etwas von diesen Dingen hielt. Statt dessen versuchte sie, ihm allein durch die Zuversicht in ihrer Stimme zu vermitteln, daß es sicher eine Lösung für ihr Dilemma gab. »Es wird alles gut werden, Daniel, bitte glaube mir. Wenn du nur auf mich warten würdest...«

»Was?« Er lachte ungläubig auf. »Bis wann denn, wenn ich fragen darf? Bisher habe ich noch nichts davon gehört, daß Mossie Sheehan freundlicherweise in Erwägung zieht, möglichst frühzeitig ins Gras zu beißen.«

»Bitte, vertrau mir doch. Ich weiß etwas, was du nicht weißt. Du hast mein Wort darauf, daß alles gut wird. Hab ein wenig Vertrauen, mein Liebster – glaube mir, ja?«

Er sah sie skeptisch an. »Du weißt, daß das unmöglich ist.«

»Versprichst du mir dann zumindest, daß du dich nicht meinetwegen mit Mossie schlagen wirst?«

Sie wollte ihm die Arme um den Hals schlingen, aber er trat zornbebend einen Schritt zurück. »Das ist es also, ja? Du bist nur hier, weil du *ihn* beschützen willst!« Seine Augen blitzten. »Ein solches Versprechen bekommst du von mir niemals. Das, was ich mit Mossie Sheehan zu klären habe, geht nur ihn und mich etwas an.«

Dann verstummte er, und sie starrten einander im geradezu grotesk lieblichen Mondlicht an. Elizabeth spürte, daß ihre Leidenschaft füreinander, die ihr zu Beginn so rein und richtig vorgekommen war, bleischwer zwischen ihnen lag. Sie war wie gelähmt, brachte keinen Ton heraus, als Daniel sein Gesicht plötzlich hinter seinen Händen verbarg. »Allmächtiger, Elizabeth...«

»Pst!« Wieder streckte sie die Arme nach ihm aus. »Bitte, Daniel«, flehte sie. »Keine Gewalt mehr. Um meinetwillen!« Als er sich schließlich von ihr umarmen ließ, wallten in Elizabeth ähnliche Schuldgefühle auf wie in der Nacht, als sie Neeley verführt hatte, damit er sie zu Jimmy Deeneys Tanzvergnügen begleitete. Doch dann verdrängte sie diese Gedankengänge und zog ihn eng an ihre Brust.

»Also gut«, flüsterte Daniel. »Ich verspreche es – allerdings hoffe ich, daß er mir ja nicht in die Nähe kommt!«

Als sie sich küßten, schmeckte sie Tränen auf seiner Haut.

Obwohl sie auch in den folgenden Nächten immer wieder vom oberen Feld aus in Richtung des Knockameala sah, erwartete sie Daniel nicht wirklich dort. Schließlich gab sie ihre Suche auf, und auch wenn sie aus reinem Pflichtgefühl weiter mit den Mädchen allsonntäglich die Messe in Eyeries besuchte, traf sie Daniel genausowenig in der Kirche an.

Allerdings begegnete sie ihm im Laufe des folgenden Monats zweimal zufällig.

Das erste Mal geschah es, als sie nach einem Arztbesuch mit

Johanna in Castletownbere auf die Hauptstraße trat und in Richtung MacCarthy's ging, wo sie noch ein paar Einkäufe zu erledigen beabsichtigte. Plötzlich kam er vom Hafen her über den Marktplatz auf sie zu. Er war in Begleitung zweier Männer und alle trugen Arbeitskleider.

Johanna an der Hand, blieb sie zögernd stehen; aber als er sie erblickte, machte er auf dem Absatz kehrt, ließ seine Begleiter stehen und betrat eilig O'Donoghue's, eines der dortigen Pubs. Das absichtliche Meiden ihrer Person war so offensichtlich, daß Elizabeth mit glühenden Wangen Johanna über die Straße zerrte und durch den Eingang des Ladens schob.

Das zweite Mal geschah es an einem Samstag nachmittag, als sie zusammen mit Tilly beim Schuster in Eyeries war. Eine Holzlatte unter dem Arm, kam Daniel aus der Schreinerwerkstatt neben dem Schuhmacher. Dieses Mal gab es kein Entrinnen, da sie regelrecht mit ihm zusammenprallte. »Entschuldigung«, kam es Elizabeth spontan über die Lippen.

»Tag, Mrs. Scollard«, sagte Daniel und musterte sie. Er hatte sie eher erblickt als sie ihn, und so konnte er sich rechtzeitig wappnen. Er trug die gleiche Kappe wie die meisten der im Rahmen der Renovierung von Castleclough beschäftigten Arbeiter. Jetzt lüftete er sie. »Ma'am…«, ehe er achtlos weiterging. Trotz der unförmigen Arbeitskleider, die er trug, fiel Elizabeth auf, daß er abgemagert war.

Sie wartete auf den Impuls, ihm nachzulaufen, auf den Pferdewagen zu springen, den er gerade bestieg, ihm zu sagen, daß sie ungeachtet sämtlicher möglicher Konsequenzen zu Mossie Sheehan gehen und ihr Abkommen für nichtig erklären würde. Statt dessen hakte sie sich bei Tilly ein und führte sie, ohne auf die Blicke der anderen Menschen auf der Straße zu achten, eilig in die entgegengesetzte Richtung auf Tillys Pferdekutsche zu.

»Der arme Junge«, bedauerte Tilly ihn.

»Also bitte, ich tue mein Möglichstes!« Elizabeth knirschte mit den Zähnen. »Was soll ich denn noch alles tun?«

»Die Sache liegt bei dir«, erwiderte Tilly ungerührt. »Ich sage ja nicht, daß mir deine Verbindung mit Danny McCarthy unbedingt gefällt – aber noch weniger gefällt es mir, daß du dich von Mossie Sheehan so erpressen läßt. Hast du wenigstens deinen Vater gefragt, ob ein derart absurdes Abkommen überhaupt gültig ist? Ich persönlich bin der Ansicht, daß es noch nicht einmal das Papier wert ist, auf dem es geschrieben steht.«

»Nein, habe ich nicht«, schnaubte Elizabeth, während sie auf den Kutschbock kletterte. »Aber ich habe es satt, daß sich ständig jeder in meine Angelegenheiten mischt.«

»Tut mir leid!« Tilly schwang sich neben sie.

»Hör zu«, sagte Elizabeth nun etwas freundlicher. »Im Grunde bist nicht du diejenige, auf die ich wütend bin, sondern auf mich selbst.«

Was war nur mit ihr los? Ihr Körper hatte in keiner Weise auf die Begegnung mit Daniel reagiert. War sie inzwischen derart auf Selbsterhaltung konzentriert, daß ihre Gefühle sie im Stich ließen? »Das Ganze wird mir einfach zuviel«, weinte sie. »Ich weiß nicht mehr, was ich empfinde.«

Mit zusammengepreßten Lippen verstaute Tilly ihre Pakete unter dem Sitz. Eyeries war ein kompaktes, L-förmiges Dorf. Es lag unmittelbar am Meer in einer der schönsten Gegenden der Halbinsel. Tilly schnalzte mit der Zunge und lenkte den Pferdewagen zwischen den anderen geparkten Gefährten hindurch auf die Straße nach Lahersheen. Elizabeth mußte sich an den Seiten des Wagen festklammern, damit sie wegen des Gerüttels aufgrund der zahllosen Schlaglöcher nicht herunterfiel.

»Hör zu«, sagte Tilly, als das Pferd sein Tempo einen steilen Hügel aufwärts verlangsamte. »Du hast mir bereits gesagt, daß mich die Sache nichts angeht, und das mag sogar teilweise stimmen. Aber du hast dich mir nun einmal anvertraut und außerdem bin ich dir wirklich zugetan. Ich habe lange über die ganze Sache nachgedacht, Lizzie! Also reiß mir bitte nicht den Kopf ab, wenn ich dir mein Ergebnis verrate.«

»Da ich dich wohl kaum daran hindern kann, schieß am besten einfach los.« Elizabeth wußte, daß ihr das, was Tilly zu sagen hatte, sicher nicht gefallen würde. Aber Tilly hatte recht – sie mußte sich wenigstens anhören, was der Freundin auf der Seele lag.

»Es sieht aus, als sei deine anfängliche Begeisterung für Daniel Carrig inzwischen abgeflaut«, sagte Tilly geradeheraus. »Ich denke, wenn es nicht so wäre, hättest du dich längt an deinen Vater gewandt, damit er Mossie Sheehan in seine, ihm angemessenen Schranken weist. Du bist eine leidenschaftliche Frau, Lizzie, aber in diesem Fall ist einfach zuviel geschehen, als daß du die sogenannte wahre Liebe auf rein körperliches Verlangen reduzieren magst. Und jetzt, wo die Sehnsucht verflogen ist, hast du Schuldgefühle. Ob bewußt oder nicht, jedenfalls benutzt du Mossie als Vorwand.« Tilly bremste das Pferd, lenkte die Kutsche an den Straßenrand und ließ einen Heuwagen vorüberfahren. »Tag, Eoin!« rief sie dem Mann, der den Esel mühsam antrieb, zu.

»Schöner Tag heute, nicht wahr?« erwiderte der Mann, der, wie alle, sein Tier mit einer Rute malträtierte.

Elizabeth, die immer noch die Ränder ihres Sitzes umklammert hielt, haßte Tilly in diesem Augenblick ebensosehr wie Mossie Breac.

»Tut mir leid, so grob zu sein«, sagte Tilly und sah sie, während sie den Wagen wieder auf die Straße lenkte, von der Seite an. »Aber Lizzie, warum machst du nicht endlich einmal selbst Mossie klar, daß er dich am Arsch lecken soll?«

Dies war das zweite Mal in letzter Zeit, daß Elizabeth eine Frau in Béara wüst daherreden hörte, und auf alle Fälle hatte noch niemals Tilly derartige Worte über ihre Lippen kommen lassen. Ihr Haß auf die Freundin verflog, als Elizabeth erkannte, daß sie einfach die Wahrheit nicht ertrug.

Tilly hatte es eindeutig erfaßt: Nachdem sie dem Diktat ihres Körpers so blind erlegen war, hatte sie ihre Leidenschaft für Daniel Carrig als wahre Liebe interpretiert; nur auf diese Weise konnte sie auch über die leisen Zweifel an der Richtigkeit dieser Beziehung – wie zum Beispiel ihre Sorge, ob er der geeignete Stiefvater für ihre Kinder war – hinwegsehen.

»Verzeihst du mir noch einmal, Tilly?« fragte sie jetzt.

»Was gibt es da zu verzeihen? Es ist dein Leben, Mädchen, und außer dir selbst hast du niemandem etwas angetan.« Wieder lenkte Tilly den Wagen an den Straßenrand, ließ eine Ponykutsche vorbei, und als sie erneut mit den Zügeln schnalzte, war Elizabeth froh, daß der folgende Schütteltrab weitere Gespräche von selbst vereitelte.

Es war ein, wenn auch trockener, so doch windiger Tag; zu ihrer Linken jagten Hunderte kleiner weißer Schaumkronen über das graue Wasser in der Bucht und klatschten spielerisch gegen die Fischerboote. Von dieser Stelle der Straße aus konnte man das ausgebrannte Gebäude der Küstenwache hinter dem Hafen von Ballycronvane sehen, deren hohen Schornsteine und geschwärzten Mauern Elizabeth, seit sie *Rebecca* gelesen hatte, immer an die Ruinen von Manderley erinnerten. Heute jedoch achtete sie nicht weiter darauf, da sie, während sie sich verbissen festhielt, ganz in Gedanken an all ihre Fehler versunken war.

Während des folgenden Monats gestattete sie sich eine Atempause. Zwar gestand sie sich während der Tagesstunden hin und wieder ihre Scham und Schuldgefühle ein, doch stürzte sie sich zur Ablenkung stets umgehend in irgendwelchen Arbeiten. Vor allem nachts wallte regelmäßig das alte körperliche Verlangen nach Daniel in ihr auf; aber anders als zuvor, beherrschte es sie nicht mehr vollkommen, und allmählich erschien ihr das Ende ihrer Affäre mit dem jungen Mann durchaus möglich. Zumindest, dachte sie, hatte sie, anders als bei George Gallaher, keine sechs Jahre dazu gebraucht. Vielleicht war sie in der Zwischenzeit tatsächlich ein wenig gereift? Und obgleich sie die Erinnerung an das, was zwischen ihnen gewesen war, durchaus genoß, würde sie nie wieder ihrem Körper die Führung über ihr Leben zugestehen.

Nach den Wirrnissen der letzten Monate gefiel ihr die Gleichförmigkeit, in der ihre Tage neuerdings verliefen. Da Mary ihr bei sämtlichen Arbeiten zur Seite stand, funktionierte der Haushalt reibungslos. Nie zuvor hatte die Küche derart geblitzt, nie zuvor hatten sich die Mädchen mit derart ordentlichen Zöpfen, sorgsam gebügelten Kleidern und vorbildlich geführten Heften auf den Schulweg gemacht. Selbst Francey und Johanna fügten sich der neuen Routine ohne jeden Widerspruch und gingen, ob bei Regen oder Sonnenschein, allmorgendlich pünktlich auf die Minute aus dem Haus. Wenn sie alle verschwunden waren, das Geschirr gespült, der Boden gefegt und das Brot in den Ofen geschoben war, setzten sich Elizabeth und Mary wie zwei alte Freundinnen zusammen an den Tisch und genossen eine Tasse des Gebräus der jeweiligen Ration, die ihnen gerade zufiel.

Allmählich freute sich Elizabeth sogar auf die ruhigen Abende, wenn Abigail in ihrer Wiege lag und die anderen unter Marys Aufsicht im Schein der beiden Öllampen am Küchentisch ihre Hausaufgaben erledigten. Häufig hielt sie dann in ihrer Arbeit inne und schaute unauffällig zu den drei schwarzen Schöpfen und dem einen Blondschopf hinüber, die, jeder auf seine Weise, mit ihren Arbeiten beschäftigt waren.

Francey und Johanna bestanden darauf, nebeneinander zu sitzen und alles gemeinsam zu tun, wobei Francey stets den Ton angab und hin und wieder sogar Johannas kleine Hand führte, wenn es um das Erlernen eines neuen Buchstabens ging. Goretti saß als Linkshänderin an dem Ende des Tisches, wo ihr linker Ellbogen beim Schreiben nicht mit dem eines ihrer Geschwister zusammenstieß. Ihr Lehrer versuchte sie zu zwingen, mit rechts zu schreiben; aber die Hausaufgaben erledigte Goretti nach wie vor mit der linken Hand. Margaret brauchte ein Viereck freien Tischs vor sich. Sie konnte nicht arbeiten, solange nicht alles – Bleistifte, Zirkel, Geodreieck, Füllfederhalter und Tintenflasche – einen ordentlichen Wall um sie bildete.

Obgleich Elizabeth immer noch sehr empfindsam war, wurde durch diese Abende friedlicher Häuslichkeit, vor allem, wenn der Regen gegen die Türen und Fenster schlug und die Gemütlichkeit der Küche mit Händen greifbar war, allmählich ein Gefühl der Zufriedenheit in ihr wach, dessen Wärme sie als wohltuend empfand. Es sprach doch viel für ein ruhiges Leben, dachte sie gelegentlich, wobei sie sich gleichzeitig darüber lustig machte, daß das wohl am Alter lag.

Sogar Mossie Sheehan zeigte sich ihr gegenüber auffallend gnädig in letzter Zeit, dachte sie eines Montagmorgens, als sie sich und Mary zwei Tassen Tee einschenkte, der aufgrund der häufigen Verwendung fast keine Farbe mehr hatte. Inzwischen war beinahe Halloween, und sie hatte Mossie seit mindestens zwei Wochen nicht mehr gesehen. Nun, hoffentlich hielt ihr Glück noch ein wenig an...

Aber selbst in bezug auf diesen Menschen mußte sie sich eingestehen, daß es sie mit einer gewissen Freude erfüllte, wenn sie ihr Land betrachtete, überall ordentlich gestutzte Hecken, kerzengerade Zäune und die von Mossie angelegten perfekten Gemüsereihen auf den Feldern sah. Alle in der Gemeinde behaupteten, daß Mossie Neeley, der bereits ein guter Farmer gewesen war, bei weitem übertraf. Er schien der geborene Landmann. Mehr als einmal dachte Elizabeth an die Bemerkung seiner Tante Bel zurück, daß er einen grünen Daumen besaß.

Alles in allem gewann Elizabeth jeden Tag Kräfte hinzu. »Ich habe einen Entschluß gefaßt«, sagte sie zu Mary, als sie ihr an jenem Montagmorgen Ende Oktober gegenübersaß. »Nächsten Samstag fahren wir beide nach Cork. Wir werden Kitty besuchen, du gehst zum Frisör, und dann kaufen wir ein paar anständige Kleider für dich. Das hast du nämlich mehr als verdient. Was meinst du?«

Marys Gesicht leuchtete vor Freude auf. »Das wäre wunderbar, Mammy. Aber wer kümmert sich dann um die Kleinen?« Sie nahm Abigail auf den Schoß und schob ihr ein Stückchen Brot in den Mund.

»Tilly«, sagte Elizabeth in entschiedenem Ton. »Sie macht das wirklich gern.«

Die nächste halbe Stunde brachten sie mit dem Schmieden vergnüglicher Pläne zu.

Wieder einmal leistete sich Elizabeth den Luxus einer Mietdroschke, um möglichst viel zu haben von dem Tag. Wie vereinbart holte das Fahrzeug die beiden am Samstagmorgen pünktlich um sechs Uhr ab, wenige Minuten, nachdem die treue

Tilly erschienen war. »Hallo«, flüsterte Elizabeth ihr zu, als sie sie aus der Dunkelheit in die warme Küche zog. »Tut mir leid, daß ich flüstere, aber ich will die Kinder nicht aufwecken.«

»Raus mit euch!« Tilly gähnte. »Und kauft nicht die ganze Patrick Street!«

Mit donnerndem Motor bahnte sich die Mietdroschke ihren Weg über die schläfrige Halbinsel. »Ich habe das Gefühl, als wäre Weihnachten.« Aufgeregt preßte Mary das Gesicht gegen die Scheibe des Fahrzeugs.

Elizabeth wußte, was sie empfand. Obgleich sie sich, seit sie in Béara lebte, den äußerlichen Gepflogenheiten entfremdet hatte, sprach der frühmorgendliche Weg zur ersten Messe am Weihnachtstag auch ihren Sinn für das Mysterium an. »Also gut, nehmen wir es als Advent«, sagte sie. »Ich kann es kaum erwarten, endlich zum Frisör zu kommen – und was unsere Einkäufe betrifft – wag es ja nicht, wieder allzu bescheiden zu sein, meine Liebe! Wir gehen geradewegs zu Cash's!«

Mary kicherte. »Oh, Mammy! Wenn der arme Daddy sehen könnte, wie wir all das Geld zum Fenster rauswerfen!« Dies war das erste Mal, daß Mary sich seit dem Tod ihres Vaters auf ihn bezog; doch der Satz klang so natürlich, daß sie einander verständnisvoll zulächelten.

Aus Angst, sie würde den Wecker nicht hören, hatte Elizabeth während der Nacht kaum ein Auge zugetan. Jetzt lehnte sie ihren Kopf gegen das weiche, zerknautschte Leder der Rückbank und schlief trotz der Hopser, die der Wagen auf der gewundenen, hügeligen Straße machte, und trotz des Motorenlärms bald ein.

Erst hinter Bantry wachte sie wieder auf. Mary schlummerte ebenfalls, wobei sie beide Hände, wie ein Eichhörnchen seine Pfoten, vor ihrer Brust gefaltet hielt. Da es ein langer Tag werden würde, weckte Elizabeth sie nicht auf. Nach dem Frisörbesuch wollte Elizabeth ihre Eltern in Blackrock anrufen, und dann luden Corinne und St. John sie zum Mittagessen ins Oyster ein. Anschließend hätten sie noch genügend Zeit für Einkäufe und ihren Besuch bei Kathleen im Konvent.

Mitte des Vormittags erreichten sie schließlich Cork, und der Tag ging wie im Flug vorbei. Selbst das Mittagessen im Oyster, der Teil des Ausflugs, auf den sich Elizabeth nicht gerade gefreut hatte – immer noch kam sie mit ihrer Mutter nicht allzugut zurecht –, verlief überaus angenehm. Auch wenn Corinne distanziert wie immer war, gab sie sich freundlich und die Gespräche verliefen harmonisch.

Zunächst schüchterte die elegante Umgebung Mary ein wenig ein; doch bereits nach wenigen Minuten blühte sie auf und plauderte vollkommen unbefangen mit den Eltern ihrer Stiefmutter. Nachdem sie das Haar sechzehn Jahre lang glatt wie einen Vorhang über den Schultern getragen hatte, war der neue Schnitt noch, bei dem ihr das kürzere Haar in sanften Locken um die Ohren und Schläfen fiel, ein wenig gewöhnungsbedürftig – aber er verlieh ihrem Gesicht eine neue Weisheit und ließ sie älter aussehen als bisher. Sie hatte wohlproportionierte Züge und diese neugeformte Mary war wirklich sehr hübsch. In vielerlei Hinsicht, dachte Elizabeth, während sie ihre zurückhaltenden Bewegungen mit dem Besteck beobachtete, sah sie Mary inzwischen als die ihr nie vergönnte jüngere Schwester an.

Bei Cash's gaben sie das Geld mit vollen Händen aus. Corinne war auch dabei: »Nur zur Beratung, Beth! Wer weiß, was du kaufen würdest, ließe man dich allein! Und Mary hat sicher nichts dagegen, nicht wahr, meine Liebe?« Mary, der dieser ganze Tag wie ein Ausflug ins Märchenland erschien, nickte frohgemut, und nachdem höchstens die Hälfte der geplanten Einkäufe erledigt war, kam auch Elizabeth, der ein Einkaufsbummel in der Theorie immer wesentlich besser als in der Praxis gefiel, die Teilnahme ihrer Mutter sehr zupaß. Sie entschuldigte sich, erklärte Corinne, sie würde draußen ein wenig spazierengehen und käme in einer halben Stunde zurück, um zu bezahlen, was Mary gefiel.

»Laß dir Zeit, Beth«, empfahl Corinne.

Nachdem sie in die Patrick Street entflohen war, erkannte Elizabeth, daß sich ihr momentaner Gemütszustand deutlich von ihrer Verfassung während ihres letzten Besuches unterschied, als Francey mit gebrochenem Schädel im Krankenhaus lag und sie vor Wut auf ihren Mann kochte. Heute spazierte sie gut gelaunt den langen Boulevard hinab und genoß das fröhliche Treiben, das sie umgab: die Rufe der Zeitungsjungen, die gegenseitigen Begrüßungen von Menschen, die Einkäufe tätigten oder einfach nur bummelten, das schrille Klingeln von Fahrradglocken, wenn sich ihre Besitzer zwischen den zahlreichen Bussen, Pferdewagen und den wenigen hupenden Privatautos hindurchlavierten – mit möglichst großen Bögen um die Fußgänger herum. Verglichen mit der Stille und Weite von Béara kam ihr das Leben in der Stadt unerhört stimulierend vor, so daß sie, wie von ihrer Mutter erbeten, länger als die geplante halbe Stunde spazierenging. Sie sah sich die Auslagen der kleineren Geschäfte an, erstand in einem von ihnen ein ledernes Schreibetui für Kathleen und brachte die restliche Zeit bei Woolworth mit dem Kauf von Geschenken für die Kleineren zu.

Als sie schließlich wieder das erste Geschäft am Platze betrat, erwarteten Mary und Corinne sie bereits geduldig an der Kasse der Abteilung für Damengarderobe. Auf dem Boden um sie her türmten sich zahllose Schachteln und Tüten. »Da bist du ja«, sagte Corinne, »wir dachten schon, du wärst verlorengegangen, nicht wahr, Mary?« Sie blinzelte dem Mädchen tatsächlich zu, und nicht zum ersten Mal dachte Elizabeth verwundert, wie belebend ein Einkaufsbummel immer noch auf ihre Mutter wirkte. »Du hast gesagt, daß ich mir Zeit lassen soll, Mutter« erklärte sie friedfertig, ehe sie ihr Scheckbuch aus der Handtasche holte. »Und, darf man fragen, wie groß der von euch angerichtete Schaden ist?«

»Das haben wir bereits erledigt«, antwortete Corinne.

»Mutter!« Elizabeth war ehrlich entsetzt. »Wirklich, wir haben genug Geld. Daddy …«

»Alles in Ordnung, Beth!« Corinne legte ihre behandschuhte Hand auf die von Elizabeth. »Bitte! Ich habe es wirklich gern getan.«

Sie ließ nicht locker, und Elizabeth wußte, daß es um mehr

ging als darum, Mary endlich einmal anständig auszustaffieren. »Danke, Mutter«, sagte sie schlicht und zu ihrer Überraschung stiegen in den kornblumenblauen Augen ihrer Mutter Tränen auf.

Doch sie waren auch gleich wieder verschwunden. »Nichts zu danken«, erwiderte Corinne beinahe brüsk, wandte sich eilig ab und hob ein paar der Tüten vom Boden auf. »Mal schauen, ob wir das alles in ein Taxi kriegen.« Zielstrebig marschierte sie auf den Ausgang zu, als bei Elizabeth endlich der Groschen fiel. Ihre Mutter hatte diese Großzügigkeit von langer Hand geplant. Auf diese Weise leistete Corinne persönliche Wiedergutmachung.

»Und, bist du zufrieden mit deinen Einkäufen?« Erfüllt von einem unerwarteten Glücksgefühl, legte sie Mary einen Arm um die Schulter, während sie mit ihr zusammen ebenfalls das Bekleidungshaus verließ.

»Das ist alles viel zuviel.« Mary sah sie mit großen Augen an. »So viele Sachen kann ich niemals tragen. Aber sie hat darauf bestanden, Mammy.«

»Natürlich hat sie das und sie kann es sich leisten, also mach dir keine Gedanken, ja?«

Sobald alles in dem herbeigewinkten Taxi verstaut war, verabschiedeten sie sich von Corinne und nannten dem Fahrer die Adresse von St. Brigid's, Kathleens Konvent.

»Ich hoffe nur, daß Kitty sich keine Sorgen um uns macht, weil es so spät geworden ist.« Sie hatten ihren Besuch ein wenig früher angekündigt, und Mary saß kerzengerade auf ihrem Platz, wie um den Fahrer zur Eile anzutreiben.

»Die Nonnen wissen, daß wir nicht gerade um die Ecke wohnen«, beruhigte Elizabeth ihre Stieftochter. »Mit einer kleinen Verspätung rechnen sie sicher.«

Am Konvent angekommen, wurden sie in den Aufenthaltsraum geführt, an den sich Elizabeth von dem Tag her erinnerte, an dem sie Kathleen vor sieben Wochen in der Schule abgeliefert hatte. Allerdings war er noch sauberer und antiseptischer als in ihrer Erinnerung. Die übertriebene Ordnung veranlaßte

Elizabeth, Kathleens neues Schreibetui genau in den rechten Winkel zur Kante des kleinen Tisches zu rücken, an dem sie saß. Selbst die Hortensie in dem Messingtopf, die auf einem Tischchen unter dem Fenster des Raumes stand, wies nicht einen einzigen wilden Trieb auf.

Nach ein paar Minuten klopfte es.

Mary rannte los, aber als sie die Tür öffnete, erstarb das Lächeln auf ihren Lippen. Den Bruchteil einer Sekunde später stolperte sie entgeistert einen Schritt zurück, als Kathleen ihr mit tränenüberströmtem Gesicht in die Arme sank und sich an sie klammerte.

Mary reagierte instinktiv. Sie tätschelte ihrer Schwester den Rücken, wie sie es normalerweise bei Abigail tat, und murmelte: »Ist ja gut, ist ja alles gut. Was hast du denn? Jetzt sind wir ja da...« Allerdings riefen ihre Worte lediglich einen neuerlichen Tränenstrom hervor, so daß sie hilflos in Elizabeths Richtung sah.

Um ein wenig Zeit zu gewinnen, ging Elizabeth an den Mädchen vorbei und schloß die Tür. Selbst wenn sie die Tränen und Kathleens normalen Hang zur Melodramatik außer acht ließ, erschreckte der Anblick des Mädchens sie: Kathleen war abgemagert, ihr Gesicht kreidebleich und das Haar hing, obgleich es offenbar frisch gewaschen war, in matten Strähnen auf ihre zuckenden Schultern herab. Zweifellos war sie unglücklich. Ihre allwöchentlichen, förmlichen Briefe, die, wie Elizabeth wußte, von den Nonnen gelesen wurden, hatten sie in keiner Weise vorbereitet.

Aber sie war erst seit sieben Wochen hier – man konnte also noch nicht sagen, ob sie sich am Ende eingewöhnen würde oder nicht.

Elizabeth meinte zu hören, daß Kathleen unter ihrem Schluchzen irgend etwas murmelte. Sanft versuchte sie, ihre Arme von Marys Nacken zu lösen, aber Kathleen klammerte sich weiter an der Schwester fest. Schließlich ebbte ihr Weinen ein wenig ab, und sie erlaubte Elizabeth und Mary, sie zu einem kleinen Sofa zu führen, wo sie sich ermattet in die Polster sinken ließ. »Hier«, Elizabeth reichte ihr ein Taschentuch. »Putz dir erst mal die Nase, Liebes, und dann erzähl uns, was dich bedrückt.«

Es dauerte eine Ewigkeit und mehrere laute Schneuzer lang, bis Kathleens wildes Schluchzen einem Schluckauf wich und sie, während sie das feuchte Taschentuch zwischen ihren Fingern knetete, murmelte, daß es ihr jetzt besserginge.

Elizabeth nahm ihr den nassen Lappen ab und wischte ihr mit einem neuen Tuch das verquollene Gesicht trocken, während Mary, die auf der anderen Seite saß, Kathleens Hände tätschelte.

Elizabeth strich ihrer Stieftochter die Haare aus der Stirn. »Was ist los, mein Schatz?« fragte sie in sanftem Ton. »Bitte sag es uns. Wir sind hier, um dir zu helfen...«

»Ich – ich...« Wieder wurde Kathleen von einem Schluckauf geplagt.

»Pst...« Immer noch strich Elizabeth ihr übers Haar. »Laß dir Zeit. Und dann erzählst du uns, worum es geht. Egal, was es ist.« Sie wartete und wartete, aber was auch immer Kathleen bedrückte, brachte sie einfach keinen Ton heraus. Jedesmal, wenn sie versuchte, etwas zu sagen, hinderte sie ein neuer Tränenstrom.

»Könntest du es vielleicht Mary erzählen? Ist es so, daß du es mir nicht sagen willst, Kathleen? Möchtest du ein paar Minuten mit deiner Schwester alleine sein?« Elizabeth mußte beinahe schreien, damit Kathleen sie trotz ihres Schluchzens verstand. Inzwischen fürchtete sie ernsthaft, daß es um etwas Schlimmeres als bloßes Heimweh ging.

Mit jämmerlich verzerrtem Gesicht unternahm Kathleen einen weiteren, verzweifelten Versuch. »Es ist – es ist schon gut...« Wieder kam der Schluckauf, doch dann sah sie ihre beiden Besucherinnen mit verquollenen Augen an. »Ich glaube, daß ich schwanger bin.«

Die Gefühle, die Elizabeth innerhalb weniger Sekunden durchjagten, reichten von dem Bedürfnis, Kathleen eine schallende Ohrfeige zu verabreichen, über tiefstes, dunkelstes Mitleid bis hin zu dem Verlangen, George Gallaher die Gurgel umzudrehen.

Denn außer ihm konnte es ganz sicher niemand gewesen sein.

Aber Hazel Slye hatte ihr nach ihrer Reise nach Killarney in zwei Briefen versichert, daß sie Kathleen und George nicht für eine Sekunde aus den Augen ließ und daß zwischen den beiden absolut nichts vorgefallen war. Es sei denn, es wäre bereits vorher etwas passiert... Elizabeth gab sich die größte Mühe, ihrer Stimme einen ruhigen Klang zu verleihen, als sie fragte: »Es war George Gallaher, nicht wahr, Kathleen?« Sie hoffte nur, daß ihr der Zorn auf diesen Kerl nicht allzu deutlich anzumerken war.

Kathleen starrte ihre Stiefmutter mit großen, tränenverhangenen Augen stumm an, und Elizabeth hätte, um dem Flehen in ihrem Blick zu widerstehen, aus Stein sein müssen. Sie nahm das Mädchen in die Arme. »Schon gut, schon gut«, beschwichtigte sie. »Selbt wenn du schwanger bist, ist das nicht das Ende der Welt. So etwas steht man durch – schau mich an, ich bin der lebende Beweis!« Da Kathleen jedoch durch nichts zu trösten war, strich sie ihr unbeholfen über den Kopf. »Armer Schatz«, sagte sie. »Was du durchgemacht haben mußt...«

Während sie Kathleen in den Armen wiegte wie ein kleines Kind, dachte sie fieberhaft nach. Was auch immer das Mädchen selber angestellt hatte, war sie noch keine sechzehn Jahre alt. Elizabeth kannte sich gut genug mit den Gesetzen aus, um zu wissen, daß George Gallaher für lange Zeit ins Gefängnis wandern würde, zeigte sie ihn an. Und am liebsten hätte sie es sofort getan.

In der Tat wäre sie, wenn Kathleen sie nicht derart in Beschlag nähme, sicher schnurstracks zum Telefon marschiert und hätte Anzeige erstattet. »Pst, pst, ganz ruhig«, murmelte sie, so sanft es ihr möglich war; gleichzeitig wünschte sie sich ein Schlachtermesser zur Hand, um dafür zu sorgen, daß George Gallaher nie wieder die Möglichkeit hätte, einem jungen Mädchen etwas Derartiges anzutun.

Nie wieder, das schwor sie sich.

Als sie über Kathleens Schulter auf Mary blickte, stellte sie fest, daß diese beinahe ebenso erschüttert wie ihre Schwester war. Wie immer in einer Krise handelte Elizabeth völlig instinktiv. »Kathleen, Kathleen«, rief sie dem Mädchen zu. »Hör mir zu, Liebes. Hör zu, ich habe einen Plan.« Sie hatte natürlich keinen; aber sie vertraute darauf, die richtigen Worte zu finden, hätte Kathleen erst einmal ihre Fassung wiedergewonnen. »Kitty, *Kitty*!« rief sie jetzt, wobei sie hoffte, daß der verhaßte Kosename seine Wirkung tat.

Und tatsächlich.

»Nenn mich nicht Ki…«, setzte sich Kathleen automatisch zur Wehr, hob den Kopf und sah sie endlich an. »Tut mir leid«, murmelte sie, ehe sie wieder in ihrer Trübsal versank.

»Es geht um einen Plan«, sagte Elizabeth eilig, wobei sie Kathleen, ehe sie ihr abermals entglitt, bei den Handgelenken nahm. »Willst du mir nicht wenigstens zuhören? Du mußt dich zusammenreißen, Kathleen. Versuch es bitte.«

»Ich will sterben!«

»Natürlich willst du das«, sagte Elizabeth. »Aber versuch trotzdem, mir erst zuzuhören. Wenn du das nicht kannst, müssen Mary und ich dich hier lassen und wieder gehen. Dic anderen brauchen uns ja auch.«

Die ruhige Bestimmtheit ihres Tons drang zu Kathleen durch. »Tut mir leid, Mammy, wahnsinnig…«

»Ich weiß. Aber jetzt müssen wir überlegen, wie weiter vorzugehen ist.«

»Was hast du für einen Plan?«

»Als erstes müssen wir herausfinden, ob du tatsächlich schwanger bist.«

»Natürlich bin ich das…« Wieder brach Kathleen in Tränen aus.

»Also gut, ja, ja.« Elizabeth hob beinahe abwehrend die Hand. »Aber trotzdem brauchen wir eine ärztliche Bestätigung. Und als zweites«, fuhr sie geschwind fort, ehe Kathleen die Gelegenheit zu weiterem Protest bekam, »kommst du auf der Stelle mit Mary und mir nach Hause. Heute. Jetzt.«

»Tatsächlich? Ihr nehmt mich mit *nach Hause*?« Kathleen starrte sie ungläubig an.

»Warum denn bitte nicht?« Erst in diesem Augenblick wurde

Elizabeth das ganze Ausmaß von Kathleens Elend bewußt. »Oh, Kitty!« Jetzt brach sie ebenfalls in Tränen aus. »Hast du etwa auch nur für einen Moment gedacht, ich – gerade ich – ließe dich im Stich?« Die Vorstellung, daß Kathleen sie für eine derartige Rabenmutter hielt, entsetzte sie.

Ausnahmsweise reagierte Kathleen einmal nicht auf die Verwendung ihres Kosenamens. »Ich wußte nicht, was ich denken sollte«, flüsterte sie.

»Bist du sicher, daß es das Richtige ist, Mammy?« Beinahe hätte Elizabeth vergessen, daß auch Mary anwesend war.

»Was meinst du?«

Mary senkte ihr verweintes Gesicht. »Die Familie, all das...«

»Du meinst die sogenannte Schande?« Elizabeth starrte sie beinahe zornig an.

Mary nickte unglücklich.

»Hör mir mal gut zu, Mary Scollard«, sagte Elizabeth eindringlich. »Und du ebenfalls, Kathleen! Diese Schwangerschaft – wenn es sich denn überhaupt um eine handelt – ist natürlich Pech. Aber mehr auch nicht. Es war ein *Unfall*! Habt ihr das verstanden? Alle beide?«

Die Mädchen starrten sie mit großen Augen an. Doch wenigstens, dachte Elizabeth, hatte Kathleens erbärmliches Schluchzen aufgehört. »Kathleen«, fuhr sie fort, »du bist immer noch ein wunderbarer Mensch. Das änderte sich auch dann nicht, wenn du einem – einem...« Ihr fiel kein Wort ein, mit dem sich der Abschaum George Gallaher ausreichend beschreiben ließ.

»Und Mary!« Sie fuhr zu dem älteren Mädchen herum. »Du bist ihre *Schwester*. Vergiß das nicht. Wir sind eine *Familie*! Also stehen wir diese Sache gemeinsam durch.« Ihre Stimme bebte vor Zorn, als sie zischte: »Hast du das *kapiert*?«

Elizabeths Wut auf George richtete sich nicht allein gegen ihn. Als sie selbst in der gleichen Lage wie jetzt Kathleen gewesen war, hatte sie keine Gelegenheit gehabt, zu zeigen, wie sehr sie die Menschen, die ihre eigenen Töchter wegen einem Fehltritt im Stich ließen, verachtete. Kathleens Dilemma rührte das alles wieder auf. Sie war so wütend – auf sich selbst, ihre Eltern, George, Mossie Sheehan, alle zusammen –, daß es sie nicht länger auf dem Sofa hielt. »Alle, die etwas dagegen einzuwenden haben, sollen uns am *Arsch lecken*!« Sie ballte eine Faust und hieb sich in den anderen Handteller.

»Mammy!« Nie zuvor hatten Kathleen und Mary sie in der Gossensprache reden hören.

Zitternd starrte Elizabeth in die beiden schockierten Mienen. Tilly hatte recht gehabt, als sie den Ausdruck verwendet hatte – er besänftigte die Zunge und auch das Gemüt. »Sie sollen uns alle am Arsch lecken!« wiederholte sie energisch. »Jeder, der es mit einer Scollard aufzunehmen versucht, bekommt es mit uns allen zu tun. Verstanden, Mädchen?«

23

Nur aufgrund ihres Trotzes stand Elizabeth das Gespräch mit der Leiterin der Schule und die darauffolgende Heimfahrt in der Droschke durch. Sie hatte kurz mit dem Gedanken gespielt, ihre Eltern anzurufen, aber es sich dann anders überlegt. Eins nach dem anderen, dachte sie grimmig.

Falls es den Chauffeur, den Sohn des Taxifahrers aus Urhan, überraschte, daß es auf dem Rückweg nach Lahersheen einen zusätzlichen Fahrgast und jede Menge Gepäck zu transportieren galt, zeigte er es immerhin nicht. Tilly jedoch legte keine derartige Zurückhaltung an den Tag. »Kitty!« rief sie und sprang alarmiert von dem Stuhl neben dem Ofen, als Kathleen hinter den beiden anderen das Haus betrat.

Statt ihr zu antworten, rannte Kathleen wortlos an ihr vorbei ins Schlafzimmer. Während der gesamten Fahrt hatte sie – ebenso wie Mary und Elizabeth – kaum etwas gesagt, und erschöpft von ihren Gefühlen und ihrer Angst war sie kurz hinter Adrigole eingeschlafen und erst, als der Wagen vor dem heimischen Hoftor anhielt, wieder aufgewacht.

Elizabeth hob einen Finger an ihre Lippen und sah Tilly an. »Ich erzähle dir alles später«, flüsterte sie und wandte sich dann Mary zu. »Du bist sicher auch vollkommen erledigt, mein Schatz. Am besten gehst du ebenfalls sofort ins Bett. Und morgen schläfst du erst mal richtig aus. Ich kümmere mich schon um alles. Gemeinsam schaffen wir es, du wirst sehen!« Sie setzte ein ermutigendes Lächeln auf.

»Wo soll denn das Gepäck hin, Ma'am?« Der Fahrer kämpfte sich mit Kathleens Koffer und sämtlichen Paketen von Cash's und Woolworth durch die Tür. Elizabeth bedeutete ihm, einfach alles in der Mitte der Küche abzustellen. Beinahe hätte sie vergessen, daß sie mit Mary zum Einkaufen nach Cork gefahren war. Die wenigen idyllischen Stunden ihres gemeinsamen Ausflugs kamen ihr vor, als lägen sie mindestens hundert Jahre zurück. Arme Mary, dachte sie, das war vielleicht ein Tag! Und erst in diesem Augenblick fiel ihr Kathleens Schreibetui ein, das sicher immer noch auf dem Tisch in dem Besuchsraum der Schule lag.

Sie bezahlte den Fahrer und drängte Mary, nachdem er gegangen war, abermals ins Bett.

»Na schön, Mammy, gute Nacht! Gute Nacht, Mrs. Harrington!«

Mary sah so traurig aus, daß Elizabeth sie liebevoll in die Arme nahm. »Jetzt mach nicht so ein Gesicht. Ich verspreche dir, morgen ist alles schon viel leichter.« Aber als Mary schließlich mit schleppendem Schritt im Schlafzimmer verschwand, streifte sie die neuen Anziehsachen mit keinem Blick mehr.

»Was ist denn los?« Tilly stand immer noch wie angewurzelt da. »Warum habt ihr Kathleen mitgebracht?«

»Das ist eine lange Geschichte. Aber weshalb solltest du sie nicht als erste erfahren?« Elizabeth hielt kurz inne. Trotz Tillys Loyalität und Toleranz war sich Elizabeth der Tatsache bewußt, daß all die Skandale des vergangenen Jahres die Grenzen des Erträglichen deutlich überschritten. »Sie denkt, daß sie schwanger ist«, sagte sie trotzdem ohne Umschweife.

»O nein, Lizzie!« Tilly sank wieder auf ihren Stuhl.

»Ich fürchte, doch. Natürlich bin ich mir nicht hundertprozentig sicher – schließlich war sie noch bei keinem Arzt –, aber sie ist alles andere als dumm.«

»Aber von wem?«

»Dreimal darfst du raten.«

Tilly las die Antwort von Elizabeth' zorniger Miene ab. »Oh, Jesus, Maria und Josef!« entfuhr es ihr. »Was willst du mit ihr machen?«

Elizabeth wußte, daß diese Frage gefährlich war. Sie musterte Tilly vorsichtig. Es hing einiges von der Reaktion der Freundin ab. »Da bleibt einem nicht viel übrig, oder?« meinte sie. »Nicht lange, und diese Familie zählt einen Menschen mehr, nehme ich an.«

»Ich – ich verstehe. Nun, die Güte des Herrn…« Nach kurzem Zögern gewann Tillys Freundschaft abermals die Oberhand, und ehe sie sich verabschiedete, erklärte sie sich bereit, Elizabeth und Kathleen am folgenden Morgen zum Arzt nach Castletown zu fahren, damit dieser gegebenenfalls die Schwangerschaft bestätigte.

Den Großteil der Nacht wälzte Elizabeth sich schlaflos in den Kissen. Angesichts von Tillys kurzem Zögern, als sie ihr erklärt hatte, daß sowohl Kathleen als auch das Baby zu Hause bleiben würden, machte sie sich keine Illusionen bezüglich der Schwierigkeiten, die es sicher für sie alle zu überwinden galt.

Bis sie am nächsten Morgen die Schulkinder verabschiedete, stand für sie fest, daß Angriff immer noch als die beste Verteidigung galt. Vor allem lief ihr die Zeit davon. Innerhalb weniger Stunden wüßte sicher die gesamte Gemeinde, daß Kathleen Scollard, Schauspielerin und angehende Abiturientin, überraschend aus dem Internat nach Hause gekommen war. Und um eins und eins zusammenzuzählen, brauchte man wahrlich kein Genie zu sein.

Der Besuch beim Arzt in Castletownbere verlief angenehm neutral – trotz ihrer bleichen Miene und ihrer unverkennbaren Angst gab sich Kathleen äußerst umgänglich – und außer daß er ihnen seine Hilfe anbot für den Fall, daß sie irgendwann in nächster Zeit vonnöten war, enthielt sich der Mann höflicherweise jeden Kommentars über das neuerliche Unglück der Scollards. Elizabeth bedankte sich bei ihm und trat zusammen mit Kathleen wieder auf die Straße hinaus, wo Tillys Pferdewagen stand. Wie so oft im November war es ein windstiller Regentag, und die Freundin hatte sich, eingehüllt in ihre Öljacke, zum Schutz im Eingang von MacCarthy's untergestellt.

Elizabeth fragte sie, ob sie ein paar Minuten zusammen mit Kathleen auf sie warten könnte. »Ich habe noch kurz etwas zu erledigen«, fügte sie hinzu.

Tilly war einverstanden. »Ich muß sowieso noch zu Hanley's und ein paar neue Geschirrtücher kaufen«, sagte sie. »Komm mit, Kitty.«

Das, was Elizabeth zu erledigen hatte, führte sie ins Pfarrbüro. Letzte Nacht hatte sie erkannt, daß es besser wäre, selbst die Initiative zu ergreifen, statt die ganze Familie permanent zittern zu lassen vor dem Besuch des Priesters, spräche sich die Schwangerschaft erst herum. Um ihre Nervosität zu bekämpfen, rief sie, während sie über die Brücke in Richtung Osten des Städtchens hastete, ihren Zorn auf jene gnadenlosen Moralvorstellungen wach, aufgrund derer sie selbst nach Béara verbannt worden war.

Die Gemeinde besaß ein beachtliches zweigeschossiges Gebäude, von dem aus man einen herrlichen Blick auf den Hafen genoß. Als Elizabeth entschieden klopfte, preßte sie die Lippen zusammen und dachte, keinem Kind, für das sie verantwortlich war, würde jemals das Schicksal zuteil, das man ihr aufgenötigt hatte.

Fünf Minuten später wartete sie immer noch in dem kahlen Vorraum des Presbyteriums. Zu angespannt, um sich zu setzen, stand sie, während sich die Minuten in die Länge zogen, auf dem glänzend polierten Linoleum vor dem kalten Kamin und blickte absichtlich an dem traurigen Blick der Mutter Gottes, deren Bild als einziger Schmuck an der ansonsten jungfräulich weißen Wand über dem Sims hing, vorbei. Der Anblick des Kamins jedoch fachte ihren Zorn noch weiter an. Normalerweise brachte man bei jedem Besuch dem Pfarrer ein wenig Brennholz oder zumindest ein paar Torfklumpen mit, und es erfüllte sie mit einer geradezu kindischen Genugtuung, mit leeren Händen gekommen zu sein.

Als sie schließlich hörte, wie jemand hinter ihr die Tür öffnete, war sie derart erbost, daß sie dem Pfarrer bei einer freundlichen Begrüßung wahrscheinlich ins Gesicht gespuckt hätte.

Allerdings hatte der Mann weder eine freundliche Miene aufgesetzt, noch betrat er überhaupt den Raum. Er blieb im Türrahmen stehen und hielt die Klinke in der Hand, als wäre er auf dem Weg woandershin und hätte rein zufällig hereingeschaut. »Ich bin im Augenblick sehr beschäftigt, Mrs. Scollard«, fistelte er. »Was kann ich für Sie tun?«

Die brüske Art des Klerikalen kam ihr gerade recht, denn sie bestärkte sie in ihrer Entschlossenheit. »Ich bin nicht sicher, ob Sie mir helfen können, Hochwürden«, sagte sie. »Aber es gibt etwas, das ich Ihnen *sagen* möchte.«

»Aha?« Immer noch ließ er den Türgriff nicht los.

»Könnten Sie vielleicht eine Minute erübrigen?« fragte sie ein wenig spitz. »Es wird nicht lange dauern.«

Schließlich betrat er seufzend den Raum. Allerdings zog er weder die Tür hinter sich ins Schloß, noch nahm er auf einem der Stühle Platz. »Worum geht's?« Demonstrativ ließ er einige Münzen in der Tasche seiner Soutane klingeln.

Elizabeth umfaßte die Rückenlehne des vor ihr stehenden Mahagonistuhls und sah über den langen Tisch hinweg, der den Großteil des Raums beanspruchte, den Pfarrer an. Bei der Planung dieses Besuchs hatte sie beschlossen, keine Umschreibung zu verwenden wie zum Beispiel, daß ihre Stieftocher in »Schwierigkeiten« sei – denn dadurch hätte der Kirchenmann die Gelegenheit zur Eröffnung eines psychologischen Vortrages gehabt. Wenn ein Mensch »in Schwierigkeiten« war, tischte er ihr sicher »Hilfe« oder eine »Lösung« auf.

»Es geht um meine Stieftochter«, setzte sie statt dessen an. »Um eine von ihnen. Sie ist schwanger.«

Seine Augen durchbohrten sie; doch sie hielt seinem Blick so lange stand, bis schließlich er derjenige war, der zu Boden sah. »Warum erzählen Sie mir das? Suchen Sie Hilfe?«

»Nein, Herr Pfarrer«, sagte sie. »Aber ich danke Ihnen für Ihre Freundlichkeit«, fügte sie anzüglich hinzu.

»Warum sind Sie dann hier?«

»Ich bin hier, weil ich wußte, daß Sie uns sicher beiständen, sobald Sie die Sache erführen. Und ich wollte Ihnen versichern, daß wir durchaus allein zurechtkommen. Trotzdem vielen Dank!« Sie wußte, ihr Vorgehen war wenig elegant, aber zumindest hatte sie sich klar ausgedrückt.

»Ich verstehe«, sagte er.

»Außerdem wollte ich diejenige sein, die es Ihnen sagt.«

»Tja, nun, vielen Dank«, kam seine trockene Erwiderung.

Er mochte autoritär sein, aber war deshalb noch lange kein Narr. »Und jetzt will ich Ihnen nicht länger Ihre Zeit stehlen«, bemerkte sie abschließend, wandte sich mit einem nochmaligen Dank zum Gehen und verließ erhobenen Hauptes den Raum.

In Erinnerung daran, wie sehr der damals von ihren Eltern bemühte Priester sie selbst bedrängt hatte, kehrte sie mit einem leisen Triumphgefühl zu Tilly und Kathleen zurück. Ein Punkt für Elizabeth Sullivan, dachte sie – doch der Triumph verflog, als sie Kathleen mit Leichenbittermiene unter ihrem Regencape auf der Rückbank des Pferdewagens kauern sah. Falls eben überhaupt ein Sieg von ihr errungen worden war, dann höchstens einer im Vorfeld. Die Schlacht jedoch dauerte sicher noch die nächsten Jahre an.

Später an jenem Tag kam Elizabeth die Einsicht, daß sie Tilly mitsamt ihrem Pferdewagen bereits allzuoft eingespannt hatte. Auf jeden Fall böte der Erwerb eines eigenen Transportmittels der Familie, die von Kathleens Notsituation mehr als nur betroffen war, eine willkommene Abwechslung. Beim Abendessen verkündete sie, daß sie Mick Harrington bitten wolle, sich nach einem guten Pferd und Wagen umzusehen.

Sämtliche Kinder brachen in Jubelschreie aus, und selbst

Kathleen, die seit ihrer Rückkehr nach Hause kaum ein Wort gesprochen hatte, blickte mit vagem Interesse von ihrem unangetasteten Teller auf.

»Warum fragst du nicht auch Mossie Sheehan?« meinte Margaret, nachdem das erste Hurra verklungen war.

Elizabeth sah sie erstaunt an. »Warum sollte ich?«

»War ja nur ein Vorschlag, Mammy.« Margaret schmollte, weil sie die Entgegnung ihrer Stiefmutter als Kritik auffaßte.

»Also gut, vielleicht«, lenkte Elizabeth möglichst beiläufig ein. Doch während sie Abigail Milch nachschenkte, fragte sie: »Hast du Mossie in letzter Zeit gesprochen?«

»Na sicher, schließlich laufen wir einander ständig über den Weg«, antwortete Margaret. »Und da ist es doch normal, daß ich mit ihm rede, was meinst du? Sonst wäre ich ja wohl ziemlich unhöflich. Außerdem gefällt er mir«, fügte sie hinzu. »Ich finde ihn nett!«

»Hatte er irgendwelche Neuigkeiten?« Elizabeth war sich Kathleens plötzlicher Aufmerksamkeit durchaus bewußt, und so wischte sie Abigail mit größerer Sorgfalt als nötig den Mund mit ihrem Lätzchen ab.

»Was für Neuigkeiten? Lange Gespräche führen wir nun auch wieder nicht, Mammy. Wir sagen eben hallo! Darf ich ihn fragen, wenn ich ihn das nächste Mal sehe?«

»Wonach?«

Elizabeth hatte vorübergehend vergessen, weshalb überhaupt die Sprache auf Mossie gekommen war.

»*Mammy!* Wegen dem *Pferd*!«

»Also gut«, erlaubte sie, wenn auch widerwillig. Und dann dachte sie, während die Kinder abermals lebhaft durcheinanderplapperten, daß sie Mick Harrington möglichst zur Eile drängen sollte.

Allerdings hatte sie ihre Rechnung ohne Margaret gemacht. Am nächsten Nachmittag wechselten sie und Mary sich gerade beim Buttern im Schuppen ab, als Elizabeth hörte, wie Mossie draußen ihren Namen rief. Da sie wußte, daß Kathleen nicht reagieren würde – das Mädchen saß den ganzen Tag lang brütend im Schlafzimmer, und Elizabeth fand es im Augenblick am vernünftigsten, sie gewähren zu lassen –, trat sie in den Hof hinaus. »Ja, Mossie?«

»Wie ich hörte, seid ihr an einem Pony und einem Wagen interessiert?« Er lehnte lässig im Rahmen der Küchentür.

»Genau gesagt, an einem Pferd...« Es bestand keine Notwendigkeit, derart schnippisch zu sein, aber es ärgerte sie, daß Mossie sich schon wieder aufspielen wollte. »Hast du eins zu verkaufen?« fuhr sie eisig fort.

»Ich weiß, wo gerade eins feilgeboten wird.«

»Danke, vielleicht komme ich bei Gelegenheit darauf zurück. Tja, wenn das alles ist...« Sie wandte sich von ihm ab.

»Soll ich es morgen früh vorbeibringen? Maggie scheint der Ansicht zu sein, daß es dir mit dem Kauf eilt.« Es war, als pralle ihre bewußte Schroffheit einfach an ihm ab.

»Nett von dir«, sagte er. »Aber ich habe bereits Mick Harrington gebeten, sich für mich umzusehen. Wenn er nichts findet, komme ich bestimmt auf dein Angebot zurück.«

»Es war Mick Harrington, der mir das Tier empfohlen hat.«

Obgleich er ganz normal dreinschaute, steigerte sich ihre Verärgerung, und in dem unsinnigen Versuch, ihrerseits endlich einmal die Oberhand zu gewinnen, log sie drauflos: »Morgen paßt es nicht. Bitte warte bis Sonnabend. Schließlich wird die Entscheidung von der gesamten Familie gefällt.«

Mossie sah zum Himmel hinauf. »Sieht aus, als würde es bald regnen«, meinte er. »Tja, bis Samstag dann.«

Als sie den Schuppen betrat, nahm sie Mary den Klöppel ab und bearbeitete die arme Butter so wütend, daß sie hart wurde wie Stein.

Am Samstagvormittag herrschte im Hause Scollard große Aufregung. Vor allem Francey pendelte unablässig zwischen dem Haus, dem Hoftor und dem oberen Feld, um ja der erste zu sein, der die neue Kutsche entdeckte.

Außer den beiden alten Fahrrädern und dem Esel, mit dem Neeley den Torf aus dem Moor geholt hatte, besaß die Familie noch nie ein eigenes Transportmittel; als Elizabeth, deren wohlhabender Vater eins der ersten Automobile in Cork erworben hatte, die Begeisterung der Kinder sah – selbst Mary und Kathleen zeigten einige Vorfreude –, dachte sie abermals, wie anders ihre Kindheit doch verlaufen war. Für sie war es vollkommen normal gewesen, daß ihr Daddy, wenn er nicht gerade arbeitete, sie und ihre Mutter an alle gewünschten Ziele fuhr. Dabei war ihr vollkommen egal gewesen, mit welcher Sorte von Auto; nicht einmal die gelegentlichen Typenwechsel hatten sie interessiert.

Schließlich hörte sie Franceys frenetisches Gebrüll und trat in den Hof hinaus. In lebensgefährlicher Höhe hockte er auf dem Dach des Kuhstalls und fuchtelte mit den Armen durch die Luft. Johanna, die wie immer in seiner Nähe war, stand am Fuß des Gebäudes und sah zu ihm hinauf.

»Francey Scollard, komm sofort da runter!« rief Elizabeth. »Du brichst dir noch das Genick…«

Allerdings hätte sie gar nichts zu sagen brauchen, denn behende wie ein junger Schimpanse kletterte Francey an den Rand des Daches und baumelte dann eine schreckliche Sekunde mit den Händen an der Dachrinne, ehe er sich fallen ließ und mit der Leichtigkeit eines Zirkuskinds auf der Erde landete. Ohne weitere Schelte abzuwarten, stürzte er an seiner Mutter vorbei durch das Hoftor und schoß Mossie und dem neuen Pferd entgegen.

Auch die Mädchen kamen aus dem Haus gerannt und versammelten sich auf dem Hof.

Elizabeth hielt sich im Hintergrund. Sie wußte, ihre Wut auf Mossie war momentan ziemlich ungerecht. Schließlich erwies er ihr in diesem Augenblick einen Freundschaftsdienst. Einen *weiteren* Dienst, dachte sie erbost und haßte ihn dafür. Außerdem haßte sie es, daß er sich auf diese Weise klammheimlich bei den Kindern einschmeichelte.

Schließlich tauchte Mossies Kopf über dem kahlen Skelett der Fuchsienhecke auf. Er war nicht allein. Francey saß strahlend neben ihm, und der Anblick rief ein weiteres Gefühl in

Elizabeths bereits mehr als brodelndem Herzen wach. Etwas wie Eifersucht. Wie konnte Mossie Sheehan es wagen, derart vertraut mit ihrem Sohn umzugehen? Sie war so wütend, daß sie ihn gerne auf der Stelle wieder nach Hause geschickt hätte.

Plötzlich sah sie, daß nicht alle Kinder am Hoftor standen. Kathleen hing mit steinerner Miene in der Küchentür. Ihre Schwangerschaft hatte Elizabeths Ärger, daß sie von ihrer Vereinbarung mit Mossie wußte, vorübergehend verdrängt.

Doch nun war es zu spät, irgendwelche Warnungen auszustoßen. Mossie hatte den Hof bereits erreicht.

Die Mädchen traten eilig ein paar Schritte zurück und ließen das Pferd und seine Begleiter an sich vorbei; aber als das Tier mitten im Hof zum Stehen kam, schlichen sie vorsichtig näher, um ihm die Nüstern zu streicheln, die Flanken zu tätscheln und es sich ganz allgemein aus der Nähe anzusehen. Der Gaul kaute auf dem Gebiß seines Zaumzeugs, warf den Kopf in den Nacken und schnaubte kräftig zur Begrüßung. Selbst Elizabeth, die in bezug auf Pferde alles andere als erfahren war, mußte zugeben, daß es sich um ein Prachtexemplar zu handeln schien. Es war ein geschmeidiger Wallach, rabenschwarz mit einer weißen Blesse und drei weißen Fesseln; sein dichtes Winterfell schimmerte im schwachen Sonnenschein. »Er heißt Schneeball«, rief Francey voller Begeisterung.

»Das kann ja wohl nicht sein!« entfuhr es Elizabeth, obgleich sie versuchte, sich so desinteressiert wie möglich zu geben.

Mossie Sheehan lachte fröhlich auf. »Stimmt auch nicht«, sagte er, während er vom Wagen stieg. »Ich habe mir nur einen kleinen Spaß mit dem Jungen genehmigt.«

»Wie heißt er denn sonst?« Francey funkelte ihn böse an. Er sprang ebenfalls vom Wagen und baute sich, die Hände in die Hüften gestemmt, vor Mossie auf.

»Blitz«, erwiderte Mossie und fuhr Francey versöhnlich über den Kopf.

Die Vertrautheit dieser Geste erschien Elizabeth wie eine Provokation. »Natürlich brauche ich noch jemanden, der untersucht, ob das Tier in Ordnung ist«, sagte sie steif.

»Natürlich«, pflichtete Mossie ihr bei. »Aber ich kann dir garantieren, daß du für diesen Preis in ganz Béara kein ähnliches Tier bekommst.« Er tätschelte dem Roß den schimmernden Hals. »Er ist noch ein bißchen ungestüm, aber das wird sich bestimmt bald legen.«

»Wem gehört es?«

»Mir. Ich habe es vorgestern einem Kesselflicker abgekauft.«

Am liebsten hätte Elizabeth geschrien. Statt dessen wandte sie sich den Mädchen zu, die voller Begeisterung den Kopf und die Ohren des Pferdes kraulten. »Würde eine von euch bitte losgehen und Mick Harrington fragen, ob er kurz herüberkommt?«

Keins der Mädchen meldete sich freiwillig.

»Margaret! Hast du mich gehört?« fuhr Elizabeth die Drittälteste an.

»Das ist nicht gerecht«, jammerte Margaret, aber als sie das Gesicht ihrer Stiefmutter sah, unterdrückte sie weitere Proteste.

»Können wir vielleicht eine Probefahrt machen?« fragte Francey in diesem Augenblick.

»Ja, bitte, bitte!« stimmten auch Johanna und Goretti ein.

»Dürfen wir, Mossie?« wiederholte Francey, während er Mossie am Ärmel zupfte.

Mossie breitete die Arme aus. »Das hängt von eurer Mammy ab.«

»Nein.« Dann zwang sich Elizabeth jedoch zu einem etwas sanfteren Ton. »Das Pferd gehört uns nicht und vielleicht ist es zu teuer für uns. Normalerweise sind Mr. Sheehans Preise immer etwas hoch.« Ohne Mossie auch nur anzusehen, ging sie um den Wagen herum, der, wie sie bemerkte, frisch gestrichen war – schwarz wie das Pferd, aber mit leuchtend roter Deichsel, roten Rädern und farblich passenden Verzierungen an den Seiten.

»Ich habe ihn gestern abend noch ein bißchen aufgemöbelt«, erklärte Mossie, als er ihre Miene sah. »Sei vorsichtig mit deinem Kleid, Lizzie – ich bin nicht sicher, ob die Farbe schon überall getrocknet ist.« Ohne auf ihn zu achten, fuhr sie mit ihrer, wie sie hoffte, fachmännischen Begutachtung des Wagens fort. Allerdings hatte sie keine Ahnung, worauf sie achten mußte, und um irgend etwas zu tun, trat sie, so wie ihr Vater gegen die Reifen eines neuen Automobils, gegen ein Rad.

»Das ist ein Rad.« Als sie Mossies ironischen Ton vernahm, hätte sie ihm am liebsten eins über den Schädel gegeben, aber inzwischen hatte sie Margaret zu Mick Harrington geschickt. Dieser Wichtigtuer mußte also leider bleiben, bis der Nachbar zur Begutachtung des Pferdes erschien.

»Ruf mich, wenn Mr. Harrington kommt«, sagte sie zu Mary. »Ich will nach dem Ofen sehen.« Ohne einen Blick nach rechts oder links, ging sie an Mossie vorbei ins Haus, wo sie Kathleen, den Kopf auf die gekreuzten Arme gelegt, am Tisch sitzen sah. »Willst du dir das Pferd nicht auch anschauen, Kathleen?« Elizabeth trat neben sie und berührte sie sanft am Arm.

»Was?« Kathleen wirkte plötzlich so tief verletzt, daß Elizabeths Sorge um sie die Oberhand über ihren Zorn auf Mossie Sheehan gewann. Innerhalb von Sekunden jedoch hatte Kathleen wieder die vertraute, verächtliche Miene aufgesetzt, und so machten Elizabeths Gefühle eine abermalige Wandlung durch. Am besten wäre sie jetzt sehr vorsichtig. »Das neue Pferd!«

»Ich gucke mir nichts an, was dieser Kerl uns bringt.«

»Wir müssen miteinander reden, Kathleen.« Elizabeth ließ sich neben ihr nieder.

»Es gibt nichts zu besprechen.«

»O doch! Also, du bist in Schwierigkeiten – und gewissermaßen ich ebenfalls. Statt uns zu befehden, könnten wir einander behilflich sein.« Wie sooft in letzter Zeit sprach Elizabeth ganz instinktiv.

»Wie konntest du nur …?« weinte Kathleen und schlug mit beiden Fäusten auf den Tisch.

»Was? Mich verlieben – so wie es dir ergangen ist, Kathleen?«

»Das war …«

»Etwas anderes?« fiel ihr Elizabeth eilig ins Wort. »Weshalb war das bitte etwas anderes? Vielleicht, weil du jünger bist?«

»Nein …«

»Weshalb dann?«

»Du drehst mir die Worte im Mund herum – das hast du schon immer getan!«

»Ist es, weil ich mehr als einmal verliebt gewesen bin? Ist es das?«

»Und was war mit meinem Vater?« Kathleen warf sich beide Hände vor das Gesicht.

Die fröhlichen Rufe der anderen Mädchen und das Geklapper der Pferdehufe klangen für Elizabeth wie die reinste Ironie. »O Kathleen!« Vorsichtig streichelte sie das Mädchen.

»Nun?« Kathleen wehrte die Hand ihrer Stiefmutter zunächst gewohnheitsmäßig ab, ehe sie sich matt ergab. »Was war mit ihm? Hast du ihn jemals geliebt? Auch nur für eine Minute?«

»Armer Schatz«, sagte Elizabeth. »Ich habe ihn in dem Maß geliebt, wie es mir möglich war. So, wie es mir möglich war, Kathleen«, wiederholte sie, als keine Antwort kam. »Und ich habe ihn immer für einen guten Menschen und einen wunderbaren Vater gehalten – das darfst du nicht vergessen.«

»Obwohl er… dein Haar…«

»Ja«, sagte Elizabeth mit aller Entschiedenheit. »Komm her, Liebes!« Sie zog Kathleens Kopf an ihre Schulter und wartete, daß das Schluchzen des Mädchens verklang.

Dann merkte sie, daß ihre Stieftochter etwas an ihrer Schulter murmelte.

»Was hast du gesagt? Ich habe dich nicht verstanden.« Sie lauschte angestrengt. So weit sie es verstand, stammelte Kathleen wieder und wieder: »Ich liebte ihn. Ich liebte ihn.«

»Natürlich hast du ihn geliebt«, beschwichtigte Elizabeth. »Dein Daddy war…«

»Nein!« Kathleen hob den Kopf. *»George!* Ich liebe ihn – ich liebe George – er hat so schön mit mir getanzt«, schluchzte sie, ehe sie ihren Kopf abermals an Elizabeth' Schulter sinken ließ.

Der armen Kathleen stünden noch viele Tränen bevor, dachte die Ältere, zog sie eng an ihre Brust und küßte sie zärtlich auf den dunklen Scheitel. »Pst, mein Schatz«, flüsterte sie. »Armes, kleines Ding... pst...« Wenn es in diesem Augenblick möglich gewesen wäre, den Schauspieler in die Hölle zu schicken, hätte sie ihn mit dem größten Vergnügen dem schlimmsten Fegefeuer überantwortet, das Schurken seines Kalibers vorbehalten war und aus dem es kein Entrinnen gab.

Plötzlich stand Margaret in der Tür. »Mr. Harrington ist da«, verkündete sie atemlos, ehe sie ihre unglückliche Schwester sah. »Oh...«

»Ich komme sofort.« Elizabeth nickte ihr nachdrücklich zu.

Aber Kathleen reagierte sofort, indem sie aufsprang und im Schlafzimmer verschwand. »Was ist bloß mit ihr los?« Margarets bekümmertes kleines Gesicht sah viel älter als das einer Dreizehnjährigen aus.

»Sie ist im Augenblick einfach ein bißchen durcheinander«, sagte Elizabeth, während sie sich ebenfalls erhob. Margaret wußte über Kathleens Schwangerschaft Bescheid, denn Mary hatte es ihr anvertraut.

Draußen prüfte, von den schweigenden Kindern fasziniert beobachtet, Mick Harrington sowohl das Pferd als auch den Wagen. Das Tier wurde nervös, warf den Kopf in den Nacken und zerrte an seinem Zaumzeug, wobei es leicht mit den Hufen zu scharren begann. Es legte die Ohren an und rollte mit den Augen, als Mick seine Lippen auseinanderzog, um sein Gebiß zu begutachten, ehe es sich schließlich ergab.

Mick fuhr ihm mit der Hand über die Flanken, trat einen Schritt zurück und sah sich den Wallach kritisch in seiner Gesamtheit an. »Er ist wirklich nicht übel«, sagte er zu Mossie und wandte sich dann an Elizabeth. »Du könntest es wirklich schlimmer treffen, Lizzie.«

Elizabeth spürte die Aufregung der Kinder und wußte, sie hatte keine Wahl. Die Sache war in Gang gebracht, und jetzt gab es kein Zurück. »Wieviel?« erkundigte sie sich.

»Ich nehme an, daß wir uns bezüglich des Preises durchaus einigen können«, erwiderte er glatt.

»Mick, würdest du das für mich erledigen?« fragte Elizabeth Tillys Mann. Die unterschwellige Bedeutung dieses Satzes, nämlich daß Mossie sie andernfalls sicher betrügen würde, war ihnen allen klar. Und um die Beleidigung noch zu vervollkommnen, fügte sie, die Zähne bleckend, hinzu: »Ich vertraue dir. Gib ihm, was du für richtig hältst.«

Mick sah unsicher zwischen den beiden hin und hier, ehe er brummte: »Wie du meinst!«

»Danke«, sagte sie. »Falls du mich brauchst, ich bin im Haus.« Ohne ein weiteres Wort fegte sie an den beiden Männern vorbei.

Mossie hatte nicht gelogen mit seiner Bemerkung, Blitz, der erst fünfjährige Wallach, wäre noch »ein bißchen ungestüm«. Elizabeth hatte alle Hände voll mit ihm zu tun, als sie die Kutsche während der ersten Ausfahrt vorsichtig die Straße in Richtung Eyries hinunterlenkte. Zu Anfang hatte sie Angst, das Pferd schneller laufen zu lassen als im Schritt, eine Einschränkung, die ihm äußerst zu mißfallen schien, so daß er versuchte, durch möglichst starkes Ziehen und Schwenken seines Kopfes das Zaumzeug abzuschütteln. Vor lauter Anstrengung, die Zügel festzuhalten, taten ihr Schultern und Arme bereits nach wenigen Minuten weh, so daß sie allmählich bedauerte, Mossies Angebot, sie bei ihrem ersten Anflug zu begleiten, ausgeschlagen zu haben.

Nach den ersten paar hundert Metern jedoch beruhigte sich das Tier ein wenig, so daß sie sich entspannte und die Fahrt zu genießen begann. Sie erwiderte die Grüße der Nachbarn, die mit bewundernden Blicken verfolgten, wie die frischgestrichene Kutsche die Straße hinunterrollte, und freute sich über das Jauchzen ihrer Kinder. Die Hausarbeit hatten sie liegenlassen, und jetzt saßen alle mit leuchtenden Augen da. Selbst Abigail hockte sicher auf Marys Schoß und krähte. Einzig Kathleen hockte wie so oft in letzter Zeit zu Hause im Schlafzimmer.

Gerade als sie die Kuppe des Hügels oberhalb von Kilcatherine Point erreichten, schaute die Sonne, die sich zuvor nur hin und wieder blicken ließ, zwischen den Wolken hindurch. Ein Flecken hellen Lichts blitzte wie eine leicht ovale Münze auf dem Wasser auf, ehe er oberhalb der Bucht das Land erklomm und zuerst spielerisch über die Häuser von Eyeries, dann über die Gebäude von Urhan, Caherkeem und schließlich sogar Gortahig und Cod's Head hinweg huschte. Der Torfrauch aus den Schornsteinen zerstob in der Helligkeit, und hier und da schimmerte die Wintersaat wie Jadestücke zwischen dem Braun-Gold-Grau der Berge auf.

Dann wurde die Sonne abermals von einer Wolke verhüllt, und alles war so wie immer.

»Hast du das Licht gesehen?« Elizabeth wandte sich an Margaret, die neben ihr auf dem Kutschbock saß.

»Was?« Margaret sah sie verwundert an.

»Die Art, wie die Sonne – ach, egal.« Elizabeth nahm an, die Kinder wären, da sie schon immer hier gelebt hatten, immun gegen die überwältigende Schönheit, die einen in Béara umgab.

Gerade als sie die Haarnadelkurve oberhalb des Hafens von Ballycrovane umrundeten, schrie Francey fröhlich auf. »Da ist Danny McCarthy! Huhu, Danny!« brüllte er. »Sieh nur – wir haben ein neues Pferd!«

Unwillkürlich blickte Elizabeth über die Schulter zurück. Daniel und einer seiner Brüder standen knietief im von der Ebbe freigelegten Tang und hievten ihn mit Heugabeln in eine Schubkarre. Sie sah, daß er sich aufrichtete und zur Straße herüberschaute, ehe sie gezwungen war, sich wieder umzudrehen, damit sie nicht die Kontrolle über das Pferd verlor.

Francey zupfte sie am Ärmel und sah sie fragend an. »Warum kommt Danny McCarthy nicht mehr zum Fußballspielen zu uns? Er hat es mir versprochen.«

»Wahrscheinlich hat er zuviel Arbeit«, antwortete Elizabeth, wobei sie hartnäckig ihren Blick nach vorn richtete.

»Tja, dann gehe ich einfach mal zu ihm und frage ihn.«

»Probier das ja nicht, hast du mich gehört? Wenn Daniel mit dir Fußball spielen will, dann kommt er sicher auch so. Verstanden?«

»Ich will ja bloß fragen«, murmelte Francey, aber so leise, daß Elizabeth ihn wahrscheinlich gar nicht hören sollte. Also sagte sie nichts mehr. Der Anblick von Daniel hatte sie bereits genug aus dem Gleichgewicht gebracht, auch ohne seinetwegen noch mit Francey zu streiten. Auf dem geraden Stück Straße, das entlang des Hafens verlief, ließ sie die Zügel ein wenig lockerer, und während das Pferd den plötzlich gestatteten flotten Trab genoß, dachte sie über ihre Gefühle für Daniel nach. Allerdings war die Wunde noch zu frisch, als daß sie besonderen Druck ertrug, und so wandte sie ihre Gedanken wieder dem Lenken der Kutsche zu.

Elizabeth hatte noch nicht genügend Vertrauen in ihr Geschick auf dem Bock, als daß sie gewagt hätte, direkt bis in den belebten Ortskern von Eyeries vorzudringen; daher machte sie ungefähr eine Meile vor Erreichen des Dorfes kehrt, indem sie in der Nähe eines Hoftores zum Stehen kam, abstieg und Blitz am Zügel wenden ließ. Auf dem Rückweg überließ sie Mary eine Zeitlang ihren Platz auf dem Fahrersitz. Als sie abermals die Kurve vor dem Hafen von Ballycrovane erreichten und sie den nackten Fels an seinem Ende sah, machte sie sich auf eine erneute Begegnung mit Daniel gefaßt, ehe sich die Luft als rein erwies.

Sicher zu Hause angekommen, befreiten sie alle zusammen unter großen Mühen Blitz von seinem Geschirr. Das Pferd schien es zu mögen, unbestritten im Mittelpunkt des allgemeinen Interesses zu stehen. Während Elizabeth und Mary den Wagen in den Kuhstall schoben, wo er vor den Unbilden des Wetters sicher war, ließ Blitz es sich gefallen, wie die anderen Kinder mit den ungewohnten, endlosen Lederriemen kämpften.

In Erwartung der Ankunft des Pferdes hatten sie die Box neben der, wo Franceys Eisenbahn ihr Wesen trieb, gemütlich mit Stroh ausgelegt. Tilly steuerte ein Futternetz und einen kleinen Vorrat an Hafer und Heu bei, und Francey hatte voller Inbrunst einen alten Eiseneimer geschrubbt, in dem nun das Wasser für den neuen Gefährten stand. Als hätte er schon immer dort gelebt, folgte Blitz Margaret gehorsam in sein neues Heim und leerte den Eimer innerhalb von neunzig Sekunden bis auf den Grund.

Die normalen Samstagverrichtungen hatten keine Chance, denn während des restlichen Tages machten sich die Scollards mit ihrem neuen Hausgenossen vertraut. Selbst Elizabeth merkte, daß sie immer wieder einen Vorwand fand, um in den Hof hinauszugehen, und daß sie jedesmal wie zufällig durch die Stalltür sah. Schließlich wollte sie doch die Schätze dazu bewegen, ihr Wochenendbad über sich ergehen zu lassen – da merkte sie, daß Kathleen verschwunden war. Zuletzt entdeckte sie Kathleen und Blitz Wange an Wange im Pferdestall. Das Mädchen hatte die Arme um seinen Nacken geschlungen und ihr Gesicht in sein Fell geschmiegt. Blitz stand da wie eine Statue, und nur seine Ohren wippten eifrig, als versuche er zu ergründen, weshalb dieses Geschöpf so traurig war.

Für Kathleen war es offensichtlich ein derart intimer Augenblick, daß sich Elizabeth lautlos zum Gehen wandte; aber anscheinend hatte die Tochter doch etwas gehört – oder gespürt –, und so drehte sie sich zu ihr um. »Schon gut, Kathleen«, flüsterte Elizabeth. »Bleib, wo du bist! Komm baden, wenn es dir paßt.« Aber Kathleen trat an die Tür. »Mammy«, fragte sie, »wann wirst du den anderen erzählen, weshalb ich nach Hause gekommen bin?«

»Soll ich das denn? Bist du sicher, daß die Jüngeren es wissen müssen?«

»Ich will es hinter mich bringen«, sagte Kathleen beinahe aggressiv.

»Dann erledige ich das morgen nach der Messe, ja?«

»Außerdem ...« Während sie unbehaglich von einem Fuß auf den anderen trat, zupfte hinter ihr Blitz ein paar Büschel Heu aus seiner Raufe und kaute genüßlich. »Was ist mit dieser – Mossie Sheehan – Geschichte? Wann findet das statt?«

»Erst in Monaten. *Falls* es überhaupt dazu kommt«, fügte Elizabeth bedeutungsschwer hinzu. »Mach dir darüber keine Gedanken, Kathleen. Vor allem, weil das auch gar nicht deine Angelegenheit ist. Du hättest niemals ...«

»Fang nicht schon wieder davon an!«

Elizabeth hatte das Gefühl, daß sie alles Recht der Welt besaß, dieses Thema anzuschneiden, hielt sich aber trotzdem zurück und sagte nur: »Schon recht.«

»Und dein Danny McCarthy? Welche Rolle spielt er in letzter Zeit?« Elizabeth meinte, in Kathleens Augen ein boshaftes Blitzen zu beobachten, was sie beinahe erleichterte. Die leidende Kathleen der letzten Tage hatte sie mit allzu großem Mitleid erfüllt.

»Das«, sagte sie mit einiger Schärfe, »geht dich nun wirklich nichts an. Und ich möchte nicht, daß du seinen Namen auch nur noch ein einziges Mal erwähnst. Verstanden? So, und jetzt bleib nicht zu lange hier draußen«, mahnte sie freundlich. »Es wird allmählich kalt.« Dann machte sie kehrt und eilte zu den anderen Kindern zurück.

Das letzte, was sich Elizabeth an jenem Abend gönnte, war im Schein ihrer Taschenlampe ein Gutenachtblick auf das Pferd. Wieder hatte Blitz Gesellschaft. Francey lag auf einem Haufen Stroh in der hintersten Ecke des Stalls und schlief wie ein Murmeltier. In einer Hand hielt er ein Büschel Heu, in der anderen die Lokomotive seiner Eisenbahn.

Kleines Äffchen! dachte Elizabeth voll Zärtlichkeit. Ihr Sohn konnte unbemerkt nur herübergekommen sein, indem er wieder einmal aus dem Schlafzimmerfenster geklettert war. Doch sie beschloß, ihn zu lassen, wo er war, holte eine Decke herbei und hüllte ihn sorgsam darin ein.

Im Verlauf der folgenden Wochen stellte sich im Leben der Familie abermals ein gewisser Rhythmus ein. Die Feldarbeit des Jahres war größtenteils getan, und zu Elizabeths Erleichterung tauchte Mossie Sheehan äußerst selten auf. Während also die Wochen vergingen, bekam die bevorstehende Hochzeit mit ihm für Elizabeth etwas Unwirkliches; sie wiegte sich ein wenig in der Hoffnung, wenn sie nicht darüber nachdächte, geriete vielleicht alles in Vergessenheit. Ein- oder zweimal spielte Tilly auf die Sache an, aber da Elizabeth stets beharrlich schwieg, gab sie es schließlich auf.

Weihnachten stand vor der Tür, und so stürzte sie sich voller

Elan in die Vorbereitungen. Es war ihr ein dringendes Anliegen, dieses erste Weihnachten ohne Neeley so festlich zu gestalten wie unter den gegebenen Umständen irgend möglich.

Anders als viele Familien in Lahersheen mästeten die Scollards nicht extra ein Schwein für das große Fest, und die Gänsehaltung hatte sich in Elizabeths Augen als die schlimmste je in ihrem Haushalt getätigte Investition herausgestellt. Denn diese leidenschaftlichen, zischenden Monster waren inzwischen die unbestrittenen Herren über den Hof, und niemand von der Familie, am wenigsten sie selbst, hätte es jemals über sich gebracht, einem der Tiere auch nur eine einzige Feder auszurupfen, geschweige denn, ihm die Gurgel zuzudrücken. Dies war ein Bereich, in dem Elizabeth ihrem verstorbenen Gatten wirklich nachtrauerte: Neeley hatte sich immer um die rauheren Seiten des Hofbetriebs gekümmert, und seit seinem Tod stand sämtlichen Scollardschen Hühnern – ebenso wie jetzt auch den Gänsen und Enten – ein friedliches Alter bevor. Also bestellte die Familie Anfang Dezember nicht nur den Schinken für das Weihnachtsessen, sondern obendrein noch eine fremde Gans. Tot und möglichst ordentlich gerupft, ehe einer von ihnen sie zum ersten Mal zu sehen bekam!

Eines Tages holten sie den Wagen aus dem Schuppen, spannten Blitz an und fuhren zum Weihnachtsmarkt nach Castletown, wo sie Korinthen, Rosinen und so viel Mehl erstanden, wie aufzutreiben war. Elizabeth gab das Geld mit vollen Händen aus. Sie kleidete sämtliche Kinder neu ein – selbst Mary, obgleich diese seit ihrem Corkbesuch im Grunde nichts brauchte – kaufte bei Harrington's ein paar neue Bratpfannen, beglich die Rechnung bei McCarthy's, bekam als Gegenleistung das übliche Weihnachtsgeschenk in Form einer Flasche Whiskey überreicht, schlenderte an sämtlichen Ständen des Platzes vorbei, erwarb einen kompletten Satz neuer Figuren für die Krippe und die dicksten Weihnachtskerzen, die es zu kaufen gab.

Wegen der fortgesetzten kriegsbedingten Rationierungen fand sie nirgends Orangen, die man traditionellerweise in die Weihnachtsstrümpfe steckte; aber am Ende des Tages drückte sie jedem der Kinder einen Shilling in die Hand und schickte sie mit Mary los, während sie selbst auf die Suche nach Geschenken ging.

Müde, aber glücklich wie seit langem nicht mehr, lud sie schließlich alles und jeden in den Wagen und lenkte Blitz aus der kleinen Stadt. Doch während das Pferd mühsam den ersten Hügel erklomm, mischte sich leise Trauer in ihre Freude. Jetzt erst wurde ihr bewußt, daß sie während des gesamten Einkaufsbummels darauf gewartet hatte, Daniel zu treffen. Sie wußte nicht, ob sie über sein Ausbleiben Enttäuschung oder Erleichterung empfand. Einerseits hatte sie gelernt, ihr zurückgezogenes Leben dankbar zu akzeptieren, aber andererseits machte sie gerade wieder einmal eine Phase körperlichen Verlangens nach ihm durch.

Während sie die Ereignisse der vergangenen sieben Monate wieder und wieder im Geiste durchgegangen war, hatte sie erkannt, daß das Unglück nicht mit ihrer ersten Begegnung mit Daniel auf dem Knockameala, sondern mit Jimmy Deeneys Tanzveranstaltung über sie hereingebrochen war. Hätte sie doch nur auf Tilly gehört… »Würdest du bitte ein Stückchen fahren, ja?« Sie drückte Mary, die gerade neben ihr saß, die Zügel in die Hand. Obgleich sie Fäustlinge trug, waren ihre Hände eisig kalt, so daß sie sie, um sie zu wärmen, unter ihre Achselhöhlen schob.

Es war erst kurz nach vier, und trotzdem dunkelte es bereits. »Geht es allen gut?« Sie wandte den Kopf und schaute auf die von den Wagenlaternen schwach beleuchteten Kinder. Abigail schlief bereits in einem kleinen Nest auf dem Boden, das aus den weicheren Paketen für sie geschaffen worden war, und Francey und Johanna hatten sich unter einer gemeinsamen Decke dicht aneinandergeschmiegt, während sich Goretti und Margaret unter eine zweite Plane kuschelten. All diese Menschen, dachte Elizabeth erneut, sie alle vertrauen mir…

Sie sah wieder nach vorn und beschloß, diese häusliche Verschnaufpause bewußt auszukosten; denn in vier oder fünf Monaten bräche durch die Geburt von Kathleens Baby – und durch ihre Heirat mit Mossie Sheehan – sicher die nächste Hölle über sie herein.

Arme Kathleen, dachte sie. Obgleich ihre Schwangerschaft Elizabeths Meinung nach noch nicht zu sehen war, meinte Kathleen, sie wäre bereits dick und fett, so daß sie kaum noch den Hof verließ. Nicht einmal die sonntägliche Messe besuchte sie mehr. Vergeblich hatte Elizabeth versucht, sie davon zu überzeugen, daß ihre Haltung die Aufmerksamkeit der anderen nur noch mehr erregen würde; aber Kathleen hatte sich uneinsichtig gezeigt, so daß Elizabeth sie, wenn auch widerstrebend, gewähren ließ.

Die Kinder reagieren relativ gelassen auf die Neuigkeit von Kathleens Schwangerschaft. Die Kleineren verstanden sowieso nicht, daß solch ein Baby in den Augen vieler Menschen eine Schande war; und Margaret fühlte sich dank der ihr eigenen leidenschaftlichen Loyalität nun dazu verpflichtet, auf Kathleens Vitaminzufuhr zu achten. Es versetzte Elizabeth einen leichten Stich, als sie erkannte, daß ihr die Bedeutung vernünftiger Ernährung sicher noch von den Schwangerschaften ihrer eigenen Mutter in Erinnerung geblieben war.

Der Weihnachtstag brach kalt und leuchtend an. Da es noch jede Menge vorzubereiten gab, weckte sie die Kinder früh. »Wer soll uns denn bitte daran hindern?« hatte sie erwidert, als Mary ausgelassenes Feiern in Frage stellte.

Elizabeth ging auf der Suche nach Mistelzweigen aus dem Haus. Das Gewächs gab es in Lahersheen überreichlich – als wäre der Ort die Mistelhauptstadt der Welt, überlegte sie, während sie mit vor Kälte prickelnden Händen ein besonders schönes Exemplar aus der Hecke schnitt. »Francey? Johanna?« Bald kehrte sie mit zahlreichen beerenbesetzten, leuchtend grünen Zweigen zurück, händigte den beiden Kleineren Kreppapier und Scheren aus, und zeigte ihnen, wie man Papierketten fertigte. Mary und Margaret wurden mit dem Schälen eines kleinen Kartoffelbergs betraut, und Kathleen und sie selbst bereiteten das übrige Gemüse zu.

Den ganzen Tag über war das Haus von regem Treiben erfüllt. Selbst Abigail bekam eine Aufgabe; denn Elizabeth beschloß, nicht traditionsgemäß bis zum nächsten Vormittag zu warten, ehe das Jesuskind an seinen Platz in der Krippe wanderte. Also wurde Abigail nach Anbruch der Dunkelheit um kurz nach vier, unter dem Jubel der Älteren, das Gipsfigürchen in die kleine Pfote gedrückt, und voller Stolz packte sie es in die hölzerne Wiege.

Da sie in Trauer waren, erwarteten sie dieses Jahr keine Weihnachtskarten, so daß Elizabeth die Umschläge, als der Briefträger mit der letzten Post erschien, ungeöffnet in die Tasche ihrer Schürze gleiten ließ und dort prompt vergaß.

Um acht Uhr stieg der Dampf des kochenden Weihnachtspuddings in die Luft; hinter sämtlichen Bildern an den Wänden waren Mistelzweige befestigt; von der Decke hingen Krepppapierschlangen herab, und auf einem kleinen Tisch in der Ecke stand die Krippe, an deren Dach sogar ein wackliger Komet baumelte. Die guten Schuhe der Kinder standen, auf Hochglanz poliert, in einer ordentlichen Reihe vor dem Ofen, sämtliche Strümpfe waren am Kamin aufgehängt, und das Wichtigste – die Gans – lag fertig gefüllt und bereit, gebraten zu werden, unter einem Tuch mitten auf dem Tisch.

Die letzte Aufgabe des Tages fiel wieder der Jüngsten zu. Von Elizabeth geführt, zündete Abigail sämtliche Weihnachtskerzen in den mit Erde gefüllten Schalen auf den Fenstersimsen an. »Gut gemacht!« Elizabeth blies das letzte Streichholz aus, nahm Abbie auf den Arm und trat mit ihrer Gefolgschaft in den Hof hinaus, um zu lauschen, wie sich der Schlitten des Weihnachtsmannes entlang des Sternenhimmels Irland näherte.

Erst nachdem alle gebadet hatten und sicher in ihren Betten lagen, fielen Elizabeth die Briefe in ihrer Schürzentasche wieder ein. Sie hatte die Strümpfe noch nicht gefüllt; aber um kurz zu verschnaufen, schenkte sie sich ein Schlückchen Sherry ein, stellte das Glas auf den Tisch und zog die insgesamt fünf Umschläge hervor. Einer war offensichtlich von der Bank, während es sich bei einem zweiten um eine Rechnung handelte. Diese beiden hob sie bis nach Weihnachten auf und öffnete statt dessen zunächst einmal Idas Brief. Die schönste Neuigkeit war deren Schwangerschaft. Seite um Seite beschrieb sie in ihrer hübschen, geschwungenen Schrift gleichzeitig ihr Glück und ihre Besorgnisse: welche körperlichen Symptome sich bemerkbar machten, wie ihr Mann und die übrige Familie reagiert hatten. Elizabeth freute sich für sie; Ida klagte nie darüber, aber zweifellos war ein Kind ihr Herzenswunsch.

Der zweite Umschlag enthielt verschiedene Blätter, eines von ihrer Mutter, mit einem Nachsatz samt Scheck ihres Vaters, und eines von Maeve, der Haushälterin, die Elizabeth, seit sie nach Béara gezogen war, getreulich zu jedem Monatsersten schrieb. Der Brief ihrer Mutter war im Plauderton verfaßt; sie gab sich die größte Mühe, freundlich und mütterlich zu sein. Natürlich, Elizabeths Miene verdüsterte sich, wußte Corinne nichts von Kathleens Situation. Sie nippte an ihrem Sherry und überflog den Scheck: ein wirklich beachtlicher Betrag. Ihr Vater, dachte sie wehmütig, schien zu denken, daß das Leben an einem solchen Ort mit so vielen Kindern unweigerlich notleidend sein mußte. Sie beschloß, bei seinem nächsten Besuch mit ihm zusammen einen Ausflug zu unternehmen und ihm die Häuser zu zeigen, die Familien mit fünfzehn, achtzehn oder zwanzig Kindern beherbergten. Einige ihr bekannte Clans zählten sogar noch mehr Mitglieder.

Der dritte Umschlag trug eine ihr nicht sofort bekannte Schrift, und so hatte sie ihn als Art Weihnachtsüberraschung für sich selbst zunächst beiseite gelegt. Als sie ihn jetzt öffnete, bemerkte sie, daß er Geld – zwei Fünfpfundnoten – enthielt.

Die Adresse beschränkte sich auf »London«, und der Brief, eher eine kurze Notiz, stammte von George Gallaher:

Meine liebe Elizabeth,

ich hoffe, daß Dich dieser Brief bei bester Gesundheit erreicht. Herzliche Weihnachtsgrüße Dir und Deiner Familie und beiliegend ein kleiner Beitrag zu Franceys Weihnachtsgeschenk.

Dein Dir wie immer treu ergebener

George.

Ehe sie sich's versah, war Elizabeth quer durch die Küche gestürzt und hatte Notiz, Umschlag und Geld in den Ofen gesteckt. Mit klopfendem Herzen schaute sie zu, wie die Flammen die Banknoten erst beleckten und dann verschlangen, als wären sie ein festliches Mahl. Erst in diesem Augenblick erkannte sie, daß sie der Kontaktaufnahme mit George bisher stets ausgewichen war. Ebenso wie acht Jahre zuvor, gestattete sie ihm, in glückseliger Unwissenheit darüber zu verbleiben, welches Unheil er angerichtet hatte.

Sie merkte, daß es ihr wesentlich leichter fiel, Kathleen zuliebe die Initiative zu ergreifen als damals um ihrer selbst willen. Daher wollte sie, sobald sie zu Beginn des neuen Jahres ihre Eltern davon informiert hatten, was Kathleen zugestoßen war, ihren Vater bitten, George aufzuspüren: St. John sollte ihn damit konfrontieren, was für ein perfides Schwein er war, und dafür sorgen, daß er ordentlich zur Kasse gebeten wurde. Sie leerte ihr Sherryglas in einem Zug. Diese Dinge ginge sie in der nächsten Woche an. Im Moment wollte sie sich von George Gallaher nicht die Magie zerstören lassen, deren Schaffung sie sich den ganzen Tag gewidmet hatte. Um sich zu beruhigen, ging sie in den Hof hinaus und kontrollierte den Hühnerstall. Es war nicht kalt, indessen eine derart schöne Nacht, daß sie anschließend, statt ins Haus zurückzukehren, zum oberen Feld schritt.

Die Landschaft ringsum sah aus wie eine weihnachtliche Theaterkulisse. Elizabeth stand auf einem kleinen Grashügel und atmete tief das beißende Aroma des Torfrauchs ein, der in blassen, geraden Dampfsäulen aus Hunderten von Kaminen himmelwärts stieg. Zwischen Lahersheen und der anderen Seite der Bucht lag ruhig die schimmernde See, und um der heiligen Familie den Weg zu weisen, hatten die Bewohner sämtlicher Häuser der Umgebung Kerzen in ihren Fenstern aufgestellt, in deren goldenem Glanz sich zusätzlich das Silber der Sterne zu spiegeln schien. Nach ein paar Minuten hatte Elizabeth das Gefühl, vollkommen frei und schwerelos durch das flimmernde Netz der Lichter zu fliegen.

Aus der Ferne nahm sie das leise Schnauben ihres Pferdes

wahr, und sie beschloß zu überprüfen, ob Francey nicht, wie so oft, heimlich zu ihm in den Stall geschlichen war. Der Gaul wieherte, als sie die obere Hälfte der Stalltür öffnete und im Licht ihrer Taschenlampe nach dem Rechten sah. Der Strahl traf genau die Blesse an seinem Kopf. »Fröhliche Weihnachten, Blitz«, flüsterte sie, aber kam sich doch ein wenig lächerlich vor.

Wieder in der Küche angelangt, goß sie kochendes Wasser bei dem Weihnachtspudding nach und machte sich an die letzte Arbeit des Tages, die im Füllen der aufgehängten Strümpfe bestand. Statt der fehlenden Orangen gab sie Äpfel und Haselnüsse hinein, und gerade als sie die verschiedenen Spielsachen für die einzelnen Kinder sortierte, erklang ein leises Klopfen an der Tür. Sie lauschte angestrengt. Tatsächlich, da pochte es. Am liebsten hätte sie nicht reagiert – die Müdigkeit lag ihr in den Knochen, und morgen würde ein langer Tag –, aber da es wahrscheinlich Tilly war, stellte sie seufzend den Sack mit den Geschenken ab.

Als sie schließlich öffnete, entdeckte sie nicht Tilly, sondern Daniel vor der Tür. »Ich bin mir nicht sicher, ob es paßt«, sagte er schnell. »Aber ich habe dich draußen auf dem Feld gesehen und wußte deshalb, daß du noch nicht schläfst...«

»Komm rein«, bat sie resigniert und trat einen Schritt zurück. Niemals hätte sie mehr mit Daniel gerechnet. Nachdem er eingetreten war, wandte sie sich zu ihm um. Aus irgendeinem Grund erschien er ihr plötzlich größer als zuvor. Sie standen nur wenige Zentimeter voneinander entfernt und wieder wallte in Elizabeth das zugleich ersehnte und gefürchtete Verlangen nach ihm auf.

»Du hast mir gefehlt.« Seine Augen glühten. »Ich mußte einfach kommen, um dir das hier zu geben.« Er zog ein Päckchen aus der Tasche seiner Jacke.

Sie nahm es, ohne es weiter zu beachten. »Daniel, ich habe dich nicht erwartet – und habe nichts für dich.«

»Mach es bitte auf.«

Sie riß das Papier von dem kleinen Schmuckkasten und öffnete vorsichtig den Deckel. »Allmächtiger!« Auf einem weißen

Satinbett lag ein goldener, mit zwei Amethysten und einem winzigen Diamanten besetzter Ring. Es war ein Verlobungsring und wenn auch durchaus bescheiden, hatte Daniel sicher seinen gesamten Lohn von der Arbeit in Castleclough dafür geopfert.

»Tut mir leid, daß er nicht größer ist«, murmelte er. »Willst du mich heiraten?«

Angesichts der raschen Abfolge von Trauer, der Erinnerung an ihre Liebe und Entsetzen in ihrem Inneren wurde Elizabeth regelrecht schwindelig. Dies konnte einfach nicht sein, nicht jetzt, nicht in einem Augenblick, in dem sie ihr Leben endlich wieder unter Kontrolle bekam. Das Schmuckkästchen in der Hand, dachte sie in Windeseile nach. »Laß uns etwas trinken – schließlich ist Weihnachten.«

So leicht jedoch machte er es ihr nicht. »Wirst du mich heiraten?« insistierte er.

Elizabeth brach in Panik aus. Sie war nicht im geringsten auf etwas Derartiges gefaßt gewesen, und so sah sie ihn, während sie sich fieberhaft den Kopf zerbrach, mit einem zögernden Lächeln an. Sein Gesicht jedoch blieb ernst, und sie spürte seine mühsam unterdrückte Erregung. Er wirkte wie ein wildes, sprungbereites Tier. »Und meine Abmachung mit Mossie?« krächzte sie.

»Ich habe dir versprochen, daß ich ihm nichts antun werde, und dieses Versprechen halte ich. Aber wenn du dich bereit erklärst, mich zu nehmen, kläre ich die Sache mit Mossie Breac. Überlaß ihn einfach mir.«

Elizabeth fühlte sich in die Ecke gedrängt. Daniel stand so nahe vor ihr, daß sie den Torfrauch in seinen Kleidern und Haaren roch. Wieder packte die Sehnsucht sie – Herzschlag beschleunigte sich –, aber nicht so heftig, daß sie darüber alles andere vergaß. Wie sollte sie seinen Antrag nur ablehnen, ohne ihn dadurch tödlich zu kränken? Schließlich hatte sie in jener Nacht in Killarney wiederholte Male beteuert, er wäre der Einzige für sie ... So gesehen mußte sie in seinen Augen als billiges Flittchen dastehen ...

»Das ist ein wunderschöner Ring, Daniel.« Ihre Stimme zitterte, als sie die Schachtel drehte und wendete, damit das Licht der Kaminlampe auf die kleinen Edelsteine fiel. Dann hob sie abermals den Kopf und sah ihn flehend an: »Würdest du mir ein wenig Zeit lassen, um darüber nachzudenken?«

»Warum?« Er rührte sich nicht.

»Immerhin kommt dieser Antrag ziemlich überraschend für mich…«

»Nach allem, was in Killarney zwischen uns gewesen ist?«

»Nein – nach dem, was ich dir über mich und Mossie Breac gebeichtet habe«, setzte sie sich zur Wehr.

Schnaubend blickte Daniel über ihren Kopf hinweg auf die Reihe von Strümpfen über dem Kamin. »Sag mir nur eins. Liebst du mich?«

»Mußt du mich das fragen?« schluchzte Elizabeth – natürlich war dies die falsche Antwort…

Er fragte sanft: »Nun, worüber mußt du dann noch nachdenken?«

Verlegen senkte sie den Kopf. »Es… So einfach ist das nicht«, murmelte sie.

»Ich denke doch, Elizabeth. In Wirklichkeit gibt es nur zwei Möglichkeiten. Entweder du liebst mich und willst mich heiraten, oder nicht.«

Elizabeth brachte es nicht über sich, eine klare Aussage zu machen. Aber das brauchte sie auch nicht, denn er sah es ihren Augen an und der Beschämung darin.

»In dem Fall«, sagte er in einer vollkommen fremden Stimme, »muß ich dich leider darum bitten, mir den Ring zurückzugeben. Ich brauche das Geld – sobald ich genug für die Überfahrt zusammen habe, gehe ich nach Butte.«

»Oh, Daniel, bitte nicht…«

»Tut mir leid, Elizabeth, tut mir wahnsinnig leid. Ich weiß, ich hätte heute abend nicht kommen sollen.« Seine Miene war so reglos, als wäre seine Haut aus Seidenpapier und würde zerreißen, wenn er auch nur die kleinste Bewegung unternahm. Der Anblick seines verzweifelt beherrschten Gesichts traf sie stärker als alles andere. Aber unter den gegebenen Umständen gab es nichts hinzuzufügen, so daß sie ihm schweigend die Schachtel zurückgab. Das Geräusch, als er entschieden den Deckel zuschnappen ließ, hallte in der stillen Küche wie ein Pistolenschuß.

»Das Papier?« Unbeholfen hielt Elizabeth die zerrissene Folie in die Luft.

»Nicht nötig!« Abwehrend hob er die Hand. Er schien noch etwas sagen zu wollen, ehe er sich eilig eines Besseren besann und sich zum Gehen wandte.

Elizabeth rannte ihm nach. »Bitte ... bitte, geh nicht im Zorn von mir!«

Hilflos wies er auf den Türriegel, als ob der die Schuld an seinem Unglück trüge. Seine Miene war nur noch mühsam beherrscht. »Daniel?« Sie berührte ihn am Arm.

»*Bitte*, Elizabeth!« Gleich würde er losbrüllen – erschrocken trat sie einen Schritt zurück; endlich bekam er die Tür auf und wie von Furien gehetzt stürzte er davon.

Wie in Zeitlupe schob Elizabeth wieder den Riegel vor. Sie lehnte ihren Kopf an das kühle Holz und wartete auf die Tränen. Doch diese blieben aus, und so hob sie erneut den Sack mit den Geschenken für die Kinder vom Boden auf und füllte weiter die Strümpfe. Jemand ruckelte an der Tür des Kinderschlafzimmers, und sie eilte los: Keiner der kleinen Kunden des Weihnachtsmannes sollte sehen, was sie gerade tat.

Franceys neugieriger Schopf tauchte auf. »Ich dachte, ich hätte den Weihnachtsmann gehört«, murmelte er, rieb sich die Augen und versuchte, an seiner Mutter vorbei in die Küche zu spähen.

»Nein, mein Schatz, er war noch nicht da – und kommt auch nicht eher, als bis alle schlafen. Also marsch zurück in die Federn!«

Francey war zu jung, um ihre künstliche Munterkeit zu bemerken. »Gute Nacht, Mammy«, sagte er und schlang ihr, da er für sein Alter ungewöhnlich groß gewachsen war, mühelos die Arme um den Hals.

»Gute Nacht, mein Liebling.« Sie gab ihm einen Kuß.

»Weinst du, Mammy?« Besorgt trat Francey einen Schritt zurück.

»Aber warum denn, Schätzchen?« Elizabeth versuchte zu lachen, was ziemlich scheppernd klang. »Das ist nur der Dampf in der Küche. Jetzt schlaf schön.« Sie nahm ihn noch einmal in den Arm. »Und frohe Weihnachten!«

24

Während der ruhigen Tage nach dem Fest kam Elizabeth, obgleich sie noch schwankte hinsichtlich ihrer Zurückweisung von Daniels Antrag, zu dem Ergebnis, daß ihre Entscheidung richtig gewesen war. Und während die Zeit verging, wurde sie sich eines anderen Gefühls bewußt. Wenn auch zunächst widerwillig, mußte sie es am Ende doch Erleichterung nennen.

In erster Linie fiel damit die Verantwortung von ihr ab, abermals in dieser Familie eine grundlegende Veränderung zu verursachen; in zweiter Linie mußte sie auch noch zugeben, daß ihr durch die Beendigung ihrer Affäre, so unschön sie auch vonstatten gegangen war, ein Stein vom Herzen fiel. Diese Erkenntnis erschütterte sie bis ins Mark. Sie haßte sich für das, was sie Daniel angetan hatte – in vielerlei Hinsicht war das kaum anständiger als damals George Gallaher ihr gegenüber. Vor lauter Scham erging sie sich in endlosen Selbstvorwürfen, wie sie seit dem Tag ihrer Geburt mit ihrem Leben verfuhr. Da auch den Kindern ihr ungewöhnlicher Mißmut nicht verborgen blieb, liefen sie traurig und stumm umher. Selbst Blitz schien eines Teils seiner Lebensfreude beraubt, und Rex schlich mit hängenden Ohren über den Hof: Hoffentlich hatte nicht er die Depression seiner Herrin auf dem Gewissen?

Das Wetter tat ein übriges. Für gewöhnlich war der Januar in Béara von Stürmen und tosenden Unwettern geprägt, aber wie in Übereinstimmung mit Elizabeths Melancholie erdrückte ein verhangener, grauer Himmel diesmal die Landschaft. Eine ganze Woche lang war alles von dichtem Nebel verschleiert, so daß Elizabeth vom Haus aus nicht einmal bis zu dem weniger als dreißig Meter entfernten Hoftor sah. Die Tage verliefen in grauer Monotonie, der Nebel dämpfte jedes Geräusch auf ein fernes Poltern herab, und sämtliche Kinder schlurften hustend und niesend durch das Haus.

Am Ende des Monats stieg das Barometer endlich wieder, und Anfang Februar gab es den ersten klaren Tag. Als Elizabeth, um die Hühner zu füttern, den warmen, sonnenbeschienenen Hof betrat, fühlte sie sich wie ein Maulwurf, der endlich einmal aus der dumpfen Erde durfte. Sie schüttelte sich, als hafteten Klumpen nassen Lehms an ihrem Leib, kehrte nach getaner Arbeit ins Haus zurück, riß sämtliche Türen und Fenster auf und brachte den Rest des Morgens mit Staubwischen und Bodenschrubben zu, als bereite sie abermals ein Fest vor.

Das schöne Wetter hielt zwei Wochen an, und indem sie sich voller Elan in den Frühjahrsputz stürzte und sich um die Belange der Kinder kümmerte, überwand sie jeden Tag ihr persönliches Elend ein bißchen mehr, bis sie es schließlich nur noch als ein hartes Steinchen irgendwo unterhalb ihres Brustbeins empfand. Es kamen Zeiten, manchmal ganze Tage, an denen sie vergaß, betrübt zu sein, bis sie sich schließlich eines Morgens eingestand, daß ihre Erinnerung an Daniel eher süß als schmerzlich war und daß es albern wäre, täte sie sich noch länger leid.

Irgendwann schaffte sie es sogar, mit Tilly über die Geschehnisse zu sprechen.

Sie saßen an Tillys Küchentisch, und zunächst war Elizabeth mehr als nur empört, als die Freundin die Ansicht äußerte, daß die leidenschaftliche Beziehung zu Daniel Carrig eine Reaktion auf ihre unglückliche Ehe gewesen war und einzig die ungewöhnlichen Umstände von Neeleys Tod das natürliche Ende dieser Affäre hinausgezögert hatten. »Du hältst mich für ein Ungeheuer!« Vor Scham und Ärger brachte Elizabeth die Worte kaum heraus.

»Einerseits ja, andererseits nein.« Tilly, die wie so oft mit einer Strickarbeit beschäftigt war, blieb ruhig. Sie hatte sich vor kurzem eine Brille zugelegt, und nun betrachtete sie die Freundin über den Rand hinweg. »Also bitte, ich bin es, Tilly, mit der du sprichst. Falls du dich erinnerst, haben wir dieses Thema bereits unzählige Male erörtert. Du kennst meine Einstellung zu den Dingen.«

»Sag es – sag es, Tilly – sag nur einmal das Wort ›Sex‹!«

Seelenruhig fuhr Tilly mit dem Zählen ihrer Maschen fort. »Warum bist du eigentlich so wütend?« fragte sie, als sie mit dem Zählen fertig war.

»Ich bin nicht wütend.«

»Weißt du, was ich denke, Lizzie Scollard?« Tilly sah die Freundin mit einem leisen Lachen an. »Möglicherweise bist du in deinem tiefsten Inneren entsetzlich prüde.«

»Was?« Erst war Elizabeth ehrlich verblüfft, doch dann wallte neuerliche Empörung in ihr auf. »Wie kannst du es wagen...«

»Ja, genau«, fuhr Tilly gelassen fort. »Ich denke, du hast Angst, dir selbst gegenüber ehrlich zu sein. Wie gesagt, wahrscheinlich hast du wie so viele andere Frauen das Gefühl, dir dein körperliches Verlangen nach einem Mann nicht eingestehen zu dürfen; also redest du dir ein, daß du ihn neben deinem Begehren auch liebst.«

Elizabeth grunzte verächtlich, aber insgeheim machte es sie verlegen, daß Tilly sie so klar durchschaute.

Inmitten des allgemeinen Geplauders beim Abendessen an jenem Tag verkündete Margaret, daß Danny McCarthy nach Butte, Montana, gegangen war. Elizabeth zwang sich, nicht auf diese Neuigkeit zu reagieren, ehe die gesamte Kinderschar über den Hausaufgaben saß. Erst dann ging sie langsam in ihr Schlafzimmer, starrte in den Spiegel und überließ sich ihrer Reaktion.

Diverse Gefühle stritten in ihr. Es schmerzte sie, daß er ohne ein Wort des Abschieds gegangen war – und beschämte sie, denn offenbar hatte sie ihn wirklich tief verletzt... außerdem mußte sie sich eingestehen, daß er ihr fehlen würde, weil sie von nun an ohne Geliebten war.

Eilig rief sie sich Mrs. Charlton Leahys Prophezeiung in Erinnerung, daß es zwar zunächst zahlreiche Hindernisse zu überwinden galt, sie jedoch am Ende eine glückliche Beziehung erwartete. Aber wenn ihr dritter Ehemann nicht Daniel hieß, wie dann?

Zwei Tage später tauchte Mossie bei ihr auf. »Bitte entschuldige«, sagte er höflich, als sie ihm öffnete. »Ich wollte Kartoffeln pflanzen und habe mich gefragt, ob du vielleicht ebenfalls Interesse hast?« Er öffnete den mitgeführten Sack, so daß sie die bereits von ihm zwischen den Augen eingeschnittenen Saatkartoffeln betrachten konnte.

In letzter Zeit fiel es Elizabeth, sicher vor allem wegen der zunehmenden Zweifel an ihrer Unfehlbarkeit, immer schwerer, Mossie Breac gegenüber die eisige Distanz aufrechtzuerhalten. Ihr Haß auf ihn verlor an Intensität, und auch wenn sie immer noch sicher war, daß sie ihm niemals verzeihen würde, hielt sie ihn inzwischen doch nicht mehr für eine Bestie, sondern für einen ganz gewöhnlichen fehlerbehafteten Menschen. »Durchaus, Mossie«, sagte sie. »Vielen Dank.«

Er sah sie verwundert an, und sie erkannte, daß dies wahrscheinlich ihr erster weder hochmütiger noch zorniger oder verächtlicher Satz ihm gegenüber war. »Möchtest du noch kurz hereinkommen?« lud sie ihn ein.

»Bist du sicher?« Er zögerte, und auf der Stelle kehrte der alte Zorn zurück.

»Na bitte, wenn du nicht willst!«

»Vielleicht glaube ich, belassen wir besser alles beim alten«, meinte er ruhig.

Elizabeth war so wütend über seine Weigerung, auf ihren Großmut einzugehen, daß sie den Kopf in den Nacken warf und bellte: »Es gibt da zufällig etwas, das ich mit dir bereden will.«

»Ach ja?« Auch er sprach wieder in dem für ihn typischen zurückhaltenden Ton.

»Und zwar über diesen absurden Vertrag«, setzte sie an. »Du

bildest dir ja wohl nicht ernsthaft ein, daß ich dich dann doch heirate. Schließlich kommen wir auch so miteinander zurecht.«

»Wir haben es schriftlich.« Mossie straffte die Schultern und schloß ruck zuck den Kartoffelsack.

»Ja, aber ich kann mir nicht vorstellen, daß du mich zur Einhaltung zwingen willst.« Elizabeth erinnerte sich an Tillys Reaktion, als sie ihr dieses Abkommen mit Mossie schilderte. »Wenn ich zum Beispiel beschließen würde, wegen dieser Sache vor Gericht zu gehen, könnte ich sicher beweisen, daß du meine Unterschrift erzwungen hast.«

Es war ein zwar sonniger, aber windiger und kalter Tag. Mossie nahm ein Paar fingerloser Wollhandschuhe aus der Tasche und streifte sie langsam über. »Wir haben einen Vertrag«, wiederholte er, ohne sie anzusehen, »und es gibt Zeugen.«

Im Grunde wollte Elizabeth heute gar nicht auf dieses Thema eingehen, und wäre Mossie ihrer Einladung ins Haus gefolgt, hätte sie es sicher nicht angeschlagen. Nun jedoch kreuzte sie entschlossen die Arme vor der Brust. »Ja, Mossie. Aber meinst du nicht, daß du dich damit vollkommen lächerlich machst? Die ganze Gemeinde wird wissen, daß es eine abgekartete Sache ist und du mich nur meines Landes wegen heiratest.«

»Die Gemeinde ist mir vollkommen egal.« Er senkte seine Lider, und der Ausdruck seiner Augen wurde wieder unergründlich wie der eines Standbilds. »Und aus welchen Gründen ich dich heirate, geht außer mir niemanden etwas an.«

Elizabeth begriff, daß sie den falschen Weg gegangen war. An Mossies nicht existente Furcht vor einer öffentlichen Blamage zu appellieren, nützte offenbar wenig.

Nach diesem Wortwechsel fuhr sie mit ihrem ungestörten Leben fort. Die einzige dunkle Wolke war die bevorstehende Geburt des Kindes ihrer Stieftochter. Aufgrund der Schauergeschichten, die sie früher in der Schule aufgeschnappt hatte, war Kathleen außer sich vor Angst vor dem körperlichen Schmerz, den es bei der Geburt zu ertragen galt. Elizabeth tat ihr möglichstes zu beschwichtigen, trotzdem machte das Mädchen nachts kaum noch die Augen zu und lief während der Morgenstunden gehetzt in der Küche auf und ab.

Elizabeth' Eltern reagierten auf die Neuigkeit mit überraschender Gelassenheit. Als sie das Antwortschreiben ihrer Mutter las, dachte sie, eine ähnliche christliche Nachsicht und Toleranz hätte sie vor sieben Jahren ebenfalls gebraucht. Aber besser spät als nie, sagte sie sich, da ihre Eltern natürlich versuchten, Kathleen zu geben, was der eigenen Tochter damals von ihnen versagt blieb.

St. John hatte zwei Schreiben an George Gallahers letzte bekannte Adresse in England geschickt, und nun hoffte er, ihn vielleicht durch die Schauspielerinnung in London zu finden. Elizabeth hatte ihrem Vater eine deutliche Anweisung erteilt: Er sollte ihm klarmachen, daß er, falls er je wieder irgendein Mitglied der Familie Scollard auch nur kontaktierte, sowohl von ihr selbst als auch von Kathleen eine Unterhaltsklage angehängt bekäme. Erst hatte sie das Bedürfnis verspürt, George auf alle Fälle vor Gericht zu bringen; später jedoch kam sie in Ruhe zu dem Schluß, daß es für alle das Beste wäre, ihn aus der Erinnerung zu tilgen.

Von Mossie Sheehan hatte sie ihren Eltern bisher allerdings noch nichts erzählt. Irgendwie hoffte sie wohl unbewußt auf einen rettenden Engel, der ihr die Sache aus den Händen nahm; doch nach tapferer Überlegung fand sie es am besten, selbst einen erneuten Vorstoß zu wagen.

Eines schönen Tages besuchte sie ihn auf dem Kartoffelacker. »Würde es dir etwas ausmachen, Blitz zum Schmied nach Eyeries zu bringen und ihn beschlagen zu lassen?« fragte sie möglichst versöhnlich und reichte ihm einen Becher mitgebrachten Tee.

Durstig leerte er ihn in einem Zug. »Danke«, sagte er und gab ihn ihr zurück. »Kein Problem.« Als sie stehenblieb, lüftete er fragend die Brauen. »Ist noch etwas?«

»Das weißt du ganz genau.«

Er schwieg.

»Könnten wir nicht kurz darüber reden – und du versuchst einfach mal, die Sache aus meiner Sicht zu sehen?«

»Hast du sie denn schon mal aus meiner Sicht betrachtet?«

»Selbstverständlich! Du hast bereits jede Menge Arbeit in die Farm gesteckt, Mossie, und glaube bitte nicht, das wüßte ich nicht zu würdigen. Du sollt für deine Mühen angemessen entschädigt werden...«

Seine Miene verdüsterte sich. »Das habe ich nicht gemeint.« Er kehrte ihr den Rücken zu und fuhr mit seiner Arbeit fort.

Wieder ärgerte Elizabeth sich maßlos über ihn. Er besaß das Talent, sie ständig irgendwie niederzumachen. Und vor allem tat er so, als hätte er die Situation vollkommen im Griff. Doch leider würde sie nichts gewinnen, wenn sie weiter mit ihm stritt, so daß sie mühsam um Beherrschung rang. »Tut mir leid, falls ich dich beleidigt habe, Mossie«, sagte sie.

»Schon gut«, erwiderte er, ohne auch nur aufzusehen, und Elizabeth begriff, daß sie zumindest für den Augenblick nichts mehr bei ihm erreichen würde.

Mossie war einfach ein Gegner, den es nicht zu unterschätzen galt. In Zukunft müßte sie klüger zu Werke gehen.

Als Mossie ein paar Tage später mit dem frisch beschlagenen Blitz aus Eyeries kam, startete sie den nächsten Anlauf. »Könnten wir vielleicht wie zwei Erwachsene miteinander sprechen?« erkundigte sie sich, während sie Mossie beim Abnehmen des Zaumzeugs behilflich war.

»Schieß los«, sagte er über den Rücken des Tieres hinweg.

»Fang du an!« Absurderweise fühlte sie sich wie ein kleines Kind.

»Du kennst meine Position«, erklärte er, warf dem Wallach ein Halfter über den Kopf und führte ihn zum Stall.

»Hör zu, Mossie«, begann sie und folgte ihm. »Moralisch gesehen bin ich im Recht, das weißt du genausogut wie ich. Es wäre ein Prozeß möglich, aber das will ich nicht. Könnten wir uns nicht irgendwie anders einigen?«

»Ich finde die bereits getroffene Einigung absolut zufriedenstellend.« Er hängte das Zaumzeug an einen Haken.

Angesichts seiner unerschütterlichen Gelassenheit hätte sie ihm am liebsten einen Tritt versetzt.

Endlich drehte er sich zu ihr um. »Elizabeth ...«, setzte er an, ehe sie ihn unterbrach.

»Ich hasse es, wenn du mich einfach bei meinem Vornamen nennst.« Er starrte sie verwundert an, und sie wußte, daß ihr Ausbruch kindisch und unangebracht war. »Tut mir leid«, murmelte sie.

»Sieh es doch bitte ein: abgemacht ist abgemacht!«

»Also gut«, zischte sie erbost. Um ein Haar hätte sie ihn angeschrien. »Wann ist deiner Meinung nach der passende Zeitpunkt für diese erzwungene Hochzeit? Übrigens, bilde dir ja nicht ein, ich würde damit hinterm Berg halten, wie es überhaupt dazu gekommen ist.«

»Das kannst du einrichten, wie du willst – auch wenn du damit gegen unsere Abmachung verstößt. Aber du weißt ja, daß ich mich den Teufel darum schere, was man von mir denkt. Und hinsichtlich des Hochzeitsdatums steht in unserem Abkommen, daß du mich ein Jahr und eine Woche, nachdem ...«

»Ich weiß, was in dem verdammten Abkommen steht!« brüllte sie nun. »Hör also bitte endlich auf, mir ständig zu erklären, was darin geschrieben steht.«

»Schließlich war das Ganze deine Idee«, bemerkte er ganz richtig.

Elizabeth klammerte sich an ihren letzten Rest Selbstachtung. »Wenn du mich tatsächlich zur Einhaltung des Abkommens zwingen willst und dich nicht wie ein Gentleman verhältst, dann bringen wir die Sache von mir aus so bald wie möglich hinter uns.«

Vorübergehend stutzte er, und zu ihrer großen Verärgerung spürte sie, daß sie errötete. »Na klar«, sagte er dann gnadenlos. »Schließlich ist Danny McCarthy ja auch nicht mehr da.«

»Mußt du so gehässig sein?«

Sie meinte, in seinen Augen ein amüsiertes Funkeln zu erkennen, während er Blitz zum Abschied die Flanke tätschelte. »Eines Tages wirst du mir dankbar sein«, sagte er. »Wenn du mich jetzt bitte entschuldigen würdest ...« Ungerührt ging er, ohne sie auch nur eines weiteren Blickes zu würdigen, an ihr vorbei.

Elizabeth hob eine Handvoll Stroh vom Boden auf und rubbelte das arme Tier so wütend, daß es unwillig mit den Hufen stampfte.

An jenem Abend beschloß Elizabeth, den Kampf gegen das Schicksal aufzugeben, das ihr laut der Tarotkarten beschieden war. Denn *wenn* sie daran glaubte, stünde ihr schließlich irgendwann in der Zukunft noch eine dritte, glückliche Ehe bevor – auch wenn diese dritte Hochzeit mit Daniel immer unwahrscheinlicher wurde –, und bis dahin ginge ihr Leben einfach weiter wie zuvor, ereignislos, aber auf einem gut versorgten Hof.

Am folgenden Samstag nutzte sie die Gelegenheit und sprach bei einem kleinen Nachbarschaftsfest mit dem Pfarrer, einem recht netten Mann. Der Geistliche saß nämlich für kurze Zeit alleine in der Küche. »Entschuldigen Sie, Hochwürden.« Sie reichte ihm einen Umschlag, der ihr ›Hafergeld‹, ein Beitrag zur Fütterung seines Pferdes, enthielt. »Hätten Sie wohl einen Augenblick Zeit für mich?«

»Gern!« Der Priester stellte seine Tasse ab und folgte ihr ins Wohnzimmer, wo er zuvor die Messe gelesen hatte.

»Ich bin in einer Zwickmühle«, begann sie ohne Umschweife. »Wie Sie wissen, ist mein Mann seit letztem Juni tot, aber ich werde wieder heiraten und bestelle hiermit das Aufgebot. Normalerweise wartet man ja mindestens ein Jahr – aber da diese Ehe aus rein praktischen Erwägungen geschlossen wird, brächte ich die ganze Sache am liebsten recht bald hinter mich.«

»Wahrscheinlich ist Ihnen bekannt, daß die Kirche es nicht verbietet, jederzeit nach dem Tod eines Ehegatten wieder zu heiraten. Aber wie Sie ja selbst schon andeuteten, ist es hier in der Gegend Brauch, eine angemessene Zeit verstreichen zu lassen…«

»Bitte sparen Sie sich die Worte, Herr Pfarrer«, unterbrach sie ihn. »Das hiesige Brauchtum spielt in diesem Fall keine Rolle. Es wird eine stille Hochzeit ohne Gäste sein. In der Tat würde ich es zu schätzen wissen, könnten Sie die Trauung möglichst früh am Morgen vollziehen.«

Er musterte sie schweigend. »Ich bin nicht schwanger, falls Sie das meinen«, fügte sie brutal hinzu.

»Mrs. Scollard! Ich …«

»Entschuldigen Sie meine Offenheit, Hochwürden«, unterbrach sie ihn zum zweiten Mal. »Aber ich dachte, ich kläre diese Sache besser gleich. Im übrigen kann ich es Ihnen nicht verdenken, wenn Sie auf so einen Gedanken kommen – angesichts meiner Bitte hätten wohl die meisten Menschen etwas Ähnliches vermutet.«

»Wie Sie meinen«, sagte er matt. »Bringen Sie mir die erforderlichen Papiere vorbei?«

»Ja. Danke, Pater. Und vor allem bin ich Ihnen sehr verbunden, daß Sie keine Fragen stellen.«

Während der drei Sonntage, an denen das Aufgebot von der Kanzel verlesen wurde, blieb sie der Messe fern. Und nach dem ersten Sonntag hielt sie sich in dem Bewußtsein, sicher abermals den Gegenstand wilder Gerüchte in der Gemeinde abzugeben, möglichst die ganze Zeit zu Hause auf.

Die Kinder hatte sie, da sie die Nachricht nicht von jemandem anders erfahren sollten, im Vorfeld aufgeklärt. Sie formulierte es so, daß sie nochmals ans Heiraten denke. Die Kleinen hatten voller Gleichmut reagiert, Margaret voller Verwunderung – »Mossie ist schon nett, aber kommen wir nicht auch gut allein zurecht?« –, Mary verständnisvoll und Kathleen mit Feindseligkeit. Elizabeth jedoch hatte sich gewappnet und ihre wutschnaubenden Proteste mit der knappen Bemerkung, sie wäre wohl kaum in der Position, andere zu verurteilen, zum Verstummen gebracht.

Die Trauung fand am zweiten Samstag im April um sechs Uhr morgens statt. Johnny Thade und Tilly fungierten als Trauzeugen; außer ihnen und dem Priester waren einzig Mick Harrington und Mossies verwirrte Tante anwesend. Trotz Tillys Drängen weigerte sich Elizabeth, Konfetti oder Blumen oder irgend etwas anderes zu gestatten, was ein freudiges Ereignis andeutete. Absichtlich hatte sie einen Samstag ausgewählt, weil an dem Tag keine Schule, sie daher zum späteren Wecken der

Kinder bereits wieder zu Hause war und sie als Mrs. Mossie Sheehan zum Frühstück rufen konnnte.

Allerdings gab sie sich keinen Illusionen darüber hin, daß sich die Nachricht von ihrer Hochzeit in der Gemeinde samstags langsamer verbreiten würde; und so beschäftigte sie die Kinder den ganzen Tag im Haus und wartete auf eine Gelegenheit, ihnen die Neuigkeit mitzuteilen.

In der Küche herrschte samstagabendlicher Hochbetrieb. Elizabeth und Mary bereiteten das Sonntagsessen vor, Francey polierte die Messinglampe, Johanna schrubbte den Tisch, Goretti putzte Schuhe und Margaret stand am Bügelbrett. Einzig Kathleen saß auf einem Stuhl und las. Trotz der Beschwerden der anderen hatte Elizabeth ihre wenig umgängliche Stieftochter von der Hausarbeit befreit, da sie des ständigen Streitens müde war. Jetzt sah sie sich um und überlegte, daß dieser Moment ebenso geeignet oder ungeeignet wie jeder andere war. Sie warf eine Handvoll Markerbsen in eine Schüssel, sagte möglichst beiläufig: »Übrigens gibt es eine Neuigkeit«, und rührte das Wasser in der Erbsenschüssel mit einem Finger um, als wäre es die wichtigste Aufgabe der Welt. »Mossie Sheehan und ich haben heute morgen geheiratet.«

In der Küche brach die Hölle los. »Ruhe, Ruhe!« Elizabeth hob begütigend die Hände.

»Warum hast du uns nichts davon gesagt?« fragte Margaret enttäuscht. »Ich wäre so gern Brautjungfer gewesen.«

»Ich auch, ich auch«, stimmten Goretti und Johanna ein, während Kathleen sich schwerfällig von ihrem Stuhl erhob und verächtlich schnaubend in ihr Zimmer ging. Für den Fall, daß Elizabeth ihren Unmut nicht kapiert hätte, murmelte sie noch »typisch«, als sie an Elizabeth vorüberkam.

»Was meinst du, Mary?« appellierte Elizabeth an die Loyalität der einzigen, auf die bisher noch stets Verlaß gewesen war.

»Ich denke, daß es Mammys Leben ist!« herrschte Mary die anderen an. »Und ihr seid alle furchtbar egoistisch. Was für einen Unterschied macht das schon für euch?«

»Und was für einen!« Mit einem Mal riß Margaret die Augen

auf. »Wenn du mit ihm verheiratet bist, warum lebt er dann nicht hier bei uns?«

Elizabeth hatte sich auch auf diese Frage vorbereitet. »Mossies Tante Bel ist schon sehr alt, und sie kommt nicht mehr allein zurecht. Also muß er dort bleiben und sich um sie kümmern. Schließlich haben wir kein Zimmer für sie – es sei denn, Ihr würdet alle aus eurem Schlafzimmer hierher in die Küche ziehen.«

Sie sah die Kinder an und stieß einen erleichterten Seufzer aus. Zumindest diese Hürde schien überwunden.

Während der folgenden Tage verlief ihrer aller Leben wie zuvor. Elizabeths frischgebackener Ehemann achtete peinlich darauf, sich an ihre Abmachung zu halten, kümmerte sich weiter um den Hof und tauchte ansonsten nicht öfter als vor der Hochzeit bei ihnen auf.

Für Elizabeth gab es nur eine Veränderung, da sie seit dieser Hochzeit zwei Eheringe trug; ja, und man musterte sie während ihrer seltenen Besuche in den Läden des Dorfes verwundert. Doch damit konnte sie leben. Denn die Überraschung der Leute hielt immer nur so lange an, bis sich das nächste Wunder ereignete. Ging es um den Erwerb von Land, war es in Béara durchaus üblich, zu unorthodoxen Methoden zu greifen. Sie hatte sogar von einem Fall in Derryconnla gehört, in dem ein neunundfünfzigjähriger Mann fünf Jahre, nachdem er in eine reiche Farm eingeheiratet hatte, zu seiner neunzigjährigen Mutter zurückgeschickt wurde, weil er sich als zeugungsunfähig erwies.

Und dennoch war sie eines Tages Ende April – drei Tage nach Marys siebzehntem Geburtstag – am Ende ihrer Kraft. Vom frühen Morgen an hatte sie alle Hände voll zu tun gehabt. Margaret, Goretti und Johanna waren am Vortag mit Kopfweh und Erbrechen aufgewacht, und sowohl Mary als auch Elizabeth hatten sich vierundzwanzig Stunden lang ohne Pause die Füße wund gelaufen bei der Versorgung der Patientinnen. Darüber hinaus hatte Kathleen eine selbst für ihre Verhältnisse erstaunliche Gereiztheit an den Tag gelegt, und auch wenn ihre Laune durchaus verständlich war, drückte sie die allgemeine

Stimmung im Haus noch weiter herab. Als Elizabeth verstohlen beobachtete, wie sich ihre inzwischen dickbäuchige Stieftochter mühsam nach einem Kamm bückte, der ihr auf den Boden gefallen war, hätte sie am liebsten laut geschrien. Statt dessen fragte sie: »Soll ich dir helfen?«, als der Kamm ihr ein zweites Mal entglitt.

Kathleen brach in Tränen aus. »Um Himmels willen!« Elizabeth bückte sich. »Das ist ja wohl kein Grund zu heulen!«

»Ich habe Bauchschmerzen!« stieß Kathleen schluchzend aus.

Der Arzt hatte gesagt, daß Kathleen voraussichtlich frühestens in einem Monat ihr Baby bekam – es bestand daher die Möglichkeit, daß sie dieselbe Krankheit wie die drei anderen erwischt hatte –, aber, so dachte Elizabeth, man wußte ja nie. »Kommt und geht der Schmerz?«

»Nein, er ist einfach *da.*«

Elizabeth atmete auf. »Setz dich her. Ich mache dir eine Tasse warme Milch.«

»Ich *will* aber keine warme Milch.«

»Gut, dann leg dich eben ein bißchen hin.« Elizabeth war am Ende ihrer Geduld. »Wenn die Schmerzen in einer halben Stunde nicht vorüber sind, werden wir weitersehen.«

Schniefend schleppte sich Kathleen ins Schlafzimmer.

Während sich Elizabeth um die abermals erbrechende Goretti kümmerte, beschloß sie, Kathleen untersuchen zu lassen. »Ist es noch nicht besser?« fragte sie in Richtung des Bettes der Stöhnenden. »Nein!« Kathleen zog die Beine an.

Nicht zum ersten Mal wünschte sich Elizabeth ein Telefon. In der Gemeinde besaß niemand eins, und bis zum öffentlichen Telefon in Eyeries brauchte man eine halbe Stunde. Sie legte Kathleen die Hand auf die Stirn. Sie war so kühl, daß sie eher nicht von der gleichen Krankheit wie die anderen befallen war. »Wie wäre es, wenn dich jemand zur Hebamme fährt!« schlug sie entschieden vor. »Ich muß hierbleiben, aber Mary kommt ebenfalls mit Blitz zurecht. Sie soll Schritt fahren, damit es nicht so sehr schaukelt.«

»Dann sehen mich die Leute!« weinte Kathleen.

Obgleich die ganze Gemeinde wußte, daß Kathleen schwanger war, verstand Elizabeth, daß sich ihre Stieftochter nicht gerne in der Öffentlichkeit blicken ließ. »Es ist aber wichtig, Kathleen«, beschwor sie die Stieftochter. »Außerdem ist es draußen ziemlich kühl, und wenn ich dir mein Cape leihe, sieht niemand deinen Bauch.« Sie wußte, Kathleen liebte das aus leichter Wolle gewebte, elegante Kleidungsstück. »Nun komm schon«, drängte sie. »Du warst seit Wochen nicht mehr vor der Tür. Abgesehen von allem anderen tut die frische Luft dir sicher gut.« Sie sprach weiter auf Kathleen ein, und nach wenigen Minuten gab das Mädchen nach.

Eine halbe Stunde später, als sie gerade zusammen mit Mary das Pferd vor den Wagen spannte, tauchte Tilly auf. »Wohin des Wegs?«

»Ich schicke Kathleen zur Hebamme«, erklärte Elizabeth und wandte sich wieder dem Pferd zu. »Schön ruhig!« Blitz, der seit kurzem wieder draußen auf der Weide stand und seit einer ganzen Weile schon nicht mehr im Geschirr gegangen war, schnaubte und stampfte ungeduldig mit den Hufen. Es war ziemlich schwierig gewesen, ihn überhaupt einzufangen, und Mossie, der ihnen hätte helfen können, ließ sich nirgends blicken. Heute schien sich einfach alles gegen sie verschworen zu haben, dachte Elizabeth aufgebracht, als der Wallach den Kopf so hoch hob, daß sie praktisch springen mußte, um die Zügel zu erreichen.

»Und wie geht's sonst?« Tilly sah ihnen weiter zu.

»Nicht gerade gut.« Elizabeth machte die letzte Schnalle fest, so daß Blitz endlich fertig war. Mary hielt die Zügel fest, während ihre Stiefmutter nach Kathleen rief.

Trotz des voluminösen Capes war deutlich Kathleens Leibesumfang zu erkennen. Nur gut, dachte Elizabeth, daß es im ganzen Haus keinen großen Spiegel gab. Sie und Tilly halfen Kathleen auf den Sitz und traten zurück, als Mary, die inzwischen eine wirklich gute Fahrerin war, behende auf den Kutschbock kletterte.

»Sie ist schon ziemlich weit. Bist du sicher, daß du sie fahren lassen sollst?« fragte Tilly zweifelnd, während Mary ihnen fröhlich winkte und mit leisem Schnalzen das Pferd behutsam antrieb.

Doch während die Kutsche langsam den Pfad in Richtung Straße holperte, meinte Elizabeth, daß Kathleens Gesicht bereits etwas weniger kreidig war. »Es wird schon klappen«, gab sie Tilly Bescheid und rief Mary hinterher: »Vergiß nicht, vorsichtig zu fahren, ja? Es besteht kein Grund zur Eile. Falls ihr bis zum Abendessen nicht zurück seid, hebe ich euch etwas auf.«

»Also, was ist los?« fragte Tilly, während sie neben Elizabeth zur Haustür ging.

»Frag mich lieber, was heute *nicht* los ist. Komm rein, dann erzähle ich dir alles von Anfang an.«

In diesem Jahr gestaltete sich der April als ungewöhnlich trockener Monat, so daß Mossie bereits auf dem oberhalb von Derryvegill gelegenen Stückchen Moor der Scollards arbeitete. Dies war eine der schönsten Tätigkeiten, die es für ihn gab: Er liebte es, den Rhythmus des Schneidens und Wendens zu finden, genoß außerdem den Anblick der ordentlichen Reihen von Torfbrocken, die er wie übergroße Bratenscheiben vom Rand des Spatens gleiten ließ.

Er war nicht der einzige im Moor: Auch Mick Harrington nutzte das trockene Wetter und arbeitete gut dreißig Meter weiter auf dem Nebenfeld.

Mossie hatte ungefähr eine Stunde gearbeitet, als er eine Pause machte und sich einen Schluck Milch aus der mitgebrachten Flasche gönnte. Die kühle Brise, die aus dem Norden von den Bergen von Kerry über den Kenmarefluß herüberwehte, trocknete den Schweiß auf seiner Stirn und Mossie fröstelte in seinem dünnen Hemd.

Als er den Spaten wieder aufnahm, meinte er plötzlich, ein ungewöhnliches Geräusch zu vernehmen. Er unterbrach seine Arbeit und lauschte angestrengt. Das Geräusch schwoll an und wieder ab, aber ohne jeden Zweifel war es ein Schrei – der von dem kleinen See zu kommen schien. »Hast du das gehört?« rief Mossie Mick Harrington zu.

»Was?« Mick stand südwestlich von ihm, so daß der Wind seine Stimme fast verschluckte.

»Hör doch!«

Beide Männer strengten ihre Ohren an. Da war es wieder, eindeutig ein Schrei. »Himmel, jetzt habe ich es auch gehört!« Mick Harrington rammte seinen Spaten in den Torf und rannte los.

Mossie ließ ebenfalls seinen Spaten fallen und sprintete in Richtung des niedrigen Kamms, hinter dem der See verborgen lag.

Doch als er oben auf dem Hügel anlangte und sich umsah, entdeckte er immer noch nichts.

Das Schreien, das inzwischen lauter geworden war, kam offenbar vom Fuß einer steilen, grasbewachsenen Klippe unterhalb der Straße westlich des Derryvegillsees. Dicht gefolgt von Mick rutschte Mossie inmitten loser Erde und Gerölls den Hang abwärts. Er war so damit beschäftigt, sein Gleichgewicht zu behalten, daß er erst, als er noch ungefähr sechs Meter vom oberen Rand der Klippe entfernt wieder zum Stehen kam, direkt neben dem Abgrund eine offene Frauenhandtasche liegen sah. Ihr Inhalt war im Gras verstreut. »Himmel!« brüllte er, als Mick neben ihn trat. »Irgend jemand ist über den Rand der Klippe gestürzt.«

Mick bekreuzigte sich, als beide Männer in die ungefähr fünfzehn Meter betragende Tiefe sahen.

»O Gott!« Beide hatten es gleichzeitig entdeckt.

Am Fuß der Klippe unter der umgestürzten Pferdekutsche lag Mary Scollard eingequetscht. Kathleen war diejenige, die schrie. Nachdem sie während des Absturzes offenbar aus dem Wagen geschleudert worden war, lag sie nun mit einem unnatürlich verrenkten Bein auf der Seite und umklammerte schluchzend mit beiden Händen ihren Bauch. Von Mary war unter den schimmernden schwarzen und roten Holzteilen nur der Hinterkopf zu sehen. Sie gab keinen Laut von sich.

Ein Stückchen weiter schlug Blitz, der in seinem Geschirr gefangen war, mit den Hinterbeinen aus und versuchte verzweifelt sich zu erheben. Seine beiden Vorderbeine schienen gebrochen.

Mossie nahm die gesamte Szene innerhalb von einer Sekunde in sich auf. »Hol Hilfe!« brüllte er über die Schulter zurück, während er verzweifelt nach einem Weg hinunter zu den beiden Mädchen fahndete.

»Ich mache, so schnell ich kann.« Mick raste in Richtung des nächsten Hofes los, der ungefähr fünfhundert Meter die Straße weiter unten lag.

»Und bring ein Gewehr mit!« schrie Mossie ihm nach, ehe er, ohne eine Antwort abzuwarten, den gefährlichen Abstieg begann.

Kathleen sah ihn kommen, worauf sich die Lautstärke ihrer Schreie verdoppelte. Sie zog an ihrem abgeknickten Bein und kroch auf Händen und Füßen auf ihn zu. Mossie gab sein Bestes. Einmal rutschte er aus und konnte sich gerade noch retten, indem er sich an einem der Ginsterbüsche, die hier und da aus der Böschung sprossen, festhielt. Aber als er immer noch gut drei Meter oberhalb des Bodens war, gab ein weiterer Erdklumpen nach, so daß er ins Stolpern geriet und schwer auf seiner rechten Schulter landete.

Sofort rappelte er sich wieder auf.

Kathleen hatte ihn beinahe erreicht. Ihr offener, schreiender Mund sah in ihrem weißen Gesicht wie eine dunkelrote Narbe aus, und ihr enormer Bauch schleifte durch den Dreck. Während Mossie sich ihr näherte, merkte er, daß sie versuchte, etwas zu sagen. »Beruhige dich, bitte, ich bin doch da!«

Kathleens Schreie wurden übermenschlich schrill, aber durch sie hindurch meinte Mossie, das Wort »Bluten« herauszuhören. Er packte sie bei den Schultern und schüttelte sie sanft. »Blutest du?« brüllte er.

»Ja-a-a!« Hektisch klammerte sie sich an ihn.

Erst in diesem Augenblick entdeckte Mossie den dunkelroten Fleck, der sich auf dem unteren Teil ihres mattroten Capes ausbreitete. Mühsam befreite er sich von dem Mädchen. »Hör mir zu, Kathleen, hör mir zu!« Erneut schüttelte er ihre Handgelenke.

»Du tust mir weh!« kreischte sie und dann: »Heilige Maria!« Sie keuchte und zog das unverletzte Bein an ihren Leib. »Ich glaube, das Baby kommt...«

Mossie lockerte seinen Griff. »Du mußt mir zuhören. Das Baby kommt sicher nicht sofort. Halt durch, Kathleen! Gleich ist Hilfe da. Verstehst du mich?«

Aber sie fuhr unvermindert mit ihrem Schreien fort. »O Gott! O *Gott*! Das Baby!«

»Ich muß sehen, was mit Mary ist«, brüllte er über ihre Schreie hinweg. »Du bleibst hier und bewegst dich möglichst nicht. Gleich kommt Hilfe. Bleib ganz ruhig!« wiederholte er und hievte sie in eine Position, in der sie mit dem Rücken gegen die Böschung lehnte. »In einer Minute bin ich zurück.«

Mary rührte sich nach wie vor nicht, aber der Wagen, unter dem sie begraben lag, schwankte mit den Bewegungen des verletzten Pferdes hin und her. »Ganz ruhig, Blitz, ganz ruhig...« Mossie ging in die Hocke, schob seine linke, unverletzte Schulter unter die Seite des Wagens und stemmte mit aller Kraft. Nach einem Augenblick machte die Kutsche einen winzigen Ruck, so daß der obere Teil von Marys Torso zu sehen war.

Abermals spannte Mossie sämtliche Muskeln an und rückte mit vor Schmerzen brennenden Augen ein zweites und ein drittes Mal. Endlich kippte das Gefährt zur Seite.

Als er sich wieder aufrichtete, wollte ihm der Schädel bersten. Um nicht in Ohnmacht zu fallen, senkte er kurz den Kopf, bis der Schwindel verflog. Als er wieder richtig sehen konnte, bemerkte er, daß Mary immer noch unbewegt am Boden lag.

Aus Angst vor dem, was ihn dort erwartete, blickte Mossie unweigerlich zu Kathleen zurück, die, wenn auch inzwischen ein wenig leiser, immer noch schrie. Die Augen geschlossen, hielt sie sich mit beiden Händen den Bauch und wiegte sich rhythmisch hin und her. Der Fleck auf dem Cape kam ihm plötzlich größer vor. »Vater unser«, betete Mossie. »Bitte sorg dafür, daß schnell jemand kommt...«

Mit diesen Worten beugte er sich zu Mary hinab.

Sie war tot.

»Das kann nicht sein, das kann nicht sein!« Instinktiv hob Mossie den leblosen Kopf und schob die feinen, dunklen Haare aus Marys Gesicht. Ihre Augen waren groß und rund, als sähe sie sich einem ganz plötzlichen Horror gegenüber. Einer der oberen Zähne hatte sich durch die Unterlippe gebohrt, so daß ein dünner Blutfaden aus der Wunde an ihrem Kinn herunterrann. Davon abgesehen wies ihr Gesicht nicht die geringste Verletzung auf.

Aber an der Art, in der ihr Kopf leblos zur Seite fiel, erkannte Mossie bereits die Todesursache: ein gebrochenes Genick.

Zitternd legte er ihren Kopf zurück. Der Rock, den Mary trug, war hochgerutscht, so daß man ihre Unterhose und ihre nackten Schenkel sah. Mossie hob ihren Körper ein wenig an und schob den Rock, so weit es ging, über die Knie zurück.

Blitz verlor an Kraft. Blutigen Schaum vor dem Maul, lag er keuchend auf dem Bauch, die nutzlosen Vorderbeine wie die einer trinkenden Giraffe vor sich gespreizt. »Nur ruhig, Junge!« Als Mossie dem Tier sanft über die Nüstern strich, rollte es mit den Augen und riß wiehernd den Kopf zurück. »Gleich kommt Hilfe...« Mossie hob seine Hände vor die Augen, ging in die Hocke und brach in jämmerliches Schluchzen aus.

Nach einer Weile hörte er Geräusche und blickte gebrochen auf. Mick Harrington kam, von zwei Männern und einem Jungen gefolgt, über das Moor gerannt. »Wir haben nach dem Arzt geschickt«, schrie Mick Mossie aus fünfzig Meter Entfernung zu.

»Da drüben!« Mossie zeigte auf Kathleen. »Hier ist es zu spät...« Wieder schüttelte es ihn.

»O nein!« Während die anderen beiden Männer – zwei Holztüren als Bahren in Händen – zu Kathleen liefen, beugte sich Mick zu Mary hinab. »Sie ist tatsächlich von uns gegangen!« Verzagt richtete er sich wieder auf. »Hast du ein Gebet für sie gesprochen?«

Mossie nickte stumm.

Mick hockte sich neben Mary nieder und flüsterte ihr seinen Abschied ins Ohr. Wie durch einen Schleier nahm Mossie wahr, daß die Männer hinter ihm Kathleen dazu überredeten, sich auf eine der behelfsmäßigen Bahren helfen zu lassen. Hier am Fuß der Klippen waren sie vor dem Wind geschützt, doch angesichts der Tragödie, die ihn umgab, angesichts von Kathleens fortgesetzten Schreien, dem Ringen des Pferdes, dem zerborstenen Wagen erschien Mossie die relative Stille der Luft fast wie Hohn. »Ist das Ding geladen?« fragte er beinahe zornig, wobei er auf das alte Gewehr in den Händen des Jungen wies, der höchstens zwölf oder dreizehn war. Der Halbwüchsige nickte stumm.

»Gib her!«

Mossie wartete, bis Mick mit dem Gebet zu Ende war.

Blitz schien zu ahnen, was nun kam. Plötzlich beendete er seinen Kampf und legte seinen schönen Kopf zwischen die zertrümmerten Beine. Mit bebenden Flanken wartete er darauf, daß Mossie das Gewehr an seine Schulter hob.

Mossies Augen waren tränenblind, und seine Hände bebten.

»Soll ich es für dich tun?« fragte Mick im Flüsterton.

»Nein!« erwiderte Mossie aggressiv. »Es war mein Pferd. Ich habe es den Scollards gebracht.« Er straffte sich und drückte ab.

Elizabeth und Tilly saßen plaudernd am Küchentisch, als Elizabeth plötzlich aus dem Schlafzimmer der Kinder das inzwischen allzu vertraute Wimmern vernahm. »Himmel!« stöhnte sie. »Ich weiß, sie können nichts dafür, aber um so etwas klaglos durchzustehen, bräuchte ich die Geduld einer Heiligen!« Sie hievte sich von ihrem Stuhl, nahm ein frisches Laken von dem Stapel neben dem Kamin und machte sich auf den Weg.

Ein paar Minuten später sank Goretti matt auf ihr Kopfkissen zurück, und Elizabeth fuhr ihr mit einem feuchten Lappen über die Stirn. »Danke, Mammy!« Neben ihr fragte Margaret, die sich bereits auf dem Weg der Besserung befand und gemütlich las, wer draußen in der Küche sei.

»Tilly«, gab Elizabeth Auskunft.

»Ja, aber wer ist der Mann?«

»Was für ein Mann?«

»Der Mann, der draußen in der Küche ist«, wiederholte Margaret so geduldig, als hätte sie es mit einer Schwachsinnigen zu tun.

Als Elizabeth das Schlafzimmer der Kinder verließ, stellte sie fest, daß nicht ein, sondern zwei Männer die Küche bevölkerten. Der eine war Mossie, der andere der Pfarrer des Bezirks.

Mossie sah sich um, als er spürte, daß Elizabeth den Raum betrat, und angesichts seiner erschütterten Miene gaben ihre Knie nach.

»Was? Was ist passiert?« röchelte sie.

»Es tut mir leid, Elizabeth. Es tut mir unendlich leid«, flüsterte Mossie. »Wir kamen zu spät – Mick und ich –, wir kamen zu spät...«

Elizabeth durchbohrte den Pfarrer: »Was ist?«

»Ich fürchte, wir haben eine traurige Nachricht für Sie.«

Der Priester trat mit Duldermiene auf sie zu, doch sie wich vor ihm zurück. »Tilly?« flüsterte sie.

Tillys Gesicht war so weiß wie die Schale, die Elizabeth gerade in Händen hielt.

»Kathleen ist auf dem Weg ins Krankenhaus«, sagte Tilly, ehe ihre Stimme brach und sie um Fassung rang. »Es hat einen Unfall gegeben«, fuhr sie stammelnd fort. »Mary – sie ist – sie ist...« Tilly sah sie an. »Also – ich –... sie ist tot, Lizzie...«

Elizabeth starrte die Freundin entgeistert an. Die Porzellanschüssel glitt ihr aus den Händen, fiel krachend zu Boden und zerbarst, so daß sich ihr Inhalt über die Fliesen ergoß.

25

Von sämtlichen Schicksalsschlägen ihres Lebens erschütterte Elizabeth Marys Tod am meisten.

In vielerlei Hinsicht hatte sie alles andere, was ihr bisher widerfahren war, die ungeplante Schwangerschaft, Neeleys Tod, selbst ihre unglückselige Leidenschaft für Daniel, stets als Folge irgendeiner Handlung, als Reaktion oder auch als Strafe angesehen.

Marys Tod hingegen kam ihr vollkommen unverdient und sinnlos vor. Neeleys älteste Tochter hatte sich mit einer unvergleichlichen Süße durch ihr kurzes Leben bewegt, kaum jemals an sich selbst gedacht und das Haus für die turbulenteren Geister der Familie zu einem Hafen der Ruhe gemacht. Rückblickend erkannte Elizabeth, daß Mary in vielerlei Hinsicht das beständig schlagende Herz dieser Familie gewesen war.

All dies erkannte sie zu spät. Es nützte Mary nichts mehr, daß Elizabeth »bald« etwas für ihre Zukunft tun, daß sie ihr einen Teil der unerschütterlichen Loyalität und Unterstützung zurückzahlen wollte, durch die ihr Leben wesentlich erleichtert worden war.

Zu Anfang jedoch übte sie eiserne Beherrschung und ließ keine Tränen zu. Als Mary nach Hause gebracht wurde, dankte sie den Nachbarinnen für ihr Angebot, das Mädchen für die Totenwache zurechtzumachen, und bestand darauf, selber Neeleys ältester Tochter diesen letzten Dienst zu erweisen. Sie hatte so etwas noch nie getan, so daß Tilly als Beraterin bei ihr blieb.

Obgleich Elizabeth ihr für die stille Unterstützung wirklich dankbar war, sehnte sie sich zugleich danach, ein letztes Mal mit Mary allein zu sein. Sie sprach leise auf das Mädchen ein, während sie seinen jungen Körper wusch, sagte all die Dinge, die sie hätte sagen sollen, als Mary noch am Leben war. Sie sagte ihr, was für ein liebreizendes Geschöpf sie war, daß sie ohne ihre selbstlose Hilfe das letzte entsetzliche Jahr niemals durchgestanden hätte, daß sie ihr für ihre Liebe und Treue seit dem stürmischen Tag ihrer Ankunft in Béara von Herzen dankbar war. Daß sie sich niemals dafür erkenntlich gezeigt hatte, daß Mary, trotz Elizabeth' Rebellion, gegen die Regeln des Anstands, aus Loyalität stets auf ihrer Seite gewesen war.

Während sie die Nägel des Mädchens schnitt, erinnerte sie sich, wie geschickt Mary stets mit Buttermessern, Rührlöffeln und anderen Küchengeräten umgegangen war, mit welchem Stolz sie jede noch so bescheidene Leistung Abigails verfolgt hatte, in welcher Weise sie zu ihren Halbgeschwistern und selbst zu Francey, dem Kuckuck im Nest, wie eine zweite Mutter hielt.

Sie erinnerte sich an den schüchternen Glanz in Marys Augen – auf denen jetzt zwei Kupferpennies lagen –, als sie von ihrem Stuhl beim Frisör in Cork aufgesehen hatte, um zu ergründen, ob Elizabeth ihr neues Aussehen gefiel. »O Gott!« Schließlich brachen sich die Tränen Bahn, und Elizabeth beugte sich über Marys wächsernes Gesicht. »Ich weiß einfach nicht, was ich ohne dich machen soll… Mary, liebstes Kind«, schluchzte sie. »Du weißt gar nicht, wie sehr du mir fehlst…«

Sie spürte, daß Tilly ihr die Arme um die Schultern schlang.

Nachdem sie einmal angefangen hatte zu weinen, konnte sie nicht mehr aufhören, so daß Tilly am Ende nach dem Doktor rief. Als er kam, gab er ihr ein Mittel, das sie sechzehn Stunden schlafen ließ.

Am nächsten Morgen, vor der Beerdigung, kam der Arzt ein zweites Mal, und was auch immer er ihr verabreichte, machte sie so müde und desorientiert, daß die Bestattung vorüberging, ohne daß sie die Bedeutung des Ereignisses zur Gänze mitbekam. In der Kirche hatte sie das Gefühl, als würden die Menschen hell und dunkel, als kämen sie näher und wichen vor ihr zurück, als wären sie die Teilnehmer an einem unwirklichen Tanz. Sie hörte die Worte des Priesters aus großer Distanz, erinnerte sich nicht an die Namen der Menschen, die sie umgaben, und selbst die Kinder kamen ihr wie Fremde vor.

Auf dem Friedhof störte es sie, daß ihr Vater ihren Arm umklammerte, sehnte sich danach, endlich allein zu sein. Es war ein wunderbarer Tag, dachte sie flüchtig, es wäre schön, auf den Knockameala hinaufzugehen. Sie wandte den Blick von dem offenen, für sie bedeutungslosen Grab dem Gipfel des Berges zu, der sich im Nordosten hinter dem Knocknasheeog erhob. Sie erinnerte sich daran, daß Daniel Carrig häufig dort oben gewesen war und meinte, daß sie ihn auch jetzt dort stehen sah; aber noch während sie versuchte, sich dem Griff ihres Vaters zu entziehen, hielten weitere Hände sie fest.

Ida und ihr Ehemann waren zusammen mit ihren Eltern angereist, und zurück im Haus merkte sie, daß sie lächelte und Ida zu ihrer inzwischen nicht mehr zu übersehenden Schwangerschaft beglückwünschte. Wirklich nett von Ida, daß sie trotzdem gekommen war.

Aber wo steckte Mary bloß? Normalerweise war doch immer sie es, die die Bewirtung der Gäste übernahm? Dreimal in einer Stunde sah sie sich in der bevölkerten Küche um und fragte, wo das Mädchen war, aber niemand antwortete ihr.

Dann suchte sie Tilly, die ebenfalls fehlte. Sie ging zu Mick und fragte ihn, wo Tilly war; Mick erklärte, Tilly wäre nach Cork gefahren, um Kathleen beizustehen, die dort im Krankenhaus ihr Baby bekam.

Selbst das verstand sie nicht. War nicht Ida diejenige, die ein Baby bekam? Weshalb bekam auch Kathleen in Cork ein Kind?

Elizabeth dachte darüber nach, kam zu dem Schluß, daß sie ebenfalls nach Cork fahren wollte, um bei Kathleen zu sein, ging los, um Blitz das Geschirr anzulegen, und stellte fest, daß das Tier verschwunden war. Im Zusammenhang mit Blitz fuhr ihr etwas durch den Kopf. Es hatte mit einem Schafbock zu tun, der ihm in der Nähe von Derryvegill vor den Wagen gelaufen war. Aber sie hatten keine Schafe auf dem Hof… Schon seit Monaten nicht mehr…

Sie versuchte sich zu erinnern, als sie hörte, das jemand hinter ihr den Stall betrat.

Es war Mossie Breac.

»Jemand hat Blitz gestohlen«, sagte sie in strengem Ton, doch zu ihrer Überraschung nahm Mossie, statt etwas darauf zu erwidern, sie lediglich sanft am Arm und führte sie zum Haus zurück.

In der Küchentür drehte sie sich noch einmal zu ihm um. Es waren viel zu viele Menschen da, und keiner von ihnen tat etwas in bezug auf Kathleens Baby oder Blitz. »Ruf die Polizei!« wies sie Mossie an.

»Gleich«, sagte er. »Gleich fahre ich in die Stadt.«
»Versprichst du mir das?«
»Ehrenwort.«
Nun, sie konnte Mossie ebenso vertrauen wie jedem anderen, so daß sie sich schließlich von ihm in die Küche geleiten ließ.

Wieder war der Doktor da. Hatte sie den Doktor auch auf der Beerdigung gesehen? Elizabeth wußte es nicht mehr. In letzter Zeit kam er ziemlich häufig zu ihnen ins Haus. Sie sah, daß Mossie und ihre Mutter mit ihm sprachen, und dann flößte er ihr etwas Warmes zu trinken ein und sagte, sie solle sich ein paar Minuten hinlegen. »Aber was ist mit all den Gästen?« Elizabeth starrte die zahllosen Menschen in der Küche an. Wie in aller Welt sollte sie sie alle beköstigen? Sicher hatte sie nicht genug Lebensmittel im Haus.

»Bis zum Abendessen ist noch Zeit.« Ihre Mutter tätschelte ihr begütigend den Arm. »Ruh dich ruhig ein wenig aus, mein Schatz, wir kümmern uns schon um die Leute.«

Elizabeth war sehr verwirrt. Sie wußte, daß inzwischen sicher Zeit für die Essensvorbereitungen war. Trotzdem ging sie gehorsam in ihr Schlafzimmer und legte sich aufs Bett. Ein paar Minuten lang versuchte sie, sich zu erinnern, weshalb all die Leute gekommen waren und weshalb sie sich mitten am Tag hinlegte. Sicher war sie krank, überlegte sie, so wie Johanna und Goretti und Margaret. Aber ihr war nicht übel, sondern ihr fielen einfach die Augen zu. Vielleicht hatte sie die Schlafkrankheit? Während sie abermals in der von Medikamenten herbeigeführten Schwere versank, drang das gedämpfte Gemurmel der Menschen vor der Tür an ihr Ohr, bis sie außer fernem Rauschen nichts mehr vernahm.

Irgendwann mitten in der Nacht erwachte Elizabeth von einer festlichen Beleuchtung so wie damals in dem Ballsaal des Dubliner Hotels, wo sie und Ida vor so langer Zeit getanzt hatten. Das Licht war golden und warm. Wenn sie die Arme hob, legte es sich sanft um ihre Haut. Wie Honig, dachte sie, und dabei fiel ihr Daniel Carrig ein. Die Erinnerung machte ihr Gemüt warm und klar.

Langsam wandte sie den Kopf. Dort stand Mary in einer Ecke des Raums. Ihr Gesicht, strahlend wie die Sonne, verströmte das angenehme Licht. »Hallo, Mary«, sagte Elizabeth überrascht.

Mary antwortete nicht, aber sie lächelte so süß, daß Elizabeth am liebsten zu ihr gelaufen wäre, als wäre sie das Kind und Mary die Mutter – statt andersherum. Aber sie merkte, daß sie wie gelähmt in ihren Kissen lag.

Mary, deren Haar von innen heraus leuchtete wie ein Heiligenschein, trug ein einteiliges Kleid, das in weichen Falten von ihren Schultern bis zum Boden fiel. Wie eine Patchworkdecke war es aus Tausenden vielfarbiger Stoffdiamanten zusammengesetzt, so leuchtend, daß es zu pulsieren schien. Dann erkannte Elizabeth, warum: Mary hob ihre Arme, woraufhin das Kleid zerfiel. Sämtliche Diamanten flogen in die Luft, und mit einem Mal erfüllte den Raum ein Schwarm von Kolibris, blitzende Prismen in einem Strom gleißenden Lichts.

Nackt, mit Gliedern, die wie Alabaster schimmerten, hob Mary glücklich das Gesicht, als einer der winzigen, schimmernden Vögel zu ihr zurückflatterte und erst ihr Haar, dann ihre Schultern, die ausgestreckten Arme und schließlich ihre Brüste mit leuchtender Farbe überzog. Zwei weitere Kolibris, einer kobaltblau, der andere jadefarben, flatterten auf ihre Augen zu.

Aber es waren die Augen von Hazel Slye – wo steckte Hazel nur? Hazel sollte sich um Kathleen kümmern – wo war Kathleen?

»Wo ist Kathleen?« fragte Elizabeth Mary, aber Mary schüttelte lächelnd den Kopf, so daß ihr von Vögeln umschwirrtes Haar fedrig um ihre Wangen wippte. Und, obgleich sie fröhlich lachte, blieb sie stumm.

Statt dessen erhob sich, da sämtliche Vögel gleichzeitig mit ihren Flügeln flatterten, plötzlich allmählich anschwellendes Summen ringsum, ähnlich dem Geräusch des Windes, wenn er um die Telegrafenleitungen blies. Das Summen drang Elizabeth durch sämtliche Poren ihrer Haut mitten ins Herz. Sie merkte, daß sie weinte, weil sie von einer solchen Schönheit umgeben war. Dringend mußte sie Mary fragen, ob sie die Pracht des Ganzen ebenfalls empfand – aber als sie sich wieder umdrehte, war das Mädchen nicht mehr da.

Das Summen jedoch blieb. Sie spürte, daß es sie hochhob, bis sie über dem Bett zu schweben schien. Die Vögel schwirrten immer schneller um ihren Kopf, zogen sie mit sich fort... Dann brach etwas Hartes, Lautes über sie herein, ihr eigener Name zersplitterte die Harmonie. »Elizabeth! Elizabeth!« Jemand rief sie zurück, zog sie wieder auf die Erde hinab...

»Elizabeth!« Das schreckliche Geräusch wurde lauter, herrischer. Die Rückkehr in die Gegenwart war ein böser Schock. Elizabeth wollte weiterschweben, wollte zurück in die Farben und die Musik, aber die Stimme verbot es ihr.

»Elizabeth!« Jemand schüttelte sie.

»Bitte«, flüsterte sie. »Bitte...« Aber die Stimme gab nicht nach und schließlich öffnete sie die Augen.

Ihre Mutter stand neben ihrem Bett. Das Zimmer war nicht mehr von goldenen Strahlen, sondern vom Dämmerlicht der Lampe auf ihrem Ankleidetisch erfüllt. »Du hast geträumt, Liebes«, sagte ihre Mutter sanft. »Hier, der Arzt sagt, daß du das nehmen sollst.« Sie hielt Elizabeth zwei Tabletten hin.

»Nein!« Elizabeth wollte es schreien, aber ihr Mund war so trocken, daß nichts als ein schwaches Krächzen über ihre Lippen drang. »Keine Tabletten mehr!« flüsterte sie und fügte, zu benommen, um einen ganzen Satz zu sprechen, hinzu: »Trinken, bitte!«

Corinne hielt Elizabeth einen Becher Wasser an den Mund und stützte helfend ihren Kopf. Sie verströmte einen köstlichen Fresienduft. »Bist du sicher, daß es nicht vernünftiger wäre, zu tun, was der Doktor sagt, Beth?« fragte sie.

»Zuviel...« Ermattet sank Elizabeth auf das Kissen zurück. »Bitte, wie spät?«

»Kurz nach Mitternacht. Wir haben alles unter Kontrolle. Der nette Mr. Sheehan hat alles geregelt, uns auch ein Zimmer im Béara Bay Hotel in Castletownbere besorgt. Er sagt, daß er den Rest der Nacht hierbleiben und sich um alles kümmern wird.«

Elizabeth kehrte allzu schnell in die Wirklichkeit zurück. Sie kämpfte sich auf einen Ellbogen, aber die Anstrengung war einfach zu groß, so daß sie kraftlos wieder nach hinten sank. »Soll nicht bleiben«, brachte sie mühsam heraus.

Corinne verstand sie falsch. »Keine Sorge, mein Schatz. Wir sind in einem *Hotel*, verstehst du?«

»Mossie!«

Elizabeth war derart erregt, daß Corinne nicht mehr wußte, wie sie sie beruhigen sollte. »Also bitte, reg dich nicht auf, mein Schatz«, sagte sie nervös. »Er macht es wirklich gerne. Dreh dich einfach um und schlaf brav wieder ein.«

Elizabeth war zu benommen und müde, um ihrer Mutter zu erklären, worum es ihr ging, und so schloß sie tatsächlich gehorsam die Augen. Dann spürte sie, leicht wie die Schwingen eines Schmetterlings, die kühlen Lippen ihrer Mutter auf ihrer Stirn. »Mutter?« Überrascht klappte sie die Augen wieder auf.

»Pst...« Corinne hob einen Finger an ihren Mund. »Gute Nacht, mein Liebling, bis morgen früh. So Gott will, haben wir bis dahin gute Nachrichten von Kathleen aus dem Krankenhaus.«

Obgleich sie nicht mehr so verwirrt wie am frühen Abend war, fiel es Elizabeth immer noch schwer, sich auf irgend etwas zu konzentrieren. Die Zeit glich einem Gummiband, so daß ihr die Trennung zwischen Vergangenheit und Gegenwart einfach nicht gelang. Erst nachdem sie hörte, wie ihre Eltern das Haus verließen, drang die Bedeutung der Worte ihrer Mutter durch den Nebel in ihrem Hirn. Mühsam hievte sie sich aus dem Bett, und auch wenn der Boden unter ihren Füßen schwankte wie das Deck eines Schiffs auf wogender See, schaffte sie es bis zur Tür. Dort angekommen, wurde sie allerdings abermals von einem derartigen Schwindel übermannt, daß sie sich hilfesuchend an den Rahmen klammerte.

Mossie hockte gerade vor dem Kamin und löschte das Feuer

für die Nacht. Als er sie sah, erhob er sich eilig. »Du solltest nicht aufstehen.«

»Was ist mit dem Krankenhaus?« keuchte Elizabeth. »Meine Mutter sagt...« Aber ihr war so schwindlig, daß sie fürchtete, jeden Augenblick in Ohnmacht zu fallen – etwas, das ihr in ihrem ganzen Leben noch nicht widerfahren war, sie mußte sich von Mossie helfen lassen, bis sie endlich sicher auf einem Stuhl saß.

Er rannte in die Spülküche und kam kurz darauf mit einem Glas Wasser für sie zurück.

Nach einigen Schlucken verringerte sich Elizabeths Schwindel ein wenig, und sie gab ihm das Glas zurück. »Erzähl mir von Kathleen«, bettelte sie krächzend.

»Ich dachte, sie hätten es dir schon gesagt?«

»Nein.« Doch – vage erinnerte sie sich, daß ihr etwas von Kathleen und einem Krankenhaus berichtet worden war, aber es fügte sich in ihr noch nicht logisch zusammen.

Im Licht der Lampe sahen die Ringe unter Mossies Augen tief wie Krater aus. »Sie hat einen Jungen zur Welt gebracht.«

»Geht es ihr gut?«

»Sie hat ein gebrochenes Bein.«

»Baby?«

»Ich glaube, auch ihm geht es gut.«

Wieder wurde Elizabeth schwindelig. »Wasser, bitte«, brachte sie schwach heraus.

Abermals reichte Mossie ihr das Glas und stand neben ihr, während sie trank. »Du mußt zurück ins Bett«, sagte er dann. »Elizabeth!«

Sie erlaubte ihm, sie in ihr Schlafzimmer zu bringen. »Danke«, flüsterte sie, während sie unter die Decke kroch. Sie merkte, daß sie ein Nachthemd und eine Strickjacke trug, doch wann sie sie angezogen hatte, wußte sie nicht mehr. »Danke«, wiederholte sie dann. Eigentlich wollte sie Mossie sagen, er könne jetzt nach Hause gehen, sie und Mary kämen durchaus allein zurecht; aber während sie bereits erneut im Schlaf versank, kam ihr nur ein einziges Wort über die Lippen: »Heim...«

Als sie das nächste Mal erwachte, war es heller Tag. Ein paar Augenblicke lang lag sie entspannt und gemütlich in ihrem warmen Bett, ehe sie automatisch in die Ecke sah, in der Abbies Wiege stand: ohne das Kind.

Wo war Abigail?

Eine kalte Woge der Trauer rollte über sie hinweg, als ihr plötzlich wieder der Unfall und seine Folgen einfiel. Unfähig, weiter passiv liegenzubleiben, während die grauenhaften Erinnerungen sie überfluteten, warf sie die Decke zurück und stieg schwankend aus dem Bett. Auch wenn ihr immer noch schwindlig war, hatte sie das Gefühl, halbwegs auf ihren Beinen stehen zu können, so daß sie ihren Morgenmantel überwarf und langsam in die Küche schlurfte.

Zu ihrem Entsetzen schlief Mossie auf dem Stuhl vor dem Kamin.

Sie blickte auf die Uhr: Es war erst kurz nach sechs. Was machte Mossie um diese Zeit hier in ihrem Haus? »Mossie!« Ohne zu zögern, rüttelte sie ihn unsanft. »Mossie, wach auf.«

Mossie kam langsam zu sich und sah sie einen Moment lang verwundert an. Dann allerdings sprang er eilig auf. »Wieviel Uhr ist es?«

»Wo ist Abigail?« fragte Elizabeth, statt ihm zu antworten. »Sie ist nicht in ihrer Wiege.«

»Deine Freundin Ida hat sie mit zu den Harringtons genommen.« Mossie erhob sich. »Wie fühlst du dich?«

»Das tut nichts zur Sache. Was machst du hier?« Elizabeth konzentrierte ihre gesamte Energie auf diese eine Angelegenheit. Wenn sie es schaffte, ihre Gefühle in diese Richtung zu lenken, dächte sie vielleicht nicht über Mary nach. Sie war beinahe froh, daß sich Mossie als Zielscheibe für ihren Zorn und ihre Trauer bot.

Mossie räusperte sich. »Ich dachte, daß du vielleicht Hilfe brauchst«, äußerte er ruhig.

»Tja, vielen Dank, aber inzwischen bin ich wieder auf dem Damm und schaffe das allein.«

Er schien etwas sagen zu wollen, doch dann rieb er sich wortlos das unrasierte Kinn, nahm seine Jacke von der Stuhllehne – Elizabeth merkte, daß er seinen guten Anzug trug – und zog seine Mütze aus der Tasche. »Sei dir selbst gegenüber bitte nicht zu hart«, sagte er sanft.

»Das ist ja wohl meine Angelegenheit, Mossie – aber nochmals vielen Dank für deine Unterstützung.« Elizabeth hatte das Gefühl, daß sie, verließe er nicht sofort das Haus, abermals die Fassung verlor und vielleicht ein für allemal dem Wahnsinn verfiel.

Mossie ging zur Tür. »Ich komme dann später noch mal vorbei«, kündigte er an und ergänzte, ehe sie widersprechen konnte, noch: »Nur um zu sehen, ob vielleicht irgend etwas zu erledigen ist oder ob ich zum Beispiel eine Nachricht von dir an Kathleen schicken soll.«

»Was ist mit ihr?« Dann erinnerte Elizabeth sich plötzlich an ein Baby. »Hat sie das Kind schon gekriegt?«

»Ja, einen Jungen. Soweit ich weiß, sind beide wohlauf – außer natürlich, daß Kathleens Bein gebrochen ist.«

»Warum hat mir niemand davon erzählt?«

»Das haben wir – habe ich... gestern abend bereits.«

Sein geduldiger Ton zwang Elizabeth, sich die Tatsache einzugestehen, daß ihr Verhalten vollkommen närrisch war. Zwar brachte sie es nicht über sich, sich bei Mossie zu entschuldigen, aber als er die Tür öffnete, rief sie ihn noch einmal zurück. »Mossie?«

»Ja?« Müde blickte er auf.

»Was ist mit der Kutsche passiert?« fragte sie in versöhnlichem Ton.

»Ich habe sie verbrannt.«

»Und – und – mit dem Pferd?« Den Namen des Tieres auszusprechen, brachte Elizabeth nicht übers Herz.

»Auch darum habe ich mich gekümmert«, sagte er leise.

»Danke, Mossie.« Hinter ihren Augen stiegen Tränen auf. »Ich weiß wirklich zu schätzen, was du alles getan hast.«

Abermals fuhr er sich, vielleicht aus Verlegenheit, mit der Hand über das unrasierte Kinn und nickte. Nachdem er gegangen war, sah sich Elizabeth in der friedlichen Küche um. Der Raum sah sauber und ordentlich aus, stellte sie fest, als hätte Mary …

Schluchzend sank sie auf den Stuhl, den Mossie erst vor wenigen Minuten freigemacht hatte.

»Mammy?«

Elizabeth sah auf und nahm verschwommen Franceys besorgte Miene wahr. Sie zog ein Taschentuch hervor und schneuzte sich. »Komm her, kleiner Junge«, sagte sie, woraufhin er zu ihr rannte und eilig ihren Schoß erklomm. Er war natürlich kein Schoßkind mehr, aber schlang seine Arme um ihren Hals und schmiegte seinen Kopf an ihre Schulter. »Weine nicht, Mammy, bitte weine nicht!« Auch ihm rannen die Tränen über das Gesicht.

»Es geht mir schon wieder besser, mein Schatz«, schniefte Elizabeth und wiegte ihn zärtlich hin und her. »Jetzt müssen wir uns gegenseitig helfen und beide tapfer sein.«

»Mammy!« Sein tränenüberströmtes Gesicht war nur wenige Zentimeter von dem seiner Mutter entfernt. »Meinst du, daß Blitz auch in den Himmel gekommen ist?«

»Unbedingt, Mary hat ihn mitgenommen.«

»Und was machen die beiden dort?«

Elizabeth erinnerte sich an ihren Traum. »Du kannst dir gar nicht vorstellen, wie schön es dort oben ist, Francey«, sagte sie und wischte seine Tränen mit dem Ärmel ihres Morgenmantels fort. »Alle Farben gibt es – wie in einem großer Garten voller Blumen, und Vögel und Sonnenschein. Blitz hat jede Menge frisches Gras und Platz, herumzugaloppieren, so schnell er mag …«

»Gibt ihm auch irgend jemand Hafer?«

»So viel Hafer, wie er nur fressen kann.«

Wieder legte Francey sein Gesicht an ihre Schulter und stellte sich den Himmel vor. »Und wie ist er dort hingekommen?« wollte er wissen.

»Wenn jemand stirbt …« Die Worte schnürten Elizabeth die Kehle zu, doch sie schluckte und räusperte sich. »Wenn jemand stirbt«, wiederholte sie, »dann ist das, als ging eine Muschel auf. Du weißt doch, kleine Muscheln sind im Inneren ihrer Schale ganz weich.«

»Ja.« Das konnte er sich gut vorstellen.

»Also, dieser Körper« – sie tippte gegen Franceys Brust – »ist die Schale, aber der wahre Mensch, der *echte* Francey ist wie die kleine Muschel innen drin. Und mit dem Tod geht die Schale des Menschen auf, und der echte Mensch in ihrem Inneren wird frei. Seinen Körper braucht er nicht mehr, und deshalb läßt er ihn, wenn er in den Himmel kommt, zurück, genau wie eine alte Muschelschale.«

»Fliegen die echten Menschen in den Himmel?«

»So ähnlich. Es ist schwer zu erklären, es ist, als trüge der Wind sie zu den Sternen hinauf...«

»Aber wenn Blitz seinen Körper hier auf der Erde läßt, wie kann er dann galoppieren, wenn er oben ankommt?«

»Der echte Blitz kann alles, was er will. Du weißt doch, wie es ist, wenn du rennst, so schnell du kannst, und es ist immer noch nicht schnell genug? Nun, das liegt daran, daß du in deinem Körper gefangen bist. Aber Blitz ist jetzt frei, und weil er seinen Körper nicht mehr braucht, kann er schneller galoppieren als je zuvor, durch das ganze Universum, wenn er mag.« Sie strich Francey über das zerzauste Haar. »Wenn du das nächste Mal die Sterne siehst und die Ohren spitzt, kannst du vielleicht hören, wie Blitz zwischen ihnen hindurchgaloppiert.«

»Wirklich?« Francey riß die Augen auf. »Ist das so etwas wie Magie?«

»Ganz sicher ist es so etwas wie Magie.« Elizabeth mußte das Thema wechseln, denn sonst bräche sie erneut in Tränen aus. »Würdest du mir einen Gefallen tun, mein Schatz?«

»Was für einen?«

»Ich habe schon seit einer Ewigkeit nichts mehr gegessen. Meinst du, daß du mir ein bißchen Brot und Butter holen kannst?«

Francey kletterte von ihrem Schoß, und als Elizabeth beobachtete, wie er mit vor Konzentration herausgestreckter Zunge eine Scheibe Brot mit Butter bestrich, wußte sie, daß sie es sich nicht leisten konnte, in ihrem Selbstmitleid steckenzubleiben.

Als Ida Abigail zurückbrachte, war Elizabeth trockenen Auges – zumindest äußerlich –, halbwegs erholt und von neuer Energie erfüllt. »Bist du sicher, daß du es schaffst, Beth?« fragte sie, und Elizabeth überzeugte sie davon, daß sie wieder ganz die alte war: »Es lag an dem vielen Schlafen.«

Trotzdem bot Ida ihr weitere Hilfe an. »Ich bleibe gern noch ein paar Tage, wenn du willst. Das alles ist noch so furchtbar nah, und ich bin sicher, daß du die Sache noch nicht überwunden hast.«

»Schließlich habe ich ja die Kinder! Früher oder später müssen wir den Tatsachen ins Auge sehen, wahrscheinlich am besten ab sofort«, erwiderte Elizabeth.

»Und was ist mit deinem Mann? Da du es nicht für nötig gehalten hast, mich von deiner neuen Heirat in Kenntnis zu setzen«, Ida sah die Freundin etwas beleidigt an, »wollte ich eigentlich gar nicht darauf zu sprechen kommen.«

»Wie ich sehe, hat Mick Harrington den Mund nicht gehalten«, murrte Elizabeth. »Aber, Ida, eigentlich sollte niemand etwas davon erfahren. Meine Eltern wissen auch nichts, und ich wäre dir dankbar, wenn du sie bitte verschonen würdest.«

»Von einem derart abstrusen Abkommen habe ich in meinem ganzen Leben noch nichts gehört.«

»Aber es funktioniert, wirklich, das tut es. Er läßt mich vollkommen in Ruhe. Und inzwischen erkenne ich, daß ich den Hof alleine niemals hätte halten können.«

»Aber...«

»Bitte, Ida.« Für eine Auseinandersetzung fehlten Elizabeth einfach noch die Kräfte.

»Schon gut, schon gut!« lenkte Ida sofort ein. »Aber halt mich bitte auf dem laufenden«, fügte sie leise hinzu. »Schließlich bin ich deine beste Freundin, Beth.«

»Versprochen. Ja, unsere Hochzeit ist unter ziemlich ungewöhnlichen Umständen erfolgt.«

»Den Eindruck habe ich auch«, lautete Idas trockener Kommentar. »Beth, ich weiß, es ist sicher noch ein bißchen früh, um so etwas zu sagen – aber hoffentlich kommst du jetzt endlich einmal zur Ruhe. Du hast im letzten Jahr genug Aufregung für zehn Leben gehabt.«

»Dafür waren die sechs Jahre vorher relativ friedlich...«

»Wobei man mehrere Fehlgeburten wohl kaum als Frieden bezeichnen kann.«

»Da man diese Dinge nacheinander durchmacht und nicht alle zu gleicher Zeit, kommen sie einem hinterher gar nicht so schrecklich vor.« Verwundert dachte Elizabeth, daß diese Aussage wirklich zutraf. »Man muß eben einfach weitermachen. Was wäre denn sonst aus der Familie geworden?«

»Ich wünschte nur, du könntest zur Abwechslung einmal dir selbst statt anderen etwas Gutes gönnen.«

Elizabeth setzte ein mattes Lächeln auf. »Das habe ich einmal versucht, und es hat mir den Schlamassel mit Mossie Sheehan eingebrockt.«

»Ich verstehe diese Angelegenheit einfach nicht. Er scheint wirklich ein netter Kerl zu sein. Warum willst du ihn nicht...«

»Fang nicht schon wieder an, Ida!« Ehe es um ihre mühsam errungene Beherrschung geschehen war, schlug Elizabeth eilig ein anderes Thema an. »Vergiß nicht, mich darüber auf dem laufenden zu halten, wie es dir und deinem Baby geht.«

Ida verstand den Wink. »Das werde ich«, sagte sie und fügte leise hinzu: »Manchmal mache ich mir halt Sorgen um dich.«

»Ich weiß.« Sie umarmten einander, und Ida versprach, ehe sie ging, sobald wie möglich Kathleen zu besuchen.

Beim Frühstück benahm sich, wie nicht anders zu erwarten gewesen war, nur Abigail wie immer, indem sie draufloskauderwelschte und vorsichtig mit ihrem Löffel gegen den Rand ihrer Frühstücksschüssel schlug. Die anderen drei saßen hohlwangig und schweigend über ihrer Hafergrütze. Elizabeth, die inzwischen unter heftigen Kopfschmerzen litt, stocherte ebenfalls ohne Appetit in ihrem Brei; aber als sie den Kopf hob und die verlorenen Gesichter der Kinder sah, erkannte sie, daß sie etwas unternehmen mußte. »Ich möchte, daß ihr mir alle zuhört«, sagte sie mit möglichst fester Stimme.

Abbie tauchte ungerührt ihren Finger in den Porridge, aber die drei Größeren wandten sich mit fragenden Blicken ihrer Mutter zu. »Es tut uns schrecklich weh«, sagte sie, »aber ist nun einmal geschehen – und trotzdem müssen wir irgendwie weitermachen. Ihr kennt doch sicher das Sprichwort, daß jeder Tod ein neues Leben in sich birgt? Nun, in unserem Fall trifft es ganz sicher zu. Wir alle haben Mary sehr geliebt«, ihre Stimme schwankte, aber trotzdem fuhr sie fort, *»sehr!* Und vermissen sie! Aber jetzt haben wir eine neue Aufgabe. Bald bekommen wir ein nächstes Baby hierher, Kathleens kleinen Sohn. Kathleen selbst wird wahrscheinlich noch eine Weile im Krankenhaus bleiben müssen, weil ihr Bein gebrochen ist, also braucht der kleine Junge uns!«

Einen Augenblick lang herrschte Schweigen am Tisch, ehe Margaret leise fragte: »Wie heißt er denn?«

»Das weiß ich nicht, Kathleen soll es selbst entscheiden. Aber vielleicht könnten wir ihr ja jeder einen Brief schreiben, ihr sagen, wie sehr wir uns darauf freuen, das Bübchen zu sehen, und ihr einen Namen vorschlagen.«

Immer noch schwiegen die Kinder. »Wahrscheinlich ist sie sehr einsam, so ganz allein, ohne uns im Krankenhaus.«

»Müssen wir heute in die Schule?« Wieder war Margaret diejenige, die das Schweigen brach.

»Nein, mein Schatz. Heute bleiben wir besser alle zusammen.«

Der Vorschlag, Kathleen zu schreiben, stellte sich als gute Idee heraus, denn nach dem Aufräumen des Frühstückstischs und dem Spülen des Geschirrs zogen sämtliche Kinder Papier, Bleistifte und Federhalter hervor. Und während sich unweigerlich ein Streit über den schönsten Namen für das Baby entspann, überwanden sie ihre Traurigkeit, und wieder einmal stellte Elizabeth verwundert fest, mit welcher Widerstandskraft die Schar gesegnet war. Trotzdem müßte sie aufpassen. Auch wenn sie Neeleys Tod leichter verwunden hatten, klaffte aufgrund des Ablebens der sanften Mary in ihrer aller Leben ein wesentlich tieferes Loch.

Die Namen, die sich die Kinder für das Neugeborene einfallen ließen, waren nicht besonders originell. Johanna und Francey brachten, wie immer unisono, Charlie vor. Goretti plädierte für Seán, und Margaret schwankte zwischen Rodney, Richard und Roy. Aber da laut Elizabeth weder Richard noch Roy etwas mit Béara zu tun hatte, rang sie sich nach einiger Überlegung zu Michael durch.

Wieder einmal wälzte sich den ganzen Tag lang ein nicht abreißender Strom mitfühlender Nachbarn durch das Haus, die sehen wollten, ob Elizabeth vielleicht Hilfe brauchen konnte, oder die einfach Platz nahmen und freundlich mit ihr plauderten. Auch ihre Eltern kamen, um sich zu verabschieden; aber sie waren derart erleichtert über die Gefaßtheit der Tochter, daß die Trennung weniger schmerzlich als von Elizabeth befürchtet ausfiel. »In zwei Wochen kommen wir zurück«, versprach ihr Vater. »Nur um zu sehen, wie alles läuft.«

»Ja«, pflichtete Corinne ihm bei. »Und sobald wir in Cork sind, fahren wir ins Krankenhaus, um nach der armen Kathleen zu sehen. Und natürlich nach dem Baby«, ergänzte sie geschwind.

»Danke, Mutter.« Es war ihr egal, daß ihre Mutter ein wenig unbehaglich zusammenfuhr. Sie nahm sie einfach in den Arm.

»Daddy!« Auch er erhielt einen Kuß.

»Oh, ich wünschte, dieser verdammte Krieg wäre endlich vorbei«, sagte er so wütend, daß sie ahnte, wie bewegt er war. »Er macht einem das Reisen wirklich schwer. So, nun komm, Corinne...«

»Aber es soll wirklich ein Ende abzusehen sein, mein Lieber...«

»Was?« St. John nestelte umständlich an seiner Uhrkette.

»Der Krieg, hörst du! Alle sagen, daß es nur noch eine Frage von Wochen ist.« Corinne tätschelte ihm begütigend den Arm.

Sie bemühten sich derart heldenhaft, ihr gegenüber verständnisvoll und eine Stütze zu sein, daß Elizabeth ehrliche Rührung empfand. »Nun fahrt endlich«, krächzte sie. »In zwei Wochen seid ihr ja schon wieder da.« Mit diesen Worten rannte sie ins Haus.

Wenige Minuten nach der Abfahrt ihrer Eltern kam, Gott sei Dank, eine Nachbarin vorbei, und wieder war sie von ihrem Elend abgelenkt.

Auf die eine oder andere Weise hatte sie den ganzen Tag zu tun. Aber am Abend, als endlich nur noch die Familie in der Küche versammelt war, packte sie erneut ein Gefühl der Leere. Da sie sich nicht im mindesten an die Beerdigung erinnerte, verspürte sie das beinahe übermächtige Bedürfnis, zu Marys Grab zu gehen, und als die drei jüngsten Kinder in den Betten lagen, bat sie Margaret, eine Zeitlang aufzupassen. »Wohin gehst du?« Margarets Miene verriet, wie unsicher das Mädchen war.

Elizabeth zögerte, sie mit den Kleinen allein zu lassen, aber ihre Sehnsucht nach Mary behielt die Oberhand. »Es dauert höchstens eine Stunde«, sagte sie. »Ich würde gern kurz auf den Friedhof gehen.«

Margarets Unterlippe zitterte, aber sofort hatte sie sich wieder in der Gewalt. »Also gut«, nahm sie ihren Mut zusammen.

Als sich Elizabeth auf den Weg über die Felder nach Kilcatherine machte, sah sie Mossie noch auf dem Kartoffelacker fuhrwerken. Erst in diesem Augenblick bemerkte sie, daß er am Morgen nicht, wie versprochen, zurückgekommen war. Hatte ihr Undank ihn vielleicht gekränkt? Obwohl ihr keineswegs nach einem Gespräch mit ihm zumute war, hielt sie es gewissermaßen für unumgänglich, sich bei ihm für ihr Verhalten zu entschuldigen. Noch während sie zögerte, entdeckte er sie und nahm ihr die Entscheidung ab, indem er seinen Spaten beiseite legte. »Hast du mich gesucht?« fragte er, immer noch ein paar Meter von ihr entfernt.

»Ich wollte mich nur entschuldigen, daß ich heute morgen so undankbar gewesen bin«, sagte sie eilig, ehe sie es sich noch einmal anders überlegen konnte. »Es war sehr nett von dir, daß du die ganze Nacht über geblieben bist.«

Er senkte den Kopf. »Gern geschehen.«

»Also – nochmals vielen Dank.«

»Gehst du zum Grab?«

»Was denn sonst?« Sofort erkannte sie, daß er ihre barsche Reaktion nicht verdiente. »Ja«, verbesserte sie sich. »Ich erinnere mich an kaum etwas von dem, was gestern abend geschehen ist.«

»Darf ich mitkommen?«

Sie blickte in sein ernstes Gesicht und sah keine Möglichkeit, seine Bitte höflich abzulehnen, ohne ehrlich zu sein. »Wenn es dir nichts ausmacht, würde ich lieber alleine sein«, flüsterte sie.

»Das verstehe ich. Gute Nacht, Elizabeth.« Er wandte sich ab und kehrte entschlossen zu seinen Kartoffeln zurück.

An der Mauer des Friedhofs angelangt, verließ sie kurzfristig die Kraft, und obgleich sie wußte, daß Margaret sie zu Hause sicher sehnsüchtig erwartete, machte sie unmittelbar vor dem Eingang halt. Aus der Coulaghbucht kam eine frische Brise herauf und wehte ihr die Haare ins Gesicht. Das gute Wetter hielt bereits seit über einer Woche an, aber während die Dämmerung das Tageslicht nach Westen trieb, türmten sich heute über dem Meer dichte pfirsichfarbene Wolken auf.

Sie zwang sich weiterzugehen.

Ihre Angst und ihr Unbehagen steigerten sich, je mehr sie sich Marys, auf der östlichen Seite des Friedhofs nahe der kleinen, verfallenen Kapelle gelegenen Grabstätte näherte. Im trüben Licht kam ihr der Erdhügel fremd und düster vor, als wäre sein Innerstes nach außen gekehrt. Erst als sie unmittelbar neben ihm stehenblieb, erinnerte sie sich daran, daß sie die Fremde war, Mary dagegen mit ihrem Vater und ihrer Mutter wieder vereint. Sie war diejenige, die keinerlei Anspruch auf das Mädchen hatte, der Eindringling in diese komplette kleine Gemeinschaft. Der Gedanke machte die Selbstbeherrschung zunichte, die sie während des gesamten Tages mühsam aufrechterhalten hatte. Eine Zeitlang klammerte sie sich geradezu verzweifelt an den Überbleibseln dieser Beherrschung fest, sagte bedeutungslose Avemarias und Vaterunser auf, versuchte, für Mary zu beten, wie es sich wohl gehörte.

Aber es nützte nichts. Die Worte spotteten ihrer Verzweiflung und ihrer Einsamkeit und etwas anderem, das sich einzugestehen sie bisher nicht in der Lage gewesen war.

Einem Gefühl der Schuld.

Der Schuld, daß die freundliche, liebreizende Mary von ihr in den Tod geschickt worden war, weil sie sie gebeten hatte, Kathleen an jenem Tag zur Hebamme zu fahren. »O Gott, es tut mir leid, Mary, wo bist du...« Elizabeth sank auf die Knie und vergrub ihre Hände bis zu den Handgelenken in der weichen Erde, als erreiche sie das liebe Kind, wenn sie ihren Sarg zu fassen bekam. »O Gott!« Laut weinend schmierte sie sich Hände voll frischer Erde ins Gesicht, auf die Nase, die Wangen und das Kinn, an den Hals und die Brust.

Sie blickte auf und entdeckte den Kilcatherinekopf, ein Affront gegen die Lebenden: denn wenn auch die Lebenden nicht mehr wären, wäre er immer noch da, wissend und ewiglich. Am liebsten hätte Elizabeth ihn heruntergerissen, ihn vergraben oder im Meer versenkt. Einmal war er in ihren Träumen aufgetreten, hatte sie verführt mit seiner vorgegaukelten Freundlichkeit. Sie beugte sich nach vorn, legte die Stirn auf die Erde und weinte um Mary und sich selbst. Und innerlich flehte sie Mary um eine zweite Chance an.

Plötzlich drang eine männliche Stimme an ihr Ohr. »Elizabeth! Elizabeth!« Sie blickte auf und erblickte auf der anderen Seite des Grabes Mossie. »Ich habe dir nicht nachspioniert«, sagte er beschwörend. »Bitte glaube mir, das tue ich nicht. Aber ich habe das Gefühl, es ist noch zu früh für dich, daß du allein hierher auf den Friedhof kommst.«

Elizabeth warf sich wie eine Furie auf ihn, zerkratzte ihm das Gesicht, trommelte mit den Fäusten gegen seine Brust. »Du Aas, du Ratte! Das ist alles deine Schuld.«

»Ich habe mein Möglichstes getan, um sie zu retten, Ehrenwort. Noch nie bin ich so schnell gerannt.« Mossie versuchte nicht einmal, ihre Schläge abzuwehren.

»Verschwinde!« schrie Elizabeth, während sie weiter auf ihn eintrommelte. »Verschwinde! Ich will dich nicht in meiner oder ihrer Nähe haben. Hättest du uns nicht das Pferd gebracht…«

»Meinst du, das wüßte ich nicht?« weinte er, packte sie bei den Schultern und schüttelte sie. »Wie ist mir wohl zumute?«

Etwas von seiner Trauer drang zu ihr durch, und so riß sie sich von ihm los, trat eilig einen Schritt zurück und stolperte. »Himmel!« Sie schwang den Kopf wie ein Pendel hin und her. »Es tut mir leid, Mossie, es war nicht deine Schuld, es war meine – meine ganz allein. Ich habe sie an jenem Tag losgeschickt, ich – Erbarmen –, was soll ich bloß machen? Wie soll es bloß weitergehen?«

Er stürzte herbei und packte sie erneut. »Hör auf, dir selbst gegenüber so hart zu sein. Es war nicht deine Schuld. Bitte, Elizabeth, ich halte es nicht aus…« Als sie nicht reagierte, sondern weiter wie verrückt den Kopf schwenkte, schüttelte er sie erneut. »Hör mir zu, hör zu, wenn du schon nicht an dich selbst denkst, dann wenigstens an die anderen Kinder! So, wie du aussiehst, kannst du unmöglich zu ihnen zurück. Wasch dir erst mal das Gesicht.«

Endlich hörte sie mit den manischen Bewegungen auf und starrte erst Mossie, dann ihre schmutzigen Hände und die ruinierten Kleider an. »Womit denn?« fragte sie wie betäubt.

»Hier.« Mossie zog die Flasche Weihwasser hinter Agnes und Neeley Scollards Grabstein hervor, schraubte den Deckel ab und reichte sie ihr. »Ich bin sicher, daß der liebe Gott nichts dagegen einzuwenden hat.«

Elizabeth hob den Kopf, schüttete sich einen Teil des Inhalts der Limonadenflasche ins Gesicht und rieb mit dem Saum ihrer Strickjacke darüber. »Du machst alles nur noch schlimmer, hier, laß mich dir helfen, ja?« Mossie zog ein zerknülltes Taschentuch hervor. »Keine Sorge, es ist sauber.« Er nahm ihr die Flasche ab und schüttete ein wenig Flüssigkeit auf das Leinen. Wie ein Kind hielt Elizabeth gehorsam still, als er sanft ihr Gesicht zu reinigen begann. »Gib mir deine Hände«, sagte er dann, goß, als sie sie ausstreckte, weiteres Wasser darüber und rieb sie mit einem sauberen Rand des Taschentuchs trocken. »Etwas Wasser ist noch da«, knurrte er nun. »Vielleicht kannst du damit dein Kleid ein bißchen säubern.«

Die Brise war inzwischen merklich kühler, und Elizabeth begann zu zittern, während sie, infolge ihres Weinkrampfes mit einem Schluckauf kämpfend, die Erde auf ihrem schwarzen Kleid betrachtete. »Es ist zu schmutzig«, klagte sie. »Aber trotzdem vielen Dank.« Als sie ihm die beinahe leere Limonadenflasche zurückgab, wurde sie von einem erneuten Schluckauf überrascht, so daß sie die Flasche fallen ließ. Sie fiel auf die Seite, der Rest des Weihwassers floß heraus. Dieses kleine Mißgeschick war einfach zuviel für sie. »Siehst du? Ich kann einfach nichts richtig machen.« Verzweifelt schlug sie die Hände vors Gesicht.

»Das darfst du nicht sagen!« Eilig hob er die Flasche wieder auf, schraubte den Deckel fest und legte sie hinter den Grabstein zurück. Dann tat er etwas Seltsames: Er packte den Grabstein mit beiden Händen und rüttelte an ihm, als wolle er ihn umstoßen. »Fühlst du dich jetzt ein bißchen besser?« fragte er über die Schulter zurück. Seine Stimme klang eigenartig, als bekäme er nur mühsam Luft.

»Ich glaube, ja.«

Mossie stand auf dem Grab und blickte zur Straße hinüber. »Da kommen ein paar von den Harringtons aus Derryconnla«, sagte er. »Du willst sicher nicht, daß dich irgendwer so sieht.« Von dort, wo sie stand, konnte Elizabeth niemanden sehen, aber dann drang das Kichern eines Mädchens an ihr Ohr. Mossie trat neben sie. »Komm, Elizabeth«, versuchte er sie zu überreden.

»Also gut.« Inzwischen zitterte sie wie Espenlaub.

»Hier, nimm die.« Er zog seine Jacke aus und legte sie ihr um die Schultern. Obgleich er sie in keiner Weise mehr berührte, spürte sie, während er neben ihr den Friedhof verließ, seine Führung.

»Lebe wohl, Mary«, flüsterte sie, als sie hinter Mossie auf die Straße trat. Die Tränen, die sie jetzt vergoß, waren ruhig und reinigend.

Mossie sagte nichts mehr, während sie durch die zunehmende

Dunkelheit neben ihm her schlurfte, und als sie ihm, am Hoftor angekommen, seine Jacke gab, machte er wortlos kehrt und ging davon. Ohne ihm nachzublicken, betrat Elizabeth in dem endgültig einsetzenden Frühjahrsregen eilig das Haus.

Als das neue Baby zwei Tage später mit Tilly nach Hause kam, stellten sie fest, daß es keinen der von ihnen vorgeschlagenen Namen trug: Tilly verkündete, daß er mit ihr als Patentante auf den Namen Desmond Mary Cornelius getauft worden war, doch bereits wenige Minuten nach seiner Ankunft hieß Desmond Mary Cornelius allgemein nur noch Dessie.

Den ganzen Abend über hielten die Mädchen und Francey den Kleinen abwechselnd in den Armen und stießen laute Jubelschreie aus, wenn er auch nur die milchigen, noch blinden Augen öffnete, gähnte oder die winzigen, Seesternen gleichen Hände öffnete. Sie stritten darüber, wer an der Reihe war, ihn zu füttern, ihm die Windel zu wechseln oder ihn aus der kleinen Holzwiege zu nehmen, die neben dem Ofen stand. Zum Schreien bekam er keinerlei Gelegenheit. Beim leisesten Wimmern rannte jemand los und schaukelte ihn eifrig.

Für Elizabeth war Dessies Ankunft eine willkommene Ablenkung von ihrer Traurigkeit. Es schien, als hätte sie sich ausgeweint, so daß sie inzwischen die Tage in einem Zustand leerer Resignation durchlebte. Aus Sorge, Abigail bekäme vielleicht Probleme mit der Abgabe ihrer Stellung als Nesthäkchen, machte sie es sich zur Aufgabe, nicht nur regelmäßig nach dem Baby, sondern vor allem nach ihr zu sehen, und obgleich sie es geplant hatte, stellte sie das Bettchen der Kleinen noch nicht aus ihrem Schlafzimmer in das der Kinder um.

Abbie jedoch entwickelte nicht die geringste Eifersucht. Ganz im Gegenteil, sie zeigte ein ebensolches Interesse an dem Neuankömmling wie die anderen. Einmal trat Margaret mit ihm auf dem Arm herbei, wo Elizabeth mit Abbie saß, sagte fröhlich: »Sieh nur, Abbie! Schau dir deinen neuen Bruder an!« und drückte ihn der Kleinen mit einer solchen Begeisterung auf den Schoß, daß Elizabeth Angst hatte, er purzele vielleicht herunter. Allerdings mischte sie sich aus Sorge, Margarets Selbstvertrauen im Umgang mit dem Baby zu erschüttern, nicht ein – ebenso wie sie es unterließ festzustellen, daß Dessie nicht Abbies Bruder, sondern Neffe war. Wenn dieser Unterschied schon für Margaret, die logischste in der Familie, ohne Bedeutung war, fiel er den anderen sicher ebensowenig auf. Also erhielt Dessie an jenem Abend die Rolle des kleinen Bruders, die er selbst nach Kathleens Rückkehr aus dem Krankenhaus unverändert beibehielt.

Als Kathleen ungefähr einen Monat nach dem Unfall nach Hause kam, war sie durch ihr Gipsbein und den noch nicht verheilten dreifachen Rippenbruch derart behindert, daß sie kaum etwas für ihren Sohn tun konnte. Im übrigen, so dachte Elizabeth, interessierte sie sich ohnehin weniger für ihren Sohn als alle anderen; doch vor allem des Babys wegen, zwänge sie sie wohl besser nicht dazu, etwas zu tun, was ihren natürlichen Instinkten widersprach.

Und so wurde Dessie, wenn auch eher zufällig, so etwas wie Franceys Nachfolger.

Nach einer Weile jedoch befürchtete Elizabeth, Kathleen verübele es ihnen vielleicht insgeheim, daß sie alle gemeinsam sich derart ihres Kindes bemächtigten, und so besuchte sie das Mädchen eines Abends, als es auf dem Bett saß und las, während die anderen sich in der Küche darum balgten, wer mit dem Füttern von Dessie an der Reihe war. »Tut dein Bein noch weh?« fragte sie und zeigte auf den harten Gips.

»Es juckt«, erwiderte Kathleen, ohne von ihrem Buch hochzusehen – wie Elizabeth entdeckte, ihre eigene Ausgabe von *Rebecca*.

»Brauchst du irgend etwas?« fragte sie.

»Sag den anderen, sie sollen ein bißchen leiser sein«, gab Kathleen unwirsch von sich.

Elizabeth hatte ihrer Ansicht nach das aggressive Verhalten ihrer Stieftochter inzwischen lange genug geduldet. »Sie kümmern sich um *deinen* Sohn, Kathleen.«

»Und sicher denkst du, eigentlich sollte ich das selber tun!« Endlich hob Kathleen den Kopf und sah sie an. »Du findest, ich vernachlässige ihn – ist es das?« Erbost runzelte sie die Stirn.

»Das habe ich nicht gesagt«, erwiderte Elizabeth bestimmt. »Hör zu. Vielleicht ist es an der Zeit für ein kurzes Gespräch zwischen uns. Seit dem Unfall hatten wir noch keine Gelegenheit dazu.« Einen Augenblick lang dachte sie, Kathleen reagiere in der für sie typischen negativen Art, doch dann passierte etwas Erstaunliches. Kathleens Miene hellte sich auf, sie stützte sich mit dem Ellbogen auf dem Kissen ab und zog Elizabeth mit ihrem freien Arm zu sich herab. »Wofür war denn das?« krächzte Elizabeth verblüfft.

»Ich wollte mich nur bedanken, Mammy. Im Krankenhaus hatte ich eine Menge Zeit zum Nachdenken.« Kathleen ließ sie wieder los. »Und wenn es mir bessergeht«, fuhr sie knurrig fort, »kann ich – wenn du willst – versuchen, all die Dinge zu tun, die bisher Mary hier im Haushalt erledigt hat. Natürlich wird es bei mir nicht so gut wie bei ihr, aber ... Und auch um Dessie werde ich mich kümmern; aber ich habe einfach keine Ahnung, was ich mit ihm anfangen soll, Mammy – du mußt es mir beibringen.«

»Oh, Kitty!« Elizabeth war tief gerührt, aber sie wagte es nicht, die Situation auf die Spitze zu treiben, so daß sie das Mädchen, obgleich es ihr ein Bedürfnis war, nicht umarmte. »Gerne tue ich das.« Sie lächelte. »Aber es gibt da noch etwas zu klären«, fügte sie hinzu, da sie beschloß, den Augenblick zu nutzen, in dem sich Kathleen so überraschend umgänglich zeigte.

»George«, griff Kathleen ihr voraus.

»Wir müssen über ihn sprechen, Liebes. Überlaß das Reden getrost mir, du brauchst gar nichts zu sagen, wenn du nicht willst«, fügte sie eilig hinzu. »Ich werde dir einfach darlegen, was ich beschlossen habe, obwohl du in der Angelegenheit natürlich ein Mitspracherecht hast.« Sie sah ihre Stieftochter vorsichtig an, während sie weitersprach. »Großvater Sullivan versucht, ihn in England aufzuspüren. Erst dachte ich, wir sollten ihn verklagen ...«

»*Bitte* nicht, Mammy! Ich – ich ...«

»Laß mich erst ausreden ...« In dem Gefühl, Kathleen vielleicht einzuengen, setzte sie sich auf das Nebenbett. »Ich werde dir sicher keine Predigt halten wegen deiner Beziehung zu George Gallaher – fühle mich auch kaum befugt dazu.«

Da sie wußte, daß sie sich auf gefährlichem Terrain befand, machte sie eine erneute Pause und beobachtete, wie Kathleen mit sich rang. »Persönlich«, erläuterte sie dann, »aber bin ich zu dem Schluß gekommen, daß es « – beinahe hätte sie ›daß er‹ gesagt – »die Mühe nicht wert ist. Also habe ich es mir anders überlegt. Was meinst du?« Sie hielt gespannt den Atem an.

»Das finde ich auch.« Das Flehen in Kathleens Blick brach Elizabeth das Herz. Wahrscheinlich wirst du, genau wie ich, sechs Jahre brauchen, über ihn hinwegzukommen, armer Schatz, dachte Elizabeth. »Am besten lassen wir das ein für allemal hinter uns. Dessie kommt sicher genau wie Francey problemlos ohne ihn zurecht…«

Kathleen, deren Gesicht seit der ganzen Tragödie sichtlich gereift war, sah sie mit einem müden Lächeln an. »Wir sind wirklich eine ungewöhnliche Familie, nicht wahr?«

Elizabeth atmete erleichtert auf. »Allerdings. Selbst für eine ungewöhnliche Gegend wie Béara.«

Trotz allem, was geschehen war, kehrte in ihren Alltag nach einer Weile wieder so etwas wie Routine ein. Die regelmäßigen Wetterumschwünge, die Arbeit, die mit der Versorgung und Betreuung ihrer seltsam zusammengewürfelten Brut verbunden war, Tillys treue Unterstützung, ja auch die gelegentlichen Besuche ihrer Eltern halfen Elizabeth, Frieden zu schließen mit dem Schicksal. Sie hielt es für falsch, Marys Tod stillschweigend zu verdrängen, und obgleich jedes Gespräch über das Mädchen schmerzlich für sie war, ermutigte sie die Kinder, ihre Gefühle in Worte zu fassen.

Was in einigen Fällen eher glückte als in anderen. Sie alle vermißten ihre Schwester, aber nach der vielversprechenden Annäherung im Schlafzimmer der Kinder war Kathleen trotz aller Bemühungen, zu ihrem Wort zu stehen, wieder ganz die alte, so daß sie über den Unfall mit keiner Silbe sprach. Sobald eins der Kinder darauf zu sprechen kam, humpelte sie ins Schlafzimmer. Francey schien vor allem von dem Verlust ihres Pferdes betroffen, und die jüngeren Mädchen verspürten eine mehr diffuse Traurigkeit.

Margaret bemühte sich verzweifelt, auszudrücken, was sie empfand, und nach einer Weile dämmerte es Elizabeth, daß ihre Stieftochter den Eindruck hatte, trotz Kathleens Bemühungen, bei der Hausarbeit behilflich zu sein, sie träfe automatisch Marys Rolle als helfender Engel. »Keinesfalls, Liebes!« versicherte Elizabeth ihr und hoffte, daß Maggie sie über den fröhlichen Lärm aus einer anderen Ecke der Küche, in der Goretti und Johanna versuchten, mit Dessie Versteck zu spielen, hinweg verstand. »Bitte, denk das nicht«, sagte sie. »Keiner kann Mary ersetzen, und ich verlange ganz sicher von niemandem, daß er es auch nur versucht. Du bist du selbst, Maggie, und so wie du bist, gefällst du uns ausgezeichnet.«

Zu ihrem Entsetzen brach Margaret vor lauter Erleichterung in Tränen aus.

Als sie Dessie an jenem Abend seine letzte Flasche gab, dachte Elizabeth, von nun an müßte sie beständig darauf achten, jedem der Kinder deutlich zu machen, was für ein einmaliger Mensch es war. Die Lektion hatte sie im Hinblick auf Mary spät gelernt, aber vielleicht nützte sie dafür jetzt den anderen.

Und so nahm der Schmerz über Marys Tod mit der Zeit ein wenig ab. Da sie sich auch allmählich für die Außenwelt wieder zu interessieren begann, verfolgte sie ebenso aufgeregt wie alle anderen Menschen in Lahersheen, daß der in Europa bereits beendete Krieg im Fernen Osten seinen Fortgang nahm. Sie leistete sich ein Radio und obgleich der Empfang manchmal so schlecht war, daß man über das Rauschen und Knistern hinweg kaum ein Wort verstand, stellte es sich als wunderbares Spielzeug nicht nur für die Familie, sondern zugleich für die Erwachsenen und auch die Kinder der Nachbarschaft heraus.

Nach einer Weile nahm sie all ihren Mut zusammen und ging ein zweites Mal zu Marys Grab. Mossie hatte ihr einen Magnoliensetzling aus dem Garten seiner Tante gebracht, und obgleich es in Kilcatherine nicht der Tradition entsprach, Blumen auf Gräber zu pflanzen – westlich von Cork gab es keinen Floristen, und der Wind vom nahegelegenen Meer ließ wenig Blütenpracht zu –, nahm sie ihn für das Mädchen mit. Sie setzte ihn direkt auf Marys Grab, schob ihn möglichst tief in die Erde und baute mit Kieselsteinen eine kleine Mauer drumherum, damit er Wurzeln schlagen konnte. Während sie arbeitete, unterhielt sie sich leise mit ihrer Stieftochter, erzählte ihr von Dessie und von ihren Geschwistern, und obgleich sie weinte, überkam sie, während sie sprach, eine eigentümliche Ruhe.

Von dem Tag an suchte sie regelmäßig den Friedhof auf, für gewöhnlich während des Vormittags, da dann die Großen in der Schule waren und Tilly sich um die Kleinen kümmerte.

Und die Farm gedieh auch weiterhin. Genaugenommen war Mossie gemäß ihres Abkommens nicht verpflichtet, Elizabeth irgend etwas von dem abzugeben, was er erwirtschaftete; aber stets wurde sie pünktlich von ihm mit Gemüse aller Art versorgt. Außerdem hatte er ein Schwein gekauft, das er bei sich zu Hause hielt, und hatte den Scollards für das kommende Weihnachtsfest Schinken in Aussicht gestellt, ein Angebot, das Elizabeth sehr begrüßte. Im Gegenzug gab sie ihm regelmäßig Buttermilch und Eier mit, da seine Tante inzwischen selbst zum Füttern eigener Hühner zu unbeweglich war.

Mit drei Monaten hatte sich das Baby zu einem aufgeweckten, ständig lächelnden, liebenswerten kleinen Kerl gemausert, der, wie Elizabeth auffiel, abgesehen von seinem rötlichbraunen Haar, Francey verblüffend ähnlich sah. Eines Abends Mitte Juli beobachtete sie, wie Abigail Dessie durch Schwenken einer hölzernen Rassel unterhielt, als sich der Türrahmen verdunkelte und Mossie über die Schwelle rief: »Ist jemand zu Hause?«

»Hallo!« Elizabeth stand auf. »Willst du nicht hereinkommen?« Sie stellte fest, daß es ihr inzwischen viel leichter fiel, Mossie freundlich gegenüberzutreten. Die Zeit hatte ihre Abneigung gegen ihn derart gemildert, daß sie sie geradezu hätte pflegen müssen, um weiterhin böse auf ihn zu sein. Ohne ihr bizarres Abkommen – und die Art, in der es entstanden war – hätte sie ihn inzwischen vielleicht sogar gemocht. Auf alle Fälle hing sie von ihm ab.

»Ich bleibe lieber hier draußen«, sagte er, wobei er auf seine Arbeitskleider und die schlammigen Stiefel wies. »Hör zu! Das Ganze ist ein bißchen unangenehm ... und wie soll ich es bloß ausdrücken ...«

»Faß dich am besten möglichst kurz, Mossie. Tut mir leid!« Entschuldigend hob sie die Hände, als sie seine vorwurfsvolle Miene sah. »Scheint einfach meine Ruppigkeit zu sein.«

»Es ist nämlich so, daß Maggie mich für heute abend zum Tee zu euch eingeladen hat.«

»Das kann ich kaum glauben!« Elizabeth war weniger erschüttert als vielmehr amüsiert. »Wann ist das passiert?«

»Letzte Woche. Ich habe es solange wie möglich vor mir hergeschoben, es dir mitzuteilen.«

»Nun, wenn sie dich eingeladen hat ...«, setzte sie zweifelnd an.

»Also, das habe nicht ich angezettelt!«

»Ist ja kein Unglück«, sagte sie dann. »Komm am besten gegen sechs. Wäre dir das recht?«

»Danke.« Als er sich zum Gehen wandte, wußte Elizabeth nicht, ob es sie erleichterte oder verlegen machte, daß sie Margarets Einladung derart halbherzig bestätigt hatte.

Als Margaret in der Küche erschien, stellte sie sich ihr in den Weg. »Wo bist du gewesen?«

»Im Eisenbahnschuppen.« Da die Familie kein Pferd mehr besaß und trotz Franceys beständigem Betteln auch in nächster Zeit sicher keines bekommen würde, hatten sie den ehemaligen Stall einfach umbenannt.

Elizabeth stemmte die Hände in die Hüften und fragte in strengem Ton: »Kann es sein, daß du Mossie Breac zum Tee eingeladen hast?«

Margarets Verlegenheit war eindeutig gespielt. »Tut mir leid, ich habe ganz vergessen, es dir zu sagen«, zwitscherte sie.

»Warum hast du ihn eingeladen, Margaret?«

Margaret legte den Kopf auf die Seite, als dächte sie über die Antwort nach.

»Also los, ich warte.«

»Weil ich es wollte, weil ich ihn mag – er ist sehr nett –, und heute hat er Geburtstag!« Ganz offensichtlich lag hier ein sorgfältiger Plan vor. »Und außerdem ist er inzwischen in gewisser Weise mit uns verwandt, oder etwa nicht?« Wenn Margaret wütend, empört oder nervös war, wurde ihre Stimme immer laut.

Elizabeth sah sie mit großen Augen an. »Woher weißt du das mit seinem Geburtstag?«

»...hat er mir irgendwann einmal erzählt!«

»Ich verstehe. Na schön, dann steht ihm wenigstens ein Kuchen zu«, antwortete sie großmütig. »Und da du diejenige warst, die ihn eingeladen hat, bleibst du am besten gleich da zum Backenhelfen.«

Im Laufe der Jahre war so viel von Elizabeth' gutem Porzellan zu Bruch gegangen, daß es nicht einmal mehr genug zusammengehöriges Geschirr für zwei Personen gab. Aber Margaret legte entschlossen eine Decke auf den Tisch, ehe sie verschiedene Untertassen unter die Becher schob. Da für eine Glasur des Kuchens keine Zeit mehr war, gab Margaret mehr Zucker, als sie bereits für den Teig herausgerückt hatte, in eine Rührschüssel, schlug jede Menge Sahne dazu und türmte das Ganze auf den Kuchen, so daß er aussah wie ein riesiges Baiser. Anschließend ging sie auf das obere Feld, pflückte ochsenäugige Tausendschönchen und einen dicken Strauß Heckenrosen, arrangierte alles in einem großen weißen Milchkrug und stellte diesen mitten auf den Tisch. »Himmel«, Elizabeth trat einen Schritt zurück und riß voller Bewunderung die Augen auf. »Mossie Breac fühlt sich bestimmt in einen Traum versetzt. Er wird sich vorkommen wie am Geburtstag...«

Margaret sah sie unsicher an. »Er *hat* Geburtstag, Mammy.«

»Ich weiß, ich weiß«, meinte Elizabeth wegwerfend, »hör einfach nicht auf mein Geschwätz!«

Überraschenderweise war sie tatsächlich ein wenig nervös. Es hatte sicher nichts mit Mossie zu tun, versicherte sie sich, sondern mit der Tatsache, daß sie in all den Jahren, seit sie nach Lahersheen gekommen war, nur sehr selten als Gastgeberin aufgetreten war. Das gesellschaftliche Leben in der Gegend spielte sich nach weniger förmlichen Regeln ab, Nachbarn kamen ohne Vorankündigung vorbei oder, wenn man sich schon gegenseitig offiziell einlud, dann höchstens zum Kartenspiel – ganz sicher nicht zum Tee.

Trotzdem ging sie, nachdem sie alle Vorbereitungen überprüft hatte, in ihr Schlafzimmer und zog sich um.

Punkt sechs stand Mossie vor der Tür. Er trug seinen guten Anzug und ein so steifes, weißes Hemd, daß Elizabeth vermutete, er habe es neu gekauft. In Händen hielt er einen kleinen weißen und pinkfarbenen Rosenstrauß. »Danke für die Einladung!« Zu ihrer Überraschung händigte er die Blumen Margaret aus. Für Elizabeth hatte er ein anderes Mitbringsel, ein Päckchen kostbaren, schwarzen Tees. »Wir haben ihn aufgehoben«, erklärte er. »Aber Bel trinkt ihn wegen ihres Rheumas sowieso nicht mehr.«

»Danke, Mossie«, sagte sie und legte den Tee auf die Anrichte. Die eigenartige Förmlichkeit des Anlasses schüchterte sie ein, und um ihre Unsicherheit nicht zu verraten, nahm sie Dessie, obgleich er friedlich schlummerte, aus seiner Wiege auf den Arm.

Das Baby war sofort hellwach und lächelte die gesamte Gesellschaft, die verlegen um den Tisch herumstand, liebenswürdig an. Ihn wie einen Schutzschild auf dem Arm, wies Elizabeth schließlich allen ihre Plätze zu, und während sich Mossie zwischen Margaret und Kathleen auf seinen Stuhl sinken ließ, zog sie sich selbst an das Kopfende des Tischs zurück und sagte munter: »Na, dann fangen wir wohl am besten an.«

»Wie steht es mit einem Gebet?« fragte Margaret.

Elizabeth bedachte ihre Stieftochter mit einem Blick, der sie, wäre er ein Giftpfeil gewesen, auf der Stelle getötet hätte, ehe sie zuckersüß erwiderte: »Bitte sprich doch eins, Maggie.«

Margaret senkte den Kopf und faltete die Hände: »Herr,

segne uns und diese Mahlzeit, die du uns in deiner Gnade gewähret hast. Amen.« Triumphierend blickte sie wieder auf. »Amen«, sagte auch Elizabeth, während sie bereits überlegte, in welcher Form sie Fräulein Margaret Scollard nach der Mahlzeit die Leviten lesen könnte. Normalerweise beteten sie im Scollardschen Haushalt nicht.

»Amen«, echoten auch alle anderen.

Da das Mahl aus hartgekochten Eiern, Kartoffelsalat und Streifen zähen Schinkens bestand, vergingen die nächsten paar Minuten damit, Teller und Tassen zu füllen, bis jeder von ihnen bedient war. Alle benahmen sich vorbildlich; allerdings gestaltete sich die Konversation ein wenig steif und unbeholfen – und ähnelte nicht im entferntesten dem Tumult, der eine normale Mahlzeit im Hause Scollard begleitete.

Elizabeth aß kaum etwas. Zur Kaschierung ihrer Nervosität hatte sie Dessie immer noch vor sich auf dem Schoß, pickte an dem Kartoffelsalat, achtete darauf, daß es ihrem Gast an nichts mangelte und versuchte zu ergründen, was sie empfand.

Es erschien ihr eigenartig, daß plötzlich wieder ein Mann an ihrem Eßtisch saß. Die tiefe Stimme übertönte all die anderen, wenn sie »bitte«, »danke« oder »reich mir doch bitte den Salzstreuer« von sich gab. Seltsam, dachte sie, bisher war ihr noch gar nicht aufgefallen, daß dieser Haushalt einzig aus Frauen und Kindern bestand. Natürlich hatte sie es gewußt, aber sich diese Tatsache bis jetzt nie so deutlich klargemacht.

Sie schüttelte derartige Gedanken ab und schnitt eine Scheibe Ei für Abigail. Wenigstens, sagte sie sich, benahmen sich die Kinder anständig. »Es ist ziemlich warm, würde es dir etwas ausmachen, wenn ich meine Jacke ablege?« Mossie sah sie, über Margarets Kopf hinweg, fragend an.

»Nicht das geringste.« Sowohl Kathleen als auch Margaret wandten sich ihm helfend zu, als er sich aus seiner Anzugjacke zu befreien begann.

Plötzlich in Hemdsärmeln zwischen all den schlanken jungen Menschen, kam er Elizabeth ungewöhnlich massig vor, ähnlich deplaziert wie ein Bulle in einem Kälberstall. Die Anzugjacke hatte seine breiten, kraftvollen Schultern irgendwie getarnt. Seine Männlichkeit schockierte Elizabeth förmlich.

Erleichtert stellte sie fest, daß es an der Zeit für den Geburtstagskuchen und daß somit das Ende des Besuches nahe war. Froh, eine Entschuldigung zu haben, um den Tisch zu verlassen, gab sie Dessie an Kathleen weiter, trat an die Anrichte und zog ihr silbernes Kuchenmesser aus der samtbeschlagenen Schatulle. Es war eins der wenigen edlen Stücke, die sie aus dem Haus in Blackrock mitgenommen hatte, als Corinne sie vor ihrer Hochzeit mit Neeley aufforderte, sich auszusuchen, was ihr gefiel. Sie hatte das Kuchenmesser nur selten benutzt, aber es stets sorgfältig poliert.

Margaret und Goretti räumten die benutzten Teller ab, und sie servierte Kuchen mit dem Messer. »Der sieht ja überwältigend aus, vielen Dank«, sagte Mossie und blickte auf die sahnige Köstlichkeit.

So dicht neben ihm bemerkte sie, daß seine Anspannung der ihren in nichts nachstand. »Möchtest du ihn vielleicht anschneiden?«

»O nein! Das mach bitte du.«

Sie hatte den Eindruck, als nähmen sie beide an einem Manöver teil, das ebenso förmlich wie die ihnen in der Schule in Cork von den Nonnen beigebrachten altmodischen Quadrillen ablief. Gerade als sie das Messer ansetzen wollte, rief Margaret: »Noch nicht!« und maß sie mit einem beinahe vorwurfsvollen Blick. »Wir müssen erst noch ›Happy Birthday‹ singen, Mammy.«

Elizabeth sah Mossie an, ehe sie ergeben nickte und auf der Stelle zu singen begann. Alle stimmten ein, sogar Kathleen. Kurz vor Ende des Liedes schaute Elizabeth sich um und bemerkte, daß Margaret sie mit derart berechenden Blicken maß, als wäre sie eine zweite Lucretia Borgia. Im Bruchteil einer Sekunde hatte sie wieder eine engelsgleiche Unschuldsmiene aufgesetzt, doch inzwischen wußte Elizabeth, was für ein Spiel man mit ihr trieb. Sie erinnerte sich an Margarets vorgetäuschte Vergeßlichkeit und ihre spürbare Unruhe.

Ebenso unbeholfen wie Mossies Vetter Johnny Thade versuchte sich ihre Stieftochter als Heiratsvermittlerin.

Das Lied endete und während sie zusammen mit Mossie den Kuchen auf die Teller verteilte, überlegte sie fieberhaft, was wohl Margarets Beweggründe sein könnten.

Abermals nahm sie Dessie auf den Arm, damit Kathleen Gelegenheit zum Essen bekam. Hatte Mossie ebenfalls begriffen, weshalb er eingeladen worden war?

»Darf ich aufstehen?« fragte Johanna, sobald der letzte Bissen Kuchen in ihrem Mund verschwunden war, und trottete, dicht gefolgt von Francey und Goretti, die Abigail in die Mitte nahmen, in den Hof hinaus. Kathleen humpelte auf ihrem Gips ins Schlafzimmer, und Margaret nahm Elizabeth Dessie aus dem Arm. »Ich glaube, das Kerlchen braucht ein bißchen frische Luft.«

»Und was ist mit dem schmutzigen Geschirr?« Aber sie sprach nur noch zu der leeren Wand. Ganz offensichtlich hatte Margaret ihre Geschwister genauestens instruiert. Verlegen blickte sie über den Tisch hin auf ihren Besucher. »Tut mir furchtbar leid, ich weiß wirklich nicht, was sie alle haben.«

»Also für mich ist ihre Absicht eindeutig.« Er blickte zur Decke. Seine Anspannung war nicht mehr zu übersehen, seine Miene wie aus Stein gemeißelt.

»Tja, nun, tut mir wirklich leid. Ich hatte keine Ahnung…«

»Das glaube ich dir!« Er sprach leise, wobei er immer noch nach oben schielte. Dann wandte er sich jedoch ihr zu. »Laß mich dir beim Spülen behilflich sein.«

»O nein!« Sie war ehrlich entsetzt, fuhr aber freundlicher fort: »Auf keinen Fall, schließlich bist du der Gast. Außerdem sind wirklich genug Kinder im Haus…«

»Ich würde es gerne tun.« Energisch stand er auf, nahm seinen Teller und Becher, und trug beides in die Spülküche. Nach wenigen Sekunden hörte sie, daß er Wasser in das Becken laufen ließ.

Wenn sie ihn nicht unter Einsatz körperlicher Gewalt vor die Tür setzen wollte, blieb Elizabeth nichts anderes zu tun, als das übrige Geschirr abzuräumen und ihn gewähren zu lassen. Wenn er erst gegangen wäre, dachte sie rachsüchtig, würde es der lieben Maggie noch leid tun, was sie da in die Wege geleitet hatte.

Um so wenig Zeit wie möglich mit ihm in der Spülküche verbringen zu müssen, stapelte sie die Teller umständlich auf dem Beistelltischchen neben der Tür, schüttelte die Decke aus, faltete sie zusammen und fegte dann noch sorgsam den Fußboden.

Als es sich einfach nicht mehr vermeiden ließ, brachte sie ihm das Geschirr hinaus. Das, was bereits abgeräumt gewesen war, hatte er abgewachsen, und inzwischen trocknete er die Teller.

»Ich weiß nicht, wo ich die Sachen hinstellen soll...«

»Hier, laß mich...«

Sie sprachen gleichzeitig.

»Du zuerst...«

»Tut mir leid – nein, du zuerst!«

Auch wenn die Spülküche häufig vier oder mehr Scollards gleichzeitig beherbergte, war sie ziemlich klein, so daß Mossie mit seinem massigen Körper den Raum ganz auszufüllen schien. »Bitte entschuldige mich.« Elizabeth hatte das Gefühl erdrückt zu werden, als sie an ihm vorbei an die Spüle trat. Mossie wich in dem übertriebenen Bemühen, ihr Platz zu machen, hastig einen Schritt zurück.

Elizabeth ließ die schmutzigen Teller in das Seifenwasser sinken, ehe sie wie eine Besessene an ihnen herumzuschrubben begann. »Oh«, sagte sie. »Das Wasser ist nicht mehr heiß genug – es muß noch etwas im Kessel sein.« Diese Banalität fiel wie ein Felsbrocken zwischen sie. Sie versuchte an ihm vorbeizueilen, doch er stellte sich ihr in den Weg.

»Elizabeth...«

»Was?« flüsterte sie, ohne ihn anzusehen.

»Ich halte es einfach nicht mehr aus. Allmählich werde ich verrückt...«

»Was?« Immer noch blickte sie auf ihre Füße. »Was meinst du?«

»Du weißt, was ich meine. Ich liebe dich – und zwar seit dem

Tag, an dem du hierher nach Lahersheen gekommen bist. Seit acht Jahren denke ich an nichts anderes.«

»Klingt einigermaßen lächerlich!« Elizabeth wollte nicht, daß er weitersprach, aber zu ihrem Schrecken wurden ihre Hände feucht, und sie spürte, daß ihr verräterisches Herz schneller zu schlagen begann. Killarney lag beinahe ein ganzes Jahr zurück, und als wäre ihr Hirn vollkommen nebensächlich, reagierte ihr Körper auf Mossies überwältigende Männlichkeit. Schließlich hob sie die Lider. »Das ist der reinste Wahnsinn...«

»Findest du?« flüsterte er. Er war ihr so nahe, daß ihr der Geruch des frischen Schweißes, der sich auf seiner Stirn bildete, in die Nase stieg. Sie wich zurück, bis sie mit dem Rücken an der kalten Wand stand. »Wir sind Feinde, Mossie Sheehan, du hast mir, uns – der ganzen Familie – etwas Fürchterliches angetan...«

»Es war der einzige Weg, dich zu einer Heirat zu bewegen.«

»Unsinn!« Doch der Schlag ihres Herzens beschleunigte sich abermals. »Du warst bereit, Daniel...«

»Natürlich nicht. Aber wäre ich das Risiko nicht eingegangen...«

»Warum hast du mir nicht schon früher die Wahrheit gesagt?« flüsterte sie erstickt.

»Ich mußte mir etwas einfallen lassen, daß du meinen Antrag annimmst – so lange wollte ich wirklich nicht hinter dem Berg halten, habe es jedoch immer wieder vor mir hergeschoben. Du kannst einem ganz schön angst machen, Elizabeth Sullivan.«

»Ich?« Diese Enthüllung verblüffte sie. Im Grunde hatte sie sich immer selbst als schüchterne Maus gesehen. Weshalb sonst geriet sie ständig in irgendwelche Situationen, aus denen es kaum noch einen Ausweg gab?

»Ja, du...«

Als sie sah, daß sich sein Mund ihren Lippen näherte, unternahm Elizabeth einen letzten, verzweifelten Versuch. Sie legte beide Hände auf seine Brust und schob ihn von sich. »Du wolltest das Land, Mossie Sheehan, bitte vergiß das nicht!«

»Ja, ich wollte auch das Land – von Anfang an – offen und

ehrlich. Aber, Himmel, Elizabeth! Vor allem wollte ich *dich*.« Wieder kam er ihr ein Stückchen näher, bis sein Hemd so dicht an ihren Brüsten war, daß die Hitze seines Körpers auf sie überging. Er streckte die Arme aus und stemmte sie links und rechts von ihr gegen die Wand, wobei er sorgsam darauf achtete, daß immer noch ein winziger Abstand zwischen ihnen blieb.

Elizabeth ließ ihre Hände sinken und klebte geradezu an der Mauer. »Laß mich gehen, Mossie, es könnte dir leid tun…«

»Nein, niemals! Ich habe davon geträumt, seit ich dir zum allerersten Mal begegnet bin. Du warst schwanger und hast auf der kleinen Bank im Hof gesessen. Sicher erinnerst du dich nicht mehr daran, aber du hattest die Augen geschlossen und das Gesicht in die Sonne gehalten. Ich glaube, du hast mich noch nicht einmal bemerkt. Dein Haar fiel offen auf deine Schultern. Du warst barfuß und hattest ein marineblaues Kleid mit einem weißen Kragen an. Nie zuvor in meinem Leben hatte ich ein ähnlich schönes Geschöpf gesehen. In jener wie in zahllosen folgenden Nächten hast du mir den Schlaf geraubt, denn an dem Abend hatte ich mich in dich verliebt, Elizabeth. Vollkommen und für immer!«

Ohne seine Hände von der Wand zu lösen, schob er seinen harten, schweren Körper gegen sie. »Wenn du nur wüßtest, wie quälend es für mich war, dich oben auf dem Knockameala zusammen mit Danny McCarthy zu sehen…«

»Nicht«, weinte sie.

»… am liebsten hätte ich mich mit ihm geschlagen, als ich sah, wie er dich in jener Nacht in der verfallenen Hütte küßte und in den Armen hielt…«

»Mossie, bitte…«

»… jedesmal, wenn ich mit ansehen mußte, welche Blicke du ihm schenktest, ging ich ein bißchen zugrunde…«

Elizabeth schluchzte leise auf. Sie versuchte, sich an ihm vorbeizuschieben, aber verglichen mit seiner Kraft verfügte sie über die Stärke eines schwachen Vögelchens. Ihre Hände waren unter ihm gefangen, so daß sie sich nicht einmal die Ohren zuhalten konnte, während er unaufhaltsam weitersprach. »Oder wie sehr ich mich danach gesehnt habe, dich zu küssen, als ich an jenem Abend auf dem Friedhof dein Gesicht abwischte.«

»Warum hast du es dann nicht einfach getan?« Es war eine idiotische Frage, auf die er gar nicht erst antwortete. Statt dessen küßte er sie jetzt mit einer derartig hungrigen Leidenschaft, daß sie sich ihm unweigerlich entgegenschob. Der Kuß dauerte mehrere Sekunden an, ehe er plötzlich vorüber war. »Heirate mich, Elizabeth!« flüsterte er heiser.

Der Schock über das abrupte Ende des Kusses, gefolgt von seinem absurden Ansinnen führten dazu, daß sie auflachte. *»Was?«*

»Heirate mich! Und zwar richtig, zu einer angemessenen Tageszeit, mit Gästen und Blumen und Musik. Ich möchte, daß die ganze Welt sich mitfreut, wenn mich Elizabeth Sullivan zu ihrem rechtmäßigen Gatten nimmt.«

Elizabeth hörte ein Geräusch, und hinter seinem Kopf machte sie plötzlich drei kleinere Schöpfe aus, die durch das winzige Fenster über der Spüle verfolgten, was geschah. Sie alle, vor allem Margaret, lächelten höchst ermutigend. Sie versuchte, Mossie von sich fortzuschieben. »Wir werden beobachtet«, zischte sie.

Mossie sah sich um. »Verschwindet!« befahl er, und kichernd machten sich die Schlingel aus dem Staub.

»Ich denke, dieses Problem wäre gelöst.« Er schüttelte sich wie ein nasser Hund und räusperte sich. Dann wandte er sich ihr wieder zu, gab ihr einen zweiten, eiligen Kuß und trat einen Schritt zurück. »Ich gehe jetzt, Elizabeth, aber morgen früh um zehn bin ich wieder da. Von nun an werde ich jeden Morgen um zehn auf deiner Schwelle stehen, bis du dich endlich bereit erklärst, mir vor den Altar zu folgen. Noch einen letzten Kuß ...« Dieses Mal nahm er sie in die Arme und küßte sie derart inbrünstig, daß ihre Lippen protestierend pochten, als er sie schließlich losließ. »Bis morgen, dann!« Schnurstracks nahm er seine Jacke von der Stuhllehne und verließ das Haus. Elizabeth blieb atemlos zurück und hörte, wie er sich von den Kindern verabschiedete.

Verwirrt und unsicher lehnte sie sich gegen die Wand. Sie war traurig und glücklich zugleich, erregt, verwundert, irritiert... alles, was sie ihrer Meinung nach in ihrem Leben zu ihrer Zufriedenheit geschaffen hatte, bedeutete auf einmal nichts mehr?

Immer noch lehnte sie an der Wand, als einige Augenblicke später eine strahlende Margaret in der Tür erschien. »Und?«

»Und was? Mit dir habe ich noch ein Hühnchen zu rupfen. Mach dich auf etwas gefaßt!« Nur unter Mühen löste sich Elizabeth von der stützenden Wand.

Margaret ließ auf ihre Schelte hin einen vergnügten Lachanfall ertönen. Hinter ihr hielten Johanna und Goretti einander ebenfalls entzückt fest. Für sie war es ein Spaß gewesen, Elizabeth in einer derart kompromittierenden Situation zu erwischen.

In der Tat meinte Elizabeth es mit ihrer Drohung auch nicht ganz ernst. Das Haus hatte so lange kein gemeinsames Lachen mehr gehört, daß sie ebenfalls zu grinsen begann. »Kommt rein und helft mir beim Abwasch«, zeterte sie übertrieben. »Ihr seid mir eine schöne Brut!«

Um fünf vor zehn am nächsten Morgen hatte sich ihre Verwirrung immer noch nicht gelegt. In der einen Minute ergötzte sie sich bei der Erinnerung an Mossies Leidenschaft, und in der nächsten war sie wütend über seine Unverfrorenheit. So nüchtern wie möglich vergegenwärtigte sie sich Daniels damalige Not, und zu ihrer Überraschung stellte sie fest, daß sie Mossie trotzdem verzieh. Falls seine Leidenschaft, wie er behauptete, derart überwältigend war, dann verstand sie freilich besser als die meisten anderen, wie weit sie ihn getrieben hatte. Dann jedoch schüttelte sie abermals der Zorn auf diesen Kerl! Sie war diejenige, die ihre Zukunft bestimmte, und nicht er...

Als er schließlich kam, war sie derart erregt, daß sie ihn anbrüllte: »Wie kannst du es wagen? Wie kannst du es wagen, mich in eine derartige Lage zu bringen?« ehe er auch nur den Mund zu einem ›Guten Morgen‹ aufbekam.

»Was für eine Lage? Es handelt sich um die reine Wahrheit.«

Wie so oft in letzter Zeit lehnte Mossie lässig in ihrem Türrahmen. »Ich liebe dich bereits seit einer halben Ewigkeit. Und ich garantiere dir, daß dich nie jemand so geliebt hat oder jemals so lieben wird wie ich. Wo sind die Kinder?« Er blickte über sie hinweg in die Küche.

»Draußen.« In Erwartung dieser Szene hatte sie den ganzen Haufen zusammen mit Abigail und dem Baby hinausgeschickt und ihnen für den Fall, daß sich auch nur eins von ihnen innerhalb der nächsten Stunde in der Nähe des Hauses blicken ließ, die schlimmsten Strafen angedroht. Glücklicherweise war es ein wunderbarer Tag.

Mossie stieß sich vom Türrahmen ab, trat auf sie zu und küßte sie.

»*Laß* das!« Sie wischte sich mit dem Handrücken über den Mund, als hätte sie Angst vor einer Ansteckung.

Ohne auf ihren Ausbruch zu achten, setzte er sich an den Tisch. »Ich kenne dich, Elizabeth«, sagte er sanft. »Vergiß das nicht. Mein Lehrer hat immer gesagt, es wäre eine Schande, daß ich nicht auf die Universität ginge, aber offensichtlich habe ich auch so etwas gelernt. Acht Jahre lang. Es war ein gründliches Studium.«

»Du weißt nichts von mir…«

»Da muß ich dir widersprechen. Bereits letztes Jahr habe ich versucht, es dir deutlich zu machen, aber offenbar traf ich nicht den richtigen Ton. Beim vorigen Mal habe ich die Sache verpfuscht, weil mich dein Verhältnis mit Danny McCarthy so erschütterte. Er ist ein sehr netter Mensch, Elizabeth, aber kann dir nicht das Wasser reichen.«

»Und ich nehme an, du kannst es, ja?« Irgendwie schämte sie sich angesichts seines Ernstes beinahe für die Stichelei.

»Noch mal: Bedenke, daß ich acht Jahre Zeit hatte, mich vorzubereiten«, antwortete er.

»Ich bin nicht geeignet für die Ehe«, appellierte sie dann an sein Verständnis.

»Das kommt auf die Art der Ehe an. Mir geht es um eine Ehe zwischen zwei gleichwertigen Individuen. Das würde dir bestimmt auch gefallen, nur hast du es bisher nie kennengelernt. Du hast Angst, daß eine Ehe mit mir genau so wäre wie dein erstes, jahrelanges Gefängnis. Aber vielleicht darf ich anmerken«, fügte er trocken hinzu, »daß du inzwischen seit über zwölf Monaten mit mir verheiratet bist. Hast du dich in all der Zeit jemals eingeengt gefühlt?«

Sie sah ihn an, und zum ersten Mal in ihrem Leben erkannte sie die Bedeutung des Ausdrucks »jemandem fällt die Kinnlade herunter«. »Vielleicht macht das die Entscheidung ein wenig leichter für dich«, sagte er, stand behende auf und hob sie schwungvoll hoch. »Wieviel Zeit haben wir noch?«

Elizabeth war viel zu überrascht, als daß sie in der Eile eine Ausrede gefunden hätte. Außerdem wies ihr Körper die Botschaft ihres Hirn abermals voller Entschiedenheit zurück. »Eine Stunde«, flüsterte sie schwach.

»Das ist mehr als genug.« Er trug sie durch die Tür des Schlafzimmers. »Und denk daran«, riet er, während er sie vorsichtig auf die Bettkante sinken ließ, »es kann keine Sünde sein – denn schließlich sind wir verheiratet!«

Plötzlich brach Elizabeth in hysterisches Gelächter aus. Sie lachte und lachte, bis sie nach Atem rang. Er lachte ebenfalls, verhalten erst, doch schließlich nicht weniger dröhnend als sie.

»Weißt du, was das Lustigste an der ganzen Sache ist?« brachte sie schließlich mühsam hervor.

»Was? Was?« Er versuchte, sie zärtlich zu küssen, doch sie lachte immer noch so heftig, daß sein Mund von ihren Lippen abprallte, als wären sie aus Gummi. »Diese – diese *Frau* in Cahirkeem hat mir prophezeit…«

»Welche Frau in Cahirkeem?« Er war ehrlich verwirrt.

»Diese – diese Engländerin…« Wieder brach sie in unkontrolliertes Gepruste aus. »Mrs.…« Ihr Kichern schwoll immer weiter an, bis es sie schließlich anfüllte wie ein riesiger Ballon.

»Bitte – versuch es wenigstens!«

»Mrs. Charlton!« Sie lachte so heftig, daß ihr schwindelte. »Mrs. Charlton… Himmel…« Der Ballon platzte, und Tränen rannen ihr über die Wangen. *»Leahy…«*

»Ach, die!« Auch Mossie amüsierte sich köstlich. »Was ist mit ihr?«

»Sie hat gesagt – sie hat gesagt…«

»Elizabeth Sullivan, wenn du nicht gleich weitersprichst, setzt es was!«

»Sie hat gesagt, in den Karten stünde, daß ich noch zweimal heirate, und ich dachte – ich dachte…« Vor Lachen hielt sie sich den Bauch, ehe er sie schließlich auf die einzig mögliche Art zum Verstummen brachte, indem er sie küßte, bis sie nach Atem rang. Nach wenigen Sekunden ebbte ihr Gekicher ab und sie schmiegte sich an seine breite Brust.

Mit zitternden Händen zog er sie eilig aus, aber er war nicht schnell genug, so daß sie selbst mithalf. »Allmächtiger, du bist wirklich wunderschön«, flüsterte er, als sie nackt zwischen ihren Kleidern lag.

Sie umfaßte sein Gesicht, und er liebte sie auf eine so kraftvolle, selbstbewußte Art, daß ihre anfängliche Schüchternheit verflog und ihr verhungerter Körper ihn in sich aufzusaugen begann. Unter seinem muskulösen Leib, seiner harten Brust, seinem Gewicht, seinem Torso, der genau in ihre Arme zu passen schien, fühlte sie sich weiblicher als je zuvor.

Als er wenig später entspannt in ihren Armen lag, zog er sanft an einer Strähne ihres Haars. »Hier in Béara haben wir ein Sprichwort«, flüsterte er. »›Erst die Arbeit und dann das Vergnügen‹, sagt man bei uns.«

»Ich nehme an, mit der Arbeit meinst du unser verfluchtes Abkommen.«

»Allerdings! Klugerweise habe ich mich an dem Sprichwort orientiert. Und ich wußte, daß du dich mit der Zeit irgendwann an mich gewöhnst.« Er küßte die Vertiefung zwischen ihren Brüsten und sah sie mit einem verruchten Lächeln an. »Und weißt du, was das Tollste ist?«

»Nein!« Sie küßte seinen Schopf. »Aber ich fürchte, daß du mich gleich damit überfallen wirst.«

»Ich habe extra tanzen gelernt!«

Danksagungen

Folgenden Menschen gilt mein herzlicher Dank:

Auf Béara: Jerry und June Harrington, Joe Kelly, Doktor Colin Gleeson, Sergeant Willie Gleeson, Dr. Aidan McCarthy und John L. Sullivan.

In Dublin: Robert Carrickford, Christopher und Glynis Casson, Jim Cantwell, Pat Brennan und meinen Eltern, Maureen und Bill Purcell.

Dank auch Jimmy O'Mahoney vom Eccles Hotel in Glengarriff, Ray Hennessy aus Bantry und Archidiakon Cathal McCarthy aus Rush.

Fiona Murray und Shane Price vom Computer Workshop in der Lombard Street und Adrian Weckler für seine Hilfe bei den Recherchen, als die Zeit knapp zu werden begann.

Außerdem meiner Herausgeberin Jane Wood, Hazel, Charles und Treasa – und vor allem Felicity Rubinstein, deren Vertrauen in mich hoffentlich gerechtfertigt war.

Nicht zuletzt auch Dank an Kevin, Adrian und Simon für ihre Tatkraft, durch die der Laden während der ganzen Zeit am Laufen blieb.